本官可以

布丁琉璃 著

上册

青岛出版集团 | 青岛出版社

图书在版编目（CIP）数据

本宫不可以 / 布丁琉璃著. -- 青岛：青岛出版社，2025. -- ISBN 978-7-5736-3192-3

Ⅰ．I247.5

中国国家版本馆CIP数据核字第20252KA842号

BENGONG BU KEYI

书　　　名	本宫不可以
作　　　者	布丁琉璃
出版发行	青岛出版社（青岛市崂山区海尔路182号）
本社网址	http://www.qdpub.com
邮购电话	18613853563
责任编辑	郭红霞
特约编辑	杨婉莹
校　　　对	郭金乔
装帧设计	马　倩
照　　　排	梁　霞
印　　　刷	三河市良远印务有限公司
出版日期	2025年3月第1版　2025年3月第1次印刷
开　　　本	16开（710mm×980mm）
印　　　张	31.5
字　　　数	596千
书　　　号	ISBN 978-7-5736-3192-3
定　　　价	69.80元（全2册）

编校印装质量、盗版监督服务电话 4006532017 0532-68068050

目录 上册

第一章 惊梦　　1
第二章 反臣　　23
第三章 礼物　　44
第四章 驯兽　　64
第五章 交锋　　82
第六章 撩动　　119
第七章 反攻　　141
第八章 断骨　　171
第九章 醋意　　204
第十章 开窍　　219

目录

下册

第十一章　幽　会　　　237

第十二章　温　泉　　　274

第十三章　噩　梦　　　304

第十四章　梦　醒　　　338

第十五章　成　婚　　　368

第十六章　真　相　　　402

第十七章　结　局　　　430

番外一　汤　池　　　445

番外二　有　孕　　　455

番外三　纪　姝　　　466

番外四　纪　妧　　　488

出版番外　青梅竹马两小无猜　493

第一章
惊　梦

一

正值午后，秋意缱绻，连阳光也变得让人慵懒起来。

永宁宫的偏殿内，十五六岁的少女坐在窗边的书案后，身上披着一层温暖的阳光，淡淡的金色与衣裳的红色交织，让她看起来明丽无双。她垂下眼端详面前一幅未完成的画像，画上是一个身着婚袍的颀长男子，身姿、气度皆不凡，可偏偏没有五官。执笔之人踟蹰半晌，似乎不知该如何落笔。

大宫女挽竹捧着新鲜的糕点、果子入殿，见到自家公主对着一幅画像冥思苦想，不由得笑道："殿下怎么又在画这个男子？莫非又做那些怪梦啦？"

纪初桃从愣怔中回神，欲盖弥彰地伸手去抬画像，然而为时已晚，只好泄气地道："挽竹，你走路没声响吗？吓死本宫了！"

挽竹是纪初桃的贴身宫婢，与纪初桃的感情甚笃，自然知道她近来怪梦频生。纪初桃梦见新婚之夜的场景少说也有七八次了，诡异得很。

"殿下明明已经服过太医开的安神丸了，怎么还会做这种梦？"挽竹眼珠一转，想到什么似的，凑上前神神秘秘地道，"依奴婢看，这梦兴许是上天给殿下的启示呢！咱们三殿下长大了，是该招个英俊贴心的如意郎君啦！"

纪初桃的脸倏地浮上一层红晕，像熟透的蜜桃般粉嫩可人。她羞恼地道："你这张嘴越发没规矩了，当心我罚你月钱！"

挽竹忙不迭地讨饶，又看了一眼那幅画像，忍不住问道："可是，殿下，这画像您为何不画上五官呢？奴婢也想知道殿下的梦中情郎是何模样呢！"

"你以为本宫不想知道吗？"

一说起这事，纪初桃就有些怅然若失。她从未见过梦中的驸马是何容貌，每次梦见自己大婚的场景，都只能隐约看到驸马那高大矫健的身体立于纱帘之后，然后他会挑起纱帘，但还未等纱帘被彻底挑开，梦便结束了。

纪初桃正想得出神，忽然听见殿外值守的宫婢前来禀告："殿下，秋女史求见。"

秋女史是大公主身边的贴身女官，常替大公主传令，纪初桃一见到她那张不苟言笑的脸，便知多半无甚好事。

秋女史入殿行了礼，视线不经意地扫过书案上铺展开的宣纸，看到上面所绘的人物竟是个男子，不由得一愣。

大姐容易多想，若是知道自己在画这些乱七八糟的东西，怕是又要啰唆……思及此，纪初桃连忙用摊开的书卷挡住了那幅画。好在纸上只画了男人的身形和面部轮廓，便是被人瞧见了，也辨认不出什么。

"大姐让你来的？说吧，又有何事吩咐？"纪初桃问。

秋女史敛目，以公事公办的口吻说道："大公主殿下有令，三日后，宫中设宴为北疆归来的主将接风洗尘，请三公主一同赴宴。"

"我不想去。"纪初桃孩子气地护着那幅画，意兴阑珊地道，"有大姐和二姐在便足矣，本宫去做什么？"

侍候纪初桃的人皆知她有些轻微的脸盲症，即使见过几次也未必能将人的脸与名字对上，偏生宴会上总少不了虚与委蛇的那一套，酬酢往来令她头痛。

秋女史仿佛看穿了她的心思，古井无波地道："大公主说了，此次宴会关乎国运，三公主作为帝姬，代表的是天家的颜面，不可龟缩推卸，以免落言官口舌。"

纪初桃轻哼一声："这番话到底是大姐的意思，还是秋女史的意思？"

秋女史向来觉得三公主秉性天真，所以待她不如其他两位长公主那样恭谨，如今被她一语说中要害，顿时变了脸色，连忙跪拜辩解："奴婢只是替大公主传话，若有得罪三殿下之处，还望殿下海涵。"

纪初桃没打算为难秋女史，便道："算啦，反正大姐都替我决定好了……秋女史还有事？"

本想再打探一下画像之事，但已经惹到纪初桃的秋女史不敢多嘴，便道："无事了。"

然后她行礼退出了殿外。

纪初桃叹了一口气，伸了伸手臂，道："宫宴烦冗，最麻烦了。"

挽竹知道她在愁些什么。有两位叱咤风云的姐姐压在上头，纪初桃便显得微不足道，难免会被人拿来和姐姐们比较。

不多时，尚服局就差人将纪初桃在宫宴上穿的礼衣送了过来。礼衣依旧是茜色绣金的织霞衣，艳而不俗，很称她那张精致的脸。

"衣裳都准备好了，大殿下做事还真是雷厉风行。"挽竹接过轻软精致的织霞衣，把它挂在黑檀木衣架上，一点点地抚平上面的每一个衣褶。

纪初桃单手撑着下颔，视线从还未画上五官的画像上移开，扫了一眼木衣架上工整的礼衣，心想：这礼衣的确极美，极庄重。

人人皆知纪初桃是个富贵闲人，没有弄权之心，故而除了必要的祭祀或琼林御宴，大姐很少勒令她露面，怎么这次她非去不可？纪初桃忍不住好奇地问道："这次得胜归朝的是何人？他竟能让大姐以御宴相待。"

挽竹讶异地道："是镇国侯家的祁小将军，殿下不知？"

"好像听过。"纪初桃思索了片刻，皱着眉道，"是那个被招安的反贼，镇国侯祁家？"

"虽说祁家曾是北疆枭雄，后来才被先帝招安，但那都是以前的事啦！现在的祁家人可是咱们大殷的猛将呢！尤其是镇国侯老爷子的嫡孙小祁将军，比当年的镇国侯有过之而无不及，这场御宴便是为他庆功准备的。"挽竹整理好礼衣，笑道，"听说今日祁小将军入城，百姓倾城而出，夹道欢呼，都快将皇都街上的青石砖踏烂了。殿下可要去看看热闹？"

纪初桃喜欢宫外的热闹，但又嫌出行装扮麻烦。内心挣扎片刻后，她还是摇了摇头："罢了，太吵。能让京都百姓倾城而出，这祁小将军的阵仗未免太大了些。"

挽竹赞同："祁小将军十六岁镇守边关，入关三年便连克敌军十一座城池，是咱们大殷百年难遇的将才。虽说年少有为，但他往年得胜归朝时甚为低调，不似今日这般大张旗鼓，这般大的动静还是头一遭。"

纪初桃并不关注这些，随口道："月盈则亏，我看这般排场对那位祁小将军而言未必是好事……"

挽竹被纪初桃的发言惊到，而纪初桃已将刚刚的话抛到脑后，拿起画像，吹干墨，对着光端详许久，还是想不出梦中那人的轮廓像谁。

挽竹观察许久，凑过来出馊主意："可要奴婢命人将此画拿去临摹个百十来份，张贴于城门口？今日人多，兴许有人能认出殿下所思之人呢。"

· 3 ·

"这事怎能招摇？大姐、二姐若是知晓，又要说本宫不务正业了。"纪初桃瞪了坏笑的挽竹一眼，将画像卷好，随手插进一旁的瓷缸中，缸中已经插了一堆那个未画五官的高大男子的画像。

　　话虽如此，但挽竹的话还是勾起了纪初桃的好奇心。她朝挽竹勾了勾手指，眨着眼道："我们可以偷偷地查，别让大姐知晓。"

　　挽竹"扑哧"一笑，挨过来："若是查到真有此人，殿下打算如何？"

　　"这个嘛……"纪初桃托腮想了一会儿，抿着唇道，"他若才貌双全、温润知礼也就罢了，若是……"

　　"若是个军营莽夫呢？"挽竹坏笑着道。

　　纪初桃伸出手指在挽竹的腮上戳了戳，嗔道："你怎么不盼着我点儿好呢？他若是个莽夫……没可能，本宫才不喜欢这种人呢！"

　　月西斜，洒下一地清霜。纪初桃睡得不甚安稳，又做起了那个怪梦，梦中还是她大婚的场景。许是被绣金团扇遮面，她眼前一片模糊如雾的浅红色，依稀感觉此刻身处的寝房比永宁宫的寝殿还要宽敞富丽，而自己端坐在锦绣堆成的喜床之上。

　　她所嫁之人必定位高权重、显赫无双。朦胧的光影摇曳，梦里的时间仿若没有尽头，不知过了多久，寝房的门"吱呀"一声被推开，有人走了进来。

　　来人步履沉稳，在寝房月门的纱帘后停下，笔挺的影子落在微微飘动的薄纱上，如同一座无法逾越的高山。纪初桃忍不住心跳加速，不知梦里的自己为何会如此紧张。她颤巍巍地抬眼望去，只见男人抬手慢慢地撩开了薄纱……

　　若是往日，纪初桃梦到此处就会被惊醒了，但今日似乎有所不同，梦还在继续。

　　被撩起的纱帘后，先露出来的是男人踏着战靴的笔挺的双腿，然后是被玉带勾勒出的过于矫健的腰肢——那是常年习武之人才有可能练就的身形——接着便是宽阔的胸膛、微凸的喉结和线条分明的下颌线，之后是……

　　男人走至榻前，俯身站定，伸出一只骨节分明的手，取走了纪初桃遮面的团扇。

　　朦胧感消散，视线变得清晰起来，纪初桃总算看清了这位梦中夫君的脸。

二

　　"殿下可知我等这日等了多久？"面容陌生且冷峻的男人靠近，将纪初桃整个人笼罩在阴影之下。

　　他极具压迫感，带着薄茧的指腹轻轻地抚过她轻抿的唇瓣，而后将一个冰凉的物件挂在了她的脖子上。她被冰得脖子一缩，低头一看，原来是一块罕见的墨玉——两指余宽，上面刻着狰狞古怪的兽纹。

"此乃我随身玉佩，意义非凡，赠了殿下。"男人与她十指紧扣，低沉沙哑的嗓音极具侵占欲，"从今往后，殿下便是我的人了……"

午后静谧，纪初桃坐在书案后，忽然用力地甩了甩脑袋，试图将脑中那些奇怪的画面甩走。然而那低沉有力的男音犹在耳畔，纪初桃甚至能感受到梦里他凑近时温热的呼吸，羞得她不得不用书卷挡住发烫的脸颊，只露出绯红色的耳尖。

这太诡异了！这次她不仅又梦见了那个与自己大婚的男人，而且他还有鼻子有眼的，就像真实存在一样……这实在是令人匪夷所思！

"殿下，您怎么啦？"挽竹不知何时进了书房，跪坐在一旁奇怪地道，"您怎么神情恍惚？奴婢唤您好几声了，也没听见回应。"说罢，看见纪初桃半埋在书卷中的绯红色脸庞，挽竹一惊，连忙用手去探她额上的温度，"殿下怎么脸这么红？莫不是感染风寒了？"

"本宫没事，天气太燥热了。"

纪初桃绝对不会将昨晚的梦告知宫婢，若是说出来，会被她们取笑不说，还要喝那些苦得让嗓子发紧的安神汤。

"热吗？今晨起来还打了霜呢。"挽竹打开了窗，奉上茶水，想起正事来，便禀告道，"方才大公主那边派人过来了，说请殿下移步长信宫一叙。"

"大姐让我过去？"纪初桃清醒了些，从书卷后抬起一双玲珑眼，"可有说何事？"

挽竹摇头道："来的人只说大公主召见，并未提何事。"

大姐多半是为了明日宫宴之事，要对她耳提面命几句，毕竟总是将天家的威仪看得比什么都重。纪初桃并未多想，应了一声"知道了"，稍稍定神后让宫婢准备更换出门的衣裳。

长信宫还是这般富丽庄严。正殿阶前，不断有内侍捧着成堆的奏折鱼贯出入，俱垂首敛息，不发出一点儿声响，肃然得仿佛空气都停滞下来了。纪初桃不由自主地也收敛神容，让贴身宫婢和近侍都在外面候着，独自入了殿。

轻薄如雾的纱幔被宫婢层层撩开，奏折堆砌如山的书案后，一位身穿朱红色圆领常服的小少年正咬着笔杆冥思苦想。那少年生得眉清目秀，正是大殷的小皇帝纪昭。

纪昭当年登基时还不满七岁，正值大殷内忧外患、风雨飘摇之际，幸而与他一母同胞的大姐纪妧奉先帝的遗诏辅国，替纪家稳住了局势。

大姐掌权威严、杀伐果决，容不得丝毫忤逆，纪昭从小就十分怕她；而二姐下嫁外族多年，才回京都不久，纪昭自然与二姐生疏；唯有纪初桃，与纪昭年纪相仿又生性随和，是纪昭唯一亲近之人。

见到纪初桃进殿，纪昭似乎有话要说，稍稍前倾身子，低声唤道："三皇姐……"

"皇帝，策论可写出来了？"珠帘后蓦地传来一道女音，说话之人语气虽平，却不怒自威，"还有半炷香的时间，若再写不成，皇帝便停食静心。"

纪昭显然怕极了这道声音，连忙绷紧身子端正姿态，苦着一张脸，不住地给纪初桃使眼色。见纪初桃没明白，纪昭便泄气似的垮下双肩，一脸无可奈何的表情。

这时，宫婢将最后一道珠帘卷起，露出了坐在帘后主位上的贵气女子。她身着一袭深色的宫裳，头戴步摇、金钗，发髻被梳得极其工整，质感极佳的衣裙垂下，似最深沉的夜色流淌。她不算太美，但气质高贵，嘴角始终挂着得体的笑意，只是笑意淡淡的，让人不禁从心底对她生出敬畏之意。

纪初桃轻声问了好，在一旁坐下了。瑞兽香炉中的烟雾袅袅飘散，训练有素的宫娥悄悄地奉上茶点，又悄声退下了，接下来是长久的沉默，殿中安静得只有书页翻动的声音。这样肃穆沉寂的气氛，别说是日日谨小慎微的纪昭，便是偶尔过来的纪初桃也觉得难以消受。

"大皇姐，"纪初桃忍不住出声打破安静的氛围，轻声问，"今日找我是为何事？"

不多时，大公主纪妧终于合上奏折，看了妹妹一眼，精雕玉琢的姑娘有着最得天独厚的皮相和与深宫的诡谲格格不入的干净眼眸。

"本宫若没记错，再过不久便是永宁的生辰了吧？"纪妧问道，好像随口拉了一句家常。

但纪初桃知道，高高在上的辅国长公主殿下从不会找人闲话家常，比如唤自己的名字也只是规矩疏离地喊一句"永宁"。

"是，下个月初十我便十六岁了。"纪初桃说，对大姐突如其来的亲昵感到新奇。

纪妧微微颔首："十六岁，你的确长大了。当初你二姐下嫁和亲之时，不比你大多少。"

纪初桃正疑惑大姐提这些往事做什么，又听见她貌似无意地道："永宁可有了心仪的男子？"

这话大姐问得猝不及防，正中纪初桃的心事。她想起了梦中的内容和那些未完成的画像，脸上又是一阵燥热，连忙摇头道："没有，没有！"

"真没有？"纪妧审视着她，嘴角勾起，放缓语气，"少女怀春乃常事，你说出来，兴许本宫还能给你做主。"

纪初桃轻咳一声，掩饰般端起几案上的茶盏，眼神飘忽地道："真没有，我在永宁宫里又见不到什么男子……"

"那你画中的那个男人是谁？"纪妧轻飘飘地问。

"咯！"纪初桃被一口茶水呛住，才明白原来小皇弟给她使眼色是想提醒她这事。虽说大姐对自己还算温和宽宥，但她还是慌乱了一瞬，道："不是谁……我随意画的，并无特指。"

纪初桃不擅长说谎，尤其在大姐这般精明的人面前。她偷偷地看了一眼座上的纪妧，果然，纪妧眯了眯眼，脸上是明显不信她的神情。

纪初桃如坐针毡，实在不知该找什么理由搪塞，只得求救般看向一旁的纪昭。纪昭尚自顾不暇，哪里还敢帮她说话？给了她一个"自求多福"的眼神后，他便又埋头奋笔疾书起来。

这个阿昭，自己白疼他了！

正当纪初桃不知该如何糊弄时，秋女史手捧一物匆匆而来，立于帘外道："禀大殿下，有加急密折，您吩咐的事已有眉目。"

被秋女史这么一打岔，纪妧顾不上盘问纪初桃了，顿了顿，轻声命令："呈上来。"

秋女史躬身上前，双手呈上了密折。

纪初桃松了一口气，准备等大姐看完密折就起身告辞，谁知听见耳旁传来了"啪"的一声。她抬起头，看到纪妧握着密折，眉目间似有冷意，随即便恢复了平静。

纪妧向来喜怒不形于色，能有这样的反应，多半遇到了棘手之事。纪初桃有些担心，连忙问道："大皇姐，怎么了？可是明天的御宴有什么问题？"

"御宴？"纪妧轻笑，"你知道明天宴会上来的人是谁吗？"

纪初桃道："听说是祁小将军……"

"祁连风的后代果然和他一样，是养不熟的狼。"纪妧看着妹妹天真的眼神，问道，"永宁，你知道人是怎么驯狼的吗？"

纪初桃摇了摇头。

"首先要狠狠地打，打到它怕了，学会臣服了，再给它好吃的。当明白听话就有肉吃，不听话就要挨打时，狼就变成了狗。"纪妧哂笑，"只可惜，总有些野性难驯的狼崽子，长大了些便想要反抗主人……"

听她语气淡然，纪初桃打了个寒战，没忍住，好奇地问道："那……那要怎么办？"

纪妧垂眸，嘴角勾起一抹笑意："那就只能杀了。"

她虽然笑着，可言语之中的杀意令整个大殿的温度都降了下来，就连一直奋笔疾书的小皇帝也不由自主地停下了笔，看了一眼屏风。纪初桃知道，每当大姐露出这般神情的时候，多半有人要倒霉了。

转瞬到了第二日，浮云蔽日，天光黯淡，御宴如期举行。

宋元白是祁家镇国军的副将，亦是与镇国侯世子祁炎穿同一条裤子长大的好友。此时，镇国侯府内，宋元白一边整理武袍，一边穿过中庭，沿着月洞门转了个弯，见前方竹园小径上，一个着一袭黑色戎服的熟悉身影正腾挪翻飞。那人手中的剑如长虹贯日，剑气破空，疾风卷起竹叶，有惊鸿游龙之态。

听到脚步声，黑袍小将闻声收势，背对着来人执剑站立，仿若一柄笔直的剑。

"祁炎，我的祖宗！您可消停会儿吧！"宋元白苦着脸道，"伤还没痊愈呢，你就来舞剑，伤口要是再裂开，你这胳膊就废了！"

风停叶落，剑刃上映出一双桀骜的眼眸。

"说。"祁炎发出沉稳冷淡的声音。

"宫宴就要开始了，我来唤你同行。"宋元白倚靠在月洞门上，吊儿郎当地道，"你若是去晚了，那群疯狗说不定又要借题发挥，给你使绊子。"

祁炎似乎嗤笑了一声，收剑入鞘："没有主子的授意，疯狗怎敢攀咬？"说话间，他抓起一旁石桌上的外袍随意地披上，迎着光，越发显得身高腿长、放荡不羁，毫不在意地道，"走，会会他们。"

半个时辰后，紫宸殿外，宫娥和内侍捧着瓜果、酒水鱼贯出入，殿中隐隐地传来丝竹之声，文武百官皆身着官袍，互相招呼着结伴入殿赴宴。

而一侧的长廊内，几名宫婢簇拥着纪初桃快步而来。

"大公主已经动身过来了，殿下千万要赶在大公主之前入席！"挽竹捧着装有一套钗饰的锦盒，不住地催促随行的小宫女："怎么没有给殿下抹口脂？快拿来给殿下用上。"

"口脂太艳了，本宫不喜欢。"纪初桃穿着一袭茜红色的织霞衣，柔顺的黑发被绾成小髻，微风一过，衣袂轻摇，当真像从烟霞中走出似的，点亮了一宫秋色。

另一个大宫女拂铃闻言盖上胭脂盒，笑道："不喜欢便不抹吧，殿下唇红齿白，不用胭脂反而有天然之美。"

只有挽竹觉察出纪初桃情绪不高，小心地道："殿下因何不开心？可是今日的妆面不合心意？"

纪初桃轻轻地摇首："和这些无关，是本宫自己兴致不高。"

自从昨天从大姐的长信宫回去，她便隐约察觉到今日的宴会不太平。

纪初桃不喜欢朝堂上那些钩心斗角的纷争，偏生无力改变。她就像个精致的摆件，在大姐需要的时候被拎出来撑撑皇家的场面，偶尔学学驭人弄权之术……

大姐常对她说这是她身为帝姬无法摆脱的责任，可惜，她总是学不会。思及此，她叹了一口气，手摸到空荡荡的腰侧，"咦"了一声，道："本宫的玉佩呢？"

"呀，定是出门太忙，落下了！"拂铃道，"殿下稍候，奴婢这就回去取！"

纪初桃本想说不佩玉也没什么，但见拂铃已经转身折回永宁宫了，只好道："算了，我们还是快些入殿吧，若是去迟了，在众目睽睽之下被大姐问话可就尴尬了……"

她只顾着和随行的宫婢说话，全然未察长廊的拐角处有另一行人快步而来。

下一刻，纪初桃骤然撞进一个陌生的怀中，额头被磕出一声闷响，疼得她踉跄了一步。若不是被撞的那人发出一声低哼，她险些以为自己撞上了墙——这人的胸膛也太硬实了！离得这般近，她甚至能闻到对方身上混着血腥气的淡淡的药味。

"殿下！"宫婢们齐声惊呼，手忙脚乱地扶住了她。

纪初桃捂着额角抬首，却在看到那张年轻的脸时骤然呆住了，脸颊忽然变得赤红，活脱脱一副见了鬼的神情。

三

那是一个很年轻的武将，还未及冠，说是少年也不为过，相貌极佳，身高腿长。纪初桃抬首看他时，只觉得有一片阴影笼罩在眼前。

两个人视线相对的刹那，纪初桃瞳孔骤缩，满脑子都回荡着一个声音：怎么是他？！

他就是那个三番五次闯入她梦里的男子！

她之前虽说困扰，但说到底是不大相信那个梦的。如今骤然见到一张和梦中极为相似的脸，她只觉得当头一棒，梦里洞房花烛夜的零碎画面如潮水般涌入了脑海，血液仿佛冲上头顶，干涩的嗓子因震惊发不出一个音节。

挽竹护主心切，见纪初桃呆愣得说不出话来，还以为她被撞丢了魂，将唇一咬，"噔噔"上前两步，行了礼，语气生硬地道："宫中不得疾行，万望二位大人当心。二位大人若是殿前失仪，冲撞了长公主殿下，怕是会败了宫宴的兴。"

纪家的长公主一共就三位，大公主威严多谋，二公主风流艳丽，二者俱是玩弄人心的高手。而眼前的少女娇俏烂漫，一副被锦衣玉食养出来的单纯模样，众人用头发丝都能猜出她是谁。

"抱歉，抱歉！臣等在军中驰行惯了，急于赴宴，不料冲撞了殿下，实乃罪过！"黑袍少年身边的人率先拱手致歉，赔笑道，"臣镇国军副将宋元白见过长公主殿下！"

这个姓宋的人说了什么，纪初桃一个字也没听进去，直到一旁的宫婢出声提醒才心不在焉地应了一声。她又看了看那个一言不发的黑袍少年，目光中是掩盖不住的惊疑和探究之意。

冷峻的少年微不可察地皱了皱眉，约莫误会她在生气，不想横生枝节，便抱拳行礼："臣无意冒犯，望殿下恕罪。"

"从今往后，殿下便是我的人了……"

你听，你听，他连声音也和梦里的相像！

他弯腰抱拳时身体挨近纪初桃，她不禁想起梦里的他亦是这般逼近自己，取走了她遮面的团扇……刹那间，梦境和现实重合，她脑子还未反应过来，身体已下意识地退后一步，做出了慌张地防备的姿势。

少年武将微愣，抬眸看她。他五官干净、立体，有一张冷峻强势的美人脸，是那种独属于疆场男人的极具冲击力的俊美。

纪初桃意识到自己的反应有些大，清了清嗓子，道："无……无碍，请问阁下……？"

"陛下驾到——辅国长公主驾到——"太监又尖又长的声音打断了纪初桃的问话。

百官列队，宋元白和那冷峻的黑袍少年阔步入殿，在毗邻天子的左侧席位上入了座——那是只有大殷的功臣才有资格坐的位子。

纪初桃有了些预感，心脏一紧，拉住挽竹的手问道："挽竹，方才那个人是谁？"

她太过惊异，以至于声音都微微发颤。

挽竹顺着她的视线望去，道："殿下说宋元白宋大人呀？他是兵部宋侍郎的次子……"

"哎呀，不是，本宫问的是与他同行的那名武将，就是看上去冷冰冰的很不好惹的那位！"

"哦，他呀！"挽竹露出心领神会的笑来，压低声音道，"那是祁小将军，祁炎。这次宴会就是专为他庆功准备的呢！"

纪初桃脑中又"嗡"了一声，后退一步，捂着快要停工的心脏，喃喃道：

"祁炎……"

居然是他,那个被招安的草莽之辈,如苍狼般凶猛的祁家人!

宴会上觥筹交错,股肱重臣和为数不多的皇亲国戚都到齐了。很少露面的二公主纪姝也赶来赴宴了,此刻正与大公主纪妧分坐天子左右,慵懒地抚着怀里雪白的狸奴。

才入秋,纪姝已裹上了厚重的白狐裘。她肤如白雪,唇似丹朱,气质冷清,一副病美人之态,据说是下嫁北燕和亲的那几年落下了病根。纪初桃看了一眼,发现纪姝身后的近侍又换了新面孔,不过长相乖巧俊秀,是纪姝一贯喜欢的风格。

纪姝病恹恹地朝纪初桃招手,眨着染了墨线似的眼道:"过来坐。"

纪初桃在纪姝身侧的次席落座,关切地道:"入秋寒凉,二皇姐不是一直在府中休养身子吗?今日怎么入宫啦?"

纪姝勾起艳丽的唇:"我喜欢热闹啊,听说有好戏,便来了。"

丝竹声悦耳,宫娥捧着佳肴和美酒陆续进入,宴会的气氛渐渐活络起来。

纪初桃捧着茶盏,却并不饮茶,而是悄悄地观察坐在对面的祁炎,又觉得这人好像和梦里的人有些不相似的地方。

虽说两个人的长相几乎一模一样,但梦里的人气质更为清冷、沉稳,而且身形高大健壮,看上去少说也有二十岁。她对面坐着的祁炎尚未及冠,眉目间桀骜张扬,举手投足间尽显少年意气……拥有这样英俊无瑕的脸的人怎会是个风吹日晒的军营莽夫?!这事太不合常理了!

大姐最忌功高盖主,怎会允许手握军权的祁家人尚皇家公主?大姐就不怕他危及纪家的皇权吗?可若说梦是假的,她之前从未见过祁炎,为何会凭空梦见他?那样不凡的容貌她绝不可能认错。

纪初桃正纠结着,拂铃已躬身匆匆地赶来了,将一块系着流苏的羊脂玉佩挂在她的腰间,道:"玉佩就落在寝殿的几案上,奴婢总算赶上了!"

对了,玉佩!纪初桃脑中灵光一现,忽然想起梦里的人曾送给她一块工艺独特的兽纹玉佩,还说是他的随身之物,意义非凡——也就是说,只要她确认祁炎身上有无那块玉佩,就能确定那个荒唐的梦是不是真的了!

可祁炎始终被大臣们环绕着敬酒寒暄,不得丝毫空闲。这么多双眼睛盯着,她要如何才能接近祁炎又不让大姐起疑呢?她在心里盘算起来。

紫宸殿内丝竹正盛,瑶光玉色间,宫伶翩然起舞,水袖飘摇。

"哎,祁炎,"宋元白倾身拍了拍祁炎的肩,鬼鬼祟祟地道,"你有没有发现三公主总是看向咱们这边?"

祁炎刚应付完前来敬酒的大臣，被灌了不少酒，心中不耐烦。他在疆场长大，早就养成了如狼般的警惕心，怎会没发现那道直勾勾的带着探究意味的视线？不过大殿中最危险的人并非纪初桃，他没兴致在对手以外的人身上浪费精力。

"她盯着我们这边许久，实在不同寻常。"宋元白说着，朝纪初桃笑了笑。

纪初桃一怔，不自在地收回目光，捧着茶盏抿了一口茶水，矜贵的姿态中带着几分少女特有的羞怯之意。

"那又如何？"祁炎将酒盏倒扣，屈肘搁在桌面上，声音如酒水般清冽。

宋元白摸着下巴做沉思状，许久后，瞪大眼睛惊悚地道："不妙，三殿下一定是看上我了！"

发现自己险些被祁炎身边的人发现，纪初桃只好收敛心神，佯装观赏歌舞的样子。

宫宴冗长，她苦恼下一步要如何走才能确认梦的虚实时，机会就来了——祁炎被敬了不少酒，似乎不胜酒力，在宋元白的搀扶下跟跄着起身，离席出殿了。

纪初桃左右环顾一番，趁着无人注意，轻轻地搁下牙箸，起身准备开溜。谁知她才迈出一步，便听见纪妧的声音自身后传来："永宁，宫宴未散，你要去何处？"

糟了……大姐生了八双眼睛吗？

纪初桃给贴身宫婢使了个眼色，转身支支吾吾地道："我有些头晕，想出去透会儿气。"

一旁的挽竹和拂铃心领神会，立即一左一右地搀住纪初桃，扇风的扇风，擦汗的擦汗，仿佛她下一刻就会昏厥。

二姐纪姝从容地抚着狸奴，看纪初桃的眼神就像看笨蛋一样。好在纪妧并未追问什么，吹了吹茶末，笑道："早些回来，莫要错过宴席最精彩的地方。"

纪初桃来不及细想，轻轻地道了一声"好"，便从一侧悄声退离了。

纪初桃沿着宫道转了许久方在殿后花苑的凉亭中找到了祁炎的身影，只是被假山和盆景挡住了视线，看不真切。祁炎旁边没有他人，这是个试探他是不是自己梦中之人的绝佳时机。

"殿下，您在看谁呢？"随行而来的挽竹道。

"嘘，别出声。"

纪初桃思忖片刻，按捺不住好奇心作祟，低声吩咐宫婢们留在原处，自己则踮着脚穿过月洞门，朝花苑的凉亭走去。

"祁炎，你还撑得住吗？你身上带着伤，还喝那么多酒！"一个清朗的嗓音骤然响起。

纪初桃这才发现祁炎并非独处，那个叫宋元白的副将跟在他的身边，只是被柱子挡住了身子，自己不曾发现。她下意识地停下了脚步，躲在假山后，犹豫要不要继续向前走。

"那些大臣也真是，平日对你爱搭不理的，这会儿又成群结队地给你灌酒，就像约好了似的。"宋元白还在喋喋不休地抱怨。

纪初桃从假山的小洞望去，发现祁炎抱臂倚在雕栏处，侧颜英俊疏狂，不带一丝醉态，仿佛方才跟跄着出殿的样子只是他装出来迷惑人的。

"领头的几个大臣都是大公主的入幕之宾，"祁炎冷淡地道，"不过是趁机向大公主表忠心罢了，见风使舵的小人，无足挂齿。"

"既然知道，你还喝？"

"他们的主子在上头盯着，我既然要演，不如演得真切些。"

宋元白压低声音："你……"

"谁？出来！"祁炎骤然打断了宋元白的话，凌厉的目光直直地刺向假山后。

秋阳淡淡，宛若金纱，俏丽的小公主穿着一身织霞衣缓缓地走出来，如披着一身霞光，摇曳生姿，贵气无双。她的眼睛很干净，总让人想起潋滟的水波。

宋元白讶异片刻，立即站直身子，笑着行礼："永宁长公主殿下！"

和宋元白的热络态度不同，祁炎只是稍稍站直身子，朝纪初桃行了个抱拳礼。他气势很强，连抱拳的姿态都格外挺拔，不过神情是真的冷淡，和梦里那人炙热的眼神大不相同……

纪初桃不知为何，竟有些胆怯，没有直接和祁炎搭话，而是朝宋元白微微颔首，轻声道："小宋将军。"

宋元白见她主动回应，一时受宠若惊，揉了揉鼻子试探地道："殿下是……专程来寻臣的？"

这个宋副将倒是自信。纪初桃无语片刻，索性顺水推舟，轻声道："本宫出来透气，偶遇二位将军，正好想起有一事要问。"

祁炎看了一眼她身空无一人的身后，剑眉一皱，很快便舒展开了。纪初桃觉得他定是识破自己这拙劣的谎言了，毕竟长公主散心哪能不带宫婢？

罢了，自己硬着头皮上吧！纪初桃只想快些确认那个梦的虚实，免得心悬在半空不得安生。

风吹过凉亭，草木扶疏。纪初桃深吸一口气，竭力保持高贵自然的姿态，转向祁炎道："本宫近来对玉石有些兴趣，听闻祁小将军随身带着一块成色罕见的兽纹墨玉，可否请将军取来给本宫瞧瞧？"

四

不知为何，气氛瞬间凝滞起来，宋元白脸色变了变，下意识地望向祁炎。

那玉名为穷奇墨玉，于祁炎乃至整个祁家而言都至关重要，平日里祁炎贴身携带，除了极为亲近之人，再无旁人知晓。这位长在深宫里的小公主是怎么知道的？

祁炎倒是岿然不动，眸色幽幽，像极了某种蛰伏蓄势的野兽。

传闻久经沙场之人自带肃杀之气，鬼神都无法近身，大抵就是祁炎这般。纪初桃不禁抿了抿唇，心想：自己不就是问一块玉吗？怎么忽然这两个人都这样了？

"殿下从何处得知我有随身墨玉？"祁炎打破了沉静的气氛。

纪初桃自然不能说在梦里见过，只好胡诌了一个理由，细声道："听……听旁人说的。"

说罢，她抬眸望向祁炎那桀骜年少的面容，试图观察他的反应。

祁炎眯起了好看的眼睛，从容不迫地看着她："敢问殿下，是哪个旁人？"

大姐曾说过，祁家祖上是漠北反贼，领军数万人，为害一方，后虽被先皇招安，但就像拴了链子的野兽，不知什么时候就会反扑，可怕得很。

祁炎可不可怕纪初桃不知道，但他胆子大是真的，面对长公主一点儿卑敬也没有，连虚与委蛇的那套表面功夫都不屑做。

纪初桃显然不太擅长应付这种人，清了清嗓子，竭力自然地道："本宫记不清了，不过爱玉心切，若祁将军真有此玉，让本宫瞧上一眼便可，本宫绝不夺爱。"

良久的沉默后，就在纪初桃以为祁炎不会回答时，冷淡的嗓音低低地传来："臣并无此玉。"

"啊，没有吗？"

"臣只是个粗人，不会附庸风雅地佩什么玉饰。殿下好像很失望？"

纪初桃张了张唇，还想再问两句，一旁的宋元白忽然"啊"了一声，抢先说道："离席太久，我们该回去了。"

说罢，宋元白讪笑着勾住祁炎的肩，强行扳过他的身子，催促他离开。

好不容易开了口，纪初桃哪能放过如此良机？她连忙追上前，唤道："小宋将军……"

宋元白没想到纪初桃这么锲而不舍，露出真诚的笑容，道："想来是传言有误，三殿下听错了，祁炎从不佩玉。"

说罢，他揽着祁炎大步朝紫宸殿走去。

浮云的影子轻轻地掠过，投下一片阴影，纪初桃在原地站了一会儿，心中悬着的石头落了地，松了一口气。

祁炎说他没有墨玉，那么梦中的内容很有可能是巧合……也好，看来自己不用真的嫁给这样凶巴巴的武夫啦！纪初桃心情轻松了不少，示意远处的宫婢："走吧，我们也回去。"

"殿下同祁将军说了什么，怎么这么开心？"挽竹替纪初桃抚了抚袖子上的褶子，好奇地问道。

纪初桃呼了一口气，轻快地道："没什么。待宴席散后，本宫就把书房里的那些画全烧了！"

这没头没脑的一句话让挽竹和拂铃面面相觑，俱一脸茫然的表情。

另一边，刚刚离去的祁炎转过宫墙的拐角便霎地脸色阴沉下去，眸中含着凉意。宋元白按住祁炎的肩，目光落在他严实合拢的衣襟处，皱眉："祁炎，三公主怎么知道你有穷奇墨玉？莫非大公主授意，让三公主来敲打、震慑你？三公主难道已经知道了一切？"

他习惯性地摸着下巴，难掩眼中的慌乱之色。

"不可能。"祁炎垂下眼，睫毛投下一圈阴影，"以辅国长公主的性子，她若真知晓我用那玉做了什么，定会直接出手定罪，断不会如此迂回。"

何况纪妧手段狠辣，就算是要震慑、试探他，也断不会让纪初桃出面。那个说话软声软气的帝姬能派上什么用场？

宋元白小心地环顾四周，压低声音道："那方才之事你如何解释？"

祁炎沉默了，这是唯一解释不通的地方，打乱了他的全部预设……看来，自己要将计划稍做调整。

片刻后，祁炎拂下宋元白搁在他肩上的手，冷冷地道："她们葫芦里卖的什么药，我们回去看看便知。"

纪初桃回到殿中时，刚巧一场舞乐毕，百官纷纷举杯酬酢，说的无非是一些歌功颂德的套话。

纪初桃记得很多年前，大姐刚摄政那会儿，朝中尚是一片唾沫横飞的骂声，每日早朝，顽固老臣都快将手指戳到纪妧的脸上了……腥风血雨的八年过去，骂"牝鸡司晨，国之将亡"的那些人全都不见了，大姐还端正威严地坐在殿中，睥睨众生。

纪初桃心情轻快，刚落座，便见二姐纪姝没骨头似的探过身来，懒洋洋地道："你觉得崔右此人如何？"

崔右是谁？纪初桃朝座下望了一眼，只觉得殿中都是大同小异的官袍，众人面目模糊，眼熟的人没几个。

纪姝知道她素来不认人，便伸出苍白纤细的手指朝某处一指："大理寺丞，靠近左侧殿门处，笑得特别好看的那个人。"

纪初桃顺着她指的方向望去，只见一个穿着六品官袍的年轻男子端正地跪坐着，笑意如春，举手投足间书卷气息极为浓厚。

二姐对气质出众的男子总是格外留意，尽管她府中早已美男如云，连从北燕掳来的少年质子都成了她的裙下之臣……

纪初桃无奈地道："二皇姐，你不是给自己立了规矩，绝对不碰朝臣吗？"

朝中的大臣多多少少会涉及党派权势。为了避嫌，免于受姐妹猜忌，纪姝便是再爱美男也绝不会染指朝臣，这是她为数不多的底线之一。

纪姝叹了一口气，做出一副颇为惋惜的样子："碰不得，我看两眼总不过分吧？"说罢，她一转眼眸，又指向另一处，别有深意地道："那你觉得镇国侯世子又如何？"

纪初桃手一抖，险些将茶水洒出。

"宴会一开始，你不就一直盯着人家吗？"纪姝眨了眨眼，恶劣地笑起来。

纪初桃耳尖浮上一抹红色，欲盖弥彰地道："盯着他的人是二姐吧？"

笑得急了，纪姝掩唇轻咳两声，苍白的脸上染了几分绯色，道："'食色，性也'，你有什么好遮遮掩掩的？全天下最有权势的女人是你的阿姐，你是一国长公主，想要什么大大方方地拿便是了。更何况祁炎那样容貌的少年本就是世间罕见的极品，你看上他也正常。"

他是炙手可热的将军，又不是一件东西，哪是她说拿便能拿的？纪初桃敬佩两个姐姐的手段，却始终无法成为她们，便道："我对这些没兴趣。"

反正她已经知道祁炎非梦中之人，他的容貌和品性如何，皆与她没有关系了。

"小废物。"纪姝笑着骂道。

纪初桃也不恼，弯眸笑了。

"你不生气？"纪姝问。

"我为何要生气？"纪初桃愉快地接受了自己是废物的事实，"二位皇姐已经这般厉害了，我除了成为废物，无以为报。"

纪姝真是拿她没办法，拈了一颗葡萄投入嘴中，用舌尖剥皮，让汁水流出来，乜斜着眼睛对纪初桃道："终有一日你会明白，有些事你是躲不掉的，即便自己不想成长，旁人也会催着你向前。"

她语气慵懒，似乎在告诫纪初桃，又似乎在说她自己。

"等那日来临再说。"纪初桃摆了摆手，笑得没心没肺。

纪初桃不曾注意，此刻一道深沉的视线落在了她毫无防备的脸上。

祁炎想起在殿外时绯衣少女像一团云般撞入他怀里的感觉，亦想起她极美的眼和隔着半个大殿望过来的视线，还想起了假山后那场别有用心的攀谈……只可惜，外表如何娇软无害，她终究和她两个姐姐一样权欲熏心。

祁炎如此一想，原本心中那点儿初见纪初桃时被惊艳的感觉也变了质似的令他烦闷。他索性别过脸去，不再看纪初桃。殊不知，上座的纪妧和小皇帝早已将两个人的样子看在眼里。

这时，大宫女自殿外而来，俯身在纪妧的身边耳语一番。纪妧长眉一挑，明白了什么，在纪初桃和祁炎身上巡视一圈，心中已有了决断。

她给了宫女一个眼神，宫女立即会意，躬身退下，行至殿前，给了几位朝臣一个眼神。

宴会正酣，众人正在微醺着攀谈，没几个人发现这番动静，除了祁炎和离纪妧最近的纪昭。纪昭看了一眼一丈开外的纪初桃，露出了颇为犹豫的神情。

不多时，席间不知谁喝得半醉，将话题引到了如今的镇国侯身上，朝祁炎热络地笑道："小祁将军快到及冠之龄了吧？祁侯爷也真是，只顾自己享乐，却不曾给儿子定下一门亲事，小祁将军至今还是孑然一身呢！"

这下众人打开了话匣子，立即有人接话："小祁将军英武不凡，想嫁给他的女子都排到城门外去了，他还缺姻缘吗？"

祁炎成了众人调侃的对象，也不局促，只似笑非笑地道："章大人、范大人，朝堂之上不议家事。"

"此话差矣！祁将军年少有为，乃国之栋梁，一举一动皆关乎国运，祁家的家事自然也是国事。"纪妧话里有话，嘴角始终挂着优雅的笑意，看向纪昭道："修身齐家方能治国、平天下。陛下，你说呢？"

蓦地被点名，纪昭一颤，将杯中的茶水洒出去了，在纪妧的注视下磕磕巴巴地道："祁……祁爱卿可有心仪之人？嗯……祁爱卿若是有，朕可做主赐婚。"

众目睽睽之下，祁炎撩袍出列："多谢陛下！臣一心护国，并无男女情思。"

纪昭没作声，小心翼翼地瞄了纪妧一眼，继续说："忠心护国是好事，只是如今国境已定，祁将军也该考虑自己的终身大事了。"

身着一袭黑裙的纪妧端坐着，用帕子优雅地按了按唇畔，不疾不徐地道："若祁将军尚未婚配，本宫倒是有个极佳的人选，愿促成这段良缘。"

这才是辅国长公主的真正目的！所有人都知道赐婚意味着什么：大战已定，四海升平，祁家便失去了可以倚重的价值，大公主这是要借联姻彻底把控祁家！

宋元白已经有些坐立难安了，祁炎倒是镇定，长身挺立，站在殿中永远是最抢眼的那个人。他道："婚姻非儿戏，讲求父母之命、媒妁之言，臣不敢擅做决定。"

初秋的蜜瓜又脆又甜，纪初桃用细签子挑着塞入嘴里，吃得起劲。想起昨日大姐在长信宫里说的那番驯狼的教诲，她恍然大悟：这大概就是"先打到它怕，再给它好吃的"吧？大姐从一开始就布好了局，只是不知谁家女子这般倒霉，要夹在大姐和祁家之间做政治联姻的牺牲品……

空气中仿佛弥漫着淡淡的火药味，纪妧脸上始终挂着得体的笑意，爱怜地道："祁将军是大殷的功臣，值得拥有这世间最好的东西，尽管放心，本宫断不会随意找个平庸的女子折辱你。这桩婚事便是你爹镇国侯在场，也没有理由拒绝。"她望向一旁安静地吃瓜的小妹，话锋一转，微笑着道，"本宫将最疼爱的永宁赐给你为妻，如何？"

"喀！"纪初桃险些被蜜瓜噎住，抬眼慌乱地望去，与祁炎冷冽的目光撞了个正着。

纪妹一副唯恐天下不乱的神情，笑得颠倒众生："你瞧，有趣的事这不就来了？"

五

纪妧此言如清水滴入滚烫的油锅里，霎时间群臣议论纷纷。

"怎么会是三公主？大殿下如何舍得……？"

"话不能这样说！尊贵的帝姬配少年将军，不仅天造地设，还能彰显皇恩浩荡，我看行。"

"仔细地看一看，二人郎才女貌，般配！般配极了！！大殿下英明！！！"

不知谁左右了舆论的风向，议论声渐渐被朝臣的道贺声取代。

一波未平，一波又起，纪初桃被送上风口浪尖，轻松片刻的心骤然被提起，当真不要太刺激。她愠恼地望向长姐，看到纪妧端坐在那儿，凤眸扫视朝堂，如同在欣赏一场演得绝妙的戏。而一旁的皇弟唯唯诺诺，给了她一个歉疚的眼神。

"二姐，这到底是怎么回事？"纪初桃只好悄悄地求助身侧的纪妹，"大姐平日最护短，对我比对皇弟还要宽容温和，怎么会突然做这种决定？"

纪妹看好戏正起劲，顺手将狸奴交给身后俊美的内侍，懒洋洋地朝险些被吓坏的妹妹道："你以为盯着你和祁炎的人只有我吗？"

一语惊醒梦中人，纪初桃瞪大了眼，不可思议地道："所以，大姐早就知道我私自见他了？"

那赐婚之事到底是大姐误会她对祁炎有意还是早有预谋？

纪初桃前十五年多的人生加起来都不如今天一天精彩，仿佛所有的平衡都在这场宴会上被打破了。她不喜欢这种感觉，脑中一片混沌。梦中新婚宴尔的场景又中邪似的浮现在她的眼前，她仿佛看见殿中的祁炎换上了婚袍，挑开纱帘朝她走来……

明明祁炎否定了墨玉的存在，可为何事情的走向又开始向梦境靠拢？不行，就算命中注定她会与祁炎成亲，也不该是以这样的方式！

思及此，纪初桃心一横，起身道："大皇姐……"

纪初桃还未完全站起，身边就伸来一只微凉的素手，将她稳稳地拉回位置坐好。

"急什么？还轮不到你出场。"纪妩朝同样身处风口浪尖的祁炎抬了抬下颌，"先看那小子如何回应。"

也对，若祁炎应付不了，自己再出面和大姐说……想到这儿，纪初桃稍稍定神，向祁炎的方向看去，而后怔住了。

祁炎也在看她，面色阴沉，透着肃杀之气和似有似无的……敌意，就是……看起来凶凶的。

纪初桃"咕咚"一声咽了咽口水，待仔细看时，祁炎已别过脸，只留给她一个侧脸。

纪家姐妹早就布好局了吧？祁炎将视线从纪初桃身上收回，忍不住在心中嘲讽：她现在装出一副不情不愿的慌乱模样给谁看呢？

周围百官阿谀奉承的道贺声让他烦躁，无数道目光聚集在他和纪初桃的身上，如同织起的蛛网，等待他这个"猎物"做最后的垂死挣扎，为这场阴谋落下完美的帷幕。

可惜，他并不想做纪妩身边的狗。

想到这儿，祁炎扬起嘴角，抬起眼眸，当着文武百官的面一字一顿地朗声道："臣出身于草莽，当不起这门婚事，还请殿下收回成命！"

大殿中静默了一瞬，继而众人发出更热烈的喧哗声。他拒绝得过于直接，所有人都像看一个不知天高地厚的疯子，哂笑者、叹息者都有，但更多的是等着看好戏的人……

纪初桃被大姐赐婚给祁炎，不到半盏茶的时间，又被这个狂妄的少年当众拒婚……

自始至终，到底有没有人考虑过我的感受啊？！纪初桃被气得在心里大叫。

宴会散后，纪初桃直接去了长信宫。纪妩似乎早料到她会来，见她皱着眉进殿，一点儿惊讶的意思也没有，淡然地招呼她："永宁，坐。"

纪初桃并未坐下，依旧穿着赴宴时穿的织霞衣立于殿中，第一次端详优雅地品茶的纪妧。那是她的长姐，是她从小最信任、最敬畏的亲人。

纪妧低声吩咐贴身女官一句话，女官就领命退下了，轻轻地掩上了大殿的门。光线被隔绝，寂静的大殿中，纪妧的声音传来："我虽是辅国长公主，但也是你的姐姐，你有话直说便是。"

正因为纪妧是从小呵护自己长大的长姐，所以纪妧做出这种决定时，纪初桃才格外在意。

纪初桃不想绕圈子，直言道："大皇姐为何要将我赐婚给祁炎？"

纪妧吹了吹茶末，说道："本宫既然能说出那番话，就有十足的把握保住你。那个狼崽子野心大得很，不可能答应赐婚。你受了委屈，本宫自会替你出气。"

纪初桃心里并未舒坦多少，闷声反问："大皇姐可曾想过，万一祁炎答应了呢？"

纪妧轻轻一笑，凤眸中透露出看透一切的睿智，道："万一他答应了，这不也是两全其美的好事吗？永宁，本宫以为你会高兴。"

面对掺杂着利益的婚姻，没人会欢喜。纪初桃攥了攥袖口，终于说出了一直放在心里的话："是不是在大皇姐的眼里，我与其他人没有任何不同之处？"

纪妧神情微僵，良久不语。

纪初桃刚出长信宫，便见门下站着一个人。她停住脚步，迟疑地道："二皇姐怎么来了？"

纪姝裹着一身冷香狐裘，面色在淡淡的阳光下显得十分苍白，懒洋洋地道："我来看看我的小废物有没有伤心欲绝，为一个不识抬举的男人一哭二闹三上吊。"

"我才不会！"纪初桃笑出了声，精神了些，"我本就不喜欢政治联姻，何况帝姬即便下嫁被拒绝，损害的也不是我的名誉。"

纪初桃既然不是为此事烦恼，那就只有一种可能了。纪姝看了一眼长信宫的大殿，嘴角带着妩媚的笑意，似在宽慰她："都说高处不胜寒，一个人在高位上坐久了，心会越来越冷的。"

纪初桃扭头看向纪姝，纪姝却只是懒洋洋地打了个哈欠，倦怠地道："今日这场好戏才开始，可惜我等不到落幕的时候了。"

纪初桃大惊，担忧地道："二姐何出此言？"

"瞧你吓得！放心，祸害遗千年，大殷完蛋之前我是不会死的。"纪姝大概饮了酒，又开始口无遮拦了，"京都湿冷，我要搬去南方别院小住一个月。你别想我，想我我也不稀罕。"

说罢,她摆了摆手,飘然洒脱而去,走向在不远处候着的美侍。

那场荒唐的宫宴已经过去两天了。

镇国侯府后院的射圃中,草靶上已经插满了羽箭。祁炎穿着一身劲装,手挽大弓,屈起一条腿坐在石凳上,给弓弦上油保养。一旁的宋元白抱着箭筒,憋了许久,忍不住叹道:"祁炎,你当众拒婚,拂了皇家的脸面,这事怕是难以收场了,要不要请你爹出面……?"

说到一半,宋元白泄了气。

祁老爷子当年什么都好,就是生的儿子过于草包。若说这草包唯一的贡献,便是他给祁家生了个天纵英才的祁炎,这才稳住祁家在朝中的基业……

指望镇国侯,祁炎还不如指望自己。想到此,宋元白凑上前贼兮兮地道:"永宁长公主确实极美,祁炎,你真的不考虑考虑?"

说实话,纪初桃甚至比传闻中还要好上甚多!和她的姐姐们不同,她身上有一种未经世事的干净和灵动,在权欲熏心的宫闱中显得格外亮眼,人们一见到她,眼里便再也装不下其他人。

闻言,祁炎动作微顿,不禁想起纪初桃那张精致的脸,心中那淡淡的躁动感又浮上心头。他垂眸嗤笑道:"你何时也学会以貌取人了?能用穷奇墨玉来试探的人不可能简单。"

说不定表面看上去越纯良的人内里越危险。

宋元白眯起桃花眼,笑道:"管她的内里如何,貌美可爱在我这儿就是天理!"玩笑开够了,宋元白叹了一声,"我们还是从长计议吧!大公主若借题发挥,给你一个拥兵自重之罪就难办了。"

祁炎将棉布一丢,道:"纪妧布下的陷阱,我跳不跳结果都一样。她想借题发挥,便让她发挥。"

"你有对策啦?"

祁炎不语,起身活动一番手脚,手指勾着上了油的弓弦一拉,再松手,弓弦发出了"嗡"的一声。

好吧,祁炎从来就不是坐以待毙之人,宋元白便放心些。想起今日的正事,他又打起精神,道:"对了,琅琊王的人又递了拜帖来,你看……"

"晾着。"祁炎淡淡地道。

宋元白苦恼地道:"这样不好吧?琅琊王好歹是皇上的叔叔,是在先帝和大公主的绞杀中唯一幸存并屹立不倒的王爷，你就算无心与他交好，至少不该得罪他。"

"我得罪的人还少吗？"祁炎反问。

宋元白被噎得说不出话来，心道：你听听你说的这是什么话？难道我还要夸你好棒？

祁炎似乎听到了他的心里话，接着说："纪妧一直在查琅琊王，他们此时找上门，绝非好事。"

宋元白脚下一个趔趄，惊呼："大公主在查琅琊王？！你为何不告诉我？怎么办？！要不我将那几个人绑了，送到宫里自证清白？"

"不必。"

"不必？他们牵连到你就完蛋啦！"宋元白这才反应过来，俊秀的脸皱成了包子，"祁炎，你到底在搞什么？"

祁炎利落地弯弓搭箭，目光落在草靶的红心上："从我拒婚起，不管我做什么，纪妧都不会信我。既然如此，我倒不如将计就计，闹得更大些。"说罢，他顿了顿，接着隼目如炬，瞄准靶心，"至少，什么时候射出这支箭是由我决定的。"

祁炎指尖一松，箭矢离弦，"嗡"的一声穿透草靶，无数碎屑掉落。

第二章
反　臣

一

纪初桃是个性子率真的人，不过几日便将御宴的事抛到脑后了。既然大姐说只是借此试探祁家，她便无甚担心的了。只是偶尔瞥见瓷缸中那些落了薄灰的画卷，她仍会蹙起眉头，失神片刻。

日子平静得仿若暴风雨来临前的安宁。

夜里，月如清霜，值夜的宫婢守着一盏纱灯打盹。而一旁雕工精美的软榻上，似烟如雾的垂纱帐后，纪初桃紧皱眉头，微微张开绯色的唇，呼吸声急促。

噩梦中，恣意疯长的火舌舔舐着房梁，滚滚热浪蒸腾着纪初桃的脸庞，满目红色。好热……她梦见自己不知身处何处，正在被人追杀，身后一片刀光剑影。她不要命地跑着，心脏炸裂般疼，耳畔尽是"呼呼"的风声和烈火燃烧的声音。

"三公主在这儿！别让她逃了！"有人大声叫喊。

夜那样黑，风那样冷，纪初桃慌不择路，脚下一绊，发出一声惊呼跌倒在地上。玉簪断裂，乌黑的长发散了满肩。

她还来不及爬起来，一群面容扭曲的人就狞笑着围了上来。她坐在地上，不住地往后缩，噙满泪水的眼中映着刀戟的寒光。

刀刃抬起，纪初桃绝望地闭上了眼睛，可想象中的疼痛并未到来。一阵刀剑碰撞的声音后,"扑通扑通"几声闷响,几个追杀她的人如被抛出的沙袋般飞出一丈远,重重地撞在宫墙上,落到地上后半晌爬不起来。

纪初桃颤巍巍地睁开眼,只见一道笔直的身影挡在她的身前。夜风呼啸,卷得他暗色的披风猎猎作响,火焰给他高大的身影镀上了一层赤金色的暖光。他穿着一身黑甲战袍,威风凛凛,若天神降临,手中的长剑还在滴血。

"是他!怎么会?!"凶徒们像看见了什么可怕的东西,嚣张的气焰荡然无存,纷纷面露惧意,瑟缩着后退。

"谁也不许动她!"极具压迫感的声音带着夜的凛冽之意。

"走!"领头的凶徒从墙角处爬起来,吐出一口血,带着手下狼狈地逃走了。

高大的男人收剑入鞘,转过身来,逆着火光面对纪初桃蹲下,下颌上沾着几颗朱砂似的血珠,桀骜英俊的面容隐在夜色中,唯有一双眼睛亮得出奇。

"祁炎……"纪初桃听见自己带着哭腔的声音响起来。

祁炎朝纪初桃伸出一只沾着血的手,纪初桃瑟瑟发抖,呜咽着躲开了他的触碰。祁炎的手僵在半空中,而后他收了回去,在衣襟上仔细地擦干净后,方解下披风抖开,裹住了纪初桃颤抖的身躯。

"别怕,有我在,没人能伤害殿下。"祁炎发出低沉的声音,有着与方才截然不同的温柔。

纪初桃擦了擦泪水,迟疑地将冰冷的指尖放到他的掌心上。带着薄茧的手修长有力,只轻轻地一拉,便将她从残雪上拉起来了。

"祁炎,为……为什么?"她哽咽着问,像在求一个能说服自己的答案,"当年你蒙冤入狱,明明该恨透了我们。"

寒风袭来,火星摇曳着飘向天际。祁炎于被烈火焚烧的废墟前静静地看着她,沉默片刻,薄唇微微张合,在她的耳边低声说了一句话……

那应该是一句至关重要的话,但梦境模糊,纪初桃并不记得他说了什么,只记得他将她揽入怀中,战甲贴着她的脸,刺骨的冰冷。

"祁爱卿,你此番立了大功,想要什么尽管说,朕定会满足!"

"臣一生所求唯愿尚永宁长公主。"

无数故事片段如洪流般汹涌而去,梦境交叠,最终定格在纪初桃最熟悉的那一幕:富丽堂皇的寝房中,红纱软帐,喜烛成双,祁炎身着一袭婚袍缓缓地走来,弯腰俯身,轻轻地取走了她遮面的团扇。灯火阑珊,纱幔飘动,她看到质地上乘的婚袍如云霞般随意地散落在地上,祁炎健硕的身躯像一堵炙热的墙,将她牢牢地禁锢,他的心口处有一颗朱砂小痣。

"祁炎……"纪初桃从梦中醒来了。

天已大亮，反应过来自己方才唤了谁的名字，纪初桃慌忙捂住嘴，拉起被子蒙住脸，郁闷地在床上滚了两圈。

自己怎么又梦见祁炎了？！这次他不仅露了脸，连名字都被她真切地喊了出来。梦境断断续续的，竟然串成了一个跌宕起伏的故事！

自己一定是日有所思，夜有所梦！前些天她在宫宴上遇见了祁炎，所以才会在晚上梦见他！什么驸马、英雄，一定都是假的！对，都是假的！纪初桃笃定地想。

突然想到什么，纪初桃掀开被褥，赤着脚下榻，踩着柔软的毯子一路奔到了外间的书案处。她从瓷缸中抽出几卷画像，展开一看，越看越觉得画中的男子像祁炎！

自己还是把这些画烧了吧，免得夜长梦多，扰人心境！

纪初桃抱着画卷起身，找到炭盆，将这些画一股脑地扔了进去。

挽竹端着清水和布巾进门，见纪初桃只穿着单薄的里衣，光着脚蹲在地上，炭盆中一堆画纸，燃起的火焰蹿到了一尺多高，不由得大骇，惊呼："秋寒露重，殿下怎么光着脚踩在地上？"

拂铃闻声进来，亦惊叫："快……快叫人灭火！"

"别，这些画我都要烧了。"纪初桃唤住慌乱的拂铃，看着那些扰人的画卷化作黑灰飘散，这才彻底放下心来。

老天保佑，但愿她以后不会再梦见那些奇怪的东西。她素来喜欢温润君子，不爱军营武夫，和祁炎注定是两个世界的人，怎么可能会发展出那样缠绵悱恻的故事嘛！

纪初桃用过早膳，便有侍婢前来通报："殿下，皇上来了。"

"阿昭？"

纪初桃闻言，探首望去，只见纪昭穿着一身朱红色的常服，头戴网纱透额，抱着一堆竹矢，在宫侍们前呼后拥之下前来。

"三皇姐！"纪昭颇为高兴，在门外催促纪初桃，"二皇姐快出来，我们去延年苑中投壶玩！"

纪初桃看了一眼他的身后，确定大姐不在，惊异地道："皇上不去做功课吗？大皇姐今日怎么舍得放你出来玩？"

"大皇姐近来才没有时间管朕呢。"

"为何？"

纪昭示意宫侍们都退下，独自迈进殿，盘腿坐在纪初桃对面，压低声音道："三皇姐还不知道吧？出大事了！据说有人在琅琊王的后院中搜出了不少兵器和铠甲，长姐连夜下诏，先以谋逆罪软禁了琅琊王府上下，后又查到了镇国侯府，祁炎也被一并抓入了天牢！这几日，长姐都在忙着处理这事……"

"等等，"纪初桃打断纪昭的话，难以置信地问道，"祁炎入狱了？"

"是呀！今日早朝上都快炸开锅了，大臣们为此吵吵嚷嚷的，弄得长姐的脸色很不好。"

大姐以赐婚为由试探祁家的野心，再步步为营，放下饵钩，就是为了在此刻收网。纪初桃呼吸急促，喃喃地道："琅琊王谋逆，与祁炎何干？"

纪昭想了想，含混地道："好像是长姐抓到了他们私下往来的人证，在朝堂上对质时，镇国侯笨嘴拙舌，解释不清，总归难以逃脱'结党营私'这一罪名……"

纪昭还说了什么话，纪初桃已经听不进去了，满脑子都是昨夜梦里的画面。

祁炎蒙冤入狱莫非指的就是这件事？！梦里的事应验了，所以无论是祁炎救她还是与她成亲，都极有可能是真的！至于那块墨玉，祁炎或许现在没有，以后会从什么地方得到……

想到这儿，纪初桃不禁脊背一凉，惶恐难安。

"三皇姐，你的脸色怎么这般难看？"纪昭伸手在纪初桃的面前晃了晃，担忧地问道。

纪初桃回过神，匆匆忙忙地起身："皇上，我有急事，不能陪你玩了。"

说话间，她已经着急忙慌地跑出了殿外。

纪昭挠了挠头，纳闷：三皇姐一向温和安静，这还是头一次这么着急呢！

二

刑部大牢的最深处，阴寒之气扑面而来，空气中弥漫着血混合着腐物的味道。

有人提着一盏灯穿过甬道，暗淡的光拂过挂满铁锈和蛛网的牢狱栅栏。来人的影子投在墙上，忽明忽暗，张牙舞爪。

提灯之人在最里间的牢狱外停下，摘下用来遮面的兜帽，提起灯打量狱中褪衣而坐的年轻人。这是一间打扫得还算干净的牢狱，小小的牢窗外，一线冷光斜斜地照入，照亮了冰冷的铁镣铐，落在那张年少张扬的脸上。

和平日里身穿黑甲武袍的冷峻模样不同，此时的祁炎简单地束着马尾，鬓角垂下几缕散乱的发丝，坐在简陋的木几案后，扬着眉的样子更添几分少年的不羁气质，仿佛自己坐的不是狱中的稻秆堆，而是在十万兵马之上的将军宝座。

提灯之人应该动了不少钱财关系，如此大摇大摆地进来，狱卒却全像看不见他似的，无一人阻拦。他抬头，露出一张略黑且方正的脸来，眉毛耷拉下去，忧心忡忡地道："祁将军受苦了！王爷得知连累将军下狱，万分担忧愧疚，不惜一切代价也要让在下与将军一见，代致歉意！"

此人说罢，对着祁炎拢袖长揖。

这是琅琊王纪因的人，祁炎显然对他的到来并不意外，垂眸淡然地吹去袖口上的一撮稻秆碎，嗤笑道："愧疚？王爷知晓大公主要动他，还在此时派人与我接洽，不就是要将我卷入乱局之中，逼我站队？他如此良苦用心，何来愧疚？"

来人语塞。

祁家世代莽夫，有勇无谋，不料祖坟冒青烟，生出了一个文韬武略、天资聪颖的孙儿……如今见了祁炎的面，这人方知琅琊王所说的话绝非夸大，这少年的确有不惜一切代价拉拢的价值。

和聪明人说话最忌装腔作势，这人收敛了虚伪的关切样子，越发恭敬起来，压低声音道："将军也知道如今的形势，天家那位独揽皇权、鸟尽弓藏已成事实。只要是威胁到她的权势，不管是皇亲还是忠良，皆会被诛杀！我家王爷有成武帝所赐的诏书，长公主忌惮，不会伤及王爷的性命，可将军您呢？若不自保，将军与祁家危矣！"

他不愧是琅琊王座下第一上宾，短短数言便直击要害。但祁炎神色不变，抱臂靠着牢墙，两条长腿往几案上一搭，道："所以呢？"

这人上前一步："王爷本无弄权之心，只求自保，无奈树欲静而风不止。既然进退两难，不如绝地反击！将军与我家王爷同为落难之人，何不联手？"

祁炎把玩着手中的手铐，似乎在认真地思索这人的话。半晌后，他声音低沉地道："晚辈如今身陷囹圄，不知明日生死，即便想做点儿什么，怕是也有心无力。"

这人见有戏，心中一喜，连忙蹲下身子循循善诱："只要将军肯通力合作，王爷自有办法从中斡旋，保将军和镇国侯平安。"

祁炎并不急于应允，只稍稍倾身，镣铐"哗啦"作响，道："那就要看看王爷能拿出什么诚意来了。"

这人一怔，随即拱手躬身到底，诚恳地道："在下明白了，这就回禀王爷。"

待那盏灯彻底消失在拐角处，祁炎方收敛沉重的神情，眼中闪过清冷的光。他随手将额前垂下的发丝拢至脑后，明明镣铐加身，却以狩猎者的姿态，嘴角缓缓地露出一抹嘲弄的笑意。

纪初桃在长信殿中等了一会儿，大公主才姗姗来迟。

"你来得正好。礼部已在着手准备你下个月的生辰宴了,你且看看,有无不妥之处?"纪妧端庄地走来,命人将礼部的折子递给纪初桃,一袭夜色的宫裳拖过光可鉴人的地砖。

纪初桃粗略地看了一眼,只觉得那长长的宴饮流程烦琐至极,便心不在焉地道:"不用大肆操办,简单才好。"

纪妧颔首:"也好,这种时候免得节外生枝。"

纪妧虽威严狠辣,却有一个不为人知的癖好——极爱甜食。每当应付朝事疲乏了,她便会吃几块糕点、果子定一定心神。

放下奏折,纪初桃从挽竹的手中接过御膳房专供的芙蓉金蕊糕,亲自递到纪妧的面前,眼里露出几分适宜的讨好神色:"大皇姐近来劳累,我便带了你最爱吃的糕点。"

纪妧觉得好笑,道:"我又不是第一次操劳,以前怎么不见你心疼?"

纪初桃趁机挨着纪妧坐下,装作不经意的样子说道:"大皇姐面有疲色,是因为在皇叔家里搜出兵器那件事吗?"

"琅琊王谋逆。"纪妧伸出保养得极好的手,拈了一块糕点,眼中是看透一切的精明之色,"方才阿昭不是都已经告诉你了吗?"

纪初桃泄了气,心里纳闷:大皇姐是有千里眼吗?怎么什么小动作她都知道?早知如此,自己就不这般费心地迂回了。

纪初桃惦记着那个梦,轻声问:"那……此事为何会牵连到祁炎?前些天他不还是大殷的功臣吗?"

纪初桃绕这么大的圈子,竟是为他而来。纪妧眸中闪过一丝波澜,端详着手中精致的糕点,徐徐地道:"那日本宫说为你们赐婚,你不是还生气吗?现在改主意了?"

纪初桃连忙摆手:"我才没有!这是两码事。"

"告诉你也无妨,你迟早要学会这些。"纪妧道,"祁家与琅琊王暗通款曲,不臣之心昭然若揭。本宫早说过,祁家就是养不熟的狼,几十年前他们能反第一次,如今就能反第二次……"

皇叔琅琊王有先帝的免死诏书,最多被赶回封地,但祁炎不一样。大皇姐布局这么久,一石二鸟,真的会杀了他的!

纪初桃想到梦里英雄天降的场景,心中一紧,为祁炎辩解的话脱口而出:"大皇姐会不会弄错了?我倒觉得他不是这样的人。"

纪妧眯了眯眼,放下糕点,取了帕子擦净手指,轻笑着问:"永宁,你知道你在说什么吗？"

她明明笑着，气氛却冷了下来。

纪初桃还想再争取一下，鼓足勇气道："大皇姐，我只是在想，祁炎风头正盛，若无其他证据，万……万一是被冤枉的呢？"

"祁炎归京后并未直接进京述职，而是辗转他处私见了别人，你可知这意味着什么？"纪妧怜悯地望着自己善良单纯的妹妹，轻飘飘地道，"永宁，重要的不是有没有证据，而是本宫想不想让他死。"

她说过，听话的狗有肉吃，驯服不了的狼就只能杀了，绝不会给它反咬自己一口的机会。

"可是……"

"你是纪家人，莫要站错了位置。"

纪初桃张了张嘴，垂下头，闷声道："我知道了，大皇姐。"她起身走了两步，又回过身来，对略有疲色的纪妧道，"朝政再忙，皇姐也要注意身体。"

纪妧这会儿才露出一丝真正的笑意，放缓语气道："糕点本宫收下了，你回去吧。"

纪初桃回到永宁宫，心事重重地扑在软榻上，想起了之前大姐说过的话——只有站在权力顶峰的强者才有资格支配别人的生死。大姐做的每一个决定都不会轻易地被外力改变，哪怕这个外力是亲妹妹的请求。

若祁炎真的罪大恶极也就罢了，偏偏那些捕风捉影的证据并不能让纪初桃信服，再加上梦里那些逼真的画面以及如今已然应验的牢狱之灾……

民间的话本里常写，若一个人蒙受了极大的冤屈，上天就会降临异象为他昭雪。难道这些梦就是上天在为祁炎鸣不平？纪初桃倏地坐起来，不可抑制地打了个寒战。

不行，她得想办法见祁炎一面，查清楚这是怎么回事！

可是大姐不许她插手，她要如何才能潜入刑部大牢与祁炎见面呢？

她正冥思苦想时，挽竹和拂铃捧着新鲜的瓜果进门了，见纪初桃皱着眉坐在榻上，一副苦恼的模样，便关切地道："殿下这又是怎么啦？"

"你们来得正好！"纪初桃如见救星，朝两个贴心的宫婢招了招手，附耳问道，"本宫想去刑部大牢见一个重犯，你们可有良策？"

"哎呀，刑部大牢阴晦得很，不干净的，您去那儿做什么？"挽竹惊异地道。

拂铃倒是镇静，将切好的蜜瓜递至纪初桃面前，笑着道："您是帝姬，想提审犯人不是一句话的事吗？您下一道旨意，何人敢拦？"

纪初桃心不在焉地咬了一口蜜瓜，托着腮道："问题就在于本宫不能光明正大地去,尤其不能惊动大皇姐。"

"这可太难了,以往您还能找二公主殿下帮忙,可偏偏二殿下外出养病,不在京都。"两个宫婢跪坐在地毯上,也跟着托腮苦想起来。

忽然,挽竹眼睛一亮:"有了!咱们让殿下扮成送饭的狱卒混进去!"

"刑部大牢盘查得极严,殿下怕是还没进大门便穿帮了,然后死于守卫的乱刀之下。"拂铃否定了这个馊主意。

挽竹撇了撇嘴:"啊,那你说怎么办?"

拂铃沉思片刻,道:"或许殿下可以扮作镇国侯府的女眷,以重金恳求刑部守卫通融……"

纪初桃简直无语,道:"贿赂朝中吏员更是大罪。"

两个宫婢真心想为主子排忧解难,可惜能力有限,只好愧疚地道:"殿下,要不您再想想那犯人是否有什么权势和背景,他有无能帮上忙的亲朋好友?"

"有权势的……亲朋好友?"一语惊醒梦中人,纪初桃猛然抬首,笑道,"有了!"

一个时辰后,纪初桃换上挽竹的衣裳,扮作小宫女的模样悄悄地出了宫,没有惊动任何人。

管家来报,门外有两个妙容少女求见,正停职赋闲家中的宋元白啃着大枣,抬首理了理鬓发,以风流倜傥之姿拉开了侧门:"谁呀?"

"小宋将军……"见到来人,宋元白顿时毛骨悚然,被一口枣噎住,手中的枣核"吧嗒"一声落地,骨碌碌地滚下了台阶。

"永……喀喀!永宁长公主!"未料到来了这么一尊大佛,宋元白咳得面色通红,抽搐着要抱拳行礼。

"嘘……嘘!"偷跑出来的纪初桃手忙脚乱,示意宋元白不要声张,"不要说话,先让本……我进去!"

宋府书房内,宋元白勉强保持镇定,微笑着给纪初桃沏茶,疑惑地道:"殿下怎么突然来了敝府?"

"我是专程来找你的。"纪初桃急切地道。

"噗!见我?"宋元白又被一口茶水呛住,颤巍巍地搁下茶盏,头脑飞速地运转起来。

三公主私下见他,有两种可能:一是她想从他这儿套取什么情报;这第二嘛,她极有可能真的看上他了!

"拂铃，把东西拿上来！"

纪初桃根本没有察觉到宋元白的那些小心思，将拂铃递上来的那只妆奁盒打开，宋元白霎时间险些被里头硕大的夜明珠闪瞎了眼睛！

不妙，她连聘礼都准备好了！他心怀恐惧地想。

"这个请小宋将军务必收下。"纪初桃大方地将妆奁盒送给宋元白，诚恳地道，"我有个不情之请，能否请小宋将军帮帮忙，让我偷偷地去狱里见祁炎一面，不要惊动任何人！"

"祁炎？"宋元白还未从"聘礼"的震惊中回过神来，试探地问，"殿下要见祁炎做什么？"

"我……"纪初桃难得有些局促，支吾了半晌，鼓足勇气道，"祁将军不是你的朋友吗？他出了那样大的事，我实在担心。"

她的本意是，祁炎是宋元白的朋友，宋元白担心祁炎，她亦担心祁炎，两个人有共同的目的，所以宋元白应该能帮上忙。这话落在宋元白的耳中却变了意思，他心道：三殿下莫不是因为倾心于我，所以爱屋及乌，连带着关心我的朋友祁炎？

这倒是意外之喜。尽管祁炎已有后手，但凡事都有万一，若有三公主的帮助，他们或许能多一分胜算……为了兄弟，他牺牲一下色相又何妨？这个忙他帮定了！宋元白悲壮地想。

三

一辆马车停在刑部高墙后的隐蔽处。

千金之躯的三公主扮作送饭侍婢的模样，虽穿着下人的粗布衣裳，轻绾双丫髻，可那一身骨子里透出的天然贵气无论如何也掩盖不住。

"委屈殿下扮作敝府的奴仆。待会儿下车，殿下只管跟着我，莫要出声和张望。"宋元白看了一眼简单乔装过的纪初桃，挑开车帘朝后门的守卫处张望一眼，嘱咐道。

纪初桃挽着食盒颔首，一副"本宫都明白"的笃定模样。

宋元白只能带一个人进去，故而挽竹被留在了马车上。宋家已提前打点过了，领头的狱卒检查过食盒中的东西，便亲自带他们进去了。

男人们走得很快，纪初桃有些紧张地跟在他们身后，不敢抬头，不敢出声，只觉越往里走越黑暗可怖，阴冷潮湿的气息如蛛网般裹得人难受。

不知过了多久，他们总算走到了牢狱尽头。那狱卒领头示意他们到了，略微躬身，道："宋将军，您能探望一刻钟，还望抓紧时间。一刻钟后，梆子声响，不管什么要紧的话没说完，您都必须即刻出牢。"

"规矩我自然知道，这些你拿去给兄弟们买酒喝。"宋元白解下腰间的钱袋，并未掂量，直接尽数给了狱卒。

狱卒并不多言，行过礼便告退了。

狱中的祁炎正闭目养神，待狱卒离去后才悠然睁眼："都安排妥了，你还来这儿做什么？"

话音刚落，他看到了宋元白身后的纪初桃，顿时怔住了。

"祁小将军……"真见到了祁炎，纪初桃反而有些手足无措，半晌才反应过来，打开食盒，将牛肉、糕点等物从栅栏下送饭的小口中递了进去。

高贵无双的帝姬显然没做过这种伺候人的活，送个饭都磕磕绊绊的，动作十分生疏。

短暂的惊愕过后，祁炎微微坐直身子，睐着凌厉的凤眼，道："永宁长公主殿下为何会屈尊降贵，来这等污秽之地？"

他虽是在问纪初桃，凌厉的目光却直直地刺向了宋元白。

"你们聊，我去那边守着。"宋元白挠了挠鬓角，很自觉地退至一旁，装模作样地欣赏墙上的一个斗大的蜘蛛网。

"是我拜托宋将军带我进来的。"纪初桃为倒霉的小宋将军辩解。

她好奇地打量着在狱中镣铐加身却依然英气的祁炎，莫名其妙地觉得心酸。明明半月之前他还是御宴上风光无限的少年将军，转瞬间就被卷入乱流之中，落魄至此。

"臣已是戴罪之身，殿下想和臣聊什么？"祁炎隔着一道铁栅栏望着纪初桃，目光中充满探究之意，暗流涌动。

"我此番前来，只是想冒昧地问一句……"纪初桃微微蹙起秀气的眉，似乎在斟酌如何开口。半晌后，她下定决心似的，抬起干净的眼眸看向祁炎，道："祁小将军真的参与了谋逆，与皇叔结党营私吗？"

这是什么问题？祁炎在心中哂笑。即便真的谋逆，他难道还会大大方方地承认不成？但纪初桃目光如此凝重、诚恳，仿佛一个急于请老师解惑的学生。霎时间，祁炎脑中闪过无数种可能，并针对这些可能迅速地想出了相应的对策。

"琅琊王的确多次派人递交拜帖，盼与臣结交，但那只是私交，绝不涉及公事。"祁炎是天生的布局者，须臾间已想好了最有利于自己的回答，气定神闲地道，"琅琊王是否谋逆，臣的确一无所知。"

纪初桃眼眸微亮，神色明显轻松了些，握住栅栏着急地道："所以，小将军并未谋逆？"

"皇恩浩荡，祁家幸列公侯之尊，已位极人臣，为何要反？"祁炎垂下眼，眼睑下一圈阴影，露出淡淡的哀伤神色，说出来的话连他自己听着都想笑。

可纪初桃并未看穿他心中的讥讽之意，认真地道："我还有个不情之请，小将军能否……"

她似乎难以启齿，垂下蝶翅般的睫毛，目光几番闪躲后方支支吾吾地小声道："能否让我看看你的胸口？"

纪初桃想确认祁炎的心口是否和自己昨夜在梦里见到的那样，有一颗小小的朱砂痣。

听清楚她方才说了什么，祁炎瞬间眸色一沉，皱了皱眉。

纪初桃以长公主之尊提这种要求，实在太过诡异。他曾将那块穷奇墨玉藏在衣襟之内，紧贴心口放着，这么多年从未离身。她曾在宫宴上向他打听过穷奇墨玉的下落，难道现在还在查？

见祁炎不语，纪初桃意识到这个要求大概不妥，脸臊得通红，忙不迭地道："小将军若是为难，便算……算了。"

话音刚落，祁炎已单手扯开了自己的衣襟，露出一片独属于少年人的结实胸膛，肌肉的轮廓清晰又漂亮。

入狱前要被搜身，故而祁炎提前将穷奇墨玉藏在了一个绝对安全的地方。他索性依言照做，看看纪初桃会做何反应……

一旁的宋元白转过头便看见这一幕，当即嘴角抽搐，一副"祁炎莫不是疯了？"的表情。

一线光落在祁炎的身上，微微起伏的左胸处，朱砂小痣清晰可见。纪初桃仿佛被扼住了喉咙，心脏几乎要蹦出胸膛。

祁炎真的有痣，而且那颗痣就在和梦里一模一样的位置上！

她心中所有的疑惑都被解开了 祁炎含冤是真，救她是真，娶她亦有可能是真！太神奇了，这一切如此奇妙，让她的心一会儿跌入谷底，一会儿又飞上云霄！

眼前这个强大桀骜的少年真的会是她命定的良人吗？复杂的思绪如洪流般涌过，在强烈的冲击下，纪初桃晕晕乎乎，有点儿辨别不出身处何方了。她微颤着伸出一只细嫩的手，穿过栅栏的缝隙，竟试图触摸那颗小痣……

见祁炎面色一冷，合拢了衣襟，纪初桃如梦初醒，慢慢地收回了手，蜷起发烫的指尖。她望着祁炎，雪腮微红，目光仿若摇曳的星子，说不清是因为惊愕还是别的什么。

祁炎未放过纪初桃脸上任何一个微小的表情，试图辨别她那张纯良的脸上究竟暗藏了怎样复杂的来意。然而娇柔的三公主只是松了一口气，眼眸一弯，笑了起来："既然如此，我愿意信你一回。"

"我能帮你什么吗？"未等祁炎反应，纪初桃又柔声问，毕竟眼前的人将来很有可能是她的救命恩人……

在见到纪初桃的那一刻，祁炎便预测了她的两种来意：第一种可能是大公主没有直接证据证明祁家谋逆，故而派看似单纯无害的纪初桃来获取自己的信任，套取情报；第二种可能微乎其微，那便是纪初桃是真的想帮他……

既然如此，自己不如顺势试探她一下。

祁炎想了想，道："殿下若真的信任臣，只需要帮一个小忙。"

"是什么？"纪初桃好奇地问。

"城东慈安寺偏殿的神龛上供奉着臣祖父的长明灯，灯下有一个暗格，里面藏着一件对臣来说极为重要的东西。宋元白是我的副将，他的一举一动都在监视范围之内，不方便做此事。"祁炎眼中蕴含着一丝暗色，扬着眉道，"殿下若能将那东西取来，臣定感激不尽。"

在一旁偷听的宋元白仿佛明白了祁炎的坏心眼，扭头瞪向祁炎，一脸"你果然是疯了"的震惊表情。

纪初桃亦出乎意料，还以为祁炎会趁机让她向大姐求情呢！她遂眨了眨眼，迟疑地问："就这样简单？"

"嗯。"

"是什么物件？"

见纪初桃存疑，祁炎又淡淡地补上一句："殿下放心，那绝不是什么危险之物……"

纪初桃望着祁炎，眼眸如镜，仿佛能映出一切污秽，轻轻地颔首："好。"

见她答应得如此干脆，祁炎反倒愣了一下。片刻后，他收敛了心中一闪而过的动摇之意，拖着"哗啦"作响的镣铐抱拳，垂下的眼睑盖住了他眼中复杂的神情："那臣先谢过三殿下。"

梆子声传来，提醒他们一刻钟的时间到了。纪初桃恋恋不舍地起身，许诺："祁小将军勿怕，明日此时，我定将东西取来给你。"

"祁炎，你疯了！拿那种方法试探三公主！"纪初桃走后，宋元白双手抓着铁栅栏，一副恨不得从缝隙中钻进去揪住祁炎的衣领的模样。

小公主对他一片真情，他怎能容忍祁炎如此对她？宋元白顿感交友不慎，咬牙切齿地看着祁炎。

"这是最后一次。"祁炎倚靠在斑驳的墙上,望着在空气中浮动的尘埃,亦有些厌恶这样的自己。

祖父为纪家征战到死,到头来,终究抵不过一句"祁家天生反骨"。他不似祖父和阿爹那般耿直,可以因一句"士为知己者死"而鞍前马后。他驯服了野兽,但袖中始终藏着一把锋利的匕首,防止野兽反扑。什么国士知己……都是骗人的笑话!祁炎从来都不信纪家人。

"我也只帮你最后一次!"宋元白叉着腰道。

"盯紧她。"祁炎索性闭目,将纪初桃那鲜活灵动的笑颜强行从脑海中消去,"那只是一封无关紧要的假密信,她若是大公主派来的人,定会将密信偷偷地送入宫去,若不是……"

"她若不是,你要如何?"宋元白也斜着眼看他,久久未等到回应。

片刻后,狱中张扬的少年音传来:"若不是,我向她赔罪。"

四

第二日,纪初桃照旧扮成宫女偷偷地出宫了。恐慈安寺内人员杂乱,她特意带了身手不错、性子谨慎的拂铃同行,挽竹则留守永宁宫,以防大姐察觉到异常。

纪初桃偶尔会去二姐的府邸,故而出宫对她来说并不是一件太难的事,何况还有宋元白安排的马车在宫门外接应。不出半个时辰,她便顺利地到达了慈安寺。

慈安寺内香火旺盛、人来人往,唯有偏殿静穆,一排排的木架上供着数百盏长明灯。她白日里看已觉得这场面十分壮观,若是夜里来,这灯海必如星河般浩荡。

纪初桃和拂铃以帷帽遮面,在沙弥的指引下进入了偏殿。纪初桃打量着木架上一排排刻了蝇头小字的灯盏,问道:"官宦人家的长明灯放在何处?"

沙弥双手合十:"回女施主,官宦士族在左,富贾乡绅在右。请问女施主要捐善的是哪家?"

左边……纪初桃撩开帷帽垂纱的一角,在左边依次寻找,而后眼睛一亮,很快就找到了祁家供奉的长明灯。在殿侧三层的大木架上,紫檀木雕成的佛龛中燃着三盏长明灯,供奉的是祁炎的祖父母及生母。

纪初桃悄悄地给拂铃使了一个眼色,拂铃立即会意,取了香油钱打发沙弥退下,掩上了殿门。

佛龛较高,纪初桃踮起脚,发现只能勉强碰到佛龛的底座。她摘下帷帽环顾四周，吩咐拂铃："快将那个月牙凳给我挪过来。"

拂铃依言照做，看了看高度，颇为担心地道："殿下，您要取什么？还是让奴婢来吧！"

"没事，你扶着我。"

纪初桃稍稍提起裙子，搭着拂铃的手踩上月牙凳，佛龛内的情景便一览无余了。这里面的三盏长明灯供奉的是祁炎此生最重要、最敬重的三个人，几十年风风雨雨，管他什么英雄骨还是美人皮，都化作了虚无缥缈的一缕青烟。

纪初桃双手合十，道了一声"叨扰"，这才小心翼翼地去挪灯盏。灯盏是铜质的，经过油火长时间的熏燎，温度十分高。纪初桃猝不及防地被烫了手背，顿时"啊"了一声，飞速地缩回了手。

"殿下！"拂铃连忙道，"太危险了，让奴婢来吧！"

"没事，没事。"纪初桃不甚在意地用帕子缠住手隔热，继续小心地挪动灯盏。

果然，在祁老爷子的长明灯下，她发现了一块颜色略微不同的木板。她按下木板，神龛底座便出现了一个暗格，里头放着一个巴掌大小的木盒。纪初桃心中一喜，将木盒取出，把灯盏归了位。

想了想，她顺势将神龛中的积灰拂去，又仔细地添满香油，摆上早就备好的瓜果、线香。看着冷清的祁家佛龛一下子热闹起来，纪初桃才心满意足地拿着木盒下去。

"走吧。"纪初桃将木盒藏入袖中，重新戴上帷帽，开门出去了。

而此时寺门外的街对面，宋元白左手拿着一只鸡腿，右手拎着一坛美酒，吊儿郎当地从墙角转出来，混在人群中，不紧不慢地跟在她们的马车后。

马车摇晃，将纪初桃的心思摇得七零八落。纪初桃晃了晃盒子，发现里面很轻，大概是纸张、信件之类的物件。犹豫了片刻，她将木盒放在一旁，半晌后，又耐不住好奇似的，拿起盒子上下翻看许久。

见她如此，拂铃忍不住问道："殿下不打开看看吗？"

纪初桃凝眸，轻轻地摇首。她掀开车帘往外望了一眼，见到鳞次栉比的商铺，连忙道："停车。"

"怎么了，殿下？"

"拂铃，你去买些吃食和狐裘，要最好的。"

两刻钟后，刑部侧门外。

宋元白将那坛酒分给狱卒，狱卒哭笑不得："宋将军，这真的是最后一次了，若是让上头察觉，小人可担当不起！"

"行了，行了，就这一次，你再帮个忙！"宋元白热络地拍了拍狱卒的肩。见到乔装好的纪初桃从马车上下来，手中拿着一个食盒和一大包狐裘，他登时迎上前接过，弯着桃花眼笑道："您怎么又带这么多东西？多不好意思！"

说着，他将装着狐裘的包袱往肩上一搭，又接过食盒打开闻了闻，赞叹道："好香！您怎么知道我喜爱吃张记铺子的烧鸡？"

"哎！"纪初桃护住了食盒，犹豫着说，"这些是给祁将军准备的。"

宋元白愣了一下，道："哦。"他后知后觉地明白了什么，脸"腾"地红了，像被烫着似的松开手，将食盒还给纪初桃，一会儿揉揉鼻尖，一会儿挠挠鬓角，一副尴尬得恨不能钻进地缝里藏起来的模样，磕磕巴巴地道，"抱……抱歉，我还以为殿下是……嗯……那啥……咱们先进去！"

小丫鬟打扮的纪初桃跟在他身后，歉疚地道："要不，回头我再给你买？"

黑暗的牢狱中，宋元白脚下一个趔趄，嘴角微微抽搐："不必，不必。"

宋元白相貌不算差，肤白爱笑，连二公主纪姝都点评他有飘雪之姿，又不似祁炎那般冷峻到难以接近。他在京都贵女中人气颇高，遂误以为纪初桃亦倾心自己。

他本想为兄弟牺牲色相，却不料，人家三公主看上的压根不是他的色相！什么叫抛砖引玉？搞了半天他只是一块破砖，祁炎才是那块玉啊！

明白了这点，宋元白恨不能一拳捶破牢墙，将祁炎从狱里揪出来大吼一声："你小子何德何能？！何德何能啊？！"

但他也只敢想想罢了，毕竟打不过祁炎。

到了最里间的牢房，宋元白将包袱搁在地上，对在牢中枕着脑袋的祁炎道："你们聊，赶紧的。"

说罢，他自觉地退至一旁，努力扮演一块砖，身上落着一层忧郁的阴影。

祁炎不理会他，探究的视线落在纪初桃身上。他刚坐起身，纪初桃便将那个熟悉的木盒从栅栏的缝隙中塞进去，迫不及待地道："祁小将军，你要的东西我取来了。"

她还真去做了。

祁炎收敛神色，拖着沉重的镣铐盘腿而坐，用手接过盒子，沉声道："多谢殿下……"

拇指抚过木盒开口处的机关时，他神情一怔，又抚了一遍，眸中闪过一丝难以置信的神色——机关完好，木盒没被开启过。

这是祁家独有的机关，一旦打开，即便之后如何被细致地复原，也会留有被开启过的痕迹。也就是说，纪初桃并未打算将盒中的机密呈给大公主……为什么？

所有的预设分崩离析，祁炎的心湖起了波澜。

见他长久不语，纪初桃眨了眨眼："怎么？你要的东西不是这个吗？"

祁炎回神，语气已不自觉地和缓下来，垂眸望着完好无损的盒子道："是这个……多谢殿下。"

"那就好！"纪初桃如释重负，笑了起来，"放在那种地方，它一定是对你很重要的东西吧？"

祁炎轻轻地"嗯"了一声，神色难辨。一旁的宋元白幽幽地转过脸来，满脸"你看，你又以小人之心度君子之腹了吧？"的表情。

"啊，对了！"纪初桃打断祁炎的思绪，将装着新买的狐裘的包袱从栅栏中硬塞进去，柔声道，"狱中阴冷，我见你衣裳单薄，便带了一件狐裘过来，也不知合不合身。"

狐裘厚实，纪初桃塞到一半时包袱卡住了，一半在栅栏外，另一半在栅栏里。她正苦恼着，祁炎默默地伸出手，将包袱扯进了牢房中。

借着牢窗外透入的一线冷光，祁炎看见了纪初桃手背上的红痕。那像新烫的伤，落在白嫩的肌肤上，看起来格外触目惊心。

"殿下的手……"他没忍住，开了口。

纪初桃不自在地收回了手，不愿让祁炎看到自己笨手笨脚的一面。

她是被长明灯烫的吧？祁炎猜测，神色顿时变得极为复杂。

"殿下亲自将木盒取出来的？"他听见了自己低沉沙哑的嗓音。

纪初桃摸不准他的态度，不由得微微侧首，疑惑地道："不是你说这是很重要的东西吗？你既然信任本宫，本宫又怎么能让他人动手？"

祁炎沉默了，在尸山血海中面对十万敌军逼境亦能泰然自若的少将军第一次尝到了茫然的滋味。

他以为纪初桃会将"情报"告知纪妧，这样，自己就能将计就计，引纪妧的人前去搜捕此物；再不济，纪初桃即便未告知纪妧，也多半会派下人去取，他未料到她竟然亲自动手……也不知她是真傻还是单纯。

"我出宫太久，要回去了。"纪初桃似乎没察觉到祁炎瞬间的挣扎，蹲下身与祁炎平视，悄悄地道，"小将军放心，大殷不会埋没任何一位功臣的。"

祁炎想笑，却笑不出来。

"殿下。"还未反应过来，他已下意识地唤住了纪初桃。

纪初桃回身，站在火把的暖光下看他："嗯？"

祁炎坐在阴影中，问她："殿下为何对臣这般好？"

纪初桃想了想，觉得不能多说，便给了一个模糊的答案："大概是直觉，本宫愿意信你一次。"

这算是什么任性的答案？祁炎久久不语。

"这下你满意了？"纪初桃走后，宋元白慢腾腾地从角落里走出来，望着垂眸沉默的祁炎，在一旁说风凉话，"我算是明白了，三殿下和你还真是绝配！一个人心中有佛，看什么都是佛；另一个人心里有鬼，看什么都是鬼。"

祁炎破天荒地没有计较宋元白的奚落，只问："她今日做了什么？"

"她出宫后上了我准备的马车，一路去慈安寺，取出你准备的东西，然后上马车，直接来刑部外与我会合。"

"她没有去别处见别人？"

宋元白翻了个白眼："她中途让侍婢给你买了吃食和衣物，喏，这些东西都在你的面前啊！我一路暗中跟随，眼睛都不敢眨一下，所以确定她们没有去见大公主的人。"

祁炎拇指用力，齿轮转动，木盒"咔嗒"一声打开了，露出了里头的密信。信封上的蜜蜡完好，亦未曾被动过。

冷光中，尘埃浮动，祁炎将木盒丢至一旁，突然觉得索然无味，闭上眼道："这场游戏我玩累了，收网吧。"

"得嘞！"宋元白做出一脸欠揍的表情，提醒他，"别忘了，你还欠人家一个道歉。"

"啰唆！"伴随着不耐烦的声音，一只木盒从狱中飞出，被宋元白反手接住了。

回宫的马车上，纪初桃缓缓地叹了一口气。从昨日在狱中见到祁炎，他请求自己去慈恩寺取那个盒子起，她心中便隐约察觉到了不对劲。如果那真是重要的东西，他怎么可能随意交给一个只见过两次面的帝姬去取呢？即便宋元白不方便替他去取，他也可以叫个心腹下属去，万不用如此大费周折……更何况祁炎说那个木盒十分重要，不惜费尽心思也要求她取来，那为何拿到木盒时看起来并不开心，连打开木盒确认里面的东西是否安然存在的动作都没有？

纪初桃虽然不喜欢钩心斗角，却也并非全然不懂人情世故。回想祁炎当时的神情和话语，她稍加思索便能明白一二：因为自己是纪妩的妹妹，所以祁炎压根就没相信过她，而是借取物来试探自己，看自己是否别有用心！

取物归来的途中，她拿着木盒思忖了许久，万幸，自己赌对了。思及此，她轻叹一声，梦也没告诉她现在的祁炎是这样的呀！

祁炎心口的痣和琅琊王一案皆已应验，尤其是琅琊王一案发生的时间与梦中预示的相差无几，可见梦里的画面绝非空穴来风。梦中后续的情节中，大姐似乎还会因冤枉功臣而受累，致使祸乱。而在那场动乱中，是祁炎拼尽全力救了自己，不管怎么说，他总归于自己有恩。

"成亲就免了，本宫才不可能和这样精于算计之人在一起！"纪初桃靠在车厢内壁上，小声地自言自语，"我只是救了他一命，就当是还了恩债，求个心安吧。"

五

永宁宫内，静谧非常。

纪初桃一进殿便看到红着眼跪在地上的挽竹和正在上座悠然品茶的大姐，不由得心中"咯噔"一声。她提着一口气，慢腾腾地挪进殿，讷讷地道："大皇姐，你怎么来了？"

纪妧搁下茶盏，凤眸扫过宫婢打扮的纪初桃，最后目光缓缓地落在拂铃身上，淡然一笑："本宫若不来，怎么知道永宁宫的人有这般本事？"

她轻飘飘的语气压得以拂铃为首的满殿宫人惶然下跪，众宫人齐声道："大公主恕罪！"

纪初桃不忍心牵连无辜，连忙辩解道："不关她们的事，是我闹着要出宫玩。大皇姐，你要罚……就罚我好了。"

纪初桃说到后面几个字时，声音已然低得快听不见了。

纪妧看了妹妹一眼，将手搭在凭几上，悠然地道："说吧，你去了何处？"

"慈安寺。"想了想，纪初桃从袖中掏出一个平安符，没什么底气地道，"我听说那儿的签特别灵。"

她不敢说去见了祁炎。这个平安符是她入寺捐香油时沙弥赠送的，香客人人都有，勉强可做个凭证。

"哦？"纪妧不置可否，顺着话茬问，"那你去寺里求了什么签？"

紧张之下，纪初桃脱口而出："姻缘……"反应过来说了什么，她恨不得咬住自己的舌头，连忙摆手否认，"不是的，不是的！"

可堂堂帝姬一不需要功名，二不需要事业，除了姻缘签还能求什么？

纪妧笑了起来，看着纪初桃的眼神就像在看一个任性的孩童。她食指有一搭没一搭地叩着凭几的扶手，并未戳穿纪初桃这个拙劣的谎言，只扫了一眼伏地跪拜的宫婢们："都起来吧。"

纪初桃松了一口气。

纪妧脸上挂着一丝捉摸不透的笑意，将妹妹的神色看在眼里。沉默片刻后，她招了招手，道："罢了。本宫这次来是想问你，你想要什么生辰礼物？"

大姐忙于朝政，以往给她的生辰贺礼都是让身边的女官着手准备的，今年怎么亲自过来询问了？纪初桃颇为惊讶，半晌后，小心翼翼地试探："我要什么都可以吗？"

"当然。"纪妧微眯眼眸。

得了允诺，纪初桃反倒谨慎起来。脑中祁炎的脸一闪而过，她犹豫许久才下定决心似的吸了一口气："祁……"

纪妧打断她："这个要求你只能为自己提，若是为别人求，便免谈。"

联想到她方才脱口而出的"姻缘"二字，纪妧眼中的笑意冷了下来。

纪初桃抿唇，硬生生地把到嘴边的名字憋回去了。见大姐下意识地按揉太阳穴，她咽了咽口水，改口道："其实，我想问大皇姐能不能……陪我蹴鞠一场？"

纪妧一怔，挑了挑眉："你说什么？"

"我已经很多年没有和大皇姐蹴鞠了。"

上一次姐妹蹴鞠还是在八九年前，那之后纪姝便被送去和亲，先皇猝然驾崩，纪妧扶植小皇上仓皇监国，于内忧外患、风雨飘摇中砥砺前行至今。纪初桃恳切地望着纪妧，眼睛中映着秋光，期待地道："就一个时辰，可以吗？"

这丫头看似娇憨，却一点儿也不笨。纪妧想知道她的葫芦里卖的是什么药，便淡然地屏退左右，吩咐所有宫侍都退到永宁殿外。

片刻后，永宁殿后花苑。

纪妧将大袖外袍解了，往雕栏上一搭，优雅地挽起袖边，道："本宫许多年不曾踢过，怕是生疏了。"

大姐这些年雷厉风行，很多包袱一旦背上便再难卸下，可还是答应了自己这个临时起意的幼稚请求。她此时屏退所有侍从，是不愿意让人瞧见高高在上的辅国长公主也有如此放纵的时刻吧？

纪初桃心中涌上一股暖意，抱着缀着彩色流苏的鹿皮鞠道："大皇姐过谦了！当年还是大皇姐教我蹴鞠的呢！"

说罢，纪初桃提裙一踢，彩球在空中划出一道优美的弧线，落在了纪妧的足尖上。

两个人踢的是最简单的白打，即双方来回顶球，使球不落地。纪妧看似稳重，身手却极为灵敏，即便多年没有蹴鞠，也能踢得干脆利落、精彩至极。

纪初桃知道，大姐不是生来就如此严肃狠绝的，也有过无忧无虑的少女时期，会和妹妹们笑着蹴鞠，踩着秋千荡飞仙，身后的轻纱也会如虹般飞扬。那时，少女的身后始终跟着一个小小的自己。纪初桃如今回想起来，觉得似乎那时的记忆都透着水彩染就的明朗颜色。

小半个时辰后，两个人皆出了一身薄汗，坐在秋千上休憩。几片落叶间或飘下，恬静无声，两个人各怀心事。

纪妧抬首望着宫墙外的一树枫叶，看如火的颜色在秋阳下尽情张扬，忽然道："本宫已经很久没有看过花开叶落了。"

我知道，纪初桃在心里回应。所以她临时改了主意，请求与大姐蹴鞠一场，只盼能消除些大姐眼中的疲色。

"但这些年，本宫从不后悔。"纪妧好像在说给自己听，语气冷静，"父皇让本宫护好弟弟妹妹，护好江山，本宫必须做到。"

她必须坚忍，必须狠辣，没有资格伤春悲秋。

见纪初桃面露不解之色，纪妧理好鬓角的一缕垂发，侧首告诫她："永宁，你记住，只要你站的位置够高，别说区区一个男人，便是天下亦唾手可及。"

直白大气的话语令纪初桃脸一烫，手中的鞠球骨碌碌地滚落至脚边。一时间，她险些以为大姐透过她的眼睛揪出了她的全部心事。

就在此时，有人来了。纪妧从秋千上起身，披上夜色流金的大袖外袍，如同套上了一层冷硬的外壳，看了一眼候在游廊下的秋女史，问："何事？"

秋女史躬身前来，步履有些急切，附在纪妧的耳边道："大殿下，镇国侯世子……"

纪初桃听到了祁炎的名号，下意识地停住秋千。

听过一番耳语，纪妧眸色微变，冷笑一声，转过身看着坐在秋千上的妹妹和秋千下那只孤零零的鹿皮鞠："我说他为何这般老实，原来是留着后手呢。"

"大皇姐去忙吧。"纪初桃回过神，不在意地笑了笑，"我自己玩一会儿。"

纪妧不再多说，转身离去了，背影透着属于大殿掌权者的至高无上的威严。

纪妧一走，纪初桃便卸下强撑的笑意，额头抵着秋千绳长叹一声。

大姐问她想要什么生辰礼物时，有那么一瞬，她是想提祁炎那件事的，但看到大姐眼中操劳过度的疲色，听到大姐为了江山大业舍弃女儿情思的那番剖白，便不忍心说出口了——万幸她没说出口。不知祁炎那边又发生了什么事，大姐方才的脸色甚是不妙，她若贸然提及祁家，无异于火上浇油，让大姐寒心。

话说回来，大姐和祁家的关系如此紧张，难怪祁炎会用那个木盒来试探自己。毕竟大姐一心想除去祁家和琅琊王这两个威胁，自己是她的妹妹，祁炎难免多想。换作自己，若敌人的妹妹无端地接近、示好，她的第一反应也是怀疑对方别有用心。可君臣反目、良将成敌的局面真的对吗？

纪初桃也是后来才知道为何纪妧那日会脸色突变。原来，指认祁家谋逆的人证暴毙，密信一事亦成了子虚乌有。情况一再反转，纪妧手中的证据不足，光靠一面之词无法定祁家之罪，迟迟押着祁炎不放已寒了贤臣良将的心。

没过两日，京中流言四起，说大公主挟天子以令诸侯，越职专横，残害忠良，敌国一灭便迫不及待地过河拆桥。祁家的战功天下皆知，祁炎此次得胜归朝，百姓更是倾城而出，目睹他的威风。经过煽动，百姓的怒火便呈燎原之势，一发不可收拾了。其风声之大，连远在深宫中的纪初桃都有所耳闻。

焦头烂额的人并不只有纪妧一个，纪初桃也有些为难。一边是梦中预知的良人，另一边是自己的大姐，恩人与亲人似乎哪一个都没有错，她任凭偏向哪一方都于心难安。

她希望能还祁炎清白，亦希望大姐不背负骂名，可到底该如何做呢？

纪初桃眉头紧锁，只求天降良机，解了这个死结才好。她正暗自祈祷，忽然看见挽竹笑吟吟地进了门，禀告道："殿下，方才二殿下差人来送口信啦。"

纪初桃从思绪中回神，连忙道："二姐说了什么？"

挽竹道："送口信的内侍说，二殿下会赶在殿下的生辰前归来。"

闻言，纪初桃也笑了起来："我就知道，二姐嘴硬心软，其实比谁都疼我。"

挽竹又道："二殿下还说给您备了一份生辰贺礼，不日奉上，还让您务必好好地享受呢！"

"享受？"

纪初桃心中纳闷：她素来只知贺礼有吃的、用的、玩的之分，什么贺礼是用来享受的呢？

第三章
礼 物

一

"大公主专权,残害忠良"的风言风语传播得更加广了,百官惶然忧心,群情激愤,好像有一双看不见的大手在暗中操纵。自北燕被灭后,朝中还是第一次出现这般低迷的气氛。

刑部的地牢中,油灯的光明灭,纪妧缓缓地从阴影中走来,打量狱中的少年:"看来,小将军的精神不错。"

祁炎束起的头发略微凌乱,眉骨处添了一道细小的血色伤口,半个月的牢狱之灾非但未让他意志消沉分毫,反而让他如一把被打磨好的利刃,越发凌厉了。他一眼就看出了纪妧脸上淡淡的疲色,随性地坐下,不卑不亢地道:"可大殿下的精神似乎不太好。"

纪妧不怒反笑,拖着一身夜色流金的宫裙端坐在座椅上,缓缓地道:"本宫一直很好奇,你既然知道本宫迟早会查到你的头上,为何还敢在班师回朝时弄那么大动静,让百姓倾城而出,围睹祁家军的风采?现在本宫才明白,原来那时候你就已经算计好了。你素知大殷被北燕欺压已久,百姓积怨,便趁战胜之机为自己造势,收拢民心,为你反咬本宫埋了好长一条线。"说到此,纪妧嘴角勾起一抹笑,冷冷地道,"好一个忠臣良将,本宫要你的权,你却诛本宫的心!"

"罪臣乃一介武夫，戎马度日，大殿下这般揣摩未免太抬举臣了。"祁炎也笑了，眉骨上的血痕倒给他平添了几分狂狷的傲气，"若殿下惜才，有容人的雅量，君臣之间的关系又何至于沦落至此？"

纪妧最讨厌祁炎这副狂妄自大的样子。祁炎要是同祁老爷子一般是个一根筋的愚笨莽夫也就罢了，偏生年少有谋、离经叛道，其城府之深便是纪妧也难猜一二。这样的人太过危险，她若驾驭不了，迟早会反伤皇权。

纪妧收敛了神色："你以为本宫真不知道你背着天家做的那些事？"

都到这种时候了，她还想着诈他！她若真拿得出证据，哪里还会来狱中这般费话？

祁炎暗自冷笑，一针见血地道："殿下可有实证？"

纪妧不答，食指有一搭没一搭地点着座椅的扶手。许久，她换了突破口，淡然地道："你不为自己打算，也该为你父亲想想，镇国侯可没有你这样的骨气。"

听到纪妧的嘴里吐出父亲的名号，祁炎眸中的寒意一闪而过，却仍不为所动，等着纪妧抛饵。

"按理，本宫不会来这等腌臜之地，既然来了，不如做个了结。"纪妧的话不重，却透着难以忽视的果决和威严。她想起了那个三两句话离不开祁炎的妹妹，心一横，裁夺道："本宫给你两条路，一是你娶了永宁，安心做驸马都尉，从此如花美眷在侧，自在逍遥，不必过问朝中之事。"

果然，近来之事桩桩件件都牵扯着三公主纪初桃。一面是纪初桃完好取来的木盒以及被烫红的手背，另一面是无尽的阴谋与利用，他分不清哪个才是可以相信的事实。

祁炎莫名其妙地烦躁起来，不动声色地道："若罪臣不愿意呢？"

纪妧叩着扶手的手指停下，嘴角的笑意淡去，她并未回答祁炎的话，只轻轻地整理好袖袍，起身："你尚有时间慢慢地后悔。"

纪妧的最后一句话已暗藏杀机。在强者的对峙中，藏在眼睛里的情绪远比说出口的话语重要。祁炎知道纪妧杀不了他，所以在纪妧离去后尚能曲肱而枕，躺在狱中悠闲地欣赏投射进来的一缕冷光……等着吧，再有两三日，一切都将尘埃落定。

九月中，纪初桃的十六岁生辰如期而至。她早起梳妆完毕后，宫人便陆续将各大家族的女眷送来的贺礼奉上，其中不乏巴结谄媚之徒。纪初桃素来不喜欢这样烦冗的人情往来，所以并未拆开贺礼查看，只让拂铃给每家加了几匹宫样绢绸，将贺礼原封不动地退了回去。

午宴之时，去别院养病归来的纪姝姗姗来迟，而纪妧并未出现。纪初桃不由得有些失落，但将这些情绪隐藏得很好。她知晓大姐因祁炎的事压力很大，此事闹得沸沸扬扬，舆论的洪流化作无形的利刃包裹着大姐，仿佛又回到了多年前大姐刚辅政时的惨烈时期。所以，大姐大概是没有时间前来赴宴了……

"小废物，看什么呢？"一个月未见，纪姝还是那副苍白慵懒的模样，只是身后的内侍换了白净的新面孔，怀中的狸奴添了一圈秋膘。

纪初桃收回期盼大姐出现的目光，轻声道了一句"没什么"，便拍手示意宫婢们传菜了。

精心装扮过的小公主指若葱白，指甲微粉，像落在雪上的一抹桃红，行动间腕上的金铃轻动，只一笑便已占尽风华，这样天然干净的容貌便是纪姝也自叹不如。

纪姝知道妹妹在失落什么，遂眨了眨妩媚的眼，倾身凑过去神秘地道："你别不开心，用过膳同我出宫一趟，我有一个大惊喜给你！"

在一旁安静地吃糕点的纪昭大概提前知道了内情，瞥了一眼尚被蒙在鼓里的纪初桃，拉长声音，笑道："的确是大——惊喜，只怕别吓着三皇姐才好。"

纪初桃越发好奇起来，连忙问纪姝准备了何物。纪姝却笑着不说，被追问得紧了，便作势掩唇咳嗽起来，冷白色的脸上浮现出一片不正常的嫣红色，吓得纪初桃和那白净的内侍连忙上前给她顺气。纪初桃便不敢再追问了。

平常的生辰家宴结束过后，纪姝果真带纪初桃出了宫。小皇帝纪昭说什么也要跟着出去看热闹，纪初桃禁不住央求，只好带上了他。

辇车驶出宫门，纪初桃从薄纱垂帘往外看去，只见宫门的告示处聚集了一群士子儒生，他们正义愤填膺地闹着要见左相褚珩。

"他们在做什么？"纪初桃掀开垂纱的一角，好奇地问道。

一旁的纪昭解释："是为祁炎……"

他的话还未说完，就被纪姝的一个眼神打断了。纪姝将狸奴搁在一旁，懒洋洋地道："没什么，一群读书人聚众闹事。"

可纪初桃分明听到那群士子儒生的嘴里喊着"镇国侯世子"的名号，再加上纪昭那副欲言又止的模样，便猜想到这些人大概是为祁炎蒙冤之事请愿的。

近来，祁炎和琅琊王之事无疑将朝中积压的黑暗面尽数展现出来。纪家并非血脉凋零之家，只是因为三位皇叔、四位皇兄先后死在了名为"夺权"的旋涡中，所以显得人丁单薄。而现在，大公主又将矛头对准了上一代唯一幸存的琅琊王……

朝堂上下对执政之人的信仰一旦坍塌，便如大厦将倾，或许只有放了祁炎，大姐才会彻底洗刷污名。想到此，纪初桃放下了帘纱，将目光投向了纪姝。

"你看我做什么？"纪姝挑着细长的柳眉问。

"二姐，"纪初桃轻轻地拉了拉纪姝的狐狸毛袖边，以祈求的口气小声问道，"大皇姐如今身陷困境，你能不能帮帮她？"

纪姝淡定自若地问："我如何帮？"

"解铃还须系铃人。若祁炎是无辜的，二姐能不能让大姐放了他？"

纪初桃在心里默默地补充：大姐放了祁炎，也是放了她自己。

纪姝视线下移，落在攥着自己衣袖的妹妹的嫩手上，片刻后，露出一个完美的笑，毫不留情地将袖子扯出来，忇斜着眼道："不能。"

纪初桃可怜巴巴地乞求："二姐，看在我生辰的分上……"

这丫头不过是看她比大姐好说话，便得寸进尺！

纪姝无情地道："我素来不蹚这些浑水，你再多说，我便把你从车上扔下去。"

两个人正说着，辇车停了。

"到了。"纪姝示意纪初桃。

纪初桃心事重重地下了车，抬首望着面前这座题名为"永宁公主府"的巍峨府邸，大脑一片空白。雪腮渐渐浮上一层激动的红晕，眼眸放光，她被巨大的欣喜冲去了心头的忧虑，不由得望着纪姝，磕磕巴巴地道："二……二姐！这是什么？"

纪姝给了她一个"你不识字吗？"的眼神，懒洋洋地哼道："阿妩送你的公主府，赐你汤沐邑。"

这份贺礼非同小可！

"这么说，我有自己的府邸和食邑啦？"纪初桃"噔噔噔"地跑上石阶，一会儿摸摸门环，一会儿又瞅瞅漆柱，一副稀罕得不行的模样。

有了自己的府邸，纪初桃才第一次觉得自己真正长大了，一种不真实感从心底油然而生。

纪姝觉得好笑，命内侍推开门，朝纪初桃抬抬下颌："进去吧。"

大门一开，府中雕梁画栋、宫人如云，热闹程度更甚永宁宫。午宴上一直未曾出现的纪妩不知何时到了这儿，正坐在院中的坐床上饮茶，见纪初桃站在门口，便淡淡地道："过来。"

"大皇姐！"纪初桃脸上还残留着一抹绯红色，惊喜地道，"你怎么在这儿？"

"本宫送了宅子，自然要来看看你喜不喜欢。"说着，纪妩看向努力将自己藏在纪初桃身后的纪昭，搁下茶盏："皇上，你也过来坐。"

好不容易偷偷地出宫却被抓了个正着的纪昭一脸苦相，老老实实地挪到纪妩的对面，僵硬地坐下了。

"自然喜欢！"纪初桃太过激动，想抱抱纪妩，但见到大姐端庄严肃的样子，不敢上前,便退而求其次,"呜"的一声搂住身边的纪姝:"谢谢皇姐们!"

被二人挤压的狸奴总算醒了,"喵呜"着挣扎起来,跳到几案上,打翻了两只茶盏。

"哒,我快断气了,松手!"纪姝轻咳了一声,嫌弃地看着像孩子般撒娇的妹妹,手悬在半空中,终究没舍得推开她,"你先别急着道谢,我的礼物还未奉上呢。"

纪姝拍了拍纪初桃的肩,神情中有几分高深莫测之意。在纪初桃期待且疑惑的目光中,她拍了拍手,示意:"都出来,见见你们的主子。"

轻风吹动廊下的垂帘,环佩"叮咚"作响,十余名气质迥异却英俊颀长的年轻男子鱼贯而来,分两列朝纪初桃跪拜见礼:"见过三殿下!恭贺三殿下岁岁如今日,璇阁长春!"

二

这种美男如云的胜景,纪初桃只在纪姝的府中见过。纪姝捞起在几案上乱踩的狸奴,软绵绵地在纪妧左边的席位坐下,就着内侍的手抿了一口茶,方抬起染了墨线般的眼,笑吟吟地问:"他们好看吗?"

纪初桃此时尚未意识到问题的严重性,兴致勃勃地看了一眼跪在阶前的男子们,问纪姝:"二皇姐,他们是要演奏献艺吗?"

未经人事的少女一副天真懵懂的模样,眼里除了好吃的就是好玩的,殊不知这世上还有既能"吃"又能"玩"的东西。

纪姝笑了一声,朝纪初桃勾了勾手指。纪初桃乖巧地挨着二姐坐下,心想:这些男人有抱着琴的、挂着扇的,还有拿弓持剑的,岂不是要奏舞助兴?

"你看那个。"纪姝抬起苍白的手指,随意指向第一排清俊的琴师,悠然道,"乐伶虽卑贱,却心思细腻缜密,最会看人脸色,最是适合你这样的新手。"

听到纪姝的话,纪初桃似乎觉察出了哪里不对,愣愣地道:"啊?"

"你再看那个,"纪姝又指向第二排那个背着二石良弓的强壮男子,玩味地道,"武夫虽长得粗犷了些,可身子都是积年累月练就出来的,硬实,脱了衣裳后才叫够劲。"

什么够劲?我看是你不对劲!

反应过来这些男人都是干什么用的,纪初桃一时间都不知道视线该往何处放了,忙不迭地去捂口无遮拦的纪姝的唇:"这都是什么呀?!二皇姐,你快别说了!"

纪姝一脸坏笑,丝毫不顾妹妹的阻拦,朝边上那个最俊秀的儒生抬抬下颌:"文人嘛，古板些，可本宫就是喜欢看他们舍下一身傲骨，抛却孔孟礼教，被踩在身下肆意折磨的样子。"

纪姝越说越离谱，纪初桃一个连男人的手都没摸过的正经公主哪里受得了这些？她当即臊得脸通红，不住地用手背贴着脸颊降温，无奈地望向一旁淡然饮茶的纪妧："大皇姐，你快管管二姐！"

而且，还有小皇弟纪昭在身边呢！

然而纪妧作壁上观，对纪姝放荡不羁的样子见怪不怪，显然默许了她的这份"礼物"。纪妧说了个看似不相干的话题："本宫年幼嗜糖，不知节制，你可知先帝用什么法子戒了本宫的这个嗜好？"

纪初桃捂着脸颊，摇了摇头。

"先帝命人送来两大盒饴糖，命本宫在一炷香的时间内当着他的面吃完，即便本宫吃到吐，哭着求饶，他也不心软。本宫这辈子都忘不了那种滋味。"纪妧语气平淡，仿佛在说别人的故事，眼中却含着决绝的坚忍神色，告诉纪初桃，"永宁，你见识得太少了，是该长点儿胆量了。"

可这和一群男人有何干系？

似乎听到了纪初桃的心声，纪姝笑得颠倒众生，道："阿妧的意思是，你只有经历了争奇斗艳的春天，才不会被一朵花迷住了眼，见的男人多了，才不会被男人骗哪！"

"可这也太多了！"纪初桃打心底里抗拒。

她对爱情和婚姻尚存期待，唯愿以真心换真心，而不是经历这样的露水风流！

"这么点儿人算什么？顾及你年纪小，我都未曾放开手脚挑呢。"折腾这么半日，纪姝也累了，掩唇打了个哈欠，随意点了一名长相乖巧俊秀的少年："你来，给三殿下敬酒。"

那少年应了一声"诺"，跪地前行取了酒壶斟酒。纪初桃刚要拒绝，便听见纪姝道："不许拒绝。"

少年双手奉上酒盏，道："三殿下请。"

这少年低眉顺眼，面若敷粉，声音也好听，纪初桃不想拂了他的盛情，深吸了一口气去接酒盏，却在见到少年翘起的尾指时彻底破功，硬生生地打了个哆嗦。

她竟不知自己如此挑剔，接受不了少年那根优雅翘起的兰花指，匆忙地起身："我忽感腹痛，不堪饮酒，姐姐们先喝，我去去就来！"

说罢，她顾不得众人做何反应，转身逃走了。

这里不是永宁宫，到底是陌生的，纪初桃沿着回廊漫无目的地走，寻了一个僻静无人的水榭坐下了。她摸了摸还发烫的脸颊，长舒一口气，心想：阿昭说得不错，这份惊喜她的确难以消受，也不知二姐是怎么做到在那么多男人间做到游刃有余的。男人有什么好呢？他们还不如美食和华服让她来得自在。

正想着，她听见身后传来了轻快的脚步声，扭头一看，原来是纪昭不放心，偷偷地跟了过来。

"三皇姐，你还好吧？"纪昭亦在水榭中坐下了。

"皇上去陪大姐吧，我没事。"纪初桃扭过身趴在雕栏上，看向池中几株发黑的莲蓬。

纪昭学着她的样子也趴在雕栏上，问："三皇姐不喜欢那些面首吗？"

纪初桃尚未适应"面首"一词，脸一红，认真地道："皇上不要说这种话。"

纪昭倒不觉得有什么，劝慰道："朕明白二皇姐的意思。咱们这样的人，一出生就处在旋涡的中心，三皇姐太干净了，可专一和痴情恰恰是天家之人的大忌，会阻碍你前行的脚步。"

纪初桃惊讶于一向软弱的皇帝弟弟说出这样的话，问："怎么连你也这样想？"

纪初桃并不觉得"爱"这个字眼有多么罪恶、羞耻，想起梦里洞房花烛的情景，忍不住赌气地道，"你们怎知我没有命定的良人？"

"良人？"纪昭来了兴致，"是谁？"

纪初桃抿了抿唇，将那个名字咽下，哼道："总会有的……"

"不会是……祁小将军吧？"纪昭弱弱地试探，没想到一语中的了。

纪初桃倏地直身看向他，满眼狐疑、震惊的神色。纪昭挠了挠头："很难猜吗？三皇姐见过的男子中，出色的人就他一个吧？"

看来那场云谲波诡的庆功宴的确让所有人都记住了她与祁炎的交集。

纪初桃也说不出自己对祁炎是什么感觉，只是梦中英雄救美和洞房花烛的画面在她的脑海中挥之不去，让她越发在意自己与祁炎会经历些什么事，可现在这个僵局……

她苦恼地道："我自己都不知道怎么办才好。"

"也难怪三皇姐不喜欢那些面首，论容貌和气质，他们加起来都比不过一个祁炎呢。"纪昭安抚她，又叹道，"只可惜祁炎身陷囹圄，怕是凶多吉少了。"

这番话让纪初桃越发揪心了。若祁炎真死了，那梦里的一切都会反转不说，就连大姐也会因此事背负污名，失去民心。

她正思考该如何解开这个死结，一旁的纪昭却眼睛一亮："三皇姐若真喜欢祁小将军，倒可以救他！"

"我？"纪初桃指了指自己，随后摆手道，"不可能的，大姐根本听不进我的话。"

"大皇姐是不是要收祁家的兵权？"纪昭问。

纪初桃点头。

"三皇姐是否真心想救他？"

纪初桃疯狂地点头。

"那还不简单？你向大皇姐提议，招祁炎做驸马嘛！"纪昭兴冲冲地道。

"这怎么成？"纪初桃泄气地说。

都道强扭的瓜不甜，何况当初祁炎宁可得罪大姐入狱也不肯娶她！

"那就没法子了。"纪昭见纪初桃迟疑，耸了耸肩，道，"难道三皇姐还有别的办法将祁炎从狱中救出，送到你身边护着吗？"

纪初桃答不出来。

她在水榭中消磨了一会儿时间，再回到前院时，那些气质各异的美男已然不见了。纪初桃松了一口气，又有些好奇，没忍住，问："他们呢？"

"你不是不喜欢吗？"纪妧悠悠地看了她一眼，道，"他们既然无用，我索性把他们都杀了。"

"啊？"纪初桃虽然不喜欢他们，但也不想害人性命，连忙道，"有用，有用，大皇姐别杀他们！"

"怎么，你改主意了？"纪妧笑着道。

见到纪妧坏笑，纪初桃便知大姐没有真的杀了那些人，放下了心。她轻蹙眉头，细声道："二姐既然要送礼物，就要送我喜欢的吧？哪有这样不顾我的意愿，乱塞人进来的？"

"我看男人的眼光可不差，我帮你千挑万选，你还不满意？"纪妧冷笑一声，抚着狸奴问，"那你倒说说，你喜欢什么样的？"

自己喜欢什么样的？纪初桃一激灵，忽然回想起纪昭方才的话——"难道三皇姐还有别的办法将祁炎从狱中救出，送到你身边护着吗？"

这不就是个绝妙的机会？！

梦境与现实交织，纪初桃还未反应过来，话已脱口而出："就……祁小将军那样的。"

三

宫门之下，垂纱辇车缓缓地停下了。纪妧一副将醒未醒的样子，轻轻地打了个哈欠："那小废物越发胆大了，那么多听话的男人看不上，偏偏看上个最麻烦的。"

她说的是方才在永宁公主府中纪初桃讨要祁炎之事。

纪姝以袖掩唇，只露出一双风流妩媚的眼睛，等着纪妧的反应。纪妧喜怒不形于色，嘴角勾出完美的弧度，连坐姿都是端正优雅的，没有丝毫懈怠之意，那双犀利的凤眸像永远望不到底的深潭。半晌后，纪妧道："也并非不可。"

纪姝有些意外，眼眸一转："长姐的意思是……？"

纪妧道："至少永宁提醒了本宫，惩罚不听话的狼崽子并非只有杀这一种方法。"

她既要将狼驯化成听话的狗，也要将娇弱的小白兔训练成出色的猎人。

纪姝了然，拖长声音，笑道："那一定——比杀戮更有趣。"说罢，她抱起在一旁抓铃铛玩的狸奴，起身朝纪妧颔首，"我府里的马车来了，告辞。"

纪妧未做挽留，随意地道："下回得空，多进宫走走。"

轻纱飘动，纪姝病恹恹的笑声从车外传来："我这副身子，若能活过冬日，咱们姐妹再叙。"

她还是这般百无禁忌，因体弱多病，一副随时准备驾鹤西去故而尽情作妖的放诞不拘模样。

宫门外，为祁家请命的士子尚在义愤填膺。纪妧充耳不闻，放下车帘时扫了一眼局促不安的纪昭，淡然吩咐："去刑部。"

辇车进了宫门，站在秋风中的纪姝拢了拢身上的狐裘，踩着脚踏上了自己的马车。一撩开帘子，她就被蛰伏在车中的黑影攥住了手腕，顷刻间，两个人调换了位置，纪姝被推入了柔软的坐床之中，随即黑影俯身，将她圈在幽暗的角落中。纪姝怀中的狸奴受惊，炸着毛跳到一旁，朝着黑影"呜呜"地示威。

马车摇晃得厉害，外头的侍卫察觉到异常，纷纷拔刀对准飘动的车帘，警戒地道："二殿下何事？"

"没事，小畜生和我闹着玩呢！"车内传来纪姝慵懒缱绻的嗓音，"回府，不必管我。"

听到纪姝的语气并无异常，侍卫们放了心，护送纪姝的马车回府。

昏暗的马车内，一缕微光透过晃动的车帘洒入，间或点亮黑影粗犷英俊的眉眼。

这是个肤色偏深的异族青年，青年将麦色的手按在纪姝的肩上，健康有力，与她苍白的脸颊形成了鲜明的对比。

"李烈，你压疼本宫了。"纪姝低声嗔怪，不耐烦地伸出手指勾住青年颈项上的牛皮项圈。

项圈被提起，露出了青年颈侧象征着敌国质子身份的黑色刺青，甚是狰狞丑陋。

二十余年前，北燕皇室改为汉姓"李"。

被勒住了脖子，这位叫李烈的青年却不退反进，大狗一般皱了皱鼻子，俯身在纪姝的肩窝处嗅了嗅。闻到讨厌的味道，他微微眯起棕褐色的眼睛，用生疏的官话低声道："你又去见……别的野男人了？"

纪姝冷冷一笑，捏着颈圈的手用力，李烈登时闷哼了一声。

"比起妄想自己曾经的长嫂，什么男人能野得过你？"纪姝单手按着太阳穴，懒懒地打量着青年皱眉的样子，"认清自己的身份，亡——国——质——子。"

傍晚将近，瑰丽的晚霞铺在屋脊上，远处传来声声暮鼓。永宁长公主府热闹、宽敞，与深宫截然不同。

挽竹、拂铃与纪初桃一同逛新府邸，见她有些心不在焉，相互使了个眼色，问道："殿下可是累了？要不咱们就在这儿歇息一会儿吧？"

"也好。"纪初桃长舒一口气，坐在花厅外的秋千椅上休憩。

一闲下来，她就不可控制地想起午后二姐问她到底喜欢什么样的面首时的画面——她刚说出"祁小将军那样的"，四周瞬间就安静下来了。唉，当时的气氛不说也罢，总之大姐不置可否、不苟言笑的样子着实让人揪心。

纪初桃能猜到，自己这次又失败了。将堂堂镇国侯世子、炙手可热的少将军送到她府里做侍臣，这不是比杀了他还荒唐吗？大姐怎么可能会答应？

都怪自己当时救人心切，未曾细思便鲁莽地开口了，未解开死局不说，还惹得大姐不快……看来，明日自己得进宫一趟，莫要和大姐因此生了嫌隙才好。

纪初桃正盘算着，忽闻轻快的脚步声靠近，一道清朗的少年音于她的身后响起："三殿下，吃点心吗？"

纪初桃回头，看到了一个十五六岁的少年。他穿着宦官服饰，捧着一盘花色各异的糕点，长着娃娃脸、小虎牙，笑起来的样子别有一番天真之态。

"你是谁？"挽竹叉腰问道。

"两位姐姐好，我是二殿下送来服侍三殿下的内侍，叫小年。"叫小年的小太监嘴甜，将糕点轻轻地搁在石桌上，朝廊下指了指，"拿扇子的那个是协助二殿下管理封地税收和内务的公主府家令，晏行晏大人；挽弓的那个是负责保护殿下的侍卫统领，霍谦霍大人。"

纪初桃顺着小年的手指望去，这才发现廊下不知何时站着两个人，一文一武，身上的衣服一白一黑。

手持折扇的儒雅男子靠在雕栏上，笑吟吟地朝纪初桃打招呼："三殿下好啊！"

晏行一袭白衣，看上去飘然洒脱，虽是文人打扮，却并不古板拘束，折扇在他的手中转了个圈,"哗"地被抖开了。霍谦则更为沉默,远远地朝着纪初桃行了个礼,姿态十分尊敬。

纪初桃面对二姐塞进来的这些面首,仍心有余悸,见到晏行等人,不由得警惕起来,道:"是二皇姐让你们来的吗?若是来做……那个,本宫可不需要。"

"面首"二字,她还是难以启齿说出来,只好用"那个"来代替。

晏行竟然听懂了她的意思,朗声笑起来,道:"殿下别担心,我们只是上头两位殿下派来服侍您的普通侍臣。"

纪初桃这才放下心来,又好奇地打量这三个人,心道:二姐的眼光真是老辣,连送来的太监、管家和侍卫都是这般样貌周正之人……只是和祁炎比,他们还是逊色了不少。

"那些男人暂且被安置在后院的春露阁中了,殿下要如何处置?"晏行拱手行礼,打断了纪初桃的思绪。

"先放着吧,没有本宫的命令,别让他们瞎伺候。"纪初桃想了想,补充道,"待以后寻了机会,本宫再放他们出府去。"

晏行道了一声"是",又问:"食邑赋税的账簿,您可要瞧瞧?"

"让拂铃同你管,梳理好再交给本宫过目。"

账簿这样重要的东西,她还是得让她身边最信得过的人经手才放心。

纪初桃安排好几件大事,已经日落西山,到了传晚膳的时辰。府邸里的厨子是从御膳房中调拨过来的佼佼者,做的菜甚合纪初桃的口味。

酒足饭饱后,生辰日到了尾声,兴奋了一天的纪初桃有些疲倦,便让宫婢备好热水,准备沐浴、更衣就寝。

不知是汤室的暖池太过舒服还是她太过劳累,泡澡泡到一半,她竟然趴在汤池边缘睡着了,直到外头传来说话声才滑入池中惊醒。她咳了一声,重新爬起来坐好,迷迷糊糊地问道:"何人在说话?"

在外头候着的宫婢道:"禀殿下,是宫里的秋女史来了。"

纪初桃看了一眼纸窗外沉沉的夜色,脸颊被热气蒸得绯红,哼了一声:"这个时候,她来做什么?"

宫婢道:"奴婢不知。"

"罢了,本宫去瞧瞧。"

纪初桃困倦地揉了揉眼睛,让挽竹伺候她穿衣,擦了擦头发便随意裹了一件斗篷出去了。

寝殿内灯火通明,司寝女婢们掌灯立于殿门外,迎候纪初桃。秋女史果然站在殿阶前，双手交握于身前，朝打着哈欠缓缓而来的纪初桃行礼："奴婢奉大殿下之命，前来给三殿下送一样东西。"

兔绒斗篷下，纪初桃这张脸明丽无双。她停下脚步，好奇地问道："什么东西要劳烦你亲自送到本宫的寝殿来？"

秋女史并不细说，只侧身朝着寝殿的方向做了个"请"的手势，道："三殿下去看看便知。"

纪初桃正欲进殿，却见秋女史上前一步，拦下了挽竹和拂铃。

"秋女史这是何意？"纪初桃皱起了眉。

秋女史一个外人，竟敢在她的府邸拦下她的宫婢，是真以为她不会发脾气吗？

见纪初桃脸色沉了下去，秋女史连忙敛眉道："三殿下息怒，她们不方便进去。"

"有何不方便？"

秋女史不语。

纪初桃倒要看看大姐送了什么东西过来，这般故弄玄虚。她困意未散，头重脚轻，刚走入寝殿便听见殿门在身后被悄悄地关上了。偌大的寝殿内灯火通明，只剩她一个人。

东西在哪儿呢？纪初桃踩着柔软的波斯地毯前行，随手摸了摸几案上摆放的红玉珊瑚，半干的长发从肩头滑落了。她心道：总不会是这个红玉珊瑚吧？大姐才不会这般俗气……

纪初桃正想着，忽闻象牙榻上有金铃的细响，飘动的帐纱后，隐隐显出一个高大的轮廓，好像有些熟悉。

四

纪初桃以为那是铺床的司寝宫女，便将红玉珊瑚放回原处，问道："床榻都收拾好了吗？"

没有人回应。

纪初桃再定睛一看，发现帐纱外露着的分明是一双男人的革靴！她倏地直起身，警觉地问道："谁在榻上？"

殿内灯影摇曳，静得只有呼吸声。纪初桃回头看了一眼紧闭的殿门，才反应过来，榻上的那个男人大概就是大姐让秋女史送过来的"东西"。

二姐送的那十来个男人她已表明无福消受了，怎么连大姐也不正经起来？纪初桃正困倦，尚未反应过来，大着胆子朝榻边走去："这里不用人伺候，你快出去。"

帐纱朦胧，在里头躺着的男子一动不动。纪初桃微微蹙眉，一把撩开帐纱，加重语气说："你再不走，本宫便叫人将你拖……"

声音戛然而止，困意瞬间飞到九霄云外，她眨了眨眼，又眨了眨眼，保持着撩帐纱的姿势瞪着榻上被粗绳缚住的男子，难以置信地道："祁……祁炎……"

纪初桃把帐纱放下，闭眼深吸一口气，再次掀开了帐纱——不错，这的确是祁炎！

她迟疑地后退一步，转身朝殿外道："来人，祁将军为何会在这儿？！"

殿门紧闭，外边很快传来秋女史波澜不惊的声音："大殿下说了，三殿下想要，便如您所愿。"

所以，大姐真的将祁炎洗净，打包送到她的榻上做……做面首了？！她原以为大姐绝不可能答应如此荒唐的要求，这到底是怎么回事？

乱了，全乱了……

纪初桃坐在几案后，抿了一口微凉的茶水，凝神想了想：不管大姐出于什么目的，自己都算得偿所愿了。自己不如索性顺水推舟，收留祁炎，他在这儿总比在刑部大牢里安全，大姐也不会再因此事受千夫所指，陷入两难的境地……当务之急是要想想等祁炎醒来后，自己该如何向他解释。

纪初桃咽了咽口水，悄悄地起身，踩着柔软的地毯再次向榻边走去，试探地唤了一声："祁将军？"

纪初桃透过帐纱望去，只见祁炎仅穿着单薄的中衣，双手被粗绳反绑于身后，手腕上还套着手铐，铁链的尽头连接着结实笨重的雕金榻脚，待遇着实糟糕。他双眸紧闭，一动不动，半晌也没有回应，纪初桃忍不住担心地想：他莫不是……死了吧？

思及此，她小心翼翼地爬上榻，跪坐在祁炎的身边，伸手去探他的鼻息。发现他呼吸平稳，她松了一口气，心道：还好，他还有气，可为何唤不醒呢？他是被灌了药吗？

如此想着，她摇了摇祁炎的肩，唤道："世子？小将军？"

倏地，祁炎睁开了眼，眸中闪过清寒的光。纪初桃没看清他的动作，只见拇指粗的绳子应声崩断，他如挣脱枷锁的野兽般翻身而起！电光石火间，纪初桃已被他仰面按在了榻上，脑袋磕在榻沿上，如同案板上待宰的鱼。

形势突然反转，纪初桃被吓得险些闭了气，喘息着瞪大眼，只听见铁链"哗啦啦"晃动的声音。被祁炎的动作带起的疾风吹动床幔，绯红色的轻纱如雾般飘起又落下。

昏黄朦胧的灯光下，纪初桃仿佛又看到梦境中的祁炎身穿大红色婚袍前来，俯身轻轻地取走她手中的团扇，在她的耳畔哑声低语。与梦中的情形不同的是，此时伏在她身上的祁炎身体紧绷，隼目中满是寒意。

纪初桃感觉肩膀被他按得好疼，毫不怀疑，至少有那么一瞬间，祁炎是真的流露了杀机。若非他的腕上还有手铐禁锢着，方才那一击怕是会要了她半条命。

也对，将军定天下太平，却不能享天下太平，被鸟尽弓藏，落于妇人之手，他讨厌她是应该的。

一直侍立在外的秋女史仔细地听着殿中的动静。大公主吩咐过：若祁炎不听话，她可以刺杀三公主的罪名将他就地处决，如此一来也算事出有因，能堵住悠悠众口……

但大公主也说了，绝不能让祁炎伤了三公主。听到殿内的情况有些不对劲，秋女史不动声色地将手搭在门上，袖中匕首的冷刃已露出半寸："殿下？"

"本……本宫没事！"纪初桃仰躺在榻上，湿润的眼睛中灯影闪烁，映着祁炎凌厉的容颜。

她强装镇静，满脑子只有一个念头：秋女史是大姐的人，大姐对祁炎有杀心，自己绝不能让秋女史看到现在这番情景！

她要保下祁炎，不仅因为他是自己梦中预知的恩人与夫婿，更是为了朝局不因冤杀忠良而再起动荡。

"不许进来！都退远些，谁也不许打扰本宫！"纪初桃竭力稳住声音，扭头朝门上的那道人影喝道。

大概听到她少见地强势起来，秋女史颇为顾忌，将准备推门的手放下，依言退开了些。

宫灯影影绰绰，绷紧的铁索"哗啦"作响。祁炎冷冷地望着身下明明颤抖却还在强装镇定的小公主，耳边回响起方才纪妧在狱中说的话。

"人言可畏，如今这个形势下，本宫杀了祁爱卿的确是下下策。"纪妧立在牢门前，微笑着告诉他，"你很幸运，比起镇国军主帅，本宫给你找到了一个更好的归宿。"

只是纪妧不知，他从小就经受非人的训练，身体强健异于常人，那迷药只能困住他片刻。刚被送进纪初桃的寝殿中，他便醒了，一直佯装昏迷就是为了伺机反击。

身下的少女如此娇柔，纤细的手腕他用一只手便能轻松地握住，压制在她的头顶上方。他的另一只手按在纪初桃的肩上，手指离她白嫩的脖颈只有两寸之遥，只要他稍稍用力……

"你很冷吗？"干净的嗓音自祁炎身下传来，她微微颤动，像一朵风雨中的娇花。

"你一直在发抖。"纪初桃继续说道。

她不知道，少年不住地颤抖并非因为寒冷，而是因为极度的疼痛。祁炎手腕上的手铐内侧有尖锐的铁刺，只要他使劲或做出伤害纪初桃的行为，手铐便会拴得更紧，铁刺会深深地刺入他的皮肉中。

按住纪初桃的肩膀的那只手已经指节发白了，腕骨处被刺得血肉模糊，流下一道蜿蜒的殷红的血迹。他英俊桀骜的眉骨也不知在哪儿被划了一道口子，配上那样阴冷的面色，看起来格外可怖。

纪初桃看到了他眉骨上的伤口，顾不上害怕，"呀"了一声，用另一只能动的手去触摸他："你流血了，不要乱动。"

可祁炎偏头躲开了她的触碰，眼中是毫不掩饰的屈辱和愤恨神色。他似乎在笑，冷冷地逼问："三殿下又在要什么花招？"

"你这副样子，本宫能要什么花招？"

两个人的姿势实在太过糟糕，纪初桃甚至能看到因动作剧烈而敞开的衣襟下祁炎心口的那颗朱砂小痣。

她无力辩解，只好换成商量的语气："你先放开本宫，好吗？这样本宫才能放了你。"顿了顿，她又认真地解释，"你别怕，我不会伤害你的。"

祁炎简直想笑出声来。

榻上的金贵公主乌发松散，雪腮微红，衣襟下，脆弱优美的锁骨若隐若现……他不知道纪初桃是真的单纯还是装得无害，现在这个局面，到底是谁该害怕谁？

祁炎的手一松开，纪初桃就立刻爬了起来，往旁边挪去，轻轻地揉了揉被按疼的肩。她瞥见祁炎被刺伤的手腕，过了半晌，抿了抿唇，整理好神色，下定决心般起身道："来人！"

五

"殿下，您说什么？"秋女史见纪初桃打开殿门走出来，脸上终于流露出些许讶异的神色。

纪初桃披散着长发立于寝殿前，身上披着一层灯火的暖光，面色凝重："本宫说，拿钥匙来，打开祁将军的手铐。"

秋女史不动声色地扫了一眼寝殿。祁炎的身影落在薄纱座屏上，铁链都锁不住他满身的凌厉之气。

秋女史尚有顾忌，压低声音道："此时放开他恐有危险，还望殿下三思。"

祁炎与纪家的嫌隙已经够深了，他禁不起被这般折辱了。纪初桃暗自攥紧了斗篷，上前一步问："本宫问你，榻上那人是不是大皇姐送给本宫的？"

她素来好脾气，但帝姬到底是帝姬，威仪早已刻入骨髓中。秋女史不敢怠慢，连忙道："是。"

"他既然被送给本宫，是不是任我处置？"

"是。"

"那好，我让你松开他。"纪初桃扬着下颔，严肃地吩咐，"立刻！马上！"

秋女史想了想，终于从腰带上解下钥匙，躬身进了殿。纪初桃仍不放心，让挽竹赶紧去请太医，然后快步回到榻边，监督秋女史将祁炎的手铐打开。

伴随"咔嗒"一声细响，祁炎腕上的手铐应声而落，他活动了一番尚在淌血的手腕，冷冷地起了身。霎时间，纪初桃感觉眼前有一片阴影落下。离他如此近，她方知他比自己印象中的样子更为高大矫健，一个影子便能将她整个人笼罩其中。

误会越深，她越不能慌乱。她深吸一口气，板着脸对秋女史道："你且退下，回去转告大姐，就说永宁谢过大姐成全！"

这次秋女史并未多说什么，看了一眼祁炎便行礼退下了。

殿内只剩下纪初桃和祁炎，两个人单薄的穿着配上朦胧的红纱软帐，气氛有一种说不出的旖旎。但纪初桃知道，暗处必定有影卫和侍从时刻盯着祁炎。

想起祁炎的伤，她只得硬着头皮转身，安抚道："你别担心，本宫已经让人去请太医了。"

比起手腕上那些皮肉翻卷的伤痕，祁炎更在乎另一个问题的答案："罪臣出现在这儿，可是殿下安排的？"

方才自己与秋女史的对话他肯定听见了，她没什么好隐瞒的，索性坦然承认："是本宫向大皇姐讨要了你。"

"面首？"祁炎缓缓地眯起了眼睛。

不知为何，这两个字从他的嘴里说出来让人听着格外刺耳。纪初桃脸上一热，连忙摆了摆手："你别误会，本宫并非对你图谋不轨。那日在狱中，本宫说过会帮你的。"

"帮？"祁炎轻轻地重复一遍这个字。

他蛰伏造势，布局反击，眼看琅琊王就要有所行动，官愤民怨亦将到达巅峰，自己只要再在狱中受刑几日……只需要几日，他的计划就要实现了。偏偏在这个紧要关头，纪初桃用一句戏言便将他从狱中放了出来，让他在她的身边做裙下侍臣。于是纪妩借坡下驴，害他的计划被迫中止，功亏一篑。

从今往后，祁家还是那个左右受制、在夹缝中求生的招安反贼。纪初桃到底是在帮祁家还是在帮她的大姐？

祁炎眼中映着烛光，神色难辨。

殿内只有烛火"噼啪"燃烧的声音，纪初桃知道祁炎还未完全相信自己。他年少成名，战功赫赫，受琅琊王的牵连银铛入狱，好不容易出来，却被绑来自己的榻上，哪个血性男儿能忍受？大姐驯狼的那套招数她玩不来，只知道祁炎不该受到如此待遇。

"本宫知道，这个法子确实草率了一些。祁小将军乃栋梁之材，本不该受此屈辱，但你马上就要被定罪论处，本宫一时也想不到更好的办法了，只能委屈你暂居门下。"纪初桃仰首望着他，竭力让自己的措辞真诚一些，"但你放心，本宫定会想办法为你洗刷冤屈。"

祁炎并未流露出开心的神色，看了纪初桃许久，方问："三殿下相信罪臣是被冤枉的？"

"信。"纪初桃毫不迟疑地答道。

毕竟他在梦里都告诉她了。不仅如此，她还知道他会在将来的某一天如天降的英雄般救自己于危难之间……她现在情窦未开，对婚姻之事尚懵懂，但未来的救命之恩不能不报。

祁炎没想到她会回答得如此笃定，正飞速思考着，忽觉肩头一暖，有什么轻柔的东西轻轻地盖在了自己身上。他低头一看，发现纪初桃将自己的斗篷给了他。

女孩的斗篷精致小巧，披在身上像没有重量似的，长度也比他平日披的短了一大截，只能勉强罩住膝盖。

祁炎皱眉，抬手要取下斗篷，却看到了自己满手的血迹。

"你别动，穿得太少会着凉。"纪初桃制止他，全然没留意自己身上只剩单薄的中衣长裙。

注意到祁炎下移的视线，她反应过来，忙不迭地取来木架上备好的外衣，绕至屏风后穿戴齐整。只是她平日里被宫婢伺候惯了，怎么也系不好腰带，索性松松垮垮地披着外袍，隔着屏风的薄纱好奇地打量祁炎。

她摸不准他在想什么，但猜测他必定还在戒备和怀疑。她长这么大，头一次和一个男子共处一室，千言万语到了嘴边又不知道该如何开口……

好在叩门声及时响起，挽竹来报，说将太医请来了。纪初桃如释重负，连忙宣召："快进来。"

老太医给祁炎处理伤口时，纪初桃不放心地守在几案旁，茜色的外袍披在肩头上，如墨的长发垂到腰际。暖光下，她的睫毛像承载不住灯火似的微微颤动，她不用开口说话便已占尽风华。

还好，祁炎只是受了些皮外伤，上药养上十天半个月便能好。

"殿下，"拂铃取来新的斗篷给纪初桃裹上，蹲下身问道，"夜已深，您准备将祁将军安顿在何处？"

这倒是提醒了纪初桃。她本想让宫婢另外收拾房间给祁炎住下，可转念想起白天大姐说的那句"他们既然无用，我索性把他们都杀了"，不由得发怵，心想：自己不肯收下那些面首，险些导致他们被杀，若是不肯"用"祁炎，他会不会也被杀掉？为了保险起见，自己还是把他留在身边为妙，至少要助他度过这最危险的一晚。

下定决心后，她直起身吩咐宫婢："祁将军今夜就在本宫的殿中睡吧。"

她一语惊人，祁炎整理绷带的手一顿，冷冷的视线仿佛穿透屏风，射向了纪初桃。

"喀喀！"老太医受不了这般冲击，干咳一声，慌忙收拾药箱告退了。

拂铃和挽竹并未多问，让人取来新的被褥，又准备好洗濯用的温水、毛巾，然后领着一干侍从悄然退下，掩上了殿门。

闹了这么久，纪初桃也困了，起身绕过屏风行至榻前，见到榻上并排摆放的两床被子，顿时慌了。

这个拂铃！纪初桃简直欲哭无泪——她是想帮祁炎准备地铺，而非让他上榻一起睡啊！

祁炎一直在观察纪初桃，视线落在榻上那床惹人遐思的被子上时，眸色一黯，不可控制地回想起在狱中时宋元白说的玩笑话。

"你若真想让祁家立于不败之地，何须和琅琊王合作，弄得腥风血雨？"宋元白酸溜溜地道，说的话半真半假，"眼下三公主对你情根深种，只要你肯放下身段取悦她，我看她什么事都能为你办，这岂不比打打杀杀有意思？"

"滚。"他对宋元白的提议嗤之以鼻。

大丈夫有所为，有所不为，靠爬女人的裙裾上位算什么？而现在，眼前的处境给了他沉痛的一击。

他挽袖起身，走到面架前掬水洗了脸，擦干手后缓缓地踱到纪初桃的身边，在少女震惊的目光中堂而皇之地坐在了榻上。

他的双手随意地搭在膝盖上，额前湿淋淋的碎发滴着水珠，手腕上缠着的白色绷带像一圈护腕，非但不难看，反而让他看起来别有一番少年英气。他问纪初桃：

"可要罪臣伺候殿下就寝？"

说罢，他睨向自己身侧的位置，隼目般的眸中带着深沉的试探神色。

纪初桃何曾受过这般挑衅？她顿时杏眸水润，手足无措起来。

祁炎真的是那种所有京都的少女心中都幻想过的少年——英俊、强大，举手投足间带着不羁的野性。

"不用，不用！"

纪初桃摇头如拨浪鼓，而后反应过来，祁炎是臣，她是主，焉有长公主怯场之理？想明白这点，她底气足了些，爬上榻，抱起更加厚实的那床被子搁在地上，示意："本宫的意思是，祁将军睡地上，我睡床榻。"

少女的嗓音很好听，她再努力装出严肃的样子，于祁炎这种从小野惯了的武将来说，也不过如奶猫挠人似的不痛不痒。

他挑着眉问："殿下留下罪臣，不是为了侍寝吗？"

纪初桃着急地辩解："才不是！本宫是怕你离了本宫的视线，会有性命之忧。"

未料到她如此想，祁炎在微怔的同时，竟然有一种松了一口气的感觉。

不知什么缘由，纪初桃似乎在保他。难道她真的不同于她的姐姐们吗？

"本宫要睡了，劳烦你自己铺好床，去外间睡吧。"纪初桃还未想好以后的路怎么走，只能等明日醒来，走一步算一步。

祁炎站了一会儿，沉默地拾起地上的被子，随意一卷，去了屏风外。

纪初桃侧身看他铺好被子，这才放心地放下纱帐，轻手轻脚地脱了披风和外袍——生平第一次和男子共处一室，她有些拘束，没敢脱太多。

她刚躺下，就听见祁炎低沉的嗓音从屏风后传来："卧榻旁不容他人酣睡，殿下就不怕臣出手，对殿下不利吗？"

闻言，纪初桃撩开纱帐的一角，看到祁炎抱臂而坐的剪影投在屏风上，笃定地道："你不会。若是伤了我或趁夜逃跑，你就真的成罪臣了，以祁将军的聪慧，不会自断前程。"

祁炎不语，算是默认了。

纪初桃天真，但并不傻，他早该知道的。只是，好像每次他稍稍放下对纪初桃的戒备，便会有新的变故生出，巧合得不像巧合……比如此时，纪初桃看似对他毫无戒备，可殿门外有埋伏。

他以锐利的目光望向殿门，猜测门后应该藏了两个人，皆是女子，其中一人呼吸绵长，应该身手不凡。

心烦意乱之际，他听见少女的声音传来，她困倦地道："晚安，祁小将军。"

殿门外，挽竹听了听寝殿内的动静，听不出什么，便拉了拉拂铃的袖子，道："拂铃，你在这儿守了大半夜，到底在做什么呢？"

"嘘。"拂铃示意挽竹噤声，皱着眉低声道，"祁将军在殿中，我不放心。"

"有什么不放心的？咱们殿下的品性你还不知道吗？"挽竹打着哈欠嘀咕，"殿下呀，也就敢嘴上说说，实则连男人的手都不敢摸，不会对祁将军怎样的。"

拂铃瞥了一眼粗枝大叶的挽竹，无奈地道："我担心的不是祁将军，而是殿下。"

与此同时，浮云蔽月，长信宫中。

"如何？"纪妧在奏折上朱批，随意地问道。

秋女史上前复命："三殿下给祁将军解了手铐，请了太医，如今两个人在一处睡下了，暂时并无异常。"

"那小子谨慎得很，不会这么快露出马脚的。"纪妧搁下朱笔，淡然地道，"等明日，看永宁怎么说。"

第四章
驯 兽

一

纪初桃醒来后，发现屏风外的地铺已被收起来了，叠放得十分整齐。

"祁炎呢？"她一骨碌爬起来问。

拂铃伺候纪初桃穿衣，答道："祁将军卯正时起来打了一会儿坐，又在庭中逛了片刻，现在立于殿门外。殿下可要唤他进来？"

听到祁炎一晚无恙，纪初桃稍稍放下心来，从屏风后露出脑袋，偷偷地张望起来。她顺着敞开的殿门望去，发现祁炎并未离得太远，而是抱臂倚在廊下，看着阴沉的天空出神。纪初桃猜想他可能不适应公主府中的生活，或是在思索下一步该如何走。

纪初桃"嗯"了一声，揉着眼睛道："不必惊扰他。"她抿了一口茶水漱口，不经意间看见了拂铃眼下的青色，温柔地问，"拂铃，你昨夜没休息好吗？"

"奴婢没事，谢殿下关心。"

为主子守了一整晚的拂铃无奈地笑了笑，心想：昨夜放任野兽在身旁还能安然入睡的人怕是只有三殿下一个了。

辰时，内侍小年前来请示是否传膳。纪初桃应允，瞥见廊下衣着单薄的祁炎，又唤住太监小年："给祁将军送些吃食，再给他备几身衣裳，千万别冷落了他。"

小年对祁炎出现在公主府中一事并不意外。经过昨晚纪初桃和祁炎同寝之事，怕是整个公主府的人都知晓祁炎是三殿下的裙下之臣了。小年欣然领命，前去安排了。

用过膳，纪初桃决定入宫一趟。

长信宫前，纪初桃与数名文官迎面相逢。为首的那人清冷如玉，在一群伛偻白发的酸朽老臣间有鹤立鸡群之态，明明极为年轻，却身穿三品紫色官袍，腰配金鱼袋，胸前的孔雀刺绣栩栩如生。

这样年轻便身居高位之人，整个大殷只有一位——昌隆八年的状元郎，如今的左相褚珩。

昨日在宫门前，那群为祁炎请命的士子儒生闹着要见的人就是这位号称"玉面青天"的左相大人。见到纪初桃，褚珩停下脚步，稍稍避让，朝她拢袖行礼。其他文臣跟着行礼，只是见了纪初桃，像吞了苍蝇似的面色古怪。与他们擦肩而过时，她听到了几声叹息，说着什么"如此折辱，岂非寒天下人之心"……

纪初桃能猜出他们为谁而来。她十六年来干得最荒唐的一件事便是向大姐要祁炎，她像头一遭做坏事的孩子，难免心中忐忑。

入殿问了好，纪初桃在纪妧身侧的位子坐下，关切地道："大皇姐，祁炎之事，我是否让你为难了？"

纪妧并未直接回答，只问："永宁，你可知为何你向本宫索要祁炎，褚珩他们会有如此非议吗？"

纪初桃小声回答："我知道，他们在为祁将军抱不平。"

"不，是因为你还不够强。"纪妧一口否定，语气一如既往的平静、大气，"你要记住，只要你手段够强硬，权力够大，管他是五陵少年还是将军世子，都会争着做你的入幕之宾。让这群人愤慨的并非祁炎侍奉长公主，而是祁炎侍奉一个无用的长公主。"

纪初桃心中微震。她知道大姐想教会她什么，可心中一直有个声音在问：光靠权力，人真的能征服一切吗？

"你想什么呢？"纪妧问。

纪初桃回过神来，深吸一口气后抬头看向纪妧，问出了藏在自己心中很久的困惑："我只是在想，我若有一天只能靠手段去攫取想要的东西和喜欢的人，真的会幸福吗？"

"可你若不强，便会像今日一样，连选择男人的权利都没有。"纪妧顿了顿，望着妹妹一字一顿地道，"连区区反贼之后都可以拒绝你的婚事。"

纪初桃好像明白了什么，心脏一紧。她明知追问下去未必能承受住真相，但还是没忍住，问出了口："所以，大皇姐将祁炎送到我身边，并非在乎我的心愿，只是借我来惩罚他？"

祁炎拒绝做驸马，大姐便让他尝尝屈居人下的滋味，这的确是大姐的行事风格。

"二者有何区别？"纪妧轻飘飘地反问。

"有区别的。"纪初桃抿了抿唇，然后闷声说，"我认为，不管朝局如何纷乱，至少我和皇姐之间没有那些尔虞我诈的利用……"

略带失落的一番话让习惯了铁石心肠的纪妧心里出现了一瞬的刺痛。但仅仅片刻，她就恢复了常态，冷冷地道："看来本宫太纵容你了，让你忘记了自己的身份！你我各取所需而已，谈何利用？"

自己长到这么大，这还是大皇姐第一次用这般严厉的语气斥责自己，纪初桃感到意外之余，心中不免有些难受。这种难受是从那场突如其来的御宴赐婚开始一点点地积累起来的。

她从小就跟在姐姐们的屁股后面跑，可不知从何时开始，姐姐们与她渐行渐远。公正的大姐变得狠厉，明朗的二姐越发放诞不拘，好像只有她一个人被抛在了回忆里，举步不前。

她太依赖皇姐们，以至于险些忘了，长大后很多东西不再是自己撒撒娇就能得到的。想明白这点，她反而能压下心中的酸涩感，平静下来。

她蜷了蜷手指，下定决心似的起身，在纪妧惊讶的目光中行了个大礼，声音清澈，语气前所未有地温柔和坚定："长姐有长姐的立场，永宁都明白。只是长姐既然将祁炎给了我，我就要用自己的办法处置他。"

纪妧面色稍缓，片刻后抬起一只手，望着妹妹道："本宫既然将他给了你，怎么办你自己决定。"

有了大姐的首肯，至少在公主府中，纪初桃能用自己的方式护祁炎周全。

告退前，纪初桃犹豫再三，还是放软声音解释："大皇姐莫要生气，方才我并无忤逆之意……"见秋女史捧着公文过来，她只得将满腹的话语咽下，乖巧地道，"那大皇姐先忙，永宁告退了。"

说罢，她福了福身子，低头快步走出了长信宫。

待她走后，纪妧才闭目揉了揉太阳穴。秋女史将堆积的公文搁在纪妧的面前，一一整理出来，道："先前镇国侯世子入狱，以退为进，弄得殿下既不能杀他又不能放他，十分被动。如今殿下顺水推舟，将他送去三公主那儿，既能暂时削去他的军职，又能解眼前的困境，实乃一石二鸟之计，只是……"

见秋女史迟疑，纪妧睁开眼，随意地问："只是什么？"

秋女史道："只是被拔了爪牙的野兽依旧凶狠，三公主殿下太过和顺善良，不知能否应付得来。"

"祁炎若真敢做出什么事来，于本宫而言反倒是好事，就怕他不肯露出马脚。至于永宁……"纪妧提笔，朱笔在公文上洇出一道痕迹，许久后方晦涩地道，"雏鹰不离巢便永远学不会飞翔。"

以前纪妧总担心纪初桃被人利用、欺骗，现在想想，自己太护着她未必是好事。人只有经历过伤痛才会长大。

收敛了情绪，纪妧用朱笔在"琅琊王"三个字上画了个圈，凤眸中是目空一切的强者眼神，道："去告诉皇上，小皇叔最近不安分，送他回封地去吧，他以后都不必来京都了。"

纪初桃刚回到府邸，便看见祁炎坐在庭院的石栏之上，手肘搭着膝盖，身体微微前倾，像一匹独行且强大的苍狼，落拓不羁。

"我说了，拿走。"他冷冷地看着面前站成一排的宫侍，树影在他的眉间落下一片阴影。

他抬眼，与纪初桃视线相撞，看到刚满十六岁的少女身姿玲珑窈窕，身着一袭杏红色的大袖礼衫，杏眸花颜，艳丽无双。她进宫前尚开开心心的，回来后却细眉微蹙，似乎有些失落郁闷……

不过，她高兴与否与自己有何干系呢？祁炎看了一眼宫侍们送来的衣物，暗自冷声嗤笑：表面上天真无邪的人竟也会纵容家仆用这种低劣的法子来羞辱自己。

他跳下石栏站稳，转身欲走，却听见纪初桃唤住了他："祁将军。"

她快步走来时秋风灌满双袖，让她看起来像是翩跹的蝶。她靠近时，祁炎闻到了属于少女身上的淡淡花香。

纪初桃见祁炎依旧穿着昨晚的素色中衣和长靴，手腕上缠绕的绷带格外刺眼，不由得眉头一皱："天气阴冷，祁将军为何还穿得如此单薄？"

她不提那些衣裳还好，一提，祁炎便难掩心中的烦躁。不过他心中越暗流涌动，面上便越平静，语气略带痞气地道："殿下盛情，可惜罪臣消受不起。"

察觉到他话中淡淡的嘲讽之意，纪初桃一头雾水。明明早上两个人还相安无事，怎么才过几个时辰，他又回到之前满怀戒备的样子了？

她瞪向一旁的内侍："小年，怎么回事？本宫让你准备的衣裳呢？"

小年挪到纪初桃身边，小声道："回殿下，我原本备了衣裳，可祁公子不喜欢，不愿意穿。"

"不喜欢？"纪初桃将目光落在宫侍们捧着的衣物上，走过去随意翻看了几件，登时生起气来。

小年大概将祁炎当成以色事人的男宠之流了，选的衣物都是纱红绸绿的，既花哨又轻佻，难怪祁炎不肯穿。

"你怎么准备的是这些衣服？快去换了！"纪初桃板着脸严肃地道。

小年是个太监，不懂穿着打扮，只是见后院春阁中的那些公子都穿这般轻薄的亮色衣服，便觉得祁炎穿起来应该也好看，殊不知好心办了坏事，不由得苦着脸跪下了。

见小年被吓得跪下，纪初桃不好再苛责，转而吩咐更靠谱的拂铃："罢了，你重新准备几身深色的武袍，样式要大气但不沉闷，用料要好但不张扬。还有披风、斗篷、簪饰和鞋袜，你都搭配着一并备好。"

她记得祁炎爱穿黑色的衣裳，便让拂铃多备些深色的衣物。想了想，她又吩咐挽竹："去告诉晏行，收拾一间宽敞独立的房间，以后给祁将军住。"

安排好一切，她方慢慢地侧过首，迎上祁炎的目光。

祁炎从容不迫，垂眼时眼下落着一圈阴影，看起来有些冷漠。可纪初桃一点儿也不怕他，弯眸一笑，如破冰的春风，道："小年唐突冒犯，本宫已经替你教训过他啦。"

风吹过，银杏叶打着旋落到两个人中间。祁炎想不明白，打探穷奇墨玉的人是她，将自己变成面首讨去榻上的人是她，纵容家仆羞辱自己的人也是她，可为何眼神最干净无辜的人还是她？

二

丑时，万籁俱寂，公主府中灯火阑珊，值夜的内侍揣着手在门边打盹。一阵夜风袭来，灯火摇曳，似有暗影一闪而过。犯困的内侍揉了揉眼睛，只见墙外树影婆娑，什么人影都没有，便咂了咂嘴，又小鸡啄米般点头睡去了。

此时，后院中一株高大的枫树上，祁炎穿一袭黑衣蹲在枝头上，手中抛着一块石子，借着夜色和枝叶的遮挡仔细地听着府外的动静。

白天趁纪初桃入宫，他在府中四处闲逛，方便以后暗中出入。他已将公主府的布局和宫侍的分布记了个大概，现在就差摸清府外侍卫的布防情况了。

纪初桃的公主府离皇宫极近，守卫每四个时辰一换，只是他不知道每批守卫分布在何处、有多少人，但可以肯定的是，公主府内若有动静，不到一盏茶的时间就能惊动禁军前来救援。

浮云蔽月，夜浓得如墨，祁炎攥住石子屈指一弹，石子越过府墙滚落在地上，发出一连串的声响。

"什么人？！"府外的守卫甚为警觉，被石子的动静引开，火把的光芒掠过墙头，落在了祁炎的眸中。

祁炎听力甚佳，凝神细听，可辨出闻声而来的守卫一共有两队，每队有十六个人。从脚步声靠近的时间来算，府外至少有八队守卫交替巡逻，他若想偷偷地溜出府还不被人察觉，最多只有一盏茶的时间……

不对！祁炎敏锐地察觉到了纰漏：公主府地上的守卫固若金汤，为何他在树梢上盯了这么久，不见屋脊这种高处有防备？

仿佛印证他的猜想般，此刻云开雾散，祁炎用余光瞥见了屋檐上的一抹寒光。他登时眸色一冷，仰面翻下树枝，几乎同时，一支闪着寒光的羽箭擦着他的下巴掠过，钉入树干一寸余深。

好箭！原来府中的高处还埋伏着弓箭手。

祁炎自认为身手不错，打仗时刺探军情，翻墙跃瓦那么多回皆未失手，没想到此刻能被区区公主府中的弓箭手察觉到位置。

枫叶被箭矢震得落下，祁炎越发精神，翻身落在地上，混入夜色中消失不见了。

枫树的树枝再次一沉，霍谦追了上来，踩在"刺客"曾蹲守过的位置上，目光深沉。

守卫闻声而动，很快执着火把赶来了。

"有刺客，追！"霍谦低声开口，反手拔下钉入树干的羽箭，投入背上的箭筒之中。

他跃下树枝，却没有跟随守卫一同追捕，而是略一思索，朝相反方向的西院跑去。

这里守卫森严，又毗邻宫城，普通刺客不可能在他的眼皮子底下轻易地潜入，所以多半是出了内鬼，而整座公主府中有这般绝佳身手的只可能是……那个人。

纪初桃做了大半夜的梦，梦里依旧是那些熟悉的零碎画面，有些已经应验，有些似乎是还未发生过的事。

她梦见祁炎吻她，唇舌热烈缠绵，结实的雄性身躯烫得她心尖都在颤抖。可不知道为什么，她一直在哭，眼泪流到嘴里，冰冷又苦涩。她骤然惊醒，看到殿外火把通明，听到外面脚步纷乱、吵嚷声一片。

"拂铃，外面在吵什么？"她嗓音微哑，撩开帐纱的一角，指尖滚烫得仿佛残留着梦中的温度，卷翘的睫毛上还有些许湿意。

天寒夜深，拂铃掌灯过来，怕吓着主子，便一边拿起外袍披在纪初桃身上，一边安抚道："府中闹老鼠，家仆们正在驱赶，并非大事，殿下快睡吧……"

"霍侍卫，那边是祁公子的住处，没有殿下的命令真的不能随便进……"外面隐约传来小年的声音。

听到和祁炎有关，纪初桃登时睡意全无，抓住拂铃的手，道："祁炎怎么了？拂铃，不许撒谎！"

见瞒不住，拂铃只好说了实话："方才府中潜入了刺客，霍侍卫怀疑刺客往祁将军的房间去了，想进去搜查……哎，殿下，您去哪儿？"

话还未听完，纪初桃就匆匆地趿拉着绣鞋推门跑了出去。

天黑得很，夜风灌满了纪初桃单薄的袖袍，她却浑然不觉。结合当下发生的那些事，她下意识地冒出一个想法——那刺客是不是奉命来杀祁炎的？

纪初桃命人给祁炎收拾出的住处干净通透、采光好，此时房中的灯火已灭，让人看不出里面是否有人。

霍谦挽着弓箭立于西院的房前，而小年挡在霍谦前面，一脸为难的表情。白天他因为送的衣裳太过轻佻，才被殿下责备过，这次万万不敢掉以轻心，让霍谦去搜祁公子的屋子。

纪初桃气息不匀，紧张地道："霍侍卫，刺客在祁炎的屋里吗？你抓到了吗？"

见惊动了纪初桃，众侍卫纷纷躬身，让出一条道来。霍谦看了一眼黑漆漆的毫无动静的屋子，抱拳沉声道："回殿下，刺客往此处逃匿了，至于在不在屋中，还望殿下首肯，属下一搜便知。"

霍谦心想：方才那团黑影是往东边逃窜的，在这么短的时间内绝对不可能赶回西院。若此刻屋里无人，则说明那黑影极有可能就是祁炎。祁炎于暗夜行动，一定有不可告人的秘密！自己奉命来此，除了保护三公主的安危，亦要监视祁炎的一举一动。

事关祁炎，纪初桃断不能坐视不管，刚要上前就被赶来的拂铃拉住了。拂铃朝她摇了摇头，而后将怀中的斗篷抖开，披在了她的身上："殿下，危险。"

纪初桃只得停下脚步，妥协道："那你们轻些，别太鲁莽。"

房里安安静静的，没有一点儿人气。霍谦朝紧闭的房门走去，一只手搭在门上，另一只手握紧了手中锋利的箭矢，正欲破门而入，却听见了"吱呀"一声……

门从里面被打开了，阴影从祁炎身上退去，露出了他英俊又充满野性的容颜。

祁炎只穿了一件纯白色的里衣，肩上松松地罩着一件外袍，头发亦有些凌乱，看起来被吵醒了，刚从榻上起来。他随意且慵懒地扫视一圈庭院中严阵以待的侍卫，抱着臂说道："三殿下府中真是时刻都有好大的阵仗。"

霍谦完全没想到祁炎会出现在此处，面上闪过一丝惊疑的神色。方才他在门外明明未曾听到里面有呼吸声，难道一个活人会无声无息地凭空出现不成？

"祁炎！你没事吧？"纪初桃的声音打破平静，她有些不放心，拢着斗篷上前，上下打量他，"你可有看到刺客？他可曾伤了你？"

火光摇曳，纪初桃眸中的担忧不像假的。祁炎眸色略微变了变，移开了视线，沉声道："谢殿下关心，臣并未遇见什么刺客。"

"那就好！"纪初桃松了一口气，将目光移向了霍谦。

霍谦面上不见窘迫之色，很快就定下神，抱拳道："属下追拿刺客至此，无意惊扰祁将军。祁将军若不介意，还请让属下进门查验……"

"我若介意呢？"祁炎盯着他。

霍谦不善言辞，攥紧了弓矢，气势看起来比祁炎矮了一截。

他们都是自己的人，纪初桃不愿看他们闹出嫌隙，便出声打圆场："祁将军，霍谦也是尽职而已，你还是让他进去看看，一会儿就好……"

话未说完，纪初桃瞥见祁炎的手腕正微微渗血，伤口似乎裂开了。她不由得微怔，抿了抿唇，好像明白了什么。

察觉到她的视线，祁炎将披着的外袍穿戴齐整，待宽大的袖子遮住了伤处才让开身子。

霍谦一言不发，在屋内巡视了一圈，最终在榻前停住了。他将手伸入被中探了探温度，眉头微皱，这才沉默地退到屋外，朝纪初桃和祁炎抱了抱拳。

"如何？检查完了吗？"纪初桃问。

霍谦面露愧色："并无异常……属下无能，惊扰了殿下和祁将军。"

纪初桃毫不介意地道："没事，这不能怪你。既然刺客不在此处，你们便去别的地方看看吧。"

"属下会加派人手保护殿下，还请殿下安心休息。"

"有劳霍侍卫了。"纪初桃回首看向负手而立的祁炎，眼中好像盛着世间最皎洁的月光，柔声一笑："祁将军也好好休息。"

她将视线从祁炎的手上收回，转身在宫侍的簇拥下离去了。

灯笼的火光远去，黑暗从四面八方包围过来，祁炎的眸色也渐渐黯了下来。他在门口站了一会儿，确定无人盯着才转身进屋，用脚勾着门关上了。他行至榻前，将藏在榻下的牛皮水袋取出，倒干净了里头的热水。

那姓霍的侍卫不傻，还知道用试探被中温度的方式来确认他是否安分地待在房中。幸好他经验丰富，离去时为了以防万一，准备了几个汤婆子塞进被子中，这才蒙混过关……

安插在这座府邸中的人都不简单，纪妧还真是看得起他。祁炎冷冷地想着，掬了一捧热水泼在脸上，坐在榻上思索下一步该如何走。

他正想着，立即察觉到有轻柔的脚步声靠近，只是来人脚步虚浮，对自己构不成威胁。他按兵不动，沉声问："谁？"

"是我。"纪初桃刻意放轻嗓音，像风拂过花瓣。

祁炎没想到她去而复返，微皱剑眉，起身打开了房门。

他面前的少女提着一盏纱灯，裹着珍珠色的狐狸毛斗篷站在门外，并未带侍从，仰首看着他："祁炎，能让本宫进去吗？"

祁炎不知纪初桃心里打的是什么主意，下意识地侧过身子，她见状，立即闪身进屋了。

方才避开侍卫偷偷地溜出来，她又急又紧张，出了一身薄汗。进屋后有些热，她便抬手解了斗篷的系带透气，衣襟也随之松散了，锁骨若隐若现……

祁炎好像明白了什么，别开视线，语气带着淡淡的嘲弄之意，问道："殿下深夜来此，是想让臣侍寝吗？"

纪初桃被他这句话吓了一跳，耳尖瞬间红了，转身道："啊？不是的，不是的！"

祁炎自然不信。除此之外，他想不出堂堂帝姬深夜衣着单薄地来一个"面首"的房中能做什么正经事。可惜，她不该自大如斯，孤身一人前来。

祁炎暗暗地冷声嗤笑，反手关上房门，一步一步地朝纪初桃走去，高大的影子被昏暗的烛光投在墙上，如同一只蛰伏已久的野兽。

三

纪初桃没有和男子相处的经验，平日在自己的府邸里随性惯了，此时才反应过来，深更半夜，孤男寡女，的确容易令他误解她的来意。她忙不迭地重新系好斗篷，努力将自己严实地裹成一只蚕茧。

抬眼间，她感觉到一道阴影落下。祁炎的手臂撑在她身侧的桌子上，他俯身冷冷地看着她："殿下这次又想玩什么？"

反正府中出了"刺客",风波未定,若她敢提什么折辱自己的奇怪要求,祁炎难保自己不会做出什么过激之事……

两个人离得太近,纪初桃身上香甜的味道萦绕在他的鼻端,让他失神了一瞬。她明明是一国帝姬,上头还有两个恶贯满盈的姐姐,为何生得这般娇弱?她就像昨夜在榻上时一样,他一只手便能轻松地压制住她。

祁炎眼神冷,身体却热。纪初桃眼睛一眨不眨地看着他,咽了咽口水,忍不住开口:"祁将军,你……你靠得太近了。"

她有些失措地抬起手来,想要将凶巴巴的祁小将军推开些。

纪初桃的指尖触到自己的衣襟的那一瞬,那股香甜的味道更明显了,祁炎回神,下意识地躲开,不让她碰到自己。

纪初桃叹了一口气,心想:他果然很讨厌自己,自己想要修复君臣关系,无异于女娲补天。自己若是不知道梦里的那些事也就罢了,既然知道了,便不能不管。

纪初桃将藏在袖中的瓷瓶取了出来:"你的伤口裂开了,本宫来给你送药。"

送药之事她可让下人代劳,为何要屈尊降贵地亲自前来?祁炎眉头一皱,积年累月的疆场生活让他察觉到了些许异常:若不是这位小公主对新"面首"颇为垂爱,便只有一种可能——她察觉到了什么。

"你放心,本宫是一个人偷偷地来的,没让别人知晓。"纪初桃解释,柔声催促他,"你快些上药,本宫看到你止了血再走。"

祁炎索性以不变应万变,缓缓地走到桌旁坐下,用拇指拨开瓷瓶的软塞,将药粉倒在了裂开的伤口上。

他左腕上的伤口愈合得很好,崩裂的伤口在右腕上。纪初桃怕他用左手包扎不太灵便,提议道:"嗯……本宫帮你?"

"不必。"祁炎淡淡地拒绝,将干净的绷带绕右腕几圈,而后用牙齿咬住绷带的一端,拉紧后利落地打上了结。

纪初桃看得入神,明明最讨厌军营莽夫,见了祁炎却觉得他的一举一动十分养眼。

纪初桃望过来的眼神专注又干净,不带一丝情欲,可祁炎依旧感到烦闷,漠然地问道:"药已经上好,殿下还想做什么?"

磨蹭了这么久,她也该进入正题了。

"嗯……对了,这个给你。"纪初桃回神,从腰间解下一块令牌,轻轻地推至祁炎的面前,粉色的指尖在摇曳的烛光中散发出温润的光泽,认真地道,"有了这个,你以后便能自由地出府,不要再做那些危险的事了。"

果然，她都知道了。

祁炎身形一僵，猜到纪初桃在看到他手腕上裂开的伤口时便猜出了他就是那个"刺客"。那这药算什么？她在欲擒故纵吗？

"殿下这是何意？"祁炎面不改色，凌厉的眼中跳跃着火光。

"这是本宫的诚意。"纪初桃安静地站着，坦然化解迎面而来的敌意。

她若想害他，在霍谦搜查时就拆穿他了。她并没有这样做，而是替他瞒了下来。

祁炎慢条斯理地整理绷带，勾起嘴角的样子有些痞："殿下的这份诚意，大公主知道吗？"

听到大姐的名号，纪初桃果然愣了愣。你瞧，她所谓的"诚意"也不过是让他仰人鼻息，换一根链子继续驯服他的手段而已。

纪初桃明白祁炎的顾虑，抬起眼来："这里是本宫的府邸，祁将军是本宫的人，何不试着相信本宫？"

既然要谈信任，祁炎倒很想问纪初桃，为何她会知晓穷奇墨玉的存在？那东西若是被公之于众，结果不是他杀了纪家人，便是纪家人杀了他……

然而话到嘴边又被他咽下了。现在还不是问这个问题的时候，急功近利必会留下破绽，他赌不起。

祁炎不动声色地道："大公主一心想要杀臣，而殿下是大公主的妹妹。殿下不妨说说，臣该如何相信你？"

纪初桃想了想，眼睛一亮："明日巳时，本宫带你去个地方。"不等祁炎回答，她就匆忙地戴上了斗篷的兜帽，道，"本宫出来太久，要回房了，明日巳时见。"

说完，她提起桌上的那盏纱灯，轻手轻脚地出去，消失在了夜色中。

屋内还残留着若有若无的软香，这是纪初桃身上的味道。祁炎随手拿起桌上那块公主府的令牌，坐在榻上对着光仔细地看了一番，而后低低地嗤笑一声，将它重新丢回了桌上。

自己相信她？诺不轻信，则人不负我，这是他小时候学会的第一个道理。

第二日用过早膳，祁炎果然已在马车旁等着了。他依旧穿着深色的束袖武袍，长身挺立，护腕上镂金的花纹为他增添了几分亮色，一眼望去气势如虹、赏心悦目，但腰间却未挂纪初桃赠送的令牌。

纪初桃也不点破他，毫不介意地道："祁将军，我们走吧。"

马车在镇国侯府的门前停下了。下车时，纪初桃特意观察了祁炎的脸色，出乎意料的是，祁炎依旧疏冷狂狷，并无一丝惊喜之色。

纪初桃有些泄气，本想着祁炎在狱中待了太久，镇国侯一定担心坏了，故而特意带他回来探望父亲，还以为他多少会开心呢。

还未叩门，府门便从里面被打开了。祁府的家丁见到祁炎，眼睛瞪得老大，忙不迭地回去通报："侯爷，世子回来了！"

"殿下说的地方就是这儿？"祁炎的声音没有丝毫起伏。

"是。"纪初桃好奇地道，"你入狱那么久，不想你爹吗？"

祁炎没回答，只伸出一只手示意："殿下请。"

镇国侯是个高大壮实的男人，国字脸，两鬓微霜，皮肤是质朴的酱色，看上去十分粗犷，若非他身上的衣着华贵，纪初桃险些以为他是个乡野田夫。她看了看镇国侯，又看了看祁炎，心中疑惑至极：他们在长相上如此天差地别，真的是父子吗？

镇国侯远远地瞧见了祁炎，两手一拍，不顾形象地跑过来，红着眼大喜地道："炎儿，你可算回来了！"

镇国侯虽然长相凶悍粗野，倒是疼儿子。

正这么想着，纪初桃却见镇国侯抹了一把老泪，用雄浑至极的男声"呜呜"地啜泣道："你回来得正好！你娘留下的那个香囊不见了，你快给爹找找！"

纪初桃刚泛起的欣慰之情瞬间消散了。祁炎受了半个月的牢狱之苦，几经生死归来，镇国侯一不问他是否受伤，二没有安抚劝慰之言，难道亲儿子还不如一个香囊重要吗？

祁炎倒是习以为常，熟稔地走到偏厅的画像下，拉开矮柜下数第三排的抽屉，从里面摸出一只松绿色的香囊来，递给了他爹。

纪初桃匆匆地瞥了一眼，只见那香囊上绣着一个姿容绝美的女子，和祁炎眉目有几分相像。

"是这个，是这个！哎呀，太好了！"镇国侯眼泪未干，又笑了起来，看上去有些滑稽，捧着香囊连亲了几口，这才留意到祁炎身边的纪初桃。

"这位姑娘是……"看了半晌，镇国侯方反应过来，仓皇地跪拜道，"臣祁胖叩见永宁长公主殿下！"

"快起来！"纪初桃此刻正想办法打消祁炎的戒备呢，可不能在他爹面前逞威风。

"镇国侯放心，祁炎现今在本宫的门下，并无性命之忧。"可祁炎是被当作面首送到自己的榻上的，唯恐镇国侯心存芥蒂，她又轻声解释，"不管外人如何议论，本宫对祁将军只有尊敬之意，绝无轻贱之心。"

她说得真诚，祁炎负手而立，不由得望向了她。

可镇国侯的心思并不在儿子身上，他翻来覆去地看那个旧香囊，随口敷衍道："犬子能在三殿下的府中谋事，是他十辈子修来的福分，臣自然放心！"大概觉得这番话太不走心，他讪讪地补上一句，"只是炎儿在战场上野惯了，心思不比我们这些良民，三殿下一定要多加防范，别被他欺负了！"

这句话他还不如不说呢！哪有父亲这样说自己儿子的？纪初桃真是拿这个粗神经的镇国侯没有法子。难怪祁炎出了这么大的事，镇国侯一点儿忙也帮不上！

祁炎微微皱眉，声音低沉地道："走了。"

出了镇国侯府的门，纪初桃在上马车时不住地偷看祁炎。身边的少年挺拔英俊、落拓不羁，容貌和气质全京都也找不出第二个……他真的是镇国侯的亲儿子吗？

"是亲生的。"祁炎看了她一眼，平静地开口。

纪初桃睫毛一颤，心想：祁炎莫非会读心术？

回公主府的路上，祁炎并未说话，面色冷冷的，让人看不出喜怒。纪初桃叹息了一声。

她本想让祁炎见见家人，开心些，但似乎……此路不通。她没想到祁炎表面风光无限，私底下却是娘没了，爹也不疼。这么多年，他一定很辛苦吧？如今受到琅琊王牵连，他连最后的荣耀都被剥夺了，沦落成自己的裙下之臣……

到了公主府，马车停下了。见祁炎先一步下了马车，纪初桃拿定主意，唤住他："祁炎。"

祁炎脚步一顿，回首只见衣着华美的少女站在马车上看他，眼里含着些许期待的光。他看了她半晌，误以为她在等待自己搀扶，便眉头一皱，不情不愿地将臂膀递了过去。

纪初桃顺从地搭着他的手臂下了马车，柔嫩的手指与结实的臂膀一触即分，忽然道："祁将军，你做本宫的家臣吧。"

你不要再做面首了，她偷偷地在心里补充。

这番盛邀来得猝不及防，祁炎心神微动，猛然抬眸看向了她。两个人一高一矮，对峙起来像锋利的刃遇到了温柔的水。

"为何？"祁炎听见自己淡漠的嗓音响起。

"因为本宫觉得你值得。"纪初桃轻声回答。

你是大殷的功臣，将来还会是本宫的英雄呢！

祁炎低低地哼了一声，不知是笑还是不屑。纪初桃第一次收幕僚，有些紧张，微微歪头看着他："可以吗，祁小将军？本宫虽不如两位姐姐，但一定会尽自己所能保护你的。"

风轻轻地拂过，空气微冷，祁炎眼中的影子也跟着轻轻地摇曳起来。

"殿下对所有的男人都这般好吗？"他问。

"怎么会？本宫身边又没有其他男子，只有你……"纪初桃的声音轻了些，"只有你一个人。"

祁炎喉结动了动，还未说话，便见公主府的大门被人推开了。一群年少的美男子争相拥出，朝着纪初桃奔来，幽怨地道："殿下，您可算回来了！这都几日了，您怎么还不来找我们哪？"

祁炎抱臂而立，冷冷地看着被"男妖精"淹没的纪初桃，笑得无比"友善"："这就是殿下所说的只有我一个人？"

四

"祁炎！"纪初桃好不容易从一堆"男妖精"中脱身，脸颊绯红，喘着气快步上前，声音因羞恼变得软绵绵的，"方才你为何见死不救？主忧臣辱，你懂不懂哪？"

不知为何，每次见到纪初桃红着脸却无可奈何的样子，祁炎便能心情好些。金扇似的杏叶打着旋落下，他懒洋洋地道："殿下乐在其中，臣怎敢扰殿下雅兴？"

纪初桃微微睁大眼睛，辩解道："你哪只眼睛看见本宫乐在其中啦？"

"殿下不是在朝他们暗送秋波吗？"

"本宫那是在朝你使眼色，让你帮本宫解围！"

纪初桃心情复杂地盯着祁炎冷峻的侧脸，心想：这么强势又不解风情的人将来怎么会是自己的夫君？

梦里亲吻时，好几次自己都在哭，该不会是被他这性子气哭的吧？想到这儿，纪初桃又脸颊燥热起来，比方才被那些面首围住时还觉得羞怯难堪。

自己还是让晏行将那些男人打发出去吧，他们太碍事了，省得自己被祁炎误以为是个居心不良的长公主。至于祁炎本人……

"祁炎，你还未回答本宫到底愿不愿意做本宫的家臣呢！"

纪初桃对这件事很上心，因为这是改变梦中的悲剧的第一步——维护祁炎的自尊。

祁炎停下脚步，风撩动他墨色的衣袍，让他看上去有一种独挡千军的凛然之意。他垂眸望着满怀期待的金贵少女，半晌后，轻飘飘地说："那要看殿下能给臣什么好处。"

好处？纪初桃愣住了。

祁炎本身就是镇国侯世子，虽说因为大姐的打压，侯府已徒有虚名，但吃穿用度不至于太过拮据，自己给他的好处自然不能从钱财上下手。

直到此刻，纪初桃才恍然大悟，她不是大姐，没有号令群臣的本事，给不了祁炎高官厚禄和滔天的权势。

见纪初桃久久未语，祁炎眼中闪过些许自嘲的神色，为他方才那一瞬的期待。他道："等有答案了，殿下再来和臣说。"

说罢，他抱了抱拳，转身朝自己的小院走去。

他素来我行我素，像一匹桀骜的孤狼，所以纪初桃从不用高高在上的命令约束他。她望着那道强悍的背影，若有所思：祁炎想要的东西到底是什么呢？

到了深秋，一日冷过一日，纪初桃还未来得及带祁炎好好地欣赏京都市井的繁华，便被一场绵长的冷雨堵在了府中。

这么冷的天，纪姝却来了。

一到秋冬季节，满身旧病的纪姝总是觉得格外难挨。乖巧清俊的内侍为她执伞提裙，不让雨水沾湿她分毫，尽管如此，她依旧脸色苍白，乌发狐裘，浑身上下唯一的亮色便是那勾起的红唇。

"二皇姐，这么冷的天，你怎么来了？"记得纪姝怕冷，纪初桃连忙命宫婢将炭盆烧得旺些。

"你把我送的那些面首都放出府了，他们无处可去，日日来我府上哭诉，扰得很。"纪姝倚在坐床上，一副懒懒的样子，笑着问，"我且问你，祁炎如何？"

"祁炎？"纪初桃并未看透纪姝眼中的戏谑神色，只顺手接过二姐怀里那只膘肥体壮的狸奴，再将一个手炉塞入她的怀中，"他挺好的呀。"

他除了偶尔冷冰冰的，很难被看透想法，大部分时候还是很好相处的。

"滋味如何？"纪姝无所顾忌，语出惊人，"若非食髓知味，你为何放着那十几个美男不用，专宠他一个人？"

纪初桃险些摔了手中的杯盏，雪腮微红，反应青涩得很。一见妹妹这副懵懵懂懂的模样，纪姝便知她没和祁炎做什么。也是，小废物胆子小，第一次便遇到了这样一块硬骨头，怎么可能啃得下？

纪初桃并未领会到纪姝心里的小九九，只想着这些话若是传入祁炎的耳中，怕是又要连累他受辱，便竖起一根手指压在唇上，难为情地道："二姐！下人们都在呢，你说什么呢？！"

纪姝满脸恨铁不成钢的无奈表情，笑着叹道："纪家怎么出了你这么个小傻子？男人可纵容不得，你不给他一个下马威，他将来是要上天的，到时候你哭都来不及。"

她抬了抬手指，示意身后的内侍，那两名清俊的内侍便上前将怀中的画卷、册子搁在几案上，而后躬身退至一旁，乖巧得像提线木偶。

纪姝媚眼风流，拿起一幅画卷，慵懒地对纪初桃说："过来，我教你。"

纪初桃心中警铃大作，问道："二姐要教什么？"

"驯服男人。"纪姝轻轻一笑，不待纪初桃反应，便一抖手中的画卷，在几案上铺展开来。

画中的男女衣衫不整，在浴池边沿交缠，像在打架。然而纪初桃定睛一看，这哪里是在打架？他们明明是在……在……

纪初桃"呀"了一声，捂住眼睛，纤细的手下，脸红得像熟透的蜜桃。

"你躲起来做什么？我还挺喜欢这个的，不过对你来说确实难了些。"纪姝又拿出一旁的几本册子，一一摊开，"你若是不喜欢，这里还有。"

完了！纪初桃的脸烧得快要着火了，那些刻意被她藏起来的梦里的画面都着了魔似的在脑中复苏，她又想起梦中的祁炎抱着自己时，铠甲贴在她胸脯上的冰冷触感了……

以前她并不知晓那些画面意味着什么，只本能地觉得难堪，现在……现在她好像有些懂了。

太可怕了！祁炎想用那种方式驯服她，所以她才哭得那么厉害。

纪姝撑着下颌，漫不经心地看着恨不得将自己藏入地缝里的纪初桃。她觉得自己这个妹妹什么都好，就是太胆小、温柔了，对一个玩物也舍不得下手。纪初桃若是生在普通人家里也就罢了，生在由阴谋诡计堆积起来的皇室中，心软便是最大的忌讳。

"小废物，把手拿下来。"纪姝命令。

纪初桃摇头如拨浪鼓，把声音藏在手掌下，闷闷地道："这都是些什么呀？！二姐，你太欺负人了！"

纪姝冷冷地道："祁炎是你的面首，若不能供你取乐，那留在你身边有何用？我看他做太监倒让人放心些。"

"别！他有用的！"纪初桃简直欲哭无泪。

祁炎若成了太监，那她梦里的英雄就没了，到时候受苦的人很有可能是她自己。

纪姝哼笑："瞧你紧张的，他不过是一个玩物而已。"

纪初桃从指缝中露出一只水润的杏眼，瓮声瓮气地反驳："他不是玩物，是不一样的。"

他是年少成名、功勋满身的战神。

闻言，纪姝思量起来。祁炎那小子野得很，满腹心计，并非善茬，自家小妹在他面前就像是被送入狼口的白兔。她不放心，坏心顿起，从袖中摸出一个白玉瓷瓶递给纪初桃："他若不听话，你便给他吃上一颗。"

纪初桃迟疑，感觉这不是什么正经的东西。

纪姝自顾自地将瓶子塞入她的手中，拉长声音道："放心，这东西没毒，只是有些折腾人。"

下雨天天黑得快些，纪姝留给妹妹一个意味深长的笑容，抱起狸奴起身离去了。

府中的内侍张罗着掌灯，纪初桃一个人坐在几案后，脸烫了很久，还是没敢翻开那些不正经的画卷。她正出神，挽竹自殿门外进来，禀告道："殿下，祁将军来了……"

纪初桃惊醒，像个干坏事被当场撞破的孩童，匆忙地用手去遮盖几案上的画卷和册子，却不留意碰倒了那个瓷瓶。瓷瓶坠落，发出了"啪"的一声脆响，纪初桃连忙起身去拾瓶子，明知祁炎不知道瓶子里装的是什么东西，还是被惊出了一身薄汗。

"祁炎，天黑了，你来做什么？"纪初桃死死地攥着那个瓷瓶，挪至几案前挡住凌乱的桌面，努力装出一副若无其事的样子。

祁炎看出了她的反常，平静地问道："不是殿下有令，让臣酉时来见吗？"

啊，对……可是，自己要与他说什么事来着？

方才被纪姝这么一闹，纪初桃想不起来了，便红着耳尖柔声道："现在没事了，你快回去吧。"

这种被招之即来挥之即去的感觉并不令人愉悦，祁炎微皱剑眉。

待祁炎和宫婢们都退下了，纪初桃这才长舒一口气，将那些画卷和册子随意一卷，塞入了瓷缸之中，准备寻个机会偷偷地烧掉。

雨断断续续地下了一天一夜。

都三更天了，花街酒楼的灯笼还亮着。宋元白打着长长的哈欠，百无聊赖地砸核桃玩。

核桃仁在盘子中堆成一座小山时，一道黑影自后窗闯了进来。宋元白顺手将手中的核桃朝黑影扔去，带起了凌厉的风，核桃却被对方轻而易举地攥在手里，捏成了碎屑。

"祁大祖宗，你可算来了！我吃了一晚上核桃，嘴都起泡了，你瞧！"说罢，他指了指自己的嘴角。

祁炎带着一身水汽而来，扯下蒙面的三角巾，不耐烦地伸手将宋元白的脑袋拨开，声音中也带着雨水的冷意："东西你带来了？"

"带了，带了，你交代的事，我几时不放心上？"宋元白从怀中掏出一个黑乎乎的硬物，抛给祁炎。

祁炎单手接住，穷奇墨玉在烛光中折射出清冷的光。

"看你这身衣着，也没缺胳膊少腿，三殿下似乎对你不错。"宋元白反手搭在椅背上，打量着祁炎的神色，难得换了正经的语气，"你想清楚了？一旦用了这个东西，你可就不能回头了。"

祁炎收拢五指，眉峰挂着水汽，嗤笑道："我若回头，纪妘肯放过祁家？"

"也是。"宋元白颔首，想起朝中的尔虞我诈，不由得叹息一声，斟了一杯酒，"琅琊王虽有野心，却差点儿火候。你和他联手，恐怕反而会拖累你。"

祁炎摩挲着手中的穷奇墨玉，道："纪因若有篡位之心，早在八年前幼主登基时就该动手。但他一直蛰伏，至今方有动作。"

"关于这点，我也觉得甚为奇怪。"忽然，宋元白似乎想到了什么，"你的意思是……？"

"我感兴趣的不是纪因，而是他背后的那只大手。"祁炎眸色一沉，把穷奇墨玉藏入怀中，将三角巾往脸上一拉，起身，"走了。"

"祁炎，"宋元白把玩着酒盏，开玩笑般唤住他，"你有没有想过，有一条捷径比你以身犯险更为妥当……"

祁炎脚步微顿，知道宋元白所说的捷径是什么，但没有回答，迟疑片刻便掀开窗户跃下，消失在雨夜之中了。

冰冷的雨很能镇静心神。祁炎记得年少时，自己不理解为何祖父可以为了皇帝的一句话，义无反顾地领兵北上，冲锋陷阵，一次又一次，一年又一年。经历大大小小几十场战役，祖父壮硕如铁的身躯渐渐变得伛偻干瘪，身上的伤痕一道叠着一道，浑身上下几乎没有一块好的皮肤，为大殷流尽了血……

祖父弥留之际，祁炎跪在榻前问他："值得吗？"

祖父没有回答，只用混浊苍老的声音虚弱地反问："炎儿，你有没有遇见一个人，即使全天下都辱你、骂你，他也会义无反顾地相信你？"

那时，祁炎的眼神是空洞的。他十三岁就跟随祖父出入战场，不是因为忠君爱国，单纯因为内心的征服欲。

"孩子，你的心中没有信仰啊。"祖父一语道破。

祖父的信仰是先帝。二十余年前，尚是皇子的先帝孤身闯入祖父的地盘招安，在全天下都欲讨伐祁家的节骨眼上，以一己之力保下了祁家。

祖父没念过书，只知道一句"士为知己者死"，但这种想法在祁炎看来是迂腐至极。先帝只是利用祁家夺储、坐稳龙椅而已，偏偏祖父看不明白，一次又一次地上当受骗。

或许宋元白说得对，取悦纪初桃是完成计划的绝佳捷径，毕竟那个小公主太干净、单纯，以自己的条件，自己完全可以将她握于股掌之中……

但他没有这样做。

压制这个将小公主玩弄于股掌之间的疯狂想法大概是他此生流露出的最大善意。

第五章
交　锋

一

一场雨过后，寒气透骨，公主府上下都换上了冬衣。

今日是纪妧的生辰，长信宫举办家宴庆祝，纪初桃一早起来便开始梳妆打扮。因要进宫，她换了庄重些的装扮，裙裾嫣红，鬓发轻绾，发髻两边各坠一对珠花，行动间摇曳生姿。

出了殿门，纪初桃便看见祁炎穿着一身劲瘦挺拔的武袍负手而来，像在暗淡的初冬里画上的浓墨重彩的一笔。纪初桃眼睛一亮，拉长声音唤道："祁炎——"

"殿下。"祁炎随意抱拳，躬身时腰背的线条极为好看。

"你随本宫一起进宫吧。我听晏行说，十字街上有很多好吃的、好玩的，午宴过后我们一起去。"纪初桃盛情相邀。

其实那晚她唤祁炎找她就是为了说这件事，结果被二姐那些不正经的东西扰乱了心神，一时忘了。

祁炎眸色微动——他感兴趣的不是上街游玩，而是入宫。纪初桃大概还不知道，光明正大地带一个裙下臣进宫意味着什么，但对他来说，这兴许是个好机会。

"好啊。"祁炎敛眸应允，不知此番入宫，又会有什么"惊喜"在等着自己。

马车到了承天门下便不能前行了，需要换宫中专用的人力辇车。

守门的禁军伸手拦住了纪初桃身后的祁炎,抱拳道:"三殿下,按照宫中规矩,外臣非召不得入内。"

纪初桃本就没想将祁炎带去大姐的面前,毕竟今日是大姐的生辰,不宜给大姐添堵。她此番带他出来,不过是向众人宣告她对他的倚赖和器重,免得总有人借机欺负他。

此时目的已达到,纪初桃也不为难禁军,回身对祁炎道:"委屈小将军先回马车上歇息,本宫赴宴,可能需要些时候。"

祁炎淡淡地回应,目光扫过宫墙之上,看见一道女官的身影一闪而过。他装作没看见,从容不迫地倚着马车,目送纪初桃鲜丽的背影远去。

冷冽的风穿过宫门,纪初桃上了辇车,回首一看,祁炎墨色的笔挺身姿靠着车辕,像一把锋利的剑。不知为何,纪初桃隐隐感到不安。

风停叶落,祁炎听到身后传来了脚步声,那是武靴狠狠地踏过枯枝时发出如骨头断裂般的"咔嚓"声。祁炎姿势不变,抬眼只见一队羽林军打扮的粗壮汉子目露凶光,如食腐而动的豺犬,将他连人带马车团团围住了。

为首的那个黑脸大汉将几十斤重的长戟往地上一戳,扭头吐出一口嚼碎的茶叶,抬起下颔看向祁炎,语气粗鄙轻蔑:"末将乃羽林军中郎将项宽,久闻小将军威名,愿领教一二!请!"

说是领教,项宽眼里凶狠的杀意却不作假。

祁炎对这群人的出现毫不意外,轻轻地"啧"了一声,抬手按住后颈活动一番关节,再睁眼时,一改方才的随性样子,周身的气场骤然变得凌厉起来。

长信宫。

纪昭已经送过礼物了,是一对成色极佳的玉如意,但纪妧只是淡淡地看了一眼便合上锦盒,平静地道:"皇帝平日要多读书策论,莫将心思花在这些玩物上。"

纪昭点头应允,垂着头坐下了。纪初桃怕他受打击,便在几案下伸手拉了拉他的袖子,小声开解道:"长姐对你寄予厚望才这么说,并非苛责,你别灰心呀。"

纪昭这才打起些精神,低声道:"朕知道的。"

"我没准备贺礼。"纪姝依旧语出惊人,用指腹摩挲着杯盏,散漫地道,"反正我若是送美男,阿妧也不会要的。"

她这么一打趣,气氛倒是活络了不少。

纪妧凤眸微眯,乜着纪姝道:"你少去调戏官宦子弟,弹劾你的奏折少上几本,便是给本宫最好的礼物了。"

纪初桃也跟着笑起来，与祁炎分别时心中淡淡的不安之感消散了一些。

纪初桃准备的生辰贺礼是一幅七尺长、二尺宽的画卷，画的是京都闹市的胜景，雕梁画栋，商铺鳞次栉比，各种能工巧匠会聚于市井，河清海晏，热闹非凡。

她知道，对于大姐这样身份的人来说，珍宝异兽反而不稀罕，大姐需要的是百姓对自己辅政八年来做出的政绩的肯定。

纪妧果然甚为满意，端详画卷许久才命人收起，对纪初桃笑道："永宁有心了。"

刚开始传菜，秋女史便垂首进门，俯身在纪妧身边耳语了几句。纪妧神色不变，只给了她一个眼神，她便悄然出殿，不知做什么去了。那股不安感又浮上了纪初桃的心头。

用过膳，纪昭就被赶去读书、写字了。纪姝喝得半醉，撑着脑袋直打瞌睡。宴席上的人散了一半，纪初桃正欲起身告退，却听见纪妧发话："天还早着，永宁，你再陪本宫坐一会儿。"

纪初桃只得坐回原位，心中疑惑：往常这个时候，大姐早该去处理政务了，一年到头不曾有一天松懈，今日怎么有空留她闲聊了？何况，祁炎还在承天门外等着，她说好要带他去十字街玩的……

等等，祁炎！联想到秋女史和大姐的反常举动，纪初桃终于知道自己方才的不安感从何而来了。

她倏地起身，眼中闪过一抹慌乱的神色。纪妧微眯凤眸，望向她道："又怎么了？"

纪初桃太熟悉大姐的这种眼神了，定了定心神，朝纪妧躬身施礼道："我有急事，下次再来向皇姐赔罪！"

出了大殿，纪初桃强装的镇定样子不见了，由快步走换成小跑，最后不顾宫婢的呼喊，提着裙子飞奔起来，衣袖飘动，耳畔尽是"呼呼"的风声。

她抄近路跑到承天门下，看到眼前的一幕，猛烈跳动的心脏几乎要炸裂开来！

承天门毗邻羽林军府，此时，二十余个气势凶猛的羽林军高手带着兵刃围攻祁炎一个人，而祁炎赤手空拳！

这群人敢在宫门下搏斗，她不用想也知道是谁授意的。那一瞬，她忘了祁炎是一匹在疆场的厮杀中成长起来的苍狼，忘了他曾于千军万马之中取人首级如探囊取物，也忽略了那群羽林军一多半已被揍趴在地上，哀号不起……她满心都是因看到羽林军以多欺少产生的愤怒以及对祁炎那血流不止的拳头产生的心疼！

"住手！"纪初桃从不知道自己能发出这样洪亮的声音，冷风灌入嘴中，让她嗓子疼，肺也疼。

祁炎其实并未将这场挑衅放在眼里，这二十多个人再强也强不过北燕人的千军万马。但余光瞥见那道奔来的嫣红色身影时，他忽然改变了主意，拳头在离项宽的鼻梁一寸的地方停住了。

这一个微小的破绽让原本落下风的项宽抓住了机会，他毫不迟疑地横扫长戟，几十斤重的兵刃撞上胸腔，饶是祁炎早有准备也被震得连连后退。祁炎单膝跪在地上，嘴里有了淡淡的铁锈味。

"祁炎！"纪初桃倏地瞪大了眼睛，只觉得看到祁炎挨那一下比打在自己的心口上还难受。

她下意识地朝祁炎冲过去，张开双臂挡在了他的身前，全然没留意项宽已经杀红了眼。项宽来不及收手，锐利的戟尖竟朝着纪初桃的面门扎去了！

她喘着气，骤缩的瞳仁里映着戟尖的寒光。然而，下一刻，她就被拉入了一个温暖的怀抱，一只戴着玄色护腕的手伸出，稳稳地握住了那柄锋利的长戟。

时间仿若静止了，戟尖停在离纪初桃三寸远的地方，祁炎的手背上青筋凸起，一串殷红色的血珠从指缝中"淅淅沥沥"地淌下来。

"扑通，扑通"，血液重新涌入纪初桃僵冷的四肢百骸，她回过神来，第一件事便是确认祁炎的伤势："祁炎，你没事吧？"

祁炎眉目冷峻，手一松，长戟"哐当"坠地了。没了手指的按压，他掌心的血流得更凶了。

"末将失手，请永宁长公主恕罪！"项宽冷静下来，被吓出了一身冷汗。

若是误伤了三公主，他便是有十颗脑袋也不够掉的！

"今日是长姐的生辰吉日，你们竟胆敢于宫门私斗，伤我的上宾。"纪初桃盯着项宽，呼吸发颤，"谁让你们伤他的？"

"回殿下，末将奉命掌管皇城守卫，殿下身边所有的护卫都必须通过羽林军的考核。末将见殿下带着他，便想着借此机会替殿下考核……"

"我只问你，谁让你们伤他的？"纪初桃一字一顿，又问了一遍。

面对这样娇小又好脾气的一个人，项宽竟说不出话来。他下意识地看了一眼宫城之上，与女官短暂地视线相接，又垂下首，嗫嚅着道："是……是末将自作主张。"

"你们听着，祁炎不是罪臣，也不是侍卫，是本宫未来的驸马！"纪初桃第一次如此疾言厉色，身体微颤，张开手臂护着祁炎，"你们谁敢动他？！"

纪妧登上宫墙俯瞰战局，听到的就是这样一句话。

阴云消散，天光乍泄，祁炎看向了面前这个比自己矮了一个头却仍然张开双臂挡在自己身前的少女。风撩动她的头发，盈满了她的袖袍，让她看上去那样温暖、柔弱。

她说:"祁炎,本宫给不了你滔天的权势,能给的只有足够的信任和尊重……你放心,只要本宫在,就没人可以伤害你。"

她明明后怕得声音颤抖,可眼神温柔又坚定,这样的一双眼睛是藏不住阴谋和污垢的。讽刺的是,直到刚才他还故意用苦肉计骗她。

他疑惑地想:为什么呢?一个衣食无忧的帝姬为什么会为自己做到这个地步,连命都不要了?

"走,本宫带你回府。"手上传来的暖意拉回了他的思绪,纪初桃拉住他的手腕,带他往马车走去。

少女的手纤细柔嫩,小小的,指甲上带着淡淡的樱粉色。祁炎垂下眉眼,顺从地被她拉着前行,竟忘了反抗。

"炎儿,你有没有遇见一个人,即使全天下都辱你、骂你,他也会义无反顾地相信你?"

风吹开回忆的尘埃,祁炎仿佛又听见了十六岁那年祖父问自己的话,他当时嗤之以鼻并认为其不存在的东西现在却有了模糊的轮廓。

二

宫墙上,纪妧看着跪在自己面前的项宽:"你是说,最后那一招他明明能接住,却突然收了手?"

"是!若非如此,末将不能险胜。"项宽黝黑的脸上露出些许愧色。

想到什么似的,纪妧哼笑了一声。项宽这种粗人哪看得出祁炎是故意用苦肉计做戏让永宁心疼呢?永宁是个拎得清的人,再如何也不会伤自家人的颜面,换了别人,怕是早被祁炎这厮离间了姐妹关系。

目睹全程的秋女史忍不住开口:"三公主对镇国侯世子太过在乎,殿下可要稍加阻拦?"

"本宫为何要阻止?"纪妧放任妹妹的马车离去,嘴角的笑意更深了,"难道你没发现永宁变了吗?"

一个人意识到权力可以保护她在乎的东西时,就没办法做到置身事外,而是会想尽办法强大起来。自己打磨永宁的最好方式就是在她身边放一块最危险的磨刀石。

纪妧视线落在项宽的身上,依旧笑着,声音却冷了几个度:"不过,方才若非祁炎挡了一下,项统领的长戟是不是就要扎在永宁的身上了?"

"末将……"项宽嗓音干涩,汗出如浆,猛地顿首道,"末将失职,愿领三十笞刑!"

"去吧。"纪妧轻飘飘地道,越过伏地跪拜的项宽,"以后想清楚你的兵刃该对着谁。"

公主府的偏厅中,纪初桃第八次叹气了。

"他的手真的没事吗?会不会影响他拉弓挽剑?"纪初桃询问正在开药方的老太医,眉间难掩焦急之色。

祁炎毕竟是武将,若因此废了一只手,她难辞其咎。

尽管已经给过答复,老太医还是尽职尽责地复述:"殿下放心,祁将军并未伤及根本,休养些时日便会愈合。"

"他会留疤吗?"纪初桃又问。

伤口那么深,必定会留下痕迹。

老太医委婉地安抚:"祁将军素日注意饮食,好生调养,疤痕会淡些。"

闻言,纪初桃流露出了些许失望的表情。祁炎的手修长有力,很好看,若是留了疤,怪可惜的。

老太医走后,纪初桃吩咐侍婢拿方子下去煎药。精致的纱灯旁,祁炎的侧颜年轻俊美。

"祁炎,你……"纪初桃趴在几案上看他,本想问他为何要硬生生地扛下羽林军统领的那一击,然而当视线落在缠绕在他手上的绷带上时,抿了抿唇,随后改口了,"你疼吗?若非本宫,你也不会受伤。"

有些事她心里知道就行,若卖弄聪明去戳穿,反而惹人生厌。

祁炎的心中亦不太平静,明明目的达成了,自己却没有想象中那般开心。手上仿佛还残留着纪初桃指尖的温软触感,他不自觉地摩挲指腹,嗓音低沉沙哑地道:"殿下也挺身而出救了臣,就当扯平了。"

"不一样的。"纪初桃道。

这种事怎么能扯平呢?祁炎将她护在怀里,单手抓住戟尖的时候,凛冽的疾风撩起他的发丝和衣袍,和梦里的他一样勇猛。

"殿下为何……说臣是驸马?"纪初桃正胡乱地思考着,祁炎低沉的声音就传来了。

"你们听着,祁炎不是罪臣,也不是侍卫,是本宫未来的驸马!"

"你们谁敢动他?!"

这是纪初桃第一次大动肝火,盛怒之下,她不管不顾地说出了这样的话,事后回想起来方觉得羞愤难当。

"啊，那是我的情急之言，你……你还是忘了吧。"纪初桃跪坐在几案后，目光飘忽，有些难为情。

那时的自己凶巴巴的，一定丑死了。

"殿下随意说这种话，就不怕……"不知祁炎觉得纪初桃说的哪个字刺耳，声音带着自己都未察觉到的不悦之意，"就不怕玷污自己的清誉吗？"

"为何是玷污？"纪初桃不解。

她有时候什么都懂，但又好像什么都不懂。

祁炎抬起眉眼，漠然地道："所有人都觉得臣是逆贼之后，天生反骨。"

纪初桃认真地听着，而后问："那你是吗？"

祁炎薄唇动了动，道："不是。"

至少他现在还不完全是。

"是呀！祖辈的过往和你有什么关系？"纪初桃轻轻一笑，告诉他，"没有谁必须背负着祖辈的过往生活，你就是你，祁炎。"

祁炎神色微动。有时候连祁炎自己都想不明白，纪初桃对他的信任到底从何而来。

还未等祁炎问出口，纪初桃就自己说出了答案："本宫总觉得，你看上去冷冰冰的，好像把谁都不放在眼里，但实际上是个很重情义的人。所以，本宫愿意相信你。"

若非如此，梦里的他怎么会因为自己为他说了一句好话就拼死相救呢？纪初桃想。

祁炎似乎笑了一声，很轻，还未等纪初桃细看，他的笑意就消失不见了。

先帝和纪妧欠了祁家十多年的信任，纪初桃大大方方地给了他。他的仇来自纪家，恩也来自纪家，一切都如此荒诞。

夜色降临，华灯初上。为了照顾祁炎的伤势，纪初桃留他在偏厅里用膳。

他伤了右手，纪初桃怕他用膳不方便，提议让侍从喂他。谁知他甚是反感，皱着眉说"不用"，然后泰然自若地取了瓷勺自己吃。大概是在军营里生活惯了，他虽然吃相不难看，没有发出奇怪的咀嚼声，但吃饭速度很快。纪初桃还在小口小口地抿着汤时，他就已吃完一碗饭了。

原来祁炎私下是这样的吗？

纪初桃捧着白玉碗，在碗后打量祁炎。褪去层层光环，他好像只是个沉稳俊俏的普通少年，有血有肉，会痛会饿，真实得不得了。

"殿下，皇上来了，说要见您。"内侍前来通传，打断了纪初桃的思绪。

纪昭大晚上偷溜出宫，说不定是有什么急事，纪初桃只好放下碗："本宫就来。"

起身时，她顾及祁炎行动不便，想了想，体贴地道："时辰还早，小将军若觉得无聊，可以去书房里消磨时间。等汤药煎好了，你命人直接把汤药送到书房里便是。"

祁炎想着左右无事，去看看书消磨时间也好，便拿起搭在木架上的外袍披在身上，踏着一地夜色朝书房走去了。

正厅里，穿着一身暗红色常服的小少年背对着门站着。纪初桃在心中感慨：不知不觉中，那个爱哭鼻子的皇帝竟长得像个大人了。

"阿昭，天都黑了，你怎么出宫了？"纪初桃进门便问。

"三皇姐！"纪昭骤然回神，回过身来，还是那个爱红眼睛的小弟。他拉住纪初桃的袖子："承天门下的事朕都听说了！"

哦，原来他是为这事而来。

"朕听闻三皇姐当众承认祁炎是驸马，这可是真的？"纪昭急匆匆地问。

"是。"纪初桃大方地承认了。

她当时为了护着祁炎，顾不了太多。

"那长姐……岂非很生气？"纪昭有些担心。

纪初桃从来没想过为了祁炎跟大姐翻脸，大姐永远是她最尊敬的亲人。她叹了一口气，柔声道："你放心，我会跟大皇姐解释的。"

纪昭"嗯"了一声，嘴唇几番张合，欲言又止。

"你还想说什么呢？"纪初桃笑着问。

"三皇姐，你是不是……爱上祁炎了？"纪昭问。

纪初桃从未想过这个问题，一时被问住了，微微侧首，疑惑地道："爱？"

纪昭点头，煞有介事地道："若非爱到深处，三皇姐怎能为他做到这个地步呢？"

自己爱祁炎吗？这个问题纪初桃想了半个时辰也没想出答案。

汤池中，水雾蒸腾，纪初桃的脸被熏得湿漉漉、红彤彤的，她问挽竹什么是爱。

"奴婢也不清楚，爱大概比喜欢更甚，喜怒哀乐都寄托在他一个人身上，想把一切都奉献给他。"听到纪初桃发问，挽竹冥思苦想也只能憋出几句不知从哪个话本上看来的话。

这个答案听起来好沉重，自己竟然要把一切给对方。

纪初桃泡在水中出神，想了想，又问："那若是一个人救过你，然后你和他成亲了，这叫爱吗？"

"这叫以身相许，与其说是爱，不如说是报恩吧？"挽竹撒下一把花瓣，"嘿嘿"地笑起来，"可是报恩有很多种方式啊，以身相许太俗了，话本里才这么写。"

说者无意，听者有心。纪初桃脸颊绯红，将下颔没入水中，抱着膝盖闷声道："嗯……是俗气了些。"

所以自己还是简单地报恩好了，暂时不要以身相许，毕竟梦里的祁炎总是将自己弄哭……纪初桃终于打定了主意。

窗外，阴云飘过，遮住了半轮残月。

膳房的案板上放着一碗刚煎好的汤药，此时四周无人，一道黑影悄悄地推门进来，行至汤药前站定。黑影从怀中摸出一个瓷瓶，倒出一颗红色的药丸，药丸掉入汤药中，立即化了。做完这一切，黑影就离去了，神不知鬼不觉。

与此同时，宫婢的催促声响起："祁公子的药煎好了吗？快些送到书房里去！"

"好了，好了，马上来！"因内急离开的小内侍急得鼻尖冒汗，急匆匆地跑进膳房里，端起案板上的汤药朝书房走去。

纪初桃的书房大而僻静，窗外种着芭蕉和湘妃竹，平日没什么人来。祁炎刚转过回廊便听见了拐角处传来谈话的声音，大概是负责掌灯和洒扫的内侍在聊天。

"那祁公子也太不知趣了，终日冷冰冰的。若是主子能多看我一眼，我恨不得使出浑身解数来取悦她。"一个声音道。

祁炎听力甚好，一不小心就听见了。

"别做你的春秋大梦了！"另一个声音响起，嘲笑那人，"祁公子是什么人？你又是什么货色？人家能文能武，还是镇国侯世子，镶着金呢，你能和他比吗？"

"那又如何？他还不是做了面首，不见得比咱们高贵。"先前那人不服气，反驳道，"你以为三公主是真心对他好吗？她将他带在身边，只不过想借机狠狠地羞辱他，替大公主出气罢了。"

"你从哪里听来的？不要命了！"

"宫里的人都在传……"

两个人你一言我一语地走远了。

廊下的八角宫灯微微晃荡，摇曳的光落在了祁炎深沉的眼中。若是以往，他非得将那两个杂碎踩在脚底下，欣赏他们痛哭求饶的样子。可他今日心情尚可，不想揍人，便径直推门进了书房。

纪初桃的书房收拾得干净整洁，整整三面墙的书架上分门别类地摆放着不少古籍、典册，金石画卷更是数不胜数。他负手而立，随意地抽了一本线装书，坐到几案后翻看起来。

这是一本地方志，上面记录的鸡毛蒜皮的事看起来索然无味。他翻了两页便合上书，目光落在了一旁瓷缸中插着的画卷上。

祁炎听闻纪初桃工于书画和音律，不知道她平日里都会画些什么。他随意地从瓷缸中抽出几幅画卷，打开一看，发现都是花草虫鱼图，笔触细腻又清新。

又展开一幅画卷，祁炎动作微顿，漫不经心的目光变得深沉起来。这是男子的画像，画卷的左下角有一块不小的烧痕，好像烧到一半被抢救了回来。画中的男子虽然没有五官，但从衣着和仪态来看，他还是一眼就认出这是自己，因为男子的颈项上挂着一块墨玉，玉上的纹路清晰可见。

但他确定自己并未让外人知晓穹奇墨玉的存在。

那些被自己遗忘的疑点再次浮上心头，祁炎屈指叩着几案的边沿，沉思片刻后又从瓷缸中挑了几幅画卷展开，随即瞳孔一缩。

他万万没想到这些画卷上的内容更为惊世骇俗，上面的人竟然都赤条条的！

祁炎心中复杂至极，咬紧了牙，心中无端地升起一股燥热。这感觉疯狂又羞耻，如燎原烈火般席卷了他的理智。

谁能告诉他，为何堂堂长公主的书房里会存放这么多不堪入目的避火图？！自己的画像为何会夹在这些秽乱的东西中间？难道在三公主的眼里，他只有这样龌龊的作用吗？

什么家臣、驸马……那些动摇他心旌的甜言蜜语到底算什么呢？祁炎面沉如水，拿着画卷的手因太过用力而骨节发白，掌心的伤口隐隐作痛，却恍若未觉。

那么多流言蜚语、阴谋诡计都不能伤他分毫，他却在这些画卷前一败涂地。

纷杂的脚步声提醒祁炎失态了。他将这些烫手又扎心的画卷整理好，恢复原样，几乎同时，纪初桃在侍从的簇拥下迈进了书房。

她刚沐浴过，发尾还残留着一点儿湿意。看到祁炎一声不吭地坐在几案后，她并未察觉到异常，只倾身歪首，视线扫过他面前那本摊开的地方志。

她倾身时发丝垂在几案上，散发着花和牛乳交织的淡香，好奇地道："原来你喜欢看这些呀，没有看看别的吗？"

祁炎将视线落在瓷缸中的那些画卷上，声音干涩地问："别的是什么？"

"什么'什么'？"纪初桃全然不知祁炎心里在想什么，奇怪地看了他一眼。

"祁公子，您的药。"送药的小内侍躬身进门，打破了怪异的氛围。

"对了，这是本宫特意命人熬的药，对你的伤有好处。"纪初桃伸手挥退侍从，笑吟吟地道，"你快些喝了。"

祁炎单手接过药碗,抿了一口汤药,而后一顿,察觉到味道不太对。

见祁炎手捧着药碗出神,纪初桃不由得觉得好笑,伸出纤白的手在他的眼前晃了晃:"你在想什么呢?时辰不早了,你喝完药早些歇下。"

祁炎眼中似有墨云翻涌,心想:既然她做到了这个地步,那他们相互利用、各取所需也并无不可。

烛火摇曳,祁炎面色清冷,抬臂仰首,将汤药喝得一干二净。

三

冬夜风大,书房的门被掩上了,只留一条缝透气。

纪初桃看书的时候喜静,不习惯留人伺候,所以侍婢们都退到殿外候着了。

画册、汤药,再配上这样安静的居室,无论发生什么事都仿佛顺理成章。

纪初桃站在书架下,伸长手去够上头一本厚厚的《国史》,忽然看见头顶有阴影笼罩下来。一条修长的手臂越过她的耳侧,轻而易举地为她取下了书籍。

"啊,多谢……"纪初桃回过身来,却被祁炎此时的模样吓了一跳。

他取下书,却并未退离,手撑在书架上,睫毛落下一片阴影。两个人离得太近,纪初桃能感受到他急促的呼吸以及不正常的体温。

"汤药我已经喝下,现在可以歇息了。"祁炎的嗓音异常嘶哑,深沉的眼眸布满了血丝。

纪初桃未开情窍,而且梦里的那些画面零碎、模糊得很,这会儿看见他用没有受伤的那只手解开腰带,并未反应过来,只觉得他突然变得有些古怪。

她咽了咽口水,问道:"你这是做什么?屋子里太热了吗?"

"嗯。"祁炎的嗓音越来越哑。

"那我让他们将炭火烧小些……"纪初桃想唤侍婢进门,却一把被攥住了手腕。

怀里的书"啪"的一声坠地,纪初桃本能地抽回手,懵懂又慌乱。饶是再不懂事,她也能察觉出祁炎此时很不对劲,非常不对劲!

"你……你到底怎么了?"纪初桃下意识地后退,谁知退一步,祁炎便前进一步。

书房的屏风后有一张供人休憩的软榻,上面挂着轻纱和银铃。纪初桃没留意脚下,一屁股跌坐到了软榻上。

"我怎么了,殿下应该最清楚。"墨色的武袍被随意地扔到榻边,一双笔挺的黑布战靴停在了纪初桃的面前。

纪初桃抬起因惊疑而湿润的杏眼,刚好看到祁炎的身影将自己笼罩住。

祁炎目光灼灼,里面蕴含了太多深沉又复杂的情愫。那一瞬,纪初桃感觉自己像被苍狼盯上的兔子,呆呆傻傻的,无处遁形。

"殿下想春风一度,说一声便是,何须这般大费周折?"他姿态疏狂地解下护腕,而后俯身,声音沙哑地道,"殿下青春正好,天姿国色,臣有什么理由拒绝呢?"

他说着纪初桃根本就听不懂的话,明明笑得这么冷,眼神却炙热得像要将人点燃。

纪初桃虽然不知道他受了什么刺激,可已然猜到他想要做什么了——大概是……和梦里那些一样。她彻底慌了,因为自己根本就没有这个意思,也不曾做好准备!那些事对这个年纪的她来说实在太过陌生、可怕了!

"小将军冷静!这样使不得,使不得……"见他靠得越来越近,纪初桃急得满脸通红,全然不知道自己在说些什么,"衣裳不穿好,会……会着凉的!"

她下意识地抬手想阻止祁炎靠近,却冷不防地触碰到了他结实的胸膛,掌心的触感令她血气上涌,薄薄的脸皮几乎要被烧破了。

糟糕,祁炎的眼眸更深沉了!

"来……嗯!"

纪初桃想起来喊人,却为时已晚。祁炎先一步上前,一只手撑在榻上,另一只手捂住了她的嘴。

软榻"吱呀"轻响一声,带动红纱微晃,银铃作响。两个人视线相接,鼻尖对着鼻尖,纪初桃在他野兽般漂亮的瞳孔中看到了自己瑟缩的身影,无法用语言形容他身上那种碾压式的强悍气势。

他的手上缠着纱布,当他用手摸上纪初桃的脸时,她感受到了一种粗糙又微妙的触感。淡淡的药香伴随着他的呼吸散发出来,悄然弥漫在两个人之间。

祁炎呼吸滚烫,说不清是不是带着讥诮之意,哑声问:"臣没有被人围观的癖好,还是说,殿下想让所有人进来,看到你我这般模样?"

闻言,纪初桃不敢动了,睫毛微颤,倔强地瞪着他,而后慢慢地湿了眼眶。祁炎没想到她会有这般反应——不是欲拒还迎,而是来自内心深处的抵触与……害怕。

她的脸那么小,他用一只手便能捂住。直觉告诉他该停下,可心里的恶神怂恿他沉迷于眼前的诱惑。

趁他愣怔,纪初桃抬手朝他的脸上打去,但她的手在离他的脸还有一寸距离时被轻而易举地攥住了。察觉到两个人的力量如此悬殊,纪初桃气极了,扭头咬了他一口,然后使尽全身力气推开了他,杏眸映着缱绻的灯火,水光潋滟,泛着一圈红。

"本宫一点儿也不喜欢你这样,祁炎!"纪初桃带着哭腔吼了出来。

低低的哭声唤回了祁炎的理智,他保持着被她推开的姿势,许久没动,心脏仿佛被羽毛拂过,两个人之间只有红纱软帐如轻雾般被撩起又落下。

他没有想象中那般快意,两个人都如此狼狈。

良久后,祁炎缓缓地屈腿而坐,将手搭在膝盖上,垂下头,语气笃定又复杂:"那碗药不是殿下准备的吗?"

"本宫担心你的伤势,所以才让人准备了汤药,这也不行吗?"纪初桃愤愤地瞪着他,半晌后闷声道,"明明梦里的你不是这样的。"

"梦里"两个字如被咬碎了一般,她说得含混不清。

纪初桃跑出了书房,祁炎没有阻拦,恍然大悟:看来,纪初桃也被人算计了……

他烦闷地捋了一把头发,弯腰捡起地上的外袍,单手拿起几案上的茶杯,灌下凉透的茶水,用手背抹去了嘴角的茶渍。随后,他的眼神恢复了镇静,一点儿也没有方才失态的模样了。

"殿下,您怎么了?"挽竹打断了纪初桃的思绪,担忧地问道,"看书看得好好的,您怎么突然跑出来了?"

纪初桃也是跑出来后才反应过来,那是她的书房,这里是她的府邸,她是主,祁炎是臣,要走也是祁炎走才对,她跑什么呢?都怪自己太过惊慌,失了分寸。

不过纪初桃毕竟是长公主,面对什么场面都会保持几分冷静。为了不让侍从看出异常,她并未跑太远,而是站在抄手游廊下吹风,平复躁动的心。

平静下来后,她才发现今晚这突如其来的一遭疑点重重。从她进入书房的那一刻开始,祁炎便神色不对劲,喝了那碗汤药后就跟变了个人似的,浑身发烫,看她的眼神仿佛恨不得将她生吞入腹。

"殿下想春风一度,说一声便是,何须这般大费周折?"

"那碗药不是殿下准备的吗?"

纪初桃回想起祁炎说的那些隐忍的话语,脑中灵光乍现,一个不好的猜想浮上心头。

"糟了,那些东西!"她心中"咯噔"一声,转身朝书房走去。

到了门口,她停住了。祁炎若还在书房中,以那副模样,如何见人?可自己一个人进去,又怕他神志不清,做出什么荒唐的事情来。

再三慎重地考虑后,她朝会武功的拂铃招了招手,低声嘱咐:"你随本宫去一趟书房,待会儿无论看到什么都不要出声。"

拂铃素来懂事，让做什么就做什么，从不多嘴。

做好心理准备后，纪初桃定了定神，先将门推开一条缝，然后俯身从门缝往屋里看去，却并未看到祁炎的身影。她推开门，走进屋四处观望一番，发现几案上空空如也，软榻如常，祁炎果然已经走了。

纪初桃长舒一口气，迫不及待地走到书案旁，视线落在瓷缸中的画卷上时，一切都水落石出了。

她素来整洁，卷起画轴后都会用绳子系好，以免画卷散开损坏。但瓷缸中好几幅画的绳子都散开了，明显有人翻过。

心怀一丝侥幸，纪初桃颤巍巍地挑出那几幅绳子散开的画，掀开一角瞄了一眼，随后猛然合上，把手背贴在燥热的脸上，半晌回不过神来。

这些画都是……都是二姐送过来的！

那日她急匆匆地把它们收在这瓷缸中，打算有空再偷偷地销毁，哪承想这些时日忙着给大姐准备生辰贺礼，把这茬忘了。祁炎定是看到了这些东西……

还有那碗汤药！万幸祁炎喝完汤药的碗还在桌上，碗底留了一些药渣，纪初桃看不出端倪，便吩咐拂铃："你悄悄地将这碗拿出去，查一查这汤药里是否有古怪。小心些，别让别人知道！"

"是。"拂铃双手接过碗藏在怀中，屈膝退下了。

这都是什么事呀？！纪初桃越想越觉得委屈，恶从胆边生，拿起那些害人不浅的画卷撕了起来，满屋子都是纸张撕裂的声音。

几个小宫侍在门外探头探脑，不知主子为何生气，不敢进屋劝说。

撕累了，纪初桃便趴在几案上，拍了拍脸颊保持冷静，思索到底是什么人敢偷偷地在祁炎的药里动手脚，其目的又是什么。想起那天纪姝给她送来的瓷瓶，她难受地想：这总不会是自家人挖的坑吧？

不多时，拂铃进门，带来了结果。

"那些药渣的确不对劲，和太医的药方对比，似乎多了龙涎、阳起等物。"说到这儿，拂铃顿了顿，有些难以启齿。

纪初桃着急了，连忙道："你快说清楚些！"

"那些东西合起来，便是一味药。"

"什么药？"

"欢情散。"

欢情……散？即便没有听过这药的名字，联想到祁炎当时反常的举动，纪初桃也知道这药是做什么的了，登时又羞又气。

祁炎进了书房刚好看到那些画，给他煎的汤药刚好被动了手脚，世上哪有那么多"刚好"？难怪祁炎会怀疑她心术不正。

纪初桃在屋中来回踱步，心一横，对拂铃道："让晏行将府中所有人都叫到前庭去，本宫要夜审此事！"

"那祁将军……"

"他……他就算了。"

纪初桃没脸见他，也不想见他。他就算中了计，今晚的举动也太过逾矩了，仗着身高体壮欺负人，自己还生着气呢！

长公主府中一夜混乱。因无人承认在汤药里动手脚，纪初桃索性将负责买药、煎药的四名宫侍全部送回去，交给宫里的掌事处理。身为公主府家令的晏行管理不善，亦被扣了一个月的月钱。

那几个宫侍都知道被送回去意味着什么，哭着喊着求饶，可纪初桃不能动恻隐之心。他们都是大姐派来服侍自己的，若不被当作人证送回去，恐怕大姐又要将罪责落在祁炎身上。自己此时心软，以后迟早要出大乱子。以前有大姐护着她，但现在她只能靠自己了。

纪初桃忙了大半夜，直到寅时才昏昏沉沉地睡下。

第二日醒来，纪初桃去了一趟承平长公主府，那是她二姐的住处。

二姐府中全是俊男靓女，连洒扫庭院的杂役都不带一丝粗鄙之气。清秀的宫侍领着纪初桃穿过长长的花廊，在尽头的暖室门外停下了。

纪姝多病，体寒怕冷，暖室中摆放着火盆架。风华各异的美貌男侍围炉而坐，熏香、熨烫、煮茶……各司其职，井然有序。纱帘后的罗汉床上垫着柔软厚实的狐裘，纪姝躺在一个健壮的异族青年的怀中，就着他的手吃蜜饯果子。

异族青年一头小辫，眉目粗犷，脖子上始终系着一条三角巾，遮挡颈上的俘虏刺青。这人纪初桃只见过一次——二姐自北燕归京的那日，他被拴在二姐的马车后，跟跄地行走。

榻上的两个人都衣衫不整，纪初桃还未出嫁，不知道视线该落在何处。纪姝倒是毫不介意，将狐裘往上一扯，遮住了脖颈上的痕迹，而后毫不怜惜地踢了踢李烈："滚吧。"

李烈深深地看了她一眼，而后依言下榻，去门口守着了。

"说，何事？"纪姝换了个姿势，打了个长长的哈欠。

暖阁如春，纪初桃探究地看了纪姝一眼："昨夜有人在祁炎的汤药中动了手脚，用的是……那种药。二皇姐可知道此事？"

纪初桃没有选择隐瞒，知道敞开了说总比闷在心里胡思乱想好。

纪姝愣了一下，明白了她的意思，也不恼，反问道："那汤药有什么药性？是让他变乖还是变凶呢？"

"变……变凶。"将几个字说出口，纪初桃已红了耳根，满脑子都是祁炎侵略性极强的眼神。

纪姝了然，朝纪初桃漫不经心地勾了勾手指，笑道："你过来，我告诉你答案。"

纪初桃并未多想，听话地走过去，在纪姝的身边坐下了。下一刻，纪姝伸手揪住了她白皙小巧的耳垂，冷冷地一笑："你真是长本事了，敢怀疑到我的头上？"

"二皇姐，疼！"纪初桃捂住耳朵，难受地道，"我也不想这样，可若不说开，不是更影响我们的情谊吗？"

纪姝冷笑着松了手："我素来不喜欢被男人掌控，偶尔用的都是让人听话、无法反抗的药。你说的那种汤药不是我的风格。"

纪姝看见纪初桃忐忑且内疚的神情，便知道她问出这番话来，心里也是加倍难受的。纪姝不由得心软起来，屈指在妹妹的额上一弹，笑着骂道："小废物，昨晚一定被吓坏了吧？"

纪姝既放荡也坦荡，从不屑于扯谎，纪初桃知道她说的是实话。她看似在骂自己，可言辞中无不透露着关怀之意，纪初桃当即鼻头一酸，"呜"的一声搂住她的身子，将脸埋入了柔软的狐裘中，用力地点了点头。

知道纪初桃到底是个娇生惯养的姑娘，纪姝有一搭没一搭地拍着妹妹的后背，心想：只是不知永宁长公主府里还藏着多少双看不见的眼睛。

"可要姐姐替你好好地惩罚一下祁炎？"纪姝弯唇一笑，满肚子坏水。

心中的石头刚落下，纪初桃摇了摇头："算了，他也是受害者。"

纪姝何尝看不出来纪初桃是在护着祁炎。她掩唇轻咳了两声，徐徐地道："以我对男人的经验来看，那小子没有你想的那么简单，你可别小瞧了他。何况你有这样的样貌和身份，任何一个有野心的男人都不会轻易地放过你。"

"可祁炎讨厌我呀。"

经历了这么多误会，纪初桃觉得他一定以为自己是一个居心叵测的坏女人。不过这也没什么大碍，她已打定主意：等祁炎沉冤得雪，官复原职，自己便放他离去。但愿这场风波过去之后，梦里的那些危机也会随之解除，不再节外生枝。

"你以为祁炎会猜不出下药的另有其人？他选择顺水推舟，你猜是为了什么？"见纪初桃诚实地摇头，纪姝并不挑明，只留给纪初桃一个别有深意的眼神，道，"男人强取不来的时候，往往会用怀柔之策，比如伏低做小，说些甜言蜜语，来一场风花雪月，或用吃食、玩物之类的东西哄你开心。但他们做这些都不过是想掩饰自己的狼子野心，你千万莫要上当。"

这番话听起来很复杂。纪初桃不解地问道："既然男人那么坏，为何二皇姐还要养这么多男人在身边呢？"

纪姝笑得上气不接下气，望向纪初桃的眼神好像带着钩子："因为……我比他们更坏啊。"

长信宫中，纪妧听了秋女史的禀告，放下奏折，淡淡地道："永宁做得不错。那些送回来的宫人，你都处理干净吧。"

秋女史道了一声"是"，又问："这次的事既非您的安排，又不是二殿下插手，说明三殿下的府里还有别的细作。您看要不要出手……？"

"不必。"纪妧若有所思地道，"本宫也想看看永宁能走多远。"

"所以因为这样那样的巧合，你以为她在馋你的身子，一怒之下顺水推舟，却不料她根本不知道下药这回事，反倒被你吓跑了？"僻静的酒楼上，宋元白盘腿坐着嗑瓜子，憋得嘴角抽搐才没有当着祁炎的面笑出声来。

祁炎抱臂倚着雕栏，背上满是冬日的寒光，看上去相当不好惹。

宋元白从小就怕祁炎，他人狠话不多，真动怒时是会将人按在地上揍的。

宋元白知道自己打不过他，只好将瓜子放回果盘中，拍了拍手，正色道："其实我有个问题，你向来定力极强，普通的药根本对你不起作用。我记得两年前，忠勇伯世子在你的酒水中动手脚，想用风尘女子坏你的名声，你当时可是丝毫不受影响，神志清醒地砸了他的整座别院。怎么换成三公主，你就扛不住了？"

祁炎皱起眉头，知道或许真正让他失态的不是那碗药，而是……

"我说，你该不会心动了吧？"宋元白不怕死地戳他的逆鳞。

祁炎骤然抬眼，斩钉截铁地道："绝无可能。"

宋元白被他说得一愣，揉着鼻尖失笑："我就随口说说，你怎么有这么大的反应？何况三公主人美心善，男人喜欢她不是很正常吗？"

"我只是利用她。"祁炎并不想从宋元白轻佻的话里听到纪初桃的名字，只冷淡地道，"她很好掌控，这不是你说的吗？"

宋元白无端地被责怪，恨不得把白眼翻到后脑勺，心想：你只是利用她？那你把人家吓跑了以后干吗一个人躲在这儿生闷气？！

虽然心里犯嘀咕，但宋元白还是很讲义气的。他将月牙凳挪近些，与祁炎一起凭栏远眺："那你到底是怎么想的？琅琊王还等着你的回应呢。按照他们的意思，你若能获取三公主的信任，这未尝不是好事，可以和他们里应外合，共谋大业。"

祁炎嗤笑一声。

那晚的汤药比普通的合欢散药性更猛，纪妡和纪姝虽然都有可能对自己动手，却不会拿妹妹冒险。那么，在京都的党派之中，还有谁会费尽心思地将他和纪初桃绑在一起呢？纪初桃的身边似乎还隐藏着一股独立于祁家、大公主及琅琊王之外的第四股势力，更隐秘，也更危险。小小的公主府中汇聚了各方暗流，这么看来，纪初桃的确是最好的突破口。

"你有何主意？"祁炎突然开口。

宋元白一脸莫名其妙的表情，眨了眨眼："什么主意？"

"让她信任我。"

距下药那晚已过去了七八日，纪初桃再未理会过祁炎。目前这种不堪一击的信任对于他来说远远不够。

祁炎抬起下颌，漠然地道："讨好女人，你比我有经验。"

宋元白张着嘴，露出一副见了鬼的神情。若非和祁炎认识十来年，他险些以为祁炎被人夺舍了。

狗头军师宋元白很快镇定下来，清了清嗓子："按照鄙人的经验，对于三公主那样天真单纯的人来说，引诱和强迫的行为都是行不通的，只会吓跑她。你得循序渐进，以诚动人……"

"怎么说？"祁炎不动声色地在宋元白身边坐下了。

"首先，你要去道歉，消除那晚的芥蒂。待她原谅你，你再进行第二步，让她对你重新建立好感。"

"如何建立？"

"我有一个屡试不爽的绝招——英雄救美。"宋元白摸着下巴，"正所谓患难见真情，你在她孤立无援的时候出现是最容易俘获她的芳心的。"

祁炎想起了承天门下的一幕，纪初桃张开双臂挡在他面前的那一刻是他离祖父所说的信仰最近的一次。

"她原谅你之后，你就可以制造两个人相处的机会，什么泛舟湖上、游玩踏青、垂钓赏雪、共放天灯……"

宋元白滔滔不绝，如数家珍，说得口干舌燥，一扭头却发现祁炎支起一条腿，手随意地搭在膝盖上，早已神游天外，脑子里不知在想什么了。

宋元白叹了一口气，拍了拍祁炎的肩道："放心，兄弟帮你！"

祁炎将过河拆桥的本事发挥得淋漓尽致，毫不客气地拂下兄弟的"狗爪"，站起身:"先这样。纪因那边再来人,你看着办。"

"祁炎!"宋元白笑嘻嘻地唤住他,手撑着雕栏问,"你取悦三公主,是为公事还是为私情啊?"

祁炎没有回答,径直走了出去。

宋元白"唉"了一声,自言自语:"当心啊,再老练的猎手也会掉入自己挖的陷阱里。"

纪初桃从宫里回来,走到花厅时刚好迎面撞见祁炎。她一见到他就想起那晚尴尬的场面,又羞又打怵,下意识地停下了脚步。只是这次,他没有给她逃跑的机会。

"殿下。"祁炎难得唤住了她。

"嗯……祁将军,"纪初桃只得表面维持镇定的样子,微笑着问,"有事吗?"

空气中带着初冬的寒意,树枝上倒挂的冰条在阳光下闪闪发光。祁炎长身而立,一袭黑衣勾勒出他劲瘦挺拔的身形,美人脸还是那样冷峻。纪初桃觉得很奇怪,明明他那晚的样子凶狠得让人打战,可他穿戴整齐站在自己面前时,又莫名其妙地让她安心。

他嘴唇动了动,脸上第一次露出斟酌的神情:"那晚……"

听到这两个字,纪初桃下意识地紧张起来。他若是敢当面质问那些画和汤药的事,自己一定会将他丢出府去!

大概是她瞪着杏眼的样子太过明显,祁炎侧首望向庭院的枯枝,改口道:"殿下去逛十字街吗?"

听到他主动提及这件事,纪初桃太过意外,以至于忘了及时回应。

"男人强取不来的时候,往往会用怀柔之策。"

想起二姐的话,纪初桃在心里感慨:呜呜,二姐是神仙吗?

四

"你身为长公主,不能在人前怯场,尤其是男人……应付男人嘛,见招拆招才有意思。"

纪姝经常将这些话挂在嘴边,纪初桃觉得二姐说得有些道理。何况她早就想去市井逛逛了,所以听到祁炎的邀请后并未迟疑太久。

十字街贯穿东、南、西、北四个门,是京都最繁华的地带。南街有玄真观和圣光寺,北街则多是商铺和杂玩市场,东西横贯,一边是酒肆和茶楼,另一边是勾栏瓦肆,都是消遣的好去处。

虽说纪初桃本着不能怯场的心态答应了与祁炎同游,但两个人一前一后地走着,空气中依旧弥漫着尴尬的味道。

两个人许久没有说话,纪初桃索性将心思放在了鳞次栉比的街铺上。小食铺子刚打开蒸笼,花糕和蒸饼的香味扑鼻而来,新出炉的肉蓉胡饼皮薄馅多,咬一口,汁水就会随着肉香溢满齿颊。酒水、食物和香料的味道交织在一起,热气袅袅上升,与周遭的欢声笑语形成一幅热闹非凡的画面,这是肃穆的深宫中从未有过的烟火气息。

纪初桃对一切充满了好奇。卖糖葫芦的老叟吆喝着路过,她扭过头,目光都快粘到那些晶莹的嫣红色山楂串上了。

小孩子似的,祁炎看着她想。

他记得宋元白提过,获得女人好感的一个重要秘籍便是男人要胆大心细,舍得为她花钱。

这倒不是什么难事,祁炎想着,上前唤住了老叟,要了一串糖葫芦。

纪初桃以为他想吃,并未在意,直到他拿着糖葫芦朝她走来,伸出修长的手臂,神情冷酷地将糖葫芦递给了她。

纪初桃一怔,登时心中警铃大作。二姐说过,为女人花钱是男人征服女人的一种方式,因为女人一旦要了男人给的东西,以后都会低他一头!

"这个你吃吧,本宫可以自己买。"说罢,她扭头寻找挽竹去了。

她买东西无须自己出手,所以钱袋由挽竹代管。

但祁炎将糖葫芦塞到她的手中,说了一句"殿下不吃便扔了",然后就负手走开了,依旧强势又冷酷。

糖葫芦做错什么了?纪初桃看着手里这串晶莹红亮的糖葫芦,闻着酸甜的果香,叹了一口气,还是没舍得扔。

纪初桃咬了一小口糖葫芦,不禁愉悦地眯起了眼睛,一时之间忘了两个人之间的尴尬气氛。

不知何处飘来一股浓烈的奶香,纪初桃吸了吸鼻子,看到了一家卖甜食的小铺。她还未询问铺子里的奶香从何而来,一旁的祁炎已熟练地开口了:"陈记酪乳卖的胡食。"

听到了自己没吃过的东西,纪初桃眼睛一亮:"好吃吗?"

祁炎看了她一眼,视线落在沾在她唇上的红色糖浆上。他只是在依计划行事,所以才对纪初桃这般有耐心……祁炎漫不经心地如此想着,接上话茬:"羊乳味腥,恐怕殿下吃不惯。"

纪初桃轻轻地"哦"了一声,觉得二姐说得对。吃人家嘴软,拿人家手短,祁炎不过是给了她一串糖葫芦，再同自己搭话，她就没法狠心晾着他了。她暗下决心：自己已经失了先机，接下来可不能犹豫不决了。

一旁的祁炎亦敛神沉思，不紧不慢地跟在她身边，权衡着下一步的策略。

瓦肆最热闹的时候是夜晚，白天甚是冷清，只有一个老头儿在耍猴。那猴子戴着细细的枷锁，瑟瑟发抖，被抽一鞭便翻个跟斗，惹得围观之人捧腹。纪初桃看了片刻，让挽竹丢了一钱碎银，便垂着头离去了。

"不喜欢？"祁炎问。

宋元白还说过，男人要多留意姑娘的喜好，方能对症下药。

纪初桃抿了抿唇，把红色的糖浆抿没了，唇上却多了些水润感，叹道："本宫只是觉得那只猴子有些可怜。"

祁炎没说话。对于她的姐姐纪妩来说，文武百官何尝不是被套了枷锁的猴子？他们若不听话，等待他们的只有带血的鞭子。

"有人在弹琵琶。"纪初桃站在茶肆的门前，听到浓妆艳抹的女子"咿咿呀呀"地弹唱。

和宫里的大雅之音不同，市井的琵琶曲调不错，就是纪初桃听不懂唱词。想起身边有个什么都知道的祁炎，她扭过头看向他，诚心地求教："她唱的是什么词？我在宫中未曾听过这样的曲调。"

闲游招客的花娘唱的都是无味又粗鄙的曲子，祁炎向来不碰这些，为此宋元白还笑话他不是男人。他别有深意地笑起来，看了纪初桃一眼："那不是殿下能听的东西。"

纪初桃纳闷：自己是长公主，这天底下有什么曲子是自己不能听的呢？这一定是男子吓唬女子的手段，自己可不能再退缩，让他看轻了！

纪初桃索性上前两步，微微侧首，认真地听了起来。

那女子唱得缠绵，纪初桃隐约听到了"手摸鬓发""轻解罗衣""摸姐肚儿"之类的词。下面的词更是直白，纪初桃忽然想起了那晚在书房中的画面，一股热流直冲脑门，逃也似的后退两步，后脑勺却磕到了一个结实的胸膛上。

她回首一看，发现书房风波的另一个当事人正目光沉沉地盯着自己，顿时觉得他的眼神比这曲子还让人难以消受。

"殿下还真是什么都不懂。"他声音低沉地开口，让人说不出是松了一口气还是不甘心。

纪初桃雪腮微红，强装镇静的样子没有逃开。两个人一个仰首，另一个垂眸，谁也没说话，谁也不愿意认输。

在茶肆外蹲守的一群闲汉观察他们已久，互相给了个眼神，随即陆陆续续地站起身，一窝蜂地围了上去，热络地问他们是否需要酒水和吃食。

纪初桃与祁炎被人群冲散，各自身边围了七八个人。纪初桃没见过这样的阵仗，皱起眉，刚想问他们有什么吃食，便被祁炎伸出手臂护在了身后。他另一只手攥住一名汉子，冷冷地道："滚远点儿。"

他身上散发着疆场上的凛冽气息，眸色一沉便威慑力十足。在市井中厮混的泼皮知道这样的人不好惹，讪笑着道了一声"叨扰"，便揣着袖子畏畏缩缩地走了。

纪初桃看出了不对劲，问道："怎么了？"

"市井闲汉端茶跑腿，以此索要钱财牟利。"

这样的人通常如阴沟里的老鼠一般抱团，专宰生客，强买强卖。若是别人给的银子不够，他们还会找人家麻烦。

原来他方才是在为自己解围，这也是男人征服女人的手段吗？

纪初桃想不出答案，不过脸上的燥热倒是消散了不少，不由得赞叹道："你好厉害，知道这么多事情！"

她又轻又软的声音夸人时听起来很甜，祁炎不自在地移开视线，沉声道："高高在上的人怎么知道蝼蚁的生活？"

他抱臂侧首的样子英俊又冷酷，眉骨到鼻子、嘴唇的线条尤其好看。纪初桃笑着咬了一口糖葫芦，装作听不懂他的言外之意。

两个人再往前走就到了玄真观，祁炎情不自禁地放缓脚步，深沉的眼神掠过明丽的少女，落在玄真观旁的僻静小巷中。那里是宋元白与他的约定之处。

他眸色微不可察地一黯，许久才语气平常地道："玄真巷通往街心，殿下可要往那儿走？"

祁炎对京都的街市了如指掌，知道许多纪初桃闻所未闻的事，她不疑有他，颔首："好。"

说完，她又被玄真观门前的大树吸引了注意力。

这是一棵生长了百余年的柿子树，有六七丈高，虬枝苍劲，颇为壮观。玄真观观主大方好客，树上的柿子向来任人摘取。此时正值初冬时节，柿子大多被穷苦的百姓摘走了，只有树顶上的几个摘不到，留在树梢上供鸟啄食。

"好高啊。"纪初桃后退两步，抬手放在眉间，仰着头看枝头红彤彤的熟透的柿子，睫毛被冬日暖阳染上了淡金色的光。

她喜欢一切颜色鲜艳的东西，比如糖葫芦、柿子、橘子，恰到好处灵动的颜色并不惹人讨厌。

"我可以摘两个柿子带回去吗？"纪初桃突发奇想，问道。

宫里的都是被加工好的柿子饼、柿子糕，好吃是好吃，但终究是死物，不如枝头挂着的柿子好看。

她身后的两个侍从都不会爬树，你看看我，我看看你，拿不定主意。霍谦倒是有办法，他刚弯弓搭箭，就看见祁炎漠然地越过他，缓步走至柿子树下，抬掌朝粗壮的树干拍了一下。

祁炎好像没怎么用力，百年古树就打了个冷战般抖起来，"啪啪"掉下两个透亮的橙红色柿子来。祁炎接住柿子，自始至终连脚步都没挪动一下，游刃有余得不像凡人。霍谦默默地收回了弓箭，退到五步开外的地方去了。

祁炎的手很大，指节修长，可以单手握住两个柿子。他将柿子递给纪初桃，姿态洒脱。

纪初桃将糖葫芦往侍从的怀里一插，空出手来接过柿子，不经意间触碰到了祁炎的手指。她下意识地要缩回手，但想起二姐的教诲，又指尖一顿，硬着头皮没有退缩，努力做出语气如常的样子："多谢小祁将军。"

祁炎垂下手臂，指腹无意识地捻了捻被她触碰的地方，提醒她："现在还不能吃，涩。"

纪初桃眼里含着笑，似乎带着探究和好奇之意，仰首看着祁炎："祁将军，你怎么突然变得这么好了？"

他简直像变了个人似的，都不像之前那个冷冰冰又凶狠的他了。

祁炎看着比自己矮了一个头的小公主，想起了宋元白说的那些奇怪的策略。好像是……自己先要道歉？

他在想些什么呢？纪初桃想：他做这些事的目的真的像二姐说的那样吗？

"书房那晚是臣误会殿下了，多有冒犯……"祁炎的语气有些生硬，但说出道歉的话也没有他想象中那样难为情，"抱歉。"

浮云缓缓地自头顶飘过，两个人都像卸下重担似的松了一口气。

纪初桃也看向他，仿佛早就料到了似的，眼里没有奚落的神色，也没有意外的神色，对他道："那你以后不要那样做了……"

祁炎轻轻地"嗯"了一声。

"其实，本宫也有不对的地方，比如对下人管教不严，还有……"她埋头嗅着柿子的果香，耳尖有些红，小声地说道，"还有那些画不是本宫的东西，更不是本宫故意让你看见的。"

明明是寒冬季节，祁炎却觉得有些热。好在纪初桃没有继续勾起他的回忆，话锋一转，凑上前看他："那我们便算和好啦？"

祁炎又"嗯"了一声，嗓音有点儿沙哑。

纪初桃轻快地呼出一口气，借花献佛般将手里的柿子分给祁炎一个，弯着眼温柔地道："这个送给你，柿子送世子，事事如意。"

天高云淡，她雪白的手腕上的银镯折射出光泽。

于是那个柿子兜兜转转又回到了祁炎的手里，带着她的体温，沉甸甸的，但又让人感到无比轻松。

"走吧，天色不早了。"纪初桃道。

一行人向祁炎先前说的捷径走去，但到了玄真巷巷口，祁炎却停下了脚步。

"怎么啦？"见他突然停下，纪初桃险些撞上他的背。

祁炎负手望着悠长僻静的巷子，用指腹摩挲手里那个温暖的柿子，片刻后掉转了方向："换一条路。"

"你不是说走这条路近吗？"

"别的路更有趣。"

"是吗？"

"嗯。"

"天这么冷，好像要下雪了呢！祁炎，你喜欢雪吗？"

"不喜欢。"

风卷起地上的枯叶，一个熟透的柿子"啪"的一声砸在地上，溅出了甜蜜的汁水。青石砖的街道上，一深一浅两道身影并排，如同行走在画里。

与此同时，玄真巷深处，寒风袭来，宋元白打了个喷嚏，吸了吸冻得通红的鼻子。墙角里猫着七八个蒙面大汉，眉毛上挂着一层冰霜，瑟瑟发抖。

"宋将军，都两个时辰了，您说的人怎么还没来？"说话的人牙关打战，被冻得稀里糊涂的，"他会不会弄错时间、地点了？"

"他记性好着呢，不可能弄错！"

宋元白跺着脚取暖，不耐烦地朝巷口张望一眼，心道：怪了，祁炎怎么还没来？

"他不会不来了吧？"

"闭嘴！这是一场硬仗，谁也不许退缩！"宋元白挨个儿在他们的脑袋上拍了一掌，神色凛然地道，"这是军令！"

众人偃旗息鼓，重新打起精神盯住巷口。

半个时辰后……

"要不……散了吧？"一个弱弱的声音响起。

宋元白面色铁青，指节捏得"嘎巴"作响，从牙缝中挤出两个字："祁……炎！"

翌日，宋府名下酒楼。

"祁炎！你这浑蛋！"祁炎一进厢房便看见一个疯子扑了上来，这个疯子悲愤地大喊道，"你知不知道老子冒着寒风等了你多久？！"

祁炎单手格挡宋元白挥过来的一拳，顺势一扭，将他的手反剪在身后，挑起眉不耐烦地道："你发什么疯？"

"呵，我倒要问你！说好让我配合你演一出英雄救美，你为什么不来？！"宋元白冷笑，反手又是一拳，于是他的另一只手也被祁炎控制住了。

宋元白气喘吁吁，像翻了壳的乌龟般被按在墙上，心如死灰。

"你闹够了没有？"祁炎松开他，在凭栏旁的几案后撩袍坐下，衣衫依旧齐整。

相比之下，宋元白像个被摧残后又被抛弃的小媳妇，鼻子红红的，打了个响亮的喷嚏。昨天冻得太久，他有些感染风寒了。

"你给我个解释，为何放弃计划？"宋元白整理好衣衫，余怒未消，怒气冲冲地在祁炎对面坐下了。

"假。"祁炎给自己斟了一杯酒，用一个字做了交代。

宋元白寻思：我们不来假的，难道还来真的？"获取三公主的信任，里应外合"这个策略不是你敲定的吗？

然而他刚要出声质问，祁炎就像听见他的心声似的，瞪了他一眼。

"罢了，罢了，三公主身边有个侍卫还挺厉害的，这招英雄救美确实草率了一些，你不如从三公主的喜好入手。知彼知己，百战不殆！"宋元白屎了，揉着手腕问，"三公主近来有没有想要的东西或者想做的事？"

祁炎换了个姿势，望着阴沉的天，思索片刻后道："雪。"

她说过，想去看雪。

"这就行了！"毕竟是在万花丛中过的狗头军师，经验丰富，宋元白很快又生一计，连打两个喷嚏，带着鼻音道，"这次我绝对给你来个不假不俗的！"

祁炎眸色一动："说说看。"

说罢，他向前倾身，听宋元白的耳语。

"可靠吗？"祁炎十分怀疑。

"此计需要天时地利人和，乃我压箱底的手段！别说是三公主，便是石头见了都会动情!"宋元白一脸自信的表情。

说到这儿,他又站起身来,上下打量祁炎一眼,摸着下巴嫌弃地道:"就是你这衣裳必须换一换。你年纪轻轻却整天穿得黑不溜秋的,届时往三公主身边一站,衣裳融入夜色,只见一个头在空中晃荡,岂不吓人?"

祁炎不语,想把宋元白的头揪去空中晃荡。

十月底的风猛烈得像刀,然而这两天忽然安静了下来,天气阴沉无风,只是冷得人指头痛。

公主府内,一室暖香。

府令晏行是个风雅之人,除了能将纪初桃的公主府安排得井井有条,更是饱读诗书,精通金石字画。他来呈送账簿时只粗略地扫了一眼纪初桃正在描绘的丹青,便指出了画卷中亭台的布局稍有不妥。聊起经史,他也能侃侃而谈,还不让人觉得他在卖弄才学。

纪初桃很好奇,问道:"晏先生明明有经纬之才,为何不入朝成就一番伟业呢?晏先生来本宫这儿做府令,未免太屈才。"

晏行敲着折扇,笑吟吟地道:"每年的贡生、进士那么多,功成名就的人能有几个?晏某倒不如来殿下面前混个眼熟,说不定能仰仗殿下的举荐一步登天。"

见他一副玩世不恭的样子,显然是在玩笑,纪初桃便顺着话茬道:"若本宫有这个本事,祁将军早就洗刷污名,官复原职了。"

两个人正说着,祁炎就来了。

"祁小将军!"纪初桃在屋里朝他挥手,尾音上扬。

祁炎从外头进来,带着一身寒气,步伐沉稳有力,冷淡地扫了一眼纪初桃身边的晏行。

晏行笑意一顿,随即慢悠悠地起身,朝纪初桃拢袖一躬:"殿下先忙,晏某告退。"

"祁炎,你在忙什么呢?"纪初桃将那幅画错的游园图揉成一团,随口问道。

"人史局已测过天象,明夜戌时八成有雪。到时候你设法将三公主约到东街朝露楼的飞天画桥之上——记住,一定要在画桥之上,那儿的视野最好。成败在此一举,你们不许不来!"分别前,宋元白絮叨许久。

祁炎决定再信他一次。

"听闻明夜有雪,"挺拔强大的少年逆着殿外的寒光站着,没什么表情,发出第二次邀请,"殿下想去看看吗?"

纪初桃抬起杏眼看他。

"那些风花雪月的东西都是骗人的戏码，若是男人拿这些东西哄你，你可要擦亮眼睛。不过，你也不要急着拒绝，男人嘛，须吊着才好。"二姐耳提面命的话语在纪初桃的耳边回响，字字珠玑，简直比她的预知梦还要精准！

她并没有羞涩、慌乱，望着祁炎张扬的眉眼，"扑哧"一笑："好呀。"

"所以，他约你今夜去赏雪？"承平长公主府中，纪姝懒懒地抬眸看了一眼墨云低垂的天色。

今夜的确是个雪夜，看来，他蓄谋已久了。

"你应允了？"纪姝又问。

纪初桃不太好意思，托着腮轻轻地"嗯"了一声，诚实地道："因为我实在好奇……二皇姐，你说他究竟想做什么呢？"

"你去了不就知道了？"纪姝唯恐天下不乱，又暗自佩服纪妧手段高明。

将祁炎放在纪初桃身边无疑为她打开了一扇禁忌的大门，自此明枪暗箭和爱恨贪痴伴身，哪一项不会逼她成长？

"记得多带几个侍卫，让他们远远地跟着。"纪姝提醒纪初桃，又见她只穿着普通的藕粉色冬衣，素面朝天，便问道，"你就穿成这样去？"

纪初桃张开双臂转了一圈，左右看了看："这样挺好的呀。"

"你这张脸生得极好，不该如此浪费。"纪姝眼眸一转，随即吩咐侍从："去将尚服局新送的那套石榴裙取来。"

小半个时辰后，落地铜镜中映出一个红裙小美人窈窕的身姿。

镜中的纪初桃穿着一身大袖织金石榴裙，鬟发轻绾，柳眉杏目，额间的花钿与嫣红色的唇交映，精致之余更添几分娇媚之意，光是安静地站在那儿便令整间暖室亮堂起来。

纪初桃抿了抿唇，小声道："这样会不会太艳了？我不过是去看一场雪……"

纪姝对自己的作品甚为满意，屈指弹了弹纪初桃的额头，笑着说："傻子，这可不仅是赏雪，更是一场无形的交锋。谁落了下风，就是被掌控的那一方。来，我教你如何应对。"

纪姝笑了一会儿，随后在纪初桃的耳边低语一番。

与此同时，酒楼的厢房内。

"衣裳换好了没？"宋元白沏了一杯茶水，对屏风后的那道影子打趣，"要不要帮忙啊，祁炎？"

"不用。"祁炎沉声道，随手将换下来的墨色武袍搭在屏风上。

"真不用帮……"宋元白端起茶盏，却在那人从屏风后走出来后骤然呆住了，张着嘴，半天说不出话来。

祁炎显然误会了宋元白的反应，冷淡地道："我换回去。"

"不是……别！"宋元白丢下茶盏，连忙揽住祁炎的肩，将他上下打量好几遍，忽然大笑起来。

"你是祁炎吧？"宋元白不怕死地伸手去捏祁炎的脸，笑得上气不接下气，"换了一身打扮，你倒比我更像小白脸！"

祁炎神色一凛，抓住宋元白作死的"狗爪"反剪于身后，将他按在了墙上。

宋元白吃痛地叫："嗷！"

这一气呵成的动作，这六亲不认的手劲，看来他是祁炎没错了。

酉正，夜色笼罩，华灯初上。祁炎差人传了口信，并未回公主府，而是直接去了约定见面的地点。

这身衣物太过烦琐，银袍玉带，束缚得很，弄得人颇为不自在。祁炎倚在坊门之下，习惯性地抱着双臂，忍着想要将身上累赘的衣物脱掉的不耐烦，等候纪初桃到来。

"我打听过了，三殿下偏爱温润的君子。相信我，你现在的模样一定能让三殿下挪不开视线！"宋军师如是说。

若是这招没用，自己一定要将宋元白的脑袋拧下来当凳子坐……

祁炎正想着，就听到马蹄声靠近，看到一辆熟悉的马车停在了街口。两名侍从先行下车，放下脚踏，继而一只纤细白嫩的手撩开车帘，身穿一袭如火般鲜艳的红裙的少女弯腰从马车上下来了。

她抬起眼，温柔的目光与祁炎的目光对上，他情不自禁地松开了紧皱的眉头，站直了身子。

喧嚣退去，娇嫩如花的三公主站在那儿，头上的金钗熠熠生辉，红裙上落着灯海般的金粉，明丽得像从灯火中诞生的精灵。

五

京都的夜晚从未如此奢华、热闹过，成串的各色彩灯不要钱似的通宵亮着。

纪初桃下了马车，在坊门前的人群中巡视了一圈，最终视线定格在身着银白色锦袍的高大少年身上，不由得一怔。她歪着头，看了许久方轻轻地迈步上前，迟疑地唤道:"祁炎?"

纪初桃不施脂粉时灵动又精致,装扮起来则倾国倾城,往那儿一站,满街的灯火都黯然失色了。祁炎仿佛只能看见那红裙鲜艳的色彩,好一会儿才收回视线,松了松过分紧身的貂裘,低低地"嗯"了一声。

他今天难得没有穿凌厉沉稳的黑衣,换了一身亮眼的银白色锦袍,外面披银色锦貂披风,白玉腰带恰到好处地勾勒出他矫健的腰身,墨发以玉簪半束在头顶,另一半则随意地披在肩头。这样的装扮让他看上去比平日更有少年气,再配上他那出色的容貌……

若非祁炎的眼里有藏不住的锋芒,纪初桃还以为他是谁家的温润公子呢,不怪自己方才不敢相认,今日的祁炎实在是和平时差别太大了。

纪初桃在他面前站定,"扑哧"一笑,道:"真的是你啊!你怎么这副打扮?本宫都要认不出你了!"

她眼里有惊讶的神色,但不至于像宋元白说的那样挪不开视线。祁炎微不可察地皱了一下眉,在心里将不靠谱的宋某人暴揍了一顿,嗓音低沉些许:"很奇怪?"

纪初桃摇了摇头,鬓边的步摇随之晃动,折射出璀璨的光芒,笑道:"不奇怪,我就是感觉和平时的你很不一样。"

"要的就是这样的感觉!你偶尔换一换风格,能使人眼前一亮,吸引姑娘的注意。爱情的萌发都是从留意一个人开始的。"他临行前,宋元白言之凿凿地如是说。

好在纪初桃的反应尚在意料之中,祁炎神情缓和下来。

起风了,满街灯笼摇晃,仿如光河涌动。不知哪家铺子的油纸被风吹得漫天飞舞,人群中爆发出一阵惊呼,众人纷纷举起袖子躲避。

"啊!"纪初桃站在街边,没留神,被匆忙路过的行人撞了个趔趄。祁炎下意识地伸手扶了一把,单手便轻而易举地稳住了她的身形。

风停了,纪初桃飞扬的发丝垂下,飘扬的袖袍仿佛瑰丽的晚霞,归于宁静,眉心的嫣红色花钿像开得娇艳的玫瑰。

经过这些天的相处,纪初桃已经不似之前那般害羞了,往街边挪了几步,呼出一口气,道:"谢谢你,祁炎。"

祁炎收回手,目光从她那染了薄薄一层胭脂的唇上撤离,觉得有些热,大概是被这身碍事又累赘的披风弄的。

时辰还早,两个人此时离东街的画桥尚有一段距离,便顺着人群朝观景处漫步。

瓦肆之间,杂耍艺人们使出浑身解数表演,有顶盘子的,有碎大石的,有吞刀的,还有喷火的……纪初桃看得目瞪口呆,眼里映着火光。祁炎没心思看这些幼稚的表演，有些心不在焉。

和他一样心不在焉的还有那些被纪初桃吸引了目光的男人，更有甚者借着拥挤的人群不住地往纪初桃身边靠。偏生她看杂耍看得入神，对周边的危险一无所知。

她这般毫无戒心，活该被骗。祁炎莫名其妙地觉得不爽，眼神如刀，冷冷地刺向那些虎视眈眈的男子。那些意图搭讪的男子打了个寒战，瑟缩片刻，默默地退了回去。

表演临近尾声，表演喷火的那名赤膊汉子将铜锣翻面，从围观之人的面前走过，用锣面接住被扔进来的铜钱。纪初桃下意识地要唤侍从给钱，谁料一回头只看到了攒动的人头，侍从不知被挤到哪个旮旯里去了。

此时，赤膊汉子已经讨到了她面前。她愣住了，下意识地看了祁炎一眼。祁炎也直直地看着她，明明一副温润才子的打扮，笑意却有些痞。

"祁炎……"纪初桃声音轻轻的，有些难为情地开了口。

祁炎不说话，等着她开口相求，毕竟看纪家的长公主为几枚铜钱折腰也不失为一桩乐事。

"这个……能不能赊账？"她问。

没有听到自己想听到的话，祁炎剑眉一挑，往铜锣中丢了一块碎银："走了。"

纪初桃察觉到了他的不满，小步跟了上去，宽慰道："放心，我回去后一定把银子还你。"

上次祁炎买了一串糖葫芦给她，回府之后，她便命人还了他一盘白花花的银锭。祁炎想起此事，眉间的阴郁之色更浓了，道："不用。"

"要还的。"纪初桃认真地道，"我不能随便花你的银子。"

当然，其他男人的银子她也不能随便要，长公主要有长公主的尊严。

近来，纪初桃莫名其妙地有些较真。祁炎停下脚步，试图套话："哦？殿下为何不能花我的银子？"

纪初桃当然不会出卖纪姝，灵机一动，理直气壮地道："你是我府里的客卿，理应我照顾你，焉有反讨来之理？"

祁炎斜眼看她："殿下记错了，我并未答应做客卿。"

纪初桃不在意地笑了笑，反问道："可你若不做客卿，还能做什么呢？"

她站在一方灯火之下，脸上洋溢着无忧无虑的明亮光彩，却未留意到在光影交错的地方隐藏着不为她所见的黑暗。

祁炎看着她，没有说话，不知在想些什么。最近他总是出神。

一阵夜风拂来，吹面不寒，先是一片洁白的雪花飘落下来，继而是第二片、第三片，纷纷扬扬……冬日的第一场雪随着轻风飘然降临人间，融进了万千灯海之中。

"下雪啦！"

"瑞雪兆丰年哪，好兆头！"

拥挤的街道仿佛一下子静了下来，不少行人驻足抬首，欣赏连成一片的漫天雪色。

"祁炎，真的下雪了！"纪初桃喜笑颜开，摊开小小的手去接空中飞舞的雪花，仰首时眼睛被灯火镀上了一层漂亮的琉璃色，眉间的花钿娇艳又灵动。

柳絮般的轻雪落在她的鬓发和睫毛上，冰冰的、痒痒的，她笑起来，甩了甩头，头上的步摇珠钗也跟着一晃一晃的。祁炎沉默地站在她的身边，深沉的眸中，她小小的身影也晃动起来。

时辰快到了，祁炎收回目光，定了定心神，将纪初桃带到了约定的飞虹画桥之上。飞虹画桥是一条建造在两座酒楼之间的凌空的拱形长廊，横跨街道，专供贵族登高望远之用，人站在上面可俯瞰京都的胜景。

祁炎已让宋元白提前清了场，画桥之上并无旁人，只有祁炎和纪初桃。

宋元白选的地方极好，既可以避雪，又不会阻挡视线。黛蓝色的夜空仿佛触手可及，桥下是繁华的夜市，这场恰逢时宜的大雪仿佛把天上和人间连接在一起了。

纪初桃指尖微红，趴在画桥的雕栏上往下看，脸颊绯红，惊喜地道："好高啊！祁炎，你看，雪越来越大了！"

祁炎却觉得京都的雪太轻、太温柔了，不像漠北的雪，顷刻间便能覆盖一地的尸骸。他每次想到这些，心便会冷一分。

纪初桃没有察觉到祁炎眸中幽幽的神色，吸了吸鼻子，闻到了空气中食物的香气，道："若是有些热食，我们一边吃一边赏雪就更好了。"

看到桥下不远处便是卖饮食和果子的摊位，祁炎收回飘飞的思绪："殿下在此处稍等。"

酒楼里有跑腿的伙计，但宋元白说过，东西要自己亲自去买，姑娘才会感受到诚意……

祁炎不知道这是什么没有道理的规定。

祁炎下楼买了一些方便携带的糕点和肉脯，路过酒楼时，刚好看见门外有几个衣着华贵的纨绔子弟在同掌柜争吵。

那几个人也想去画桥上喝酒、赏雪，被告知有人提前包下了画桥，不由得大动肝火，闹着让掌柜将人赶出来，把位置让给他们。掌柜不住地赔笑，见祁炎拎着吃食进门，顿时如蒙大赦，擦着汗道："就是这位公子包下了画桥……"

为首的那名纨绔子弟顺着掌柜的视线望去，愣了一下，随即松开掌柜的衣襟，脸上露出讥讽的笑来："哟，这不是祁将军吗？"

祁炎认出了这个满脸油腻的匪气的男人——忠勇伯世子刘宗。

两年前，刘宗因忌妒祁炎的功绩，想了一个损招——在他的酒水里动手脚，结果被他揍得一个月下不来床，从此两个人结下了仇。

祁炎步履不停，只当刘宗是空气。

他若还是威风凛凛的镇国侯少将军也就罢了，现在沦落成面首还这般傲气，刘宗就气不打一处来，咬牙切齿地拦住他的去路，嘲讽地道："祁将军入了公主府就是不一样，瞧这身打扮，不愧是吃软饭的小白脸！"

"滚开。"祁炎冷冷地道。

刘宗当然不会放过这个羞辱他的机会，非但不让开，反而把路堵得更严实，言辞越发露骨："当面首的滋味怎么样啊，祁炎？哦，我忘了，你可是喝了汤药都没反应。你该不会……？"

刘宗神情猥琐，故意把话说一半留一半，于是他身边那几个纨绔子弟都配合地哄笑起来。

祁炎没说话，绕开刘宗往旁边走去，将手里的吃食搁在了几案上。刘宗以为他落败，扬扬得意之时耳畔却传来一道凌厉的拳风！还未反应过来，他已如沙袋一般飞到了墙上，又重重地砸到了地上。

祁炎动手时不喜欢费话，动作干脆利落，能一招解决就绝不用两招。

解决完碍事的人，祁炎气定神闲地整理好略微凌乱的衣袍，心里嫌弃这身衣服华而不实、束手束脚，揍人的时候很碍事。他不耐烦地扯了扯设计繁复的衣领，随手拿起几案上的油纸包，庆幸吃食都还热着。

抬眼时，祁炎与楼梯上站着的纪初桃对视了，眼中的狠戾之色还未消散，一时间，两个人都静默无言。不过仅停顿一瞬，祁炎便收敛了眼中的戾气，神色如常地朝纪初桃走去了。

若非他刻意做戏，没有人能伤到他，在狱里如此，被送到公主府里后如此，在承天门下亦如此……

她看到了，知道自己一直在骗她了。

上楼时，祁炎猜想：那些还未使出的策略，自己也许再也没有使出来的机会了。

画桥上一下恢复了宁静，唯有满城灯火还热闹着。

因为下雪，很多摊位都收了，逛夜市的人也纷纷找地方避雪。纪初桃捧着祁炎买回来的吃食，四周安静得只有雪落下的声音。

"本宫见你没回来，便想下楼找你。"纪初桃打破了沉静的氛围，解释道，"祁炎……"

祁炎倚在雕栏上，心里已经猜到她会说什么假惺惺的规劝之辞了。

"你有没有受伤？"纪初桃轻软的声音传来了，没有祁炎意料中的苛责和伪善。

祁炎眸色微动，似笑非笑地说："殿下想说的只有这个？"

纪初桃"嗯"了一声，想了想，分了一包吃食给祁炎："你饿不饿呢？"

她倒是挺擅长借花献佛的。

祁炎顺手接过油纸包，却没有吃，只是扭头望着黛蓝色的雪夜。

纪初桃大概能猜到他在介怀什么。他的试探、戒备、仇视，还有在承天门下故意放水的那一招，她即便当时没有看出端倪，后来也明白了，只是不愿意戳穿。

祁炎的强大她早就在梦里领教过了，何况下楼时刚巧听到了那些纨绔子弟对祁炎的嘲讽话语，所以他出手也在情理之中。

戌正，尖啸着升空的烟火打破了沉静，一个又一个，在黛蓝色的夜空中绽放，如梨花，又似繁星。

"祁炎，快看！"纪初桃果真喜欢这些，连吃食也顾不上了，身子微微前倾，手撑在雕栏上，赞叹道，"好美！"

大雪天的烟火美得令人沉醉，与满城的灯海交相辉映，世间的一切美好似乎都在眼前，交织成一幅绚丽的画卷。

祁炎站在她的身侧，眸中落着烟火的光。他垂下眼，目光落在纪初桃搭在雕栏上的手上，看到她的手白嫩纤细，指尖是漂亮的樱粉色。

"我们放一场烟火，这样，风、花、雪、月就齐了。等到烟火最盛之际，你与三公主站在雪中，在她最快乐的时候轻轻地握住她的手，揣在怀中焐热……试问哪个姑娘能抵挡得了这般攻势？一定能成！"

宋元白好像是这么说的，还给这招取了个名字，叫作趁热打铁。祁炎抬起一只手伸向她，却在即将碰上那只细嫩的小手时停住了，片刻后，他修长的手指缓缓地蜷了起来。

算了，什么策略？没有纪初桃，他一样能完成想做的事。

烟火还在继续，纪初桃后知后觉地发现祁炎一直没说话，不由得好奇地瞥过去，刚好看见他蜷起手指，若无其事地将手收了回去。他望向远方，侧脸看上去平静又冷淡，没有看烟火，也没有看灯海，更没发现她偷偷投来的目光。

他刚刚……应该是想抓自己的手吧？二姐说，一般在这个时候，男人都会牵住姑娘的手，握在掌心里，再呵一口气，然后假惺惺地问："你冷不冷哪？"太单纯的姑娘会被这招哄骗得头晕目眩，任人摆布。

想到这儿，纪初桃心一横，飞快地握住了祁炎缩回去的手，杏眼干净得没有一丝杂念，轻轻地问："祁炎，你冷不冷哪？"

二姐说了，这招叫作反客为主。

六

黛蓝色的夜空被烟火照得绚丽非常，闪着五色的光。画桥上，祁炎身体一僵。

他常年习武，手掌宽大，纪初桃一只手抓不住，便将另一只手也用上了，柔软的十指轻轻相扣，将他的手紧紧地握住了。

这毕竟是她第一次主动做这样的事，她握住祁炎的手的那一刻，勇气已经用了一半。她悄悄地抬起眼眸，猝不及防地撞上了一道炙热的视线。

祁炎倚着雕栏看向她，眼中映着烟火的光，时明时暗。光影的变幻，他的目光明时炙热如火，暗时幽暗似潭。

他保持着手指微蜷的姿势，视线缓缓地下移，落在了纪初桃泛着粉色的指尖上。两个人手掌的对比就像大人之于稚童，热铁之于软玉，他只需要轻轻地翻掌，便能将她的一双手包在掌心里。

她到底知不知道自己在做什么？

祁炎咬了咬牙，用尽全身的力气才克制住心底的那股燥热。

纪初桃见到他这般阴沉的面色，心里"咯噔"一声。明明自己抢占了先机，可祁炎的反应怎么和二姐说的不太一样？他只是缄默地站着，既没有惊慌失措，也不曾意乱情迷。

纪初桃正思索到底是哪一步出了问题，忽然感觉掌中男人的手紧绷起来，压迫感极强的力度传递过来，甚至听到了一声指骨攥紧发出来的"嘎巴"声。她忽然想起方才祁炎用这只拳头揍了那群欺辱他的纨绔子弟，现在她连仅剩的一半勇气也没了。她咽了咽口水，落了光的睫毛微颤，随后缓缓地松开了手。

她不想临阵脱逃，可……祁炎好像不喜欢这样啊。

谁也没有开口说话，气氛有些奇怪，只有聒噪的烟火还在"砰砰"地不停绽放。纪初桃将无处安放的手重新搭回雕栏上，技巧拙劣地岔开话题，笑着道："你的手很热，应该不冷。"

手上的温软感觉离去，祁炎皱了皱眉，缓缓地眯起了眼眸。

一阵风拂过，灯海荡漾起来，雪花落在纪初桃嫣红色的裙上，于是白色越发纯洁,红色越发妖艳了。

"砰——"

气氛正僵,烟火在夜空中又绽开了,散落的火光如万千细柳般缓缓地垂下,又在天边"哗啦啦"地化作繁星。

纪初桃微微前倾身子,眼中也像盛着万千星光似的,朝天边一指:"祁炎,你看!"

话音未落,一条结实的长臂伸出来,一只手猝不及防地握住了她指向天边的柔荑素手。

纪初桃怔住了,下意识地侧首,看见祁炎高大的身躯逼近,握着她纤细的手抵在雕栏上,倾身将她困在他的影子里。

攻守对换,形势突然反转。纪初桃慌了,二姐并没告诉她,祁炎会出这招啊!

祁炎大有秋后算账的意思,盯着纪初桃明艳的脸庞,声音低沉地问道:"殿下做出如此行径,是不怕臣了?"

纪初桃没出息地想:自己原本是不怕的,但是现在……有些难说了。

祁炎逆着光,只有一双眼睛亮得出奇,手上没有用力,将自己那股难以排遣的燥热感化作揶揄话语:"难道殿下就不怕臣像那晚一样,对殿下做出不可饶恕的事情?"

他说的是书房那晚。

被勾起那些荒唐的记忆,纪初桃脸一热,连忙将手从他的掌中抽离,已经有些慌乱了。大概察觉到自己的气势太弱,她再次鼓足勇气和祁炎对视,轻声道:"你不会的。"

祁炎轻轻地嗤笑一声,问:"殿下为何如此笃定?"

纪初桃目光闪烁,呼吸轻轻的,看着祁炎说:"因为你知道,若是你勉强本宫,本宫就再也不会理你了。"

所以他才一改常态,采用怀柔之策,又是带自己逛街,又是陪自己看雪。纪初桃心里都清楚着呢。

闻言,祁炎忽然笑出了声,不是冷笑或嗤笑,而是眉目含光,如在大漠的篝火中饮酒纵歌般年少轻狂。他单手撑在雕栏上,俯下身子,眼睛仿佛能望到她的灵魂深处……

烟火冲天而起,绽放成一大朵红蓝相间的荼蘼。在烟火声最响的时候,纪初桃看到祁炎薄唇轻启,低声说了一句什么。她倏地睁大眼睛,眸中落着璀璨的光,满眼不敢相信的神色。她张了张嘴,下意识地想否认,然而不擅长撒谎的性子迫使她发不出声音。祁炎神色淡淡地退了回去,直起腰,用眼睛捕捉到天边最后的烟火余韵。

烟花总算停歇了，四周静得出奇，纪初桃只能感受到自己"怦怦"跳动的心脏撞击着胸腔。

"雪停了。"祁炎负在身后的手轻轻地摩挲着，突然道。

纪初桃看了一眼，桥下灯火阑珊，人迹寥寥，夜空中偶尔有几道烟火的残影。她正心神恍惚，忽然感觉到肩上落了一件带着体温的锦貂披风，披风很干净，很温暖，又大又长，都快拖到地上了。她将半张脸埋在锦貂披风的领子里，脸上的浅红色还未退去。

祁炎并未解释这样做的用意，依旧是那副冷酷的样子，侧对着她，道："回去吧。"

"嗯。"纪初桃呼出一口白气，轻声应允了。

薄薄的雪覆盖了京都的屋檐，也掩藏起了二人的心事。

祁炎送纪初桃上了马车，自己却没打算上去，只是声音低沉地道："殿下先回府。"

"那你呢？"纪初桃有些疑惑，保持着上车的姿势顿足回首。

阑珊的灯火下，白雪映着红颜，更显得纪初桃楚楚动人。祁炎站在一丈开外的地方，风雅的锦袍与雪同色，声音微哑地道："忽然想起有些私事，我须得去处理。"

纪初桃知道这只是他的借口，但并未阻止，只颔首："那……你早些回来。"

不与他同行也好，自己需要时间来镇定心神，还要复盘方才发生的那场"交锋"。

马车里有手炉和暖香，锦貂披风的存在便显得有些多余。纪初桃轻轻地解下那件不合身的披风，团了团抱在怀里，望着小案上的纱灯出神。

一刻钟前，最后一个烟火落下时，祁炎身上被镀上了一层浅红色的光边，俯身对她低语："臣很好奇，殿下的背后究竟是哪位高人在出谋划策呢？"

"啊！"马车摇晃，纪初桃将脸埋在锦貂毛之中，发出一声难为情的低呼。

原来，祁炎什么都猜到了……太可怕了，他如何知晓的？自己的这些"手段"在他的面前一定如儿戏般，他一眼就能看透吧？亏自己还不知廉耻地去握他的手，满心以为这招反客为主一定能扳回一局，让他看到长公主的厉害之处，可是他……他浑身硬得像石头似的，根本就不为所动，甚至还能将她的情绪玩弄于股掌之间！

二姐若知晓她今夜落败，一定会很失望吧？二姐用来掌控男人的那些手段放在祁炎身上怎么就不管用了呢？

回想起方才被祁炎死死地压制住的气场，纪初桃又羞怯又不甘，拍了拍燥热的脸颊，打起精神，心道：没关系，自己今夜失败了，以后还有机会。下一次，自己绝对不能再怯场，绝对不！

纪初桃抱紧了怀中的披风，暗自下定决心。

坊门上的积雪落下，"啪"的一声砸在祁炎的脚边。他目送着纪初桃的马车远去，缓缓地吐出有些燥热的气息。

夜已深了，街头的灯笼将灭未灭，像瞌睡的眼。微冷的风拂过，带来一股极淡的香味，祁炎抬手嗅了嗅袖口，那里有在纪初桃身上沾染的味道，奶香奶香的，很好闻。

他明明已经解了披风，可还是很热，于是皱着眉脱下外袍搭在手上，抬手松了松两片交叠在一起的衣襟，几度深呼吸，强迫混乱的思绪恢复冷静。

定下神，他微微侧首，余光瞥向了身后的铺子。从下车开始他便察觉到十丈开外的铺子后，有人在鬼鬼祟祟地跟着他。

解决他们耽搁了些时间，幽静的小巷里，祁炎看着被自己用手劈晕的两名黑衣人，伸出手指挑起了他们的衣裳下摆，果然在他们的腰间看到了两块只有军中之人才有的令牌。

他擦了擦手，起身将黑衣人露到巷口外的脚往里踢了踢，这才踩着薄薄的积雪朝与宋元白约定的酒楼走去。

二更天的梆子声沿街响起，厢房中，宋元白打着哈欠昏昏欲睡，祁炎推门进来了。

这次，祁炎倒没有翻窗，只是在天寒地冻的雪夜里把外袍搭在手臂上，只穿了一件雪色的中衣，带着一身寒气。

"你怎么穿成这样？我那一百两银子一件的锦貂披风呢？"宋元白傻眼地看着他略微凌乱的单薄衣裳，而后想到什么似的，露出了意味深长的笑。

祁炎反手带上门，自顾自地在几案旁坐下，斟了一杯酒。

"算了，衣裳不重要。史局的预测还真准，没浪费我那两车烟火。"宋元白伸了伸腰坐在祁炎对面，身子前倾，迫不及待地问道，"今晚的计划进展如何？看你这副样子，该不会……？"

祁炎斟酒的动作一顿，他仿佛又闻到了指尖上淡淡的女儿香。

"顺利。"祁炎望着酒盏冷冷地道。

酒水荡漾着粼粼的光，像极了她那双因慌乱而微微闪烁的水杏眼。

捕捉到祁炎片刻的失神，宋元白一愣，收敛了笑意。他看了一眼祁炎的耳根，露出一个狐疑的眼神："真的？"

祁炎移开视线，面色依旧冷峻，淡淡地道："一切皆在掌控之内。"

是吗？那真是太好了……个鬼啊！宋元白恨不能揪住这人的衣襟猛烈地摇晃，用尽全身的力气朝他大喊一句："那你在脸红什么？！"

第六章
撩 动

一

塞北关山兀立，城外黄沙万里，寒风冷冽，人吸入肺中像吞刀子一般难受。

祁炎再次梦见了十六岁那年关山的雪夜，年逾花甲的祖父披坚执锐，朔风卷得他黑色的战袍猎猎作响，浓密的须眉上挂着冰霜，一片苍白，脚下是折断的兵刃和成堆战死的尸首，眼前是颓圮破败的城墙和敌军滚滚的狼烟。他受朝廷之命诱敌深入，血战了七个日夜，但直到死也没有等到朝廷许诺的援兵。

祁炎记得祖父弥留之际的样子。原本高大魁梧的老将军躺在榻上，被褥上全是血，白胡子被血沫染红了，每呼吸一次都带着胸腔内因瘀血积聚而发出的"喀喀"异响。

祖父用粗树皮般皲裂的手颤巍巍地将穷奇墨玉交到了祁炎的手中，告诉他："老夫气尽，将随先帝而去，回想此生戎马，叛过忠过，已无憾矣！唯挂念孙儿祁炎，生性桀骜，多慧近妖，恐因老夫之死生事端……今将穷奇军信物予吾孙炎儿，若有一日不得已要动用此物，愿炎儿用它保护重要之人，而非行背主弃义之事……切记，切记！"

祁炎跪在榻前，双手接过这块沾血的穷奇墨玉，将它紧紧地攥在了掌心里。

然而下一刻，画面突然反转。他看见自己亲手将穷奇墨玉解下，挂在了一名女子柔嫩的脖颈上。那女子穿着嫣红色的嫁衣，身上有淡淡的软香，轻轻地握着他的手，吐气如兰，一如昨夜烟火之下身着一袭火红色石榴裙的姿容绝色的小公主。

还未看清梦中那女子的脸，祁炎便察觉到有人刻意放轻脚步声靠近，骤然惊醒的同时，手已向脚步声传来的方向抓去了，下一刻，熟悉的惨叫声响彻厢房。

"是我是我……哑，快放手，痛痛痛！！"宋元白的手被祁炎反扭在身后，整个人呈麻花状扭曲着，痛得龇牙咧嘴。

祁炎定神后松手，将他推开了。

"天快亮了，我只是好心地来叫醒你！"宋元白翻了个白眼，扭了扭吃痛的手。

祁炎从小榻上起身，揉了揉眉心。

昨夜他心神不定，满脑子都是纪初桃水润微颤的眼眸和温柔的女儿香，原以为将情愫藏得很好，但连自己都未曾察觉的心中的涟漪被宋元白一语道破了。

祁炎自小就是个自制到近乎可怕的人，不允许掌控之外的变数存在，于是当晚索性留在酒楼里过夜，没有回公主府，借此平复躁动了一晚的心神。

他觉得自己大概是魔怔了，素来只有黑暗和血腥的梦里竟然也会出现那样熟悉的女儿香。

那块穷奇墨玉是祁家的命门，他绝不可能将它赠给任何一个女人。

"下一步你打算如何？你总不能一直待在这儿吧？"宋元白打断了他的思绪，好了伤疤忘了疼，开始笑吟吟地打趣祁炎，"要不咱们换一条路子？昨天夜里，你可是在梦里都喊着殿下的名字呢！"

祁炎一顿，随即冷声嗤笑："我从不说梦话。"

见没有诈到他，宋元白颇觉无趣地撇了撇嘴。

不过，宋元白的话像投石入水，在祁炎的心中激起了些许涟漪。梦里祖父的死和温软的香交织，一冷一热，拉扯着祁炎的思绪。他握紧了手指，片刻后再睁眼时已恢复了冷静。

"计划不变。"祁炎站起身，取过搭在榻沿的外袍利落地穿上，矫健的身躯在黎明晦暗的光线中显得沉稳有余。

宋元白欲言又止，最后只长叹一声："好吧。不过，我建议你将与三公主拉近关系的事稍微缓缓，尽量减少与她相处的机会。"

祁炎穿衣的手一顿："为何？"

一提到感情攻略，宋元白就有出不完的怪招："我问你，昨夜三公主有无对你含情脉脉，举止比往常亲昵些？"

祁炎沉思，回忆起那双握住自己的细嫩小手以及那双注视着他的清澈眼眸，手指无意识地屈了屈，声音也低沉了几分："嗯。"

宋元白颔首："这可是个好兆头！这证明你已在三公主的心中有了一席之地。"

"那为何不让我乘胜追击？"祁炎轻轻地皱起眉，自觉地在宋元白的对面盘腿坐下了。

熹微的曙光透入窗棂，照在几案上。两个人就像在传授绝世兵法的师徒，严阵以待。

"兵法有云，以退为进，以守为攻，在感情上亦同理。你若持续不断地取悦三公主，她便会将你的好当作理所当然的事，不加以珍惜，这样你就会落于被动的境地，难以施展咱们的最终计策。"宋元白摸着下颌，侃侃而谈，"所以，你要冷落三公主一段时间，哪怕她抓耳挠腮地问你为何不理她……"

"她不会抓耳挠腮。"祁炎打断了他。

纪初桃永远都是优雅灵动的，站在哪儿都是一幅美画，绝不会做出如此有辱斯文的动作。

"那只是个夸张的说法，不重要。总之，你一定要稳住，待三公主失落再去寻她，给她一个小小的惊喜，让她的心绪为你一个人起落。"宋元白一锤定音，"这就叫后发制人，俘获芳心。"

祁炎漠然地看着宋元白，问道："你用这种烂招骗了多少姑娘？"

宋元白一噎，揉着鼻尖，眼神飘忽地道："成大事者不拘小节，在意这些做什么？！你若心软，只会一败涂地。"

被宋元白这一番歪理打岔，祁炎梦醒后的那种沉郁情绪倒缓和了不少。他倒了杯茶，饮尽后将茶盏反扣在桌面上，起身道："走了。"

"对了，我险些忘了正事。那边尚在等你回复，你决定好了吗？"宋元白问。

祁炎侧首，剑眉一扬，语气中带着不容置疑的坚决之意，道："你去告诉纪因，他若想与我合作，便将他埋在公主府里的眼线供出来，为我所用。"

"这……行，你还真敢开口。"宋元白苦笑。

想起昨夜的情形，祁炎剑眉一皱："还有一事，昨夜我在画桥的酒楼里动了手，你去处理一下，若有损耗，记在我的账上。"

他不在乎忠勇伯家如何兴风作浪，但至少不希望此事牵连到纪初桃。

"成。"宋元白把手做喇叭状拢在嘴边，朝着祁炎的背影道，"别忘了啊！后发制人！"

话音未落，门已"哐当"一声被关上了。

鸡鸣时分，长信宫中烛火未尽，纪妧已起来梳洗，准备临朝听政了。近来她常感疲乏，晨起时总是精神不济。秋女史一边给她揉太阳穴醒神，一边汇报："忠勇伯卯时就来了，现在跪在门外，说要见您。"

纪妩闭目道："他不去崇政殿里候着，来本宫这儿做什么？"

秋女史道："他说是他儿子昨夜被镇国侯世子当街打了，想请您做主，讨个公道。"

"祁炎？"有意思。纪妩悠悠地睁开眼，想到一个主意，吩咐道，"你去告诉他，祁炎现今是谁的人，就让他去找谁讨公道。"

秋女史按压穴位的指尖一顿，随后她垂首敛目，行礼道："是。"

辰时，永宁长公主府。

"阿嚏！阿嚏！"纪初桃掩唇连打了两个喷嚏，娇弱的身子也一颤一颤的。

"殿下昨夜在雪中玩得太久了，莫不是感染了风寒？"挽竹摸了摸纪初桃的额头，感觉似乎有点儿热，于是更焦急了，着急忙慌地唤来内侍："小年！你快去请太医来，殿下好像发烧了！"

纪初桃浑身无力，脑袋沉沉的，的确不舒服。她尚惦记着昨夜下的那场大雪，呼着热气瓮声瓮气地道："院里的雪多厚了？让他们留着别扫，本宫还要去赏雪的。"

"您就是因看雪冻坏了身子，可别再惦记了！殿下快躺下，别起来了。"挽竹拧了一块冷毛巾敷在纪初桃的额上，将她冻得一哆嗦。

虽说昨夜看雪的时候发生了许多事，但她依旧是快乐大过沮丧的，并不后悔。脑中又浮现出长灯映雪的盛况，她脸颊红红的，悄悄地拉高被子，缓缓地吐出了一口滚烫的热气。

纪初桃正思绪混沌，忽闻门外的内侍通传："殿下，门外忠勇伯求见。"

纪初桃还未说话，挽竹就气呼呼地道："殿下正生病呢。他有什么事，非得这个时候求见？"

内侍说了理由，挽竹道："殿下不能见客，快回了他。"

"等等，"听闻忠勇伯是为儿子被揍之事而来，纪初桃想起昨夜在楼上所见之事，当即心里"咯噔"一下，勉强撑起身子道，"让他去偏厅里等候，本宫随后就来。"

"殿下！"挽竹着急地喊。

"这是很要紧的事，本宫必须处理。"说罢，她略一思索，喘息着对挽竹道，"你让拂铃悄悄地出府去找一个人，再把霍谦唤来……"

几番耳语后，纪初桃清了清沙哑的嗓子："快去，越快越好！"

挽竹拗不过她，让人取来驱寒丸给她服下，下去安排了。

纪初桃一去偏厅，忠勇伯夫妇便"扑通"一声跪下了，涕泗横流地道："殿下！

殿下可要为老臣做主啊！"

"有什么话？伯爷起来说。"纪初桃头晕无力，强撑着在上座坐下了。

"昨夜犬子夜逛，被殿下府上的侍臣祁炎无故痛殴，致使伤势严重，至今未能下榻！"忠勇伯故意咬重"侍臣"二字，轻蔑之意不言而喻，随即拱手，"还请殿下交出凶犯，替老臣讨回公道！"

纪初桃接过宫婢递来的温茶，润了润干涩的嗓子，没说话。

忠勇伯夫妇本就是冲着纪初桃心软人善而来，希望能趁机狠狠地压死对头祁家一次，出一口恶气，谁承想纪初桃并没有传闻中那般没主见、好拿捏。

见她半晌没回应，忠勇伯夫妇拱手，扬声重复道："请殿下交出凶犯！"

祁炎回到公主府，看到的便是这一幕。

拂铃本来奉纪初桃之命等着祁炎，不让祁炎露面搅入乱局，但祁炎听说忠勇伯为了他那废物儿子给纪初桃施压，长眉一皱，冷着脸便走了进去。

"人是我打的，忠勇伯有什么话，不妨和我当面对质。"他身形挺拔，步伐沉稳，短短几句话便无端地生出一股凛然之气。

见到他进殿，纪初桃和忠勇伯皆愣住了。纪初桃暗自握紧了杯盏，思绪混乱地想：他怎么来了？拂铃不是拦着他吗？他若说出什么对他不利的话，自己护不住他可如何是好？

忠勇伯一见祁炎，果然被转移了注意力，朝他一指："凶犯在此！快把他拿下，去我府里跪下赔罪！"

明明是他儿子先挑衅、侮辱了祁炎，他却避重就轻，恶人先告状！就冲他这品性，纪初桃便不想温和地待他。她轻轻地皱了皱眉，语气严肃了些："这里是本宫的府邸，不是衙门，伯爷一口一个凶犯，是拿本宫当悍匪头子吗？"

她虽声音又轻又软，态度却不怯懦。忠勇伯夫妇对视一眼，气焰低了下去，老老实实地躬身垂首，嗫嚅地道："这……臣并无此意。"

纪初桃这才舒展眉头，看了一眼沉稳地站在自己身边的祁炎，不知为何，有了底气。稍稍冷静下来后，她轻声道："昨夜本宫也在，有幸目睹了当时的情形。本宫不是以权欺压之人，你既然要公道，真相到底如何，不能光凭你我一面之词。来人，传人证！"

霍谦将酒楼的掌柜带了进来，掌柜颤巍巍地看了看忠勇伯，又看了看纪初桃身边冷漠英俊的祁炎，记忆回到了两刻钟前。

"祁将军知道忠勇伯向来和他不对付，一定会用此事大做文章。祁将军还知道，忠勇伯定会以重金收买你，让你将口供改成他想听的话，但你要明白……"宋元白将佩剑往桌上一拍，跷起二郎腿，吊儿郎当地乜了他一眼，"你要考虑清楚，为了区区蝇头小利而构陷三公主就是赌上身家性命和皇族作对，这笔生意划不划算？"

公主府里那个拿弓箭的侍卫更不好惹！思及此，掌柜暗自打了个哆嗦，"扑通"一声低头跪下，将昨夜的情形一一复述了。

听完酒楼掌柜的话，忠勇伯由最开始的胜券在握的样子变成震惊，继而脸色铁青，瞪着掌柜不语，一副哑巴吃黄连的憋屈样。忠勇伯早就花重金买通掌柜篡改口供，让他将责任尽数推到祁炎身上，可不知为何这人竟临时反水⋯⋯

忠勇伯顺着掌柜怯懦的目光望去，视线定格在祁炎身上，随即咬紧了牙关——是他，一定是他又动了手脚！

可毕竟是蠢儿子失言在先，自己收买在后，怎么都不占理，也只能咬碎了牙往肚子里咽。

"真相就是如此，本宫会管好自己的家臣，也请伯爷教好自己的儿子。"纪初桃一锤定音。

忠勇伯夫妇没有捞到任何好处，还被反将一军，于是挤出一个难看的假笑，青着脸走了。

将人证也送走后，一场风波就此平息了。纪初桃鼻根燥热，呼出一口气，看向了身边的祁炎。

其实她早就发现了，那掌柜一直在偷偷地看祁炎的脸色，似乎对他颇为忌惮。再想起掌柜这番流畅的供词，她心里有了数：大概还是祁炎悄悄地插手，做好了收尾工作，这才没有给心术不正之人以可乘之机⋯⋯

祁炎这人根本就心思缜密到不需要她的保护，留在公主府里一定是有自己想做的事情吧？

"男人强取不来的时候，往往会用怀柔之策，比如伏低做小，说些甜言蜜语，来一场风花雪月，或用吃食、玩物之类的东西哄你开心。但他们做这些都不过是想掩饰自己的狼子野心，你千万莫要上当。"二姐的话犹在耳畔，纪初桃又想起昨夜烟火下他那狡黠又带着侵略性的话语，越发觉得头昏昏沉沉的，身体如撑到极致的紧绷的弦，眼前一黑，朝前栽去，落入了一个结实的怀抱里。

纪初桃病了几日，在榻上躺着不能出门，正觉得无聊的时候，二姐纪姝来探病了。

"忠勇伯的事我听说了，没想到你为了那小子可以做到这个地步。"

纪初桃以前最怕应付这种烦琐的人情之事，这次为了祁炎出头，倒颇叫人意外。

"这么说来，雪夜那晚你拿下他了？"纪姝坐在榻沿上，笑着戏弄病中的妹妹。

听到此事,纪初桃脸一红,缩回了被子里。

见她如此,纪姝一愣,眯着眼意味深长地问道:"你莫不是又被他压制住了吧?"

纪初桃在被子里难堪地"嗯"了一声,小脑袋点了点。

二

"所以,每次他有逾矩的行径,你就胆怯了?"纪姝问。

"我……控制不住。"纪初桃虚弱地道。

只要祁炎一逼近,狭小的空间内充斥着他炙热的气息,她便不可抑制地想起梦里与他成亲后的画面,想起他又凶又缠绵的吻和自己哽咽时的泪水……

就像白兔之于苍狼,兔子无论如何强撑,来自狼的危险来临时,就是会本能地战栗。纪初桃抓着被子,觉得自己才降下的体温又高起来了。

纪姝嗤笑了一声,裹了裹狐裘,十根苍白的手指拢着手炉:"你到底在怕什么呢?你是帝姬,他是臣子,若敢违背你的心意,必是犯上死罪。以那小子的格局,他会做这般因小失大的事?"

"我也想过,他并非鲁莽冲动之人,可是……"

可是从梦里的那些画面还有书房里那次亲密的举动上,她真正地感受到了祁炎身上散发出来的具有压迫感的气场,他不像在开玩笑。

"有时候,男人会用恼羞成怒来掩盖自己的心事。他越对你疾言厉色,就越暴露出他动摇的心思。"纪姝一针见血,眯着眼缓缓地道,"小废物,你不该在那时退开的。"

若她当时再坚持一会儿,败北的人就是祁炎那小子了。

"那……那若是再遇到这般情形,我该如何做?"纪初桃从被子下抬起一双水润的眼睛,好奇地问道。

"亲他。"纪姝红唇一勾,语出惊人,"你撩完就撤,别给他反应的时机,自乱阵脚的人就会是他了。"

纪初桃两颊飞红,恨不得缩回被子中,摇头:"我不要!"

亲吻是只能和心爱之人做的事,她怎能随随便便地做呢?就算祁炎是她梦里预知的驸马,但现在……现在就是不行!

纪姝对妹妹的反应毫不意外,依旧没心没肺地笑着,诱哄她:"你也不想被他拿捏住弱点,牵着鼻子走吧?"

纪初桃捂着发烫的脸，点了点头。她想帮祁炎，但并不会为了他背离自己的心，更不会将自己变成他用以牵制大姐的把柄。

纪姝道："但是你又想救他。"

被子下，纪初桃疯狂地点头。

纪姝笑了："那除了降服感化他，让他为你所用，你还有别的法子？"

"话虽如此，"纪初桃想了想，轻声道，"可我总觉得，使这样的手段不太好。"

"他如何对你，你就如何反击他，有什么不好？何况你我这种身份的女人，除了心不能被拿出去玩，别的事尽可以放开手脚去做。"纪姝用手指绕着鬓角垂下的黑发，笑得风情万种，"男人虽坏，可还是有些用的……以后，你便会知晓了。"

自己并不是很想知晓呢……纪初桃哭笑不得，又觉得二姐好厉害，能将那么多男人教养得服服帖帖，连北燕质子那样身份复杂的人在她面前都会俯首帖耳。若祁炎也……纪初桃忍不住幻想祁炎像李烈那样听话的样子，自己则像二姐那样……

不知为何，纪初桃莫名其妙地悸动起来，像感到愉悦，又像觉得羞耻，分神时咳得面红耳赤。宫婢慌忙入内，给她顺气的顺气，倒水的倒水，忙成一片。

"我又说什么刺激到你的话啦？"纪姝讶异地挑起眉，无情地奚落自家小妹，"我不就是提了一句男女之事吗？你至于被吓成这样？怕男色如鼠，你哪里像我纪家的公主？"

纪初桃咳得上气不接下气，就着宫婢的手饮了茶水，眼尾浮现出一抹桃红色，没敢说自己方才想到了什么。

她刚缓下来，便见内侍送了不少拜帖和锦盒过来。锦盒里头都是宫里和京都各府的人听闻她病了，差人送来的珍贵药材，不管她用不用得着，这都是他们的一份心意。

纪姝粗略地扫了一眼，随意地问道："那小子来探过病不曾？"

纪初桃倚在绣枕上，愣了愣神，方反应过来二姐说的人是祁炎，遂摇了摇头。

"你病的这些时日里，他一次也没来？"纪姝眯起眼问。

"他是外臣，自然不能随意地进我的寝殿。"纪初桃对纪姝的这番话感到疑惑，并不觉得祁炎这些天未出现有何不对。

"就算不能相见，他托人问话还是可以的吧？"纪姝若有所思。

若是在以前他与纪初桃关系僵持之时，他不见也就罢了，态度缓和之后避而不见，反而不正常。

纪姝想了想，改口道："你索性晾着他吧，不必找他。"

纪初桃眨了眨眼，心中纳闷：这又是什么道理？方才二姐不还让她亲祁炎吗？

似乎看出了纪初桃的疑惑，纪姝哼笑一声："我就是心中突然不太爽快。我最不喜欢的就是他们忽冷忽热的那一套。"

"何为忽冷忽热？"

纪初桃一知半解，心想：难道祁炎也是这样吗？

想起上个月被自己逐出府去的那几个男侍，纪姝笑得有些冷，道："比如故意疏远或和别的女子牵扯不清，以此惹女人争风吃醋，不过这都是些雕虫小技，愚蠢至极。这样的男人你不要也罢，趁早将他踢了。记住，不要给男人伤害你的机会，只有坚守这条底线，你方能立于不败之地。"

自从忠勇伯来闹事之后，祁炎已经有小半个月不曾见过纪初桃了。虽说宋元白再三跟他强调，此时他应该暂时冷落她一段时日，让她着急、困惑，方能进行下一步的攻心之战，但他总觉得有些不靠谱。

纪初桃病得太久了。那日在厅堂里，她发着高烧晕倒在自己的怀里时，脆弱得好像一抹随时会消散的烟霞，那么轻，那么软。想到这些，他心中总会生出焦躁感。身边没有纪初桃的这些时日，明明生活只是回归到往日孤寂乏味的样子，他却怎么过都不顺心。

夜里，他去见了琅琊王纪因的人。大概见他脸色太过阴沉，气势凛冽，那边的人犹豫许久，还是交出了一份名单——他们隐藏在公主府里的暗线的名单，当作双方合作的诚意。

祁炎扫了一眼，发现名单上是个内侍的名字。他记忆力极佳，又刻意地留意过公主府里的布局和人员安排，瞬间就将这个名字和一张平平无奇的脸联系起来了。

他知道这个内侍并不是琅琊王最后的筹码，琅琊王一定还有其他隐藏得更深的暗线。不过无碍，只要有了突破口，他迟早能扯出纪因身后藏着的那条大鱼，那才是真正有资格和他谈判之人。

"拜托祁将军了！"纪因的谋士拢袖一躬，脸上挂着高深莫测的笑意。

祁炎没说话，将那张写了名字的纸笺折好，在烛台上点燃，推门走了出去。冷冽的风呼啸而来，街上黑沉沉、空荡荡的，没有十里灯火，更没有大雪卜红裙嫣然的明丽少女。

回过神来之后，祁炎已经避过巡夜的侍卫，潜到了纪初桃的寝殿旁。

纪初桃的寝殿周围有那名叫霍谦的侍卫在高处蹲守，为了避免节外生枝，祁炎并未翻墙，而是从抄手游廊入内，熟稔地避开内侍，将自己藏在了寝殿后窗的阴影中。

自己并不是去见纪初桃，只是确认她的病有无大碍。他抱臂藏在黑暗中，任凭北风呼啸，神情冷峻地想。

"喀喀！"屋内传来了几声熟悉的咳嗽声。

她怎么还在咳？祁炎皱起了眉。

"吱呀——"门开了，宫婢端着药碗进去，哄她喝药。杂乱的交谈声传出来，纪初桃说了一句话后，宫婢无奈地道："殿下先喝药，明日奴婢们再去买，可好？"

又一阵"窸窸窣窣"的声音后，宫婢惊呼起来："殿下吐了，快传太医来！"

"是药太苦了，殿下受不住……"

祁炎闻言，眉头皱得更紧了。

许久后，灯灭了，殿中的纷乱总算平息了。

"方才殿下闹着要吃糖葫芦，可这个时候，我们去哪里买糖葫芦呢？"宫婢们轻手轻脚地掩门退出寝殿，低声交谈着走远了。

风吹过，后窗的阴影处空荡荡的，已没了祁炎的身影。

那晚，宋家酒楼发生了一件怪事——与东家关系极好的那位黑衣公子深夜造访，既不找东家，也不吃夜宵，而是让厨子想法子做了几串糖葫芦，一声不吭地带走了。

第二日，天晴。

马上到年关了，食邑上交的肉食赋税以及府中需要采办的年货繁多，进账、出账皆是大数目，账簿和各类清单须长公主本人亲自过目。因此，晏行一大早就拿着账簿和礼单前来求见纪初桃。

刚走至殿前，晏行便看见门外雕栏的醒目处搁着一个油纸包，走近一看，才发现里面是七八串又红又亮的糖葫芦。

"奇怪，零嘴怎么会出现在这儿？"

他四顾一番，见无人认领，便猜想是哪个下人替纪初桃买来的，毕竟只有主子的东西才能被这样随意地搁放。送东西之人应该还有别的要紧事，来不及将此物送进殿里就走了。想到此，他便将糖葫芦一并带进了殿里。

见到吃食，纪初桃果然很高兴，脸红润了不少。她笑吟吟地看着晏行，道："晏先生怎知本宫想吃这个？难为你一大早买来。"

晏行一怔，刚要解释，纪初桃就嗅了嗅糖葫芦的甜香味道，岔开话题道："是要采办年货了吗？"

晏行于是没提糖葫芦的来历，答道："是。宫里的意思是，殿下今年刚乔迁新府，年宴理应办得隆重、热闹些，需要采办的东西很多。"

"正好今日天晴，太医说本宫大病初愈，要多出去走动走动。"纪初桃合上账簿，微笑着道，"有劳晏先生准备准备，本宫和你一起去街上采办，叫上……"

她本想说叫上祁炎一起，可是祁炎都十来天不曾找她了。

"叫上什么？"晏行久久没有听到她的下文，笑着问道。

"嗯……没什么。"纪初桃叹息。

她还记得二姐的叮嘱呢。

年关时节，十字街的灯笼都换上了簇新的红色，青檐残雪，热闹更甚往昔。

说是采办年货，但晏行自然不会让纪初桃跟着一起劳累，而是带她看了看市坊间新年的热闹场景，图个新鲜。

糖果子铺前人多，晏行抖开折扇，伸出手臂护住纪初桃，不让她被人流冲撞到。

他生性风雅，折扇在他的指间灵活地转动，可以被随意地抖开或合拢。纪初桃觉得他转扇子的动作十分好看，便好奇地道："晏先生是如何将扇子转得这般灵活、好看的？"

晏行一笑，将展开的折扇抛到空中转了个漂亮的花又接住，大方地道："殿下想学，可要在下教您？"

纪初桃有些兴致，想了想，点头道："好呀。"

与此同时，街道的另一边，衣服一黑一白的两名武将漫步而来。

"你是说，你没去找三公主，三公主也没找你？"宋元白摸了摸下巴，皱着眉道，"没可能啊！以我浪迹花丛多年的经验，当一个女子开始在意你的时候，你适当的冷落更能让她牵肠挂肚，怎会……？"

说到这儿，宋元白恍然大悟，拍了拍祁炎的肩道："我知道了！一定是三公主太害羞，便是心急如焚也不好意思主动来寻你！"

送了糖葫芦后没有得到任何反馈的祁炎满心不耐烦，冷冷地瞥着宋元白："最好如此。"

"你有过女人吗？没有吧？你知道女人的心思吗？不知道吧？你听我的准没错！"说着，宋元白指了指街边卖胭脂水粉和玉饰的摊位，"我估摸着，现在火候差不多了，你送个信物之类的东西，在二公主最容易胡思乱想之际给她一个惊喜，她一定会对你死心塌地、百依百顺！"

祁炎皱起眉，在摊位前停下了。

这些胭脂水粉他不感兴趣，玉饰的做工粗糙，想必纪初桃也看不上这等俗物。他想了想，目光定格在一个雕花的银质长筒上。

"公子好眼力！这可是西域产的千里镜，能望见百丈之外的景物，是个稀罕物，无论是送人还是自己用，都是绝妙的！"小铺老板拢着袖子，将此物吹得天花乱坠。

祁炎拿起千里镜，搁在右眼前试了试，的确能看清远处事物的细节，连十丈开外的酒旗上的小字还有路过行人的脸皆看得一清二楚。

有了此物，他再想获知纪初桃的动静，或许就不用翻墙跃瓦了。

他把千里镜对准了糖果子铺前，霎时间气势凛然，面容阴沉。

祁炎在千里镜圆圆的小视野中看见宋元白口中那个会对自己死心塌地的纪初桃正站在另一个男人的身边，两个人相对而立，近在咫尺，正含情带笑地把玩着同一把扇子！

三

冬日的阳光是温和的，落在屋檐上，斑驳的残雪闪着金子般的碎光。晏行的手算是顶好看的，不似祁炎那般宽大有力，但修长白皙，转动扇子时，襦服的衣袖轻轻地飘动，别有一番风雅之态。

"扇子呈闭合状态之时，殿下可用拇指和食指捏住扇柄的末端，将扇子绕过中指，再从无名指往回转，这样，借用手腕的巧劲，当扇子回到中指处时抖开，再将扇子抛起，落回掌中，恰似雀尾开屏。"在行人较少的道旁，晏行示范了一个相对简单且优雅的转扇动作，然后将折扇合拢，递到了纪初桃的面前，笑着道，"殿下来试试？"

纪初桃握住扇子的另一端，接了过来。

她的领悟力极强，转扇子的动作虽有些慢，但指尖灵活，也别有一番文雅可爱之意。只是腕上的力度不足，她抛扇子时角度有误，没能接住。

一时风起，吹得人衣袍翻飞，纪初桃眼睁睁地看着扇柄在她的指尖上打了个滑，扇面朝一旁歪去了。她暗自惊呼，只见修长的胳膊从一旁伸来，一只戴着黑色护腕的手稳稳地接住了扇子。

风停，浮云掠过，一抹静谧的影子投在檐下。纪初桃顺着那只手往上看，见到了祁炎冷峻的面容，阳光给他高大的身形镀上一层金边，却化不开他眼眸中那深沉的墨。

纪初桃没想到会在街上遇见他，微微惊异后，望向他的目光变得澄澈透亮。她轻声唤道："祁炎？"

半个月没见，初雪的那个夜晚仿佛已成了遥远的过去，可只要他站在面前，那场烟火下欣喜与慌乱交织的败局便争先恐后地浮现在她的脑中。

祁炎将扇子攥在手里，并未归还，目光不经意地扫过晏行，然后轻轻地落回纪初桃身上。

贵气明丽的少女今日穿着藕荷色的冬衣，裹着雪貂毛的斗篷。这种颜色的装扮常人难以驾驭，浓一分显俗，淡一分显暗，但在纪初桃身上刚刚好，更显得她肤白精致、灵动可爱。

病一场，她好像瘦了些。原来她也会对着晏行笑，就像当初对他笑一样。在她的眼里，自己和晏行或者别的男人终究没有不同。这种感觉真是糟糕。

"好巧，殿下也在这儿。"祁炎压抑住起伏的思绪，声音喑哑地道。

"是呢。"纪初桃微微一笑，"祁将军在此处做什么？"

"随便闲逛。"他垂下了眼。

纪初桃轻轻地"哦"了一声。她本来还担心祁炎在府中无聊，现在看来，自己的担心是多余的。没有她，祁炎照样能过得很好。

她本想要回扇子，毕竟那是晏行的东西，可刚张嘴，便见祁炎淡然地将手负在身后，皱起眉，面容冷峻，扇子也跟着被藏去了身后，她反而不好开口了。

晏行本人却毫不在意，笑问道："殿下不是还要去吃西街的茶点吗？现在正是好时机。"

"啊，是。"经晏行提醒，纪初桃倒想起来了。

祁炎嘴角一扬，眼里却没有笑意，冷冷地道："晏府令倒是能干，既要管公主府的公务，还要管公主的私事。"

晏行淡淡地一笑："那也好过有些人什么都不管，连殿下病了也不闻不问。"

祁炎握着扇子，反唇相讥："但至少我不会越俎代庖，将不属于自己的东西拿去给主子邀功。"

晏行一愣，想起了那包搁在寝殿外的糖葫芦。

两个人一来一回，面上和谐，但纪初桃嗅到了莫名其妙的火药味。祁炎好像不太喜欢晏行呢。

一个人是自己的府令，另一个人是重要的客卿，纪初桃看看这个，再看看那个，觉得似乎帮谁都不太好。想了想，她只好岔开话题："那……就不吃茶点了，本宫也累了，回府去吧。"

晏行自然笑着应允，朝祁炎拢袖，看上去就是纪初桃喜欢的那类温润的公子，祁炎只觉得刺眼。

待纪初桃跟着晏行离去，祁炎站在原地，喉结几番滚动，手中的折扇被捏得"嘎吱"作响。他闭了闭眼，反手揪住身后那道鬼鬼祟祟的试图溜走的身影，咬牙切齿地道："宋——元——白！"

因为好奇祁炎的反应而跟过来看戏的宋元白被逮个正着，挤出一个讨好的笑：

"哎，我在呢，在呢！"

祁炎望着宋元白，冷冷一笑："她太害羞？"

宋元白挠了挠头。

"死心塌地？"

宋元白望向天边。

"百依百顺？"

翻了这么大的船，宋某人慌了，在祁炎的死亡审视下支吾着道："我觉得……问题不在攻略上，而是出在三公主身上。"

他的这些招数是用来对付普通女子的，那些姑娘没有什么身份和见识，如蒲柳一般只能依靠男人生存，所以被男人稍稍冷落便会慌乱得不行。但祁炎面对的人是纪初桃，是在皇权的庇护下最尊贵的少女，围绕在她身边的狂蜂浪蝶自然不会少，而且都是天下最好的，少了祁炎，有的是能取代祁炎的人。

祁炎显然也明白了这一点，眼里射出来的目光都快将罪魁祸首戳成筛子了。

"你别急，我还有办法！真有办法！"宋元白抬手护在身前，连连后退两步，冥思苦想许久，小声道，"要不，你也找个姑娘同行，让三殿下也吃一回醋？"

不知被哪句话惹怒了，祁炎面色一寒，将手中的扇子朝宋元白掷去，冷冷地道："滚！"

宋元白笑嘻嘻地接住扇子，追上祁炎道："别生气嘛，你容我再想想对策。"

"这次我自己来。"祁炎道，锐利的眼神让他看上去有些冷酷。

他再信宋元白的话，明日纪初桃就该忘了祁炎是谁了。

"我劝你要稳住，感情朦胧的时候是最吸引人的，你一旦戳破，朱砂痣也会变成蚊子血……"宋元白絮叨地说着，忽然"咦"了一声，展开手里的扇子，"这把扇子上的题字竟是飞燕体的。"

祁炎对书画并不算精通，见宋元白大惊小怪，便问道："那又如何？"

"飞燕体是前丞相沈老独创的字体，因其收笔锋利似燕尾而得名，自从沈老被革职抄家之后，便很少有人再临摹这种字体了……"宋元白摸着下巴，压低声音。

祁炎侧首扫视扇面，目光微沉，心里压抑的那股烦闷感越发明显了。

与此同时，街道的另一端，五彩的风车在货架上转动。纪初桃放慢脚步，回首望去，只见人群来往，糖果子铺面的檐下已没了祁炎的身影。

"殿下在看什么？"晏行温润的嗓音传来。

"没什么。"

纪初桃顿了顿，收回视线，心想：方才祁炎是有话想对自己说吗？

人都不见了，她只好呼出一口气，道："本宫的府中尚珍藏了一些折扇，晏先生喜欢什么样的，回去挑几把吧。"

毕竟晏行的那把扇子在祁炎那儿，约莫拿不回来了。

晏行拢着袖子，眼尾的朱砂痣若隐若现，婉拒道："扇子在下还有许多，时常用完就丢，并非什么重要的物件，就不夺殿下所爱了。"

话虽如此，纪初桃回府之后还是差人送了晏行一把新扇子，当作补偿。

日落，暮鼓三千。

"你听说了吗？殿下今日送了晏府令一把扇子当作信物呢！"廊下，两个挂灯笼的内侍窃窃私语。

"晏府令大冬天摇着新扇子到处晃荡，咱们便是不想看见都难哪！"另一个内侍"嘿嘿"地笑着道，"你说，晏府令会不会取代祁公子，成为三殿下身边的新宠？"

先前那人道："我巴不得晏府令早些取代他呢！晏府令多好啊，又会做人，又会办事，温文尔雅的，岂不比那位强？"

一墙之隔，祁炎从树上跃下，身上带着夜的清寒之气。

方才那两个内侍的话，他都听见了，明知不该在意，可脚像不受控制似的朝着纪初桃的寝殿行去。走出几丈远，他又顿住了，望着公主府中熟悉又陌生的灯火，嗤笑自己突如其来的愚蠢念头。

深吸一口寒冷的空气，他定了定神，转身后却在见到迎面走来的纪初桃时怔住了。刚刚燃起的灯笼下，小公主美得像一幅颜色饱满鲜艳的画。

"祁炎！"纪初桃也看到了他，朝他走来。

或许是有了晏行，纪初桃不似之前那般与他形影不离，但也没苛待、冷落他。现在两个人之间的关系倒真有点儿像公主和客卿，尊敬有加，亲密不足，看上去挺不错，可祁炎并不满足，不知名的野心在阴暗处恣意地膨胀。

"小将军，今日宫里送来了新鲜的鹿肉，晏行说大家可以一起炙鹿肉吃。"纪初桃的声音轻柔，带着小小的期待之意，"你来吗？"

晏行的名字听起来格外刺耳，祁炎皱眉，漠然地道："臣要回去探望父亲，不去了。"

他说的当然是假话，那个家早已名存实亡了。

纪初桃"嗯"了一声，随即很快打起精神，热忱地道："那本宫让人留一些，等你回来吃。"

祁炎薄唇动了动，扭过头道："不必了，多谢殿下好意。"

他略微抱拳，随即与纪初桃擦肩而过，大步走开了。

纪初桃望着祁炎的背影，烟眉轻蹙。

方才祁炎生气了吗？他最近怎么怪怪的？他要么很长时间不出现，要么出现了也不说几句话，就匆匆地离开。难道……难道他在公主府里待腻了吗？

纪初桃越想越觉得这个可能性极大，不由得沉思：看来二姐教的那些招数用不上了，自己得尽快洗刷他身上的罪名，还他自由才行。

祁炎快步转过回廊，握拳抵在廊柱上，眸若黑潭，暗流涌动。明明他想说的话不是那些，可为何一见到纪初桃或听见晏行的名字，一切都会脱离自己的掌控，朝着不可预测的方向发展？

第二日，纪初桃去了长信宫一趟。纪妧的面色不太好，多有疲色。

"大皇姐，太医怎么说？"纪初桃看着一向强势威严的大姐劳累至此，难掩心疼之色。

"无非说本宫操劳过度，让本宫好生调养。"纪妧披着外袍，嘴上说着要歇息，可批阅奏折的笔一刻也不曾停下。

"皇姐，你还是歇一歇吧，晚一刻再看也不迟。"纪初桃劝她。

"年底百官御宴，礼部的折子一封接着一封，本宫松懈不得。皇帝年纪太小，总不把心思放在治理朝政上，本宫不放心，等忙完此事再歇也不迟……"话未说完，纪妧忽然掩唇咳嗽起来。

纪初桃连忙给她拍背顺气，生怕大姐也像二姐一样，落个终身病痛的下场。这一瞬，纪初桃想了很多，终于下定了决心，轻声道："皇姐，要不……我帮你？"

纪妧一顿，抬起上挑的凤眼望向了她。

这个妹妹在庇护下长大，眼里只有风月，不弄心计，这还是她第一次主动提出要参与朝事。

纪妧眯了眯眼，露出几分笑意："本宫之前那般教你，你都无动于衷，现在怎么突然懂事了？"

纪初桃抿了抿唇。

她已经不再是什么都不懂的小姑娘了，皇姐实在脸色不好，劳累至此，自己又能安心地享乐？何况，她帮助大姐也是帮助自己，若能为大姐分忧，祁炎的谋逆之罪便有机会被洗刷干净，君臣之间也好尽快释疑消嫌。

"也好，你也长大了，不如试着操办宫宴。"纪妧将礼部的折子递给纪初桃，疲惫的凤眸中有了些笑意，"永宁，除夕宫宴就交给你了。"

纪初桃知道，大姐这是在借机锻炼她的能力，办好这场御宴亦是她长大的第一个证明。

她双手接过奏折，搂在怀中，重重地点了点头。

纪初桃从长信宫中出来，正巧遇见了纪昭。见到她手中的折子，纪昭好奇地问道："这不是礼部御宴的奏折吗？怎么在三皇姐这儿？"

纪初桃莞尔一笑，温声道："这个算是一个考验。"

纪昭愣了愣，脸色很快恢复正常，笑着道："那太好了啦！有了三皇姐的助力，朕会踏实许多呢！"

四

是夜，星月无光，北风凛寒。

"方才传来消息，这次除夕御宴由三公主操持。"琅琊地界的某处府邸中，谋士取下信鸽腿上的小竹筒，将密笺递给暗处的一名雍容华贵的中年男人，"三公主经验不足，这是个绝佳的动手机会。王爷，您看……"

男人展开密笺扫了一眼，嘴角一扬："按计划兵分两路，立即和那边联系，确认是否筹备妥当。"

"是。"谋士应了一声，顿了顿，又道，"王爷，属下倒觉得祁将军那儿可以放一条线出去。"

琅琊王略一思索，明白了谋士的意思，便道："也好，将弃子给他，试一试这小子是否值得相信。"

扑棱的羽翼声中，一只白羽信鸽掠过寒夜，朝暗潮汹涌的京都飞去。

距离除夕御宴只有半个月了，纪初桃中途接手，事情杂乱如麻，礼部和宫里的官吏、内侍往来不绝，都快将公主府的门槛踏破了。

虽说操办御宴只需要稍加监管，但纪初桃依旧不敢有半点儿松懈，每日卯时起，亥时末睡，宴饮流程和器物布置都要亲自过目、完善方能放心，每日都忙得脚不沾地。亏得她记性超群，那么烦琐的流程和人事安排，一次也不曾记错。

除夕御宴前三天，为了省去往来车马奔波的时间，纪初桃索性搬回了永宁宫暂住。因为外男不能入内宫，她便将祁炎等人留在了公主府中。

纪初桃日间劳累，许久不曾回宫里居住，夜里便睡得不甚安稳，又做起那些梦来。只是这一次，梦里出现的人不仅有祁炎。

依旧是那间富丽雅致的屋子，软烟帷幔，锦绣良床，她坐在窗边的镜子前，铜镜里映出来的脸模模糊糊的，看不真切。

窗外，侍婢窃窃私语的声音传来。

"三公主似乎心情不佳，咱们还是向祁将军禀告一番吧。"

"唉，若非成德八年除夕御宴那场意外，大公主受重伤卧榻，三公主也不至于伤神至此，不得已嫁来……"

"嘘！休得胡说！"

梦里的声音龃龉的，像被闷在一个空荡荡的瓶子里，时近时远。

醒来后，纪初桃被惊出了一身虚汗。方才梦里的那些声音提过，大姐在成德八年的除夕御宴上遭遇意外……成德八年不就是今年吗？

再回想之前已经应验的祁炎入狱事件及琅琊王被流放出京之事，纪初桃不由得打了个寒战，浑身血液倒流。涉及自己最敬重的亲人，她宁可信其有，也不可信其无！

可梦里的侍婢没有说成德八年到底发生了什么意外，纪初桃忐忑了半宿，第二日一早便去礼部召集膳部、主客等人，将宴会当日的流程重新捋了一遍，还加派了值守的禁军。永宁宫内，不断地有人送帖子进来，又不断地有人领了命令出去。

"膳部将餐具都换成银的，膳房分好餐后，每一碟、每一碗都要用银针试毒后方可呈上。从膳房到紫宸殿的途中，送菜的宫人队伍需要禁军护送，任何人中途不得离开，违令者严惩不贷，这个便交由项统领负责。还有，羽林军盘查入宫的官吏时需要再仔细些，太医院随时待命，再在皇上和皇姐的身边加派高手时刻护卫……"

直到日落西斜，把一切都安排妥当的纪初桃方长舒一口气，端起宫婢奉上的茶盏饮尽，润了润沙哑的嗓子。

"殿下，您忙了一天一夜，该歇会儿了。"挽竹心疼地道。

纪初桃皱着眉摇了摇头。身体已经很累了，但她睡不着，那个梦太让人胆战心惊了。

纪初桃去了长信宫。歇息几日，纪妧已经好多了，正在检查纪昭交上来的策论。纪昭则老老实实地坐在她的对面，不住地偷瞄她的脸色，担心自己的见解不够好而受到苛责。

纪妧并未说什么，放下策论道："中规中矩。左相褚珩对《史策》颇有见解，皇帝若得闲，可去向他请教一二。"

纪昭自然求之不得，松了一口气："朕记得了。"

见到纪初桃，纪妧屈肘搭在凭几上，对她道："除夕御宴之事，你筹备得如何？"

纪初桃虽也敬畏大姐，心中却是依赖她的。纪初桃此时见她朝自己笑，不由得眼眶一酸，坐在她的身边道："尚可。"

"那你因何愁眉不展？"纪妧一眼就看出纪初桃有心事。

纪初桃不知该如何开口，抿着唇在心里措辞许久，然后轻声道："大皇姐身子可大好了？若还有不适，大皇姐可否多休息几日，别赶赴除夕御宴了？"

听到这话，一旁的纪昭微顿，飞快地看了纪初桃一眼，轻轻地摇了摇头。纪妧则更加淡定一些，沉静地一笑："永宁，你以为这种事能由本宫选择吗？此次宴会，北燕王族的残部会进京上贡求和。"

她点到为止，纪初桃却明白了她的意思。

北燕国破，皇子被押送到京都成为质子，但北燕王族的残部依然蠢蠢欲动，试图复国。他们此番说是来求和，实则是试探大殷的虚实。若把控朝政的长公主不露面，必生事端。以大姐的性子，她必会为纪家和皇弟镇场的。

"可是，我担心自己做得不够好，会连累皇姐。"纪初桃的眉头皱得更紧了。

她忍不住多想：万一哪里出了纰漏，让噩梦应验……

"箭在弦上，你尽管放手去做。"纪妧打断她的胡思乱想，眯着眼轻笑着道，"天塌下来，不是还有本宫在吗？"

这番话让纪初桃过于紧绷的心稍稍安定下来，她深吸一口气，又徐徐地吐出，柔声道："我知道了，大皇姐。"

年二十九，夜，永宁长公主府。

一位脸上有雀斑、样貌平平的瘦弱内侍借着夜色的掩护叩响了祁炎的房门，低声道："祁公子，奴奉命来给您送吃食。"

高大的影子走近，投在了门上。下一刻，房门从里面被拉开，祁炎只一眼便想到了那份名单，认出此人就是琅琊王放在纪初桃身边的眼线，或者说眼线之一。那眼线并未多言，将食盒递给祁炎便躬身退下了。

回到房中，祁炎果然在食盒的糕点里发现了传信的密笺：

御宴献舞，已着人混迹其中，伺机而动。

祁炎修长的手指有一搭没一搭地叩着几案，片刻后，他想到了什么，眸中闪过一抹暗色，将密笺揉成一团，丢至炭盆中烧了。他深沉的眼中映着蹿起的火苗，浮现出些许嘲弄的神色。

密笺上明明白白地写着纪因会在明日的除夕御宴上动手，刺客混在舞姬、乐伶之中，却并未让祁炎参与其中。纪因如果不需要他配合，为何要专程派人告诉他计划？

只需要略微思索，他便能得出结论，冷笑起来：纪因那只老狐狸是故意借此试探自己是否会泄密呢！从纪因谨慎多疑的性子来看，他必留有后手。

炭盆里的密笺燃烧殆尽，化作一抹黑灰飘落了，映在祁炎眼中的火光也渐渐熄灭，黑眸重新化作了深不见底的幽潭。

除夕御宴是纪初桃负责的，明日风波骤起，不知乱局之中她会如何处置。他想起她明艳的笑靥，眉头一皱，呼吸也乱了，弹指熄灭了烛火。他不知心中那股莫名其妙的焦躁感从何而来，黑暗中，唯有炭火的微光落在他苍狼般的眼中，明灭不定。

一夜北风紧，宫里宫外，皆有人满腹心事，一夜未眠。

第二日，除夕御宴，百官朝贺。

以往纪初桃坐在席位上享受，但这一次有许多事要忙。已经数日不曾好好地歇过了，她担心自己面有疲色，特意施了薄妆，以花钿与胭脂点缀，一张脸更是明丽得不可方物了。

最后确认一遍各部无误后，纪初桃环视周围，问道："舞乐可都准备好了？"

"回殿下，都准备好了。"太乐署令回禀道，"乐伶排了新谱的曲目，随时待命。"

纪初桃的视线扫过在殿中角落里就座的乐伶们，落在琴师身上，而后微微一顿。那琴师感受到纪初桃的视线，略微颔首，就座了，双手抚在琴弦上。

见纪初桃望着琴师出神，太乐署令询问："殿下，可有不妥之处？"

纪初桃觉得有些违和，可又说不出来哪里不对劲。蹙眉半晌，她迟疑着走过去，随意地问了问乐伶们："你们新排的是哪支曲目？"

"回殿下，是《太平乐》。"其中一个琵琶女答道。

纪初桃又踱步至琴师身边，状似无意地道："你可否小奏半曲？本宫听听是什么音律。"

琴师与琵琶女对视一眼，颔首道："诺。"

琴音苍茫，琵琶铮铮，纪初桃听了半曲便含笑道："果真是好曲。"

她似乎放了心，朝殿外走去，一出门脚步就乱了，皱着眉低唤："项统领！"

羽林军统领项宽连忙抱拳，问道："三殿下，可是曲子有问题？"

"曲子没问题，是人有问题。"

方才她便觉得有些奇怪，宫中的乐伶都是被精挑细选出来的佼佼者，可那琴师抱琴、抚琴的动作略有生疏。她走近一看，其手指略微粗糙，虎口有茧，明显不是一个琴师应有的手！那样的茧，纪初桃只在祁炎那样的武将手上见过。再听琴音，虽然流畅，却无花式意境，生手练一两个月也能达到这般地步。

关于书画音律，纪初桃有自信不会判断错，于是心中的不安感更甚了。她狠狠地掐了掐指尖，定了定神，说道："把这个节目换了，将那些乐伶统统带下去，好生盘查。"

项宽正色，一挥手，领着羽林军将乐伶们带走了。出乎意料的是，那琴师并未反抗，十分顺从地被羽林军带走了。

片刻后，项宽来报，果然在古琴里发现了暗弩机关，那琴师笃定是刺客。若琴师在宴饮歌舞时发动机关，后果不堪设想。

纪初桃略微轻松了些，命人将此事传报给了大姐，交由大姐事后处置。可她的心还是不太安定，总觉得悬在半空中没有着落。

"殿下，危险已经被及时发现，您怎么还愁眉不展呢？"一旁的挽竹问道。

纪初桃也说不上来，望着其乐融融的大殿，蹙着眉道："本宫总觉得，事情太顺利了些。"

也许是自己想多了吧。

她微叹一声，刚要进殿，就看见庭外远远地走来一个熟悉的颀长身影。

祁炎穿着一身墨色武袍，戴着镂金护腕，在拂铃的引领下大步走来——是纪初桃特意命人将他以客卿的身份请进了宫。

紫宸殿外，小公主身着一袭华美轻柔的织霞衣，乌发红颜，朝黑袍少年展颜微笑，灵动得一如庆功宴上初见时的样子。祁炎恍神，面上维持着平静朝她走去。

"祁炎，你来了。"纪初桃莞尔，额间的花钿嫣红若血。

雪夜下的软香和面前的笑靥交织，拉扯着祁炎汹涌的思绪。

"殿下。"祁炎按下心事，略微抱拳。

抬首后，他扫视了一眼殿内，发现不见乐伶和舞姬，便皱起了眉。喉结动了动，手负在身后无意识地摩挲指腹许久，他声音低沉地问道："殿中……怎么不见歌舞？"

他不该开口的，即便没有点破刺杀计划也犯了禁忌。但张嘴询问的那一刻，身体完全不受自己支配了，他不清楚自己想听到什么，不愿听到什么，风云暗涌的眸紧紧地盯住了纪初桃的唇。

"啊，那个……"纪初桃抿了抿唇，笑道，"因为本宫发现了一点儿小问题，所以将人换下去了。"

祁炎摩挲指腹的手突然顿住，紧皱的眉头渐渐舒展开来，带着连他自己都没有察觉到的轻松感。

她其实并没有旁人想象中那般无能。

"时辰到了，你快入座吧，本宫给你留了位子。"纪初桃示意祁炎在自己的身边落座，笑道，"今日你是本宫的客卿，谁也不能轻视你。"

除夕宫宴被安排得井然有序，所有人都看得出纪初桃花了许多心血。百忙之中，她还不忘照顾祁炎的感受，但在旁人看来，这简直是多此一举：一个已经被停了军职的空名世子有什么好照顾的呢？

祁炎将目光落在那个地位不算低的位子上，并未迟疑太久，坦然地问道："殿下为何邀臣赴宴？"

纪初桃率先就座，侧首看着少年的侧颜，杏眼干净透亮，似乎在问"你问的这是什么傻问题？"。

她道："本宫想帮你，不是嘴上说说而已，做这些事能证明本宫有能力。"

祁炎剑眉一动。一直以来，他以为纪初桃只是许下承诺过过嘴瘾，实际上根本没有能力帮助自己脱困，但没想到，她这么努力地操持宫宴、证明自己是为了在朝廷中拥有话语权，而这个话语权就是帮助他的关键。

"殿下因何为臣做到这个地步？"他问出这话时，侧颜英气完美，带着武将特有的桀骜不驯。

"当然是有条件的。"纪初桃正色道。

"是何条件？"他顺着问。

纪初桃想到了什么，声音轻轻的："以后祁将军要记得本宫的好，不许欺负本宫。"

祁炎的心脏竟停跳了一瞬，他久久地伫立，压抑了一夜的情绪仿佛有了宣泄之处。他心想：这算什么条件？

祁炎正沉思着，忽闻太监唱喏："陛下驾到——辅国长公主驾到——北燕使臣到——"

门外，皇帝、纪妗与满头小辫的北燕使臣相继入殿。祁炎撩袍入座，抬眸见到了北燕使臣手上捧着的盒子。与那使臣的目光短暂交会的一瞬，祁炎顿住了，微微眯起了眼。

第七章
反 攻

一

以前,纪初桃都是宴会的中心,华服美饰,明艳无双,可望而不可即。今日的她退居幕后,却比高高在上的时候更为耀眼。

"今日对本宫来说意义非凡,所以本宫想让你也来看看。"她笑起来,眼里有温柔的光,对祁炎道,"但愿此宴平安顺遂,既为了长姐,也为了……"

也为了祁炎。

纪初桃想:既然祁炎待在公主府里不开心,等做回风光无限的少将军,自己就不欠他什么啦。那段羞人的梦境、荒唐的姻缘想必也会随之改变,不会再突然冒出来扰乱自己的心绪。

纪初桃在心里盘算着将来,没有留意到祁炎深沉的眼眸。

他此刻开始相信纪初桃是真心想帮他,所以桀骜不驯了二十年的心第一次有了顾虑和彷徨。他甚至想:纪初桃如果没有生在皇家,或许会更好。

压下这个明知不可能的荒诞念头,祁炎斟酒定神,目光在殿中巡视。比起胡思乱想,他眼下还有更要紧的事要解决。

琅琊王纪因知道纪初桃擅长音律,却仍将刺客安插到舞姬和乐伶之中,这是一个极大的败笔。纪因性子多疑谨慎,不会如此冒失,那么这样做只有一种可能——狡兔三窟，大殿中应该还藏着其他未被发现的危险。

然而宴会过去了大半，仍旧风平浪静。直至尾声，北燕使臣起身出列，向纪妧和皇帝献出了此宴的大轴好戏。

"北燕愿割黑山以北的七座城池，当作两国邦交的诚意。今北燕献七城的地图给大公主殿下和陛下，愿与大殷休战，永修旧好！"北燕使臣单手按着左胸行礼，一番不熟练的汉话在殿中掀起了轩然大波。

这对大殷来说可是鼓舞民心的天大好事！鸿胪寺卿率先出列恭贺纪妧和皇帝，其他文武百官亦陆续拱手祝贺，将宴会的气氛推至高潮。一片喧闹声中，祁炎把玩着杯盏，稍稍倾身，将目光锁定在北燕使臣身上。

作为督办宴会的人，纪初桃并不似其他人那般欢欣鼓舞。北燕使臣割地求和这一项并不在之前的流程之内，突然多了这么一项，她有些手足无措，但面上还是维持着典雅与镇静的样子，命人唤来了礼部的主客。

"这个北燕使臣要在御前献图，这么大的事，之前为何无人提及？"她将声音压得低低的，眉头轻蹙。

礼部的主客满脑门的汗，答道："北燕使臣是由鸿胪寺负责接待的，臣也不知。"

事发突然，自己现在若将北燕的献礼撤回查验，难免会扫了大家的兴致。纪初桃思索再三，道："所有人都机敏些，别出差错。"

祁炎将纪初桃的担忧话语听入耳中，稍加思索便有了头绪。

那北燕使臣沉稳壮实，自带杀伐之气，一点儿也不像代表战败国前来求和的样子。他稳步向前，在离纪妧的几案前一丈远处单膝跪下，打开手中的盒子，露出了一卷羊皮地图。

这是极肥美的诱饵，而极美的诱饵往往藏着剧毒。这一招对于久经沙场的祁炎来说并不陌生，贪饵吞钩乃兵法大忌。他握紧手中的杯盏，侧首望向邻座的纪初桃，身体紧绷起来。刹那间，背叛、信念，还有这短短三个月来的点点滴滴在他的脑中碰撞、交战，一片硝烟狼藉。

纪妧身边的女官领命，准备去取盒子中的地图，与此同时，北燕使臣垂下的眼中流露出些许轻蔑之色，手指暗暗地摸向盒子底部。

这个细微的动作在被利益冲昏头脑的欢呼声中十分不显眼，却瞒不过祁炎的眼睛，他对与危险总是有着超乎寻常的直觉。他若是刺客，也会选择在此时动手，来个图穷匕见。

身边对宴会寄予厚望的少女却还一无所知，尚未察觉先前的乐伶和舞姬只是用来迷惑人的弃子，为的就是让大殷以为隐患已除，放松警惕……

配合得如此周密的计划已然超出了北燕单独行动的能力，所以，这才是纪因留的后手！

手中的杯盏几乎要被捏碎，祁炎很清楚若此时阻止，等待他的会是什么。他更清楚，扳倒纪妧的方法有很多，而这次宴会是纪初桃筹备的，他得保护她。

"当心有诈！"祁炎沉声道。

人声鼎沸，没人听见他的话，除了坐在他身边的纪初桃。

她愕然，没有丝毫迟疑，候地起身望向北燕使臣："等等！住手！"

纪初桃吼出的这一声用尽了全身力气，使沸腾的大殿骤然安静了下来。然而已经晚了，女官已双手拿起盒子中的羊皮地图，一根极细的银丝连着地图被拽起，发出了细微的机括声。

那根银丝细如发丝且透明，连着盒子底部和羊皮地图，打开盒子时毫无端倪，只有地图被取走时才会触动机括，难怪能瞒过宫城禁卫的查验……

北燕使臣用盒子对准了上座的纪妧，侍卫来不及阻挡，离得最近的纪初桃想也不想，张开手臂护在了纪妧的身前！

她疯了！

祁炎咬牙，下意识挺身而出，几乎同时，"嘎嘣"一声，银丝断裂了！心脏骤然紧缩，祁炎利落地抬腕，将手中的杯盏狠狠地朝北燕使臣的手腕击去。使臣吃痛，暗器失了准头，几支短针"笃笃笃"地钉在了纪妧面前的几案上，余下的一针擦着纪初桃的手臂飞过，刺中了她身后的侍卫。

"护驾！保护大公主和陛下！"项宽一声暴喝，殿外的禁军蜂拥而入。

与此同时，一击不中的北燕使臣恼羞成怒，竟飞扑向没了侍卫保护的纪初桃，打算鱼死网破！

电光石火间，风云突变。所有人都忙着保护皇帝和纪妧，除了祁炎。他伸长手臂，指尖擦过纪初桃的衣袖，抓了个空。

短暂的沉默后，殿中一片哗然！

小皇帝握紧了拳头，神情莫辨。纪妧"腾"地起身，冷冷地盯着挟持纪初桃的北燕使臣，向来不露心事的脸上第一次浮现出暴怒之色。

文臣避之不及，禁卫蜂拥而入，众人慌乱地惊呼，大殿里乱成一锅粥。纪初桃被北燕使臣扼住了喉咙，当作肉盾挡在身前。

"都退下！否则我捏碎小公主的喉咙！"

北燕人高大如牛，纪初桃身材娇小，被扼得脚尖离地，脸涨得通红。禁卫投鼠忌器，执着长戟不敢上前。

北燕使臣见状，越发猖狂，挟持着纪初桃一步一步地退出大殿，大笑道："今日能得贵朝第一美人陪葬，也不枉我此行！"

　　就在此时，一缕寒光闪现，利刃破空，将北燕使臣的革靴刺了个对穿。他将纪初桃的身体悬空挡在面前，脚是他唯一的破绽！继而一掌拍来，剧痛使得他失了力道，手一松，身体踉跄着朝后仰倒。

　　黑影闪过，一只手搂住了咳嗽着摔下的纪初桃，另一只手拔出刺穿北燕使臣革靴的长剑，又将锋利的剑刃狠狠地刺入北燕使臣的身躯，动作狠绝干脆，一气呵成！

　　"噗——"皮肉被割破的声音听起来毛骨悚然，腥热的液体喷过纪初桃的耳畔，溅在了祁炎英气的脸上。他神情冷峻，将纪初桃往自己的怀中一按，用胸膛挡住她的视线，不让她看到喷溅而来的鲜血。

　　祁炎冷漠地抽出长剑，北燕使臣"喀喀"地吐血沫倒下了，抽搐一番后没了气息。

　　混着血腥气和祁炎身上的熏香的空气涌入肺腑，纪初桃在祁炎的怀里咳得撕心裂肺，温软的身躯不受控制地颤抖起来。

　　祁炎握着染血的长剑，手背上筋脉凸出，眼中的杀伐之气久久未消。

　　感受到她暂停的生命一点点地流回身体，祁炎沙哑至极的声音从胸腔中迸出："什么都不会还往前冲，殿下不要命了吗？"

　　祁炎语气低沉又凶狠，声音紧绷得好像每一句话都是从牙缝里挤出来的一样，浑身的肌肉因后怕而僵硬如铁。

　　纪初桃"呜"的一声哭了出来，眼泪一颗一颗地涌出，很快就打湿了祁炎的衣襟，热热的一片，烫着少年因狂乱而剧烈起伏的胸膛。

　　在金玉堆里被呵护着长大的小公主现在才知道害怕，在祁炎的耳畔哽咽，说着一些含混不清的话："因为……不能让皇姐受伤啊！若……应验了，本宫会后悔一辈子！"

　　宫人想将她拉离祁炎的怀抱，可她吓坏了，思绪混乱，像攀住一根救命稻草般死死地抱着祁炎不松手。众目睽睽之下，黑袍少年任她揪着衣襟，一动不动。猩红的血珠顺着他英挺的鼻尖滴下，在紫宸殿的地砖上溅出一朵朵红色的花。

　　混乱中，纪妧将眼前的一幕看在眼里。她努力地维持着皇族的威严和镇定，思忖片刻后道："一起送回永宁宫吧，让太医来瞧瞧。"

　　纪初桃依旧紧紧地抓着祁炎不肯松手，他索性丢掉长剑，打横抱起她那温软微颤的身躯，大步地朝永宁宫的方向走去。一道道复杂而心思各异的目光投向他们，可他毫不在意，他原来在乎的那些流言蜚语此时此刻在他的心里什么都不是。

　　纪初桃除了颈上有掐痕，其他地方并未受伤，只是受了惊，高烧严重，糊里糊涂地昏睡之际还抓着祁炎的衣袖不松手。

今天纪初桃和祁炎都是功臣，纪妧即便曾经跟祁炎兵刃相接，也不会在此刻伤妹妹的心。看着纪初桃喝下汤药后，她便对祁炎道："永宁需要你，今夜你便在这儿好生陪着她。"

说罢，不待祁炎回应，她就转身走出了大殿。

北燕公然行刺，其背后必有内鬼推波助澜。她身为辅国长公主，要做的收尾工作还很多，不能在妹妹这儿停留太久，何况此处还有祁炎，至少他挺身而出护住纪初桃的那一刻不像在作假。

天黑了，纪初桃依旧气息不稳，浑浑噩噩地昏睡着。宫婢进殿里掌灯，送了些吃食过来，看到祁炎还穿着那件沾着血迹的武袍坐在榻边，被纪初桃攥着衣袖。祁炎不说话时看上去冷冰冰的，眼神有些凶悍，宫婢打怵，掩门悄悄地退下了。

此时一更天了吧？吃食都要凉了。祁炎伸手够向碗碟，然而刚刚起身，因惊悸高烧而神志不清的少女立即翻了个身，更紧地抓住了他，发出模糊难受的呓语："别走……"

祁炎垂眼望向攥着自己衣袖的那只白嫩的小手，顿了顿，只好作罢。

她突如其来的依赖超乎寻常，连祁炎都感到意外，明明不久之前他带她赏的漫天烟火和大雪都敌不过晏行的一把扇子……

难道正如宋元白所说，英雄救美能俘获美人的芳心？可是冲出去的那一刻，他并未想做什么英雄，只是单纯地……不想让她死，或许是因为那还未成功的攻心策略，又或许是……因为别的什么。

"祁炎……"病榻上，虚弱的声音传来，唤回了他纷乱的思绪。

祁炎瞥了纪初桃一眼，看到她蜷缩着身子侧躺，是个不甚安稳的姿势。她的眼睛睁开一条缝，眼睫纤长，脸因高热而红扑扑的，乌发披散着，整个人比平日多了几分脆弱柔媚之感。

她好像醒了，又好像还在梦中，呼吸滚烫，一阵一阵地落在祁炎血迹未干的手背上，急促地道："祁炎，你会永远保护本宫吗？"

他眸色黯了黯，还未回答，又听见纪初桃自顾自地说："我就知道，你答应过本宫的。"

纪初桃还处于混沌中，满脑子都是梦里那场混乱中，祁炎从天而降，救她于水火之中的样子，就如他在承天门下单手抓住戟尖、在宴会上一剑击杀刺客那般勇猛。

祁炎却想：我何时答应过她？自己素来是个薄情之人，能让自己许下这种承诺的必定是自己放在心尖上的人，自己怎会对着她轻易地说出"永远"二字？

纪初桃大概烧糊涂了,分不清梦境和现实。他不在意地勾唇,眉骨下的一点儿暗红色的血渍仿佛朱砂,刻意压抑的恶劣性子被释放出来,俯身问道:"殿下就这般笃定臣会保护殿下?"

纪初桃眼睛一开一合,迷糊半晌,说不出什么话来。就当祁炎以为她睡着了,不会再回答时,一个魕魕的声音传来了。

她说:"你知道吗?本宫的梦里……有个英雄,那个英雄和小将军……长得一模一样。"

听清这句咕哝,祁炎一怔,缓缓地皱起了长眉。她对他的信任竟来自另一个和他相貌相似的男人?这是什么荒谬的回答?

他冷漠地抽出自己的衣袖,力度不算轻柔,起身坐至一旁的小案旁去了。

刚入梦的纪初桃抓了个空,烟眉紧蹙,哼唧着翻身蹬腿,呼吸依旧滚烫,睡得很不安稳的样子。祁炎冷酷地看着她翻滚片刻,又沉着脸坐回榻边,手随意地垂在身侧。纪初桃如愿以偿地攥住了他的手指,安分了下来。

这次换祁炎不安分了。少女那养尊处优的手软软的,好像没有骨头。回想起过往,祁炎也曾在误会和生气时攥过纪初桃的手腕,但没有哪一次如此刻这般宁静、平和,气氛温柔得几乎令他忘了自己背负的阴谋和算计。夜的静谧令感受无限放大,这份温软的触感与热度顺着祁炎的手指肆意地蔓延至他的全身。

少女侧躺着,绯红的唇微微张开,距离他的手指不过两寸。他抬了抬手指,却在即将触及她的唇瓣时停住了。

自己这是在做什么?宴会上自己已经失了态,万不能再让情绪脱离掌控了。

祁炎蜷起手指,盯着纪初桃毫不设防的睡颜许久方长舒一口燥热之气,倚在榻边闭目休憩了。

第二日清晨,天刚蒙蒙亮,焐了薄汗的里衣黏腻,纪初桃迷迷糊糊地醒了过来。她感觉自己的手里好像握了一根硬硬的东西,闭着眼捏了捏,又觉得此物硬中带着骨肉特有的热度与弹性。

纪初桃睁眼一瞧,看到了一只戴着镂金护腕的手,再顺着这只熟悉的大手往上看,穿着一袭黑色武袍的冷峻少年正逆着熹微的晨光倚在榻头,淡定地看着她。

二

"祁炎?"

纪初桃以为自己还在梦中,毕竟这样两个人独处一室还相互依偎的画面只有在梦里才能见到。与梦境唯一不同的是，眼前的祁炎眉目尚存少年的锋芒，而梦里的他则更为成熟稳重。

反应过来自己握着他的手睡了一晚，纪初桃脸一热，连忙松开手道："你怎么会在这儿？"

温香在侧，祁炎根本不能好好睡觉，熬了一宿后的嗓音低沉沙哑："昨天不是殿下一直拉着臣的手，哭着喊着让臣陪殿下吗？"

他将视线落在自己那只空荡荡的手上，淡定地将手收回，蜷起手指，将少女留下的余温握在掌心里。

听他这么说，纪初桃才想起来似乎有这么回事。昨天的宴会上，她被恼羞成怒的北燕使臣挟持，命悬一线，满殿文武束手无策，是祁炎挺身而出救了她。那时她被掐得狠了，又怕又疼，惊悸到失了魂，将祁炎当作梦里梦外唯一的依靠，死拉着他不肯松手，连高烧昏睡时也……

糟了，自己没对他做什么吧？

想到此，纪初桃悄悄地打量祁炎齐整的武袍，不放心地问道："昨夜本宫烧糊涂了，可曾冒犯小将军？"

少女睡醒后的嗓音又轻又软，带着显而易见的歉疚之意。祁炎视线落在纪初桃娇嫩的脖颈上，发现那里有几处明显的指痕，即使太医已经给她上过药、化过瘀，但那青紫色的痕迹依旧触目惊心。

目光黯了一瞬，他掩饰般移开视线，用手捂着后颈活动一番，而后垂眼看着乌发铺满绣枕的小公主，道："若是冒犯过，殿下可要负责？"

话一说出口，他和纪初桃皆愣住了。

这是什么话？自己怎么会说出这般轻佻的话？祁炎皱眉想着，只盼纪初桃没有听见。

但她显然听见了，讶然地看了他一眼，随即往被子里缩了缩，只露出水润的杏眼和红透的耳尖。半晌后，她强装镇定，道："小将军衣衫齐整，想来本宫并未做什么出格之事。"

她的声音被闷在被子里，听上去底气不足。这种时候，她应该担心自己的衣裳才对吧？

祁炎握拳抵着鼻尖，欲盖弥彰地清了清嗓子，半晌后深沉的视线重新落回纪初桃的身上，岔开话题："臣有一个请求。"

"你说。"纪初桃连忙道。

这不是祁炎第一次救她了，他便是有十个请求，她也会毫不犹豫地答应。

"能否请殿下保密，不要告诉任何人，昨日宴会上是臣发现了献图的端倪？"他声音低沉地道。

"为何？"这可是个千载难逢的邀功机会，纪初桃讶异地问道，"你不想借此功劳官复原职吗？"

祁炎沉默了。他走了那样的一条路，无法对她说出实情。

大概是看出了他的为难，即便心中有万千疑惑，纪初桃还是轻声应允："好，我应允你。"

这时，门"吱呀"一声被打开，挽竹领着几名伺候洗漱的小宫女进来了。清晨的光线涌入，透过屏风打在祁炎的身上，落在了纪初桃明亮的眼中。

"殿下，您可算醒了！"挽竹大喜过望，连忙过来试探她的额温，"菩萨保佑，烧也退了。"

宫婢们捧着铜盆、手巾、衣服和鞋袜等陆续进入，纷纷围在榻前。祁炎不得已让开了些，毕竟纪初桃还未出阁，他一介外男不能大大咧咧地站在这儿看着她穿衣、梳洗。

透过宫婢们攒动的人头，纪初桃看到祁炎被挤到屏风外，还穿着昨夜那件沾血的衣裳。她见他为了照顾自己一夜没睡好，心里的愧疚之意更甚，连忙吩咐挽竹："你让人带祁将军下去歇息，换一身干净的衣服。"

挽竹这才想起来，昨天主子能逢凶化吉可全靠这位祁将军舍命相救，万万怠慢不得！她遂领命退下，行至屏风外，朝祁炎福礼，领他去偏殿更衣、用膳了。

纪初桃抬眼望去，看着祁炎颀长矫健的身姿消失在屏风后，这才如释重负般长长地舒了一口气。

她梳洗更衣完毕，太医又来诊脉了，只道她身体已无大碍，只是皮肤太娇嫩，脖子上的那些掐痕要过七八日方能消除。

"殿下，您这回真是受苦了！"挽竹用一方丝帕围在纪初桃的脖子上，遮住那几道青紫色的痕迹，说话间红了眼眶。

先帝子嗣单薄，儿子们都不省心，夺储时自相残杀，已损了大半，皇室笼罩在一片腥风血雨中。唯有纪初桃出生时落霞满天，太常寺卜得祥瑞，因而先帝对她格外珍视。先帝教会了纪妘治国的才能，教会了纪姝驭人的手段，唯独将所有的自由与快乐给了幺女，只盼她能如二月的初桃般明媚。

这样一个集万千宠爱于一身长大的小公主，掉一根头发丝都是大事，昨天却被人掐着脖子当人盾，如何不让人后怕？

纪初桃自己却不甚在意，伸手抚了抚颈项上的丝帕，反过来安慰挽竹："本宫这不是好好的吗？你哭什么呢？"

何况，她已经享受了十六年的安稳日子，和两位姐姐当年遭遇的那些比起来，这点儿曲折根本不值一提。

用过膳，纪初桃去了长信宫。一进正殿，她便看见几个被褫夺了官帽和官袍的人被拖了出去，哀求声一片。

纪昭说，鸿胪寺办事不力，纵容北燕行凶，鸿胪寺卿被流放出京，少卿二人亦被革职查办。

"还有，"纪昭压低声音，悄悄地告诉纪初桃，"北燕的那位质子受此事牵连，大概要遭殃啦。"

"永宁，过来。"纪妧的声音传来，打断了两个人的交谈。

她刚处理完行刺一事牵涉的朝臣，脸上还残留着冷漠之色，望向妹妹的脖子上用来遮挡伤痕的丝帕，面色一寒，道："你可知自己错在何处？"

纪初桃抬眼，又很快低下头去，难过地想：自己操办的宴会出了这样大的纰漏，大姐生气是正常的。

她垂首站在姐姐的面前，掐着掌心，闷闷地回答："错在没有顾全大局，只注意到礼部分内的职责，却疏于和鸿胪寺沟通，搞砸了除夕御宴……"

她的话还未说完便被纪妧打断了："不是。"

纪初桃将头垂得更低了。

"是不该冲上前去护住人，而置自己于险境之中。"纪妧的声音缓和下来。

纪初桃倏地抬起头，看到了大姐执政这些年来流露出来的最温和的一道目光。

"脖子还疼吗？"纪妧问她。

无关国事和利益，这只是长姐对妹妹的一句关切的询问。

纪初桃怔怔的，眼眶有些酸，笑着摇头道："不疼。"

那段骇人的梦境没有应验，大姐还健健康康的，这比什么都重要。

"这次你做得不错，竟发现了连木宫都没有察觉到的危机。此事虽有波折，但胜在及时止损。"纪妧说，"你想要什么，尽管提。"

纪初桃想了想，朝纪妧跪了下去。

纪妧一见她的这般举动，便猜到了七八分，平静地问道："为了祁炎？"

纪初桃轻轻地点头，诚恳地道："昨日北燕使臣包藏祸心，是祁炎……"

她本想说是祁炎先发现了北燕的阴谋，自己才有机会上前阻止，但早上在寝殿中，祁炎请求过她不要说出实情……

想到此，她抿了抿唇，将嘴边的真相咽了下去，道："是祁炎救了我。功能抵过,还请皇姐赦免其罪,许他官复原职。"

纪妧不置可否,过了许久才缓缓地道:"此事本宫心里有数,自有考虑,你先起来。"

纪初桃其实知道让祁炎官复原职有些难,毕竟战事已平,祁家若还握着军权,对皇家来说始终是个威胁。大姐做每一个决定之前都要考虑许多,没有直言拒绝自己,已是莫大的转机了。

"我先谢过皇姐。"纪初桃笑了笑,依言起身了。

纪初桃离宫回府前发现纪昭闷闷不乐的,还以为他是舍不得自己回府呢,结果这小子皱着八字眉哼道:"三皇姐方才得了赞赏,这么些年来,大皇姐从未夸过朕一句。"

原来他是为了这事,纪初桃不禁失笑:"大皇姐对我没有要求,所以我稍微表现得好一点儿,她就觉得意外。正因为对皇上寄予厚望,她才总觉得皇上可以做得更好呢!"

纪昭也不知听进去没有,点了点头,回自己的宫殿去了。

宫门下,公主府的马车已停靠在侧。马车旁,穿着一袭月白色衣袍的祁炎挺身而立。

宫里男人少,适合他的衣服并不多,挽竹跑遍了尚衣局才勉强找来合他身的。这明明是文人的衣服,穿在祁炎的身上却莫名其妙地有一夫当关的洒脱不羁感。

纪初桃眼中闪着温柔的光,迎上前道:"祁将军,我们回府去。"

除夕过后,纪妧命人送了很多吃穿用度给纪初桃,永宁长公主府上上下下过了个富庶又热闹的新年。

转眼间到了上元节,京都灯会的盛况空前,灯火辉煌,彻夜不息,将夜色装点得仿佛天街入世。

天刚擦黑,纪初桃便让人备了马车,准备好好地逛一逛民间的灯市,第一个想到的人便是祁炎。

自上次除夕宴会后,两个人之间虽然交流没有变多,可相处的气氛舒服了不少,纪初桃很信赖他。谁知她找遍了公主府也没有瞧见祁炎,没有人知道他去了哪里。

见纪初桃有些失落,拂铃安慰道:"今日是大节,祁将军兴许回自己家去团圆了。殿下可以先去游玩,等祁将军回来了,奴婢再告知他来寻您。"

"这样好!殿下若是去晚了,灯谜都被人猜了,人又多又挤,可就不好玩了。"说着,挽竹提议,"殿下不如叫上晏府令,他博学多识,猜谜时用得着!"

纪初桃想了想，妥协地道："那好吧。"

京都北街的一个偏僻的茶肆内，祁炎随意地屈腿而坐。

"将军为何要击杀北燕使臣？"琅琊王麾下的谋士正襟危坐，冷冷地道，"王爷生气，将军也讨不到好。"

祁炎嗤笑一声，长眉一沉，倾身道："他生什么气？北燕行刺失败，与大殷的王爷何干？"

谋士哑口无言。

祁炎见状，神色微妙地一顿："除非……"

"休得胡说！"话还未听完，谋士霎时间变了脸色。

通敌叛国这种事，他们即便做了，也万万不能承认！祁炎就是捏准了这一点，所以琅琊王只能吃哑巴亏。

"你们试探我在先，欺瞒我在后，却还指责我不该出手救三公主，何其可笑！何况当初让我想办法获取三公主的信任并操控三公主的计划不是你们先提出的吗？"祁炎盯着对方瞬息万变的脸色，冷笑着起身，"去告诉你的主子，交易不是这么做的。"

"祁将军！"谋士咬牙唤住他，沉声道，"试探将军是否可信，也是王爷无奈之举，还望将军海涵！王爷可以给予将军信任，但也请将军拿出诚意，让我等可以放心地将后背交予将军，共谋大业！"

长街上灯火通明，人声鼎沸，热闹的气氛扑面而来。祁炎走出茶肆，冷风拂去了他满身的阴沉气息。

琅琊王勾结北燕残部，事情远比祁炎想象的复杂。各方暗流交织，在某只大手的操控下，都涌向了一个名为"纪初桃"的旋涡……

想起之前的计划，他现在只觉得烦躁。他逆着人群行走，缓缓地穿过花灯编织的光河，周围拥挤的人群欢笑着，只有他身披一身夜的孤寒之气。

忽然，他在一家花灯铺子前停下了，目光落在一盏可爱的橙红色柿子灯上。他记得纪初桃喜欢柿子，喜欢一切和她一样鲜艳的颜色。想起那日在玄真观前她将一个红彤彤的柿子递给自己的模样，他不由得嘴角弯起，紧皱的眉头也舒展开来。

摊主见他久久地伫立，连忙上前招呼道："公子，这柿子灯俏皮可爱，姑娘和夫人们都十分喜欢呢！您买去送给心上人，再合适不过了，只要十个铜钱！"

"我没有心上人。"祁炎收敛心神，淡淡地道。

话虽如此，他却诚实地摸出一钱碎银，接过了摊主手里的那盏柿子灯，连找零也不要了，一只手负在身后，另一只手提着灯就走。

祁炎身材高大，面容俊美，气场强大，走在人群里是最显眼的那一个，手上却提着一盏圆乎乎的橙红色柿子灯，灯的把手处还有两片用绿皱纸剪裁出来的叶子，有一种说不出的诡谲又可爱的反差感。

一时间，周围的行人纷纷侧首，捂着嘴发出了善意的轻笑，都在心里猜想究竟是哪位姑娘有这般福气。

她会喜欢吧？祁炎全然没注意到四周的目光，皱着眉想。也许她不喜欢，毕竟宫里的宫灯比这个精致许多。

"殿下，您慢些走！"过于清脆的声音传来，祁炎思绪一顿，想起来这是纪初桃身边的宫婢的声音。

她在这儿？祁炎立即循声望去，目光掠过一张张模糊又陌生的笑脸，轻而易举地定格在不远处赏灯的少女身上。

她果然穿着鲜艳的绯红色衣裳，乌发轻绾，镀着光的脸颊明丽无双。她仰首指着一盏漂亮的琉璃灯，微微蹙眉，似乎在为灯谜的答案而苦恼。

万千灯火也不及她一个人亮眼。祁炎像扑火的飞蛾，意识还未动，脚步就先一步迈动，朝她走去了。然而有人先他一步，抢占了纪初桃身侧最亲近的位置。

晏行"哗"地抖开折扇，单手取下了那盏琉璃灯，大方地递给了纪初桃。她一怔，随即轻笑着摇首，说了一句什么。

灯火下的美人和君子仿佛生来就如此契合……契合到，祁炎觉得有些刺眼。

三

纪初桃在看一盏琉璃灯，灯下悬挂着一张红笺，上头写的谜面有点儿意思：红衣、玉骨、黑心。

她低头扫了一眼自己绯红色的裙裾，又看了看自己皓如霜雪的双手。"红衣"和"玉骨"就像在说她此时的模样，后面却偏偏跟了一个"黑心"，她不由得郁闷起来。

"是荔枝。"见她久久出神，晏行含着笑在她的身侧道。

他给了银钱，取下琉璃灯递给纪初桃，温声道："殿下瞧了这灯许久，若喜欢，我便赠予殿下。"

纪初桃怔了怔。其实谜底她知道，但并不是十分喜欢这盏灯。

她微笑着摇首："你留着吧，我可以自己买。"

晏行以折扇遮面，倾身笑道："无妨，在下爱猜谜，却不爱灯，若是猜中了却不买，摊主也不好做生意。不如殿下帮忙，与我合作，我猜谜，殿下拿灯，这岂不甚好？"

他都这样说了，纪初桃也不好拒绝，便伸出莹白如玉的手去接晏行手中的琉璃灯。她刚碰到灯的把柄，便见阴影笼罩，一袭黑袍似乎无意般插了进来，隔开了她与晏行。

纪初桃抬眼看到了祁炎英俊的脸和他手中那盏可爱的柿子灯，眼里的光亮了些许。她瞬间忘了那盏琉璃灯，弯着眼睛道："祁炎，你可算来了！本宫等了你许久，你是回家与家人团圆了吗？"

"嗯。"祁炎从喉咙深处发出一声含混的回应，语气不算愉悦。

街上人多拥挤，祁炎不着痕迹地往纪初桃身边靠了靠，隔绝了行人对她的碰撞，自然也阻止了晏行的靠近。

祁炎从来都不是临阵退缩的性子。祖父说他是天生的将才，却没有信仰，他打了那么多场胜仗，都与忠诚无关，只是凭借骨子里的狠意一次次地赢。

方才见到花灯下的美人，他只是步履稍停，随即便攥紧了柿子灯的手柄，大步地走了过去。在名为"纪初桃"的战场上，他一样想赢。

纪初桃果然被他手中的柿子灯吸引了注意力，祁炎便将灯递了过去，柿子灯一晃一晃的，像一颗火热的心。

纪初桃疑惑地道："嗯？"

祁炎将头偏向相反的方向，侧颜镀着光，眉骨到鼻梁的线条十分好看，道："随手买的。"

"给我了吗？"纪初桃的确很喜欢这样讨巧又鲜丽的物件，想要，但觉得身为长公主总要男人的东西不太好，想了想，环顾街道两旁的摊位，眼睛一亮，"我不能白拿，你等一下。"

说罢，她领着侍卫朝一旁的摊位行去了。

晏行手里还提着那盏没送出去的琉璃灯，若有所思地看了祁炎一眼，儒雅地嘴角带笑："也不知为何，祁将军总是出现得这般及时呢。"

祁炎将目光从摊位旁的少女身上收回，睥视晏行。久经沙场之人的目光凛冽如刃，仿佛能将对方的皮囊一层层地剥开，挖出最深的内里。

祁炎冷冷地道："不管你的目的是什么，滚远点儿。"

晏行笑意不减，摇扇的手却不自觉地慢了下来。

纪初桃回来了，将刚买的傩戏面具轻轻地罩在祁炎的脸上，笑道："我用这个换你的花灯可好？"

这是一只半截的黑狐狸面具，眼洞处画了一圈鲜红的颜色，拉着长长的上挑眼线，漂亮又神秘。

纪初桃比祁炎矮一个头，踮起脚方能够到祁炎的脸。离得近了，她看见他淡色的唇在灯火下泛着温润的光泽。

被半截的黑狐面具遮住了气质过于锐利的眉眼，他露出来的下颌干干净净的，看上去有着介于少年和成熟男子间的俊秀，配合眼线上挑的狐狸面具，好看到近乎妖冶。

纪初桃第一次看到这样安静内敛的祁炎，仿佛他满身的杀伐戾气都被封印在面具之下，只剩下年少的风华。

两个人目光相触，她不知为何觉得脸上有些烫，不自觉地松开了手，接过那盏柿子灯，走开了些。

纪初桃呼出一口热气，背对着祁炎懊悔地想：怎么每次面对他时自己都会怯场？二姐驾驭男人的气场她何时才能有呢？

她身后，祁炎伸出骨节分明的手按住面具，嘴角微不可察地扬了起来，那弧度隐藏在他手掌的阴影下，克制又恣意。这是纪初桃送他的东西，只送给了他一个人，方才她同晏行欢笑的事仿佛值得被原谅了……

这么想着，他看到前方的纪初桃将买来的糖人、面人等物一一分给随行的侍卫、宫婢，柔声道："夜里还陪我出行游玩，大家都辛苦啦。"

晏行也有礼物，是捏成书生模样的面人。

她似乎对谁都能笑，对谁都一样温柔。祁炎嘴角的弧度消失了，在压抑的情绪肆意地涌出前，他沉默地按住面具，遮挡住了尖锐如刀的眼神。

戌正，街上的行人越来越多，他们几乎寸步难行，再逛下去就不是看灯，而是看人了。纪初桃本来只是出来玩个新鲜，此时尽兴，便不再逗留，一行人折回公主府去了。

府里已备好汤圆等夜宵，纪初桃让人在厅中多摆了几张几案，留祁炎和晏行一同用膳。

祁炎对汤圆这等甜咸难辨的食物并无兴致，何况还有个碍眼的晏行在。可发出邀约的人是纪初桃，他压了压嘴角，最终冷酷地应了声："嗯。"

他根本没法拒绝。

宫婢在一旁煮酒，晏行合拢折扇，给纪初桃讲儒生间发生的一些趣事。他生性健谈，态度和蔼可亲，即便是一件普通的野闻轶事也能讲得一波三折、风雅有趣，逗得纪初桃以袖掩唇，笑得眼尾绯红。

事先晏行和她打赌，若是他讲的故事能逗她发笑，她便要饮一杯酒；若是不能把她逗笑，他就罚酒两杯。小半个时辰下来，纪初桃已饮了七八杯酒，晏行面前的酒盏却纹丝不动。连煮酒的宫婢们都捂着嘴憋笑不止，彼此低语："晏府令也太风趣了，不知从哪里听来这么多稀奇事。"

"我再讲一个故事，殿下若笑了，还得罚一杯。"酒足饭饱，晏行温声道。

纪初桃刚要应允，旁边的祁炎却伸手按住她的杯盏，皱着眉道："殿下已经喝得够多了。"

一旁的挽竹"扑哧"笑了一声，道："祁将军有所不知，别看咱们殿下一副娇弱的样子，酒量比男子还好，喝这么几杯根本不算什么的！"

纪初桃的眼尾染上了一抹淡淡的桃红色，眸子却十分清明。她轻轻地将祁炎覆在杯盏上的大手拿开，莞尔一笑，道："小将军不必担心，本宫酒量很好的。"说罢，她望向晏行："晏先生若还有存货，尽管道来。"

她只是爱听新鲜事，和讲故事的人无关，但祁炎心里怎么都不是滋味。他收回手，屈腿换了个姿势，只觉得那股烦闷的感觉又涌上了心头。

晏行远远地望了祁炎一眼，"哗"地抖开折扇，如玉般的文人手优雅地握着酒盏，提议："我的故事殿下也听腻了，不如让祁将军说个不一样的。塞北大漠，关山万里，祁将军应该有说不完的新鲜事。"

他这么一说倒提醒了纪初桃，她扭头望向身侧的祁炎，期待地道："是呀，祁炎，你年少随军，一定见识过许多事吧？"

黄沙覆尸骸，鲜血染苍雪，折戟残剑，塞北有的只是原始而惨烈的厮杀和眼见着亲人力竭战死的撕心裂肺。

"不过是杀戮之事，没什么好说的。"祁炎眸色冷了一瞬，端起酒盏一饮而尽，仰首时喉结滚动，狂妄而洒脱。

晏行却道："听闻塞北的女子高鼻深目，个个艳丽火辣，将军驻守塞外，可曾见识过？"

他的这番话显然勾起了殿中所有人的兴趣，无论是养在深宫中的尊贵帝姬还是出身平凡的内侍、宫人，无一不对城墙以外的疆域充满了好奇。

纪初桃撑着下颌，好奇地问道："本宫素闻军营生活枯燥危险，却不知到底是何光景。"

"是啊，祁将军，你们在军营里也能见到女子吗？"挽竹忍不住问道。

养尊处优的人根本不晓得塞外的残酷。祁炎斟了酒，淡淡地道："能。"

"军营里有女人？"纪初桃微微讶异，"是家眷吗？"

她天真又干净的话语让人嘲笑不起来。

祁炎姿态随意，低声道："有些是战俘，有些是因家中犯事而被牵连进来的营妓。"

这些营妓专供将领和立了功勋的军士享用。战争是很折磨心志的事，需要用鲜血和女人刺激士卒，使他们克服对死亡的恐惧。纪妧刚掌权的那几年，军中的营妓达到了空前庞大的数量……这些事，他没有说出来。

殿中安静了一瞬，大家的目光都飘忽起来，仿佛触碰到了什么禁忌。纪初桃没有他们懂得多，故而脸上没有丝毫鄙夷或唾弃的神色，只轻轻地"哦"了一声，叹道："她们真可怜，还有机会从良吗？"

祁炎暗自嗤笑一声。被送进军营里的女子都是家中有人犯了灭族重罪的，能活过三年都算罕见，哪里还有从良的机会？

祁炎没碰过她们，偶尔远远地看上一眼，只觉得她们的眼里全是麻木和沉重的死气。

"有一次夜巡，我听见营帐里有女人在哭。"大概觉得自己应该讲个故事收尾，祁炎古井无波地开了口，讲述了自己和那群女子唯一的一次交集。

夜里有女人的哭声，这个故事听起来有些瘆人，殿中人一时都竖起耳朵，屏息以待。

"我循着哭声找去，发现那是个很年轻的少女，手臂上都是伤，捧着一件被撕破的新衣裳，哭得很凶。"祁炎继续道。

那群女子通常是死气沉沉的，眼泪早就流干了，很少能像那个少女一般哭出声来。

"是因为太疼了吗？"纪初桃敏锐地抓到了"伤"这个字眼，低落地问道。

"不，她在哭自己被撕破的新衣裳。她说，那是她的心上人送给她的念想……"

在她们的眼里，自己的命还不如一件衣裳干净、珍贵，这就是营中女人贱如草芥的一生。

祁炎还未说完，忽然被一阵猛烈的咳嗽声打断了。纪初桃正沉浸在故事中，突然被吓了一跳，抬眼望去，看到了咳得眼睛通红的晏行。

"晏先生，你怎么了？"见他实在呛得厉害，纪初桃关切地问道。

"没……没事，在下被酒水呛到了。"晏行抖开折扇，擦着呛出的眼泪苦笑着道，"大过节的，祁将军为什么要讲这样悲伤的故事？我最听不得女孩子受苦的故事了。"

祁炎看着头一次失态的晏行，剑眉一皱，眯起了眼睛。

纪初桃也觉得那群女孩子太苦了些，十分难过。她们明明不是犯事的人，却要遭受这般非人的待遇，自己若能修改律法，第一条就该定下"祸不及妻女"的规定，反正犯下滔天罪行的男人们大多冷血，是不会因为担心牵连妻女而有所收敛的。

纪初桃叹了一声，对一旁的祁炎道："小将军，你还是别说了。"

祁炎被打断了，眉头皱得更紧了，心道：晏行的一言一行就这么令她在意？

酒水入肚，将祁炎心里的无名之火烧得更旺了些，几乎要灼痛肺腑。然而他越是吃味，脸色便越冷，片刻后起身道："臣不胜酒力，先行告退。"

说罢，不等纪初桃挽留，他便起身走出了厅堂。

上元节，公主府内灯火縈然，在曲折的长廊上铺出一条橙光色的路来。

祁炎并未走远，而是寻了个没人的角落，跃上雕栏，坐在上面平复郁闷的心情。他不知自己这种失控的糟糕情绪从何而来，只是觉得晏行不顺眼。若非晏行是个手无缚鸡之力的文人，他一定会真刀真枪与他对上一场，将所有碍事的人都揍趴下，直到纪初桃的眼里只有自己。

被腰间别着的硬物硌到，他混沌的神志才稍稍清醒。他伸手一摸，发现那是灯会上纪初桃送给他的黑狐面具。她用这个哄小孩儿的玩意儿换走了他的柿子灯。

纪初桃挥退侍从，独自出来寻他，没过多久就在长廊尽头的黑暗角落里找到了独自坐着的祁炎。

他坐在雕栏上，手肘随意地搁在腿上，上身微微前倾，鬓角一缕极细的碎发垂下，昏暗的灯火落在他落拓不羁的脸上，显得有些痞，又有些寂寥。

纪初桃轻手轻脚地走了过去，看见他正在端详手中的黑狐面具，目光幽幽，不知在想些什么。等她走过去时，早就听到动静的祁炎将面具扣在脸上，系好绳结，挡住了自己脸上还未来得及收敛的情绪，于是，纪初桃便看不出他在介怀什么了。

"祁将军，本宫方才看到个有意思的谜面，你来猜猜？"纪初桃知道祁炎今晚有些不开心，便想法子逗他开怀，拉长声音道，"黑甲大将军，手舞两铁钳，嘴里吐白沫，向左不向前。你猜谜底是什么？"

祁炎的视线透过狐狸面具的眼洞，轻轻地落在了纪初桃身上。娇贵貌美的少女身上落着最温柔的光，他却如隔靴搔痒，越看越觉得烦闷、空虚。

纪初桃的信任和温柔从来都不是只属于他一个人。她说他是特别的，信任他，可对其他男人也会露出这样迷人的微笑。

"你猜不出来吗？"纪初桃并未察觉到祁炎压抑到极致的糟糕情绪，只觉得这个谜面还挺简单的，而且谜底特别像现在生气的黑袍少年。她毫不介意地轻笑，自己揭晓了谜底："是螃蟹。"

说罢，她还伸出白皙的食、中二指放在脸旁，做蟹钳状屈了屈。她应该是多喝了几杯酒才出来的，雪腮微红，可爱又多情。

祁炎暗自蜷起十指，冷淡地转首道："很晚了，殿下快去歇息。"

157

温软的少女香萦绕在身旁，只会扰乱他原本就混沌不清的思绪，让他走向失控的边缘。

听到逐客令，纪初桃叹了一声，问道："你怎么还不开怀呢，祁炎？"

祁炎抿紧了薄唇。

"是因为除夕宴会出了差错，你气本宫没有兑现承诺，让你官复原职吗？"纪初桃仔细地想了想最近发生的事，觉得好像只有这一件事值得让祁炎气一气。

见祁炎不吭声，没辙的纪初桃无奈又生气——她是帝姬，虽然脾气好、性子温柔，但也容不得祁炎这般喜怒无常地对待自己。

"你放心，本宫还有别的办法，会尽快送你出府的，反正公主府你也应该待腻了。"说罢，她转身欲走，手腕却被人急切地攥住了。

也不知是被哪句话惹恼了，他用修长有力的手紧紧地抓住纪初桃，掌心滚烫。热度顺着纪初桃的手腕攀爬，最终汇集在脸上，两个人的目光在空中对峙、交缠。

"臣讨厌晏行。"他微微倾身，直视纪初桃水润的杏眼，嗓音带着酒后的低沉沙哑之意，克制着内心的疯狂，"殿下如今听到了答案，可以离他远些吗？"

两个人的距离实在太近了，酒香和少女香交织，醉得人心猿意马。

三更天了，远处正在燃放上元节的最后一批烟火。府墙太高，廊檐低矮，祁炎看不到烟火的盛况，只隐约听到模糊的"砰砰"声，看到天空一会儿明一会儿暗，纪初桃的眼里也有微光闪烁。

她讶然地睁大双眼，不太明白祁炎这个无理的要求，轻声问道："本宫为何要疏远他？他是本宫的府令，你是本宫的客卿，都是一样的……"

"臣是殿下的驸马，承天门下，殿下亲口说的。"祁炎纠正纪初桃，熟悉的压迫感袭向她，"臣怎么会只是客卿？"

纪初桃的脸"腾"地红了，仿佛喝下去的酒到现在才发挥作用似的，脑袋晕晕乎乎，连檐下的灯笼在她的眼中都重影了，唯有祁炎那双眼眸清晰，狐狸面具妖冶动人。

她抿着樱桃色的唇，手腕挣了挣："那只是情急之言、权宜之策，当不得真……"

"若臣当真了呢？"祁炎咬着牙逼问。

纪初桃一点儿也不喜欢这样气势凌人的祁炎，好像他在故意戏弄她似的。大概因为他是将军，在疆场上驰骋惯了，浑身野性，丝毫不懂得退步和妥协。但这一次，她不想退让了，尽管呼吸已经凌乱，双腿在他灼热又复杂的目光下发软，也强撑着不愿意逃跑，不愿意再让祁炎看不起自己。

"你先松开本宫。"她仰着脸，强装镇定。

祁炎没有松开，固执地等待答案。

他还要捉弄自己到什么时候？纪初桃拧起了眉。二姐说过，男人会用恼羞成怒的样子来掩盖心事，他越心旌动摇，便越会做出疾言厉色的行径，自己如果要反攻，便退缩不得……

二姐说破解此招的方法是什么来着？

烟火还在绽放，面前戴着狐狸面具的少年近在咫尺，强大又孤独，像无边的夜色，又像被冰川包裹的岩浆……

微风拂过，灯影摇曳。被冲昏了头脑的纪初桃酒意上涌，鬼使神差地踮起脚，带着愠怒之意在祁炎冷峻的侧脸上飞快地啄了一下。柔软的唇带着温度，像带露的花瓣，与祁炎的脸一触即分。

烟火淡去，风停灯暗，四周悄寂。雕栏上，祁炎浑身僵硬如铁，狐狸面具的眼洞下，眸子睁得老大，果然松了手，样子狼狈不堪。

纪初桃也好不到哪儿去，红晕从脸颊蔓延至耳尖，连眼尾都是桃红色的，眼中还泛着水光。她后退一步，顾不得欣赏自己反攻成功的战果，红着脸转身就跑。

四

三更天了，夜色悄寂，廊下的灯火在地上铺了一条温柔的光河。纪初桃红着脸，一路奔回了自己的寝房，连鞋袜也顾不得脱，直接脸朝下地扑入柔软宽大的红纱床榻中。

"亲他。"

"你撩完就撤，别给他反应的时机。"

被祁炎咄咄相逼之时，满腹酒水烧得纪初桃血液沸腾，她在愠怒之下失了神志，竟依照二姐之前教授的那般不管不顾地凑了上去。那时她的脑子完全混乱了，等她回过神来时，嘴唇已经贴在了祁炎的脸颊上。

少年侧脸冷峻，皮肤紧实，不似少女那般柔软，纪初桃亲上去时能感受到他皮肤上炙热的温度。狐狸面具轻轻地硌着她的鼻尖，触感微凉，空气中充斥着独属于祁炎的干净的雄性气息……

啊！我是笨蛋吗？！我当时是被狐妖夺魄了吗？！自己为什么脑子一热，对祁炎做出那样轻浮的事来？我以后要怎么面对他呀？！

纪初桃越想越懊恼，索性将脸埋入绣枕中，悬在榻尾的双腿一顿乱蹬。可即便如此，她也无法消减心里排山倒海般涌出来的羞耻感。

拂铃和挽竹推门进来服侍纪初桃就寝时，看到的就是自家主子闷在枕头中双腿乱蹬的样子，不由得惊骇：殿下这又是怎么了？

"殿下，您这样会闷坏自己的。"拂铃跪在榻前，试图将纪初桃的脸从枕头中解救出来，然而刚触到纪初桃的脸颊就飞快地缩回了手，"殿下的脸怎么这般烫？"

"呀！今夜殿下出门赏灯，又喝了那么多酒，莫不是发烧了？"挽竹也有些担心起来。

"只是酒意上涌……"纪初桃死死地捂着枕头，声音齉齉的，难为情地道，"本宫没事，你们先出去吧，两刻钟内莫要进来……"

宫婢们疑惑，但见她态度坚决，犹豫再三，还是福礼退下了，轻轻地掩上了门。纪初桃翻了个身仰躺着，秀发铺了满床，长长地舒了一口热气，然后将手背贴在脸颊上降温，眼尾一片桃红。

她不知道，在她愤愤地亲完离开后，纵横疆场未尝败绩的祁小将军有着怎样溃不成军的反应。他保持着前倾的姿势，整个人因为太过震惊而呆滞住，从雕栏上栽了下来，不过没有摔着，落地时身体本能的反应使他敏捷地调整姿势，挺身站稳了。

上元节的最后一场烟火还在继续，天边闪烁的火光将他脸上的半截面具照得忽明忽暗，可他仿佛听不到烟火绽放的声音，所有的感知仿佛都在那一吻中被攫取走了，只感受得到心脏在剧烈跳动。"砰砰""砰砰""砰砰"……心脏跳动的幅度大到它仿佛要撞破胸膛，追随少女的芳泽而去。

仿佛心中某处的枷锁崩裂，沉睡的野兽苏醒，他满脑子都是狂热又阴鸷的念头。有那么一瞬，他想将她抓回来，狠狠地禁锢在自己的怀中，还以千倍、万倍的惩罚。他要跨过主臣之间那条禁忌的界限，将她拉下神坛，就算她脸颊通红、眼里被逼出了泪，也绝不心软……

可他并未追上去，只是久久地站在阑珊的廊灯下，抬手轻轻地碰了碰自己的脸颊，如同在碰一个易碎的梦。那里仿佛还残存着少女温软的芳泽，足以抚平他所有躁郁和心酸的情绪。

这明明是她带着酒意和薄怒的调戏，他却并不反感，反而有一种甘之如饴的沉醉感以及强烈到快要失控的征服欲。他心脏发烫，身体也在发烫，陌生的悸动在全身横冲直撞，从未有哪个女人带给他这般奇妙的感觉。

后半夜下起了雪，轻柔的"簌簌"声仿佛诉说着二人的心事。

这一晚，两个人都睡得很不踏实。

纪初桃梦见四周漆黑，自己被一只大尾巴狼追着跑，惊叫一声后跌倒在地上。

那狼扑过来后，竟然化作了祁炎那张英气逼人的脸。他温热的呼吸洒在她的颈侧，搂着她的手臂鼓出结实的肌肉，哑声问她："难道不曾有人告诉殿下，殿下撩完男人就跑，是要受到惩罚的吗？"

她被惊醒，只觉得这个梦荒唐无比，连喝了两杯冷茶，心中的躁动方平复一些。

而祁炎……

祁炎的梦更荒唐。他梦见红绡软榻，金玉良床，幢幢的烛影中，纪初桃黑发垂腰，明丽多情，红着一双水杏眼柔声恳求："祁炎，轻些好吗？"

后续的梦境便是一片狼藉。

寒冷的元月，祁炎起来冲了个凉，在檐下听了一夜的雪声，方降下体内的燥热。天色朦胧，冷风吹进庭院里时，他忽然明白这些时日自己对晏行的敌意从何而来，明白了自己所有的欢愉和痛楚因何而起……

如果占有欲也是一种喜欢的话，那么他应该喜欢纪初桃。仿佛摘去了横在心中的一根刺，祁炎缓缓地舒出一口浊气，负手立在茫茫的雪色之中，觉得畅快无比。

是的，他喜欢纪初桃，与她是纪家人无关，与那劳什子策略无关。

因夜里多梦，纪初桃没有睡好，起来后仍感到困倦无比。

好在昨夜下了雪，起来时雪已积了一寸来深，纪初桃便让内侍特意留了花厅前的一庭雪未扫，穿着鹿皮冬靴在庭中来来回回地踩着玩。以前她住在宫里，宫里规矩颇多，雪还未过夜就被宫人们扫干净了，没有这般能让她恣意地玩耍的时刻。

穿着珍珠色斗篷的少女鼻尖微红，如撒欢的鸟雀似的从这头踩到那头，全然没留意穿着一袭武袍的祁炎缓步走来了。

面前出现了一双熟悉的武靴，纪初桃抬眼见到来人，被吓了一跳，呆了一瞬后转身就走，埋头跑走的样子活像一只恨不得缩入斗篷中藏起来的雏鸟。

见她有这般反应，祁炎就知道她应该还记得昨晚的那一个吻。若她借酒撒疯，疯完就忘，他还真不知道该从何处下手。

"殿下。"他唤她。

纪初桃装作没听见，雪也不玩了。祁炎却不给她溜走的机会，清了清嗓子道："昨夜在廊下，殿下……"

纪初桃倏地回头，红着脸瞪祁炎，生怕他当着侍从的面说出那档子事。然而他只是疏狂地笑了笑，眉目映着苍茫的雪色，接着道："殿下送的礼物，臣很喜欢。"

别人听不明白礼物是什么，纪初桃却明白。

宫婢们还在旁边，她只好摆出长公主的架子，强词夺理："那并非礼物，而是惩戒！"

"殿下这是何意？"祁炎将长眉一扬，似乎不理解她的怒气从何而来。

"你知道本宫在说什么。"纪初桃侧首小声道。

空气中有梅花混着冰雪的冷香，祁炎习惯性地负着手，良久，似笑非笑地道："臣说的是面具，殿下以为呢？"

纪初桃说不出话来，悔不当初。她狐疑地看着祁炎，心里纳闷：怎么过了一晚上，他整个人好像变了许多？他以前冷冰冰、凶巴巴的，现在……现在变得令人捉摸不透了。

纪初桃不明白哪里出了问题，只知道言多必失，便不敢再看他的眼睛，掉头就走。

祁炎不紧不慢地跟在她身后，她忍无可忍，回过头柔声道："你站住，别再跟着本宫啦！"

祁炎这才听话地停下脚步，目送矜贵的小公主落荒而逃，珍珠色的斗篷在风中飞扬。

那是惩戒吗？他抬手碰了碰脸颊，心道：这样的惩戒多来些也无妨。不过不急，自己吓到她可就不好了。

纪初桃躲了祁炎几日，倒不是因为怕他，而是实在心虚。可这样躲下去也不是办法，等开春殿试放榜，朝中人员变动，她便有理由将祁炎送出府去，让他回到他该回的地方。

纪初桃打定了主意，没想到自己不去找祁炎，祁炎却主动找来了。

入夜，纪初桃在书房中看书，正犯困，听见了殿门被人推开的声音。她以为是随身宫婢进来了，便打了个哈欠，随口道："挽竹，砚台墨干了，再研些墨来。"

来人没有回应，只是随意地盘腿坐在几案的一端，取了墨条研起墨来。纪初桃从书后瞥了一眼，发现研墨的手修长有力，骨节分明，手腕上紧紧地包裹着黑色护腕。

这哪里是挽竹的手？！她被吓得往旁边挪去，惊道："祁炎，你怎么在这儿？"

不对，侍卫怎么放他进来了？

祁炎声音低沉地应了一声，似乎看出了纪初桃的疑惑，右手继续研墨，左手拿起腰间挂着的令牌，缓缓地道："臣找出了先前殿下赠送的令牌。殿下说过，臣有了此物，去府中内外各处皆畅行无阻。"

当初她为了打消他的戒备心，让他在府中出入自由才给了他令牌，并且特意嘱咐府中侍卫，见此令牌如长公主亲临，不得阻拦……没想到，这令牌竟被他用在这种地方！

何况在夜晚的书房里，两个人孤男寡女的，总让她想起那个她喝了汤药后让她脸红心跳的误会。她登时生气了，无奈地道："令牌不是这样用的。"

祁炎并不在意这些细节，垂眼盖住眼中翻涌的情绪，睫毛落下一层阴影，更显得眉骨高，眼眸深沉，鼻梁挺直若雪峰了。他岔开话题，单刀直入："殿下为何躲避臣？"

"本宫没有！"纪初桃下意识地反驳，而后以书遮面，悄悄地移开了视线，没了下文。

祁炎仿佛看透了一切，目光灼灼地问道："是因为上元夜殿下亲了……"

"不许你再提那件事！"纪初桃忙不迭地打断他，已然阵脚乱了，羞恼地道，"那时本宫喝了酒，被你气着了，才……"

"殿下可曾听过，祁家男儿虽出身于草莽，却家教甚严，世代专情？"祁炎问道。

这话纪初桃略有耳闻。祁家老爷子尚是漠北枭雄时，救了一个被逼嫁的美人并娶她为妻，一辈子都将妻子放在心尖上疼。祁炎的父亲虽然不学无术，但亦痴情，发妻过世永不续弦。可是，祁炎说这个做什么？

"祖父定下规矩，祁家男儿若与女子有了亲密的接触，无论其身份、地位，皆要负责。"祁炎正色地说出了后面的话。

纪初桃脸"唰"地红了，羞涩得无地自容。二姐一直教她游移于男人之间，可从未告诉她亲了人家是要负责的呀！

"殿下不想负责？"祁炎停下了研墨的动作。

这要她如何负责？难道兜兜转转，自己终归要和梦里一样嫁给祁炎，受尽"欺负"吗？

祁炎观察着她的脸色，慢条斯理地转动墨条，低声道："若殿下为难，此事可以稍微放放。"

纪初桃舒了一口气，然而还未放松太久，祁炎的下一句话又让她的心吊在空中晃荡起来。

他道："臣先前对殿下颇有冒犯，想来惭愧，决心补偿。若殿下肯让臣贴身服侍两个月，以偿过失，臣便不再提醉酒亲吻之事。"

贴身服侍？纪初桃心道：祁炎当本宫傻吗？这岂非引狼入室？现在的祁炎太高深莫测了，自己不是他的对手。

她一口拒绝了："不成。"

祁炎悠悠地抬眼，明亮的眼睛像两片敛着锋芒的刀刃。

不知为何，纪初桃有些退缩了。心思一转，她想了个妙计，抿了抿唇，哼道："贴身之事，非亲密之人不能做，将军愿意做本宫的面首方能名正言顺。"

纪初桃笃定地想：祁炎一定不会答应的！他曾经那么讨厌做面首，怎么可能答应这般无理的要求？他自然会拂袖而去，不敢再提贴身伺候之事。

她扬扬自得，直到带着戏谑笑意的低沉嗓音传来，打破了她的所有幻想。

"这也未尝不可。"祁炎轻飘飘地道。

五

纪初桃一噎，险些以为自己产生了幻听。这是什么奇怪的招数？

她手足无措，抬起一双水杏眼愣愣地望向祁炎，半晌后惊疑地道："祁炎，要不……本宫请太医来给你看看吧？"

他若是受刺激脑子坏了，还能及时救治。

"臣没病。"祁炎拒绝。

没病才诡谲！

纪初桃问："你……你是祁炎吗？"

祁炎"嗯"了一声，面不改色地道："殿下可要验明正身？"

"验……"

纪初桃一见祁炎的神情，便知他在戏弄自己，偏又想不出法子来反击，索性放下手中的书，咬着唇不理他了。

祁炎放下墨条，扬着眉恣睢地道："那便这般说定了，臣一定竭尽所能服侍殿下，以报殿下深恩。"

纪初桃心中着急，想：我何时与你说定了？

然而祁炎并不给她反驳的机会，伸手将砚台往她的手边推了推，起身大步离去了。

纪初桃视线下移，只见砚台里墨汁浓稠，倒映着跳跃的烛火，一如祁炎那漆黑得能摄魂夺魄的眼眸……她不由得紧张地想：他该不会是认真的吧？

与此同时，书房外。

祁炎穿过长廊，急匆匆的脚步渐渐地慢了下来，握拳抵在廊柱上，借着阴影的遮挡长长地吁了一口气。他自恃定力极强，可研墨时仍忍不住盯着纪初桃的嘴唇，她红润的唇一张一合，太容易勾起他脑中关于上元夜在长廊下旖旎的记忆。

想到带着少女芳泽的柔软的唇轻轻地贴在自己的脸颊上，诱人采撷，祁炎怕自己再待下去会控制不住本性，做出逾矩的行为，索性出来吹风，平复杂乱的心情。

其实，贴身服侍两个月的请求只是他临时起意，答应做面首也只是存心逗弄她，但一见她那惊讶又失措的神情，他便忽然生出无穷的趣味，觉得这样也没什么不好。想到此，他不自觉地扬起嘴角，抱臂宽慰自己：兵家忌躁，自己好歹争取了两个月，可以与她慢慢地相处。

纪初桃没想到，祁炎这次竟然是认真的，认真得不能再认真了！

第二日夜里，她沐浴更衣后懒洋洋地打着哈欠迈入寝殿，却在看到榻前那道顾长挺拔的身姿时彻底僵住了。

上一次在寝殿榻前见到祁炎，他尚被铁链锁着，手腕上鲜血淋漓，一双如狼般的眼睛里充斥着敌意和杀气，全然不似此时这般悠闲自得，负着手等待她的到来。

灯火落在他健壮的身体上，从容淡定的神情让他看上去像一只收敛了爪牙的兽。纪初桃顿时没了脾气，蹙着眉望向侍从："谁让你们放他进来的？"

书房也就罢了，寝房这等闺阁之所他们岂能让人随随便便地进来？

听到纪初桃问责，拂铃有些拿不准主意，低声道："是奴婢疏忽，可是，祁将军有您的令牌……"

见此令牌如长公主亲临，这是纪初桃当初亲口说的话，现在也不好食言，当真是骑虎难下！

不过规矩是死的，人是活的，她是长公主，还不能任性一回吗？她定了定神，稍稍抬起精致的下颌，竭力拿出长公主的威仪来："他虽然有令牌，但公是公，私是私！"

他报恩也要有底线，自己可不能惯着他！

"臣愚钝。"祁炎不为所动，只上前两步，垂眼俯视纪初桃，"上元夜的长廊下，殿下亲……"

被拿捏住命门的纪初桃霎时泄了气，忙不迭地伸手去捂祁炎的嘴，生怕他将那晚的事抖搂出来。柔嫩的指尖触到他的薄唇，又像被烫着似的飞速地缩回了，两个人皆心神一荡。

"你们先下去！"纪初桃耳尖微红，强装镇定的样子挥退侍从。

殿门被关上，偌大的寝房内只剩下两个人面面相觑。

"上元夜的长廊下，殿下亲臣，是为公还是为私？"祁炎抿了抿淡色的唇，然后望着她，将未说完的话一吐为快。

他本想顺着纪初桃的话求一个答案，未料到这话在她的耳朵里却像恃恩胁迫。她又羞又悔，十六年的好脾气在此刻濒临溃败，越过祁炎坐在软榻上，皱着眉气恼地道:"祁将军,本宫自觉待你不薄,虽醉酒失态,但已然悔过,再也不敢了。"

听到"再也不敢"四个字,祁炎身形微僵。

"你何苦抓住此事不放,如此戏弄本宫?"

纪初桃气呼呼地扭过头,微微潮湿的墨发披散,更衬得她肌肤胜雪、娇颜如花,美得清丽无双。她的眼尾浮上一抹淡淡的红色,分不清她是泡澡热的,还是生气气的。

"殿下觉得臣只是在戏弄殿下?"祁炎直视着她,低声问。

纪初桃轻轻地哼了一声,算是默认了。毕竟二姐说男人突然示好必有蹊跷,以祁炎张狂记仇的性子,她实在想不出除戏弄以外的第二个答案。

祁炎垂下眼,殿中沉寂了片刻,只剩烛火燃烧的声音。但很快,他恢复了镇定的神色,沉声道:"殿下多虑了。臣说过,臣只是想贴身服侍殿下,略尽补偿。"

可他未免贴得太近了些!何况服侍就服侍,他为何要特意脱了外袍?!

不管梦里如何预示,现实中的她还未通情事,实在迈不过心中的那道坎。

"伺候本宫的人很多,将军是栋梁之材,不该做这些事。"她的话虽然是拒绝的语气,却软了不少。

"需不需要是殿下的事,做不做是臣的事。"祁炎坚持地道。

与祁家男子有了亲密之举的人是要负责的……想起祁炎昨日的话,纪初桃便在气势上弱了下去,活像个吃干抹净就抹嘴跑掉的负心汉。

心有愧疚加上祁炎适时地让步,纪初桃内心挣扎许久,最终抬起眼,难为情地道:"就……两个月?"

她还是心软了。

祁炎乘胜追击,道:"两个月。"

"那……既然是服侍,你得听本宫的,第一便是不可自作主张做奇怪的事。"纪初桃认真地道。

祁炎微不可察地皱了皱眉,随即很快松开了,如常应允:"好。"

他这还差不多。

屋内一下子安静下来,少男少女各怀心事,不说话时连呼吸都是缱绻的。纪初桃有些不适应这样的氛围,清了清嗓子,道:"本宫要睡了,你且退下。"

"臣服侍殿下宽衣。"祁炎自然地接上话茬。

说是服侍,但他身量挺拔,气质非凡,没有一点儿做下人的卑微内敛的样子,黑色的眸子里像藏着看不见的熔岩似的。说罢,他上向前俯身,触碰纪初桃身上浴后用来御寒的披风。

纪初桃下意识地要躲，又想到若是推开他，反倒显得自己矫情、胆怯，最好的法子便是将他当作普通的侍臣，以不变应万变。想到此，她自己大大方方地脱了披风，缩入床榻中，放下红纱软帐，将被褥盖得严严实实，于是，祁炎的手擦过她的肩头，摸了个空。

纱帐外传来"窸窸窣窣"的声音，祁炎弯腰捡起她丢在地上的披风，抖开后搭在了木架上。薄如云烟的纱帐模糊了他的身影，纪初桃看着，只觉他肩宽腰窄，一双腿笔挺修长，有着介于少年与成年人之间的结实感觉，又不显得狰狞可怕。

轻纱帷幔轻轻地摇曳，此情此景仿佛洞房花烛夜，下一刻英俊的男人就会俯身取走她遮面的团扇，拥她入怀……

等等，她想这些做什么？梦里除夕御宴上的危机解除了，大姐忙着处理北燕残部，无暇顾及祁炎，说不定一切都会随之改变呢。

纪初桃正胡思乱想，祁炎带着笑意的声音传来了："臣还可以伺候殿下别的事，殿下可需要？"

纪初桃莫名其妙地打了个哆嗦："不需要！"她愤愤地翻了个身，下了逐客令，"本宫要睡了，祁将军也去歇着吧。"

祁炎轻轻地抚平披风上的褶皱，转身面向床榻的方向。

纱帐模糊，纪初桃看不清他的脸，只听见他不同于往日的低沉沙哑的嗓音传来："臣看着殿下入睡。"

纪初桃脸一热："你在这儿，本宫睡不着。"

祁炎沉默，负手后退了三步。

"再退。"

祁炎又退三步。

"再退。"她尝到了甜头，得寸进尺。

极低的笑声传来，闷在喉咙里，带着疆场男人特有的疏朗轻狂之意。

看着榻上隆起的小小一团，祁炎按捺住满腔滚烫的情愫，只轻轻地道了一声："晚安，殿下。"

纪初桃的心脏"突突"地跳起来，她忽然想起他被人送来做面首的那晚，自己也是这样望着屏风后他的影子，轻声道："晚安，祁小将军。"

一个季度过去，在这场没有硝烟的交锋中，攻守已经悄然转换了。

片刻后，很轻的开门声响起，祁炎退离了寝殿，并未继续做那些令纪初桃戒备的奇怪举动。她放下心的同时越发想不明白了：祁炎闹这一出到底图什么呢？

惊蛰，春始回暖，桃粉杏白。

纪姝府里送了请帖过来，说园中的梨花开了，邀纪初桃去府里赏花饮酒。

纪初桃对着镜子装扮，宫婢们捧着妆奁盒供她挑选首饰。她正犹豫戴翡翠步摇簪还是祥云瑞兔抱红宝石的钿子，就听见身后传来一道熟悉的嗓音："红的好看。"

纪初桃回首，只见祁炎穿着深色暗纹武袍，佩墨玉腰带，高束黑发，抱着剑立在她身后，也不知站了多久。

仗着有她的那块令牌，他这几日算是将贴身服侍的"贴身"二字发挥到了极致。

纪初桃出门，他必在马车旁候着，唤她："殿下。"

纪初桃沐浴出来，他在廊下候着，抱臂倚柱："殿下。"

纪初桃就寝，他拍一拍一丝褶子也没有的被褥，转身看她："殿下。"

大多时候祁炎还算安静，不烦人。只是面对突然不说冷言冷语、没有坏脾气的祁炎，纪初桃反而惴惴不安，总觉得他在酝酿一个更大的阴谋。而且她有时和他独处，两个人的视线不经意地碰撞到一起，气氛就会突然变得古怪。好在她今日要去见二姐，可以让二姐帮忙支着，否则还真不知该如何熬过这两个月。

思及此，纪初桃故意掠过那只祥云瑞兔抱红宝石的钿子，将翡翠步摇簪斜插在小髻上，如愿以偿地在铜镜中窥到了祁炎略微失望的神情。

自己小胜一局。

纪姝是一个对美要求到极致的人，用谏臣的话来说便是风流奢靡、极尽铺张。雕梁画栋之下，各色美男或坐或立，园中梨花白似雪，墙角也美得如画似的，全京都恐怕都找不出第二个能媲美此处的胜景。

"二皇姐可不似本宫好说话，待会儿你就不要进去了，辛苦你于廊下等候。"纪初桃嘱咐祁炎。

她知道祁炎性子傲，二姐又口无遮拦，他们若是起了冲突，反倒败兴。可她若将祁炎丢在府中不管，又违背了贴身之约……

"殿下放心，臣有分寸。"祁炎看起来神色如常，对周围人好奇的目光视而不见。

纪初桃行至梨苑，只见亭榭外站着一个人——李烈。

高鼻深目的异族青年受了重伤，一只胳膊用绷带吊在颈上，一条腿断了，拄着拐杖，脸上也有不少伤痕，身上看不见的伤口只怕更多……可即便伤成这样，他也依旧靠在廊下，远远地守着在亭中设宴赏花的纪姝。

纪初桃踏着一路飞雪似的花瓣走入了亭中，内侍将挡风的帘子撩开，她方看到大姐纪妧和皇弟纪昭也在。

一家人难得聚齐，纪初桃给长姐和皇弟行了礼，便听见纪姝笑道："行了，你知道我这儿是最没规矩的，别管什么长幼礼节，过来坐便是！"

纪初桃依言坐下，想起李烈的惨样，没忍住，小声地问道："二姐，北燕质子怎么伤成那样啦？"

纪姝冷冷地笑了，毫不忌讳地道："我让人打的，他躺了半个月，今日才能下床。"

一旁，纪妧清了清嗓子，端起茶盏轻抿茶水："今天不议朝政，只谈风月。"

视线在两位姐姐之间转了一圈，纪初桃已大概猜到是怎么回事了。

北燕残部借献图行刺，势必牵连到质子李烈。按照大殷的习俗，若两国再起纷争，质子是要被杀头祭旗的。二姐先行罚了李烈，给大姐一个交代，虽然将他打个半死，但好歹能保下他一条性命。

可是，李烈和北燕人不是同族吗？为何北燕残部会不顾王子的死活来行刺呢？

刚刚大姐说了不议朝政，她便只能压下心中的疑惑。

"倒是你看起来进展不错。"妩媚的纪姝视线一转，扫过远处在廊下伫立的祁炎。

"二皇姐……"

纪初桃一言难尽，没敢说自己近来方寸大乱，被祁炎一招以退为进压制得死死的。她接过侍从递来的春酒小小地抿了一口，轻声叹道："若是我同二位皇姐一般，天生就是大胆威严的决策者便好了。"

这样，她便不会总被祁炎扰乱心神。

"你以为我和阿妧天生就是铁石心肠之人？"纪姝咬着酒盏，笑吟吟地道，"阿妧年少时不知明里暗里掉了多少眼泪呢。"

"承平，你醉了。"纪妧淡淡地瞥了一眼，唤了一声纪姝的封号。

纪姝这才收敛些，没有继续抖搂旧事，但这个话题无疑勾起了弟弟和妹妹的好奇心。在纪初桃的心里，大姐一直是威严强势、无所不能的，她无法想象面对巨大压力的大姐独自落泪是怎样一番情景……只是看着大姐如今这般不以为意的模样，她莫名其妙地觉得心疼。

"那二皇姐呢？"纪昭不敢追问纪妧的过往，便将话题引至纪姝身上，"二皇姐可也有落泪的时候？"

纪姝摩挲着酒杯，似乎喝醉了，脸色越发白了，唇色却红得艳丽。

"有啊。"这句话在所有人的心中掀起了波澜，她笑得没心没肺，"当年去北燕和亲，我差点儿……就逃婚了，若逃婚成功，北燕人一怒攻城，可就没有如今的大殷了。"

话音刚落，众人的脸上皆露出异色。

良久，纪妧放下酒盏，沉声道："这件事你为何不曾说过？"

廊下飞过几片白色的花瓣，祁炎执剑而立，瞥向身侧倚着柱子的重伤者，平淡地问："她为何救你？"

李烈将视线从梨树下的凉亭中收回，沉默了一会儿，似乎在费力地理解祁炎这句话的深意。半晌后，他用生疏的汉话回答："因为很久以前，我救过她。"

祁炎没继续追问。感知敏锐的强者无须对话便能猜着对方的心里在盘算什么。

他在等李烈开口。

风吹过，梨花如飞雪般飘落，一场没有战火的拉锯战在两个人之间展开。良久，李烈用淡色的眼睛望向祁炎，咕哝了一句北燕语。

祁炎在边疆长大，自然能听懂异族语言。

李烈说的是："我们可以合作，祁将军。"

第八章
断　骨

一

　　二月春雨绵绵，一下就是三五天。

　　宋家酒楼内，宋元白望向身披水汽进来的男人，"嘿"地一笑："牡丹裙下睡，温柔乡里眠，我还以为祁将军有了新欢，就不记得我这个'旧爱'了呢！"

　　见他故意捏着嗓子做娇柔之态，祁炎解下挡雨的墨色斗篷，淡淡地道了一声"滚"。

　　"自除夕之后，我便没有你的动静了，'穷奇'那边都在等你的号令呢。"宋元白说起了正事，"别的事我也不好插手，毕竟我爹还在朝中谋事，不便牵扯得太多。"

　　提到"穷奇"，祁炎不自觉地抬手按住胸口，里头藏着的墨玉被体温焐得滚烫。他想起梦里自己亲手取下这块墨玉挂在新婚的美妇颈上的模样，深沉的目光松缓了一瞬。

　　祁炎道："琅琊王和北燕之外还有一股潜伏的势力，现在还不是我们动用'穷奇'的时候。你那边查得如何？"

　　宋元白道："放心吧，一切都按你年前的部署暗中推进着。至于你要查的那个人，线索并不多。"

　　祁炎盘膝而坐："说来听听。"

"除了扇面上的字是临摹沈老的飞燕体，那人的身世和经历并无任何不妥之处。他早年游学，四海为家，前几年拜入左相褚珩门下，被推选为翰林编外小吏，一直寂寂无名，去年才开始走运，从一众吏员中脱颖而出，得了大公主赏识，被送到永宁公主府中做府令。"说罢，宋元白摊了摊手，"他的生平无趣得很，你查他做什么？"

祁炎的关注点却在别处，他问："纪妧选的他？"

"是啊，这种事必定是由大公主的人经手的，有何不对？"宋元白问。

祁炎尚不确定，思考片刻后抬眸："你再去查一条线。"

祁炎薄唇轻启，吐出了一个人名。

宋元白应允，而后偷偷地瞄了祁炎一眼，笑着道："别光顾着安排我这边，你那边呢？你在除夕宴上英雄救美，大家都看着你抱着三公主离开了，后续如何？"

他笑得暧昧，祁炎睫毛一颤，抱臂侧首。

窗外细雨如丝，柔和的雨光从窗棂透入，落在了他英俊的侧脸上。

"我想明白了一件事。"祁炎难得正色，如同在说极其严肃的机密，沉声道，"我有点儿喜欢她。"

宋元白眨了眨眼，"哦"了一声："就这个？"

祁炎皱起了眉："你不惊讶？"

宋元白心道：我惊讶什么？初雪那日看烟火归来，你那耳根绯红还强作镇静的样子还不够说明一切吗？敢情您花了两个月的时间，就想明白了一件我早看出来的事？那您还真是挺棒呢！

按捺住排山倒海般吐槽的冲动，宋元白心情复杂地问道："三公主那样的美人，男人喜欢很正常吧？那……你们俩如今是什么情况？"

祁炎想了想，沉稳地道："独处一室。"

啥？他们进展这么快？！

宋元白这会儿真惊讶了，还有点儿慌，心想：祁炎之前不近女色，应该没有床笫之事的经验，该不会这回是来向自己取经的吧？可问题是，自己也没有那方面的经验啊！

宋元白虽招女人喜爱，能在狂蜂浪蝶中混得游刃有余，却并未越过底线。谈谈风月他勉强能应对，来真刀实枪可就不成了！可他若现在告诉祁炎实话，不就等同于说之前那些言之凿凿的策略都是自己瞎琢磨出来的吗？不成，他绝不能暴露自己纸上谈兵的事实！

宋元白干咳一声，装作风月老手的模样道："我那儿有几本绝妙的图册，是关于风月之事的，要不……你拿去学习？"

那些东西祁炎有幸在纪初桃的书房里观摩过一次，觉得无甚意思，画里的女人还没有纪初桃的一根头发丝诱人，遂拒绝："不必，我自会应对。"

他喜欢上一个女人后，靠近、取悦她便仿佛成了本能，根本无须学习什么策略。

见祁炎如此，宋元白便知他有了主意。祁家人都是死脑筋，认准一个人后就九死不悔，祁炎也不例外，可他如今身处旋涡之中……

宋元白不想泼兄弟冷水，迟疑许久，还是善意地提醒："你若要娶三公主，要么舍下兵权，要么……"

要么他推翻现有的一切，建立一个能被他掌控的朝堂。

后面半句话过于大逆不道，宋元白懒懒地笑了一下，没有说出口，但二人心知肚明。

"我们可以合作，祁将军。"

祁炎不自觉地想起昨日在纪姝府中，李烈对他咕哝的那句北燕语。

琅琊王、北燕……祁炎知道自己迟早会做出抉择，但不管哪个抉择，都必须有纪初桃。

纪初桃被召进了宫，商议今年的躬桑礼。按本朝旧例，先农和躬桑二礼当由皇帝、皇后分别完成，但皇帝纪昭年幼未娶，后宫形同虚设，躬桑礼一向由纪妧代劳。

"北燕残部蠢蠢欲动，本宫委实抽不开身。除夕宴你表现得不错，这次的躬桑便由你和皇帝一同完成。"长信宫中，纪妧对纪初桃道。

一旁的纪昭有些担心，道："长姐，郊外条件艰苦，人员复杂，三皇姐并未出过皇城，会不会吃不消？"

近来经历许多，纪初桃已懂事不少，何况大姐将躬桑这样关乎社稷的大事交给她来做，亦有助于提高她在民间的声望。想到此，她微笑着道："没事的，陛下，我能行。"

"那便这样定了。"纪妧一锤定音，纪昭只好悻悻地作罢了。

躬桑前，所有人需要沐浴、斋戒三日。二月底，浩浩荡荡的队伍从宫门出发，内侍、宫女、命妇各分为两拨，随着皇帝和长公主的仪仗队前往城郊的桑田之中祭祀、行礼。

春日融融，城郭倒退着远去，大片大片的绿意铺展于眼前。纪初桃换了一身庄重的礼衣，乌发绾起，头戴沉重的花冠，于颠簸的垂纱辇车中撩帘向外望去。

辇车旁，祁炎腰挂公主府的令牌，骑在一匹四蹄踏雪的黝黑骏马之上，身披薄薄的日光。虽然已经和他相处了一些时日，但乍一看，纪初桃仍会被他极具冲击力的外貌所惊艳。

祁炎浑身沉稳的气质非常人能及,在山水之中尚能如此英姿飒爽,不知在疆场之上又会有怎样不可一世的风姿。

路途无聊,纪初桃不小心走了神,直到祁炎察觉到她的目光,眸光一转,与她视线相对。他的眸中仿佛藏着比阳光更为夺目炙热的光芒,她被烫着似的,忙不迭地放下车帘,挡住了他的视线。

祁炎攥着缰绳,眼中闪过戏谑而内敛的笑意,若无其事地靠近她的辇车,从马臀驮着的包袱中翻出一个油纸包,然后在马背上俯身,从辇车的垂帘中递了进去。

纪初桃一愣,下意识地接过了油纸包,辇车颠簸,他的手指轻轻地擦过她的手,传来微痒的触感。她打开油纸包一看,发现里面竟然是软糯晶莹的柿子糕。她连忙合上,瞥了一眼在身侧打盹的挽竹,挑开车帘的一角轻声问道:"你给我这个做什么?"

祁炎嘴角勾了起来,一只手执剑,另一只手攥着缰绳:"殿下天还未亮便准备躬桑事宜,臣怕殿下饿,准备了些吃的。"

大概是祁炎骑在马背上,纪初桃觉得他高大了许多。以前他冷冰冰时,她不觉得如何,现在他偶尔笑一下,她便觉得如沐春风,他骨子里透出的少年意气和可靠的感觉让人移不开眼。

纪初桃的确饿了,咽了咽口水,忍着笑严肃地道:"本宫斋戒呢,午后升席酬酢后方能进食。"

祁炎面不改色地道:"臣给殿下挡着,无人知晓。"

纪初桃轻轻地瞪了他一眼,迟疑片刻,放下车帘,把脑袋缩了回去。

巳时,众人抵达了郊外的桑田穹庐。

此处三面环山,绿意盎然,偶有白鹭飞过。山脚的一片草地上设有高台穹庐,周边散落着几十顶白蘑菇似的帐篷,专供命妇和侍臣休憩。

田间的小路崎岖,纪初桃拖着繁重的礼衣下车,没踩稳,身体歪向了一边,却及时被一只大手托住了腰。祁炎扶稳她,而后轻轻地点了点自己的嘴角,露出一个痞气的笑来。

纪初桃一愣,在自己的嘴角上摸到一些柿子糕的碎屑,不由得脸一红,命宫婢取来帕子,仔细地拭净嘴角后才朝穹庐走去,命尚宫奏乐祭祀。

午后用过馔食,长公主和皇帝便要下地劳作。长公主率领命妇用金钩采桑喂蚕,皇帝则去耕作。虽说这只是走个形式,皇帝并不需要真的耕田、犁地,但对于养尊处优的天子来说,在太阳下来回走动几个时辰也够累的。

纪初桃行了采桑礼,与命妇们劳酒,忽闻田间一阵骚乱。太监匆匆来报:"殿下,陛下昏厥了!"

营帐内一片哗然,纪初桃连忙放下酒盏等器皿,皱着眉镇定地道:"慌什么?快传太医。"

于是众内侍将昏厥的小皇帝抬入营帐内歇息,打水的打水,熬药的熬药,一片混乱。

祸不单行,傍晚天色骤变,阴风阵阵,恐有大雨。皇帝生病了,不宜劳顿,太常寺和尚宫的人议论一番过后,建议就地扎营过夜,待明日雨停后再回宫。

皇帝的热意已经消退了,人还睡着,纪初桃命内侍好生照料,自己便拖着疲乏的身子走出了营帐,吸了一口雨前潮湿的空气。

出行前她并未做过夜的打算,因此许多东西都没带。她让宫婢回营帐铺床、烧水,自己则独自前往前面的小溪旁散心。

小溪离营帐并没有多远,何况周围有禁军巡逻,五步一岗,纪初桃并不担心有危险。

纪初桃在溪边蹲下,掬了一捧清水泼在脸上,洗去一天的劳累。正舒服地喟叹着,她忽闻不远处也有水声。火把明灭,她借着夜色初临时昏暗的光看去,只见上游的浅溪处有一道熟悉的高大身影,此人把衣裳褪至腰间,赤着上身,正在水中沐浴。

方才太累了,心思涣散,自己竟然没有发现附近有人!

纪初桃正犹豫要不要偷偷地溜走,那道身影就好像听见了动静,忽然转过身来,身上闪着水光,露出了好看的肌肉线条……

纪初桃倒吸一口气,下意识地起身要走,却踩到了礼衣的裙边,猛地摔在原地,痛得闷哼一声。

"殿下。"略显紧张的熟悉声音响起,这是祁炎的声音。

纪初桃保持着蹲坐的姿势仰起头,眼睁睁地看着男人一边穿起那件因湿透了而薄可透肉的衣裳,一边涉水大步走来。跳跃的火光勾勒出他矫健结实的身体线条,让他看上去仿佛一只在夜色中摄魂夺魄的雄性水妖。

二

祁炎俯身的时候,湿发自肩头垂下,水珠顺着他高挺的鼻梁滑落,在夜色中闪着晶莹的光。

纪初桃忽然想起二姐曾经在宴会上点评祁炎——"祁炎那样容貌和身段的少年本就是世间极品"。当时她不解其意,现在看到夜色下带着一身水汽走来的英俊男人,忽然懂了，这样紧实而不夸张的身形不是那些力求飘逸的柔弱文人可比的。

她又累又震惊，竟忘了将移开视线，直到一颗水珠顺着祁炎的手滴在她袖子挽起的小臂上，凉得她一哆嗦。

祁炎朝她伸出一只修长的手，弯腰躬身的样子如同蓄势待发的豹，声音清冽地道："殿下，地上凉。"

在那样明亮的眼眸的逼视下，纪初桃鬼使神差地伸手搭上他的掌心，还未反应过来，整个人就被轻松地拉着站了起来。

祁炎的身体到底是什么做的？泡过冰冷的溪水，他的手掌依旧炙热，白色的中衣浸了水，有些清透，锁骨以下结实饱满的地方一块一块的……纪初桃只扫了一眼，没敢继续看下去。

视线飘忽了片刻，她才想起自己的手还在男人的掌心里，便轻轻地抽了几下，道："多谢小将军。"

然而祁炎并未松手，反倒将她柔嫩的手往自己身前拉了拉，借着营帐外火把的光亮瞧了片刻，皱着眉道："殿下受伤了。"

纪初桃一怔，凑过去看了看，发现掌心果然破皮了，上面沾着一些沙土。大概是方才她受惊跌坐在地上时被突起的碎石蹭破的。

"破了一点儿皮，并无大碍……"

纪初桃微微一笑，下意识地抬眸，随即怔住了。她方才只顾着伸长脖子看掌心的伤痕，完全没发现祁炎也垂着头，两个人的额头都快挨到一起了。

她从这个角度望去，发现祁炎额头饱满，眉骨突出，鼻梁至下颌的线条极其流畅、漂亮。他的脸略瘦，但轮廓并不生硬，这样的长相本是精致的，偏生眉眼间尽是桀骜的神色，给他添了几分硬朗的男人气。被溪水浸成一绺绺的睫毛半垂着，闪着水光，落下一大片阴影。

以前自己怎么没发现，退去锋利的敌意，祁炎其实很细心，长得也很俊朗？纪初桃正想得入神，掌心忽然传来微痒的触感——祁炎拉着她的手，拇指轻轻地拂去了伤口周围的尘土。

他常年习武练兵，年纪虽轻，指腹上却有薄茧，落在纪初桃细嫩的皮肤上，让她感受到了粗糙感。他十分认真，仿佛在做一件寻常不过的事情，纪初桃却心尖一颤，总觉得这些时日他脾气太好，简直令人难以置信。

"殿下，床榻已经铺好啦！"远处传来了挽竹气喘吁吁的声音。

纪初桃像被惊醒似的，倏地抽回手，回头手足无措地看了一眼挽竹，后知后觉地红了耳尖，轻声道："本宫回去上些药便好了。"

说罢,她便不再看祁炎的眼睛,转身闷头朝挽竹走去了。

挽竹奇怪地往祁炎那边张望了一眼,询问了纪初桃一句话,纪初桃摇了摇头,快步朝营帐的方向走了。

祁炎还站在溪边,衣裳湿淋淋地贴在身上。他把目光落在自己空空如也的掌心上,抬手闻了闻,上面仿佛还残留着温柔的淡香。

从前军营的生活艰苦,将士们在行军途中找到水源沐浴是一件极为难得的事。祁炎爱干净,白天陪着纪初桃在太阳下采桑、祭酒,夜里看到小溪便情不自禁地想下去沐浴。

他生性警觉,纪初桃走到溪边的那一瞬,他便发觉了。他偷偷地看了一眼专心掬水洗脸的小公主,便将披着的衣裳解开,故意褪至腰间……

果不其然,没过多久他就听到了少女娇气的惊呼声,只是未料到效果太好,将她吓到了,还害她擦破了手掌。看来,他下次还是要掌握好分寸才行……

细微的脚步声靠近,祁炎瞬间眸色冷了下去,抬眸望去,看到栅栏外的火把旁站着一个身着一袭青衣、头插步摇的妙龄少女,她的手里拿着一件男人用的鼠灰斗篷。这女人白天就在他的面前晃荡过好几次了,他记得,她似乎是什么乡君。

平阳乡君留意祁炎许久了。她的祖上亦是以武封爵,她听过许多大漠边关的故事,不似普通的京都女子那般偏爱文臣,反而对旌旗猎猎下破敌千万的将军有着极强的仰慕之情。

祁炎就是她幻想中的英雄,英俊又有男人味。虽然祁家如今没落了,但没关系,她并不在意这些。三公主看起来并没有十分重视祁炎,任他湿淋淋地吹着冷风也不心疼……祁炎若能入赘她的府中,岂不比待在公主府里做一个任人欺侮的面首强?

思及此,平阳乡君有了底气,微抬下颔,抱着怀中的鼠灰斗篷上前,朝发梢滴水的男人走去。她道:"祁公子,夜里风寒,你这样会着凉的。你若没有衣裳御寒,我这儿有一件干净的斗篷,可借你……"

她的话还未说完,男人已弯腰拾起自己搁在圆石上的外袍,抖开披上,径直离开了。祁炎连一个眼神也未曾给她,神情冷淡至极,仿佛她只是一团空气。

明明……明明他和三公主在一起时,态度不是这样的!

平阳乡君尴尬地站在原地,死死地抓着怀中的斗篷,下唇咬得生疼。

夜色渐浓,山峦起伏的黑色剪影仿佛翻涌的云墨。飞沙走石,风吹得营帐"呜呜"作响,不多时,春雷"轰隆隆"地炸响了,豆大的雨点三三两两地砸了下来。

女眷和随臣们挤在各自的营帐中避雨歇息,祁炎重新穿戴整齐,迎着疾风前往纪初桃的营帐,刚巧看见挽竹提着针线篮前来,狂风吹得她几乎站不稳。

祁炎顺手接过她手里的篮子，道："我来伺候，你下去。"

他虽然声音不大，却有一种不容置喙的强大气场。挽竹还未反应过来，便已经乖乖地交出了手中的篮子，目送祁炎掀开帐篷进去了。

老天，这哪里是侍臣该有的气魄？挽竹抚了抚胸脯。

然而雨越下越大了，三公主的帐篷里塞不下那么多人，挽竹犹豫了一瞬，还是举着袖子跑回了旁边的简易帐篷中。这是贴身宫婢们的休息之处，紧挨着主帐篷，这样，若三公主有任何需要，她们能第一时间赶过去。

见到挽竹一边拍身上的雨水一边钻进了帐篷，拂铃一愣，问道："你不是去给殿下缝补衣裳了吗？怎么回来了？"

"今晚怕是不需要咱们值夜了。"挽竹闷声一笑，掀开帐篷的一角，用手指了指落在纪初桃的营帐上的高大影子。

拂铃明了，但还是不放心，披着衣服坐在帐帘处，注意着纪初桃那边的动静。

雨声越来越大，空气中有一股难闻的泥土腥气。狂风大作，山间的树影落在帐篷上，如同黑魆魆的鬼影。纪初桃第一次在山野中过夜，有些害怕，偏生四周静得一点儿人声也没有，大家都被困在各自的帐篷里，她越看越觉得帐篷上跳跃的影子狰狞。

直到帐帘被撩开，沉稳的脚步靠近，她方从被褥中伸出半颗脑袋，闷闷地问："挽竹，你怎么才……？"

发现祁炎走了进来，她声音顿住了，狂躁的风雨声都仿佛弱了不少。

纪初桃眨了眨眼，长舒一口气："怎么是你？"

"殿下的手上过药了吗？"祁炎不答反问，将针线篮轻轻地搁在几案上，朝她的榻边走去。

他的影子笼罩下来，挡住了帐外张牙舞爪的树影。纪初桃竟然忘了害怕，伸出白嫩的右手晃了晃："已经让太医上过药了。"

淡淡的药香萦绕在鼻间，祁炎下意识地想要捉住那只手，纪初桃却灵敏地将手缩回了被子中。

祁炎不动声色地将手负在身后，换了话题："殿下要缝补什么？"

听他这么一问，纪初桃想起来了，连忙坐直身子："本宫的礼衣被划了一道小口，明日本宫还需要穿着它回宫，礼衣破损终归失仪。劳烦小将军唤挽竹过来，赶紧将破口缝补好才是。"

说话间，祁炎已自顾自地取下在木架上晾着的杏黄色织金礼衣，盘腿在纪初桃榻边的毯子上坐下，很快就找到了裙边的破口之处，取来几案上的针线，开始熟稔地穿针引线了。

纪初桃看得目瞪口呆。昏暗的烛光落在祁炎的侧脸上，他明明是狂妄得不可一世的武将，手里拿的却不是刀枪剑戟，而是一根小小的绣花针。并且，这场景一点儿也不显得别扭，反而有一种随性洒脱之感。

纪初桃仿佛头一次认识他，感到新奇极了，问："小将军会女红？"

"不会。"祁炎已经开始落针缝补了，半垂着浓密的眼睫，疏狂地笑了一下，"不过以前臣常在军营里缝补刀伤、剑伤，想来那和补衣裳没差别。"

这二者差别大了好吗？！

纪初桃有些担心，紧紧地盯着他的动作，踟蹰地道："要不还是让挽竹来吧？"

祁炎却咬断了丝线，将礼衣抖了抖，道："好了。"

真的假的？纪初桃掀开被子下榻，踩在柔软的地毯上，接过礼衣仔细地看了看。不敢说完美无瑕，但针脚之齐整远超她先前所想，不似她担心的那般歪歪扭扭，若非她特意凑近看，是看不出破口的。

祁炎屈起一条腿，手肘搭在膝盖上，大大方方地让她检查，这个疆场气息浓郁的小动作不会让人觉得他粗鄙失礼，反倒让人觉得他不羁洒脱。他的视线下移，不受控制地落在了纪初桃的脚上，虽说她穿了袜子，但他还是能看出她的脚掌十分小巧……

"你太厉害了，祁炎！你居然会补这个。"纪初桃甚是满意，将补好的衣裳贴至心口处，温声笑道，"本宫还以为你这样的人是不屑于做这些事的。"

那也要看他要为谁做这些。

祁炎喉结动了动，生硬地移开视线，压抑着笑意道："臣还会做别的，比如床上的那些……"

他一提"床上"二字，纪初桃便不可控制地想到那些因误会而生的亲密接触，当即收敛了笑意，警觉地瞪了他一眼。

她连瞪人也是这样软乎乎的。祁炎将她的反应看在眼里，挑着眉将话补全："比如床上的那些被褥啊、毯子啊，臣也能缝补。殿下在想什么呢？"

他也太坏了！

知道自己想多了的纪初桃脸一热，转身坐上榻，羞恼地道："你好烦哪，小将军。"

祁炎低头偷笑，笑意一闪而过。

"轰隆——"又一声春雷炸响，仿佛巨大的车轮在夜空中碾过，震得地面颤了三颤。方才还端正地坐着的小公主被吓得一颤，连忙盖上被子缩成一团。

她瞪大眼睛，抿着唇没有吭声，但祁炎还是从她的目光中看出了恐惧。他将声音放低了，问道："殿下怕雷？"

纪初桃没回答。其实她不怕打雷，最多紧张一些，但山野中的雷声比宫城内的更为清晰、可怖，就好像从耳边强行灌进去的兽吼似的，总让她疑心这雷会劈中她的帐篷。

纪初桃咬了咬唇，细声道："你……你还是去把挽竹唤过来吧。"

有宫婢陪着，两个人抱着睡觉，她便不怕了。

祁炎没有起身，只倾身往纪初桃的榻边靠了靠。她紧张得睫毛都在颤动，披散的头发粘在脸上，衬得她皮肤更白了。

祁炎忍不住伸出手："此时雨大，宫婢不好过来……"

然而他还未触碰到她，又一声雷炸响了，她缩得更紧了。

祁炎心中一软，理智告诉他此时应该唤宫婢前来伺候，但眼前脆弱的少女让他中邪般移不开视线，让他那卑鄙的占有欲占据了上风。

他沉默片刻，最终把手轻轻地搁在了被子上，拍了拍她的肩背，笨拙地试图安抚她。他像哄小孩儿般道："殿下莫怕，臣久经沙场，满身煞气，早已不惧鬼神。有臣在，没有人能伤害殿下……"

"别怕，有我在，没人能伤害殿下。"

纪初桃微微一颤，忽然想起梦里遇险时他说过类似的话。

她沉溺在梦境的回忆中，心不在焉，久久没有回应。祁炎误以为她抵触自己，抿了抿淡色的薄唇，缓缓地收回了替她拍背的手。

他按捺住心底的渴望，手握成拳，压着声音道："臣这就去唤侍婢来。"

然而他刚起身，手指就被人拉住了。他讶然回首，看到昏黄的光影下，纪初桃紧紧地拉着他的两根手指，眼眸水亮湿润，望着他细声道："别走。"

一夜雨疏风骤。

子时雨势变小了，拂铃悄悄地去主子的营帐里看了一眼，撩起帐帘的一角望去，只见屋内残烛昏黄，高大的小将军托腮坐在榻边，静静地凝望着纪初桃的睡颜，不知疲倦似的。她没打扰，放下帘子又悄悄地离开了。

看来，夜还长着呢。

寅时，天还未亮，一声巨大的轰鸣声将所有睡梦中的人震醒了，地面剧烈地一颤。纪初桃于梦中惊醒，下意识地攥紧了手中的东西，问道："又打雷了吗？"

祁炎目光落在被她紧攥的手指上，从宁静的凝视中回过神，然后声音喑哑地道："听起来不像。"

这不像雷声，更像重物从高空中砸下发出的轰鸣声。

仿佛印证了他的猜想，外头传来一阵匆匆的脚步声，继而一名禁军疾步走来，跪在帐外慌乱地道："殿下，出事了！"

三

天还黑着，远处传来几声鸡鸣。听到禁军匆匆来报，再联想到方才的轰鸣声，纪初桃顾不得困倦，连忙下榻："取本宫的衣裳来。"

祁炎昨夜没怎么睡。纪初桃的睡颜甚是甜美，他看上一整夜都不觉得腻，可夜才过了大半，就被这群人惊扰。纪初桃醒了，便不再握着他的手，难得的平静氛围被打破了，他心里甚烦。禁军连芝麻大点儿的小事都不会处理，整日跟炮仗似的窜来窜去，烦扰纪初桃，若是他麾下之人，早就被丢到校场上罚跪、伏列阵了。

祁炎心里嘀咕，面上却不动声色，取来在榻边叠放整齐的常服，道："臣侍候殿下穿衣。"

女孩儿的衣裳熏了淡雅的香，闻之沁人，春衫单薄，他托在手上，有一种奇异的触感。

祁炎并未服侍过别人穿衣，思索了好一会儿这套漂亮烦琐的衣物哪件该穿在外面，哪件该穿在里面，随后淡然地转身，却在看到纪初桃时怔住了。

她还未完全清醒过来，睫毛在昏黄的烛光下一颤一颤的。她迷迷糊糊地张开手臂，像往常那样等待侍婢将衣裳一件件地替她穿上。祁炎蓦地生出一股冲动，特别想将她揽入怀中，用力地抱一抱。

他拿着素白色的中衣朝纪初桃走去，她依旧张着双臂，毫无防备……

"祁将军，这些琐事还是让奴婢来做吧。"清脆的声音打断了祁炎的动作。

挽竹和拂铃两个婢女一边穿衣服一边挤进营帐，取走了搭在祁炎手臂上的衣裳，有条不紊地给纪初桃套上。

纪初桃甚是乖巧，让抬手就抬手，让起身就起身，根本不在乎服侍她的人是谁。

祁炎将嘴角的弧度压了下去，额角一阵抽搐，目光沉沉地扫视这两个碍事的侍婢。

挽竹挠了挠脑袋："咦？拂铃，你方才有没有觉得后背凉飕飕的？"

拂铃瞥了一眼阴沉着脸离开的祁炎，没作声。

祁炎撩开帐帘出去，吸了一口湿润的空气，视线投向山脚的桑田中发生骚乱的地方，炙热的目光渐渐地冷了下去。

雨虽停了，野外的小道却湿滑不已，眼下天还未亮，众人打着火把也看不清前方的道路。去事发地的桑田需要过一条沟渠，渠上虽临时搭建了竹桥，但雨后湿滑，人踩上去晃晃悠悠的。

"殿下，下雨后泥土松动，这要如何过去？"挽竹气呼呼地看着竹桥，在心里责备禁军做事不谨慎，半响后提议道，"奴婢觉得，还是让内侍背您过去吧。"

纪初桃还未回答，祁炎便先一步踏上竹桥走了两步，随即抬脚一踩，将松动的竹条踩入泥地里，确定竹桥稳固了，才朝后头的纪初桃伸出手，沉稳地道："殿下，把手伸过来。"

身后是起伏的黑色山峦轮廓，他看上去十分可靠。

"好。"纪初桃将手搭在他的掌心上，随即感觉身体一轻，被他轻轻松松地拉过了竹桥。

脚落地时，纪初桃没站稳，朝前扑去，被祁炎用一只手臂揽住了。他的手臂结实修长，她扑上去时能感受到坚硬的肌肉，感觉自己好像撞到了一条铁臂上似的。来不及思索那种奇异的感觉，她连忙站稳，轻轻地道了一声谢。

桑田里已经围了一圈人，有禁军，也有听到动静赶过来的命妇及随臣。黎明前夜色朦胧，混沌的火光闪烁，一张张脸忽明忽暗，掺杂着惊恐和慌乱的神色。见到纪初桃前来，众人自觉地让开一条道路，每个人的脸上都流露出讳莫如深的表情。

纪初桃来之前已做了最坏的打算，以为是天雷劈坏了桑田，给此次的躬桑礼蒙上一层不祥之兆。但见到眼前这一幕的时候，她方明白事情比想象中更为糟糕。

桑田中凭空出现了一块丈许的圆石，砸坏了不少桑树，纪初桃走近一看，发现圆石上隐约有暗红色的字迹。

"把火把拿过来。"纪初桃低声命令。

禁军立即拿着火把围成一圈，将四周照得亮如白昼，如此一来，圆石上的字无比清晰地出现在了她的眼前：牝鸡司晨，女祸乱世；天道昭昭，以正阴阳。

周围一片吸气声，纪初桃望着圆石上扭曲的暗红色字迹，心里"咯噔"一下，只觉得浑身血液逆流，整个人如坠冰窟。圆石的"圆"音同"妧"，再加上"女祸"二字，这块石头的出现在针对谁已不言而喻。

"这是天石，是神仙下达的天命……"

"不错！方才那么大的响动，这石头只能是从天上飞下来的！"

"白天还晴空万里，傍晚便电闪雷鸣、飞沙走石，会不会是天神发怒了？"

纪初桃站在旷野之中，呼吸变得艰难起来。她能听到周围的议论声，但是不知道每一个字、每一句诛心之言是从谁的嘴里发出来的，每一个人在她的眼前都变得面目模糊，每一张脸上都充满了忌惮和不安的神色。

他们不过是看在自己好欺负的分上敢这般放肆，若此时站在这儿的人是大姐，他们谁敢吭一声？不……若大姐在场，主臣离心，禁军和侍从因这块石头而倒戈叛变，后果不堪设想！

"殿下！"低沉的呼唤声由远及近，唤回了纪初桃纷乱的思绪。

她怔怔地扭过头，对上了祁炎深沉关切的眼神。

他压低声音，皱着眉问："殿下没事吧？"

祁炎伫立在身旁，依旧冷静挺拔，仿佛这世间没有什么事能够使他动摇、慌乱。他取过禁军的火把，搁在石头旁，道："殿下，这字不对劲。"

闻言，纪初桃僵硬地转过脑袋，强迫自己将视线放在那些狰狞的字迹上。

镇静！不能慌！本宫是长公主，有责任稳住人心！她几番深呼吸，努力不去听周围那些非议声，只伸出微颤的手指，抚了抚石头上的字。

石头淋了雨，摸上去冰冷彻骨，纪初桃翻过手，捻了捻指腹上的淡红色的痕迹，因紧张而狂跳的心脏平静了不少。

她愣愣地道："是朱砂？"

祁炎不置可否，抬手随意地抹了一下石头，将指尖搁在鼻端嗅了嗅："应该是，朱砂混合着某种动物的血。"

字是人为写上去的。

纪初桃蹲下，看了看石头砸在地上的深度，发现石头的边缘有一些不起眼的青苔，这绝非天石能长出来的！也就是说，这并非天命，而是人祸，是一场试图推翻大姐执政地位的彻头彻尾的阴谋！

人们的恐惧往往来源于未知，但只要有迹可循，必有破绽。想明白这一点，纪初桃突然没有那么慌乱了。莫怕，想想大姐在场会怎么处理！她闭上眼睛，努力地思索对策。

祁炎深沉的目光落在她的身上，其中有隐忍，亦有挣扎。他能猜到这场戏是谁暗中安排的，可不能明着插手，至少现在不能。纪初桃的身后还隐藏着一股看不见的危险暗流，他必须继续蛰伏，方能掌控所有的情报为己所用。

冷风拂过，山峦上浮现出一线微白的光。纪初桃睁开了眼，目光和方才大不相同，带着坚定和沉静。她缓缓地挺直胸脯，拿出长公主的气势，抬起下颌，一点点地扫过那些自乱阵脚的侍臣。曙光打在她的身上，娇柔的身躯生出一股凛然的气度来，让人无法忽视。

她没说话，只是静静地看着，人群却像止沸的水般渐渐安静下来了。

纪初桃知道，人群里有人在等着看她的笑话，可她不怕，严肃地道："本宫曾在《方外录》中见过关于天石的记载——陨石坠落，天有不祥红光，坠于旷野，形成巨大的天坑，方圆一里，寸草皆焦……你们再看看面前这块所谓的'天石'，它可有红光，可有天坑？"

命妇和随臣你看看我，我看看你，答不上来。

"再者，天石通常带着火光坠地，表面不会如此光滑。古书记载，天石碎片焦黑而有密孔，宛若玄铁，可面前这块分明只是普通的山石，上面的字迹是用朱砂写的！"纪初桃越说思路越清晰，上前一步道，"如此种种，真相昭然若揭。这就是有人在趁机作乱，蛊惑人心！"

趁着众人反应不过来，纪初桃一鼓作气，继续说："所有人即刻回自己的营帐里，真相未被查出之前，任何人不得随意走动、离开，违令者……"顿了顿，她拔出身边禁军的长刀，狠狠地插入泥地，声音铿锵有力，"就地处置！"

一线黎明刺破了黑暗，众人霎时间安静下来。

一刻钟后，营帐内。

纪初桃脸颊微红，"呜"的一声扑上床榻，抱着绣枕滚了一圈，一副没脸见人的模样。

"祁炎，本宫方才是不是凶巴巴的，很讨厌？"她好像透支了强势的气势，又恢复了平日里温柔的样子，有些懊恼。

祁炎喜欢温柔随和的纪初桃，也喜欢坚忍镇定、眼里有光的纪初桃，只要是她，怎样都是招人爱的。

"不讨厌。"祁炎勾起嘴角，声音低沉地道。

他甚至还想将她拥入怀中，揉一揉她的脑袋。

"可是，本宫明明最讨厌处理这些事情的。"纪初桃抱着枕头苦恼起来。

但这件事这么大，又关乎长姐的声望和命运，她不能不管。

祁炎望着她眉头紧蹙的样子，没忍住，伸手想抚平她的细眉，想告诉她，她不喜欢处理这些事也没关系，以后可以试着依赖他。然而他的指尖还未触碰到她的眉心，帐帘忽然被掀开了，一惊一乍的少年音传来："三皇姐，你要去查那块石头？"

祁炎眉头一皱，收回了手。

纪初桃顾不上同祁炎说话，放下枕头起身："陛下，你怎么来了？病好些了？"

"朕没事了，倒是皇姐……"纪昭眼中满是忧虑的神色，还有些许怯懦之意，试图劝说，"三皇姐，那石头诡异得很，你还是不要去查了！咱们……咱们回宫去吧。"

"陛下先回宫，本宫若不查出那石头为何会出现在桑田中，终究心中难安，愧对大皇姐的托付。"纪初桃笑着道。

明明她方才还说不喜欢管这等人心复杂之事，此时却安慰起胆怯的皇帝来了。

"那朕陪你一同去。"

"陛下龙体重要，不可胡闹，先回宫休养吧。"

纪昭拗不过，望着纪初桃，片刻后叹了一口气："那……三皇姐一定要注意安全，多带些侍卫。"

"本宫知道。"

送走纪昭，纪初桃换上轻便的男装，和祁炎带着几名禁军高手又去了一趟桑田。

此时天已大亮，石头周围的土痕尤为清晰，但出乎意料的是，除了禁军和围观的侍从踩踏出来的痕迹，四周并未留下任何可疑的脚印。

纪初桃喃喃自语："这怎么可能？这么大一块石头被搬过来，即便没有车辙，也应该有由远及近的脚印。"

随行的几名禁军附和："就是。若是人抬着石头过来，脚印会更深，根本无法隐藏。"

"寅时有重物落地的声音。"祁炎淡然开口。

立即有人道："依祁将军的意思，难道石头真是从天上掉下来的？可是殿下不是辟谣，说它并非天石吗？"

"它并非来自天上。"祁炎负手看向了远方的山峦。

纪初桃很聪慧，顺着他的目光望去，很快便猜到了祁炎的意思，眼睛一亮："小将军的意思是，石头是从对面的断崖上被抛下来的？"她随即又蹙起了眉，"可是什么人能有这么大的力气，将这么重的巨石抛出这么远？"

"我们上去看看便知。"祁炎道。

山路崎岖，马车走到半山腰便不能继续前行了。祁炎让纪初桃留在马车中等候，禁军全部留下，自己一个人轻骑上山，去断崖上查看痕迹。纪初桃不太会骑马，想了想便应允道："好。但你多带两个人去，若有危险，及时撤回！"

"等我。"祁炎一拍马臀，朝山上策马奔去，不多时便消失在曲折的山道上了。

山间间或传来几声怪异的鸟鸣，让人毛骨悚然。纪初桃等了小半个时辰，方听见马蹄声传来，将头探出马车一看，果然是祁炎策马回来了。

"如何？"纪初桃松了一口气，迫不及待地问。

祁炎勒马，扫了一眼纪初桃身旁的禁军。

出了这么大的事，谁都有可能是细作，祁炎信不过她身边的人，若贸然将自己查到的消息说出，反而会危及她的安全。思及此，他面色平静地道："一切如常，并无异样。"

"啊……这样吗？"纪初桃有些失望，然后望向紧随祁炎赶回来的两名禁军，将最后的希望寄托在他们的身上，问道："你们呢？"

两名禁军有些汗颜，下马抱拳："回殿下，属下没跟上祁将军……"

祁炎毕竟是从沙场上回来的悍将，策马跑得太快，不是他们这些半吊子禁军能比的。他们中途跟丢了，什么也没查到。

见纪初桃懊恼，祁炎心一软，薄唇微启。然而还未说话，他就灵敏地察觉到了林中惊飞的鸟群，目光倏地一寒，喝道："小心！"

几乎同时，几十支暗箭从道旁的林间射出，数名禁军来不及防御，纷纷中箭倒下。祁炎利落地斩断身边的流箭，却听见一阵嘶鸣，回首一看，纪初桃的马中箭发狂，摆脱了车夫的控制，一路朝山上狂奔而去！

"殿下！"祁炎心脏骤然一紧，以刀背狠狠地拍上马臀，不要命地朝失控的马车狂奔而去。

纪初桃感觉五脏六腑都快被颠出来了，自己像一片离树的叶子，在暴风中左摇右晃，手和额头都被磕了许多下，疼得她几近眩晕。更可怕的是，车轱辘发出了不堪重负的"吱呀"声，随时都有可能散架，而山路旁是陡峭的碎石悬崖！

"停……停下！"

纪初桃忍着剧痛和眩晕感，贴着马车底部趴着，一边极力保持平衡，一边伸出布满擦伤的手，试图够马上的缰绳。她咬着牙努力，好不容易够到了缰绳，不料车轱辘颠簸了一下，她被重新摔回车中，后背磕上几案，疼出了一身冷汗。

就在此时，马车一沉，一道人影跃了上来，替她攥住了缰绳。她看着宛如天神降临的黑袍少年，他高高束起的发束扬起又落下，不由得红了眼眶，唤道："祁炎！"

祁炎顾不上回应她，将马缰绳迅速地在自己的小臂上缠绕几圈，用尽全身的力气遏制住发狂的马！骏马高高地抬起蹄子，口吐白沫，在他的掌控下发出了凄惨的嘶鸣，纪初桃甚至能看到他手背上鼓起的青筋。

马车虽然停下了，但车轱辘的支撑力达到了极限，"咔嚓"一声散开了，化作了乱飞的木屑。马车失去了平衡，朝山路旁歪去，纪初桃睁大眼睛，还未来得及抓住什么牢固的东西，整个人就从马车中颠了出去，如断翅的蝶般滚下了悬崖。

这一瞬仿佛被无限拉长，她伸长了手，却只能触碰到冰冷的空气，眼睁睁地看着马车在视线中越来越远……

就当纪初桃以为自己会摔死时，面前有阴影笼罩下来，有个人跟着跳了下来，攥住了她的手,沉默着迅速掉转方向,将她护在了怀中。

纪初桃闻到了一股松木香,那是独属于祁炎的令人安心的味道。

四

纪初桃昏昏沉沉地醒来,睁开眼,眼前一片漆黑,只听到了落雨声。她倏地起身,下意识地在黑暗中摸索一番,指尖触及潮湿且冰冷的石壁时,眼睛也渐渐地适应黑暗,隐约能看到丈许外微弱的光。

这是一个由裂壁形成的逼仄的山洞,呈三角形,能供人自由活动的区域不到丈许。

自己为何……会到山洞里来?

纪初桃顺着混沌的思绪回忆。她记得自己在山上遭到了刺客的伏击,马受伤发狂,将她甩下了悬崖。就当她以为自己会摔死时,祁炎跟着跳了下来,拉住她的手,迅速将剑刺入崖壁中,以缓冲下坠的速度。剑在峭壁上擦出一路火花,最终卡入岩缝之中。但是剑因承受不住两个人的重量,弯到极致后"咔嚓"一声断裂了。祁炎迅速调整姿势将她护在怀中,两个人顺着布满碎石的缓坡滚了下去……

再后来,她昏了过去,醒来时就发现自己已经到了这个山洞里。令她感到恐惧的是,祁炎并不在身边。

纪初桃并不觉得祁炎会弃她而去,她担心的是祁炎被刺客掳走了,或者出了别的什么意外。毕竟从缓坡滚下时,祁炎只顾着将她护在怀中,自己却成了人肉垫子……

"祁炎!"纪初桃用干涩的嗓音唤道,然而回应她的只有洞内的回音和洞外的雨声。

洞口如同一张黑魆魆的张开的兽嘴,仿佛能吞噬一切。纪初桃坐起身,感受到一件柔软的衣裳从身上滑落,下意识地抓起来放在鼻端嗅了嗅。衣裳带着土腥味,但依旧有淡淡的松木香——这是祁炎的衣裳!

再一摸索,她发现衣裳破了好几道口子,不由得越发担心祁炎的状况。她想起身寻找他,却被一阵钻心的疼痛阻止了。

方才太过紧张害怕,纪初桃暂时忽略了痛觉,加之洞内漆黑,竟没发现自己的脚踝扭伤了。她倒吸一口凉气,伸出手小心翼翼地碰了碰伤处,明显感觉到脚踝肿了起来,不知是否摔断了。

她记挂着祁炎的安危,此刻又疼又急,抬手狠狠地抹了一把眼角的泪水,咬着牙扶着石壁慢慢地站起来，又唤了一声："祁炎，你在吗？"

她因为太害怕，声音明显带了哭腔，回应她的却依旧只有回音和雨声。

纪初桃喘了一口气，壮着胆子朝洞口艰难地挪去，至少要确定自己在山崖的哪个位置……然而才挪了三尺远，她就听见洞口传来一声极轻的树枝折断的声音，这声音在静谧的暗夜中极为清晰，令人毛骨悚然。

是谁？刺客还是野兽？纪初桃被吓出一身冷汗，心快要蹦到嗓子眼了。

借着洞内黑暗的遮掩，纪初桃悄悄地蹲下身，在地上摸索一番，捡到了一块巴掌大的尖锐的石头。她将石头紧紧地攥在手中，屏住呼吸，湿润的眼睛瞪得很大，一眨不眨地死盯着洞口。

闪电撕破黑夜，刺目的亮光中，洞口出现了一道高大的影子。在惊惧之下，纪初桃不要命地举起石头朝黑影砸去。

"殿下，是我。"熟悉的声音传来，被雨水浸透一般低沉。

手中的石头"哐当"坠地，分辨出来人的身形后，纪初桃喃喃道："祁……炎？"

黑夜，坠崖后，她抓到了唯一的依靠，祁炎是她此时唯一能信赖的人。她悬着的心仿佛也落下了，所有的惊惧和担忧都随着他的出现烟消云散。反应过来后，她已眼眶通红，朝祁炎扑了过去："你去了哪里？"

可她扭伤的脚踝并不争气，还未靠近祁炎，她便一个趔趄，险些栽倒。一条结实的臂膀伸过来，搂住了她，温热的呼吸喷洒在她的耳畔，他道："小心，殿下的脚扭伤了，不能疾走。"

祁炎视力极佳，摸黑准确地找到了地上的破外袍，将它重新抖开铺在平整之处，扶着纪初桃坐下了。

"这里好黑，本宫什么也看不清。"纪初桃呼吸微颤，不知是冷的还是疼的，抓住祁炎的手臂摸了摸，担忧地道，"你受伤了吗？从那么高的坡上滚下来，你一定很疼对吗？有没有流血？"

微凉的小手轻轻地抚摸着自己，祁炎身体一僵，双眸在黑暗中闪着光。眼睁睁地看着纪初桃坠下山崖的那一刻，他生平第一次尝到了恐惧的滋味，想也不想便踩着峭壁追随她狂冲下去……此刻感到纪初桃隐藏在柔弱的外表下的坚忍以及她流露出的关切，他知道，那一跳值了。

"殿下放心，臣没事。臣行军打仗时什么危险都遭遇过，这点儿小事算不得什么。方才臣去寻吃食，担心殿下一个人在洞中有危险，故而未燃篝火，以免引来野兽或刺客。"祁炎解释了一番，将手中卷成漏斗状的芭蕉叶递至纪初桃的唇边，低声道,"有水,干净的,殿下喝两口,养养精神。"

听到他说没事,纪初桃这才悄悄地松了一口气,乖巧地"嗯"了一声,就着他的手去饮芭蕉叶中的水。但她在黑暗中什么也看不清,找错了方向,嘴唇碰到了他的手指。

纪初桃柔软的唇擦过祁炎的手指,两个人皆愣住了,周围静到了极点,连呼吸声都被无限地放大了。

感受到祁炎的呼吸变化了,纪初桃疑惑地抬起眼,但看不清他的神情,只觉得他的眼睛异常明亮,闪着隐忍的光。她歉疚地道:"抱歉。"

随即她捉住祁炎的手腕调整方向,终于顺利地找到了芭蕉叶里的水,小口地抿了起来。

她喝完了,但祁炎仍保持着喂水的姿势,良久没有动。她觉得奇怪,看了他一眼,小声提醒:"本宫喝完了,谢谢你。"

哪怕在最狼狈的时候,她也没有丢掉皇族应有的礼节。

祁炎这才回神,声音低沉地"嗯"了一声,若无其事地将她喝剩下的水递到自己的唇边,仰首一饮而尽。

察觉到他做了什么,纪初桃耳根一热,连忙道:"哎,这水……"

这水是她喝过的啊,怪脏的!然而祁炎似乎并不在意。她转念一想,荒郊野岭,条件艰苦,能活下去就不错了,谁还有心思计较这些?自己若纠结这件事,反倒显得小气、矫情了。想通了这一点,她抿了抿唇,不再出声了。

雨还在下,纪初桃也不知祁炎怎么做到的,竟用石块相互撞击捣鼓出火苗来,点燃了洞穴内仅有的枯枝落叶。小火苗越来越大,照亮了狭窄的山洞,也照亮了祁炎微红的耳朵。

"你不是说火光容易招来野兽或刺客吗?"纪初桃问道。

雨夜虽然很冷,但她更害怕因为贪暖而招来其他的灾祸。

祁炎淡然地往火堆中添枯枝,嗓音沙哑:"先前臣留殿下一个人在洞中,故而不敢生火,但现在在殿下身边,不怕。"

借着橙黄色的光,纪初桃看到了他下颌和手背上的擦伤,顿时心一紧,拉住他的手瞧了瞧,蹙着眉道:"你还说没有受伤,都流血了!"

想起祁炎是因自己受伤的,纪初桃越发自责,"心疼"二字都写在了脸上。祁炎下意识地蜷了蜷指节,却没有抽回手,只是凝望着少女难过的神情,安抚道:"皮肉伤,不碍事。"

"你还伤了哪儿?身上有没有伤?"纪初桃严肃地道,"你把衣裳解开,本宫给你看看。"

祁炎明知道她没有任何旖旎的情思，心仍然不可控制地狂跳起来，有什么东西在心底看不见的地方生根发芽，肆意疯长，几乎要冲破理智的桎梏。但他不能让她看伤，那些狰狞的伤口会吓到她。

祁炎目光深沉，喉结几番滚动，最终移开视线，故意露出一个恣睢的笑来："荒郊野岭，孤男寡女，殿下若脱了臣的衣裳，可得负责。"

纪初桃眨了眨眼，片刻后才明白他话里的意思，不由得脸一红，瞪着他道："你……"她泄了气，转过身背对着他，闷声道，"本宫不是那样的人！本宫只是想看看你还有没有其他的伤……"

祁炎知道，正因为知道，心底的失落感才恣意地蔓延开来，名为"欲望"的野兽挣扎着，发出了不甘的嘶吼。

"夜里冷，你的衣裳都湿了，你可以脱下放在火边烘干……"片刻后，纪初桃抱起双膝，镀着火光的背影小小的，"你放心，本宫不偷看你。"

干净到极致的人总能涤荡别人心中所有的污秽。

祁炎用不在意的语气道："臣体温高，不怕冷。"

比起这个，他更在乎纪初桃的伤。他起身行至纪初桃的面前，弯下身子半跪着，伸手去摸她的脚踝。她下意识地缩了缩脚，讶然道："你做什么？"

祁炎与她平视，道："看看殿下的伤。"

"你都不让本宫看你的伤，凭什么来看本宫的伤？"纪初桃抱着双腿，下巴搁在膝盖上，眼里有担忧和委屈的神色，"难道你不知道，男子看了女子的脚也要负责吗？"

祁炎睫毛一颤，大手捏住了她往回缩的纤细的脚踝，声音喑哑地道："嗯，臣负责。"

因为太过讶异，纪初桃一时忘了缩回脚，直到他炙热的体温顺着他的掌心传到脚踝处，方后知后觉地脸热起来，脑袋都有些晕乎乎的。

他在开玩笑吗？纪初桃惴惴不安地想。

祁炎虽然不凶了，却变坏了。

少女的脚踝即便肿着也能被自己用一只手轻而易举地握住，祁炎目光黯了黯，低声诊断："还好，并未伤及筋骨。"

闻言，纪初桃立即抽回了脚，扯了扯裙边，将脚严严实实地盖住了。她也不知道自己因为什么害羞，今天发生了太多事，她厘不清头绪。

良久的安静后，祁炎神色如常地收回了手，转而去弄他方才找水时顺便猎回来的两只鹧鸪。他熟练地将被煺干净毛、清除了内脏的鹧鸪穿在树枝上，往火堆旁一插，烤了起来。

"轰隆——"

春雷忽然炸响，山洞里的碎石也随着这声破空般的声响震颤起来。山野里的雷雨声还是这般可怖，纪初桃感觉自己的心脏都跟着震动了，连忙吸了一口气，抱住双膝，身子缩得更紧了。

一旁的祁炎瞥了她一眼，片刻后，没忍住，往她身边挪了挪，低声道："殿下若害怕，可以靠近些。"

纪初桃将脸埋在膝中，没好意思吭声。她觉得自己已经够没用了，不能总给祁炎添麻烦，将最后的一点儿颜面也丢失。

"轰——"

雷声接连而来，夜空仿佛被巨兽撕碎了，那是直击灵魂深处的强大的自然力量，令人打心底里战栗。

第三声春雷炸响时，纪初桃没扛住，哆嗦着扑向一旁，揪住了祁炎的衣襟。两个人的影子投在石壁上，如一对紧紧地依偎的璧人。

在她看不见的地方，祁炎嘴角轻扬。少女仿佛自带体香，狼狈了一天，发顶依然散发出清香，萦绕在他的鼻端，勾魂夺魄。

雷声还在继续，火堆旁的鹧鸪没有被翻面，翅尖已经有些焦了，但谁也没有在意。

每个人都被允许卑劣一回，放纵一次。祁炎这样想着，抬手将纪初桃的脑袋按在了自己的怀中，以半拥的姿势捂住了她的耳朵。

纪初桃身体一颤，一只耳朵被祁炎捂住，另一只耳朵贴在他硬实的胸膛上，听见他心脏"咚咚""咚咚"，一声接着一声地撞击着她的鼓膜。

雷声远去了，雨声也停歇了，她的心也跟着"咚咚""咚咚"地跳，仿佛要撞破胸膛。呼吸间全是熟悉又撩人的独属于祁炎的雄性气息，她越发觉得晕，喘不过气来。

自己大概是得心病了，会心悸而死的那种。

五

纪初桃被祁炎搂着，紧紧地贴着他的胸膛，感受着他胸腔内的震颤，耳畔强有力的心跳声冲淡了她对雷鸣的恐惧。

他心跳有些快，呼吸也比平日沉重，因常年习武，身上的肌肉轮廓比普通男子的更为明显。纪初桃被烫得脸颊通红，迷迷糊糊地想：原来男子的胸膛是这种感觉吗？硬实、宽阔、炙热。

反应过来自己在胡思乱想些什么，纪初桃羞得恨不得咬破自己的嘴唇，明明半年前她对男子的认知还停留在看脸的阶段，而现在……

此番落难，祁炎为了保护她费尽心思，她却在想人家不穿衣裳的模样！他之前说得没错，她就是个无能又恬不知耻的长公主！

纪初桃为方才的奇怪念头自责不已，一只手按着不听话的心脏，另一只手攥紧了祁炎的衣襟，挡住了自己绯红色的脸颊。

她大概不知道，此时看似正经的祁小将军其实并不比她高尚多少。

祁炎捂着纪初桃的耳朵，可以明显地感觉到她的耳尖逐渐变得滚烫，指腹擦过少女发烫的脸颊，感受到了宛若凝脂般光滑细嫩的触感。

他幼年丧母，长大后不近女色，只觉得女人高兴了哭，不高兴了也哭，真是世间最麻烦、最累赘的存在。但此时抱着纪初桃，感受着她微颤的呼吸轻轻地拂过胸口，他恍惚地想：世上怎么会有这般精致可爱的姑娘？她可爱到自己想再将她抱紧些，按进怀里，带着一腔坏意，欺负到她眼尾通红又无可奈何为止。

"喀！"祁炎低咳一声，清了清嗓，强行打消了自己这个过分危险的念头。

纪初桃贴着他的胸腔，将这声低咳听得很清楚，顾不得羞耻和害怕，抬眸担心地问道："你着凉了吗？"

依偎在自己怀中的少女粉腮微红，眼睛在火光的映衬下水汪汪的，像秋水泛起涟漪。祁炎移开视线，抬起左手，握拳抵在鼻尖上，声音沙哑地道："没有。"

若非猛烈的心跳出卖了他的心思，他此时冷静自持的模样似乎和平时没有什么两样。但纪初桃只顾着担心他，并未察觉到异常，低声道："你方才淋雨去寻吃食，很容易着凉。"

此刻听不到雷声了，她便轻轻地从祁炎的怀中挣脱，将他那件破外袍拾起来，抖开："雷声停了，你不必顾着本宫。这衣裳虽然有些破，但是干爽，你快穿上御寒。"

怀里变得空荡荡的，祁炎竟然卑劣地希望雷声再长久些，然而事不遂人愿，雨势转小，雷声并未再响起。他终于记起了快要被烧焦的鹧鸪，给它们翻了个面，道："不必。殿下体寒，比臣更需要衣裳。"

祁炎拿起一根棍子拨弄火堆，火星升腾而起，又在空中消失了。

纪初桃看着他英气的侧脸和鬓边垂下的几缕碎发，感觉他此刻有些不满，却猜不到他因为什么不满。思忖片刻,她想了个折中的法子,抱着那件可怜的破衣裳提议:"那……我们一人一半?"

于是那件衣裳被抖开,轻轻地覆盖在了两个人的肩头。

祁炎的这件破衣裳虽然宽大,但盖住两个人仍有些勉强。祁炎眼中映着火光,对纪初桃说道:"殿下挨近些。"

纪初桃垂着头,小心翼翼地往祁炎身边挪了挪。祁炎嘴角一扬,也主动往她身边靠去,直到两个人的手臂紧紧地贴上,肩膀抵在一起,身体之间再无一丝缝隙。

祁炎的视线始终落在鹧鸪上,看上去很冷酷,手臂却不自觉地伸了过去,替纪初桃整理好了肩头的衣裳。说是共享这件衣裳,但事实上一大半衣裳都在她的身上。

祁炎的心情好像莫名其妙地好起来了呢。纪初桃低着头,伸出纤细的手在火堆旁取暖,身体重新暖和起来,心里也暖洋洋的。

雨停后,山野里连最后的一点儿声响也没了,漫无边际的夜色中,呼吸都变得扰人了。纪初桃抿了抿唇,寻了个话题:"那时在崖上,小将军是否找到了关于天石的蛛丝马迹?"

祁炎神色微动,似笑非笑地道:"殿下怎知臣有收获?"

"你回来禀报的时候迟疑了一瞬。而且你行军经验丰富,既然发现崖上诡异,便不可能扑空。"纪初桃也是方才灵光乍现想到的,"若你真的空手而归,刺客便不会多此一举来刺杀你我。小将军,能否告诉本宫,你到底在崖上查到了什么?"

祁炎听到这话,眼里跳跃的火光渐渐冷了下去。见瞒不过纪初桃,他抱臂靠着凹凸不平的石壁,问道:"殿下见过弹弓吗?"

"弹弓?"纪初桃想了想,诚实地摇首,"宫里不许有这些玩意儿。"

祁炎随意捡了一根带杈子的小树枝,示意:"崖上有树木被砍伐的痕迹,地上的脚印凌乱,应该是十来个人将树木弯折并拴上绳索,做成了类似弹弓的简易投石机。他们提前将韧劲极强的树缚住,弯至地面,而后只需要砍断绳索,便能利用树的巨大反弹力量将巨石射出,使其落在桑田中。但这些人搞出如此大的动静,即便事后刻意地清理过,也应该会留下很多痕迹。"

躬桑礼需要提前一个月清场,闲杂人等极难混入山林做这些事,也就是说,构陷长姐的人必定有禁军做内应……

纪初桃恍然大悟,道:"难怪在山上你骗本宫说没有查到消息,因为怕本宫身边的禁军里藏有细作。"

明白了事情的前因后果,纪初桃对祁炎越发佩服了,心中的忧虑也更甚了。能在禁军里安排内应之人一定位高权重、不可小觑,大姐要面对的敌人比她想象中的更为危险。

她想到这儿，声音低了下去："小将军，会有人找到我们吗？"

距离下午坠崖都过去好几个时辰了，她怕自己脚踝上的伤会连累祁炎被一直困在这儿。

"会。"祁炎的声音在空荡荡的山洞里显得低沉无比，他解释道，"下了雨，悬崖湿滑陡峭，援军无法直接从崖顶的山路上下来，需要绕远路，故而需要一些时间。"

他们最迟在山洞里待到天亮，到那时，即便援军没有赶到，祁炎也会将她安全地带出去。

"林子里是否有野兽？"她又问。

"臣猎过虎狼，不怕。"祁炎道。

他的房里至今还挂着他十六岁那年猎来的雪狼皮。

纪初桃极其信赖他，轻轻地"嗯"了一声，纤长的睫毛扑扇着，已经有些困倦了。

祁炎将烤好的鹧鸪取下，仔细地剔除了烧焦的部分，将剩下的肉递到了纪初桃的嘴边，撑着下颌低声道："殿下吃些东西再睡。"

开春的鸟兽最肥美，鹧鸪油汪汪地散发着肉香，纪初桃的确饿得不行，当即接过来嗅了嗅，小口吃了起来。她虽然没说话，却只取了一只烤鹧鸪，剩下的那只无论如何也不肯要，要留给祁炎吃。

小小的鹧鸪烤熟后还没有巴掌大，而且没有盐和胡椒调味，格外难吃，纪初桃只吃了一口，眼圈就渐渐地红了。祁炎撕咬着剩下的那只鹧鸪，忽然听到少女低低的抽泣声，抬头一看，发现纪初桃一边流泪一边机械地咀嚼着烤肉，眼睛和鼻尖都红红的。

见到纪初桃强忍着泪意，祁炎只觉得心都要裂开了。他顾不得吃，手足无措地沉声安抚："殿下不怕，臣在这儿。"

纪初桃摇了摇头。她不是害怕，而是……

"太……太难吃了……"纪初桃一边抹眼泪，一边哽咽着道。

祁炎收回手，心虚地移开了视线。

不知过了多久，他感到肩头一沉——纪初桃撑不住，靠在他的肩头睡去了，手里抓着吃了一大半的烤鹧鸪，眼角还残留着些许泪痕。

祁炎尽量保持身体不动，擦干净指尖上的油，用手背轻轻地碰了碰纪初桃湿润的眼睫。

没有被调味的肉有一股腥味，祁炎向来对吃没有什么要求，行军最艰苦时为了续命，比这更难下咽的食物也曾吃过。但纪初桃不一样，她是在山珍海味和锦绣堆里长大的姑娘，头一遭吃这些东西，一定委屈坏了。

尽管如此，她也不曾表现出丝毫骄纵的样子，只是擦干因反胃而不自觉地淌出来的泪水，小口小口地逼迫自己继续进食，不给祁炎添麻烦。

夜静且长，祁炎眼眸深沉，喉结几番滚动，然后微微侧首，用脸颊蹭了蹭她柔软的发顶，头一回尝到了心疼的滋味。

天刚蒙蒙亮的时候，纪初桃被祁炎唤醒了。火堆已经灭了，地上只有一些余烬。

"殿下的伤不能再拖下去了，趁着天亮，我们需要从谷底出去。"他看向纪初桃红肿的脚踝，声音低沉，"臣背着殿下走。"

说罢，他一撩衣袍，背对纪初桃单膝跪下了。

山林陡峭复杂，又刚下过雨，光是走出去都要了半条命，遑论祁炎还要背着另一个人？纪初桃有些担心祁炎的体力，毕竟他又是跳崖又是照顾自己，已经很费神了。

想到这里，她拿了一根树枝当拐杖，勉强撑着站起身，装作轻松的样子呼出一口气："本宫能自己走。"

祁炎皱眉："殿下受伤，脚力不如臣，若是被刺客追上，恐怕后患无穷。"

纪初桃果然被吓到了，赶紧丢下拐杖，乖乖地趴上了祁炎的背。祁炎反手托住她的身子，起身时闷哼一声，呼吸有些粗重，明显有些艰难。

纪初桃有些紧张，细声问："本宫太重了，是吗？"

祁炎额角上挂着冷汗，徐徐地吐出一口浊气，竭力让声音恢复平静："不重，殿下比臣去年猎到的一头小鹿还轻。"

他说的是实话，问题不在于纪初桃，而在于他从昨晚起就一直隐瞒的……为了证明自己的说法，他甚至往上颠了颠纪初桃，将她托稳了一些，很轻松的样子。

"这是什么奇怪的比喻？"纪初桃哭笑不得，伸手环住了祁炎的脖颈。

祁炎肩背宽阔，骨骼很硬，反手背着纪初桃时，坚硬的肩胛骨微微突出，硌得她有些疼。祁炎却有另一种感受。她的身子很软，腰肢盈盈一握，他以前就感受过了，却从没有哪个时刻像此时一样和她紧紧地贴在一起，让他有些心猿意马。

雨顺着林间的叶片滴落，青苔滑腻，碎石满地，祁炎不敢想背上的柔软之物是什么，也不敢留意喷洒在自己颈侧的少女的呼吸，走得很小心。

他呼吸沉重地道："殿下说说话吧。"

纪初桃伏在他的肩头，轻轻地应了一声，想了个话题："从前小将军征战时可曾遇到过危险？"

"很多次。"祁炎答道。

"也曾一个人在荒野里赶过路吗？"

聊着聊着，纪初桃竟然对他的过往产生了兴趣。她想了解祁炎的一切，不是从梦里窥探，而是用自己的眼睛和耳朵真真切切地去感受眼前的他。

祁炎低低地"嗯"了一声，背着她朝晨曦升起的方向行去，回忆起来："有一次，我军与北燕大战，死了很多人。后来下大雪，臣和仅剩的亲卫走散了，马也死了，又急着将情报传回己方，便一个人在雪地里行走。忽然间，臣什么都看不见了……"

"啊！"纪初桃惊呼了一声，"你为何会失明？"

"雪盲。人在苍白的没有边际的雪地里走得太久，就容易受刺激失明。"

听到祁炎语气平淡地解释，纪初桃却心脏猛地跳了一下，环在他脖颈上的手紧了紧："那你的眼睛……？"

"后来好了。"

"那……你那时害怕吗？"

"嗯，怕眼睛会一直瞎下去。"祁炎平静地袒露出强硬的外表下柔软的内心，低笑了一声，"但这次不怕，臣若瞎了，殿下就做臣的眼睛。"

纪初桃连忙去捂他的嘴，严肃又认真地道："不要胡说八道，你不会有事的。"

她柔软的手指碰到了祁炎干燥的唇，一触即分。祁炎恍神一瞬，强撑住身子，将她背得更稳些，沉声道："嗯，不会有事。"

不知过了多久，久到连纪初桃都快禁不住饥渴的折磨了，浑浑噩噩之际，他们总算看到了来自密林尽头的曙光。

"三殿下在这儿！"一阵纷乱的脚步声传来，有人大声地叫道，"项统领，我们找到他们了！"

项宽……是大姐的人来救他们了吗？纪初桃脱力地伏在祁炎的背上，迷迷糊糊地睁开眼，只觉得光线刺眼，视野里，一群模糊的人影拥了上来，争先恐后地将她接下来，扶上了早就备好的担架。

"她的脚踝有伤，轻些……"祁炎的声音哑得可怕，好像远在天边，又好像近在耳畔。

随行的太医满脚泥泞，提着药箱就地诊治。纪初桃虽然神志模糊，却仍努力地睁开眼，越过拥挤着侍奉自己的人群搜寻祁炎的身影。她知道祁炎比她更累，更需要照料……

高大的少年倚靠着树干，垂着头喘气，垂下的凌乱发丝遮挡住他的眼睛，让人看不清神色，唯有嘴唇白得可怕。他像完成了夙愿似的，身子缓缓地滑了下去，撑着又湿又冷的地面坐下，而后呛咳一声，嘴里喷洒出的点点鲜红色刺痛了纪初桃的眼睛。

"祁炎……"

他的唇上有血！

纪初桃倏地瞪大眼睛，拨开侍奉的禁军和太医，滚下担架唤了一声："祁炎！"

可是她的力气实在太小了，声音也极细，众人没有听清她在说什么，只慌乱地扶起她，试图将她重新放回担架上。

他们说了什么，纪初桃一个字都听不清，只觉得耳畔噪声阵阵。她红着眼，用尽全身力气推开为自己诊治的太医，一字一顿地道："本宫命令你们……去救祁炎！"

众人这才发现，独自靠在一旁的祁炎似乎比纪初桃伤得更重。太医前去查看一番，而后倒吸一口凉气："祁将军，你这……怕是胸骨断了，竟然撑了这么久，不知道断骨有没有扎入肺腑。"

听到这话，纪初桃恍然大悟：难怪昨夜他不肯脱衣裳，难怪他让自己陪他说话，原来是他需要分散注意力，不去思考疼痛。

纪初桃又急又悔，眼前一黑，猛地栽了下去。

再次醒来时，纪初桃已经回到了自己的府邸。面对把眼睛都哭肿了的侍婢，她睁开眼，第一句话便是："祁炎呢？"

"祁将军已无大碍，在杂院中歇着呢。"挽竹吸了吸鼻子，哽咽道，"殿下都昏睡了一天一夜了，先顾及自己的身体才是。"

纪初桃隐约记得昏厥前太医说祁炎的胸骨断了，他怎么可能没有大碍？

她不放心，掀开被褥强撑着下榻，咬着唇道："你们伺候本宫穿衣，本宫要去看看他。"

宫婢轮番劝说她先躺下休养，但她不肯，宫婢们没有办法，只好依她所言去做。

纪初桃脚还疼着，坐着轿辇到了杂院的门口，说什么也不肯让侍从跟着进去。她还有很多话想对祁炎说，不想让别人在场，于是挥退了侍从，自己瘸着腿，扶着墙一点儿一点儿地挪到了祁炎的房门前。

祁炎的房门开着一条小缝，纪初桃从缝中窥探了一眼，未见到祁炎的身影。她猜想他应该在里间的榻上躺着，兴许还在昏迷，便定了定神，伸手轻轻地推开门，一跳一跳地进去了，而后愣住了。

她看到在里边靠窗的小榻上，祁炎赤着上身，正在低头给自己的胸部缠上绷带。

春日的阳光透过窗纸洒在他的身上,给他镀上一层暖玉般的光,也照亮了他脖颈上挂着的墨玉。

那是和她梦里一模一样的兽纹墨玉。

六

"此乃我随身玉佩,意义非凡,赠予殿下。"

梦里大婚时祁炎说的那番话在脑中越发清晰,纪初桃怔怔地站在原地,一时间既震惊又心悸。她震惊的是之前祁炎骗她没有玉,心悸的是梦里那些混着眼泪的旖旎画面终究会成为板上钉钉的事实。

她说不出自己此时是什么感受。抗拒?好像不是。害怕?她又说不清自己在怕什么。她只是无端地觉得脑子"唰"地变成一片空白,心跳如鼓,双腿绵软无力,杏眼直勾勾地看着赤着上身的健硕身躯,忘了移开视线。

祁炎倒是不慌不忙,平静地取了纯白色的里衣披上,略微迟缓地系好了衣结。他虽然受了伤,但恢复能力极强,听力也不迟钝,纪初桃一走进小院他便察觉到了。他原本要藏起穷奇墨玉,然而转念一想,最终蜷起了想要摘下墨玉的手指,选择按兵不动。

祁炎喜欢纪初桃,所以有些事注定不能再隐瞒下去了。她若不在意穷奇墨玉,那一切难题都会迎刃而解;若和她大姐一样,忌惮这块玉的存在……

他刚舍命救过纪初桃,这是个绝佳的坦白时机,他便赌一把她不会伤害自己。

祁炎几乎是抱着亡命之徒的心态将穷奇墨玉暴露出来的,沉静的外表下,心悬在半空,等待裁决。

纪初桃的反应不在祁炎的预想之内,她既没有生气地质问,也没有惊慌、忌惮,只是怔怔地扶着门框站着,眼眸闪着光,不知在想些什么。片刻后,她抿了抿唇,慢慢地单脚蹦了过来。

纪初桃虽然在意那块墨玉,但此时,祁炎的伤明显比玉更重要。于是她摒弃杂念,轻轻地在祁炎榻边的月牙凳上坐下,仔细地整理好裙裾,问道:"听闻你的胸骨断了一根,怎么样了?都说'伤筋动骨一百天',小将军为何不躺着?起来做什么?"

她说话总是不疾不徐的,尾音上扬,贵气中带着甜意。她问了一连串问题,却没有一个字提及他颈上的墨玉。

面对她,祁炎总是不自觉地收敛所有的锋芒,答道:"已经接好骨,不碍事了。"

"骨头断了又非脱臼，哪能接好就不碍事的？"

他得躺上十数日，养个百十来天才能好吧？

纪初桃想着，不放心地道："你……你给本宫看看伤处。"

祁炎想了想，将刚穿好的里衣解开，露出了大片胸膛。他结实的左胸上，心口处有一颗小小的朱砂痣，脖子上挂着的墨玉上有和她梦里一样古怪的纹路，形状像一只狰狞的兽。

纪初桃将视线从玉上移开，落在他缠了绷带的伤处上。他的胸口有夹板固定着，大概是为了防止呼吸牵引伤处，产生剧痛。纪初桃看着都觉得疼，倾身靠近他，想要伸手触摸他的绷带，又不敢，蹙着眉歉疚地道："怎么可能不碍事呢？"

说完，她抬起头来，呼吸很轻，道："抱歉，祁炎……"

纪初桃是真心实意地感到歉疚。自从来到她身边，祁炎就总是受伤，她不知道，有些伤是他故意为之的，而有些伤是他心甘情愿地代她受罪的。

祁炎望着她，目光渐渐变得柔和，忍不住做了他长久以来想做而不敢做的事。他抬起手臂，用修长的大手轻轻地揉了揉她的发顶，低声说："战场上刀剑无眼，臣早就伤惯了，这点儿小伤算不得什么。臣说好要贴身服侍殿下，但还是让殿下受伤了，该道歉的人是臣。"

纪初桃惊奇于他的柔情，顾不得计较他揉乱自己头发的事，道："就算伤惯了，你也是会痛的呀。"

祁炎微微失神。所有人都当他是英雄，要求他无坚不摧，唯有纪初桃拿他当个人，怜悯他放浪形骸的表象下的血肉之躯。

"对不起……"少女又轻又软的声音再次传来。

"殿下无须自责。"祁炎稍稍俯身，与垂头丧气的纪初桃平视。

纪初桃摇了摇头，深吸一口气，道："这句道歉不是为了坠崖之事，而是为了上元之夜……"

听她主动提及这件事，祁炎反倒有些意外，还以为醉了酒的她不会认账呢。

"那晚，本宫不该一气之下亲你，故意捉弄你……"

祁炎为了她几经生死，她却还顾及什么长公主的尊严而欺负他，想想都觉得过分。

在山洞里相依为命的那个夜晚，她便打定主意，若是能化险为夷，自己一定要开诚布公地和祁炎谈谈，向他认错。

纪初桃道："本宫以后不会如此了，还请将军忘了那晚的事。"

祁炎道："臣怎么忘得了？"

甚至，他食髓知味，那晚的事夜夜入梦。

他的声音低沉，纪初桃沉浸在自己的思绪中，没有听清，便微微侧首："你方才说什么？"

祁炎咽了咽口水，半晌后，道："没什么。"他换了个话题，"若说道歉，臣也有一桩旧事要向殿下坦白。"

"什么？"

"去年在狱中，臣让殿下去慈安寺取一个重要的物件……"祁炎顿了顿，"其实那东西根本不重要，是臣故意让殿下拿来试探殿下的立场的。若殿下打开盒子，将情报告知大公主，臣就会视殿下为敌人。"

说完，他抬眼望向纪初桃，密切地观察着她细微的神色变化。

这是祁炎欠她的道歉，他做好了准备，就算纪初桃再失望、愠怒，自己也得受着。

然而纪初桃只是微微一笑，轻松地道："你说这件事呀。"

"殿下不生气？"祁炎问。

纪初桃道："本宫早知晓了。那时你与长姐嫌隙正深，本宫贸然去接近你，是个人都会起疑吧？我原先还担心你会用那东西做文章，但在回去的途中想了想，若那真是重要的东西，你未必敢冒险让本宫去取，既然它是无关紧要的物件，你试探便试探吧。"

祁炎沉默了。以前他觉得纪初桃有心机、做作，相处久了，方知她真的温柔又纯净，知世故而不世故，最是难得。

仿佛卸下了一个重担，祁炎将墨色的剑眉一扬，问道："殿下就没有别的问题要问臣？"

她当然有，那块玉……

纪初桃思忖了一下，小声地问道："你为何要骗本宫，说没有墨玉？"

"臣也想问，殿下是如何知道臣有墨玉的？"见纪初桃红唇轻启，祁炎仿佛看穿她的想法似的，先开了口，"殿下可别说是从别人那儿听来的，这块玉的存在压根没有外人知道。"

啊……原来是这样，难怪初见祁炎那日，自己在花苑中询问墨玉的事，他会那般警戒。这下自己要怎么解释？

纪初桃心虚地苦恼了一阵，而后反应过来，抬起杏眼："是本宫先问你问题的，小将军先回答，本宫再答。"

她当真是一点儿亏也不肯吃。

祁炎极低地笑了一声，说："这玉是护身符，若被外人瞧见，臣会有灾祸。"

其实何止是护身，这玉化作利刃颠倒乾坤都有可能。

纪初桃将信将疑，问道："那本宫方才瞧见了它，岂不是会给你惹祸？"

见她的眼眸澄澈，里面没有一丝盘算的意思，祁炎道："殿下不是外人。"

他嗓音低沉，像在自己的耳边低语，纪初桃心湖荡漾起来，身体热了起来。她移开视线，用手指捻了捻袖边："那如果……本宫是说如果，小将军有了妻子，会不会将此物赠予她，当作……"睫毛颤动几下，她小声地继续问，"当作定情信物？"

祁炎一怔，随即扬眉笑道："臣若有了心仪的女子，必铺十里红装，备丰厚的聘礼，将此玉双手奉上。"

他说这话时，眼睛一直看着纪初桃，脑中想的人也是她。那灼人的目光与梦中的重合，纪初桃才平静不久的心又不听话地乱蹦起来。

"殿下还未回答臣，为何如此在意臣的玉佩？"祁炎的声音打断了她混乱的思绪。

是啊，这个从未示人的玉佩她是如何知道的呢？

"兴许是本宫做梦梦见的呢？"纪初桃将真相说一半留一半，也不算撒谎。

但在不知情的人听来，这个回答要多荒诞有多荒诞。祁炎明显不信，追问道："那殿下还梦见过什么？不妨一并说来。"

"本宫还梦见，将来与小将军成……"意识到自己险些说出"成亲"，纪初桃连忙捂住嘴，"腾"地起身，"本宫要走了，你好生歇息！"

但她忘了自己的脚踝不争气，疼痛之下，身子一歪，被祁炎伸手扶住了。

祁炎目光炙热地望着她，难得显出急切的样子，固执地求一个答案，以半搂着她的姿势沉声问："殿下说清楚，殿下将来与臣如何？"

他跟她挨得很近，表情和气质越发像她梦中的样子，连声音都一样撩人。那种心悸的感觉又来了，她无法呼吸，脑子也似乎停止了运转，下意识地想逃。

"不如何，本宫乱说的。"纪初桃不敢看祁炎的眼睛，匆匆地挣开他，一瘸一拐地跑了，像一只受惊的小鹿。

祁炎站了一会儿，怔怔地坐回榻上，连披在肩头的外袍滑落也没有察觉到。

她方才要说什么？是"成亲"吧？她要说的该不会是与自己成亲吧？所以，她也倾心自己，是吗？

窗外春光正好，几片竹叶飘落，祁炎缓缓地握紧十指，耳根微红，冷峻的外表下满是汹涌澎湃的不甘和躁动的心绪。他缓缓地长舒一口浊气，躺回了榻上，抬起手臂遮在眼睛上平复燥热的感觉。

不说清楚就跑,她还是一如既往地撩得人骨子里发痒。

而此时回到寝殿中,撩人而不自知的纪初桃懊悔不已。那些怪力乱神的事本就是说不得的,都是断断续续的片段,她说出来也没人信。可是为何看到那块玉,想起梦里祁炎将它赠予自己的情境,自己会如此心慌?

她仔细地想了想,自己没有之前那样抗拒与祁炎的婚事了,但还有些情怯,总之心里有一种说不出来的复杂感觉。

"还是顺其自然吧,自己想多了也没用。"纪初桃坐在几案后深呼吸,如此安慰自己。

不过,祁炎的身子也太结实了,硬得像铁。

躬桑礼那日,她在溪边惊鸿一瞥,却因天黑没能看仔细,只能模糊地看到祁炎的肌肉轮廓。方才在他的房间中,他脱了衣裳展示包扎好的伤处,她近距离地毫无阻拦地看过去,方真切地感受到他的身体是如此完美,每块肌肉都长得恰到好处,充满了力量之美,并不会让人觉得夸张。

稍稍打扮过后,纪初桃入了一趟宫。

躬桑的天石之事多多少少会对纪妧造成影响,不能再拖下去,所以她将自己知道的一切都告知了纪妧,以便及时止损。

"大皇姐要小心,能在禁军中安排眼线之人必定身居高位,手握重权。"纪初桃手中没有实权,无法调动兵马彻查此事,只能尽可能地提醒大姐留意朝中股肱。

纪妧眼珠一转,大概猜到了什么,冷哼一声:"本宫没去,倒辜负了身边人布的这场好局。"

"大皇姐幸好没去。"回想起发现天石的那个凌晨、所有内侍和禁军动摇且慌乱的眼神,纪初桃仍心有余悸,"若当时带去的人中有人反水兵变,后果不堪设想。"

史书上因为这类事件而被迫退位或杀死亲近之人以求自保的掌权者并不在少数。

纪妧面色沉静,道:"你说的那个断崖,本宫会让人去查,禁军也需要换血。你不必操心,好好养伤,待身子好了,替本宫办一场琼林宴。"

"琼林宴?"纪初桃讶异地看向纪妧。

每年殿试前,礼部都会办一场琼林宴,名义上是招待贡生,实则是甄别人才,为朝堂所用。纪初桃以为经历了除夕宴和躬桑的风波,大姐一定不会再让她插手宫宴、祭祀之事了呢。

纪妧似乎看出了她的想法,道:"本宫即便安排别人去办这些事,该有的尔虞我诈也一样不会少,既然如此,倒不如交给自己人办放心。更何况,你每次都能化险为夷，不是吗？"

琼林宴不比除夕宴和躬桑那般人员复杂，不过是文人雅士吟诗作赋，想来出不了什么意外。

"好，我一定竭尽全力。"纪初桃说完，又想起了祁炎，斟酌着道，"皇姐，这次遇险也是祁炎救了我，你能不能不罚他呀？"

纪妧露出了"本宫就知道你会如此"的表情。

纪初桃道："我会努力地办好皇姐交代的每一件事，但有恩于我的人，我不想辜负。"

"行了，本宫心里已有计较，你且安心地休养。"纪妧嘴角勾起一抹淡笑，"待琼林宴后，本宫给他安排一个合适的职位。"

纪初桃心中一喜，觉得自己近来的辛苦都有了回报，道了谢便急着回去向祁炎报告这桩喜事。

纪初桃走后，秋女史方从殿外进来，禀告道："殿下，左相褚大人求见。"

纪妧收敛了嘴角的笑意，淡淡地道："宣。"

身穿紫色官袍、腰佩金鱼袋的年轻文臣走了进来，躬身行礼："臣褚珩拜见长公主殿下。"

"你我之间就不要来这些虚礼了。"纪妧接过宫婢奉上的茶水，轻轻地吹了吹茶末，"这次你又要进谏什么？"

褚珩身姿如松，连头发丝都像透着墨香似的，问道："臣听闻殿下要将琼林宴交给永宁长公主操办。"

"左相的消息倒是挺快。"纪妧不置可否，悠然地道，"这次会试的一甲中，有一个叫孟苏的年轻人才思不凡，颇为出色，本宫想让他和永宁结识一番。"

明白了纪妧的意思，褚珩微微皱起好看的眉毛："孟会元是不可多得的人才，将来必是朝中栋梁，若配给永宁长公主，未免断送了前程，太过可惜……"

"哐当"一声，纪妧重重地放下了手中的杯盏，温热的茶水溅了出来，但她的脸上依旧挂着得体的笑，问褚珩："当初褚大人不愿放弃前程，怎知孟苏也不愿意呢？"

第九章
醋　意

一

纪初桃回了自己的府邸，一下辇车便迫不及待地朝祁炎的房舍行去。她脚伤未愈，走得很慢，脸上的神情却无比轻松，带着轻快的笑意小心地推开了祁炎的门。

祁炎本已下榻，正在活动筋骨，听到熟悉的脚步声靠近，身形一顿，迅速地回到榻上躺着了。

见到祁炎皱着眉躺在榻上休憩，纪初桃收敛了笑意，连忙问道："你怎么了？不舒服吗？"

祁炎看着她说："胸口略疼。"

"那本宫去叫太医来……"

"不必。"祁炎沉声制止了她，想坐起身，却扯到伤处，闷哼了一声，"臣不愿意见外人。殿下如若得空，可陪臣说一会儿话，臣分散注意力便不疼了。"

宋元白若在场，见到此情此景，一定会将白眼翻到后脑勺去。祁炎是镇国军中出了名的硬骨头，十七岁单枪匹马斩杀北燕战神乌咄时，左臂骨折，身上还有好几处深可见骨的刀伤，也不过将断骨接上，草率地包扎一番，休息几日便又精神抖擞了。此番他忸怩作态，不过是喜欢纪初桃的眼里、心里都只有他一个人的样子罢了。

纪初桃果真紧张得不行。她记得祁炎不喜欢外人触碰，在公主府里住了这么久，派给他的贴身侍从都被他送了回来。那时他在崖底的山林中背着她行走时，的确用说话来分散痛觉……

纪初桃迟疑了片刻，在他榻边的矮凳上坐下，妥协道："好吧。但你若是疼得厉害，还是要叫太医来看看，不可强撑。"

祁炎倚在榻头望着她，低低地"嗯"了一声，分明精神得很。纪初桃惦记着那个喜讯，并未留意祁炎心中打的什么算盘，微微一笑，道："本宫有个好消息要告诉小将军，兴许听了这个消息，小将军就不那么疼了。"

纪初桃想：之前祁炎被当作面首送来府邸，每日都凶巴巴的，很不开心，若知道自己在不久的将来就能重回朝堂，还不得高兴得忘了疼痛？

"哦？"祁炎忍不住，微微扬起嘴角，心里却想着另一件风马牛不相及的事——她终于记起来，要将上午没说完的话说完了吗？

祁炎很好奇在纪初桃的心里，他们之间的关系到底是何走向。这个问题已经折腾他半日了。

"本宫还梦见，将来与小将军成……"

成什么呢？这话真是勾得人心痒痒。

祁炎满怀期待地看向纪初桃微启的唇，目光渐渐光灼热起来。

"你救了本宫数次，大皇姐说你可以将功抵过，答应赦免你的罪。祁炎，琼林宴后你便能出府，重获自由啦！"纪初桃眼睛明亮，可轻柔的话语泼了祁炎一头冷水。

祁炎嘴角的笑意淡了下去，眸中炙热的火苗也熄灭了，抿着嘴唇闷声不吭。

见他久久没有反应，纪初桃好奇，问道："小将军能离开公主府了，难道不高兴吗？"

良久，祁炎动了动嘴角，抬起眼，语气中有些咬牙切齿的意味："高兴，臣太高兴了。"

他高兴到面目狰狞的地步了吗？

纪初桃狐疑，又听见祁炎低沉的嗓音传来："殿下希望臣走吗？"

她被祁炎问得一愣，还真没想过这些，斟酌许久方微微侧首："无所谓希望或不希望，祁将军总要走的呀。"

是啊，他总是要走的，纪初桃从梦里也能窥得些许端倪。将来的他必定是傲视群雄、万人之上的存在，怎么可能一直待在公主府里落魄下去？

她有了预知，所以更明白不能阻碍祁炎的前程。但祁炎似乎对她的回答并不满意，眉头紧锁，消失许久的躁郁感好像又要出现了。

夜色静谧，崇英殿中，年少的天子还在燃灯苦学《史策》。纪妧穿着拖地的黑金宫裳进殿，望着珠帘后的少年许久方挥退侍从，朝他行去。

"长姐?"见到纪妧这个时候来,纪昭有些慌乱,连忙翻出自己写了一半的功课,低声道,"今日的策论朕就快完成了,还差一点儿……就一点儿!"

纪妧轻轻地抽出纪昭压在掌下的宣纸,扫了一眼,勾着唇笑道:"皇帝最近进步颇大。"

她第一次肯定纪昭的表现,纪昭一愣,没反应过来。

纪妧道:"本宫此次来,是有要事要同陛下说。关于躬桑礼中出现的意外,禁军有不可推卸之责,守卫皇宫的军队可不能捏在别人的手里,皇帝以为呢?"

纪昭垂着头,坐得端端正正的,抿了抿唇,而后道:"全凭长姐裁夺。"

"陛下才是天子,哪能事事由本宫裁定?"纪妧放下手中的宣纸,上挑的凤眼中蕴含着睥睨尘世的傲气,淡淡地道,"陛下如今年纪渐长,也该试着执掌朝政了。正巧四月殿试放榜,事关我朝文脉,皇帝不妨放手试一试,培植些自己的心腹。"

听到纪妧将还政之事说得像归还不要紧的玩具一般轻松,方才还唯唯诺诺的纪昭瞬间抬起头,瞪大眼睛震惊地道:"长姐……"

纪妧抬手示意他噤声,严肃地道:"天底下的东西,是你的,总该是你的,你要有野心,也要有分寸。皇帝莫要辜负了本宫这些年的栽培。"

说罢,她略一颔首,起身离去了。

像是承受不住纪妧的话中隐含的深意,纪昭久久地愣怔在原地,脸上一阵红一阵白,瞬息万变。

春夜微雨,墙角的杏花带着湿意,永宁长公主府内,廊下的宫灯亮了起来。沐浴更衣完的纪初桃在侍婢的搀扶下挪回寝殿,在见到在殿中等候的祁炎时怔住了。

"你还伤着呢,来这儿做什么?"纪初桃惊讶,又气他不知道珍惜自己的身体,断了胸骨还到处乱跑。

祁炎穿戴齐整,看不出胸口有伤,负手看着刚泡完澡又跑得脸红扑扑的纪初桃,神色不明地道:"两个月之期未过,臣还需要日夜服侍殿下。"

他竟然还记着这事?!

纪初桃搭着侍婢的手,一下一下地蹦过去:"本宫准你休养一个月,你快回去!"

本来日子就不多了,还休养一个月,祁炎如何舍得如此挥霍来之不易的相处时光?于是他当作没听见纪初桃的话,接过她解下的披风,搭在了木架上。

纪初桃觉得既好气又好笑,看着祁炎慢条斯理地"服侍"自己的样子,皱着眉道:"你若不听话,本宫就叫人将你绑回房间!"

祁炎背对着她,单手拿起小香炉熏了熏她华美的衣裳,似乎笑了一声:"他们打不过臣。"

纪初桃坐在榻上，登时无言了，半晌后叹道："小将军，这样不好。"

祁炎熏香的手一顿，皱着眉想：她突然拒绝自己的靠近，是厌烦了吗？

然而未等这个念头占据大脑，他又听见少女无奈的声音传来。她柔声道："这样对你的名声不好。"

纪初桃觉得，祁炎做客卿尚能得到几分尊重，但若总是往自己的房中跑，传出去于他的仕途不利。

祁炎忽然心软，心里所有的阴郁情绪都烟消云散了："臣能侍奉殿下的时日不多了。"

纪初桃听到这句话，心里生出一股莫名其妙的惆怅感来。是呀，四月份他就要走了，以后两个人见面的日子只会越来越少。一想到此，纪初桃就心里酸酸胀胀的，有一种说不出的滋味。

"那……你随时可以来见本宫。只是你还有伤，不要做这些琐事了，侍奉之类的事，宫人们自然会做。"纪初桃情不自禁地放轻了声音。

闻言，祁炎放下熏炉转过身，逆着烛火的光，五官更显得立体了："臣随时都可见殿下？"

"本宫不方便的时候就不能见。"

纪初桃留了个心眼，比如她沐浴、就寝这样需要隐私的时候，外男当然不能出现。

祁炎舒展开剑眉，顺杆而上，踱至纪初桃的榻边坐下："那臣看着殿下入睡。"

纪初桃不太习惯睡觉时有人在侧，可之前御宴遇刺和躬桑春雷的时候，祁炎都占据过她榻边的位置，这时她再赶人未免有些矫情，何况祁炎还有伤呢，自己就当为哄伤患做出一点儿让步吧。

纪初桃如此想着，没答应也没拒绝，只是自己脱了绣鞋上榻，盖好了被子。

祁炎伸手替她掖了掖被角，动作算不得多轻柔，力道也有些重，可就是有一种令人心安、温暖的感觉。昏暗中，纪初桃眼睛水润澄澈，提醒他道："放下帐帘。"

祁炎眸色黯了黯，依依不舍地将帐帘从金钩上取下，脸上带着张扬的笑，问："殿下可要握着臣的手？"

"不要！"

知道祁炎在取笑自己，纪初桃想也不想就拒绝了，翻了个身，不理他。脚扭伤后行动格外费体力，今天她又入宫、出宫忙了一日，闭眼不久便坠入了梦乡。

祁炎隔着帐帘看到榻上有一团小小的隆起，几缕乌发调皮地从帐纱下漏出，半垂在榻沿上。他伸手摸了摸，少女的墨发保养得极佳，冰冰凉凉的，似上等绸缎的质感，令人着迷。

胸口断骨处的伤还在隐隐作痛，但和自己满腹的愁绪相比根本算不得什么。祁炎知道自己操之过急，但还是控制不住心中的执念。

纪妩绝不会将吞下去的东西再吐出来，虽然答应纪初桃赦免他的罪罚，但并非真心实意地想与他冰释前嫌，所以将他调离永宁公主府只有一个可能：在她的心里，他对于纪初桃而言已没有利用价值了，有更好的人能取代他的位置。

至于那个替代者是谁，祁炎尚不知晓，只知道无论是谁，都别想从他的手里夺走纪初桃。

夜色悄寂，烛影摇曳，祁炎眸色幽幽，垂首将纪初桃的一缕头发拈至鼻端，近乎偏执地低语："快些喜欢上我，殿下。"

四月芳菲正盛，新科放榜，京都内一片热闹。

城北的皇家花苑里，礼部正大开琼林御宴，酬酢及第进士及帘官。即便是暮春时节，皇家花苑中依旧花繁叶茂、落英缤纷，进士们身穿罗袍，头戴乌纱，言笑往来，颇有春风得意之态。

人力开凿的小溪上，飞虹画桥横跨两端，桥上，一群儒雅的进士簇拥着一位年轻的朱袍男子款款而来。

此人看上去不过二十岁出头的年纪，眉目俊秀如画，皮肤白皙，自带高洁之气，仿佛繁花胜景皆入不了他的眼。他从桃花之下行过，惹得宫人和士子频频回首。

本朝礼制规定，及第的进士一律着深蓝色皂袍，簪翠叶绒花，唯有一人可着红袍，簪翎羽红花。

"状元郎！"迎面走来的士子纷纷同那穿红袍的年轻人打招呼，拱手作揖，"恭喜孟兄三元及第，金榜夺魁！"

孟荪拱手回礼："同喜。"

寒暄过后，孟荪朝主宴的厅堂走去，一旁的同侪笑道："若说本朝的状元郎，除了当初二十岁就殿试夺魁的左相褚大人，最年轻的就是咱们孟兄了吧？"

这本是夸奖之辞，孟荪却微不可察地皱起了眉头。

因与褚珩气质相仿，又一样才思出众，所以孟荪总是被人拿来比较，更有甚者当众称他为"小褚珩"。但他并不喜欢这个称号，于他而言，孟荪便是孟荪，不是谁的复制品。

同侪见他不语，察觉失言，便岔开话题："你们听说了吗？这次琼林宴是永宁长公主操办的呢。传闻她可是个绝艳的小美人，至今尚未婚配，今日你我总算能一睹芳容了！"

才子也抵抗不了对风雅佳人的向往，他开启了这个话题，立即有人笑着附和：

"王兄就别想啦！有才貌双绝的孟兄在，这等艳福岂会落在你的头上？"

同侪打趣得正欢，孟苏却不发一言。他想起昨日被召入宫时大公主给他的暗示，话里话外，她似乎想撮合他与三公主纪初桃结识。

孟家身后是河东百年望族，光宰相便出了好几个，掌控了本朝文脉的半壁江山，孟苏当然知道大公主打的是什么算盘。可惜，那三公主再貌美如花也非良配，何况他还听说她与落魄的朝臣牵扯不清。

读书人最守礼节，这等妖娆女子怎值得自己放弃锦绣前程？思及此，孟苏心中更加坚定自己的选择，冰冷地道："娶妻娶贤不娶艳，诸位有这等心思，不妨多读几本圣贤书。"

孟苏走下了画桥，转过回廊，便见人群中一片热闹。

"永宁长公主来了！"

淡粉色的海棠花下，一群清丽的宫娥簇拥着一位身穿茜色衣裙的美丽少女走来了。那少女眼眸清澈，肤如凝雪，不施脂粉，只在眉心点了花钿，就已经艳惊四座。她虽从花中走过，却一点儿也不输颜色，甚至比满树的海棠更为明丽夺目。

春风拂面，温柔入骨，她干净得仿佛不染世俗尘埃。孟苏情不自禁地停住了脚步，花瓣落了满肩也久久没有回神，直到一道冷冽如刀的视线刺过来，方惊醒似的抬起了眼，与穿着黑色武袍的男人遥遥相对。

花瓣飘飞，那人满身肃杀之气。

二

此次琼林宴，纪初桃原本没打算让祁炎随行，毕竟用来固定断骨的夹板刚被撤下，他还需要静养。可她没想到，出门时，祁炎已经换好衣裳在马车上等她了。他身着一袭黑袍，占据了车夫的位置，环抱双臂静候的模样仿佛春日里的一点浓墨。

新科放榜后，年轻的进士都是等待婚配的香饽饽，祁炎说什么也要跟着纪初桃，看看是哪个不怕死的男子敢觊觎他的人。

祁炎这一趟还真有收获。虽说纪初桃不管到哪里皆是众人注目的焦点，但有一个人的目光格外特殊。白墙黛瓦之下，落花蹁跹，穿着一袭红色状元袍的俊秀男子长身而立，儒雅内敛，颇有高山之雪的气质，凤眼一眨不眨地盯着纪初桃，虽然目光不似别人那样放肆，但祁炎的直觉告诉他：就是此人。

河东翘楚、孟氏嫡系、身后站着大殷盘根错节的文脉根系、连中三元的状元郎……能让纪妩这般花费心思的人只有孟苏了。

虽说琼林宴主要招待及第的进士，但亦有世家子弟携家中的姊妹赴宴。世家子弟多半是为家族招揽贤士前来，毕竟这些进士将来极有可能做官，自己在朝中多结识一个新贵便多一分方便；随同赴宴的贵女们则在隔壁的海棠苑中宴饮，偶尔借着路过的机会从月洞门下偷偷地朝这边望一眼，若有中意之人，便请父兄前去打探那人的消息。

琼林宴每年促成的婚事不在少数，但今年没有一户人家敢来替孟荪说亲，不是孟荪不讨喜，相反，他路过的时候少女们都欢喜得快昏厥过去了。世家子们都明白，自家的姊妹看上谁都可以，唯独不能和长公主抢男人。

墙角的假山后，几个衣着华贵的世家子三三两两地结伴而行，压低声音议论："谁不知琼林宴是招婿揽贤宴？大公主特意让三公主主持此次宴会，虽未明说，实际上已经认定孟荪为内定的三公主驸马了。咱们这些做臣子的只能过一过眼瘾了。"

另一个人不服气地道："可是三公主身边不是有镇国侯世子了吗？"

"他？他当初拒婚得罪了皇家，如今只配做个侍臣。何况祁家乃反贼之后、草莽之辈，怎么能像孟氏一族一样跟三公主门当户对？"

先前那位世家子弟哂笑，仿佛知道什么内幕似的，摇首道："清高文人的眼里最容不得沙子，你们且等着看好戏吧，祁炎此行赴宴，必定自取其辱。"

不多时，钟鸣鼎食，宴会开始。

按礼，宴会前士子们要按一、二甲的顺序排列，依次向纪初桃介绍自己，也是为了在皇家面前留个印象。

"学生河东孟氏荪见过永宁长公主殿下。"

听到这个清朗好听的声音时，纪初桃眼眸微亮，好奇地打量起面前唇红齿白的状元郎来。纪妧着重提起此人，让她多多留意，她便上了心，微笑着道："孟状元，本宫听过你的名号。"

她的笑也是干干净净的，不带丝毫媚俗或清高的意味，她身着锦裙端坐在上，仪态万千，美得不可方物。

孟荪神色微动，拢袖道了一声："多谢殿下，承蒙殿下谬赞。"

一旁客席上的祁炎把玩着酒盏，视线掠过二人，眼眸深沉。

宴会中途，进士们轮流题诗作赋，针砭时弊，发表自己的见解，为的是能在纪初桃和帝官面前留个好印象，为自己的仕途添第一块砖。

纪初桃听了一轮，只记住了孟荪的一篇小赋。他引经据典、文思泉涌，赢得众人心服口服。但也有少数人不服气，觉得纪初桃因为孟荪生得好看，所以格外偏爱他。

深宫里不谙世事的美艳帝姬能有什么才学？她不过是看脸评论罢了。

如此想着，一个身材瘦长的儒生耐不住被冷落的感受，起身朝纪初桃拢袖："殿下，学生以为治国选拔的应该是能人，而非文人。文章写得漂亮不算真本事，懂得为官之道方为正经。"

此人一看就是恃才傲物之人，说话一点儿也不委婉，既讽刺孟苏只会写漂亮的文章，又暗指纪初桃不该按文采甄别人才，短短几句话，已将在座身份最高的两个人得罪了。

座下发出一阵窃笑，众人都等着看上头那位深宫中的帝姬如何回应。然而纪初桃并不生气，坦然地迎着众人探究的目光，问道："那阁下不妨说说，你心中的为官之道是怎样的？"

那儒生立即抓住机会，慷慨地陈词："学生心中的好官当属当今右相林进显林大人！"

这人激动得脸都红了，活像一只上蹿下跳的猴子。

纪初桃忍着笑问他："为何是林右相？"

儒生道："成德四年京都水患，大水冲垮了城西的石桥，百姓受阻，林右相动用自己府中的马车，亲自接送百姓渡水，又开放自己的府仓接济灾民。林右相殚精竭虑，清贫为民，试问当今还有谁能如此？"

他说得似乎很有道理，祁炎却发现了一些不合理之处。林进显虽然忠厚，但资质愚钝，为官三十年，毫无建树，朝廷不过是看在他是三朝元老的分上才勉强给他一个右相当当。若论决策能力，他比不上左相褚珩的一根手指，怎么可能是为官者的榜样？

在那群清高酸腐者的眼里，纪初桃这等只懂风月的帝姬没资格评判他们的才能，所以他们故意挖了坑，等着看纪初桃的笑话呢！若纪初桃附和，则说明她当真没有一点儿识才用人的能力，自然不能服众。

祁炎摩挲着手中的杯盏，若有所思地盯着挑事的儒生，面上不以为意，心里却盘算了不下十种给纪初桃出气的法子。

另一边，孟苏也明白了这个儒生的用意，蹙着眉望向了纪初桃。不谙世事的小帝姬艳名远播，却没什么因才学出众而有的名气，在这场交锋中注定只会落人笑柄……

"铛"的一声，祁炎放下了手中的杯盏。他见不得那些腌臜坑意儿欺负纪初桃，正欲张嘴辩驳，杀对方一个片甲不留，蓦地听见一道温柔的声音先一步响起了。

纪初桃笑了一声，道："本宫倒觉得，林大人虽然清廉，却算不上为官的典范。普通人若是这样做，自然是大善人，可是林大人是宰相，应该颁布法令治理水灾、修缮桥梁，辅佐君王从根源上解决百姓的疾苦，而非以一车救人，以杯米济世。只看得见眼前的数人而不见天下人，如何能算得上真正的为官之道呢？"

纪初桃一针见血，那儒生愣住了，哑口无言，一张脸憋得黑里透红，灰溜溜地退回位置上。

祁炎未料到她自己轻巧地化解了危机，满身的煞气消散，就连孟荪望向她的眼神也有了些许变化。

那儒生的同伴大概不忍心见他受挫，讪笑着岔开话题，提议道："琼林宴光有墨香，未免有些单调。既然祁将军在此，学生斗胆请将军舞剑助兴，为三殿下方才的见解添彩，如何？"

他倒是会找靶子，知道祁炎为文人所不齿，便想拿他转移注意力。不少人还附和，毕竟孟荪才是值得高攀的"准驸马"，他们博"新欢"欢心的最好方式便是狠狠地踩"旧爱"一脚。

祁炎没发话，纪初桃却收敛了神色。她自然知道那些人在针对祁炎，但舍不得让他受一丁点儿委屈，遂蹙着眉道："祁将军的剑为守土开疆而生，为国之大义出鞘，并非拿来给你们玩赏的。"

纪初桃神情肃然，宴会上一时安静了。

琼林宴讲求雅兴，纪初桃不想闹得太僵，顿了顿，缓缓地道："诸君若不嫌弃，本宫愿为……"

"殿下，学生愿题词一幅，为宴会助兴。"清朗的声音传来，孟荪拱手出列，主动请缨。

一时间，座下响起议论声，有人讶异地道："孟状元丹青甚绝，一字难得，平时多少贵胄求也求不来，今日竟然主动展示！"

"嗐，他为博美人一笑，题几个字算什么？！"

"别说了，咱们去看看！"

连孟荪的那几个同侪也皆是难以置信的样子，互相使了个眼色：孟兄这是怎么了？他方才不是还说"娶妻娶贤不娶艳"吗？这般出风头着实不像他的作风啊！

孟荪神色如常，并不理会周围人如何议论。

宴会开始前，他的确对纪初桃抱有偏见，但方才听她谈吐不凡、字字珠玑，又主动维护国之忠良，清明大度、温柔知礼，就凭这一点，他心中的那些偏见就烟消云散了。他甚至还隐隐地对她生出些尊敬之意，还有些许他自己都未察觉到的情愫。

见孟荪主动解围，纪初桃一怔，随即用轻松的语气吩咐："来人，为状元郎铺纸研墨。"

一旁，祁炎皱起长眉，眸中带着压抑的酸意。他终于按捺不住，低低地嗤笑一声，起身道："诸君提议，祁某不敢扫兴，只是刀剑无眼，煞气重了些，不适合这等风雅的筵席。不如祁某也题字一幅，为殿下助兴？"

"祁炎……"纪初桃望向祁炎，杏眼中蕴含着惊讶和担忧的神色。

一个武将和丹青妙手的状元郎比试书法，以己之短攻人之长，祁炎怎么想的？！

纪初桃宁愿自己委屈，也不愿意让祁炎被人取笑。她当即起身，行至祁炎的面前，仰首望着高大挺拔的俊美男人，低声道："你不必如此……"

"臣愿意如此。"祁炎放低了声音，目光深沉，没有丝毫怯意。

他想让她知道，孟苏能为她做的事，他也能做。他比那个手无缚鸡之力的小白脸更有资格站在她的身边。

"笔墨拿来！"祁炎沉声吩咐，行至书案后。

见孟苏与他同时提笔润墨，众人被这场比试吸引了注意力，纷纷围过来观看。可大家明显不看好祁炎，围在孟苏身边的人比祁炎这边的多上许多倍。

见祁炎身边只有寥寥数人，纪初桃一咬唇，朝他走去了。

"殿下！"观战的挽竹拉住纪初桃，提醒道，"您是主判，当在外围观战，若是去了祁将军身边，大家会说您偏心的。"

纪初桃却不管那么多，轻轻地拂开了挽竹的手，坚定地朝祁炎走去。遇险那么多次，祁炎都不顾自己的安危朝她奔去，那么这一次，她也要站在祁炎身边。

一双素手伸来，替祁炎铺开了镇纸，祁炎躬身抬眸，看见了纪初桃充满温柔鼓励的眼眸。她细声说："不管小将军写得如何，在本宫心里都是顶好的！"

那一瞬，浅金色的阳光落在她身上，让她看上去明丽得不可方物。

祁炎的眼里浮现出了笑意。既然如此，他更加不能辜负心上人的厚爱。墨浓笔饱，他提笔凝神，大笔挥下，落下了遒劲的一笔。

不到半盏茶的时间，两个人同时收笔了。

"好！好字！"旁边的孟苏处响起了掌声，众人赞叹不绝。

内侍将状元郎新写的墨宝铺展开，只见上头写着飘逸至极的两行行书：画桥仙郎见，琼林饮醉归。

但看到内侍展开祁炎的那幅字时，热闹的围观群众如被掐住脖子似的，瞬间安静了下来。若说孟苏的字是如拓印般完美的行书，那么祁炎的字则是落拓不羁的行草，笔锋遒劲，力透纸背，有峥嵘剑势，让人想起折戟残剑、萧萧马鸣。

祁炎的字不拘一格、狂放至极，让人看不出派别，但就是能给人强烈的冲击感。相比之下，孟苏的行书就显得过于规矩，少了几分灵气。

然而让人沉默的并不仅仅是祁炎那手出人意料的好字，还有他写的内容，狂狷的八个大字跃然纸上：文王初载，天作之合。

这两幅字都是要献给纪初桃的，那么"天作之合"说的是谁和谁已经不言而喻了。

众人纷纷看向淡然收笔的孟状元，同情地想：祁将军这是在挑衅吧？他是赤裸裸地宣战吧？

三

纪初桃以为祁炎这样的武将不擅长书画。那八个大字初看有些粗犷，然而她细细地品鉴过后，方觉得磅礴大气，这样的笔锋和气势无人能及。不过孟荪的字也极好，飘逸俊美。

两张书案前围满了士子和帘官，他们窃窃私语，或摇头，或颔首。而祁炎与孟荪各自挺立，等着纪初桃裁决。

纪初桃当然觉得祁炎给她的惊喜更大，可她方才主动给祁炎铺纸的动作想必不少人都看在眼里了，此时无论她做出什么评论，众人都会觉得她有失偏颇，既然如此，她倒不如将这个烫手山芋丢给旁人。于是纪初桃最后还是让帘官来评论，帘官战战兢兢地给出了一个"不分伯仲"的结论，谁也没有得罪。

纪初桃命人将两幅风格迥异的墨宝收起，打包带走的却只有祁炎的那幅。她笑吟吟地道："今日得二位的墨宝，为琼林宴锦上添花，本宫甚喜。挽竹、拂铃！"

她唤来侍婢，让她们取来上等的古砚、笔墨等物，赐给祁炎和孟荪。孟荪淡然受了礼，视线在她与祁炎之间轻轻地掠过，又归于了平静。

宴席到酉时方散，纪初桃喝得微醺，在侍婢的搀扶下迷迷糊糊地上了马车。忽然马车一沉，祁炎跟着跃了上来。这次他没有坐在车夫旁的位子上，而是掀开车帘，躬身进了车厢。

车厢并不宽敞，容不下太多人。拂铃和挽竹对视一眼，很自觉地下车步行，将车中的空位留给了祁炎。

酒意上来，纪初桃杏眼蒙眬，脸上比平日多了几分醉意，更显得眉目如画、肤白唇红。她想起心中的困惑，拿起搁在身侧的宣纸展开，对落座的祁炎道："小将军写这个是何用意？不知情的人还以为你来赴婚宴呢！"

哪有人在琼林宴上写"天作之合"的？纪初桃怪不好意思的，想要问个清楚，可那么多双探究的眼睛盯着她，她找不到机会开口。

祁炎神色疏狂，靠在车窗上，屈肘撑着太阳穴，看着矜贵的少女许久，隐忍地道："殿下聪慧，难道看不出来？"

纪初桃侧首回视，目光闪烁，却无法说出口。这句话没有指名道姓，她如何猜得出来？何况她若是猜错，岂非自作多情？

祁炎未等到回应，眸色渐渐沉了下去。抱着一丝期待换了个问法："殿下觉得孟苏如何？"

纪初桃想了想，诚实地道："孟苏才貌双全、气质如玉，在及第的士子中算是佼佼者。"

祁炎挑眉，强压住满腹的酸意，意味不明地道："是了，殿下素来偏爱这等装腔作势的温润君子。"

他为何总是提及孟苏？想到什么似的，纪初桃心尖一颤，回过神来：祁炎写的"天作之合"该不会是在暗示她与孟苏吧？

当初大姐让她多多留意孟苏，她并未多想，还以为大姐让她替朝廷考察此人能否担当大任。后来赴宴，她从旁人微妙的眼神和谈论中猜到事情或许不是自己想的那样简单……大姐乱点鸳鸯谱也就罢了，为何连祁炎也如此？她登时酒醒了一半，心中有些郁闷。

"本宫才不喜欢什么'天作之合'。"纪初桃轻声道。

所以，你不要撮合我与什么状元郎啦！她在心里补充。

低低的抱怨声落在祁炎的耳中却是另一番烧心刺骨的意味。他缓了缓，姿态不再随意，坐直了身子，用深沉的眸子直直地看着纪初桃，哑声问："殿下……不喜欢？"

纪初桃也看着他，两腮因酒意微红。她唯恐他亲手将自己推去孟苏的身边，故而坚定地摇了摇头，道："本宫不喜欢这样的玩笑。"

祁炎握紧了搁在膝上的五指，眸子黯了黯。

庆功宴上，他被赐婚；承天门下，她亲口承认他的"驸马"身份；悬崖的山洞中，两个人生死相依……他认为自己与她对得起"天作之合"四个字，但没想到她会这般抵触。

祁炎看着微微蹙眉的纪初桃，心里亦不好受，忌妒与偏执拉扯着他的内心，仿若寒冰与岩浆交织。

先是晏行，而后是孟苏，之后还会有新人不断地涌现。她是帝姬，是天上的明月，会有无数人奔她而来，可他只想将她拽入凡尘，藏进心里。

气氛仿佛结冰般凝固起来，两个人各怀心事。

祁炎侧首，透过飘动的车帘看到道旁有几名及第的士子结伴走过。为首的那人个子瘦高，略黑的脸上透着红光，脚步虚浮，正是琼林宴上那个为难纪初桃的二甲进士。

他竟然送上门来了。

祁炎眸色一寒，为心里的不悦找到了发泄口，沉声道："停车。"

说罢，不待马车停稳，他撩开车帘跃了下去。

挽竹上了车，奇怪地道："殿下，祁将军突然要去哪儿？"

纪初桃掀开车窗的纱帘往外看，发现道旁已不见祁炎的身影，便摇首怔怔地道："兴许他有什么急事吧。"

挽竹看出纪初桃情绪低落，不笑了，小心翼翼地问："您和祁将军吵架了吗？"

不然为何一个人冷着脸走掉，另一个人独自在车中闷闷不乐？

纪初桃觉得祁炎大概是不开心了。自从上元节以来，他已经很久不生气了，总是寸步不离地护着她，脾气好到她以为可以一直这样快乐下去。可这平静终究随着孟苏的出现被打破了。

纪初桃捂着微红的脸颊，视线落在身侧写有狂狷大字的宣纸上，自言自语般叹道："可是本宫就是不喜欢孟状元呀。"

祁炎一夜未归，只差人送了口信回来，说自己有要事，要回镇国侯府住些时日。纪初桃放心的同时又隐隐地有些失落，毕竟习惯了祁炎的伺候，身边突然没了那道挺拔矫健的身影，总觉得哪里空荡荡的。

午膳时，挽竹端着一盘各色的绢花进了殿，朝执着鼠须笔出神的纪初桃笑道："殿下，有一件喜事！"说完，挽竹见到纪初桃画了一半的肖像，"咦"了一声，"殿下怎么又在画这个没脸的黑衣男子了？您不是许久没有做那些怪梦了吗？"

挽竹刚想说这梦中情郎像祁将军，便见到纪初桃胡乱地卷起画轴，意兴阑珊地道："何事？"

想起正事，挽竹"扑哧"一笑，凑过来兴冲冲地道："殿下还记得琼林宴上那个不知礼数的又瘦又黑的进士吗？奴婢听宫里的内侍说，那日他在琼林宴结束后归去的途中被不知从哪里飞来的石子砸中了，一个踉跄跌进了水渠中，摔得鼻青脸肿，连过两日的簪花御宴都不能来了！"

"竟然有这么巧的事？"纪初桃疑惑地道。

挽竹叉腰，一副幸灾乐祸的样子："谁叫他在宴会上大言不惭地讽刺孟状元和殿下您？这下他可遭报应了！活该！"

纪初桃执笔托着下颌，淡淡地"嗯"了一声。那个士子虽然可笑，却不值得她在意。

见纪初桃兴致缺缺，挽竹抿唇一笑，将装满各色绢花的托盘奉上，伶俐地道："后天就是簪花御宴，您选个花。"

本朝每年春末，宫中都会举办一年一度的簪花御宴，宴请文武百官。宴会上，天子和皇储会将各色绢花赐给自己倚重的臣子，以表嘉奖，赐给文官的是茶花、牡丹之类，赐给武将的是栾枝、芳草之流。

大殿尚未有皇储，因此赐花礼便由三位帝姬陪同小皇帝完成。往年纪初桃是不参与赐花的，因为不似两位姐姐那般位高权重，赐的花没有什么意义，所以连着几年都告假不去。今年也一样，她的心思全然不在花上。

她看也不看便回绝道："不选，撤了吧。"

挽竹"哦"了一声，端着托盘要走。正巧拂铃进来，问了缘由，便上前劝道："殿下往年不涉朝局，故而不赐花在情理之中。但今年殿下连连主持几场大宴，更是在琼林宴上名声大噪，令无数士子刮目相看，按理是有权赐花的。"

纪初桃道："可是本宫没有想赐花的人。"

说到此，她一顿，脑中顿时浮现出一张桀骜英俊的脸来。

拂铃看了一眼她的神色，微微扬起嘴角，轻声道："奴婢听闻，今年的簪花御宴，镇国侯世子也会去。"

纪初桃眼眸微亮，细嫩的手指转着鼠须细笔，忽然认真地道："你们说，若是送武将，该用什么花？"

挽竹和拂铃对视一眼，皆露出了轻快的笑意。

宋家酒楼的厢房内，祁炎抱臂望着窗边的铜镜，面上的表情甚为凝重。一旁，宋元白跷着腿嗑瓜子，忍不住问道："我说祖宗，你来我这儿对着这面破镜子看了快半个时辰了，到底意欲何为？"

祁炎审视着镜中的脸，严肃地问道："我和孟荪谁好看？"

"咯咯！"宋元白被瓜子仁呛住，一阵猛咳。

见鬼了！这是祁炎会问出的问题？！宋元白满脑子都是"吾与城北徐公孰美"这句话，半晌后颤巍巍地竖起一根大拇指，嘴角抽搐着道："君美甚，孟公何能及君也？"

祁炎本来就是随意一问，没指望宋元白的嘴里能吐出什么象牙来，遂伸手将铜镜扣在几案上。宋元白想笑又不敢笑，脸憋得通红，提醒情窦初开的祁某人："以色事人终不能长久，我劝你还是想想别的法子。"

祁炎刚应付完琅琊王，正空闲，满心都是如何将纪初桃重新抢回来，圈在身边，并不听宋军师的良言。宋元白心中有了一种"孩子长大了，不听话"的感慨，抓了一把瓜子继续道："明日簪花宴你去不？"

祁炎笑得有些冷："去啊，为何不去？"

毕竟，有孟荪在那儿呢。

四月中，宫中举办簪花御宴，同时赐一甲进士官衔。

纪初桃提前半个时辰入了宫，径直朝紫宸殿行去。她在袖中藏了一个长条形的紫檀盒子，走到中途没忍住，将盒子悄悄地拿出来打开，望着里头那枝精美的绢花，不放心地问随行宫婢："拂铃，你觉得本宫送他丹桂栾枝合适吗？"

这丹桂栾枝绢花是纪初桃请教尚宫一丝一缕亲自做出来的，作废了十来枝才选出最好的这枝，花了多少心思拂铃都看在眼里。

拂铃道："丹桂十月凌寒盛放，花开红似簪缨，气势雄然，在民间意为武神花。殿下赠送祁将军丹桂栾枝是再合适不过的。"

纪初桃放下心，开始期待祁炎收到绢花时的神情。她想得太入神，未留意内侍们端着糕点自拐角走了过来，险些与他们撞在一起。她赶紧停下脚步，手中的绢花却落在了地上。

内侍们自知闯祸了，连忙伏地请罪，吓得两股战战。挽竹迅速地将绢花拾了起来，吹了吹灰尘，心疼地道："还好没摔坏，殿下做了许久呢！"

纪初桃见绢花并未受损，虚惊一场，便没有为难内侍们，叮嘱道："起来吧！下次小心些，别这样莽撞。"

内侍们忙不迭地称"是"，待纪初桃一走，就像见到什么新奇事一般，低声道："你们瞧见了吗？三殿下这次不仅来参加簪花宴，还带了绢花呢！"

"看见了，看见了，那好像是木樨花！"

"不对，看颜色，那是丹桂！不知哪位大人这般有福气，能得到三殿下初次送的绢花呢？"

"还能有谁？俗言所道蟾宫折桂意为金榜题名，依我看哪，那绢花一定是送给孟状元的！"

"这么说来，咱们宫里很快就会有帝姬出嫁的喜事啦？"

三公主与孟状元郎才女貌，若是成婚，堪称佳话。且宫中帝姬大婚，必大赦天下，他们这些奴才也能得到嘉奖和封赏，不由得雀跃起来。

宫人们笑谈着走出紫宸门，忽然看见门下站着一位身姿挺拔的黑袍武将，登时一惊，脸上的笑容化作惶然的表情，纷纷避让："祁将军！"

祁炎负手而立，气场强大，冷冷地望向战战兢兢的宫人们，问："你们方才在说什么？"

第十章
开　窍

一

孟荪甫一入宫，便看见穿着新科进士服的同侪迎上前，笑吟吟地朝他拱手："恭喜孟兄，贺喜孟兄！"

孟荪拱手回礼，即便疑惑，语气亦是优雅平静的，问："喜从何来？"

"孟兄还不知？"同侪讶异，随即将手拢在嘴边，神秘地对孟荪道，"我方才听几个小黄门说，一向不在簪花宴上露面的三公主今年不仅来了，还带了一枝丹桂准备赠人。你蟾宫折桂，三公主不是为你还能为谁？"

孟荪并未言语。

上次见，他便知纪初桃绝非俗之人，相反，她秉性温和，谈诗论赋时字字珠玑，眼界非寻常的女子能比。此番听说她要为自己献花，他若说心中没有一丝波澜，那绝对是假的。

孟荪正心神荡漾，忽闻背后传来一阵急促的脚步声，继而肩上一疼，一个人狠狠地撞上了他。

"孟兄！你没事吧？"同侪连忙扶住了他。

孟荪微微皱眉，摇了摇头。身边的同侪性子仗义，气不打一处来，拉住撞人的那个干瘦的进士，不悦地道："喂，兄台冲撞了人，总该致歉一声吧？"

撞人的进士年纪颇大，骨瘦如柴，看起来家境贫寒。此时他双目涣散，花白的胡须抖动，嘴中翻来覆去地念叨"我一定要拆穿他，一定要拆穿他"，似乎精神不太正常。

孟苏拦住了同侪，宽宥道："不碍事，算了。"

同侪看清楚了肇事之人的脸，一愣，神情古怪地道："我当是谁，原来是你。"

说罢，他哼了一声便松开了那神神道道的老进士。

孟苏问道："复之认得此人？"

"他就是张虚嘛，科举考了三十三年的那个钉子户！放榜之后他便有些疯癫了，大放厥词说有人趁着圣上刚执政，在科举中钻空子，徇私舞弊。不过没人听他的，都当他老眼昏花或者中进士后乐得疯癫了。"同侪说笑话似的，"嗤"了一声，"今日簪花宴赐官，我们说他做什么？晦气！"

孟苏望向老进士跌跌撞撞离去的背影，沉默不语。

纪初桃在紫宸殿外，透过敞开的殿门下意识地望了一眼殿中的席位，发现镇国侯的位子还空着。她一边等候祁炎出现，一边行至人少的廊下，悄悄地将檀木盒子打开寸许，望着里头的丹桂栾枝，嘴角泛起了恬静的笑意。

"送给状元郎的花？"一道妩媚的嗓音冷不防地传来了。

纪初桃连忙盖紧盒子，扭头一看，对上了纪姝慵懒的笑脸："二皇姐？吓我一跳。"纪初桃呼了一口气，将盒子藏入怀中，"皇姐从何处听说这绢花是给孟苏的？"

纪姝将怀中的狸奴交给身后的内侍，哼道："蟾宫折桂，丹桂最配状元。难道不是？"

蟾宫折……折桂？纪初桃倒忘了桂花还有这层含义，不由得傻了。

"不过我要提醒你，文人最迂腐清高。孟苏这人看似随和，礼教束缚却颇多，不适合你。"纪姝悠悠地道，"以我的经验来看，无论在闺房中还是在朝堂上，他都比不上你家小将军的一根手指。我性子野，所以喜欢听话的美男，但你性子乖巧，配个祁炎那般凶猛的男子才合适。"

听到"闺房""凶猛"这两个词，纪初桃又脸红了。二姐虽然口无遮拦，说出来的话却意外地中听，她也觉得祁炎比孟苏好太多……当然，这和闺房之乐没有关系！

"这绢花不是给孟苏的。"纪初桃小声说，眼里却闪着光。

"哦？"纪姝好像发现了什么有意思的事，笑意越发浓，凑近了纪初桃，"难怪我前些日子听闻祁炎在琼林宴上写'天作之合'几个字给你，这般高调，你们事成了？"

纪初桃微微睁大眼睛，一副恍然大悟的样子，喃喃道："祁炎是在写我和他吗？"

他难道不是指孟荪和她？

纪姝讶异，而后失笑，屈指弹了弹纪初桃的脑门，恨铁不成钢地道："榆木脑袋，该开窍时不开窍！你觉得以祁炎的度量，他会舍得为他人做嫁衣，祝福你和别的男子在一起？"

这话好像也对。那日所有人都说她和孟荪如何般配，她明面上没说，心里却极其不耐烦。喝了酒后，她思绪混乱，祁炎一再在她的面前提及孟荪，她便下意识地以为他和那些人一样撮合她与孟荪，而今看来，那不是祝福，而是吃醋争宠。

想通了这一点，纪初桃忽然觉得数日来笼罩在心头的阴影散去，浑身的血液也顺畅了似的，连呼吸都微微颤抖起来。

对！她和祁炎在预知梦里就结了姻缘，可不是正经得不能再正经的天作之合吗？

纪初桃甚是懊恼，心想：都怪饮酒误事，自己糊涂了，竟未想起如此重要的一点！

"小废物，情归情，爱归爱，你要记住我教你的那些，可不要给纪家丢脸！"纪姝看穿一切似的在一旁耳提面命。

纪初桃没敢说自己早就将她教的那些驯夫之道抛于九霄云外了，只含混地"嗯"了一声，笑意从嘴角蔓延至眉梢。她开心得恨不得立马飞奔至祁炎的身边，看着他那双深沉的眼睛，当面问个清楚。

纪初桃按捺住雀跃的心思，忽然看见一名女官交叠着双手从廊下走来。秋女史先给纪姝请了安，然后面向纪初桃道："三殿下，大殿下请您移步藕香榭一叙。"

大姐？她不是试着放手还政了吗？她连宴会都不来参加了，还有何事交代？

纪初桃又朝着紫宸门的方向张望一眼，见祁炎还未到场，只好定了定神，应允道："本宫这就去。"

藕香榭在瑶英池旁，环境幽静秀美。女官卷起挡风的纱帘，纪初桃便瞧见了住水榭中观赏初荷的纪妧。

"大皇姐。"纪初桃唤了一声，行至纪妧的身边，"皇姐找我有何事？"

"不急，你先陪本宫坐会儿。"纪妧示意纪初桃坐在自己身侧的位子上。

纪初桃依言坐下，听见纪妧淡淡地问道："你要赐花？"

纪初桃一怔，抬起头来，索性不再隐瞒，带着笑意大方地道："是。"

纪妧并未追问下去，脸上挂着得体的笑，一袭黑金色长裙衬得她端庄威严。纪初桃见她不语，便左右看了一眼，问："皇姐是在等人吗？"

话音刚落，内侍领着一名身穿朱红色袍子的清俊青年来了，青年正是孟苏。

纪妧放下杯盏，道："本宫等的人到齐了。"

纪初桃未料到纪妧将孟苏也唤来了，瞬间反应过来是何意思，倏地起身道："皇姐与状元有国事要谈，我不便在此，还是先告退了……"

"站住。"纪妧这两个字令纪初桃的脚步钉在原地。

辅国长公主久居高位，气势非常人能及，纪初桃打心里敬畏她。

"本宫已将政务交给皇帝处理，今天唤你前来只为私事，不谈国事。"纪妧瞥了一眼纪初桃，见她抿着唇不太情愿的样子，便勾着唇道，"琼林宴上，你与孟苏不是相处得挺好的吗？"

"不是那样的。我愿意帮皇姐分忧，但不想按照皇姐的意愿活着。"纪初桃脱口而出，天生轻柔的嗓音这次却带着一股不容被操控的倔劲，"那是大皇姐喜欢的人，不是我喜欢的。"

闻言，纪妧微微怔住了。她以为纪初桃懵懂无知，原来，纪初桃都知道。

孟苏的确太像十年前的褚珩了，她撮合他与纪初桃，除去拉拢河东孟氏一族以达到巩固皇权的目的，或许还有一点儿她自己都没察觉到的私心。她压抑在心底的怨愤被自己这个看似随和柔弱的妹妹一语道破了。

见纪妧失神，纪初桃有些后悔自己口不择言。纪初桃记得，约莫九年前，有传言说状元郎褚珩即将尚大公主纪妧。后来不到一年，在这个传言甚嚣尘上之时，先帝突然病重，北燕虎视眈眈，为求自保，大殷不得不送二公主北上和亲以稳定局势。

再后来，先帝撒手人寰，幼主登基，朝局一片混乱，枭雄四起。曾经传言将结为璧人的帝姬与才子不得不背道而驰，一个临危受命，选择辅政，另一个放不下锦绣前程，立足朝堂……

纪初桃不知冷酷如斯的大姐是否对褚珩动过情，但她肯定会意难平。

"抱歉，皇姐。"纪初桃咬紧了下唇，每一句可能伤到大姐的话都先一步刺痛了她自己。

纪妧并不生气，那段遥远的过去已随着她的青春与良善一起被埋葬了，现在只有铁石心肠。旧事只不过在她的心中激起一圈涟漪，随后心湖又恢复了死水般的平静。

纪妧望着渐渐成长起来的妹妹，气定神闲地道："你别急着拒绝，且不论是否喜欢他，多结识一个人没有坏处。"

两个人说话间，孟苏已走入了水榭。他将视线落在明丽如初的纪初桃身上，随后很快垂下眼，隔着一丈远的距离，恭敬又不失风骨地朝二位帝姬拱手，想起了同侪提及的那枝丹桂。

纪妧端庄威严，缓缓地道："状元郎来得正好，本宫这里有殿试时二甲进士所著文章十二篇，你与永宁皆是通晓文墨之人，一同将这些文章带去紫宸殿，评出最优者三名，授庶吉士，就当给宴会添彩。"

她说完，侍从便取来一个装满封名手卷的托盘交给了孟苏。

明知这件事她本可让宫人代劳，孟苏却并未拒绝。

"还有，这绢花是本宫赐你的。"纪妧从托盘中选了一朵层层绽开的"十八学士"，赐给了孟苏。

宫人将这朵"十八学士"别在孟苏的纱帽上时，绢花将他的样貌衬得越发出色了。

知道大姐在给自己和孟苏创造独处的时机，纪初桃甚是无奈，心里挂念着要给祁炎送花，唯恐错过了时辰，只好先含混地应允了。

通往紫宸殿的路上，宫道狭长，广漆黛瓦。孟苏面容端正清秀，身上有着刻入骨髓的儒雅气质，目不斜视，捧着托盘始终跟在她身后一尺远的位置，礼貌又疏离。

纪初桃回头看了一眼状元郎，情不自禁地想：祁炎是绝对不会这般与她故作疏远的，永远强大又具有侵略性，伴随她左右时如山一般沉稳可靠。他虽然偶尔使坏，弄得她脸红心跳，但大多时候并不过分，反而给她过于平静、单调的生活添了许多色彩。

因为有他，她的世界里不再只有被高墙黛瓦圈起来的一片天空，而是有笑有泪，有铁蹄铮铮、山河万里。

"孟状元喜欢本宫吗？"纪初桃忽然问。

孟苏一怔，停住了脚步。少女的眼神干净又认真，没有一丝杂念，他没来由地心跳加速起来，话到了嘴边，却没勇气吐露出来，下意识地后退了半步，但这半步足以说明一切。

纪初桃的眼睛如明镜，映着他的身影。片刻后，她仿佛明白了什么，对孟苏说道："你既然舍不下一身傲气和锦绣前程，又何必对本宫虚与委蛇？"

孟苏或许对她有好感，被她吸引，却不愿意靠近她，因为放不下满身荣誉和锦绣前程。她不由得想起来，上元节后，祁炎放下身段甘愿成为她的面首、侍臣，后来拼了命也要从悬崖上跳下去追逐她，顿时心口滚烫。

"殿下……"孟苏迟疑着开口。

他应该是有话要说，然而一阵春风拂来，将孟苏帽边的那朵茶花吹落在地上了。

娇俏的花染了尘埃,纪初桃觉得有些可惜。孟荪抱着托盘无法躬身,纪初桃便弯腰拾起了那朵花,递给孟荪道:"既然本宫与孟状元都有自己想要追求的东西,你我不如成人之美,到此为止。"

与此同时,宫道的尽头,祁炎与宋元白并肩而立。

"那……那不是三公主吗?"

宋元白简直不敢相信眼前的一幕,看了看身侧脸色阴冷的祁炎,又看了看前方相对而立的两个人,抓狂地想:这是怎么回事?!三公主为何会给状元郎赐花?!

身边之人不断散发着低气压,有那么一瞬,宋元白真真切切地感受到了吞星噬月般翻涌的杀气。

祁家的人都是情种,爱得有多深,就有多偏执。

"祁炎,肯定不是你想的那样!"说完,宋元白便想扇自己一巴掌。

自己越抹越黑,简直是此地无银三百两!

宋元白担心祁炎会做出什么事来,毕竟以他不怕死的性子,他十有八九会冲上去揍人。那状元文文弱弱的,估计连他的一拳都禁不住,何况在宫里斗殴是要被杀头的……

但祁炎只是攥紧了拳头,转身就走。这是宋元白认识祁炎十余年以来,第一次见他后退。

宋元白想追上祁炎,又觉得这个时候让他独自冷静一番或许更好,纠结之间,祁炎已朝着与紫宸殿相反的方向大步走远了。宋元白不由得仰天长叹:"这都是些什么破事啊?!"

另一边,孟荪咽下到了嘴边的话语,垂下眼,腾出一只手去接纪初桃拾起的茶花。文人的清高不允许他辩解、纠缠,他有些走神,接花时手不小心擦过纪初桃的指尖。

纪初桃蹙眉,一种难以言喻的抵触感涌上了心头,飞快地缩回了手。孟荪一僵,她也愣住了。

之前祁炎拥着她取暖或她握住祁炎的手指时,她都没有丝毫反感,反而觉得很安心,但对方换成孟荪就不行!她突然无比清晰地意识到:祁炎于她而言是不一样的,和天底下的男子都不一样。

这是否就是心悦的感觉?她太迟钝了,竟然现在才明白,但所幸并不晚。

纪初桃没来由地生出一股急躁感,不愿意再混混沌沌地生活,不愿意再听从旁人的安排,只迫切地想离开这儿,迫切地想见到祁炎,去验证自己此时澎湃的心意,一刻也不愿意耽搁!

"抱歉，本宫不能陪你同行了，劳烦孟状元将东西送去紫宸殿。"匆忙地说完，纪初桃不顾孟荪是何神情，转身就走。

她越走越快，然后撞见了在宫道的尽头发呆的宋元白。她眼睛一亮，急切地问道："宋将军，祁炎呢？"

宋元白回过神，神色古怪地看着纪初桃，憋了半晌后道："被殿下气走了。"

纪初桃："气？"

宋元白道："方才殿下不是给状元郎赐花来着？"

明白祁炎看到了什么，又误会了什么，纪初桃生起气，来不及解释，皱着眉问道："他往哪边走了？"

宋元白指了个方向，叹道："殿下现在过去，或许还能追上。"

话音未落，纪初桃已经跑开了。她穿着华贵鲜艳的宫裳，宫绦飘动，满袖生风，裙边随着步伐荡漾出优美的弧度。鬓角的珠钗打在脸上，她全然不觉，抛下帝姬优雅从容的姿态，提着裙子不顾一切地朝着祁炎追去。

祁炎走得太快了，她追了许久，将宫婢都甩得看不见了，才隐约看到祁炎笔挺孤傲的身形。

"祁炎！等等……"她肺部生疼，每呼吸一下都像被刀割一样，而后用尽力气唤他，"祁将军，本宫命令你……站住！"

祁炎应该听见了，脚步微不可察地顿了一下，随即更快地朝前走去了。

这个固执的家伙！

纪初桃不知跑了多远，直到踩到裙边趔趄了一下，闷哼一声，才扶着宫墙缓缓地蹲了下去。她跑不动了，急促地喘息着，心脏和肺腑都仿佛炸开似的传来灼烧般疼痛，双腿不住地颤抖，像煮熟的面条般不听使唤。

纪初桃渐渐眼眶泛红，在心中唾弃自己无用，好在此处偏僻，并无宫人瞧见她这般狼狈的样子。

"不能哭。"她深吸一口气，狠狠地擦了一把眼泪，试图扶着墙站起身。

她的手刚搭上墙壁，一片阴影笼罩下来，她愣愣地抬起眼，看到了那个可恶又小心眼的人不知何时折返回来，蹲下身与她平视，蹙着眉看着她使不上力气的脚。许久后，他别扭地低声问道："怎么了？"

纪初桃怔怔地看着祁炎的脸，鼻根一酸，强憋回去的泪水瞬间失控般涌了出来，视线模糊一片。

"你过来！"她一咬牙，迅速捉住祁炎的手腕，拉着他就往一旁偏僻无人的冷宫中行去。

男人的玄铁护腕被纪初桃握着，和他本人一样冰冷、坚硬。她此刻从未有过的清醒、坚定，撑着两条酸软的腿，将他拽到了冷宫院子里的海棠树下。

这里荒废多年，很少有人来，冷清的宫殿里，唯有一树海棠还算热闹地开着。

"你为何要跑？"纪初桃喘息不定，温柔的杏眼闪着光，其中有委屈的控诉之意。

祁炎眸中的神色隐忍又压抑，暗流叠涌，又在纪初桃的注视下缓缓地归于平静。他可以轻而易举地挣脱她的手，但就算忍到手背上的青筋凸起也舍不得挥开她，只声音干涩地道："殿下既然没事，便放开臣。"

"不放！"纪初桃有些哽咽，也不知是被气的还是累的，加重语气严肃地问道，"你为何不听本宫说话？"

祁炎笑了，眼里有明显的血丝，冷冷地道："有什么话，殿下去对状元郎说。"

他这般狠心，仿佛回到了那段二人最难堪的磨合期。纪初桃强忍着心酸的感觉，把话说开了："你是因为赐花的事生气了吗？"

祁炎眸色一寒，挣开了她的手，怕再听下去会控制不住掐死孟荪。

"那朵花是大姐送他的，并非本宫送的！"纪初桃生气地道。

虽然祁炎没有转身，但纪初桃知道他在听，从袖中取出准备了许久的檀木盒子，急促地道："你就不想知道本宫的花要送给谁吗？"

对啊，她准备的不是什么茶花，而是丹桂，"蟾宫折桂"的桂。

祁炎身体紧绷，嘴角勾起冷酷的笑，声音喑哑地道："殿下要送谁花，与臣何干……"

话未说完，他看到一枝手作丹桂被递到了面前，嘲讽的话语被打断了。他依旧身体僵硬，但眼中的戾气渐渐地如太阳下的雾气一般消散了，茫然地望着眼前鲜艳的丹桂栾枝，失神般久久没有回应。

"丹桂又叫武神花，这天下除了你，还有谁配得上本宫心中的武神称号？"纪初桃气呼呼地道。

纪初桃越发心里没底，握着丹桂栾枝的手都抖了起来，紧张地想：他不喜欢吗？他一定觉得自己在敷衍他吧？

纪初桃心中的勇气被透支殆尽，却强撑着不愿意露出胆怯的模样，索性将丹桂栾枝往祁炎的怀中一塞，强压着失落心情，道："反正这绢花就是本宫给你的！你不喜欢就丢了。"

说完，她难堪地垂下眼睫，抿了抿唇，转身落荒而逃。

突然，她的手腕被攥住了，继而被大力地一拉，她跌进了一个滚烫的怀中。他的胸膛贴着她的脸,她被紧紧地禁锢住了。

祁炎仿佛死过一次,重新活了过来。他不给纪初桃挣脱的机会,修长结实的手臂强硬地环住她纤细的腰肢,用行动回答了她。

海棠花飘落,鸟雀也静谧无声。纪初桃被迫踮起脚,回过神来时,唇上已落了一个炙热的吻。她瞪大了眼睛,看着祁炎近在咫尺的浓黑眼睫,意识被侵略,呼吸被攫取,只觉脑中"轰"的一声,烟火般绚丽的光芒炸开了。

二

花瓣落在发间,凉凉的,纪初桃双手下意识地抵在祁炎结实的胸膛上,怔怔地看着他如幽潭般深不可测的眼睛。她经历了一场比梦里更直接的体验,唇上仿佛还残留着炙热的气息,酥酥麻麻的,惹人遐想。

方才那突然又强势的一吻于情窦初开的少女而言太过刺激,以至于纪初桃忘了呼吸,脸憋得绯红。祁炎则一只手握着丹桂栾枝,另一只手环住她盈盈一握的腰肢,感受到少女明丽的春衫轻薄,凸显出她玲珑的身体曲线。

他眼中布满淡淡的血丝,嗓音更是哑得吓人,垂眸问她:"我再问一遍,这花当真是殿下给我的?"

纪初桃从未见过祁炎这样的神情,他仿佛在害怕这只是一个美丽的梦。她既心疼又生气,这样难为情的答案,他还要她说几遍?她难掩羞恼的样子,呼吸急促,攥紧他的衣襟轻声道:"你是傻了吗?文官受赐茶花和牡丹,武将受赐栾枝,本宫怎么可能弄错……?"

她话还未说完,就觉得腰上一紧,后脑勺被大手扣住,呼吸再一次被无情地攫取了。祁炎真是胆大包天,这一吻比刚才浅尝辄止的吻更过分,几乎要将她的灵魂揉碎、吞噬、辗转斯磨,热烈缠绵。

纪初桃活了十六年,何曾有过这般经历?她当即晕晕乎乎,心脏跳得像快要炸开般急促,血液汇聚在脸上,烧得皮肤生疼。她仿若溺水一般,四肢一阵按一阵地发软,无数斑斓的颜色在眼前炸开,让她看不清祁炎是何神情、海棠飘落了几朵。

祁炎仿佛在急于确认什么,根本不给她喘息的机会,直到她的身子软了下去。他搂住了她软得厉害的身子,抵在墙上,将她红得几欲滴血的脸颊按入了自己的怀中。

自己居然被他亲到站不起来……巨大的羞耻感后知后觉地涌上心头,纪初桃连耳根都是血红的,羞得抬不起头来,只能掩耳盗铃般将额头抵在男人的肩头上,平复急促的呼吸。

　　仗着有她喜欢便在皇宫里对帝姬做这等事，祁炎未免太猖狂了！而且他连招呼都不打一声就把自己亲得险些晕厥，实在是过分！

　　纪初桃攥着男人的衣襟，很想给他的胸口一拳泄愤，然而反抗的话还未说出口，便被祁炎紧紧地搂住了。男人将下颌埋在她的肩头上，嗅着淡淡的撩人的少女香，而后低声闷笑，带着前所未有的愉悦之意，声音嘶哑地道："殿下，我很开心。"

　　灼热的气息拂过自己的耳畔，纪初桃刚恢复的力气又消失了，最终还是没舍得落下拳头。

　　祁炎其实并不像他表面那般淡定，两个人面对面拥得这么紧，纪初桃能清楚地感受到他强劲有力的心跳，一下又一下，撞得他胸腔震颤，甚至比她的心跳更为急促，透露出祁炎得偿所愿后那种难以自抑、发自肺腑的快乐。

　　"嗯。"纪初桃轻轻地应了一声，羞怯地将头埋得更低了。

　　远处一片钟鸣鼎食，簪花御宴上，谁家的少年又得了什么花已无人在意。此处花香盈满发间，两颗滚烫的心紧紧相依。

　　纪初桃入了宫，却没有在宴会上露面，许多人翘首以盼的给状元赐花的场面自然没有出现，于是又有传言说，不少宫人目睹状元郎与三公主私下同行，三公主在宫道上就将花送了。

　　可惜这个传言还未来得及被证实，簪花宴便被一阵急促的沉闷鼓声打断了，所有人面面相觑。

　　鼓声是从承天门下传来的，有人敲响了登闻鼓，欲在御前鸣冤。

　　御鼓被击响，必是发生了大事，脸色变化最大的人是纪昭。他刚试着执政不到半个月，任何一桩意外都极有可能断送他刚握在手里的权势。

　　纪昭放下还未来得及赐出的绢花，神色几番变化后，强装镇定地道："何人击鼓？"

　　很快，禁卫来报："回陛下，击鼓之人是一个疯癫的老进士，说什么……"事关重大，禁卫迟疑了一瞬，抱拳道，"说今年的科举中，有人沆瀣一气、徇私舞弊，特击鼓向陛下鸣冤！"

　　话音刚落，朝中就响起鼎沸的议论声。科举关乎国之命脉，乃甄选官吏的重要途径，亦是考察执政者是否圣贤的第一道门槛。纪昭坐不住了，连连喊了数声"安静"，但那微弱的声音如石沉大海，没有激起半点儿波澜。

　　掌控不了局面，年少的小皇帝面色一僵，颓然地坐回龙椅中，握紧了双拳。大公主不在，簪花宴全乱了，纪姝也没心情待下去，抛下乱成一锅粥的大殿离去了。

和亲八年，无数次险些送命，纪姝已对这个朝廷没有半分情谊。她行至承天门下，看见那个可怜又疯癫的老进士被禁军用廷杖架着，犹自瞪眼伸脖，高喊着什么。

纪姝穿过承天门，上了自己的马车。她刚上车，一个结实的身躯立即扑了上来，大狗般在她的颈侧嗅了嗅，咕哝着："我的花呢？"

"没有花。"纪姝正烦，看也不看，伸手推开了李烈的脑袋。

天气暖和了，她的指尖依旧冰凉。

"我知道，你们汉人今日开宴会，要送器重的臣子花。"李烈不依不饶，执拗且直接地道，"我要花。"

纪姝悠悠地乜了他一眼，冷笑着道："我倚重、喜爱的男人太多了，若是人人都送，怕是一筐花也不够。"

李烈眯了眯淡色的眼睛，将怀中冷玉般的帝姬拥得更紧了，低声恳求："没有花，你将你的簪子给我，"顿了一下，他补充，"当作信物。"

纪姝看着他，缓缓地勾起艳丽的唇，抬手摸到了自己发髻上唯一的一根素簪。

李烈喉结滚动，眼睛一眨不眨地盯着她，充满了热切的渴望。然而下一刻，尖锐的簪子抵在他的喉间，刺破了麦色的皮肤，一颗殷红色的血珠迅速地冒了出来。李烈好像感觉不到疼痛似的，依旧直勾勾地看着她，就像当年在北燕王宫里守望她那样。

"别以为我不知道，你近来很不老实。"纪姝望着男人琥珀色的眼珠，凑上前道，"大殷怪事频发，你再不收敛，这支簪子便是你的陪葬品。"

血珠顺着簪子滚下，落在她苍白的指间，红得刺眼。

纪初桃听到鼓声后才知晓簪花宴上出了意外。海棠树下，鸟雀惊飞，她惊醒似的从祁炎的怀中抬起头来，侧耳听了许久，喃喃道："这好像是御鼓被击响的声音，出什么大事了？"

她欲走，又被祁炎攥住了："殿下这就走？"

他又皱起了眉，一脸不情不愿、不知餍足的表情。

纪初桃的脸还烫着，比海棠花更为娇俏。她不敢对上祁炎灼热的视线，胡乱地哄道："本宫去看看发生了何事，回去再和你继续……"

"继续"两字脱口而出，她险些咬住自己的舌头。自己真是越来越不会说话了，方才一个开端就让她把持不住，继续还了得？

"继续谈。"她一脸正色地把话说完，只是脸红成这样，并无威慑力。

祁炎眼中浮现出些许笑意，一只手拈着丹桂栾枝负在身后，另一只手牵着纪初桃，俯身颔首，刻意压低的嗓音带着撩人的意味："好，我等着。"

纪初桃整理好心情，从冷宫的门走了出去，祁炎负手跟着，目光一直停留在她身上。纪初桃被他看得身体发麻，完全没办法聚神，忍不住回身："你回府去，不许跟着本宫！"

"臣想跟着。"祁炎恣意扬着唇，嘴角的弧度怎么也压不下去。

他拿着丹桂，又是这副神情，是个人都能猜出方才发生了什么。何况一看到他的脸，纪初桃就脸红心跳，根本没办法保持清醒，遂叉腰，努力做出严肃的样子道："你若不听，本宫就不和你谈了！"

这招果然有用，又或许是祁炎以退为进，总之总算乖乖地停下了脚步。

纪初桃吐出一口热气，拍了拍脸颊，朝紫宸殿行去，没多久便碰上了一路寻来的贴身宫婢。挽竹甚是焦急，连忙上前道："殿下方才急急忙忙地跑去哪里了？今日不太平，可吓死奴婢了！"

纪初桃脸上微红，支吾地道："本宫听到了鼓声，发生了何事？"

挽竹将有人上奏科举舞弊导致簪花宴中止的事娓娓道来。

纪初桃满心的缱绻心虚瞬间消散了大半，她担心纪昭，匆忙地赶去了紫宸殿。走了两步，她又回过身，发现狭长的宫道的尽头已没了祁炎的身影，想必他出宫回府了。

"殿下，您在看什么呢？"宫婢的话打断了她的思绪。

心口还是滚烫的，纪初桃抿了抿过于红润的唇瓣，然后细声道："没什么，走吧。"

紫宸殿中正在议事，群臣激愤。纪初桃站在殿外，隐约听到了"大殿下主持了三次科考，从未出过如此纰漏""若是大殿下在便好了"之类的话。而年少的天子坐在龙椅之中，沉默不语，神色几番变化。科举舞弊非同小可，纪初桃无法越俎代庖插手朝政，想了想，转身去了长信宫。

纪妧神色沉静，正倚在罗汉床上悠闲地看书，宫婢给她捶腿。她看上去似乎并不知道紫宸殿中的波澜。

但纪初桃看到了在一旁侍立的秋女史，便猜到大姐应该已经知晓了此事。她平静了些许，行了礼，问道："皇姐不去处理这件事吗？"

纪妧对妹妹的出现并不感到意外，慢慢地翻了一页书，道："现在是皇帝当政，本宫出面做什么？"

纪初桃道："阿昭年少，心思敏感。我怕大姐若是不帮他，他的心里会有想法。"

"你放心，他熬不住了，自然会来求本宫。"纪妧淡淡地道，"他羽毛还没长齐就要飞，摔痛了才知天高地厚。"

大姐永远都是这般睿智冷静的，仿佛没有什么东西能影响她的理智，亲情不能，爱情也不能。可纪初桃知道，她并非生来就如此，为了守护纪家，她不得不割舍掉所有的软肋，一步步将自己逼成无坚不摧的模样。

"阿昭会理解皇姐的，就像我如今理解皇姐一样。"纪初桃道。

纪妩不知想到了什么，嘲弄地笑了一声，意味不明地道："那小子比你狠，永宁。"

夜幕将近，一番折腾后，纪初桃回到了府中。内侍们取来长柄钩子，将灯笼一盏盏地点燃、挂上。纪初桃吩咐宫婢下去给她准备汤池里的热水泡澡，自己则拖着酸软不已的双腿进了寝殿，打算趁着汤池备好前小憩片刻。追祁炎那会儿她跑得太狠，现在还未缓过来。

谁料她才迈进寝殿，殿门便"吱呀"一声关上了，一个带着水汽的炙热身躯从门后贴了上来。纪初桃被吓了一跳，下意识地转过身要叫人，却被那人捂住了嘴，单臂圈在了怀中。

纪初桃后背紧贴着门，睁大双眼，对上了祁炎那炙热的视线。他逆着烛光，沐浴过后的样子更显俊美，目光灼灼地看着纪初桃："殿下已归，可以继续了。"

他竟然还想着在海棠花下的那些事……

烛火昏黄，帐影朦胧，纪初桃被带有薄茧的手捂着嘴，目光闪烁，记忆争先恐后地涌进脑中，让她本就劳累的腿更软了，身子不争气地往下滑。

好好谈便好好谈，可他为何要特地沐浴濯身？纪初桃感到腰上一紧，祁炎搂紧了她，似乎轻笑了一声："殿下怕什么？"

三

"本宫才没有害怕，"纪初桃嘴硬，小声地辩解道，"是太累了，没有力气……"

说罢，她瞪了祁炎一眼，也不知是谁害的！

好在罪魁祸首尚有自知之明，祁炎感受着怀中温软至极的身躯，用漆黑深沉的眼睛看了纪初桃许久，忽然弯下腰，抄起纪初桃的腘窝将她打横抱了起来。

"啊！"纪初桃惊呼一声，下意识地攀住了祁炎的肩。她身子一轻，心脏跳得越发急促了，既惊讶又无措，怕外头的侍从听到动静，蹬了蹬腿低声道："祁炎，你做什么？快放开本宫！"

"臣害得殿下劳累至此，当然要略尽补偿。"祁炎找了个冠冕堂皇的理由，嘴角微微扬起，语气中带着雀跃之意，"殿下莫要乱动，若是引来了旁人，臣无所谓，就怕殿下不好意思。"

纪初桃的确脸皮薄，若是让侍从见到她堂堂长公主竟然毫无招架之力地躺在祁炎的怀中，怕是十六年的脸都要丢尽了。她连忙咬住下唇，愣愣地看向了祁炎干净的下颌。

祁炎倒没做什么乘人之危的事，规规矩矩地抱着她，轻轻地将她放在了里间的软榻上。身子挨上柔软的被子，她那颗不争气的心脏总算落了下去，耳尖微红，她长舒了一口气。

纪初桃原以为祁炎的"补偿"到此为止了，没想到他并没有立即退开，反而上前一步，撩袍单膝跪坐在地上，伸手去碰她纤细的脚踝。

男人的指腹带着薄薄的剑茧，有些粗糙。纪初桃感觉好像被什么东西蛰了一下，倏地将双脚缩回裙裾中，撑着床榻道："脚没扭伤。"

话音刚落，两个人不约而同地想起了那个春雷阵阵的雨夜和在山洞中经历的一切。纪初桃没有留意，原来她与祁炎的共同记忆已经多到了这般地步。

祁炎神色复杂，没有收回手，只沉声道："臣给殿下按捏一番，可缓解酸痛。"

按捏双足这等事实在太过亲昵了！纪初桃性格内敛，今日才明白自己对祁炎的心意，还未做好一步登天的准备，何况还不知道祁炎的心里到底是如何想的呢。

她摇了摇头："不必，这些事可以让侍从来做。"

她是长公主，身边从来不缺人伺候。

祁炎俨然不满意这个答案，抬起眼睛看她，虽半跪于榻前，却因离得近而更具压迫感，尤其是这双眼，定定地看人时犹显深沉炙热。不知为何，纪初桃感觉自己意志不坚定了，垂眸嗫声，双手下意识地揪着被子。

见她没有再拒绝，祁炎这才舒展眉头，将她的一条腿搁在自己的膝头上，低声道："虽然殿下身边狂蜂浪蝶不断，但臣还是希望殿下将这些事交给臣来做，也只有臣能做。"他笑了起来，眼里落着烛光，"毕竟，臣是殿下赐过丹桂栾枝的人。"

祁炎一提起这事，纪初桃就想起海棠树下一浅一深的两个吻。他的唇和他这个人一样强势，连说话都这般不容置喙。

纪初桃感到脚腕上一紧，祁炎温热的手握了上来，从脚踝至小腿都被轻轻地揉着，慢慢地推着，恰到好处的力道让她从骨子里感到酥麻，腿软得不像是自己的。

纪初桃脸颊发烫，不用照镜子也知道自己此时脸有多红。她刚想说一句"放肆"，就看到了祁炎微红的耳朵。

从她的角度看去，他微垂着头，额头饱满，眉骨分明，鼻梁高而直，发梢和肩头落着一层烛光，给他过于硬朗的轮廓添了几分柔和之意。

他其实并没有旁人想得那般坚不可摧，受伤了会疼，心动时会耳朵红。纪初桃好像发现了什么秘密似的，只抿着唇轻笑，心中的忸怩感觉消散了。她不管两个人此时的姿势有多亲密，借着昏黄的烛光打量起他的动作来。

西窗夜浓，竹影映在窗纸上，仿佛一幅画，祁炎垂着眸认真地为纪初桃按捏。

少女的脚踝纤细，他用一只手便能握住，她小腿的骨肉匀称，软嫩得好像一用力就会被捏坏。

怎么会有人从头到脚都生得如此精致？祁炎如此想着，揉捏的动作慢了下来，眸色也变得深沉起来。

直到纪初桃在他的掌心里翘了翘脚尖，轻声提醒"这只脚好多了"，祁炎才如梦初醒，面色未变，继续揉她的另一只脚。

他抬起眼，正巧对上纪初桃专注的眼神，动作微顿，问道："臣的脸好看？"

他一开口，方发觉自己的嗓音哑得出奇。

纪初桃没明白他的意思，愣了愣，祁炎见她这样子，笑得微痞，低声道："不然，为何殿下总看着臣？"

纪初桃赧颜，抿了抿下唇，然后坦然地道："本宫在确认一件事。"

她很少用口脂，唇色是天然就红得娇艳。祁炎还记得吻上这两片芳泽的感觉是何滋味，说销魂蚀骨也不为过。

"哦？"祁炎长眉微挑，神色隐忍，接着这个话题问，"殿下想确认什么？"

纪初桃微微仰首，回忆与孟苏的短暂接触，细声道："今日孟状元的花掉了，本宫替他拾起，交接时他不小心碰到了本宫的手……"

纪初桃感到脚踝上的力道一紧，祁炎不悦的嗓音传来："他摸了你的手？"

纪初桃被打断思绪，垂眼看去，发现祁炎的关注点完全跑偏，嘴角的笑也没了。不知为何，她心里反而热乎乎的，有点儿想笑。

"只是不小心碰到。"她解释。

祁炎哼了一声，得了丹桂栾枝后便恃宠而骄，连情绪都懒得伪装了。

"即便明知他并非有意而为，本宫依旧十分抵触，就像碰到什么讨厌的东西似的。"纪初桃没绷住，迎上男人深沉的目光，继续将话说完，"但是方才祁将军给本宫揉腿，本宫就一点儿也不讨厌。"

她眼眸干净，话语坦然，仿佛只是在陈述自己的一点儿心得，但在祁炎听来如春风化雪，好像她在宫道上追上他，将他坠入冰窟的心重新捞出来焐热了。

祁炎眉间的寒意消散，心潮汹涌，手中还握着她的小腿，用低沉沙哑的嗓音问她："殿下可知对臣说这话意味着什么？"

纪初桃轻轻颔首："本宫出身于皇族，享尽世间美好，自幼身边围绕着太多人。因为本宫不生事，他们都会不遗余力地取悦本宫，久而久之，本宫便分不清旁人对本宫的好究竟是讨好还是喜欢。"

抛开梦境不谈，纪初桃一开始也分不清祁炎靠近自己是别有用心还是真心实意，学着二姐的手段见招拆招却让她原本就懵懂的思绪越发乱了。

"直到孟苏出现，"纪初桃视线落在祁炎身上，坦承道，"本宫才知道，你和别的男子不同。"

她说得很认真，殊不知用婉转温柔的语气说这种话简直能要人命。被按揉到一半的腿被轻轻地放下，纪初桃愣怔了一会儿，抬起头，看到祁炎的影子笼罩了下来。

和梦里一样的画面令纪初桃心悸，她下意识地后仰，却被祁炎拥着一同倒在了软榻上，秀发扬起又落下，铺了一枕头。

祁炎紧紧地拥着她，炙热的呼吸洒在她的耳畔。他压下心中的欲望，无奈地叹了一口气，用气音说："殿下连喜欢是什么都分不清，世间还有比殿下更傻的人吗？"

纪初桃以为他在取笑自己，愠恼地抬手推了推他死沉的身子，见推不动，只好在嘴上厉害地说两句："居然以为本宫的丹桂栾枝是送给孟苏的，你才是傻子！"

她原以为祁炎要反驳几句，但他只是沉沉地"嗯"了一声，说："臣和殿下傻一块儿去了，天作之合。"

纪初桃忽然想起了琼林宴上祁炎挥毫写下的那八个字，怦然心动。

就在此时，"笃笃"的敲门声打断二人。宫婢挽竹的声音传来，请示道："殿下，汤池已备好，请您移步沐浴更衣……"

糟了！纪初桃骤然清醒，心一慌，将祁炎推到榻上，不待他皱起眉反抗，迅速地用被子将他兜头捂住，自己钻进被子躺在外侧，又胡乱地扯下了帐帘遮挡。

几乎同时，挽竹捧着干爽的衣物推门而入，疑惑地道："殿下，现在才戌时，您就要睡了吗？"

纪初桃与祁炎面对面地侧躺着，呼吸交缠，在对方的瞳孔中看到了小小的自己。她用尽全身力气，含混地"嗯"了一声，当作回应。

"那奴婢伺候殿下更衣。"挽竹并未停下脚步。

眼看宫婢就要走到榻前了，纪初桃一阵心虚，喝道："别过来！"

挽竹愣住了，虽然不知道主子为何动怒，但还是停下脚步跪拜，委屈地道："殿下……"

对上祁炎能摄魂夺魄的眉眼，纪初桃心跳加速，声音不稳，道："本宫想静一会儿，你们都退下……走远些。"

挽竹不敢违逆，道了一声"是"便躬身退出，重新掩上了殿门。纪初桃刚松了一口气，还未缓过神来，便看见祁炎屈肘枕在脑袋下面，一副泰然自若的样子。他侧首嗅了嗅，突然来了一句："殿下的榻上好香，味道和殿下身上的一样。"

纪初桃恨不得用枕头捂住他的嘴。

纱帐内光线昏暗，祁炎那一双眼睛却亮得吓人。他攥住了试图溜走的纪初桃，做出轻松的样子问道："臣原本就被当作面首送来殿下身边，即便方才真做了什么，也没有人在意。殿下为何要藏？"

"你不是面首。"纪初桃纠正他。

她不喜欢那个不够尊重他的身份，因为在乎，所以不想让他被打上"以色事人"的耻辱烙印，所以要藏。

祁炎显然明白了她的意思，大手攥着她的手，烫着她手腕上的皮肤。呼吸交错间，她听到祁炎撩人的低沉声音传来："当初臣问殿下为何要对臣这么好，那时殿下说，只盼臣将来念着殿下的好，莫要欺负殿下……"他稍稍坐起身子，用力将明艳又金贵的少女拉至身前，拇指拂下粘到她的脸颊上的一缕碎发，"如若我不负殿下，殿下的眼里可否只留我一个人？"

纪初桃目光微动，眼睛一眨不眨地望着他。祁炎这是什么意思？这是表白吗？所以，他也喜欢自己？他从什么时候开始喜欢的呢？自己若是应允了，是不是就离梦里那些伴随着眼泪和羞耻的画面更近一步了？

纱帐微微晃动，烛火摇曳，祁炎的眼睛也忽明忽暗。纪初桃呼吸轻颤，身体一阵又一阵地发麻，眼尾一片桃红。她明明有千言万语想说，话却全像卡在嗓子眼里似的，一个字也吐不出来。

祁炎眼神黯了黯，说："殿下不说话，臣就当殿下应允了。"

他稍稍低头，与纪初桃鼻尖相抵。

四

浴殿的汤池之中，水汽氤氲，薄纱轻垂，纱灯朦胧。

纪初桃浸没在放了花瓣和牛乳的汤池之中，只露出鼻子和眼睛，披散的长发漂在水面上，如墨般丝丝散开。

她泡得脸颊绯红，脑中想的却是方才两个人藏在床帐中时祁炎表白的模样。

他说："如若我不负殿下，殿下的眼里可否只留我一个人？"

纪初桃当然能做到，若无预知梦，可能这辈子也不会主动与祁炎产生交集。她懵懂青涩，长这么大，只喜欢祁炎一个人。

"殿下不说话，臣就当殿下应允了。"

祁炎俯下身，纪初桃的眼前落下了一片阴影。呼吸交织间，她闭上了眼睛，攥紧了身下的被褥。但想象中炙热的吻并未落下，片刻后，她颤巍巍地睁开眼，看见了祁炎那双比夜更深沉的眼眸，离得这样近，祁炎眼中翻涌的忍耐神色如旋涡般危险又迷人。

察觉到她迟疑，他哑声问："殿下不愿意？"

纪初桃摇了摇头，连忙道："不……"

她的话还未说完，祁炎却像怕听到什么不满意的答案似的，急促地打断了她："不急，殿下想清楚再答。今日知道这些，臣已经知足了。"

说罢，他深吸一口气，指腹摩挲一下纪初桃白嫩的脸颊，起身撩开纱帐离去了。纪初桃怔怔地捂着被他摸过的脸颊，皮肤上还留着微麻的感觉，回过神来后，发现殿中已经是空荡荡的了，唯有西窗半开着，人已跳窗离去。

汤池中水波荡漾，纪初桃将脸浸入了水中。

祁炎那个笨蛋都不听她将话说完！平日里狂傲不羁的一个人，示好后却胆怯得像个毛头小子，她都说了那样掏心窝子的话，怎么可能会拒绝他？

只是二人身份悬殊，祁家又是大姐始终不能释怀的一块心病，若她与祁炎只是露水姻缘，她把他当作面首，游戏一番倒也罢了，大姐自然不会阻拦。但她若是想认认真真地和他在一起，那她与祁炎要面临的问题无疑是一条难以跨越的天堑。

纪初桃是长公主，已经过了撒娇就能解决问题的年纪，不能逃避现实，需要做好万全的准备来经营这份来之不易的感情。

喜欢是一时情动，相爱则需要更多的勇气和坚守。纪初桃从梦里的那些琐碎的片段可以推断，祁炎一定经历了许多事才在多年后娶了她，其中的波折不可估量。正因为考虑到这些，她才没有立即给祁炎答案。

可祁炎那家伙竟然以为她的心意不坚定，和她亲密一番就跑了！

"咕噜咕噜"地吐出一串气泡，纪初桃从汤池中浮出，抹了一把脸上的热水，红着脸趴在池边直喘气。

春月如盘，星河万里，独自待在房中的祁炎也并不平静。

他并非急躁之人，行军征战时可以在雪天一动不动地埋伏十二个时辰，也可以花费数个月的时间只为摸清敌方城池的布防。但当今天得知纪初桃的少女心意时，他竟然频频失控，难以自持，恨不得立即将她据为己有。他这样操之过急，反而容易将人吓跑。

夜色沉沉，祁炎于昏暗中摸了摸吻过她的薄唇，双眸闪着光。纪初桃心中被撬开的那一角并不足以安放他的贪婪，他要握住那束温柔的光，直至她的心里满满当当地都是他，也只能是他。

U0533362

求官不可以

布丁琉璃 著

下册

青岛出版集团 | 青岛出版社

第十一章
幽　会

一

第二日醒来，纪初桃还未来得及回味昨夜的旖旎情思便惊闻噩耗——昨日击御鼓举报科举舞弊的那个老进士缢死在了刑部大牢里。

且不论这是一条活生生的人命，他赌上一生的功名敲响御鼓，必定抱着极大的勇气，怎会在此案结论未出之时便突然自缢？

他死得太过蹊跷，又以进士的身份死在了大牢里，必定在翰林士子间和朝堂中掀起轩然大波。

"士子在宫门外聚集，有功名在身的进士已结伴去翰林院，请求左相出面查实真相。今日早朝，众臣亦再三拜请人公主重回金銮殿辅政，平息此乱。还有，不知何处传来的风声，说那进士之死……"拂铃将自己入宫打听到的消息一一禀告，唯有在提到进士死因的传言时，欲言又止。

纪初桃担心宫里的动静，连忙问道："他的死如何？你快说。"

拂铃垂眸，放低声音道："说那进士并非自缢，而是天家为了粉饰太平赐死了他。"说罢，拂铃伏地跪拜，自行请罪，"奴婢失言，请殿下责罚。"

纪初桃暗自一惊：原来这个风声才是民怨沸腾的原因。

天子既无用人之明，亦无容人之量，乃国之大忌。若任凭流言肆虐，倒行逆施，纪昭本就不稳的皇位更是岌岌可危。

　　"你起来吧。"纪初桃眉头微蹙，思忖片刻，吩咐拂铃，"准备马车，进宫。"

　　纪初桃刚到长信宫中，便见殿前立着数名文官。褚珩也在，将视线投向长信宫虚掩的大门。

　　四月下旬并不凉快，别的臣子皆被晒得面红流汗，他却依旧不急不躁，儒雅清朗，一滴油汗也没有。

　　纪初桃进了殿，看见小皇帝纪昭跪在光可鉴人的地砖上，垂着头一声不吭。

　　座上的纪妧出声，冷冷地道："皇帝长大了，既然要执政掌权，以后少不得还会遇到更多风险、波折。出了如此小事你便来找本宫，让朝臣怎么看你？"

　　纪昭握紧藏在袖中的双拳，带着哭腔咬着牙道："是朕疏忽，万不敢再自以为是了。还请长姐看在先帝遗诏的分上，继续摄政辅佐！"

　　纪妧不置可否，拖着及地的长袍起身："那本宫问你，老进士是如何死的？"

　　纪昭双肩一颤，难以置信地抬起头来，眼眶瞬间就红了，委屈地道："朕真的不知。"

　　纪妧笑了一声，说不清信还是不信他的话。她将目光投向略显担忧的纪初桃身上，问道："永宁，依你看，这场风波该如何平息？"

　　纪初桃素来不爱管朝中之事，最多主持几场宴会，积攒些名望，以便得些话语权为祁炎赦罪。但此时见纪昭哭得可怜，她不免动了恻隐之心，便低声提点道："堵不如疏。"

　　纪妧听见了，微微颔首："你瞧，连永宁都比你活得清醒。"

　　纪昭像被针扎了一下，将头垂得更低了，双肩微微颤抖。纪家姊妹少，已经不起猜忌了，纪初桃心里难受，便在纪昭的身边跪下，轻声恳求纪妧："皇上年少，经验不足，还请皇姐出面把关，平息此事！"

　　自被捧在手心里长大以来，她只向纪妧跪过两次，一次是为祁炎，另一次是为纪昭。她悄悄地扯了扯纪昭的衣袖，纪昭这才忍着眼泪，极慢极慢地朝纪妧躬身拱手乞求："求长姐出面，平息此事！"

　　纪妧沉默良久，沉声道："都起来！纪家的膝盖跪天跪地，唯独不该跪人。"

　　纪初桃知道长姐松了口，心中轻松，连忙拉着纪昭依言站起。

　　下一刻，长信宫的大门被宫人从左右拉开，身着一袭黑金宫裳的纪妧出现在众臣面前，威严庄重得不可方物。褚珩率先拱手迎接，借着宽大的袖袍遮挡，望着脚下的石阶，终于露出些许安心的神色。

"传刑部崇政殿觐见,保留证人尸首,彻查死因。左相出面安抚儒生士子,如有造乱不听劝谏者,国法处置!"

"臣已出面安抚,并无大乱。"褚珩道。

他仿佛总能先纪妧一步知道她的需求。

纪妧继续掷地有声地道:"着禁卫立即缉捕会试考官诸人,刑部候审!坐实舞弊受贿者,立斩!"

纪妧前去审查舞弊事宜,混乱了一日的朝堂又有序地运转起来。

长信宫中,纪昭依然伶仃地伫立在原地,背影一颤一颤的,萧瑟可怜。纪初桃叹了一声,走过去柔声相劝:"意外乃常事,皇上不必过于自责。我主持的除夕宴和躬桑礼也出了意外,不尽完善,但只要及时止损,未必有那么糟糕。"

纪昭喃喃道:"他们不听朕的,总觉得长姐比朕做得好……"

"长姐也是一心为了江山,为了皇上呀。待皇上再长大些,自然能做得和长姐一样好。"纪初桃安慰道。

纪昭将指尖掐入掌心,吸了吸鼻子,轻声道:"可是,他们为何不相信朕呢?若朕真的要杀那老进士粉饰太平,断不会在刑部大牢里做,悄悄地处理掉他岂不更好?"

纪初桃听着这番低语,想要安抚他的手停在了半空中。她看着眼眶湿润的皇弟,忽然觉得面前的少年有些陌生。

这种奇怪的情绪一直伴随她回到府中,她说不出哪里怪,只是在见过纪昭后,感觉有些温暖的东西在不知不觉中变了味道。她不喜欢这样,心中不安,便下意识地寻找依靠,问道:"祁炎呢?"

"回殿下,祁将军并不在房中。"挽竹见纪初桃从宫中回来后就心事重重的样子,想法子逗她开心,"殿下,奴婢们摘了蔻丹花,等会儿给您染指甲,可好?"

纪初桃心不在焉地应了一声,又叮嘱道:"待祁炎回来,让他立即来见本宫。"

挽竹笑着道了一声"是",便吩咐小宫婢去摘花榨汁。

祁炎避开眼线,去见了自己的副将。

熟悉的酒楼厢房内,宋元白问道:"昨日击登闻鼓的那个疯进士死了,你知晓吗?"

祁炎"嗯"了一声,这也是他来见宋元白的原因。他觉得此事蹊跷,便让埋伏在刑部的暗线去查了那具尸首,发现缢痕不对,是他杀。若这事不是纪家人做的,便只可能是舞弊者做贼心虚,杀人灭口。

听了祁炎的推论,宋元白大惊:"但是什么人有这么大的胆子?舞弊不说,还敢去刑部杀人灭口,将矛头引向当权者?"

祁炎负手站在窗边,沉声道:"普通的舞弊者自然没有这样通天的本事,除非背后另有其人。"

宋元白眯起眼睛:"你是说……?"

祁炎道:"有人费尽心思,要往朝堂中埋自己的棋子,科举便是第一步。"

放眼大殿,有本事做到这种地步的人屈指可数。

"琅琊王?他还真是不死心哪!"宋元白正色对祁炎道,"你与虎谋皮,还是当心些,别还没钓出大鱼,就让火烧到自己身上。"

祁炎有自己的打算。他最开始接触琅琊王是因为对纪妘不满,既然"天生反骨",不如一反到底。但后来,一切都慢慢地变了……

脑中闪过纪初桃无忧无虑的笑颜,他更坚定了,眼神冷冷地吩咐道:"科举之事败露,纪因必定先纪妘一步斩草除根。吩咐麾下,想办法暗中救出涉事考官和行贿之人,以后用得着。"

安排好一切,他方回到公主府中。

纪初桃在花厅中休憩,几个宫婢取了蔻丹汁,用柔软的细笔蘸了给她涂指甲。鲜红的颜色涂在粉色圆润的指甲上,衬得她手指纤细,嫩如葱白。

祁炎的目光不自觉地黯了下去,喉结滚动。他仗着腰间那块无所不通的令牌挥退了碍事的侍婢,自己盘腿坐到纪初桃身边的席位上,堂而皇之地取代了侍婢。

听到他的声音,纪初桃从浅睡中惊醒,迷蒙的杏眼渐渐聚焦。她看清他的脸后,脸上露出笑意:"你来了,去哪儿了呀?"

窗边夕阳秾丽,她的鬓发折射出金色光泽。

"昨夜未得殿下的心意,臣心中苦闷,所以出去散散心。"祁炎随口道,刻意隐瞒了那些让她烦恼的阴谋和算计。

昨夜……

他说的是表白心迹而自己未曾及时应允的那件事……他说得好像多委屈似的!

"胡说。"纪初桃低低地哼了一声。

祁炎轻轻地扬起嘴角,拿起那支秀气得过分的软毛细笔,蘸取嫣红的花汁,拉过她的手指开始涂。他将纪初桃粉嫩得过分的指尖拉到自己面前,垂首敛目,用笔刷轻轻地扫过指甲盖。

纪初桃觉得指尖软软的、凉凉的,好奇地凑过去看,与祁炎的额头都快抵到一起,问道:"小将军武能舞剑,文能绣花,还会这个?"

"总要学着做。"祁炎低声道,呼吸扫过她的指尖。湿热微痒的感觉让纪初桃忍不住缩了缩手，男人却立刻握得更紧了，声音微哑地道："别动。"

祁炎手重，一个指甲被刷了好几层蔻丹汁，显得越发红艳。纪初桃喜欢淡淡的颜色，有些不好意思，轻声提醒道："够了，换一个。"

祁炎从善如流地去涂她尾指的指甲。

先前入宫时的沉闷心情烟消云散，纪初桃怔怔地想：不管梦里还是梦外，祁炎或许是唯一一个不会背叛她的人了。

她正失神，祁炎一笔没落好，蔻丹汁顺着她娇嫩的指腹淌了下来，像一滴血珠。

纪初桃"呀"了一声，正欲取帕子来擦，却见祁炎先她一步，用手指抹去了那滴嫣红色的蔻丹汁。男人带着薄茧的手指不轻不重地蹭过纪初桃的尾指，轻轻地捻着，她感觉酥酥麻麻的，比被触碰别处的感觉更奇异。明知他只是在拭去多余的花汁，她还是控制不住地脸颊发热。那花汁仿佛顺着尾指上蹿，汇聚到她的脸上，荔颊也浮现出淡淡的花汁色。

纪初桃伸出十指，对着窗边的暖光照了照。指头根根纤白，圆润的指甲上蔻丹嫣红，与她娇艳欲滴的红唇交相映衬。

回想起祁炎方才拉着自己的手一笔一笔认真地为自己染指甲的模样，纪初桃打心底里觉得今日染的指甲格外好看。

不知是否在故意拖延，祁炎将她的指甲染了一遍又一遍，直到她轻声提醒才肯换下一根指头涂。如此，她的指甲被祁炎染了小半个时辰，等到全部弄好，她的指尖已被祁炎握得滚烫。

她悄悄地瞥了一眼身侧的祁炎，压住眼底的笑意，装出一副平静的审视模样："会不会颜色太艳了些？"

"不艳，很好看。"祁炎屈肘撑着太阳穴笑道，视线久久地落在纪初桃精致的侧颜上。

他赞美的仿佛不是指甲，而是她这个人。

祁炎生得俊美，视线深沉灼热，与纪初桃独处时越发不加收敛。纪初桃被他看得有些不好意思，便收起如玉般的十指，挺胸故作严肃地道："不许这样盯着本宫！"

祁炎并未移开视线，只是换了个姿势："殿下好看，臣心向往之。"

他说这话时神情自然，语气低沉，没有半点儿轻佻之意。纪初桃听过不少奉承之言，没有一句如他说得这般认真坦率。

他就是吃准了她脾气好。

纪初桃无奈，又见祁炎的视线下移，落在了自己裙裾下露出来的鞋尖上。他半垂着眼睛，有了新主意一般转动着涂抹指甲的细笔："殿下的玉足尚未染过。"

尽管花厅中四下无人，纪初桃还是感觉一股热流没来由地从足底蹿了上来。她知道祁炎打的是什么主意，收拢脚尖，正襟危坐，将那穿着藕丝绣鞋的双足藏在裙裾下，赧然拒绝道："脚不可以。"

祁炎只是看着她，并未做出什么冒犯的动作，但没有放弃，满眼执拗之色，说道："臣想。"

纪初桃也不知祁炎有什么奇怪的癖好，瞪着他道："想也不行！"

她没敢说，她的脚比手更为敏感，一被摸就忍不住打战。宫婢偶尔给她涂抹蔻丹时，都依着她的性子小心翼翼地服侍，绝不碰到她的足底。而像抹玉肤霜这等事，每日都是她亲自动手，连亲近的宫婢都做不得，遑论一个指节带茧的男子？

就算这个男子是祁炎也不行，若自己没忍住，在他的面前脸红打战，未免太丢脸了！思及此，纪初桃展示出少见的强硬样子，将祁炎指间转动的细笔抢过来，藏在身后，轻声哼道："想都别想！你若再得寸进尺，本宫便收了你的令牌！"

当初上元节戏弄的一吻过后，祁炎主动请缨服侍纪初桃两个月，说是赔罪，实则步步为营，一点点地侵入了纪初桃的心房。如今两个月期限已到，谁也没提及祁炎归还令牌之事……

见纪初桃态度坚决，祁炎只得按捺住躁动的心绪，屈指有一搭没一搭地叩着几案的边沿。

日头已经落山，窗外的鸟雀也收敛了鸣叫的声音。在黄昏静谧的氛围中，呼吸声便显得格外清晰。

两道沉沉的视线落在身上，纪初桃难以忽视，待回望过去，祁炎又生硬地移开了视线，佯装看窗外的风景。但过不了片刻，他那恣意的含着笑的视线又掉转回来，轻轻地落在她明丽的侧颜上。

不知从何时开始，他在纪初桃面前展露的笑容越来越多，全然不复初见时的冷淡凶悍的模样。纪初桃装作没有察觉到他窥探的目光，只是跟着翘起了嘴角。

接下来的几日，纪妧以雷厉风行的手段彻查了科举舞弊案。只是抓捕的禁军晚了一步，行贿的考生已于家中自裁，而受贿的考官从事发起便下落不明，不知生死。

天色阴沉，京郊城北三十里地的冷僻客栈中，一个瘦弱的中年男人从破败的门外飞了进来，摔在厢房中，滚了两圈，襦服散乱，狼狈不堪。他挣扎着爬起来，望着从门外走进来的几个黑衣杀手，满眼都是惊惧之色。

此中年男人正是畏罪潜逃的受贿考官程必达。

他被吓得满脸土色，不住地往后缩："下官一直守口如瓶，真的没有供出任何不利于你们的线索！还请诸位大人在主子面前美言，饶下官一命！"

杀手们并不多言，朝他围拢，举起了手中明晃晃的大刀。程必达自知大限将至，退无可退，后背抵着墙角，绝望地抬手抱住脑袋，颤巍巍地缩成一团。

"谁？！"领头的杀手低喝一声，继而"砰砰"几声拳肉相撞声响了起来。刀剑铮铮，狭小的厢房内"叮当"作响，而后陷入了平静。

刀刃并未落下，程必达战战兢兢地把眼睛睁开一条缝，看见一个高大的武将逆着光，气定神闲地负手抬腿。他一个膝击，骨骼断裂的脆响声传来，领头的杀手喷出一口鲜血，摔在地上，半响没了声息。

此人干脆、狠辣、一击制敌。

其他几名刺客被男人的随从制服，男人利落地上前卸了他们的下巴，使其不能咬舌服毒，这才淡淡地道："都带下去，严加看管。"

程必达在琼林宴上听过这个冷冷的声音，也认出了这个如剑刃般挺拔的身影。说不出是劫后余生的庆幸更多还是对此人的害怕更多，他声音发颤："祁……祁将军……"

祁炎掸去肩头的灰尘，回过身来，审视在墙角里瑟缩的狼狈的文官，漠然地道："跟着我，保你和家人平安。"

程必达有什么理由拒绝呢？如果可以，他宁可拒绝那笔横财，也不愿沦落到今日这般丧家之犬的境地。

处理完那些杂碎，祁炎调整了一下牛皮护腕，问道："什么时辰了？"

"快酉时了。"宋元白一脚踩在一个不老实的刺客身上，回答道。

祁炎皱起了眉。琅琊王养出的死士甚是谨慎，他追踪他们耽搁了不少时间。

估摸着纪初桃那边的宴会快要结束了，祁炎翻身上马，吩咐下属："保护人证，把现场清理干净。"

说完，他扬鞭疾驰而去。

"近来祁将军总是来去匆匆，在忙什么大事呢？"一个下属纳闷地问道。

他哪里有什么大事？他怕是连当初和琅琊王合作的初衷都忘得一干二净了。

宋元白摸着下巴，只笑吟吟地道："英雄难过美人关哪，你们难道没闻见祁炎身上那股浓烈的酸臭味吗？"

"臭？"下属嗅了嗅自己的胳膊，愣愣地道，"祁将军甚爱干净，怎么会有臭味呢？"

宋元白将白眼翻到天花板，拍了下属一巴掌，挥手道："干活儿，干活儿！"

今日是纪姝的生辰，纪初桃早就备好了寿礼，登门祝贺。纪姝是嫁过外族的帝姬，虽功成身退，但寿宴并未大肆操办，连酒席都未摆，访客也一律被拒之门外。

纪初桃走进暖阁里，一眼就发现不太对劲——平时一直陪伴在纪姝身旁的敌国质子李烈今日却不在她的身边。

纪姝从来不提她在北燕经历过什么，纪初桃只是从零碎的细节中推测出来，大殷与北燕交战的这些年，二姐在北燕于夹缝中求生，几经生死。大概李烈救过她的性命，所以她能容忍他时刻黏在自己身边，即便是北燕行刺那么大的事，也未曾危及他的性命。

但今日，李烈不在。

"他不听话，做了些不该做的事，被冷落几日才好。"听纪初桃问起李烈，纪姝慢悠悠地道。

她原本就冷白的肤色越发苍白，显得整个人几乎没有生气。

二姐一生只严守两条底线：一是不动大殷朝臣，二是护短。她虽未挑明内情，不过纪初桃能猜到，李烈兴许是做了什么触及皇弟或大姐的利益的事，所以二姐才生他的气。

纪初桃绕开令二姐不快的话题，转而关切她的咳疾。两个人正聊着，一名内侍于殿外禀告："二殿下，有人送来了一份寿礼。"

纪姝不甚在意地瞥了一眼，说道："送到阁楼里堆着便是。"

"这……"内侍有些为难，低声道，"殿下，阁楼里堆不了，对方送来的……是个人。"

人？纪初桃心道：莫非哪位客卿给纪姝送来了面首吗？

她还真猜对了。内侍领着那个着一袭青衣的年轻男子上来时，她微微坐直了身子，打量起这个送上门来的"礼物"来。

纪初桃有些诧异，论外貌，这个男子并不算太俊美，顶多只能算五官周正，但一双眼睛生得格外好看，不知为何，她觉得他十分眼熟，可想不起来在何处见过。

纪姝少见地愣神了，半晌后，纪姝眯起妩媚的眼睛，起身下榻，吩咐跪在殿中的青衣男子："抬起头来。"

男子依言抬首，目光卑怯闪躲，似乎有些紧张。纪初桃觉得那种难以言喻的熟悉感更甚了，朦朦胧胧的，存在于久远的记忆中。

纪姝嘴角勾笑，伸出微冷的指尖抬起男人的下颔，轻声问道："你是谁家送来的？"

"回殿下，是奴仰慕二殿下的风华，斗胆自荐而来。"男人垂着眼睫，顺从地回答。

"不错，有胆量。"纪姝道。

纪初桃静静地旁观，心里的疑惑更甚了。这个男人不够俊秀，也不够纤细美丽，为何二皇姐会对他如此在意？

然而下一刻，纪姝弯着勾了墨线似的眼眸，轻飘飘地道："只是你这张脸实在不讨喜，让本宫想起了一个讨厌的人。"

话音刚落，那自荐而来的男子就变了脸色，连忙伏地求饶。但是已经晚了，纪姝已经命人将他拖走，打出府去。

见纪姝的脸色有些冷，纪初桃沏了一杯热茶，关切地道："二皇姐，那人有何不对吗？"

纪姝接过茶盏，却并不饮，只是眯着眼若有所思地道："小废物，你觉不觉得他很像一个人？"

纪初桃点了点头："可是，我想不起来在哪里见过。"

纪姝不语，歪在榻中良久才悠悠地道："你记不记得，我未被送去和亲时，身边总跟着个不苟言笑的小太监？"

经纪姝这么一提醒，纪初桃想起一点儿，只是过了八年多，已想不起来自己八岁时见到的那个太监是不是生了一副和方才那男子一样的面孔。那个太监随二姐北上和亲，然后再也不曾归来。

"还记得上次在府里赏梨花，我和你们说过，和亲路上我曾打算逃婚吗？"纪姝问。

纪初桃颔首。这样惊世骇俗的往事，她当然印象深刻。

纪姝半眯着眼，慵懒地道："那是真的。"

纪姝说了一个故事。

那个小太监不苟言笑，年少时便奉帝命到皇次女身边做司礼太监，专教帝姬礼仪。纪姝生性活泼，素来不喜欢这个一脸老成又总爱说教的小太监，尽管他生得周正、好看。有时她故意捣乱，做一些有违礼教的事，看到司礼太监黑着脸伏地规劝，便像出了一口恶气似的，笑得开怀。

一朝突变，外敌压境，她被当作议和的筹码送去北燕，而小太监竟放弃了大好前程，主动请缨陪伴帝姬北上。说是陪伴，但她知道，他其实是奉病榻上的父皇的命令来监视自己的。

送亲的队伍哭得像在送葬所，有人都知道她会一去不归。她不甘心，恨意化作泪水淌下，眼泪流干了，恨意又化作掌心里被掐出的鲜血流出来。她才十七岁，正值韶华，却要给敌国君主做侧妃、人质。

与北燕的迎亲队伍交接的那晚，趁着众人喝醉，纪姝策划了一次出逃，可惜由于替身宫婢的失误，她的行动很快就被发现了。她慌不择路，踏着如霜的月华在沙丘上奔跑，直到被那小太监追上，拦住了去路。

　　"他是来抓你的吗？"纪初桃听得入了神，不由得紧张地问道。

　　纪姝似笑非笑，摇首："北境的夜很黑，我始终记不起他那时的神情，只知道他看着我，很认真地看着，说了短短的几句话。他说，奴拦住他们，殿下快跑，一直跑，不要停！"说到这儿，纪姝低声嗤笑一声，"很奇怪吧？他明明是奉父皇的命令来监视我的，却在最后关头护在我的前面，还让我快跑。"

　　纪初桃听得揪心，总算知道为何二姐见到方才那个赝品时会那般生气了。人人都道她凉薄、滥情，但其实她比任何一个人都要死心眼，不容许所有给过她温暖的人被玷污——纪初桃如此，李烈如此，那个小太监亦然。

　　她会因恨铁不成钢而骂纪初桃是小废物；会为了保下李烈的命，不惜亲手将他打伤，以此压下大姐的杀意；会说那个小太监是讨厌至极的人，却在那人死去八年后，接受不了替代品的存在……她总是用自己的方式守护在意的人。

　　纪初桃眼眶酸涩，轻轻地拢住了纪姝的手。纪姝的手如玉般冰冷，没有一丝温度。

　　纪姝笑了，看着眼眶红红的妹妹，没心没肺地道："听个故事而已，你为什么这副如丧考妣的神情？我生来不安分，小太监死后便想清楚了，与其如丧家之犬一般活着，还不如搅他个天翻地覆！"

　　所以，她擦干身上溅到的血，选择披上嫁衣去往北燕，直至北燕君臣反目、兄弟相残。

　　"不过我要提醒你，当年逃婚之事，我只对你、阿妧还有皇帝三人说过……根据我的一句话便能推测出我的弱点，送一个赝品来我这儿试探，此人可不简单哪！"纪姝目光深沉，冷冷地笑道，"小废物，当心身边人。"

　　纪初桃从纪姝的府里离开时，眼眶还有些红，沉浸在纪姝的那番话中不能自拔。她出了门，便见祁炎负手站在马车旁，正仰首望着墙头横生出来的梨树枝出神，似乎等候已久了。

　　梨花的花期已过，树枝上只有零星几点残白。祁炎的靴子上尚有泥点，纪初桃不知道他是从哪里赶过来接她回府的。她吸了吸鼻子，莫名其妙地觉得安心，走过去问道："祁炎，你在看什么？"

　　祁炎收回视线："看到这棵梨树，便想着在殿下的府中也种一些。"

　　"梨花吗？太素雅了。"纪初桃带着鼻音道。

她喜欢鲜艳的颜色。

祁炎当然知道她的喜好，轻笑一声，道："想为殿下种桃花，初桃的桃。"

春末的暖风拂来，男人的嗓音尤为撩人，纪初桃不由得一怔。祁炎看到了她微红的眼圈，眉头一皱，沉下嘴角，问："谁惹哭你了？"

二

崇政殿中，兽炉中熏香袅袅，非常宁静。

"三皇姐怎么有空来陪朕下棋了？"纪昭看上去有些心不在焉，连黑子落错了都没发现。

纪初桃叹了一声，一只手拈着白子，另一只手托着腮，回想着与纪昭一同长大的点点滴滴，若有所思地道："琼林宴后，府里拜帖不断，有官宦命妇的宴席邀请，亦有文人士子以诗赋自荐，求名求利。我不胜其烦，索性来皇上这儿求个清净。"

她其实是担心纪昭的状态。科举舞弊案似乎对他的刺激颇大，就像一颗钉子扎在他的心里。

纪昭全然不知她的担忧，只道："三皇姐连续主持几次大宴，次次都临危不乱、化险为夷，又在琼林宴上才惊四座，如明珠褪尘、光华耀世，想求三皇姐办事之人自然很多。"

纪初桃颔首："我一介不理朝政的帝姬周遭尚如此，皇上这等身居高位之人，身边摇唇鼓舌的人就更多啦！人心复杂，人若不能心如明镜，就会被别人牵着鼻子走，迷失方向。"

闻言，纪昭失神，愣愣地看向面前明丽的少女。但纪初桃仿佛只是随口感慨，拢着袖袍落下一枚白子，笑道："阿昭，该你了。"

有时候，纪昭真羡慕她的自在无忧。他紧紧地攥着黑子，望着满盘黑白交错的棋局，哭丧着脸道："三皇姐，你明明就要赢了，为何每次都避开制胜的关键一着，吊着朕？"

她堵死纪昭的棋路，又在取胜的前一着避开，不断地给他希望，然后再次堵死……如此数次，他已在心态上输了，举棋的手游移不定。他闷闷地道："这样的棋路简直就和……"

这样的棋路简直就和纪妧的招数一样。

纪初桃看着纪昭，放缓声音："我的棋是大姐教的，阿昭忘了吗？"她微微一笑，望着挫败的少年温柔地道，"阿昭，你要明白，以大姐的手段和能力，她若想取而代之，何必等到你长大成人、羽翼丰满？早在父皇仙逝那会儿，她就该动手了。"

纪昭猛然抬起头看她。

纪初桃不同于疏离威严的纪妧，永远是轻快温和的，嗓音娇软，说出口的话不带丝毫说教之意或压迫感，如流水漱玉。这样干净的人在点破内情的时候便格外让人心慌羞惭。

纪初桃并不打算抹杀小皇帝最后的自尊，只轻轻地叹道："以前我和你一样不懂，后来渐渐地明白，笑脸相迎的人未必真心待你，恶语相向的人也未必是仇人。看懂一个人真的太难了。"

纪初桃走后，纪昭独自面对未下完的棋局，沉思良久，直到一名大宫女悄声进来。她立于一旁唤道："陛下。"

纪昭认出了宫女，收敛动摇的心神，问道："何事？"

"先生知陛下苦恼，特意让奴婢给陛下带一句话，盼为君分忧。"大宫女走近一步，俯身低语，"大公主有左相褚珩，故而朝中的文臣唯大公主马首是瞻，唯独兵权这一块，大公主始终不曾掌握。陛下若想亲政，让世人刮目相看，何不从武将入手，建立自己的势力？"

大殷握有兵权的武将只有一个人。

"祁炎……"纪昭咀嚼着这个名字，脑中不由得闪过纪初桃明丽的笑颜。

的确，他若能让祁炎心甘情愿地为己所用，想必就算是长姐纪妧，也会对他刮目相看！他急切地想证明自己的能力，想将原本就属于自己的权力握在掌心里，仿佛这样才能睡得踏实些，以至于走了太多弯路，忽略了眼前的捷径。

祁炎还未官复原职，纪初桃做不到的事，他可以做到。

思及此，纪昭握了握拳，眼中浮现出些许笃定之色。

与此同时，长信宫内，秋女史垂眉敛目而来，入了殿，行至纪妧身边耳语了几番。纪妧将崇政殿那边的动静尽收耳中，听罢，冷淡地道："不必管，由他们去。"

见纪妧不为所动，秋女史似有些忧虑："殿下明知有人作祟，何不乘胜追击，一网打尽？"

纪妧嗤笑一声："若本宫将事情都做了，那要皇帝有何用？总要留些臭鱼烂虾搅浑水，皇帝才会有危机感，省得他整天疑神疑鬼，将刀剑对着自家人。"

秋女史道："恕奴婢斗胆直言，殿下一心磨砺皇上，可他未必领情，若脱离掌控，只怕反对您不利。"

"你见过幼兽长牙吗？"纪妧问了个毫不相干的问题。

秋女史愣怔，老实地道："奴婢寡闻，不曾见过。"

"幼兽在长出森白的獠牙前，见到什么东西都要咬上一口，咬着咬着，牙齿才会锋利。"纪妧微眯着凤眼说。

那小子越是急于脱离她的掌控，反倒越证明她的教育是成功的。他若是错咬了自家人，她再狠狠地教训几顿便好了。

纪初桃回到府中，便见祁炎扛着一捆不知从何处得来的树苗。上百斤重的东西，他像扛棉花一般轻松。

纪初桃没想到，他说要在府中种桃花的话竟不是玩笑！春天都过完了才想起种树，他也不怕桃树适应不了，最后白折腾一场。

寝殿后的园子里已经开辟出了一块荒地，挖出了几排坑。祁炎挽着袖子，露出一截结实有力的小臂，扶着幼苗一株株仔细地种下，然后踏平土壤。

春末夏初，天气已十分暖和。纪初桃看着他鼻尖上渗出的薄汗，忍不住心疼地道："这些粗活还是让侍从来做吧。"

祁炎将纪初桃派来帮忙的内侍都赶了出去，坚持自己动手。一番好意被拒绝，纪初桃有点儿失落，站在道旁的绿荫下问："为何不让人帮忙？"

祁炎随手将铲子往泥地里一插，直起身来，神采飞扬地道："不亲自种就没有意义了。来年春天，臣要让殿下一推窗便能瞧见臣亲手种下的桃花。"

从此年年岁岁，花开花落，她都能赏着桃花，想着他。

纪初桃悄悄地看了一眼远处目不斜视的侍从，那点儿失落的情绪烟消云散，化作了内敛的点点笑意。她抬手扇了扇风，愉悦地想：一定是今日太热了，不然为何脸这么烫呢？

祁炎体力好，很快就只剩下最后一株桃树苗没种了。纪初桃突发奇想地道："可以让本宫试试吗？"

自从离开规矩繁杂的深宫，纪初桃便对一切新鲜事物充满了好奇。

祁炎没说话，只将刨开的松软的土踏平，直到确认不会有泥巴弄脏纪初桃的裙边和藕丝绣鞋时，才朝跃跃欲试的纪初桃伸出一只手。

纪初桃挥退欲上前搀扶的宫婢，伸手搭在了祁炎的掌心上。祁炎的手掌依旧温暖有力，修长的手指握拢时，轻轻松松就能将纪初桃的手包在掌心里。被他一拉一带，她便如乘风的蝶般扑入他的怀中，感到腰上一热，然后被他用另一只手稳住了。

祁炎身量高大，背对着廊下侍立的宫人，将纪初桃完全挡住了。宫人们只能看到他的背影，却看不到两个人之间的小动作。

春夏的衣衫单薄轻便，男人躯体的热度和硬度纪初桃更清晰地感知到。好在祁炎的手只在她的腰窝上停留了片刻，便不着痕迹地收了回去，散不去的是两个人之间若有若无的热气。

纪初桃肤如凝脂，眼尾嫣红。她掩饰似的垂下眼，学着祁炎的模样挽袖子，但她穿的是一身广袖茜纱的宫裳，过分柔软的布料怎么也无法被挽起来。她没耐心，刚蹙起眉，就听见一旁的祁炎轻笑了一声，然后他不知从哪里拿出一根黑色的布绳，俯身将绳子绕过她的双袖，最终停在了少女娇嫩无瑕的后脖颈。

他俯身的时候，眼睑半垂，看上去认真又迷人，指腹不经意地扫过纪初桃颈项的皮肤。他望着她白皙的后颈，目光不自觉地黯了下去。一个结打了许久才成功，他微微吐出一口气，嗓音低沉沙哑地道："好了。"

纪初桃跃跃欲试，"嘿咻"一声拿起铲子，试图填土。

方才见祁炎拿铲子就跟拿勺子似的轻松，还以为铲子不重。谁知她刚拿起铲子，腰身就不由自主地往下坠。

祁炎手疾眼快地替她攥住铲子，这才没让这沉重的粗鄙物件砸伤她秀气娇嫩的脚尖。

"怎……怎么这么重？"手无缚鸡之力的娇贵帝姬使出了吃奶的劲才勉强铲起一块巴掌大的土。

一旁的侍从们看得胆战心惊，又不敢上前来帮忙，急出了一身冷汗。最后还是祁炎放水帮忙，那棵快被晒蔫了的桃树才平安地落坑。

纪初桃红着脸坐在秋千椅中休憩，侍从们立刻围上来，按摩的按摩，端茶的端茶，将瓜果盘摆了一整桌，任她取用，生怕她累着、渴着。刨了一院子坑又种了一院子桃树的祁炎反倒气定神闲，跟没事人似的，精神抖擞。

纪初桃怀疑，凭他那硬实的身体，他动上几天几夜也不会觉得疲倦。她命内侍给他送了解渴的凉茶，他一饮而尽，姿势豪迈洒脱得如同饮酒。

他以手背抹去嘴角的水渍，抬眼看了看天色。见天气阴了些，他便朝纪初桃道："殿下，走。"

"去哪儿？"纪初桃停住轻轻晃荡的秋千椅，直起身讶异地问道。

祁炎面容冷峻，嘴角却微微上扬："带殿下去看个东西。"

"什么东西？"

"殿下不曾见过的东西。"

纪初桃被勾起了兴趣，追着祁炎问。祁炎却怎么也不肯透露内情，一副守口如瓶的神秘模样，弄得纪初桃心痒痒，偏生她就吃这一套。

安排好出府的侍卫和马车，纪初桃随着祁炎着便衣出行。到了城郊，马车不方便前行，他们需要去繁就简。祁炎便问纪初桃："殿下可会驭马？"

骑御之术乃皇族必学的课业，只是纪初桃生性喜静，学得并不好，便颔首道："会一些，不太熟稔。"

祁炎颔首表示明了，让纪初桃先上马，自己则随后跃上，竟直接与纪初桃同乘一匹马！

虽然祁炎是大姐送来的，此次随行的侍卫又嘴严，纪初桃不必担心有人阻挠或非议，但还是惊讶了一番，扭头问道："你怎么上来了？"

侍卫那儿还有不少良驹呢！

祁炎的呼吸落在纪初桃的耳畔，他越过她的腰侧抓住缰绳，声音低沉地道："殿下不擅骑御，臣恰巧擅长，这样安全些。"

说罢，他一夹马腹，马便小跑着朝山脚的平原处去了。

侍卫不近不远地跟着，尤其是那个擅长弓箭的霍谦，碍事得很。祁炎眉头一皱，攥紧缰绳，于纪初桃的耳畔轻声道："殿下别怕，相信臣。"

纪初桃还未反应过来他这句话是何意思，便看见他重重地夹了一下马腹，听到他大喝一声："驾！"

骏马便撒开蹄子奔驰起来。

耳畔尽是"呼呼"的风声，山峦飞速地倒退，纪初桃被颠得心脏狂跳不已，喘着气颤声道："太……太快了！"

祁炎不语，手臂收紧，将纪初桃不安的身躯紧紧地护在怀中。

他炙热宽厚的胸膛从后背贴上，纪初桃没那么害怕了，试着放缓呼吸，渐渐地就不那么胆战心惊了。风从她的耳畔吹过，带走了一切烦忧。

马匹停下来时，侍卫们已不知被他们甩至何处。纪初桃搭着祁炎的手下马，方发觉双腿软得厉害。若不是祁炎及时捞了自己一把，她怕是又要丢脸了。

为了找回自尊，纪初桃抬手遮在眉间，遥望远山和一望无垠的草地，哼道："小将军说的东西莫非就是此处的风景？你未免太小瞧本宫了，本宫虽说不常出宫城，却也秋狩行猎过，这般风景怎能称得上是本宫没见过的呢？"

虽说如此，她上扬的尾音却出卖了她此时愉悦的心情。

祁炎不置可否，沉稳地道："殿下莫急。"

说完，他将拇指和食指放在唇间，朝着空中扬声一吹，响亮的哨声直达天际。不多时，天空中响起一声尖厉的鹰鸣，似在回应哨声。

纪初桃顺着祁炎的视线望去，只见天空高远，一只猛禽在山尖盘旋一圈，然后朝着他俯冲下来。在纪初桃的惊呼声中，它拍打着翅膀稳稳地落在了祁炎伸出的手臂上。

这只大鸟长满灰麻色的羽毛，目光锐利，扑棱着展开的双翼足有三尺长。它落在祁炎的臂上，乖顺得如一只鸡崽。

溪水在山脚闪闪发光，大片的绿草地铺展，臂上停着猎隼的少年武将英俊得宛若降临的神祇。

凶猛又充满野性的东西还真是纪初桃不曾见过的！她端详着这只尖喙锐爪的猛禽，好奇心又涌了上来，一副想靠近又不敢的样子，轻声问道："这是你驯的鹰吗？"

"是猎隼，比苍鹰小，但不输其凶猛。"祁炎看着小心翼翼地靠近的纪初桃，安抚好猎隼，对她道，"它是臣十五岁时驯化的，已跟了臣四年多。"

纪初桃钦佩不已，又将视线落在猎隼长而弯曲的尖锐指甲上，咽了咽口水："它的爪子是否会抓伤你？"

见她像个稚童似的好奇地发问，祁炎忍不住低笑，抬起手臂示意："不会，这畜生通人性。何况，臣有护腕挡着。"他又坏心眼地问她，"殿下可要摸摸看？"

"摸……摸它？"纪初桃又咽了一口唾沫。

许久后，她如下定决心一般，闭着眼颤巍巍地朝猎隼滑溜的羽毛摸去。

她颤抖的指尖还未触及猎隼，它便扑棱翅膀维持平衡，扇起的风吹得她发丝凌乱。她碰到了滑溜的羽毛，倏地收回手，睁着水润的杏眸摇首："像硬些的绸缎一样……"

她还是胆怯了，娇气又坚韧，直叫人想将她揉进怀里好生护着。

祁炎又吹了一声口哨，猎隼便离开他的臂膀，重新飞向天际，在空中久久盘旋，像一个等待号令的忠诚的护卫。

纪初桃看着祁炎的动作，似乎对吹口哨有了兴致，便学着他的动作将拇指和食指放在红唇上，用力一吹……"噗！"她发出了一声滑稽的气声，这根本不是响亮的哨声！

祁炎一愣，反应过来她在学什么，不由得以手背抵着鼻尖，恣意张狂地闷笑出声。她脸一红，瞪着他羞恼地道："不许笑！"

"殿下想学？"祁炎背对着蓝天和苍山，眉目锐利又俊朗，脸上带着些许笑意。

纪初桃很认真地点了点头。她在宫里时，没有人教她这些。

祁炎一边示范，一边道："拇指和食指圈成圈，放在嘴中。"

纪初桃依言照做，一吹，"噗"，依旧发出了滑稽的气声。祁炎又笑了起来，双肩一抖一抖的。

笑够了，他才看着脸色绯红的愠恼的小帝姬道："这样不行，嘴唇需要保持湿润……"

他本想拿出牛皮水囊，让纪初桃润一润唇瓣，却见纪初桃率先伸出嫣红柔软的舌尖，在花瓣似的唇上轻轻地舔了舔。那唇轻轻地张合，泛着诱人的水光。

偏生纪初桃丝毫没有意识到自己有多诱人，抬起清澈的眼眸问道："这样行了吗？"

祁炎眸色一黯，盯着她许久，哑声道："行了。"

纪初桃便又圈起拇指和食指，含在润好的樱唇中，准备吹哨。祁炎定了定神，抬手将带茧的指腹落在她的唇畔上，替她调整手指的位置，低声道："保持这个姿势，舌尖抵着手指……"

话音刚落，祁炎突然感到手指触到一片湿软之物——纪初桃用力过猛，舌尖竟然扫到了祁炎搁在她唇边的手指！

陌生又熟悉的热流流过全身，霎时间，两个人皆颤了一下。

天高云淡，风吹草低，马儿在一旁静静地吃草。纪初桃红着脸望向祁炎的眼睛，心脏狂跳，仿佛灵魂已被锁定，即将被卷入汹涌的暗流中。

三

风吹过山峦旷野，绿意起伏。祁炎的指腹轻轻地蹭过纪初桃的唇瓣，此时一朵浮云遮住了阳光，阴影笼罩大地，他半合着眼凑近了她。尽管不是第一次接吻了，纪初桃依旧紧张得屏住了呼吸，心里忐忑，悸动不已。

鼻尖相蹭，两个人的唇只有一寸之遥，远处忽然传来了马蹄声。纪初桃惊醒，退开了些。云开见日，风吹动她缀着金铃的衣袂，潋滟的杏眸下，一抹胭脂色俏丽无双。祁炎一僵，轻轻地收回手，望着飞奔而来的霍谦等人，深沉的眼波仿佛瞬间凝成冰冷的黑刃。

霍谦挽着弓下马，抱拳道："外出危险，还请殿下莫要离开属下等人的视线。"

抬眼对上祁炎如刀的视线，霍谦一僵，不明白自己方才说错了什么，惹得这位冷面将军如此不快。

纪初桃有些遗憾。这天，她到底没能学会吹口哨。

五月初是祁炎的生辰，对于及冠之龄的男子来说是个无比重要的日子。因要商议冠礼事宜，祁炎这几日搬回镇国侯府居住。

纪初桃提前好多天就在苦恼送祁炎什么生辰贺礼合适。她虽然食邑丰厚，不愁没有奇珍异宝，可总觉得将那些俗物拿去送祁炎未免太敷衍。何况，他不在乎珍宝、字画之类的物件。

入睡前，纪初桃打着哈欠上榻，问服侍的宫婢："挽竹，你说寻常女子想给心仪之人送贺礼，送什么好？"

挽竹回想了一番自己偷偷地听的那些话本里的故事，答道："约莫是手帕、香囊等物吧。"

祁炎是个从里到外都很强硬的人，从不使用手帕、香囊等物。纪初桃想了想，摇首道："若是……若是那寻常女子心仪的人是个习武之人呢？"

那寻常女子和习武之人就是您和祁将军吧！

尽管心知肚明，挽竹面上仍装作什么都不知道的样子，一边替纪初桃宽衣，一边坏笑着道："若是两情相悦，那就把自己许给他咯，保证比什么礼物都强！"

"把自己……"纪初桃反应过来后，心尖一颤，佯装愤怒地道，"你越发没规矩了！"

挽竹连忙笑着告饶。拂铃在一旁立侍，提议道："那人若身居高位，自是不把金银财物放在眼里。俗言道，'礼轻情意重'，殿下何不亲手做一样东西送给他，以示珍重？"

纪初桃觉得此话在理，先前在簪花宴上送他的那枝丹桂就是自己亲手做的，至今还插在他床头的花瓶中，想来他是很喜欢的。

纪初桃盖上被子，躺在榻上想：这次祁炎的生辰，自己给他做个什么东西合适呢？

想着想着，她便陷入了沉沉的梦乡。

纪初桃已经很久没有做过那些零碎的怪梦了，今夜却又梦到一些新的片段。

灰麻色羽毛的猎隼扑棱着羽翼落在窗边，模糊的光线中，祁炎穿着一身玄色战甲坐在榻边，将她揽入怀中。她将脸贴在祁炎的胸甲上，金属冰冷的质感透过她单薄的里衣传来，彻骨的寒意冻得她一哆嗦。

可是祁炎的眼神如此绵长炙热。眼泪还停留在她的眼角，就被男人用粗糙的手指抹去了，祁炎的嗓音自头顶传来："别哭。待此战归来，我将一切都告诉你。"

梦里的自己咬紧了唇，红着鼻尖没说话。

即便旁观梦境，纪初桃也能感到梦中的自己那难以言喻的复杂情绪，仿佛饮了一杯混合了悲伤和无奈的烈酒，烧得人胸腔疼。

祁炎的指腹顺着她的面颊下滑，抚过她脖颈上的痕迹，落在了那块兽纹墨玉上。

"这是祁家的命门，能保殿下平安。"他炙热的吻落在纪初桃的眉心上，他道，

"我说过，不管殿下想要什么，我都给你。"

可是我想要的，你已经给不了啊……纪初桃喟叹一声，从梦中醒来，身子沉沉的，仿若和睡榻融为了一体。今日的梦没头没脑的，她分不清这是日有所思夜有所梦，还是和以往一样预示着什么。

估摸着纪初桃醒了，拂铃进殿，撩开帐帘道："殿下，宫里传来消息，今天一早祁将军便被宣召入朝了。"

"入朝？"纪初桃被这句话拉回现实，倏地坐起来了。

自从受琅琊王一案牵连，祁炎已许久没有参与朝政军务了，此番被宣召进宫，不知是吉是凶。

"有没有说因何事被宣召？"纪初桃皱着眉问。

拂铃道："殿下放心，奴婢已派了宫人前去打听，想必过不了多久便有消息传来。"

纪初桃用过早膳，前去打听的内侍小年归府，为她带来了消息。小年顾不得喘一口气，躬身回禀道："回殿下，圣上念在祁将军多次护主有功，允他将功折罪，官复原职。"

闻言，纪初桃松了一口气。数月来，她将祁炎带在身边，只为让众人知道他值得信任，几经波折，总算有了个好结果。想了想，她又问："颁布这道旨意的人是天子还是大公主？"

小年道："是天子，不过大公主未有异议。"

纪初桃倒有些讶异：以往皇弟行事都看长姐的脸色，何时这般硬气了？

她再回想之前祁炎获罪那会儿纪昭明着暗着多次向纪初桃提及搭救祁炎之事，总觉得今日的赦免绝非纪昭临时起意。

殿外，前来核对府中账目的晏行摇着扇子，风度翩翩地道："不管如何，都恭喜祁将军否极泰来，也祝贺殿下了却了一桩心事。"

侍从们很会看眼色，知道祁炎与纪初桃非泛泛之交，小陆续祝贺："恭贺祁将军！恭贺殿下！"

这场面像她与祁炎成了一家人似的！

纪初桃端着清茶，做出一副不经意的样子："那是祁小将军的喜事，与本宫何干？"

话虽如此，她却怎么也藏不住眼里的笑意，然而笑着笑着，心中又生出一丝若有若无的怅惘之意。祁炎恢复了武将重臣的身份，是否意味着不能再寄居于公主府中做家臣了？

入了夏，天气有些反复无常，午后下起了细雨。纪初桃在凉亭中看书，但一个时辰过去了，也只翻了两页，书上密密麻麻的小字写了什么，并未记住分毫。

直到宫婢前来通传："殿下，祁将军来了。"

纪初桃的眼眸一亮，她合上书的时候，祁炎正好撑伞进来。

他还是这般高大冷峻，仿佛不管是罪臣还是重臣，皆对他造成不了丝毫影响。只是他在望向纪初桃的那一瞬，透着疏狂之色的眉目才有了些沉稳之意。他收拢雨伞，说道："殿下在等我？"

纪初桃点了点头，仔仔细细地看了他半晌，方柔声道："还未恭喜小将军官复原职。"

祁炎上前一步，俯身时一片阴影落下，低声问："既然是恭喜，为何不见殿下开怀？"

纪初桃一愣，心底的那点儿失落到底没能瞒过他的眼睛。

"本宫自然是开心的，只是……"她顿了顿，握着手中的书端坐，"只是想着，祁将军不能再客居于公主府中了。"

"殿下舍不得？"祁炎一语中的，眼中浮现出幽幽的笑意。

纪初桃被戳破心事，脸有些发烫。然而她很擅长开解自己，自言自语般道："反正，你迟早是要离开的。"

当初她做那些事不就是为了给祁炎洗刷罪责，还他自由吗？如今既然做到了，她又矫情什么呢？

祁炎微微皱眉，在她对面撩袍坐下，淡然地道："殿下若舍不得，臣便每日来探望殿下。"

纪初桃被他这个提议惊到了。连二姐纪姝那般放诞不拘之人都知道不能与朝臣私交，何况是她？她只当他在安慰自己，心中一暖，抿着唇失笑："这如何使得？没了需要本宫庇护的理由，小将军还日日来此处，届时朝臣口诛笔伐，将你我记上史书，你我会遗臭万年。"

"那臣便想办法，让他们都闭嘴。"祁炎道，话语掷地有声。

纪初桃心中一震，抬眼看祁炎，发现他的眼中没有丝毫戏谑之意，反倒流露出了不容忽视的深沉和强大。他告诉她："我只问殿下的意愿。只要是殿下想要的东西，我都能给。"

"不管殿下想要什么，我都给你。"梦里，他好像也是这样说的。

风撩起凉亭四角的纱帘，一片被雨水打湿的残红纱巾飘进来，落在了石桌上。纪初桃忽然觉得雨天似乎不那么沉闷了，空气中充斥着轻快的气息。

想起一事，她下意识地摸了摸藏在衣襟里的礼物，四顾一番，轻声道："小将军随本宫来。"

凉亭四面透风，又有侍从往来，显然不是送礼物的好地方。

祁炎便重新撑开了伞，将伞往纪初桃那边倾斜，自己则大半个身子暴露在绵绵细雨中。二人挥退了侍从，朝清幽曲折的回廊深处行去。

抄手游廊的尽头是一汪曲池，里头养着清幽的睡莲和鲜红色的鲤鱼。雨水落在池中，荡开圈圈涟漪，晶莹的水珠从莲叶上滚落，惊走一尾游鱼。

纪初桃立在广漆檐下，浅绯色的夏衫飘逸灵动，鬓发在雨中反射着银色的光。她眼里像含着雨水般澄澈湿润，迟疑着从怀中掏出一物，递给了祁炎："这个给你。"

她白皙微粉的指尖捏着一条有玄色流苏的剑穗，其上还缀着金丝玉珠。祁炎撑着伞，目光久久地停留在那条内敛又不失精致的剑穗上，问道："给我的？"

纪初桃轻轻地"嗯"了一声，没有刻意地讨好，言辞矜贵又赤诚："生辰贺礼，祝小将军及冠成年。"

她之前见祁炎的那柄黑剑古朴，通身无一丝装饰，便觉得送他剑穗或许合适。常见的那些剑穗都带着红穗子或金流苏，富贵有余却不够稳重，与祁炎的气质不符。她画了许久的草图，才决定用玄色的穗子配水碧色的金丝玉珠。

祁炎接过剑穗，指腹从她娇嫩的掌心滑过，如同摸到了无瑕的软玉，他的目光深沉了些许。他微微扬起嘴角，低声问："这是殿下亲手做的？"

祁炎刻意这般问，纪初桃反倒不好意思说出口了。她垂下纤长的睫毛，耳尖红红，手指捻着袖边，轻轻地踢了踢裙摆："闲来无事，随意做的。"

"殿下。"祁炎将剑穗攥在掌心里，忽然唤她。

纪初桃惊异于他低沉沙哑的嗓音，下意识地侧首望去，却见阴影笼罩下来，他微微压低伞檐，遮住了檐下的光，也遮住了纪初桃的视线。下一刻，冷峻的黑袍武将倾身侧首，吻住了她柔软娇艳的唇瓣。

簪花宴时在冷宫海棠树下的记忆又如藤蔓般复苏、疯长，攫取了她的理智，她又被吓得忘了呼吸。她睁大眼，看到伞骨上的雨水滴落，看到祁炎因沉浸而半合的眼和微微颤动的眼睫。

他落在纪初桃唇上的湿热唇瓣顿了顿，方恋恋不舍地退开些。祁炎抬起没有执伞的那只手，以指腹抹去纪初桃唇上的水痕，暗哑地道："这是回礼，殿下。"

被他的指腹按压唇瓣的触感奇异，酥麻无比，纪初桃最抵抗不住这般行径。说什么"回礼"，他未免太狡猾了！明明看起来一脸享受的人是他自己才对！

可是纪初桃控制不住地脸红、身体发软，不争气的心脏"扑通扑通"地狂跳不止。每亲一次，她便对他偏心一分，不但不会生气，甚至……甚至想和他靠得更近些。

伞檐低垂，圈出一方无人打扰的静谧天地。祁炎离她很近，近到他身上强势又炙热的温度能隔着单薄的衣料传来，烫着她微微战栗的肌肤。

祁炎肩头带着雨水的湿气，望着纪初桃的瞳孔道："那晚我问殿下，能否从此眼里只有我一个人，殿下还未给臣答案。"

被落拓不羁的男人目光灼灼地盯着，纪初桃感受到溺水般的紧迫感，呼吸情不自禁地急促起来。她张了张嘴，不争气的身子却给不了反应。祁炎的气场着实太强了，光是承接下他这突如其来的"回礼"，她便用尽了全身的力气。

祁炎没有等到她的回答，也不生气。他像一个得了糖果的孩子，不敢一次性吃光，每次只尝一点儿就心满意足了。他按捺住快要溢出眼眸的执念，伸手揉了揉少女柔软的发顶，笃定地道："臣会等到殿下的答案。"

雨伞被移开，光线重新倾入了纪初桃的眼中。她看着收了伞准备离开的祁炎，终于找回了呼吸的节奏，身躯先于意识行动，迈开发软的双腿朝祁炎扑了过去。

祁炎听到动静，下意识地转身，便见少女轻盈的身躯扑入了他的怀中，紧紧地揽住了他精壮的腰。

"只有你……"纪初桃将脸埋在祁炎的怀中，突然如此说道，呼吸急促起来。

祁炎保持着张开双臂的姿势，还未反应过来，便见纪初桃抬起绯红的脸庞，望着他认真地道："本宫眼里的男子只有你。"

万物寂静，连檐下的飞雨都仿佛停止了。雨伞坠落在地上，时间仿佛定格在这一瞬，又像被无限拉长。祁炎收拢手臂，紧紧地搂着那盈盈一握的腰肢，垂下首，声音低沉沙哑："臣可否再向殿下讨一样生辰礼物？"

四

"我要娶殿下为妻。"祁炎凝望着她，如此说道。

不是"想"，而是"要"，他的嗓音低沉，却力量十足。

尽管梦里有了预示，纪初桃仍有些惊讶和手足无措。大殷的驸马无军权，若非如此，去年庆功宴上祁炎就不会当着朝臣的面拒绝赐婚……

但现在，他说要娶她。

纪初桃眼眸微动，映着飘飞的雨，轻声提醒他："做本宫的驸马并非易事。"

祁炎的眼中好像有什么热烈又深沉的东西流淌着，他用指腹摩挲着她娇嫩的脸颊，语气中透着令人信服的力量："殿下只需要点头，其他的事情我来解决。"

纪初桃觉得事情发展得有些快，毕竟距离簪花宴上二人互通心意才过去半个月。可她望着祁炎那双深沉得能吞噬人的眼睛，脑中闪过一幅幅梦中洞房花烛的画面时，心中的担忧仿佛烟消云散了。她第一次觉得婚姻并非遥远缥缈的幻想，而是触手可及的真实。

她根本无法拒绝他，鬼使神差般极轻地点了点头，双颊绯红地道："好。"

祁炎得到回复，眉眼瞬间舒展开来。他明明讨到了最好的生辰礼物，却恃宠而骄般越发得寸进尺。他的手上移，落在令他遐想已久的雪白后颈上，稍稍用力一带，纪初桃便被迫脑袋上仰，与他饱满的额头抵在一起。

这是一个亲昵又令人爱怜的姿势。

她听到祁炎呼吸略重，哑声说："臣不能自已，想做一件冒犯之事。"

纪初桃还未明白他说的冒犯之事是什么，唇瓣便再次被攫取了。这次的吻比之前任何一次都要热烈和过分，只一瞬便让人脑袋发晕，热度交织、蔓延，烧得她脸颊生疼。

凶狠又缠绵，强悍又温柔，纪初桃分不清哪一个才是真正的祁炎，只觉得身体好似不是自己的，意识也"轰"地飞向天际。

纪初桃比祁炎矮了一个头，吻得颇为费劲。这个索取而不克制的吻让她腰肢无力，根本就没有力气站直，整个人向后仰去。她随即又被祁炎强劲的手臂捞起，稳稳地拉了回来，直至两个人之间的距离无法再缩减。

祁炎像被解开枷锁般，彻底暴露出贪婪的本性，索性一只手抱住纪初桃柔软纤细的腰肢，将她托起抵在了廊柱之上，另一只手护着她的后脑勺不被磕到。

纪初桃双足离地，心脏跟着骤然紧缩，闷哼一声，不料连最后的"城门"也失守了，"敌军"长驱直入。

细雨绵绵，池中的游鱼藏在了莲叶之下。微风拂过，落在地上的纸伞滚了一圈，遮住了那双胡乱踢着祁炎下裳的藕丝绣鞋。

一吻过后，纪初桃觉得自己像死过一遭，涣散的眼神渐渐聚焦，耳畔也出现了雨打莲叶的声音。她背抵着廊柱，把脸埋在祁炎的肩上大口呼吸，后颈被他碰过的地方连带着耳根皆泛起绮丽的绯红色。

她羞愤，又像对他犯上举动的惩戒似的，在他的肩头狠狠地咬了一口。但他一点儿也不知自省，反而将她拥得更紧些，胸腔轻轻地震动，声音低沉地道："殿下可还有力气？要不，另一边肩膀也给殿下咬一口？"

纪初桃呼吸急促，知道自己现在的样子没脸见人，便将脸埋得更深了。

"以后不许这样！"她的声音像这一池春水，温温软软，还发着颤。

尝到甜头的男人哪能轻易罢休？祁炎轻轻地侧首，碰了碰纪初桃的耳尖，声音低沉沙哑地道："可是殿下并不讨厌如此。"

与其说讨厌，不如说她感到心悸、手足无措。认真亲吻时的祁炎侵略性太强，也太陌生了，她完全招架不住，总是丢盔弃甲，长公主的颜面都没有了。

"不是讨不讨厌的问题！没有本宫的允许，你不能如此放肆。"

何况他们还在随时都有人出现的公主府中！

祁炎也不知听进去没有，只是一声不吭，将下颌抵在纪初桃的发顶，轻轻地摩挲。

身子悬空的感觉太过惊险，纪初桃还被祁炎拥着抵在廊柱上，不由得蹬了蹬脚，攀着他的肩命令："先放本宫下来。"

祁炎唇畔带着笑意，依言照做。

脚尖触及硬实的地面，纪初桃险些没站稳，踉跄了一步，被祁炎趁势扶住了。

身子不争气，脸也还红着，她不愿被他瞧见自己没用的模样，转身欲走，却忽觉腕上一紧。

"殿下，"祁炎唤她，将她拉入怀中紧紧地拥抱片刻，方恋恋不舍地松开些许，"我很喜欢。"

他宽厚的胸膛温暖至极，声音低沉，也不知是说生辰礼物，还是指纪初桃本人。

纪初桃发现了，祁炎似乎很喜欢通过肢体接触来传达心意，一个不带任何情欲的拥抱纯粹为了传达他的愉悦心情。

半晌后，他道："臣走后，殿下将府中的宫人肃清一番。"

纪初桃明白祁炎的意思。当初他被送到府里，卷起了一股暗流，虽然下药之事发生后她清理过一番，但难免有漏网之鱼。他是怕离府后，没人镇得住那些杂碎，所以临走前要为她铺平道路。

纪初桃心里明镜似的，这种被人护在掌心里的感觉并不糟糕。

祁炎走后，纪初桃将府中的内侍换了一拨。

日子仿佛恢复了曾经的静谧，又似乎有什么地方悄然改变了。比如纪初桃身侧没有了那道高大沉稳的身影，她偶尔回身，见到的是霍谦那张沉默严肃的脸时，心中一阵怅然若失。

纪初桃并未清闲太久，因琼林宴上对诸位士子的点评出彩，又秉性纯真温和，突然间美名远扬，每日都有不少文人给她递诗赋自荐，盼望能被赏识，谋个官职。

内侍又搬了厚厚一摞诗集进门。书房中，挽竹将堆叠的册子、诗集分门别类地整理好，叹道："殿下，这么多书您何时看得完？书房都快放不下了，递过来的诗赋良莠不齐的，太费时间，您还是拒绝些好！"

纪初桃安静地托着腮，意兴阑珊地翻了一页书："这些诗赋皆是儒生的心血，其中不乏才思出众之人的作品。左右是个消遣，我慢慢看便是了。"

昨日她进宫，大姐纪妧还对她说："纪家的帝姬不比寻常女子，招揽一批属于自己的门客，为朝廷举荐人才，未尝不是一条巩固权势的捷径。"

可纪初桃知道，大殷不可能出现两位权势显赫的长公主。何况，如今祁炎平安顺遂，她心愿已了，更没有弄权之心了。

不过，这些儒生、士子的诗赋她一时半会儿看不完，倒可以召开一场府宴，看看这些文人中有无被遗漏的栋梁之材。

晏行也是文人，纪初桃就将府宴之事交给他去准备。五月中，永宁公主府中宾客往来不绝，才子佳人齐聚，众人饮酒作诗，针砭时弊，成了京都一大胜景。甚至有画师现场作画，以丹青描绘出宴饮的风华之景。

午后，宴会到了尾声，纪初桃便回房歇着了。宴会和她想象中的略有出入，没什么意思，不少文章写得漂亮的文人也只是文章写得漂亮而已，本人要么畏缩木讷，要么狂妄自大，真正有大才之人屈指可数。

说实话，纪初桃觉得他们还不如晏行，可见不能以文章看人。她又不由得好奇，晏行在才能上艳压大多数人，完全可以入朝为官，为何偏偏来公主府做一个不起眼的府令？

她正想着，门外的内侍进门禀告，将一封信笺双手呈上："殿下，有客来信，奴已查验，并无异常。"

被送进公主府里的东西都会有专门的内侍验毒，以免给歹人可乘之机。

纪初桃只当是哪位文人递来的自荐信，便吩咐摇扇的拂铃："念念看。"

拂铃接过信笺，打开一看，顿住了。纪初桃用细签子挑着冰镇荔枝肉吃，见拂铃拿着信笺迟疑，便问："为何不念？"

拂铃请示道："殿下，这是祁将军的来信。"

"祁炎？快给本宫。"

纪初桃好几日不曾见他了，登时欢喜不已，擦净手接过信笺一看，只见上头写着遒劲的两行行草，他约她今日申时于宋家酒楼见面。

这样的字迹是祁炎独有的。

纪初桃嘴角带笑，将信仔细地叠好，按捺住心底的雀跃情绪，吩咐："快备马车，本宫要出府。"

纪初桃出门时，有个徘徊在阶前的年轻儒生鼓足勇气，红着脸来递诗作。但她急着出府见祁炎，看也未看，顺手接过诗作便上了马车。

纪初桃到了约定的酒楼，宋元白亲自引她上楼。她推开厢房的门，只见着一袭暗色戎服的武将负手而立，显然已等候多时。

门在纪初桃的身后被关上了，装潢雅致的屋内静谧非常，桌上摆满了各色糕点。这是祁炎离府后，两个人第一次在外头见面。纪初桃有一种奇异的感觉，觉得他们像不听话的少男少女幽会，兴奋之余又有些忐忑。

纪初桃还未开口打招呼，祁炎已行至她的面前，主动牵着她的手入座，掌心温暖干燥。他声音低沉，随意地道："臣不知殿下爱吃什么，就都点了些。"

纪初桃见到他，哪里还有心思吃东西？她任由他牵着手，眼中浮现出温柔的笑意，关切地道："祁炎，你在朝中还好吗？"

祁炎道："殿下未免太小看臣了。"

没人知道他在下一盘多大的棋。

纪初桃猜想他被冤入狱，又刚从公主府中脱罪出去，定会有人不服气。她刚要再问两句，便看见祁炎的视线落在她手里握着的手卷上，听到他问道："殿下的手中拿着何物？"

纪初桃这才反应过来，将上等宣纸制成的手卷搁在桌上："是一个儒生自荐的诗作。"

祁炎好奇地取过手卷展开，不知看到了什么，长眉倏地皱起，逐字逐句地念出声："帝女非是凡间客，便引君心入九霄。"

"喀！"正在抿茶的纪初桃险些被呛住。

这竟……竟是首情诗！

他不过离开公主府几日，她身边的狂蜂浪蝶又多了一批。想到此，祁炎的目光明显深沉了些许，他冷冷地问道："帝女是殿下，心跟随着殿下去了九霄的那个人是谁？"

纪初桃下意识地要将这碍事的诗作拿回来，却见祁炎将其抬手举起，她伸长了胳膊也够不着，只得泄气坐回原位。

"本宫出来匆忙，没有仔细看，不知是……这样的诗。"纪初桃无奈地解释，又好奇地打量祁炎，不知他是生气还是吃醋。

祁炎记住了写诗之人的名字，将手卷揉成一团，精准地丢入了墙角的纸篓中。纪初桃看着他这反常且略显幼稚的举动，顿觉好笑，发出"扑哧"一声，又在男人深沉的目光投过来时正襟危坐。

她主动岔开话题："你约本宫前来，所为何事？"

祁炎望着她略带希冀之意的眼睛，心柔软起来，说道："闭上眼睛。"

纪初桃疑惑，但还是乖乖地闭上了双眼，纤长的睫毛微微颤动着。祁炎克制住想要亲吻她的欲望，拿出准备已久的东西，轻轻地挂在了她细白的脖颈上。

五

纪初桃闭着眼睛，黑暗中，感知被无限放大了。她感觉到锁骨处一凉，似乎被套了个坠子之类的物件，不由得心尖一颤，耸了耸肩膀。

祁炎给她调节绳子的长度，指腹擦过她的颈项，很痒，她的心也跟着痒起来。她既紧张又期待，心想：莫不是梦中的新婚夜提前应验，祁炎将那块珍贵的兽纹墨玉给了她？可这坠子的重量和质感又似乎和墨玉略有不同。

她不知道自己这副乖乖闭眼的模样有多招人疼爱，眼睫颤动，绯色的唇瓣微微张开，像一朵诱人采撷的花。

祁炎放慢动作，深沉的目光在她的唇瓣上停留片刻，方恋恋不舍地移开。

"好了，殿下睁眼。"他喑哑地道。

纪初桃依言睁眼，迫不及待地低下头，扯着脖子上的坠子观察。从祁炎的角度俯视，她那白皙的颈项延伸至衣襟深处，如精雕细琢般纤细优美。

咦，这竟然不是兽纹墨玉！

纪初桃轻轻地眨了眨眼，继续研究。风格内敛的绞银青缨细绳上挂着一个象牙色的坠子，坠子约莫两个指节长，被打磨得很光滑，摸起来轻便小巧，不过她看不出这是什么材质。

祁炎将她细微的反应尽收眼底，问道："殿下不喜欢？"

纪初桃摇了摇头，笑着说："喜欢的。"

虽然不是想象中的墨玉，但这物件新奇好看得很，又是祁炎亲手赠送的，她焉有不喜欢的道理？

只是纪初桃翻来覆去地将坠子瞧了许久，也没看出来它是个什么东西，便问道："这是何物？看起来不像是玉做的。"

见她爱不释手，祁炎脸色变得柔和起来，嘴角微扬："殿下不是想吹哨子吗？"

他说的是那日在郊外的旷野上，纪初桃学不会吹口哨的事。

纪初桃没想到他还记得这些细节，顿感新奇温暖，晃了晃坠子道："所以，这是个哨子？"

"骨哨。"祁炎解释，"取鹰骨制成，猎人用它驯鹰狩猎，而漠北男儿常将它送给心仪的姑娘。"

祁炎用低沉的嗓音叙说着哨子的含义。听到"送给心仪的姑娘"时，纪初桃心跳加速，内敛的笑意在眼中荡漾开了。

祁炎的表白总是这般强势直接，不加丝毫掩饰，不给人回避的机会，令人心慌意乱。尽管心里已有了猜测，纪初桃仍像确认答案似的仰着头问他："哪儿来的？"

"我做的。"祁炎抬手抵着鼻尖，遮住唇畔的笑意，清了清嗓子方道，"第一次做，手艺不好，殿下多担待。"

纪初桃的心中涌起暖流，胀得胸腔满满当当的。她小声道："我觉得挺好。"

她含着笑垂下眼睑，带着满腔的柔情将骨哨含在娇艳的唇间吹了一声。骨哨的声音不似竹哨那般尖厉刺耳，而是清透悠长的，可以传得很远，让人想起九天之上的鹰啼、苍茫兀立的关山，或斜阳笼罩下的万里黄沙。

纪初桃莫名其妙地觉得这骨哨声与祁炎十分契合，吹响哨子的时候，仿佛祁炎在耳畔呢喃。

微热的风从窗外灌入，撩动了两个人的发丝和衣袍。祁炎望着双唇抵着骨哨的少女，忽然问道："殿下可知吹响骨哨意味着什么？"

见纪初桃懵懂地看着自己，祁炎俯身，嗓音明显更低沉了，轻声道："在漠北，若姑娘吹响心上人赠送的骨哨，鹰落苍山，那男子便会上门娶她为妻。"

闻言，纪初桃脸一热，一不留神岔了气，紊乱的呼吸在骨哨吹出了波浪般颤抖的音调。祁炎长眉一扬，用手背抵着鼻尖闷笑起来。

但很快，一声更轻快悠长的哨声响起来了。

纪初桃明知吹响骨哨意味着什么，还是耳尖微红地对着祁炎吹响了它，玲珑的杏眼中映着初夏的暖光，看上去温柔又坚定。

祁炎脸上的笑意一顿，张扬的黑眸中映着纪初桃小小的身影，心中像被柔软的羽毛滑过。他没忍住，揽住她的腰肢，将她的脑袋按在了自己的怀里。

"嗯！"

纪初桃低呼时，骨哨从唇上滑下，落回凹凸的锁骨处。她的额头撞在祁炎厚实坚硬的胸膛上，有点儿疼，也有点儿麻，然而她深吸一口气，觉得连空气都是甜的。

祁炎胸腔震颤，心跳声撞击着纪初桃的鼓膜，强势地宣告："殿下吹响了骨哨，便不能再悔婚了。"

纪初桃没说话，只是踮脚环住他的脖子，无声地回应。

她认命了，既然这是天作之合，那么一切皆命中注定，如此也很不错。

桌上精致的茶点还未来得及品尝，二人便已经尝尽了甜蜜的滋味。狭小的厢房不足以安放两颗躁动的心，过了许久，祁炎在她的耳畔提议："出去逛逛？"

纪初桃埋在他的怀中，用力地点了点头。

他们穿过热闹依旧的十字街，发现玄真观前的柿子树蔚然一片，深绿色的叶片之间挤满了淡黄色的小花，已然预示着今年秋后果实累累的盛况。

观前僻静，纪初桃便让侍从远远地跟着，独自和祁炎走过那段开满了柿子花的绿荫夹道。和祁炎在一起，她永远不必担心自己的安危，心情都轻快了不少。

天空澄澈，浮云懒散，青色的屋檐下铜铃"叮当"作响。纪初桃踏着掉落的柿子花前行，见祁炎落后一步，想了想，转身倒退着走路，望着祁炎道："是不是以后只要听到本宫的哨声，你就会出现在本宫的眼前？"

看来，她真的很喜欢这个骨哨。

祁炎负手漫步，肩头落着被叶间缝隙切割得斑驳的阳光，眸中光影交错，纵容地看着面前身着绯衣的艳丽的少女，沉稳又认真地"嗯"了一声。就像猎隼会守护主子，他也会守纪初桃。

纪初桃眼中浮现出明媚的笑意，将骨哨从衣襟中拉了出来，搁在唇上轻轻地吹响。祁炎露出张扬又偏爱的笑，配合纪初桃的哨声，加快脚步靠近了她。

纪初桃弯着眼眸，犹不满足，于是祁炎再次加快脚步，与她比肩，借着袖袍的遮掩，勾住了她的尾指轻轻地揉捻。

行至别人看不见的拐角处，祁炎忽然侧首倾身，身体力行地堵住了那轻快的哨声。于是，骨哨的声音戛然而止。

月夜，暑气消散，虫鸣寥寥。廊下，宫人执着纱网，正在驱赶灯笼四周的飞蛾。

纪初桃沐浴过后，浑身清爽地回到寝殿。

挽竹铺好了玉簟和薄被，迎上前来替她宽衣。不经意间瞧见她脖颈上的坠子，挽竹"咦"了一声，问道："殿下何时多了个坠子？"

纪初桃墨发披散，湿润的脸上带着沐浴过后的红晕，不动声色地将骨哨藏入衣襟中，抿唇笑道："本宫的首饰数不胜数，还要一一向你报备不成？"

挽竹知道纪初桃今日出去过，转念间便猜到了。主子脸皮薄，挽竹便识趣地不戳破，声音清脆地笑着说："是奴婢多嘴啦，殿下戴着开心就好。"

说罢，她扶着只穿着轻透里衣的纪初桃上榻，替她掖好被角，放下床幔，福礼告退了。

夏夜难以让人入睡，白天与祁炎经历的种种又浮上心间，纪初桃有一种无法言喻的回甘之感。她翻来覆去地笑了几回，侧躺时，锁骨处的骨哨滑落，颈侧传来了微凉的触感。

福至心灵般，纪初桃突发奇想：祁炎说姑娘吹响骨哨，心仪的少年便会上门迎娶，而他听到了哨声，就会出现在她的身旁……若是她此时吹响骨哨，他会来吗？

明知这个想法任性而荒诞，纪初桃仍带着一丝希冀，被蛊惑般将骨哨置于唇间，闭上眼轻轻地吹了一声。

怕值夜的侍从听见，纪初桃有些束手束脚，第一声并不响亮。没有听到回应，她又深吸一口气，随后，清透悠长的骨哨声回荡在静谧的寝殿中。

仿佛有所回应似的，"吱呀"一声，门开了，轻快的脚步声靠近了。

祁炎不会真的来了吧？！纪初桃心中一喜，倏地睁眼坐起身，撩开帐帘望去，看到的却是宫婢拂铃的身影。她眼中的欣喜神色霎时间凝固，化作了点点失落。

拂铃谨慎，尽职尽责地道："殿下，奴婢方才听到殿中有奇怪的动静，您没事吧？"

也是，祁炎此时应该在他的府邸中，怎么可能听到几里外的哨音呢？想到此，纪初桃放下帐帘，暗中嘲笑自己方才小孩子气，低声道："没事，本宫吹哨子玩呢。你退下吧！"

拂铃确认她真的无事，又仔细地添了新的茶水，这才躬身退下，掩上了房门。

纪初桃倒回枕头上，百无聊赖地蹬了蹬双腿，翻个身强迫自己入睡。

闭目间，她又听见窗扇开合的细微声响，接着极轻的脚步声靠近了。她以为拂铃去而复返，便闷闷地道："今夜无须服侍，你去睡吧。"

来人没有说话，在榻前站着，高大的影子投在了帐帘上，是她无比熟悉的轮廓。她立即睁开眼，望着帐帘外的那道身形，难以置信地眨了眨眼，以为自己在做梦。

"殿下睡着了？"带着笑意的嗓音传来，祁炎做出一副遗憾的样子说，"那真是可惜，臣就不打扰殿下安寝了。"

没有错！真的是他来了！

"祁炎！"纪初桃一把撩开帐帘，又怕惊扰听力灵敏的拂铃，生生地咬住了嘴唇。

她太惊喜了，反应过来时已光着脚下榻了，一副想扑入祁炎的怀中又怕失仪的模样。她仰着头看他："你是怎么进来的？"

祁炎素来狂放不羁，没有那么多顾忌。他牵着纪初桃的手将她引回榻上，按着她坐下，方道："逾墙。"

纪初桃从小在宫规的约束下长大，力求举止端庄优雅，还是第一次听人将逾墙之举说得如此理直气壮，顿时失笑，"扑哧"一声。

"然后呢？"她问，眼里泛着光，像万千星子被揉碎在一汪水中。

"藏在树上。"祁炎道。

好歹在府中生活了数月，他潜入进来并不算难事，只是避开那个碍眼的弓箭手侍卫花费了些时间。

烛火昏黄，将祁炎的侧颜照得英俊又落拓。他坐在榻沿上，视线掠过纪初桃轻薄的里衣下玲珑起伏的曲线，目光深沉了些许。他问道："殿下知道臣藏在树上时，心里在想些什么吗？"

纪初桃摇了摇头。祁炎大多时候心思极深，她很难猜准他在想什么。

祁炎的嘴角扬起一个微小的弧度，他凑上前轻声道："我在想，殿下怎么还不吹哨？"

纪初桃怔住了。所以，根本就不是自己的哨声将他引来的，而是他早就潜入了府中，恰巧听到了哨声而已。

"你也在思念本宫，所以辗转难眠吗？"纪初桃带着些许得意，问道。

祁炎准确地抓到了关键字，反问："殿下为何要说'也'？"

纪初桃佯装正色："你先回答。"

祁炎扬了扬眉，道："是。"

于是纪初桃如愿以偿地笑了起来，捞起绣枕挡在脸上，只露出一双弯弯的眼睛。甜蜜的笑意像能感染似的，祁炎也跟着愉悦起来，想起自己的手里藏着的东西，朝纪初桃道："送殿下个东西。"

他还有礼物要送吗？纪初桃将绣枕抱在怀中，跪坐在榻上，身子前倾，期待地问道："什么？"

祁炎将轻握的拳头递到纪初桃的面前，然后手心朝上，打开手掌，一只幽绿的萤火虫晃晃荡荡地飞了出来。

"流萤！"纪初桃喜欢这种会发光的小生灵，它们像坠入人间的星辰。

以往她翻看前人的诗作，发现不少描写女子执团扇于夏夜在花园中扑流萤的句子，心向往之。只是宫中干净肃穆，萤火虫飞不进来，年复一年，她也见不着几只。

幽绿的微光一闪一闪的，在烛光下不甚明显。纪初桃急切地道："祁炎，快将灯灭了。"

祁炎依言照做，挥袖灭了搁在床边几案上的灯盏。

黑暗中，萤火虫的光芒越发美丽，飘飘荡荡的，如夜光萤石。唯恐它跑了，纪初桃放下帐帘，又将祁炎拉入榻中，两个人一起缩在榻尾看纱帐内荧光浮现。

夜朦胧又静谧，世界仿佛缩在方寸之间。两个人肩并着肩，膝抵着膝，静到连呼吸都清晰可闻。

感受到祁炎身形僵硬，纪初桃总算将视线从飘飞的流萤身上挪开，侧首道："你怎么这般硬？"

她并未意识到这句话有何歧义，猝然对上祁炎幽幽的眼神，心跳乱了节拍。他没有看流萤，而是在看她，眸中蕴藏着光泽，似隐忍，又似放纵。

良久，祁炎微哑的嗓音传来："没有脱靴。"

纪初桃这才想起来，方才怕流萤飞走，自己急忙将祁炎拉上了榻，却未来得及让他脱鞋。

视线下移，她发现在黑暗中看不真切，便直起身朝他的双脚摸索，歉疚地道："你穿着靴子一定很不舒服吧？快脱下来……"

不知被碰到了哪儿，祁炎低哼一声，呼吸变得有些急促。纪初桃被吓了一跳，睁大眼睛问道："本宫弄疼你了吗？"

不可能啊，她的动作很轻的。

祁炎深吸一口气："不是。"

他没法向纯真无瑕的她解释，被碰到的地方不疼，却比疼更磨人。祁炎压抑着心底的燥热，呼吸变沉，可小小的空间内到处都是纪初桃温软的女儿香，他根本无法平静。

纪初桃太干净了，亲个嘴都脸红不已。在她彻底信任和接受自己前，祁炎不想越过底线欺负她。他绷紧一身肌肉，许久才道："臣先出去待会儿。"

纪初桃却以为自己方才乱动让祁炎反感了，连忙起身拉住他道："别走……"

谁料眼前漆黑，她被堆叠的被褥绊住了脚，朝前扑去。

祁炎下意识地伸手接住了她，却被她柔软的身躯带倒了。两个人双双倒在榻上，胸膛贴着胸膛，鼻尖抵着鼻尖。

男人的身躯很结实，纪初桃险些以为自己摔在了一块硬邦邦的热铁上。两个人扑倒时带起了一阵风，帐帘飘起，被惊飞的萤火虫四下飞舞，幽绿色的光掠过祁炎深沉的眼眸，也掠过纪初桃微微张开的柔软唇瓣……

纪初桃感觉到搭在腰上的那条手臂紧了紧，像要钳制住她似的，让她莫名其妙地有些忐忑。男人的体温透过薄薄的夏衫向她传来，仿佛一触即燃，火势蔓延全身。

她好像听到了来自灵魂深处的桎梏崩断的声音，下一刻，姿势掉转，祁炎将她护在身下，眼中暗流汹涌，带着薄萤的手掌向上，与她十指紧扣。

六

纪初桃在黑暗中只能看清祁炎大致的身体轮廓，唯有流萤飞过的地方有一寸微光。那微光落在祁炎的眼中，映出了幽幽的光。

纪初桃被他扣着手指，压在枕边，能清楚地感受到他坚硬的指骨和炙热的掌心。呼吸交缠间，谁也没有开口说话，但这样克制的静谧氛围反而让人难以消受。

纪初桃情不自禁地咽了咽口水，"咕咚"一声，声音格外清晰。

祁炎的吻落下来的时候，她没有感到意外。不知是看不清还是别的什么原因，两唇接触的感觉格外清晰，明明那么热，她却控制不住地微微战栗。

他们只是亲吻，但好像和以往不同，纪初桃晕晕乎乎的，觉得快要窒息了。她想让祁炎退开些，好喘一口气，可是发出来的声音甚为奇怪，零碎得难以连成清晰的音节。

祁炎吻得有些凶狠，声音都成了气声，急促地问她："殿下知道要做什么吗？"

梦里零碎的画面在纪初桃的眼前一闪而过，如纱雾般朦胧。她轻轻地喘息着，下意识地点了点头，然后一愣，又更快地摇了摇头。

祁炎视力极佳，能夜中视物。他将纪初桃的反应看在眼里，抵着她的额头问道："殿下这是同意还是不同意？"

"本宫……"纪初桃一开口才发现自己的声音软得像能掐出水来，脑中一片空白。

梦里的眼泪让她对夫妻之事既懵懂好奇又忐忑不安。她是帝姬，不用和寻常女子一样遵守那些礼教，可以尽情享用世间一切欢愉，可还是有些放不开手脚。

"本宫不知道。"脸颊烧得生疼，她轻声说了实话。

祁炎一僵，感觉快要被这个小祖宗折腾死了，在战场上挨刀子也不如这般磨人。

萤火虫停在了床头的纱帐上，微光一闪一闪的，纪初桃的心也跟着一颤一颤的。不知过了多久，祁炎呼吸凌乱地在她的唇上吻了吻，深吸一口气后拥紧她，方恋恋不舍地退开些，直起身坐在榻头，屈起一条腿努力平复呼吸。

寝殿内如此静谧，纪初桃无须点灯去看也能猜到祁炎此时有多么狼狈。被他亲过的地方又热又麻，她抿了抿唇，一边懊恼自己方才说了"伤害"他的话，一边坐起身来，向他的方向望去。

祁炎屈着腿，垂首坐在离纪初桃两尺远的地方，呼吸沉重。纪初桃从未见过他如此落魄的样子，不由得愧疚地道："祁炎，你难受吗？"

关切的轻柔嗓音像拂过的微风，反将祁炎心里的燥热之火吹得更旺了。

"嗯。"祁炎沉声道。

他确实难受，忍得快要发狂了。

听到回答，纪初桃感觉歉意更甚，想帮忙又不知该怎么做，于是跪坐着向祁炎的方向倾身，低声问："那……那怎么办？"

她一靠近，那股撩人的女儿香便越发浓烈。祁炎呼吸一滞，身体立刻绷紧，哑声道:"殿下别动!"

纪初桃保持着跪坐的姿势,伸出去的手僵在半空中。祁炎急促地呼吸,用尽全身力气克制自己不做逾矩的举动,声音喑哑地道:"殿下就在原处,莫要靠近。"

萤火虫似乎累了,渐渐敛去光芒,帐内恢复了墨一样的黑暗。纪初桃看不清祁炎的神情,心中澎湃的热流也随着微光渐渐平息了。她很小声地"哦"了一声,半空中的手指轻轻地蜷缩,最终垂了下来。

情绪翻涌,她像诚心地求知般问道:"祁炎,刚才……你为何想做那样的事?"

那样的事究竟有怎样的奥妙,纪初桃也不清楚。它如果是让人痛苦的,为何世间男女还会孜孜不倦地尝试追求?可它如果是令人欢愉的,为何梦中的自己总是难受得落泪?

她问得赤诚,祁炎怔了片刻,回答得也坦率:"因为喜欢。"

纪初桃依旧不解,用手指点了点自己酥麻的唇瓣,举一反三:"先前父皇和皇后生了大姐和阿昭,和静妃生了二姐与三皇子,又和母妃生下我……那父皇是喜欢这么多女子吗?"

祁炎被她问得一愣,然后沉稳地道:"不一样。皇帝要顾及太多利益,并不在乎睡在身边的人是谁。而臣想做这种事,只是因为……身边的人是殿下。"

祁炎不是个擅长开解人的性子,粗野又直白,说出的话反而格外有说服力。

纪初桃有些明白了:两个人若是两情相悦、互敬互爱,做这种事便会欢愉;若是利益勾结、地位不对等,做这种事便会痛苦。

她与祁炎两情相悦,所以做这种事是水到渠成,没有什么可害怕的。想清楚这些,她如释重负,长舒了一口气。她知道自己活得单纯,在感情方面无比迟钝,若无梦境的预示,可能一辈子也不会靠近祁炎,浑浑噩噩的,不知爱为何物。

所以,她告诉祁炎:"本宫其实有些情怯,不太会应对这些。去年对你见招拆招的那些招数,本宫都是从二姐那儿学来的,可又学得不好,东施效颦般,让你看笑话……"

她哪里是东施效颦?说她是青出于蓝也毫不为过。祁炎在心里反驳。

烟火之下的艳丽红裙和花灯廊下的青涩亲吻是美艳与清纯的极致反差,最是撩人。

纪初桃并不知祁炎心中翻起了怎样的波澜,还在为祁炎的生气和远离而忧心,脸颊微红地道:"本宫不会的那些事,以后,你来教本宫。"

流萤扇了扇翅膀,微弱的幽光再次亮起,祁炎感觉体内压下去的躁动之火有复燃的迹象。

衣料摩挲被褥的声音响起，纪初桃的脸颊被大手轻轻地抚过。黑暗中，祁炎低沉沙哑至极的嗓音传来，其中满是无奈和纵容之意。他道："殿下，别高估了臣的定力。"

纪初桃怔了一下，如灵光乍现，恍然大悟：祁炎远离她并非在赌气，而是怕控制不住自己真对她做什么。

她不知男子的生理结构如何，只是他看起来比女子要辛苦很多。祁炎宁可自己难受也不愿伤她分毫，尽管知道情窦初开的少女干净如白纸，自己若坚持，她多半不会拒绝。

纪初桃的心中涌起一股说不出的轻松与温暖的感觉，酸酸胀胀的，比泡了澡还要惬意、舒坦。她正想着，祁炎依旧嘶哑的嗓音传来："有水吗？冷的。"

夜色中，纪初桃看不清他身体的变化，只当他渴了，下意识地答道："几案上有凉茶。"

帐帘被掀开，惊扰了安静的萤火虫。祁炎翻身下榻，准确地大步行至几案边，将凉茶端起一饮而尽。

这饮法豪放不羁，纪初桃能想象他那男人味十足的喉结必定上下滚动。她望着祁炎高大的身影，抱着双膝，将下颌抵在膝盖上静静地欣赏。

一壶凉茶并不能消减祁炎心中的燥热，他吐出一口灼热的气息，站了一会儿，方回到榻边坐下。他伸手揉了揉纪初桃柔软的发顶，沉声道："睡吧。"

"那你呢？"纪初桃问。

"臣守着殿下入睡。"祁炎道。

尽管他很想拥着纪初桃一同睡，但此刻异样的身体显然不支持他这样做。好在她没再问一些让他难以把持的话题，轻轻地"嗯"了一声便面对他侧躺下去，闭上了眼睛。

闹了这么久，她也累了，没多久便呼吸变得绵长起来，陷入了甜蜜的梦乡。

那只流萤已不知飞去了何处，祁炎俯身在她的唇上极轻地吻了一下，然后才翻墙出去，冷静自己这具胀热到痛的躯体。

祁炎在外游荡许久，回到镇国侯府时已过了丑时。侯府前的街道上空无一人，唯有两盏灯疲惫地发着光，将人影拉得老长。

微凉的夜风拂来，祁炎停下脚步，不动声色地按住了腰间的佩剑。玄色的剑穗微微晃荡，他侧首乜视身后的墙角，冷冷地道："滚出来。"

不轻不重的字眼却蓦地令人心生寒意。不多时，墙角后果然转出一道身影。

祁炎生平最讨厌这等见不得光的杂碎，拇指轻轻一拨，剑刃便出鞘半寸，折射出清寒的光。

也许是感受到了祁炎逼人的气势，那人连忙出示手中的令牌，拱手道："祁将军，我家主子等候多时，还请移步小叙。"

纪因的人？

祁炎冷声嗤笑："还真是阴魂不散。"

西街的勾栏瓦肆里，灯火通宵达旦，祁炎穿过脂粉香浓郁的花阁楼，进了内院。在这里，一切喧嚣都像被屏蔽了似的，显出诡谲的幽静来。

见到谋士领着祁炎进入内院，几名拭刀的死士缓缓地起身，如环伺的豺狼，盯着入侵者。

祁炎知道这座青楼乐坊是琅琊王纪因的产业，也是他们私下联络和部署任务的据点。他推开门，优雅的琴声传来，看到一名身着紫衣的中年男子坐在几案后，执着酒盏听琴女抚奏。

祁炎皱起眉，心想：纪因竟敢在这个时候私离封地，擅自进京。

"当初本王被贬幽州，与老侯爷一见如故，彻夜饮酒长谈，从家事到国事，一一细数，无不扼腕。"琅琊王纪因一副富贵闲人之态，徐徐地说道，"那时本王就知道，本王与祁老侯爷才是同类人。"

祁炎摩挲着酒盏，却并未饮酒，眸中是看透一切的锐利眼神，道："王爷冒险来见晚辈，应该不是为了叙旧吧？"

纪因抚掌赞道："和聪明人说话就是痛快！只是不知将军官复原职，重回朝堂，可还记得当年老侯爷因何而死？将军可还记得身陷囹圄时，纪妧是如何羞辱将军的？"

纪因原来是来试探他的"忠心"的。

祁炎在心中冷笑，不动声色地道："此等屈辱，晚辈当然记得。"

纪因露出欣慰的神色，道："本王与将军惺惺相惜，意图清君侧，可惜生不逢时，屡遭败绩！而今本王愿为天子拼死再搏，还请将军看在昔日之盟的分上，与本王勠力同心。"

纪因说了这么多冠冕堂皇的话，后半句才是重点。祁炎倒想看看他意欲何为，便起身道："不知王爷想让晚辈如何？"

"并非什么大事，本王听闻羽林军左郎将一职空缺，将军只需要向朝廷举荐一个人。"纪因笑道，"虽然祁将军主司边塞军权，但举荐区区六品武官，对祁将军来说并非难事。"

乌云蔽月，京都一夜风起。

目送祁炎离去，谋士从阴影中转出，躬身道："王爷将如此重要的事交给祁炎去做，是否太冒险了？据属下所知，这位将军近来和永宁长公主走得颇近，此间缘由俨然不是虚情假意能解释得通的。"

"他动了情,就有了软肋,这未必不是好事。你以为纪妧得知祁家背地里的小动作后,还会安心让他娶三公主为妻?"纪因徐徐一笑,以悠然笃定的语气道,"反贼就该与反贼同道,他既舍不下权势和仇恨,又想名正言顺地娶敌人的妹妹为妻,便只能和本王合作,推翻纪妧的政权,将帝姬变成他的战利品。"

谋士道:"属下始终觉得祁炎并非王爷想象中的那般好控制,只怕万一。"

纪因哂笑:"权谋这张网,他进来容易,出去难。即便他萌生了背信之心,本王也可用永宁要挟,逼他就范。"

谋士恍然大悟,拱手道:"王爷英明,属下自愧不如。"

镇国侯府中,祁炎屈腿坐在石栏上,以棉布拭剑,目光扫过晃荡的玄色剑穗时在上面停留了许久,如被暖化的坚冰。

"左郎将一职虽然只是六品,却担任着守卫皇城之责,你不会不知道琅琊王打的是什么主意,为何要应允?"听到祁炎的计划,宋元白一副如遭雷劈的震惊神情。

若是放在几个月前,他不会管祁炎和谁合作,但现在,祁炎明显对纪初桃动了情……祁炎若按照琅琊王的指示去做,必会间接伤害到三公主纪初桃。到那时,他们的感情还有未来吗?

"即便只是在利用琅琊王,你这盘棋也赌得太大了。"尽管知道祁炎并非任人拿捏的软柿子,宋元白依旧提醒道,"三公主知道此事吗?将来你举荐的这个人随琅琊王起事,即便你未直接参与,也是同谋,到那时,三公主定是……"

"话太多,聒噪。"祁炎专心拭剑,淡淡地道,"你以为只有纪因擅埋棋子?"

"什么意思?"宋元白一愣,随即讶然问道,"该不会琅琊王以为掌控了你,但事实上……是你掌控了他吧?"

这也太可怕了些!祁炎究竟有怎样的城府和能力,才可以将这么多条线玩转于股掌中?

祁炎收剑入鞘,皱着眉打断宋元白的推测:"盂兰盆会还有几日?"

"五日,怎么了?"话题转得太快,宋元白有些跟不上祁炎的思路。

祁炎不知想到了什么,嘴角轻扬,心思俨然已经偏了。他吩咐道:"去将西街上的天灯全买下来,盂兰盆会,我要带她去放天灯。"

宋元白目睹他的脸色由冷转暖,硬生生地打了个哆嗦。

噫,好酸!

第十二章
温　泉

一

中元节，盂兰盆会。

纪妘辅国以来，为增国之自信、稳固民心，对各教风俗皆采取包容态度，故而京都的节日博采众长，佛道共存，极其繁盛、热闹。

祁炎提前好几日就约纪初桃来逛盂兰盆会了。时值戌时，夜幕降临，马车走走停停，人潮拥挤，一路上有看不完的热闹。

到了约定的坊门前，纪初桃在侍婢的搀扶下下了马车。脚刚落地，她便听见挽竹"咦"了一声："殿下，那不是平阳乡君吗？祁将军怎么和她在一起？"

纪初桃顺着挽竹指的方向望去，一眼就看到了抱臂立在坊门下的祁炎，以及站在他对面的青衣贵女。

"平阳乡君？"

纪初桃不太认人，见的人那么多，不是每个都要放在心上的。不过，她觉得这位乡君的脸甚为熟悉。

挽竹小声提醒："殿下忘了？今年春祭躬桑，这位平阳乡君总是往您和祁将军身边凑，晃荡了好几次，也不知安的什么心。"

挽竹怕伤主子的心，并未将话说得太直白，可看眼前之景，平阳乡君一副含羞带怯、故作矜持的攀谈模样，明眼人都能看出她是在觊觎祁将军的美色！想到此，挽竹愤愤不平，恨不能扑上去咬上她一口。祁将军是三殿下的人，平阳乡君明知如此还妄图挖殿下的墙脚，太不要脸了！

纪初桃拢袖站着，澄澈的眸中不见丝毫阴影，满是祁炎颀长高大的身影。她定了定神，朝二人走去。

平阳乡君随家眷出来放灯祈福，远远地瞧见祁炎站在坊门下，向几名近卫打扮的下属交代什么。来往的人群中，他身着一袭笔挺的黑色武袍，佩镂金护腕和墨玉腰带，鹤立鸡群，英气逼人，平阳乡君立刻被他攫取了视线。

虽然躬桑那晚在溪水边，祁炎没有接受她的鼠灰斗篷，但她心里的念头并未就此作罢。她想：那时祁炎是三公主的侍臣，怕三公主忌妒，不敢接受别的女子的好意，实属正常。但现在不一样了，他已恢复自由身，不必仰人鼻息，看三公主的脸色过活。既然如此，她此时前去搭话，祁炎应该没理由拒绝了吧？何况，她的家世、样貌皆属上乘，她跟祁炎的关系若有机会更进一步，那于两家而言是再好不过的了！

平阳乡君思忖时，祁炎和下属说完了话，下属推着一车油布盖着的东西远去了，祁炎则独自站在原地，似乎在等什么人。平阳乡君立即寻了个理由避开护卫和嬷嬷，下车朝祁炎走去。

"好巧，在这里遇见将军。"平阳乡君迈着莲步上前，装成偶遇的样子。

祁炎扫了她一眼，微微皱眉，眼里带着不近人情的冷意，寻了个显眼的位置倚墙抱臂。

自始至终，他连一句客套的回应也没有。平阳乡君有些受挫，又觉得他冷淡的样子与旁人不同，格外吸引人，于是露出自认为完美的微笑来，发出邀请："将军也是来放水灯的吗？我知道有个好去处，看灯最方便。若将军不嫌弃，我带你前去。"

祁炎抬眸，眼中漆黑一片，总算将视线落在搭讪的女子身上了。被他用那样深沉的眼神注视，平阳乡君不自觉地嗓子一紧，脸颊浮现出一抹红晕。然而下一刻，男人冷淡的嗓音传来，他不耐烦地道："你是谁？"

他竟然……压根不记得自己！平阳乡君脸上一阵红一阵白，尴尬无比。她长这么大，仗着样貌和家世，还从未有人敢这样无视她，也从未有人敢用这种傲慢又冷漠的语气同她讲话！

她觉得自己应该立刻拂袖就走，可强烈的不甘让她的双脚钉在原地。她想告诉祁炎：他怕是一辈子也遇不到像自己这般真心喜欢他的姑娘了！

然而她还未张嘴，就见刚才还冷冰冰的祁将军忽然站直身子，像看到什么极其美好的东西一样，眼中的寒霜融化，嘴角上扬，点点笑意爬上了眉梢。

"来了？"他道，语气中是与方才截然不同的柔和之意。

平阳乡君呆了，从未见过祁炎露出这般温和的神情，他简直跟刚刚判若两人！她咬牙切齿地转身，顺着祁炎的视线望去，在见到来人时面色一僵。

灯火下走过来的少女着一袭杏粉夏衫，窈窕嫣然，初见便带给人惊心动魄的天然娇艳之感，连头发丝和衣角都仿佛发着光般耀眼。但这种美并不刺目、张扬，反而从她的骨子里透出一种恬静矜贵的气息，那是帝王家的人独有的风华和气度。

平阳乡君自恃貌美，可她那以脂粉敷就的妆容在纪初桃的天然绝色面前，如泥石一般黯然失色。她被压得抬不起头来，心虚起来，方才搭讪的气势全没了，低声行礼道："臣女见过长公主殿下！"

纪初桃与祁炎交换了一个带有笑意的眼神后，方回首望向鼻尖冒汗的贵女，轻声道："本宫今夜便衣出行，不必多礼。"

节中夜市人多，祁炎自然而然地换了一边站，将纪初桃护在里边，避免她被行人冲撞。平阳乡君把这个场景看在眼里，暗自绞紧了手指，不甘地想：为什么？！祁炎已经不是纪初桃的面首了，为何还要这般低声下气地护着她？堂堂镇国侯世子难道一点儿也不知羞耻吗？

纪初桃通透，将平阳乡君微妙的情绪变化收入眼中，想了想，笑道："本宫有一件织霞衣，做工精细，乃世间独有，是本宫的心爱之物。今夜见乡君容貌出众，不如本宫将织霞衣赐予乡君，如何？"

平阳乡君骤然抬头，疑惑地看向纪初桃。

虽说帝姬心情好时赏赐随行的臣女一些珠宝、锦缎以示喜爱是常事，但自己方才公然与帝姬曾经的男宠搭话，被抓了个现行，已犯了禁忌。纪初桃即便再好脾气，也不该于这种尴尬的时候行赏……

平阳乡君摸不清纪初桃是何意思，便垂首婉拒道："此乃殿下心爱之物，臣女位卑人微，怎敢横刀夺爱？"

话音刚落，平阳乡君意识到了什么，脸上的血色"唰"的一下退了个干净。是啊，祁将军亦是三公主的"心爱之物"，即便三公主不要了，也轮不到自己去抢！

纪初桃嗓音轻柔，自始至终没有一句重话，平阳乡君却觉得自己仿佛被扇了一个重重的耳光。知道如跳梁小丑般自取其辱，平阳乡君咬着唇匆匆地行礼告退了，落荒而逃。

纪初桃舒了口气心道：算她不笨。

她转过头，对上祁炎蕴藏着深沉的笑意的眼睛，问道："笑什么？"

祁炎依旧抱着双臂，俯身靠近些，低声道："殿下好厉害，话中玄机，令人惭愧。"

"这也值得夸奖？在你的眼里，本宫有多无用？"纪初桃有些不好意思，瞋他一眼，问道，"乡君方才和你聊了什么？"

她永远都是优雅温柔的，干净通透，不表露出一丝难看的妒意。祁炎需要很仔细地听，才能听出她那隐藏在夜色中的内敛的在意。

祁炎将长眉一挑，故意对纪初桃道："她说要带臣去看灯。"

纪初桃轻轻地"哦"了一声。

祁炎似乎很不满，将她堵在坊墙的阴影下，皱着眉问道："殿下不吃醋？"

纪初桃望着他，似乎在帝姬的气度和现实之间挣扎了片刻，轻轻地颔首道："本宫其实有点儿吃醋，所以你不要看别的女子。"

祁炎笑了一下，声音低沉，有一种要溺死人的温柔感觉。他满意地抚了抚纪初桃的脸颊，道："臣没有别的女人，只有殿下。"

纪初桃也跟着笑了起来，心说：本宫知道的呀！

祁炎瞥了一眼远处的霍谦等人，嫌纪初桃带来的侍卫碍事，便牵着她的手道："走，带你去个地方。"

繁华热闹的夜市里灯火通明，杂耍艺人戴着粗犷的傩戏面具，对着火把喷出一口如雾的酒水，霎时间火焰直蹿天际，惹得围观之人惊呼不已。

祁炎的手掌温暖有力，火光落在他的背影上，更显得他如山般沉稳高大。纪初桃被他牵着前行，眼里也落着暖光，发丝飞舞交缠，脸上露出了甜蜜的笑意。

夜空深沉，她与他十指紧扣，相依相伴，是人海中两尾逆流而上的鱼。她知道，这世上再也没有一个男子能如祁炎这般给足她年少的欢喜与安全感了。

中元节，地官赦罪。礼佛之人会在城池中放水灯，让那小小的莲灯将思念带给逝去的先人；信道的人则会燃放天灯，让天灯将祝福带给天上的神明。

京都的房舍众多，为防火患，官府不许百姓在城中燃放天灯，祁炎便带着纪初桃上了一艘提前准备好的小船。

船夫应该是祁炎麾下的亲卫，见祁炎牵着纪初桃上船，恭敬地道了一声少将军，然后便老实地去船尾撑船了，并未打扰二人相处。

苍穹如黛，舟楫破水，满河的莲灯便随着涟漪起伏漂荡，仿若星河流淌。小船在一路莲灯的陪伴下顺流而下，朝京都城郊的旷野缓缓地漂去。

纪初桃坐在船头的甲板上，见祁炎从船舱中取了纸糊的天灯和笔墨等物出来，好奇地道："我听闻民间百姓会将心愿写在天灯上，天灯飞得越高、越远，心愿便越有可能实现。这是真的吗？"

船头一沉，祁炎在纪初桃的身边坐下，将笔墨递给她："殿下试试。"

纪初桃问道："你不写吗？"

"我不信天，只信自己。"祁炎道，语气中带着与纪初桃初见时的疏狂之气，格外迷人。

他吹燃火折，点燃天灯，灯被热气胀得鼓鼓囊囊的，仿佛随时会脱手飞去。

祁炎脸上镀着一层火光，没有去看灯上写了什么字，而是侧首凝视着兴冲冲地落笔的少女，温和地问道："殿下写了什么心愿？"

纪初桃落下最后一笔，眺望岸边火树银花、灯火璀璨，深吸一口气，道："祁炎，你看这大好河山，繁华秀丽如斯，怎么不令人心驰神往？认识了你，还出了宫，我才真正意识到作为一个帝姬的责任，明白父皇和大姐拼了命也要守护的江山究竟是什么……"

天灯将纪初桃的脸颊映得明丽万分。

"今夜天灯三愿，一愿山河永寿，盛世太平；二愿家人平安，无病无灾；三愿……"她顿了顿，脸颊飞红，看着祁炎认真地小声补上，"三愿有情人朝朝暮暮，终成眷属。"

水波浩渺，月映莲灯，祁炎心尖蓦地一颤，手掌一松，刚被写上字的天灯便晃晃荡荡地升起，飞向了天际。

"真的飞起来了！"纪初桃将手搭在眉上，极力仰望，弯起眸笑道，"祁炎，你看，好高啊！"

祁炎哪里还有心思看灯？他抬手撑着下颌，满心满眼都是她明媚的笑颜。

流萤飘飞，夏虫鸣唱，纪初桃并未发现岸边的旷野里蹲着几十个祁家军。与此同时，放风的祁家军眼睛一亮，指着河心飞起的那盏天灯道："宋副将，你看！少将军点灯了！"

早在几日前，祁炎便命宋元白将一整条街的天灯都买下了，提前用推车运送到空旷之处，只为今日此时的惊喜。

陷入感情中的男人还真是可怕，竟无师自通般想出这等空前绝后的妙招。宋元白已经能想象百千盏纸灯从旷野升腾飞起的时候，船上的两个人会如何情深似海、如胶似漆了。

他不由得忍住酸意，拍了拍满衣兜的瓜子壳，站起身望了望，而后吩咐身后的几十名下属："去，一起点灯！给咱们殿下造一片灯海！"

河中，小船静谧，水波粼粼。祁炎屈起一条腿，眸色深沉如墨，凝望着自己放在心尖上的少女道："殿下想守护现在的大殷？"

纪初桃将视线从天际收回，诧异于祁炎这个突如其来的问题。

"当然想。即便能力有限，但我始终是长公主呀！"纪初桃看不透祁炎深不可测的眼神，只笑道，"我希望有朝一日，长姐的治理能得到天下人的认可、尊崇，希望这个国家再无战乱、饿殍，也希望君臣之间没有猜忌和嫌隙。功臣有赏，百姓有归，得一个真正的太平盛世。"

她用温柔的话语说着宏愿，那样柔弱，又那样伟大。祁炎的喉结几番滚动，眸中似有墨色流淌，他半戏谑半认真地扬着墨色的剑眉问她："若臣欺骗过殿下呢？"

"你？怎么会？"纪初桃仗着梦境的预示，"扑哧"地笑了一声，道，"就算所有人背叛本宫，你也不可能背叛。"

云开见月，温柔的光洒了下来。

"炎儿，你有没有遇见一个人，即便全天下都辱你、骂你，他也会义无反顾地相信你？"

祁炎十六岁那年，祖父弥留之际的话犹在他的耳畔。只是他此时想起，心中却再无怨恨的情绪。

"孩子，你的心中没有信仰啊。"

"不，我找到自己的信仰了。"祁炎低声道，而后一只手撑着甲板，另一只手轻轻地按住纪初桃光滑的后颈，将她的头压得微微前倾。

他俯身侧首，闭上眼睫，在纪初桃惊讶却包容的目光中，带着沉甸甸的爱意捕捉到了少女的唇，吻住了他此生的信仰。这个吻由浅入深，辗转热烈。

几乎同一时刻，旷野星垂，流萤飞舞，先是几盏、几十盏，继而成百上千盏天灯自岸边晃晃荡荡地飞了起来。

二

千百盏天灯飘飞在夜空中，如星辰倒映在流水中，与月华、河灯交相辉映，汇聚成一条橙黄色的温暖的光河。

这么多盏灯同时燃放，瑰丽又神秘，如若不是恰巧集体祈愿，便只有可能是某人特意安排的。

吻毕，纪初桃双眼水波潋滟，还未来得及平复急促的呼吸，便看到满河倒映的天灯，不由得仰首惊喜地道："你让人放的灯？"

她和祁炎放的那一盏都不知道飘去何方了。

祁炎眸中情欲未散，伸手揽住纪初桃，将她的脑袋强势地按在自己的肩上，问道："好看吗？"

他这样便算是默认了。

"好看！"纪初桃靠着祁炎宽阔硬实的肩，怕他因为自己帝姬的身份而刻意铺张、劳累，便笑了笑，"祁炎，即便你不费心做这些，能和你在一起，本宫就很开心了。"

祁炎身上落着一束温暖的光，将她揽得更紧了。他回忆起刚被送进公主府里时，她问他是否愿意做家臣，那时他说："那要看殿下能给臣什么好处。"

其实祁炎想要的东西很简单——抛掉天生反骨、寇贼之后的打压与猜忌，得一份真正值得自己以生死相托的信任。纪初桃掏心掏肺地把这些给了他，这种最赤诚的欢愉和信任足以抚平他所有的暴戾和不甘。

想到此，祁炎屈腿坐在船头，道："臣生性贪婪，想要的从来不是一份敷衍浅薄的感情。若能让殿下刻骨铭心，爱得更深些，臣便是倾尽所有又何妨？"

祁炎素来不信鬼神之力，今夜却甘愿为她燃灯千盏，渡厄纳福。而她许下的那些愿望，无论是为社稷、家人还是爱情，他都会一一为她实现，哪怕不择手段、披荆斩棘。

祁炎和纪初桃尽兴而归，从船上下来时，宋元白和侍从已在岸边等候多时。

"祁炎，有点儿事。"

大概觉得扰人雅兴太不厚道，宋元白抹了抹鼻尖，朝纪初桃露出一个歉意的笑来，这才附在祁炎的耳边低语几番。

纪初桃只隐约听到一句"那边的人来了"，猜想祁炎应该有什么紧急的事要处理，便温声道："你去忙吧，本宫的马车就在坊门前，本宫走几步就到了。"

她说这话时心口滚烫，唇上仍残留着酥麻的感觉。还好岸边灯火昏暗，可以遮掩她过于绯红的脸颊。

祁炎的面容冷峻英气，只有他望向纪初桃的时候才稍稍柔软些。他伸出手，极其自然地将纪初桃鬓角的一缕碎发别至耳后，低声道："我去买些夜宵，再送殿下回府。"

他从不借他人之手保证纪初桃的安全，定要亲自来做。

好在宋元白等侍卫很自觉地背过身去，目不斜视。纪初桃抿唇微笑起来，压抑不住心底的雀跃心绪，轻轻地点了点头。

祁炎去买夜宵的时候，在一旁守卫的宋元白瞄了纪初桃几眼，忽然笑道："殿下要做好准备。"

这句话没头没脑，纪初桃疑惑地问道："什么准备？"

"自然是被祁炎纠缠一生的准备。"夜风清凉，天灯寥落，宋元白屈肘枕在脑后，靠着岸边的垂丝柳树，"祁家的男人皆英雄难过美人关，认定了一个人便至死不休。祁炎比他的祖辈更甚，又狠又专情，殿下即便将来后悔也甩不掉他啦！"

"狠"和"专情"两个词从祁炎多年的好友兼下属的嘴里说出来，别有一番震撼之感。纪初桃回忆起与祁炎之间的种种，觉得两个人在梦里梦外皆是天定良缘。她"扑哧"一笑，反问道："本宫为何要后悔？"

她说得坦率又认真，宋元白反倒一愣。他拿不准她对祁炎的计划知晓多少，眼睛一转，打了个哈哈，道："也是！殿下与祁炎情比金坚，是臣多虑了！"

两个人正说着，祁炎提着几个油纸包归来了。见宋元白与纪初桃相谈甚欢，他长眉一皱，冷冷地瞥了宋某人一眼："在聊什么？"

宋元白立即退避三舍，"嘻嘻"地笑道："正说你痴情专一，乃祖传的绝世好男儿呢！"

祁炎狐疑地眯了眯眼。

纪初桃立即拉了拉他的袖子，弯眸笑道："的确如此。"

祁炎这才神色缓和了一些，将新鲜出炉的糕点递给纪初桃。然后二人并肩穿过准备收摊的夜市，朝坊门前走去。

走了几丈远，纪初桃心下一动，忽然停下脚步，拿出藏在衣领中的骨哨，置于唇间吹出两声轻扬的调子："呜——呜——"这声音就像在唤她心爱的将军："祁——炎——"

祁炎竟听懂了这两声俏皮的呼唤，带着纵容和偏爱的轻笑回首顿足，认真地凝视她。

风扬起他漆黑的衣袍，他站在风中，凛然又温柔。他说过，只要听到她吹响骨哨，即使相隔千里，亦会向她奔来。

纪初桃松了唇，骨哨重新落回她的锁骨处。想起宋元白方才的那番话，她由衷一笑，悄悄地告诉祁炎："得一良人举案齐眉，本宫从不后悔。"

祁炎不知她为何表露心迹，喉结一动，面上带着浅浅的笑意，眼神却明显黯了不少。他温柔而坚决地握住了纪初桃的手，低低地"嗯"了一声，在她的耳畔道："臣也是。"

夜空中还有两三盏天灯隐约可见，两个人的影子肩并着肩，被晃荡的灯火拉得老长。

丑时已过，祁炎处理完暗处的事，回府却见偏厅的灯盏还亮着。他爹祁胜又对着母亲的画像长吁短叹，垂泪涟涟。

祁炎的祖父被招安入朝的那年，祁胜已经是个十七八岁的毛头小子了。他没读过什么书，一朝从反贼匪寇之子变成朝中新贵，脱下粗布衣裳换上绸缎锦衣，却掩盖不住他满身的愚钝粗鄙之气，一度沦为京都的笑柄。

可是这样文不成武不就的父亲竟喜欢上了名动京都的大美人——祁炎的母亲。那时先帝正用得着祁家，便下了一道旨赐婚，将祁家的泥腿子与出身于书香门第的大美人绑在了一起。

众人都道，这门婚事是鲜花插在了牛粪上。

新婚那晚，祁胜揭开盖头，看到的是新婚妻子满脸愤恨又悲戚的泪水。

祁夫人艳冠京都，又颇有才气，不甘心嫁给这样一个粗鄙之人，很长一段时间都对祁胜冷眼相待。生下祁炎后，她便将毕生的精力花在培养儿子上。

祁炎知道，母亲不遗余力地教导自己识文断字、通读经史，是不想让他成为像祁胜那样胸无点墨的粗人。可即便如此，祁胜对妻子的爱依旧卑微深沉，他好像傻到没有自尊，也不知疲倦和疼痛。

那些在年少时不懂的情爱和偏执，祁炎在遇见纪初桃后都懂了。

祁炎掉转脚步，朝偏厅走去。

听到脚步声，祁胜擦了擦眼泪方转过头来，看着这个与亡妻五分相像且比自己还高上些许的儿子，嘴唇动了动，却不知说些什么。儿子心思深，朝堂或军中的那些事，祁胜并不懂。

祁炎已经许久没有认真地瞧过母亲的画像了，记忆中那张优雅冷傲的美人脸似乎已经变得模糊斑驳。适逢中元节，他便取了线香跪拜，将奴仆备好的瓜果等物奉上。

"炎儿，你娘不爱吃酸！"一只粗糙的大手蓦地伸来，取走了果盘中的葡萄，换上了熟透的蜜瓜。

见祁炎愣怔，祁胜有些不好意思，嗫嚅道："你会不会觉得爹啰唆？"接着，他"哎"了一声，显出几分落寞来，"你娘还在的时候，总觉得我啰唆，说话既不风雅又不好听，听得她耳朵难受。"

"不会。"祁炎道。

他爹就是这样，没文化、一根筋，从来不关心自己的儿子打了多少仗、受了多少伤，抑或是谋划什么危险又张狂的行动……他爹愚钝如斯，却偏偏清楚地记得亡妻每一个细微的喜好。

或许是渐渐理解了父亲的偏执，祁炎今夜难得想多说两句。

"以前儿子总是心中不平衡，凭什么将士们在外面出生入死、血洒疆场，有的人却可以歌舞升平、享尽人间太平富贵？动情后方明白，这世上总有一些温柔耀眼的人值得用生命去追寻、守护。"他望着母亲的画像，徐徐地道，"爹，儿子喜欢上了一个人。"

祁胜有些讶异，还以为儿子和妻子一样，一辈子都不会喜欢上谁呢。他"嗯"了一声，小心地问："需要爹去提亲吗？"

可祁炎的重点并不在谁去提亲这等细枝末节的事上。

"我如若娶她，必要经历刀山火海。朝中明争暗斗，各方此消彼长，我不能舍下权势，是怕将来护不住她。"祁炎沉默了一会儿，继续道，"所以，我要去做一件危险的事，替她铲除一切后顾之忧，于死地方能搏一线生机。"

哪怕用尽手段和谋算，祁炎也要踏平坎坷、破除阻挠，娶纪初桃为妻。

祁胜愣愣地站着，半晌没有回应。祁炎本就不指望他爹能给出什么建议，将手中的线香插入香炉后，沉声道："就这样。"

他转身欲走，却听见身后一道沧桑的嗓音传来："炎儿……"祁胜木讷地望着儿子高大挺拔的背影道，"爹没用，帮不了你什么，也不会说好听的话。但是，炎儿，你想做什么就大胆地去做吧。自你娘离去，爹已无牵无挂了。"

祁炎一顿，目光更坚定了些，声音低沉地道："儿子明白。"

公主府，寝殿内烛火晦暗。

纪初桃做了一个梦，梦里旷野星垂，无数天灯如同萤火，照亮了夜空。但下一刻，那些天灯都中邪般烧了起来，如流星般拖着长长的火光坠落。她身处的地方由旷野变成了宫墙内，宫殿在燃烧，树木在燃烧，她的视线中亦是灼热的猩红画面。

外头一片喧闹，她听到自己呼吸急促，焦急地唤着大姐和二姐的名字。而后寝殿被人大力地踹开，刺目的红光中，一条漆黑可怖的身影逆光站着，手中的长戟滴着浓稠殷红的鲜血。那人朝她咧嘴，露开一个狰狞的笑来："宫中清君侧，有些乱。卑职奉命前来保护三殿下，还请三殿下勿要乱跑，当心被误伤。"

那人说着"保护"二字，纪初桃却只感到了恶心和惊慌。她转身就跑，跑得肺都要炸裂，耳畔尽是冷风呼啸和烈火燃烧的声音。

"三公主在这儿！别让她跑了！"有人在她的身后大喊。

纪初桃慌不择路，脚下一绊，跌倒在地上。

这画面让她熟悉，又是一场危机，梦境似乎和以前零碎的片段衔接上了。然而她还未看清作乱之人的模样，还未等到她的英雄出现，就被人强行唤醒了。

"殿下！殿下！"天刚蒙蒙亮，拂铃披衣坐在榻前，替她拭去额上的冷汗，低声道,"殿下做噩梦了吗?一直在唤大殿下和祁将军的名字。"

纪初桃头昏脑涨,涣散的瞳孔渐渐聚焦,可心里那股慌乱的感觉并未随着梦醒而消失。她不敢拿大姐和皇帝的性命冒险,喘息片刻,索性掀开被子坐起来,吩咐道:"更衣,本宫要进宫。"

三

在去宫里的辇车上,纪初桃闭目沉思,试着将前前后后所做的梦中的片段捋清楚。

她虽看不太清梦中作乱之人的脸,但从他的盔甲和长戟来看,这个人应该是禁军中的某个武将。禁军有多个分支,比如龙武军、神武军、羽林军,各军的服饰大同小异,仅在梦里慌乱地一瞥,她分不清这个人具体属于哪支军队。

那凶徒武将打的是清君侧的旗号,且她逃跑时月寒如霜,地上有薄薄的积雪,由此可知这场宫变应该发生在未来某年的冬季。

动乱之时,祁炎出手救下了她,并以此立下大功,得以娶她为妻,但大姐、二姐生死不明,并未在后续的梦中出现……

从宫乱到祁炎娶她为妻,这段时间中她的记忆有很大一段空白,似乎被人刻意抹去了。

纪初桃正想得头痛,辇车却进了宫门,停了下来。

此时正是下早朝的时候,长信宫中的内侍捧着厚厚的奏折来往不断,空气中弥漫着淡淡的药香。

"禁军?"纪妧面有疲色,以玉轮推压、按摩太阳穴,徐徐地问道,"你何时关心起皇城守卫的动向了?"

纪初桃不知该如何解释。那些虚无缥缈的梦境只有她一个人验证过虚实,旁人并不知晓,她说出来谁会信呢?她到底要怎么办?

事关姐弟的性命,纪初桃实在顾不得太多,挣扎片刻,索性咬牙道:"不瞒大皇姐,我近来总是做些零碎的怪梦,若不加以干预,梦中不好的事情便会应验。"

比如琅琊王被贬回封地,祁炎被打压入狱;又比如除夕宴上的那场阴谋,刀锋直指大姐纪妧……

见纪妧的脸色沉静如常,纪初桃看不出她相信与否,只听她道:"所以,你梦到了和禁军有关的不好的事?"

纪初桃神色凝重地颔首,抿了抿没有什么血色的唇,道:"我梦见未来的冬日有一场宫变，作乱之人打着清君侧的旗号，看样子……应该是禁军中某支禁卫的头目。"

纪妧按摩太阳穴的手一顿，她睁开眼，眸色明显冷了下来。她是个聪慧之人，稍加思索便知道妹妹近一年来反常的举动因何而起了。她挑起上挑的细眉，道："所以去年你笃定祁炎无罪，不顾一切要救他，也是因为梦？还有你主动提出为本宫分忧，接连操办几场宫宴，化解危机，亦是因为梦？"

大姐猜得对，纪初桃垂下眼，无可辩驳。

纪妧若有所思地问："你还梦见了什么？"

纪初桃张了张唇，摇了摇首，道："暂且只有这些。"

梦里的她虽获救了，但两个姐姐未有着落。一场宫变何其凶险！两个姐姐即便没有性命之忧也必会伤筋动骨，所以纪初桃必须让大姐重视起来。

大姐性子谨慎、狠绝，对祁炎并未完全放下戒心，所以纪初桃没有提及自己会和他成亲之事，以免大姐多想。

在空气中萦绕的药香更浓烈了。思量许久，纪妧又不急不缓地将手中的玉轮在太阳穴上滚动起来。她像听了一个无关紧要的故事，似笑非笑地道："禁军统领项宽是本宫的人，有他在，出不了差错。永宁，你精神太紧张了，回头该让太医给你瞧瞧。"

不料纪妧是这般反应，纪初桃有些急了，蹙着眉道："大皇姐，我……"

"深宫之中最忌巫蛊之术和怪力乱神之事，何况你是帝姬，一言一行都会影响整个朝局的军心。以后这种话不管你自己相信与否，都不该对别人说。"纪妧告诫的话语将纪初桃想劝说的话全堵回去了。

又有内侍搬新的奏折过来，纪妧便对纪初桃道："承平的体寒咳疾又犯了，过几日她要去行宫的汤池养病，你也一起去吧，就当放松放松。"

纪初桃始终提着一口气，这口气上不去，下不来。于旁人来看，她为了一个噩梦兴师动众，的确有些说不过去，何况大姐那样身份的人更要顾虑良多。

见纪妧忙着看奏折，纪初桃叹了一口气，忍不住关心地道："大皇姐又劳神过度了吗？若得空，也一起去行宫泡泡温泉，对身子大有裨益。"

她闻到了药香，故而猜测纪妧近来身子不太好。

天家冷漠，纪妧也只有在纪初桃身上才能感受到些许家人的温暖。有时候，她真羡慕妹妹单纯、率真，可以尽情地笑、尽情地爱，活成所有人都喜欢的模样。

纪妧淡淡地道："本宫去了，用不着等到你梦里的冬日，三天内必将有乱。"

纪初桃便不再劝解，心事重重地行了礼，退出了长信殿。

纪初桃走后，纪妘从奏折后抬眸，望着妹妹离去的方向久久不语。秋女史上前，跪坐着研墨，低声道："殿下，三公主方才所言，您真的全然不信吗？"

纪妘搁下奏折，问道："永宁近来与祁家小子交心？"

秋女史道："据霍侍卫所见，三公主时常与祁将军私会，恐情深意笃。"

"情深意笃？"纪妘笑了一声。

莫非永宁在祁炎那儿听到了什么风声，又困于对他的情意，不好当面点破，所以才借梦境之由给自己提醒？这样似乎说得过去，可永宁向来不擅长说谎，方才说那些梦时，神色不像假的……

难道世间真有这般诡谲之事？即便有，为何偏偏降临在永宁的头上？纪妘沉思片刻，吩咐秋女史："去告诉项宽，查一查禁军四卫中有无异常，近期的职衔变迁、人员变动也一并查清上报。"

不管如何，防人之心不可无。

回到府中，纪初桃仍心神不宁，总想着做些什么防患于未然。好在她主持躬桑礼和琼林宴的时候积累了一些人脉，这些人虽然大多是文臣、士子，但朝中各派盘根错节、互相牵扯，再加上帝姬的身份，她打听禁军那边的动静并非难事。只是要做到不惊扰任何人，她还要多花些心思和人力。

不知宫变发生在哪年冬天，纪初桃只能做好噩梦今年就会应验的最坏打算。既然大姐对梦中之事存疑，那她便只能自己出手，放几个眼线出去暗中查访。

纪初桃安排好一切后，纪姝送了口信过来，说要带她一起去行宫休憩。

皇家行宫建于京都北郊的飞霞山上，那里风景绮丽且有地热，先昭穆帝便命工部在此处兴建楼阁殿宇，凿出了几个汤池。

纪姝一入秋便犯旧疾，身寒体虚，太医建议她多泡温泉活络血脉。此番得纪妘提示，她便将纪初桃一并带着了。

马车行驶了大半天才到达行宫。因要住上小半个月，一行人带了不少行李。宫婢们忙着收拾临时的寝殿，纪初桃便拿着早早备好的几味珍贵的药材，去纪姝的住处寻她。

行宫中几乎每座寝殿都带汤池。纪初桃拿着药进了凤鸣池，只见素纱轻舞，水雾缭绕，汤池边供人休憩的贵妃榻上，纪姝轻解罗裳，乌发被拨至一旁垂下，露出了整块莹白的后背。而质子李烈用手掌搓匀嫩肤的玫瑰露，给她揉捏、按摩。

两个人之间那种若有若无的缠绵气氛令纪初桃轻呼一声，她下意识地挡住眼睛要走。

"站住。"纪姝懒洋洋地撑起身，示意李烈退下，这才朝纪初桃招了招手，道，

"你跑什么？没见过似的。"

说完，她推开李烈，拍了拍身边腾出的位置："过来坐。"

纪初桃小心翼翼地放下手，将药盒交给一旁的宫婢，嘱咐她们莫要让药被水汽浸坏了，这才走过去，在纪姝身边坐下了。

她看了一眼在远处守着的异族质子，好奇地问道："二姐前一阵不是还在生质子的气吗？现在你们和好了？"

纪姝将垂下的衣裳拉起，裹住凹凸有致的曼妙身体，哼道："两国的新仇旧恨那么多，我和他何曾真正地好过？只是和他的日子过一天少一天，我及时行乐罢了。"

纪初桃皱起眉："二姐又说忌讳话了。"

纪姝总是将"死""大限"之类的话挂在嘴边，口无遮拦，仿佛早就看淡生死，随时准备抽身离去。可是，纪初桃不想任何一个姐姐离她而去。几经动荡，她身边就只剩三个亲人了。

"我指的不是死别。他是大漠的雄鹰，迟早是要飞回北燕去的。"

纪姝懒懒地裹紧衣裳时，纪初桃还是瞧见了她背上的伤痕，有箭伤，也有一条条不知从何而来的浅浅的白痕。这些都是在她和亲的八年间北燕赐予她的伤害与痛楚。

没人知道二姐在北燕那八年究竟经历了什么，除了李烈，无人心疼她。世人瞧见的只是她光鲜亮丽的外表和风流的行径。

纪初桃将目光收回，唯恐勾起纪姝的伤心事，转而道："我来找二姐，是有一件正事要商议。"

"好生奇怪！你来找我这个不正经的人谈正事？"纪姝轻咳两声，接过侍从奉上的茶汤，抿了一小口，方道，"说说看。"

纪初桃将禁军中可能有包藏祸心之人的猜测告诉了纪姝，毕竟纪姝人脉极广，有她帮忙，他们的胜算便能多一分。有了纪妧的前车之鉴，这次纪初桃并未挑明是自己做梦梦到的。

纪姝听后轻轻一笑，眯着眼半真半假地道："你知道的，我向来不管宫里的事，自从上次有人送了个赝品过来，我跟宫里最后的那点儿情分也没了。何况，你身边有个现成的武将，倒来求我这个俗人。"

武将……祁炎吗？纪初桃这些天忙着留意禁军的动向，都忘了和祁炎见面。

见纪初桃出神，纪姝忽然倾身在她的耳畔说了几句。纪初桃愣怔片刻，才反应过来二姐说的是指什么，而后浑身一热，脸比在温泉里泡半个时辰还要红。

纪姝捉弄成功，十分得意，媚眼如丝，笑得颠倒众生："看你这反应，你莫不是还未开荤？那你看中的男人也太不行了。"

祁炎行不行，没人比纪初桃更清楚！更可恶的是，她不自觉地想起了祁炎亲她时的种种画面，不由得越发羞恼、无奈："明明在说正经事，二姐又捉弄人！"

纪姝歪在榻上看着妹妹匆忙地逃遁，笑了起来。

纪初桃直到回到自己的殿中，扑在绣榻上，被纪姝调笑后变得绯红的脸颊才渐渐恢复。她之前完全不懂情爱，听了这些话倒没什么，而今她情窦初开，吻过那么多次，再听二姐的话，脑中便有了朦胧的画面。那道禁忌之门仿佛被打开了一条神秘的缝隙，引人遐思。

"殿下，汤池的泉水备好了，您可要沐浴更衣？"挽竹的声音响起。

"嗯……就来。"纪初桃将脸埋在被中，含混地道。

汤池中，奶白色的水汽氤氲，垂纱轻晃，四周摆着落地的花枝烛台，橙黄色的暖光穿透水雾，让此地看起来如同瑶池仙境。纪初桃穿着清透单薄的里衣坐在池边，伸手拨了拨温热的泉水，忍不住回想二姐的话。

回过神来，纪初桃被烫着似的缩回手，拍了拍脸颊道："纪初桃，你矜持一点儿！祁炎是正经人，你怎么能这般妄想他？！"

纪初桃正努力定神，忽闻窗外传来"笃笃"的轻响。纪初桃瞬间竖起耳朵，迟疑着起身，在窗扇纸上看到了一道熟悉的身影。这道身影沉声唤道："殿下。"

纪初桃难以置信地睁大眼睛，感觉像做梦似的。趁侍婢还没来，她赤着脚小跑过去，猛地拉开了窗扇……

竹映雕窗，穿着一袭夜行衣的冷峻武将撑着窗台跃入殿中，带起的风撩动了纪初桃的发丝。扬起的衣袖还未落下，她便被拥入一个带着清寒的怀抱中。

眼中的惊愕之色散去，欣喜的光在眸中闪烁，纪初桃长长地呼了一口气，心被填得满满的。她仰首环住祁炎健硕的腰肢，喟叹道："为何每次本宫想你时，你都能出现呢？"

四

祁炎沉闷的笑声自纪初桃的头顶传来："殿下在想我什么？"

纪初桃轻轻地哼了一声，当然不会说出自己在想什么。她挣脱祁炎的怀抱，谨慎地关紧所有的门窗，小声问道："你怎么来这儿了？"

她还以为会半个多月见不到祁炎，不料刚到行宫就见到他了，不由得既惊喜又紧张。不过话说回来，祁炎这人还是这般胆大不羁，连行宫也敢暗闯，四周可是有守卫巡逻呢!

温软离怀,祁炎有些意犹未尽,道:"近来要在卧龙门校场点兵演练,得知二位长公主莅临行宫沐浴,便加派下属在山下巡视,臣顺道来看看殿下。"

纪初桃"扑哧"轻笑一声,坐在锦绣堆成的软榻上看他:"校场离行宫二十多里路呢,你这顺道也太远了些。"

祁炎从喉咙深处发出一声低笑,没有反驳。汤池中水汽氤氲,烛火如金粉般洒落,能悄悄地看一眼她澄澈无忧的笑颜,他觉得奔波几十里夜路也值了。

烛火的倒影在汤池中被揉碎,水光粼粼,水雾染上了火光的暖意。软榻上的纪初桃披散着柔软的长发,只穿着轻薄的纯白色里衣,露出了精致的锁骨和那个小小的骨哨,肩臂处隐约可见暖玉般的肉色。

她仰首笑着,眼中蕴藏着内敛又矜贵的愉悦之色。明明生了一张祸国殃民的脸,她却偏偏有如此纯粹干净的眼睛,令人见之动情。

纪初桃只是静静地看着祁炎就觉得十分满足,但祁炎似乎不这么想。她还未回神,便察觉到一道阴影落下。他俯身抚了抚她滑嫩的脸颊,继而手指下移,落在她柔软娇艳的唇上,轻而坚决地抬起了她的下颌。

他靠近一些,遮挡住她眼前的光,使她只看得见他一个人,哑声道:"让我吻一吻你。"

纪初桃微窘。他亲就亲了,怎么还要说出来?

她闭上眼睛,睫毛微颤,感受到潮热的气息拂过嘴唇。

"殿下!"

"笃笃"的敲门声传来,打破了屋内旖旎的氛围。纪初桃慌忙推开祁炎,便见挽竹的影子映在门上,只听她疑惑地道:"这门怎么关上了?殿下,您在里边吗?"

纪初桃环顾一圈,将祁炎推至垂着帷幔的红漆柱子后藏好,低声嘱咐道:"你快藏好,莫要出声。"

她起身欲走,却被男人一把拉住了手腕。祁炎眸色深沉,看好戏似的看着如小鹿般忐忑的她,问道:"殿下为何这般害怕别人撞见?我说过,殿下只管做想做的事,其他的我会解决。"

纪初桃解释道:"若是让旁人知道你来了这儿,别的不说,二姐定要捉弄生事!"怕祁炎觉得委屈,事急从权,纪初桃踮起脚,在他的薄唇上飞快地啄了一下,温声道,"你不要多想,马上就好。"

如花瓣般的芳泽印在祁炎的唇上,又轻又软,带着少女特有的淡香。他微微睁大眼,手一松,那点儿不悦的心思瞬间偃旗息鼓。

自己果真是……好哄得厉害。

"殿下？"挽竹还在敲门，接着朝闻声而来的拂铃道："拂铃，你快来呀！大事不妙，殿下定是泡得久了，昏过去……"

纪初桃适时地拉开了殿门，挽竹捧着干爽的衣物，眨巴眨巴眼睛，将最后的"了"字吐了出来。

"本宫方才在榻上睡着了。"纪初桃不太自然地撒谎，竭力稳住气息，装作一副镇定如常的模样，"何事？"

挽竹并未起疑，"哦"了一声，福礼道："您要的衣裳已经备好了，奴婢给您送过来，服侍您沐浴更衣。"

她刚欲进殿，却蓦地听见纪初桃道："别！"

挽竹被吓了一跳，迈过门槛的脚飞快地缩了回来。纪初桃清了清嗓子，往帷幔晃动的柱子后瞥了一眼，不动声色地道："将衣裳放下吧，本宫想一个人待一会儿。"

挽竹与拂铃对视一眼，便将装着衣物的托盘搁在地上，嘱咐："那奴婢就在外头候着，殿下切莫泡得太久，感觉头晕就要马上出来，否则容易昏过去。"

纪初桃弯腰拿上叠放整齐的衣物，道了一声"本宫知晓"便重新关上了殿门。挽竹险些被门夹住鼻子，愣愣地站了一会儿，哭丧着脸道："拂铃，殿下是不是厌倦我啦？不知从何时开始，殿下隔三岔五就要一个人待着，也不让我服侍，明明曾经与我形影不离的！"继而她又唉声叹气，揪下廊下的一朵花，"色衰而爱弛，大抵就是如此！"

拂铃身手好，甚为敏觉，没理会顾影自怜的"失宠"宫婢，将耳朵贴在门上片刻，许是猜出了一些端倪，将柳眉一皱，退开了几步。挽竹奇怪地看了她一眼，问道："怎么啦？连你也怪怪的。"

拂铃沉默了一会儿，然后低声道："挽竹，你若是发现殿下做了一些有违礼数且会让大公主不悦的事，该如何应对？"

挽竹满脸写着"你傻呀"几个大字，道："我侍奉的人是三殿下，又非大公主，当然是殿下开心最重要啦！何况殿下那么好，她想做的事定是天下最好的事，我何须阻拦？"

脑子越单纯的人，说出来的话反而越精辟。闻言，拂铃释然了，微笑着道："你说得对。"

"你去哪儿？不是要守在殿外吗？"见拂铃提灯朝阶前行去，挽竹连忙道，"万一殿下传唤我们，我们又没听见，岂非该死？"

拂铃看了一眼紧闭的大门："放心，殿下一时半会儿用不上你。你去庭前守着吧，莫让闲人靠近！"

殿内，纪初桃背靠着门，小小地松了一口气。她将衣裳搁在几案上，着急去找还躲着的祁炎。然而她踩着柔软的波斯地毯奔过去一瞧，柱子后空荡荡的，哪里还有祁炎的身影？

她找遍了殿里的每个角落，仍没有发现祁炎。

"走……走了吗？"纪初桃怔在原地，雀跃的心一下子跌到了谷底。

她闷闷地想：他该不会是因为自己冷落他而生气了吧？自己还有好多话想对他说呢。

失神间，纪初桃听到熟悉的轻笑声自房梁上传来。纪初桃抬起头，眼睛倏地变亮，看着黑影落下来。祁炎落地后稳住身形，没有在地毯上发出丝毫声响。

没有反应的时间，纪初桃就被拉入了一个宽大的怀抱。

"若来的人是守卫，柱子后怎么藏得住大活人？"祁炎嗓音低沉，气息喷洒在她的颈窝，强势地宣告，"就躲这一次，往后我要光明正大地与殿下琴瑟和鸣。"

纪初桃的心像生了翅膀似的，又从谷底飞向天际。她紧紧地抱住祁炎，故意埋在他的怀里，不让他看见自己因开心而发烫的脸，细声道："你我还未成亲呢，说什么琴瑟和鸣？也不怕让人笑话！"

祁炎眼神深沉，意味深长地道："很快了。"

"什么很快了？"纪初桃问道。

祁炎却岔开话题，看了一眼热气弥漫的汤池，问她："要沐浴？"

纪初桃点了点头："我原本是要沐浴的，但你来了……"

她还未说完，祁炎就轻松地将她打横抱起。她下意识地低呼一声，想起殿外还有侍婢，又咬住了唇，用水汪汪的杏眸望向祁炎的下颌，低声问道："你做什么？"

"我来了，就服侍殿下入浴。"祁炎接上她的话。

纪初桃笑起来，才不信他会真的老老实实地服侍自己沐浴，便蹬了蹬腿，道："你先放我下来，我自己来。你若弄湿衣裳，可没得换，要湿着回去了！"

祁炎依言将她放在池边的玉阶上，她小心翼翼地伸出脚尖，在进入温泉之前慢慢地适应水温。淡白色的水雾蒸腾，她的足尖如白玉般透着淡淡的粉色，脚踝纤细，一截匀称的小腿若隐若现。祁炎将这些看在眼里，喉结微动，眸色黯了下去。

适应了水温，纪初桃便缓缓地滑入了汤池。水不深，才到她的胸口位置。

祁炎在，纪初桃便没好意思褪下衣服，轻薄的素纱衣料如月光般在水波中散开，让她看起来像绽放的芙蓉。

微凉的肌肤触碰到滚烫的热水，纪初桃打了一个小小的哆嗦。她回过身去，却见祁炎慢条斯理地解下了护腕和腰带,将外袍和鞋袜整齐地置于一旁,只穿纯白色的里衣,衣裳下尽是健硕的肌肉。

"你脱衣裳做什么?"

纪初桃想:他该不会要一同沐浴吧?这她可受不住!而且殿外随时都有人来,现在不是共浴的好时候呀!

祁炎挽起袖口,露出一截有力的小臂,望着池中如吸足水分般娇艳的小美人,声音低沉地道:"臣给殿下濯发。"

他只是要洗头发吗?这倒不是不行。

纪初桃迟疑须臾,柔声道:"好吧。"

说罢,她飞快地扭过头,心中还有那么一点儿期待。

身体被水托着、束缚着,加之水汽很多,她走得歪歪扭扭。她看不清水中的状况,一不留神,被池底的石阶绊了一跤。

"小心。"祁炎单手扶住她,圈着她被浸湿的小臂,感受到了软玉般细腻的触感。

纪初桃坐在水中供人休息的石阶上,见祁炎没动静,回首指挥道:"旁边托盘中有玉勺,用它打湿头发,再往头发上抹香液。"

祁炎收回恣意欣赏的视线,循着纪初桃所指的方向望去,只见托盘上林林总总地摆着玉勺、篦子、梳子、香液、头油等十余件物件。许多瓶瓶罐罐他都不知道是做什么用的。

他依言取过玉勺,一只手拢起纪初桃如绸缎般黑亮的长发,另一只手执玉勺舀水,仔细地浸湿每一根发丝,再用配了药材的香液将头发揉搓干净。

纪初桃坐在水中,脸颊飞红,不仅因为热水,更因为祁炎在她的耳后和发间揉搓的大手。和宫婢们服侍时的感觉大不相同,男人的手指抓在发间的感觉格外突出,力道不重,却给人酥麻之感。她抿着绯红的唇,没忍住,低低地哼了一声。

这声音过于娇媚,纪初桃羞得恨不得一头钻进水里藏起来。祁炎喉结一紧,深吸一口气,停下动作,问:"弄疼殿下了?"

纪初桃于水中抱着双膝,只觉得呼吸越来越热,将头垂得更低了些,晕乎乎地道:"没……没有……你可以洗得快些。"

他这样慢腾腾地抓着她的头发,简直磨人。

祁炎"嗯"了一声,总算舀水替她洗去头发上的香液了。

纪初桃泡了这么久,脸越来越红了,水没过胸口,呼吸急促了些许,让她难受。她张开唇,像终于忍不住了似的,"腾"地从水中站起来,呼着气道:"有……有点儿闷。"

出浴的少女披着一层柔和的光，明丽鲜艳地绽放着，黑发垂下，衣裳紧紧地裹着曼妙玲珑的身躯，仿佛世间的一切美好汇集于她一身。

祁炎浑身一紧，热度从心脏流向四肢百骸，又往下汇聚。他的双眸黑得如同深潭，映着沉沉的光。

离开温泉的包裹，微凉的空气渐渐降下了纪初桃身上的热度。她还未喘几口气，便听见身后传来一声"扑通"的入水声。她回身一看，杏眸瞪得老大，望着涉水而来的高大男人道："你……你怎么下来了？"

五

水雾缭绕，祁炎两步就走到了纪初桃身边。人在水中会受到浮力，不好把控重心，他却如履平地，走得沉稳。

她望过去，只见祁炎的身姿挺拔高大，水才没到他的腰部，纯白的亵服被打湿，腰腹上的线条清晰可见。

纪初桃眼睛湿润，莫名其妙地觉得嗓子发紧。祁炎的眼神那么深沉，若说他只是下来沐个浴，纪初桃是断不相信的。

她不知道两个人是怎么吻到一起的，自己像在汤池中起伏的一叶小舟，若非被祁炎搂紧腰肢，怕是早滑入水中了。一时间，她竟分不清是温泉更热还是祁炎的身子更热。

"头发还未洗……洗完。"她急促地道。

她几乎站不住脚，只亲了一会儿便不能呼吸了。

祁炎暂且放开她，气息匀和地道："不耽误。"

还未等纪初桃喘两口气，男人便用力地将她按入怀中，深吸一口气，灼热的气息拂过了她的耳畔。他嗓音暗哑，透露出不知餍足的感觉，问她："能吻一吻别处吗？"

如此奇怪的问题，纪初桃怎么好意思回答？她只好将额头抵在他的心口上，把头埋得更深些，白皙纤细的手指都快将他的衣襟揪烂了。

男人让她抬起头来，深沉地凝望她："殿下若不拒绝，臣是会得寸进尺的。"

纪初桃在温泉中泡了这么久，又热又闷，浑身的力气仿佛散在水波中了。她气都喘不过来，何来力气拒绝？

她张了张绯色的唇，却只发出一声绵软含混的低哼。大概是觉得难堪，她垂下湿润成缕的纤长的睫毛，自暴自弃般搂住了祁炎的脖颈，借着他的身体在水中维持平衡，却不知道这样的姿势于眼前人看来有多么诱人。

祁炎心跳蓦地加快，肌肉紧绷，身子硬得仿若热铁。

汤池中，水声泠泠，荡开的涟漪揉碎了满池烛火的暖光。殿外，夜晚温柔的风拂过晶莹细腻的白雪，梅花飘落，在雪色上留下了星星点点的红。

纪初桃纵容祁炎索吻的结果便是自己泡温泉泡到神志不清，昏了过去。挽竹说不能在汤池中待太久果真是有道理的。

纪初桃醒来时躺在汤池边的软榻上，身上盖着一张干爽的毯子。而让她昏倒的罪魁祸首正坐在榻边，将手搁在她的额上试探温度。那张俊脸上残存着些许隐忍的欲望，让他看上去比平日更迷人。

纪初桃视线下移，看到自己连指尖都是红的，怀疑现在自己的手能把饼立刻烙熟。

二姐的话就是骗人的！

见她醒了，祁炎这才松开紧皱的眉头，身上还湿淋淋的，俯身道："殿下昏过去了。"

纪初桃又羞又恼，无力地瞪了他一眼。这种滑稽又难为情的事，他就不必再提醒一遍了！

"本宫昏……睡过去多久？"纪初桃嗓音细细的，欲盖弥彰地问道。

"约莫半盏茶的工夫。"祁炎说着，忽然低声笑了出来，"殿下怎么这般娇弱？"

除了互通心意那一次，纪初桃很少看到他笑得这般开怀，眉眼中都带着愉悦之意。

尽管他并无奚落之意，但纪初桃还是羞红了脸，作势掀开毯子坐起来，嗔道："你还说呢！这是犯上，你懂不懂？"

话音刚落，她扭头瞥见一旁的落地铜镜，登时雪腮通红，惊愕到说不出话来。

镜中，星星点点的痕迹从她的颈侧散落到锁骨。她再低头一看，半湿的轻纱里衣下的状况更不用说了。

未料到泡温泉还泡出这么多东西，纪初桃暗自一惊，"呀"了一声，道："本宫这是起疹子还是得了桃花癣？"

可现在已过了桃花开放的季节，自己怎么还会如此？

她正想着，一条毯子将她的身子严严实实地裹住了。她抬首，从镜中看到祁炎拥着她，听到他无奈地说："殿下若不想再晕一次，便少撩拨些。"

他真是倒打一耙！

纪初桃蹙起眉，不服地道："本宫怎么撩拨了？"

刚说完，她就想起来了，自己身上的红痕她似乎在二姐纪姝的颈侧看到过！她不由得捂住颈侧，回首惊道："你……你方才弄的？"

祁炎眸色深沉，甚是无辜地道："我给过殿下拒绝的机会。"

他现在私下里都很少用"臣"自称了。

纪初桃拿他没办法，第一次尝到了甜蜜的苦恼："你让本宫如何见人？"

祁炎从身后拥住她："我给殿下揉一揉。"

纪初桃轻轻地挡下祁炎的手，严肃地拒绝："这是能揉掉的吗？你别哄本宫，这会儿又不怕被撩拨了？"

祁炎在她的耳畔闷声低笑起来。他的三殿下学聪明了，不那么好骗了。

他将纪初桃拥得更紧些。她又有些发热了，挣了挣身子，正色地道："下次不能如此了，要克制。"

只是她现在眼尾艳红，整个人仿佛被狠狠地欺负过，一点儿威慑力也没有。

"这很难。"祁炎说出了实话。

心爱之人干净又明艳，就在眼前，他怎么可能克制自己不爱她、亲近她？

纪初桃想的却是：祁炎每次都这般凶猛，该不会喜欢她的皮囊更甚于她这个人吧？虽然两个人亲吻时，自己也感到很愉悦，刺激得心脏都要蹦出来，但……

她还是有些担心，索性问了出来。

祁炎听到她一本正经地问这个问题，愣了一下，而后顺手取来干净的棉巾，一边替她一缕缕地擦干发丝，一边声音低沉地道："情难自禁，我想把最好的东西给殿下。殿下喜欢我的身子，我就将身子给殿下；想要我的心，我便把心送出去。"

若是旁人说这些话，纪初桃定会觉得腻烦，可不知为何，这些话从祁炎的薄唇中自然地吐露出来，却别有一种令人信服的可靠感，让她只觉得甜蜜。

"合着怎么都是本宫的错了？"纪初桃抿唇一笑，按捺住心底的丝丝甜意，转过身，不让他看到自己过于红润的脸颊。

落地烛台上，蜡泪淌下，凝成一行玉色的痕迹。祁炎换了一条棉巾，将她最后一缕头发上的水分吸干，安静且深沉地凝望她片刻，道："臣要走了。"

"这么快？"纪初桃讶异。

而后她反应过来：祁炎在殿中藏了小半个时辰，时间已经不早了。

她又轻声问："这些日子，你还会再来吗？"

祁炎望着她温柔又灵动的眼睛，险些要心软应允。可是眼前还有更重要的事，为了扫清障碍娶她为妻，他必须沉下心，演完最后一场戏。今夜偷见她一面，他便能踏一路清霜继续前行。

祁炎道："臣尚有军务需要处理，殿下于行宫好好休憩。"

他这意思便是来不了了。

纪初桃有些失落，但并未表现出来，轻轻地"嗯"了一声，弯起眼睛道："那你也要注意休憩，勿要劳累。"

祁炎心中一片柔软，抬手抚了抚纪初桃蓬松的发顶，而后起身捡起之前脱下的外袍和鞋袜，就着湿透的里衣一件件地穿好。

"你的衣裳还湿着呢，本宫叫人给你寻一套新的吧。"纪初桃忍不住说道，有些心疼他。

虽说现在才入秋，但山间的夜风微凉，祁炎穿着湿透的里衣策马赶路，又冷又不舒服。

"不必，臣身子热，凉些正好能冷静。"祁炎利落地扣好腰带和护腕，并未点明自己真正需要冷静的是何处。

看他穿衣是一种享受，当黑色的外袍裹住他那蓄势待发的身躯，他身上原有的那种令人燥热的强悍野性便化作夜一般清冷凛冽的感觉，把他衬得笔挺利落、无坚不摧，只有纪初桃知道暗色武袍下包裹着怎样炙热的心肠。

自从上次噩梦过后，纪初桃有太多话想对他说，不由得唤道："祁炎！"

祁炎回身看她，她却又说不出口了。她笑了笑，一句"没什么"还未说出口，便见祁炎大步走来。他俯身搂住她柔软的身子，不管不顾地在她的唇上狠狠地吻了一下，道："快了，等我。"

纪初桃还未想明白"快了"是何意，祁炎已经掀开窗扇，翻了出去。她愣怔片刻，匆匆地奔去窗边一看，巡逻的守卫恰巧换班，廊下灯影摇曳，夜色如墨，早已不见祁炎的身影。

夜风微凉，纪初桃托着腮在窗边待了许久。

那些怪力乱神之事，连姐姐们都不信，她又何必说出来分祁炎的心？她既然知道他未来会来救自己，不如顺其自然。何况做得越多越危险，她若是刻意地让祁炎去部署，反而易惊动大姐和皇弟，误会他另有图谋。待她陪二姐休养半个月，再回京都时，禁军查探的消息也该有眉目了。

两刻钟后，挽竹端着一堆药瓶从廊下走过，交给守在行宫寝殿外的拂铃查验。

汤药事件后，纪初桃便留了个心眼，凡所用之药，经查验方能使用。拂铃取了银针等物，皱着眉问道："殿下受伤了吗？"

"倒也不是受伤，只是殿下身上莫名其妙地出现了很多红痕，颈侧和胸脯处尤其多。殿下说可能是不适应温泉里的水，受了刺激。可是殿下往年也常泡温泉，怎么只有今年出问题？"挽竹喋喋不休，倒豆子似的道，"殿下不让传唤太医，我只好自己去取药。我本来想拿消炎止肿的药，殿下却说要活血化瘀的，你说怪不怪？"

拂铃听了，大概猜出是怎么回事了，将验过的药瓶还给挽竹，严肃地告诫她："药没问题，殿下说什么就是什么，你勿要乱说。还有，给殿下选的衣裳严实些，别让人瞧见！"

"知道啦！"挽竹吐了吐舌头，拿着药走了。

纪初桃皮肤嫩，即便用了最好的药，身上的痕迹也过了三四日才彻底消去。

行宫中除了温泉，还有不少楼阁飞殿、花苑池沼，近有满山红叶，远有云雾缭绕，纪初桃每日在其中游玩、消遣，不觉时光飞逝。

第十二日，行宫中来了一位不速之客。纪初桃闻讯赶到主殿，见到在上座品茶的纪妧，眼睛一亮，道："大皇姐，你怎么来了？"

纪妧看着天真的妹妹，眸中闪过一丝复杂的神色，下意识地放轻嗓音，对纪初桃道："永宁，过来。"

纪初桃自然看出了纪妧的忧郁和疲色，靠近后稍加思索，轻声试探道："大皇姐，可是宫中出什么事了？"

纪妧搁下茶盏，看了一眼身侧的秋女史。秋女史会意，上前一步道："回三殿下，您出发去行宫那日，突然有谏臣揭发工部尚书刘俭贪墨敛财，以次充好，致使皇陵的入口坍塌，死伤十数人。而据大殿下所知，刘俭虽然爱贪小便宜，但在工程修缮这等大事上绝无胆量作假，何况这还是涉及天家龙脉的皇陵建造。"

致使皇陵的入口坍塌乃大罪。虽说工部并无太大权力，但工部尚书刘俭是大姐的人，若罪名坐实，大姐要折一棋子不说，在朝中的威信也会被动摇。难怪大姐会面露疲色。

"然后呢？"纪初桃蹙着眉问道。

秋女史于身前交握双手，躬身继续道："在彻底查明真相前，大殿下将刘尚书羁押在刑部的底层死牢中，且将看守全部换成了自己人。"

刑部亦是大姐的地盘，底层死牢有重兵看守，比当初祁炎待的那个牢房更密不透风，可以说是全天下最安全的地方。大姐看似羁押刘俭，实则在保护他，这有何不对？

"可昨夜，守卫发现刘尚书死在了狱中。"秋女史垂首，用古井无波的语气说着令人毛骨悚然的话，"而且，是他杀。"

刘尚书死……死了？！

纪初桃简直不敢相信，问道："何人能在大皇姐的眼皮子底下杀人？"

秋女史却有所顾忌似的不敢再继续说下去了。

纪初桃嗅到了反常的气息，不安地想：大姐亲自来行宫找她，莫不是这事与她牵扯上了关系？

仿佛印证了她的猜想，纪妧淡淡地道："全天下，只有一个人本宫无须提防。而昨夜就有一个人利用本宫的这份信任畅通无阻，去死牢里见了刘俭，之后，刘俭便死了。"

说到这里，纪妧轻扬优雅的唇，望着纪初桃冷静地道："那人是拿着你的令牌，打着你的旗号，永宁。"

六

纪初桃的府里常备两种令牌：一种是普通的进出府牌，作为侍从日常采办及支取银钱时的凭证；另一种是密造的公主令牌，见之如她亲临，持此令牌者，于公主府乃至皇宫中皆有一定权力，且该令牌制造工艺独特，绝无可能被仿造。

公主令牌只有两块，一块在祁炎那儿，另一块被纪初桃搁在自己寝殿的床头暗格中。

进出刑部死牢的人拥有纪初桃的公主令牌，大姐深沉聪慧，应当知道纪初桃绝不可能亦无理由背叛，何况还是用这般愚钝的方式去她的地盘上杀人。

既然如此，纪初桃便不费心去辩解什么了，短暂地震惊过后，便恢复了镇定："大皇姐既然来了行宫，不妨先泡泡温泉驱寒。至于刘俭之死，七日之内，我必给皇姐一个交代！"

纪妧今日来此处，只是想知道妹妹要如何处理这桩棘手的悬案。望着妹妹告退的背影，她眸中的沉郁之色渐渐散去，嘴角勾起一个浅淡又难以捉摸的笑——一年前还只会撒娇、不问诸事的小少女如今也有独当一面的勇气了。

纪初桃步履匆匆地回到自己的房中，朝正在整理几案的挽竹问道："本宫的令牌可带来了？"

见她面色凝重，挽竹停下手中的活计，答道："令牌一直在暗格中，未曾带来。殿下忘了吗？"

纪初桃心里不祥的预感越发浓重了。如果不是有人动了她寝殿里的令牌，便有可能是祁炎那儿出了问题……

不！不可能！第二种揣测只冒了个头，就被纪初桃狠狠地压下去了。祁炎是什么样的人，她心里最清楚，他断不可能冒用她的名号行不义之事。他是坠崖时都要将她护在怀里的人，如何舍得伤害、作践她？

纪初桃蹙起眉，吩咐挽竹："收拾东西，即刻回城……"

突然想到什么，纪初桃眸色一动，唤道："等等！"她上下打量挽竹，直到挽竹被她看得摸不着头脑，方眯着眼睛低声道，"把你的衣裳脱下来，快！"

"哎？"挽竹把嘴巴张得大大的，表情十分滑稽。

半个时辰后，马车上。

纪初桃绾上双髻，做小宫婢打扮，与穿着华贵宫裳的挽竹大眼瞪小眼。挽竹不自在地扶了扶髻上的珠钗，苦着脸道："殿下，您这是为何？"

"嘘！你与本宫声音不同，尽量少出声！"纪初桃瞪她，又替她将面纱蒙上，低声道，"若有侍卫询问面纱之事，你便说'本宫近来起疹，不能吹风'。你要假扮本宫直至归府，别露出破绽。"

挽竹蒙着面纱，身形倒和纪初桃的有几分相像。

见挽竹眨了眨眼，点头，纪初桃便尽量低着头，掀开车帘下车了，垂首站在宫婢队伍的末尾，而后不动声色地后退转身……

侍从皆忙着搬运箱箧、行李，没人留意一个小宫女离去。行宫山下的枫林小道上，拂铃已备好另一辆不起眼的马车，等候多时。纪初桃弯腰钻进马车里，放下车帘："去卧龙门校场。"

在回府之前，纪初桃还有一事需要向祁炎确认。可在这个节骨眼上，她若大张旗鼓地去校场见他，难免给他添麻烦，所以只能让挽竹顶替自己引开众人的视线，自己则易装偷偷地前往。

马车颠簸，摇散了纪初桃的满腹心事。

与此同时，行宫中，纪妧浑身湿漉漉地从汤池中走出，红润的脸颊给她过于威严的面容添了几分颜色。她张开双臂，任由宫婢给她裹上黑色的织金大袖衫，闭目问进入殿内的女官："永宁回去了？"

秋女史道："回大殿下，三公主的马车队伍已启程。"

纪妧问："她有无中途去别的地方或见别的人？"

"并未。"秋女史回答，"听闻三殿下身体不适，一直在车中，并未在中途下过车。"

纪妧睁开眼，吩咐道："让霍谦看紧永宁。"

"来了行宫还不安生，操劳这个操劳那个的，阿妧，你这又是何苦？"纪姝趴在纪妧身后的软榻上慵懒地笑着，有气无力地道，"放心吧，即便你不吩咐，也会有人保护好她。"

纪初桃的马车还未到校场门口，就被人拦截下来。马匹受惊嘶鸣，纪初桃从车窗里探出脑袋，见几个兵卒模样的汉子按着兵刃，沉声喝道："军营重地，擅闯者死！速速退回！"

拂铃勒紧缰绳，解释道："劳烦军爷禀告祁将军，永宁长公主求见。"

"永宁长公主在几十里地外的行宫中，怎会出现在此地？"那兵卒打量着纪初桃的装扮和马车，怀疑地道，"还是这副寒酸的模样？"

大概是动静有点儿大，一个吊儿郎当的熟悉声音传来："什么事？"

纪初桃眼睛一亮，朝穿着银色铠甲走过来的小将颔首："宋副将！"

"喀！"见到宫婢打扮的纪初桃，宋元白连忙丢掉手中吃了一半的梨子，抱拳，"臣镇国军副将宋元白，叩见永宁长公主殿下！"

还真是三公主来了啊？！方才还凶神恶煞的几名兵卒顿时变了脸色，愣了一会儿才反应过来，齐刷刷地跪拜、抱拳行礼。

纪初桃忍着笑下车，道："不知者无罪，你们都起来吧。本宫此番着便衣前来，是有要事要同祁将军商议，还请你们带本宫去见他，勿要声张。"

见纪初桃谈吐优雅温柔，那几名士兵都松了一口气，热络地移开路障，引她进入校场，想将功补过。

偌大的校场内，喊声震天，尘土飞扬。上万名军士被分为好几批，随着令旗手和鼓声的指示，有条不紊地进行骑射、刀戟等方面的训练。列队齐整，无一人松懈，足以见军纪严明。

纪初桃在最前头的擂台上见到了祁炎，他正在训练几名校尉。旌旗猎猎，穿着一身黑甲的祁炎挺拔如松，双手负在身后，游刃有余地躲开校尉刺来的长枪，然后抬腿一击！他甚至不用出手，又粗又结实的红缨长枪便在他的长腿下断成两截，木屑乱飞。

纪初桃忍不住拍手赞叹。祁炎听到了动静，转身望过来，凌厉的眼神瞬间凝住，化作了墨一般深沉的眼神。

"祁将军，找您的。"那几名士卒在祁炎的面前站得笔直，如同鸡崽般听话。

见纪初桃微微一笑，祁炎眸色变了变，冷冷地朝士卒道："下去，继续训练。"他又看向娇俏可人的"小宫婢"，喉结滚动："请殿下移步。"

军营里的祁炎真是冷酷又凌厉，气场强大，寒气逼人。即便是贵为帝姬的纪初桃，此时在他的面前也像矮了一个头似的。她让拂铃留在原地，自己则捏着袖子垂首跟祁炎离去。

营帐中光线昏暗，二人走了进去，祁炎忽然停下了脚步。纪初桃来不及收脚，额头磕在了祁炎的甲胄上，登时捂住痛处闷哼一声。她还来不及开口，祁炎已转身将她拽入怀中了，用手紧紧地托住她的后脑勺，不由分说地吻了下来。

"想我了？"他挑着剑眉问，深深的笑意在眉梢化开，整个人展露出与方才在校场上截然不同的轻快与柔软的感觉。

在外，他始终是一把锋利的剑；唯独在纪初桃的面前，他心甘情愿地收敛锋芒。

纪初桃被他亲得有些喘不过气，唇上酥麻微痛的感觉让她暂且忘却了心中的烦忧。她轻轻地颔首："有点儿。"

祁炎将她拥得更紧了，她险些被闷着，胸口被他的黑甲硌得慌，便伸手轻轻地推了推，蹙着眉小声道："战甲好硬！"

祁炎这才松开她，引她在营帐中唯一的坐床上坐下，解释道："军中不卸甲，殿下多担待。"

他的床亦是硬硬的，上面只垫了一层薄薄的褥子。纪初桃坐着，往他的腰间瞥了一眼，还未想好如何开口，便听见他问道："有话说？"

见什么事都瞒不过他，纪初桃索性不拐弯抹角了，直言道："祁炎，本宫之前给你的令牌呢？"

祁炎搬了个小凳子在她的对面坐下，明知故问："什么令牌？"

纪初桃生怕他拿不出令牌或把令牌弄丢了，前倾着身子着急地道："就是本宫让你做家臣时，方便你在府中通行……"

话还未说完，她便看见祁炎拉开床头带锁的抽屉，将一块金玉制成的公主令牌取了出来。她反应过来，舒一口气，无奈地嗔道："你又要弄本宫了！"

她连生气的模样也这般温软好看。祁炎撑着太阳穴，将公主令牌晃了晃，又攥入手中："殿下送的信物，臣自然要妥善保存。"

纪初桃顾不得计较这令牌是否为信物，侧首问道："这令牌一直在你身边？"

"当然。"他睹物思人，令牌的棱角都快被摸平了。

"可曾遗失或交给过别的什么人？"

"不曾。殿下的东西，臣怎会轻易交给他人？"顿了顿，祁炎抬眸问道，"殿下如此在意这令牌，是有何不对吗？"

纪初桃明显轻松了不少，摇了摇头，彻底放下心来。之前她还担心有人拿了祁炎的令牌作乱，唯恐查到什么事牵连到他的头上，如今看来，刘俭之死与他并无任何关系。既然如此，她便可以放手去查了。

"本宫要回府了，你……"纪初桃抿了抿过分红润的唇，轻声道，"你要注意休息，不要太劳累。"

说完，她自己都觉得别扭——这话怎么听着像新婚妻子与丈夫分别时说的？

祁炎掌心滚烫，拉住她的手腕，问她："这就走？"

纪初桃看到他眸中熟悉的暗色，脸热了起来。

军营不比殿宇，没有大门遮挡，纪初桃脸皮薄，怕他像在行宫的汤池里那样……她只好把心一横，故技重施，俯身在他的唇上啄了一下，哄道："乖，祁炎。"

纪初桃发现祁炎很喜欢掌控别人，即便在感情中亦占据主导地位。可一旦事情超过他的掌控范围，比如他被纪初桃反攻、撩拨，他便会短暂地怔住，变得格外安静。

于是，三公主"商谈"完要事走后，祁小将军独自在后溪的冷水里泡了两刻钟。待体内被撩拨起的燥热平息后，祁炎方睁眼，带着一身水汽上岸，拾起衣裳裹上了。

"来人。"再开口时，他已恢复了往日沉着冷静的样子。

两名暗卫闪身而出，垂首听令。

回想起方才纪初桃询问令牌时的反常神色，祁炎眉头微皱。他扣好玄铁护腕，转身吩咐下属："去查查三公主府或宫中近来发生了何事，不管事情大小，即刻回来复命。"

回到公主府后，纪初桃在床头的暗格中找到了自己的另一块令牌。虽说令牌还在，但上面所缀的穗子略微散乱，与平时工整的样子不同，她看一眼就知道令牌被人动过了。

"殿下，府中人员并无变动。"前去清点侍从和府臣的拂铃躬身，低声禀告。

没有逃跑和失踪的人，便说明凶手取出令牌作乱后，继续留在府中。这算什么？示威吗？

既然对方如此肆无忌惮，纪初桃也不怕打草惊蛇了。沉思片刻，她道："先将所有侍从聚集在前庭中，不许他们乱动。再去宫中向项宽借用禁军二十人，搜查府中所有房间。"

一个时辰后，禁军将搜来的一大箱可疑之物呈给纪初桃，又押上来一个唯唯诺诺的内侍，禀告："殿下，属下抓到此人正要跳窗逃遁，还在他的床榻下搜出了一把匕首和半瓶毒药，请殿下查验！"

纪初桃起身，皱眉看着那个内侍，质问："你为何会有这些东西？"

禁军亦喝道："快说！"

还未动刑，内侍已"扑通"一声跪下了，不住地磕头："是奴盗用殿下的令牌，毒杀了刘尚书！奴有罪，辱没了殿下的名声，请殿下赐死奴！"

他竟然都招了！这样一个连说话都发抖的小内侍，怎么会有这般胆量和通天的本事？

纪初桃诧异地问道："你为何要杀工部尚书？"

"因为……"内侍战战兢兢，伏地道，"因为刘俭贪墨敛财，以次充好，致使皇陵的入口坍塌，压死的工匠中……就有奴的亲兄弟！"

302

这话听起来合情合理，纪初桃却有一种说不出的古怪之感。她深吸一口气，汲取刘俭死于牢中的教训，命令禁卫："他是重要的疑犯，将他带下去严加看管，除非本宫亲至，任何人不得靠近或提审他。"然后她又示意拂铃："去查清他所说的兄弟是否存在，再验一验那瓶毒与刘尚书所服的是否一致。"

"是。"拂铃取了证物，下去安排了。

没多久，拂铃归来，附在纪初桃的耳边道："殿下，查过了，没有错。"

不对，还是不对。纪初桃以手撑着额头，大脑飞快地运转。如果这件事真的是这个内侍做的，他为何不销毁证据，而要把证据藏在自己的床下？他如果有逃亡之心，为何在她远在行宫时不跑，偏偏要在主子的眼皮子底下翻窗？

还有，他招供得太顺畅了，顺畅得……就像在替谁掩盖罪行一般。如果他有同伙，究竟是谁在策划这一切呢？以小内侍绝对屈服的态度来看，背后那人必定比他地位更高、更有智谋。

突然想到了什么，纪初桃将视线落在那个装满了可疑之物的箱子上。她上前仔细地翻看了一番，发现里面有香囊、手帕、密信、禁书、赌契之类的东西，还有从厨房顺来的糕点以及偷拿的银烛台。

纪初桃问："这些都是从谁的房中搜出来的？"

纪初桃温和大度，管教下人不如宫中严苛，于是府中有不少侍从钻空子。

拂铃看了一眼纪初桃的脸色，小心地答道："每个宫人都有一两件。"

纪初桃问："每个人都被搜出了东西？"

拂铃翻看记录，确认了一番，道："除了晏府令，人人都藏了些不妥之物。"

纪初桃一怔："晏行没有藏任何爱好之物？"

拂铃答道："晏府令的房中很干净，除了必需的东西，未发现别的。"见纪初桃不语，拂铃不解地问道，"殿下，有何不对吗？"

纪初桃久久没有回神，一个可能性极小的猜测浮上了心头。她若有所思地道："你先下去，本宫要静一静。"

与此同时，校场营帐中。

听了暗卫呈报的消息，祁炎眸色一黯。他之前并未管那条漏网之鱼，是因为不在乎纪妧和别人的仇恨、生死，可如今这鱼误伤了纪初桃，他便姑息不得了。

半晌后，他道："你去我的书房一趟，书架往下数第三层的锦盒中有一把纸扇和一卷案宗，你取出后亲自送到永宁长公主的手中。"

暗卫领命，又问："少将军可要给三殿下捎话？"

"不必。"祁炎道。

第十三章
噩　梦

一

崇政殿内，褚珩扫了一眼批阅好的奏折，方将其归还给座上的天子，道："陛下圣裁，定夺的这些人并无不妥。"

"那就这样安排吧。"纪昭长舒一口气，又道，"褚爱卿，听闻今年的状元郎孟荪在文华殿里任职，朕甚为欣赏他的才气，还望褚爱卿多多提携。"

褚珩神色未变，道了一声"臣领旨"便拱手退下了。他走出崇政殿时，刚巧与一个大宫女打了个照面，大宫女朝着他福了福礼，进入了崇政殿。

天子处理政务的地方一般只有宦官服侍，没有宫女，此女颇为特别。褚珩望着大宫女的背影，微不可察地蹙了蹙眉。

永宁长公主府。

又一年中秋将至，晏行穿过中庭和游廊，路过照壁，便见纪初桃独自坐在寝殿前的秋千椅上，长裙的飘带自秋千椅上垂下，整个人明丽如画。

晏行还未说话，便见宫婢拂铃上前请示纪初桃："殿下，那内侍的亲人已被缉拿入府，等候您的处置。"

纪初桃停住秋千椅，问道："他还是不肯说出幕后主使吗？"

拂铃摇了摇头："未曾。"

纪初桃叹了一声，显出头痛的样子："他犯了株连之罪，却还不说实话……既然如此，当面杖责他的家人，什么时候他开口说实话了，你们什么时候停下。"

拂铃领命退下，将一切看在眼里的晏行却皱起了眉头。有那么一瞬间，他仿佛在纪初桃的身上看到了纪妩的影子。不知从何时开始，那个亲善天真的小帝姬身上也沾染了上位者的杀伐之气。

隔壁的庭院很快传来了廷杖击打皮肉的声响以及女子间或发出的惨叫声，在阴冷的秋日中显得凄厉、瘆人。心绪短暂地波动后，晏行很快重新摇起纸扇，笑着走上前道："殿下金枝玉叶，何必为无名小卒动怒？"

纪初桃好像才发现他似的，握着秋千绳道："昨日府中搜出那么多可疑之物，本宫方知自己平日有多荒唐，以至于上行下效，令侍臣做出杀人越货的勾当。"说到此，纪初桃抬起清澈的眼眸看向晏行，"晏先生来，是有何事？"

隔壁的杖刑还在继续，受刑者叫得人心惊肉跳。晏行顿了一会儿方合拢纸扇，道："在下前来请示殿下，今年的中秋府宴该如何庆贺？"

"先搁置吧，本宫没心情庆贺。"纪初桃将视线落在晏行合拢的折扇上，临时起意般道，"晏先生可以再教本宫一次转折扇吗？"

晏行笑得温润："当然。"

折扇被"哗"地打开，在他的指间转出风雅的花式来。

纪初桃若有所思地看着，忽然轻声问道："八月十一那日，晏先生在做什么呢？"

八月十一日夜，工部尚书刘俭死于刑部死牢。

晏行转折扇的动作不停，从容地道："交代了府中事务，在下便去万鲜楼里饮酒了，那儿的鲈鱼与桃花酒乃京都一绝。"

纪初桃端详着晏行的神色，问："然后呢？"

"大醉而归，睡到夜晚方醒。"

"本宫记得，那晚的星星不错。"

"这……在下可就不知了。"晏行笑着对答，"醒来后，我便一直在房中消遣。"

这是一场微不可察的较量。

纪初桃亦笑了一下，顺着他的话茬问："是看书消遣吗？说起来，认识晏先生这么久，本宫还不知道晏先生喜好读些什么书呢。"

"夜里看书伤眼，在下只是练了两帖字，便又睡下了。"

"练字是修身养性的好法子，本宫心中激愤难平时，亦会练字平息。"风穿廊而过，树影婆娑，纪初桃望向晏行，声音轻柔而清晰地问，"晏先生私下练的可是陆老的飞燕体？"

隔壁行刑处传来一声凄厉的惨叫，折扇打着旋落下，擦过晏行的指节，摔落在地上，做工精致的玉坠子"啪"的一声裂成了几瓣。纪初桃的脸上闪过一丝哀伤的神色，不知是为摔坏的扇子还是别的。

"在下不过是觉得飞燕体好看，便练来玩玩。"晏行弯腰拾起扇子，抬首时脸上照旧是温润清朗的笑颜，"殿下也认得飞燕体？"

纪初桃颔首："自陆相被罢黜抄家，男丁流放，女眷充营，门生四散，已经很少有人记得这种字体了。"

晏行负手而立，握着扇子的指节微微发白。

纪初桃不再继续说下去，只将头靠在秋千绳上，轻轻地道："本宫说累了，要歇一会儿，劳烦晏先生去本宫的房中将那本《春秋词义》拿来。"

晏行脸上挂着得体的笑，拱手应下了，转身迈上石阶的瞬间，嘴角渐渐落了下来。

纪初桃就寝前偶尔会翻看几页《春秋词义》，故而这本书一向被搁在榻边。晏行进了寝殿，轻而易举地在纪初桃榻边的几案上找到了它。

然而他拿起书的时候，心中闪过一个念头，顿时僵在了原地。纪初桃只说让他去房中取书，却并未说书在哪间房的何处。他的动作太流畅、熟练了，明显是他来过多次，对纪初桃的寝房的布局了如指掌。隔壁被牵连受杖刑之人的哀号扰乱了他的心神，纪初桃一诈，他便露出了破绽。

晏行闭目，半响后转过身，看到了红着眼睛站在殿门处的纪初桃以及成群拥进来的侍卫。

只松懈一瞬间，晏行很快重新调整好神色，迎着明晃晃的刀刃，上前将纪初桃要的书双手呈上。

明知大势已去，晏行却依旧笑得清朗，白袍若雪，保持着谦谦儒士的风华，没流露出一点儿阴暗或狼狈的模样。他温声问："殿下是何时怀疑我的呢？"

纪初桃宁可看他露出穷凶极恶的歹徒模样，也不愿意看他在她的面前表现出将生死置之度外的洒脱，他这样淡然和无奈的反应令她想恨却恨不起来，胸口闷得慌。

纪初桃没有接晏行递过来的书，只哑声道："本宫一开始只是好奇，以你的才学和能力，你为何不去考功名，而要屈居于公主府中做侍臣。后来刘俭死了，本宫彻查府中上下，所有的下人都藏有隐秘之物，唯有晏先生的房间干干净净，什么也没有。"

晏行收回手，沉思片刻，道："在下想不明白，这有何不对？"

"情爱、钱财、口腹之欲……每个人都有自己的喜好和贪念，只要活在世上，就会有生活过的痕迹。可晏先生太干净了，没有喜好，没有过往，就好像在刻意抹杀自己的痕迹。"

后来，她见到了祁炎命人送来的折扇和卷宗，卷宗上明白地写着：成德二年，大公主纪妧辅佐幼主临朝听政，以陆老为首的顽固派极力反对，朝堂局势剑拔弩张。内忧外患、民心惶惶之际，刘俭诬蔑陆相结党谋反，大公主顺势以雷霆手段将陆府抄家并株连其族人，以遏止朝怨……

晏行就是陆老的门生，这更坐实了纪初桃的猜想。

府中初见、廊下转扇、上元节灯会夜游……昔日种种历历在目，纪初桃越发声音干涩。她努力维持一个帝姬应有的公正、镇定的模样，可还是没忍住，鼻子酸涩："晏先生做得太干净了，殊不知，没有证据便是最好的证据。"

"好一个'没有证据便是最好的证据'，晏某自知力量单薄，复仇无异于蚍蜉撼树，故而选择最薄弱易攻的殿下作为突破口，未料到却是作茧自缚、自取其辱。"晏行失笑，"晏某认罪服输，只恳请殿下放过那名认罪的内侍，他是被逼替罪，并未真正杀人。还有隔壁受杖刑的家眷，她们是无辜的。"

说罢，他拢袖躬身，行了长长的一礼。

纪初桃知道，陆老被定株连之罪始终是晏行心中不能言说的旧痛。她深吸一口气，吩咐拂铃："去将她们带过来。"

不消片刻，拂铃将隔壁受刑的"女眷"都领了过来，但出乎意料的是，她们都是宫婢假扮的，且行动如常，连一根头发都未被伤着。

晏行失神片刻，很快反应过来："所以，殿下只是在做戏给我看？"

纪初桃怎么可能真的不分青红皂白就乱打乱杀？她不过是为了赌晏行的人性，无奈出此下策，佯装迁怒用刑，逼他自乱阵脚罢了。

"抱歉。"纪初桃声音沙哑地道，为自己使了最讨厌的玩弄人心的计谋而道歉。

晏行非但不生气，反而显露出轻松的样子，摇首道："该道歉的人是我。我选择借殿下之手复仇时，就已然背叛了殿下。今日的一切皆是我咎由自取，怨不得旁人，只是幸好……"

"幸好什么？"纪初桃问。

晏行温声道："幸好殿下守心如初。"

晏行被侍卫带走时，纪初桃还是没忍住，深吸了一口气，唤道："裴行！"

"裴"是晏行改头换面前的本姓。

晏行顿足，微笑着回首，一袭襦衫飘摇，仿佛他要去的地方不是牢狱，而是山高水阔的自由之地。

"你后悔吗？"纪初桃忍着酸楚问道。

"不悔。"晏行以折扇抵着下颔，仰首望着被叶缝切分开的天空，道，"尘埃落定，七年了，这是我最轻松的一刻。"

纪初桃没有将晏行交给刑部，而是关了自己府中的杂房中。晏行是她亲手抓的人，她却没法亲手处置他。

一整日，情与理不住地拉扯着纪初桃的思绪，使她心绪难宁。当年大姐为稳定朝局，不得已听从尚是侍御史的刘俭的建议，处置了反对女子辅政的陆老满门。而陆老的门生晏行又为了报师门之仇，蛰伏数载，最终借纪初桃的令牌杀了刘俭，以此既让朝臣看到天子并非懦弱，亦撼动了大姐的政权。

一个人为国，另一个人为恩，在这场博弈中，似乎谁都没有错，可是谁都不无辜。

夜如此漫长，心绪混乱的纪初桃挥退了侍婢，许久未眠。为何晏行不坏得彻底些呢？这样，她就可以毫无顾忌地将他交给大姐处死。

她正胡乱地想着，忽闻窗扇被人轻轻地叩响了。她竖起耳朵，听到有人低声唤道："殿下，睡了吗？"

她忙不迭地坐起身，撩开帐帘一看，穿着一袭黑色武袍的男人轻巧地跃入房间，又关紧了窗扇。

烛火昏黄，纪初桃眼睛一酸，唤道："祁炎！"

祁炎已知道公主府里发生的一切，亦知晓纪初桃重感情，思来想去不放心，便趁夜回来看看她。

祁炎带着一身寒气走到纪初桃的榻边，将灯盏挪近了些，放缓声音问："殿下为何还不睡？"

他不出现还好，一出现在眼前，纪初桃强压下的满腹挣扎的酸涩感瞬间决堤。她一头扎进祁炎的怀中，紧紧地拥住他，以汲取力量。

怀中的少女娇软，带着令人心疼的脆弱之感。祁炎微微睁大眼，随即回拥住她，将下巴抵在她微凉的发顶蹭了蹭，沉声问道："可要我帮忙？"

他说的是对晏行的处置。

纪初桃在他的怀中摇了摇头，带着鼻音道："这种时候你就不要蹚浑水了，本宫自己来。"

她明明都难受成这样了，还为别人考虑。

祁炎眸色深沉，将怀中的少女拉开一些，望着她的眼眸道："殿下不用做不喜欢的事，一切都有我。而且殿下是帝姬，在臣的面前可以骄纵些，撒撒娇、依赖一番，不算丢人。"

见他说得一本正经，纪初桃一扫愁云，"扑哧"笑出声来。笑完，她觉得心中暖暖的，知道这世上还有一个人会在身后坚定不移地护着自己，便又有足够的勇气往前走了。

"以前，本宫只想做个小废物，喜欢上你之后，才想变得坚强起来，直至某日可以骄傲地与你比肩，与你成为名副其实的天作之合，而非只是完成一场政治联姻。"

纪初桃说这话时温柔又认真，甜入祁炎的心底。原来这些日子她想了这么多。在祁炎想要保护她的同时，她也在想法子帮助祁炎。

血气方刚的男人怎能经受住这般撩拨？他当即眸色黯了黯，托住她的后颈垂首吻了下去。纪初桃连忙伸手捂住他的唇，于是那个炙热的吻印在了她娇嫩的掌心里，他的呼吸喷洒在她的手背上，烫得慌。

"本宫还有话问你。"纪初桃眨了眨眼，问道，"那把扇子和卷宗送得这般及时，你是否早就知道晏行的底细了？"

祁炎微眯眼眸，拉开纪初桃的手，道："臣有没有告诉过殿下，在这种时候，莫要提别的男人的名字？"

这种时候是什么时候？

纪初桃无奈地道："这是正事，祁炎。"

"见到那扇子上的飞燕体，臣便留了个心眼。"祁炎姑且给了个答复。

那是很早前的事了，他竟瞒了这么久……

纪初桃闷闷地道："祁炎，如果再有什么事，你不可再瞒着我了。"

沉默片刻，祁炎轻轻地"嗯"了一声，而后扣着纪初桃的脑袋靠近，用拇指在她耳根后细细地摩挲，声音低沉沙哑地道："让我陪陪你，嗯？"

每当他面对纪初桃用"你我"相称时，纪初桃总感觉两个人的主臣身份对调了似的，有一种说不出的亲近感。她轻轻地颔首："想让你陪着。"

祁炎的眼眸因隐忍而变得格外深沉，诱人沉沦。

他并未对纪初桃做出在温泉中做的那等怪事，只是规规矩矩地细吻着她，极尽爱怜。纪初桃知道，他是想用这种方式传递自己的关切，让她安心。

软帐朦胧，纪初桃描画着他浓密又锋利的长眉，渐渐放松了身体。

祁炎伸出一只手，将她圈在怀中往下吻了吻，忽然嗅了嗅，皱起眉头："殿下受伤了？"

纪初桃还未反应过来："嗯？"

祁炎沉声道："有血腥味。"

什么旖旎的氛围顿时都没了，纪初桃闹了个大红脸："不是受伤，是月……月信。"

纪初桃羞于启齿，又懊恼自己和他说这个做什么。

祁炎家中无女眷，母亲早几年便过世了，没人告诉他这些。他难以理解，索性循着淡淡的味道望去，道："我看看。"

这怎么能让他看？！纪初桃想起二姐纪姝似乎说过，女子来月信时是不能和男子亲密的。她不由得大惊，一把推开祁炎，道："我这几日不能和你亲近，会生病的！"

纪初桃力气不大，但祁炎对她毫无防备，骤然被推得向后仰去。他反手撑在榻上看她，有些意外，但眼中更多的是疑惑之色。纪初桃没想到他鼻子这般灵敏，说话又直来直去，真是羞得不行，索性将被子盖过头顶，转过身侧躺着，不看他。

半响，纪初桃的身后传来声音，祁炎撑着身子向前，将被子从她的头上扒下来一些："别闷着了。"

听见她"吭哧吭哧"地喘着气，祁炎将手下移一些，摇了摇她的肩头，低声问："生气了？"

"笨蛋……"纪初桃连颈项都泛红了，瓮声瓮气地道。

"别生气了。"虽然不知道哪句话说错了，但祁炎还是先低了头。

以前宋元白说过，不知道女孩子为何生气就先道歉，一次不成就再道一次。

"我很担心，殿下。"祁炎皱起了眉。

战场上尸山血海的冲天腥气也比不上萦绕在纪初桃身上的那股淡淡的味道令他心慌，他怕真有什么人伤了她，怕自己没能护住她。

感受到祁炎的担忧，纪初桃又心软了。半晌后，她硬着头皮解释："我都说了不是伤，女孩子每个月都会……有几日这样，流血时容易生病，所以不能……不能……"

纪初桃说不下去了，又往被子里缩了缩，说了一声"笨蛋祁炎"。

与其说她在骂人，不如说在撒娇。祁炎隐约明白了一点儿，耳根也跟着红了起来，笑着拥紧纪初桃，低声道："嗯，我是。"

两个人这么一闹，白天的糟心事给纪初桃带来的烦忧暂且被冲淡了，她转身闭眼，不多时便窝在祁炎的怀抱里沉沉地睡去了。

第二日她醒来时，祁炎早已不在身旁，她也不知他是何时走的。

梳洗完毕，用过膳，纪初桃定神静心，去了关押晏行的杂房。杂房昏暗逼仄，但收拾得很干净，几案、床榻、被褥等物一应俱全。除了日夜派人看守，纪初桃不曾苛待、折辱他。

纪初桃只带了拂铃进去。

晏行在狭小的天窗下沐浴一线清冷的秋光，见到纪初桃进来，并未表现出丝毫讶异之色。

"殿下还是太过心善，不将我押去刑部问罪，反而关在这儿。"晏行笑得明朗又无奈，"在下已认罪，去年在祁将军的药里动手脚、杀死刘俭之人皆是我，殿下乃千金之躯，不该再来这儿。"

纪初桃看着这个清朗如玉的男人，沉默许久后道："本宫有个疑问，还望晏先生……不，裴先生解惑。"

晏行示意："殿下请讲。"

纪初桃道："你昨日说那个认罪的内侍是被逼替你顶罪的，可是你坦荡地认罪，不似那等会逼迫他人替罪之人，那么究竟是谁在替你掩盖罪行？"

晏行未料到她心细至此，昨日随口说出的话竟能被她发现破绽。他笑道："知人知面不知心，殿下怎知我不是那种会逼人替罪之人？"

"因为你最厌恶的事情便是牵连别人。"纪初桃道。

因陆老一人之言而导致陆家满门覆灭是晏行心中永远的痛，他不可能把他最痛恨的事情施加在别人身上。

晏行笑容一顿，叹了一声，不置可否。

纪初桃皱起了眉："晏先生的背后之人究竟是谁？"

"晏某背后只有陆家的无数亡魂。"晏行垂下眼，移开视线道，"殿下莫要追问，问多少遍，晏某也依旧是这个答案。"

"那好，本宫换个问题。"纪初桃轻吸一口气，定了定神，道，"本宫想过，你其实通过科考做官亦能扳倒仇敌，却选择放弃仕途，隐姓埋名，只为置刘俭于死地，这说明你对他仇深似海。你若只是陆老的一名普通学生，何来这么大的恨意让你甘愿自毁前程，大费周折地杀人报复？"

"何来恨意……"晏行忽然笑得咳起来，咳得满眼都是泪，"殿下可还记得上元节看灯归来，祁将军在夜宴上讲的故事？"

纪初桃当然记得。祁炎说夜巡时听见女孩哭，那是一个被充作营妓的可怜少女在哭她被撕碎的心上人赠送的衣裳……

那晚，晏行亦像此刻这般失态。

"那个姑娘原本出身高贵,有名字,叫陆燕。"晏行红着眼告诉她,"那件衣裳是我送给她的。"

陆燕……裴行……

晏行。

纪初桃恍然大悟:原来众人每叫一声他的名字,便揭一次他的伤疤,他以这种残忍的方式提醒自己背负着怎样沉痛的过往。

纪初桃原以为自己不会再被轻易扰乱心神,可听到这儿,依旧难掩心中酸涩。她稳住声音,轻轻地问:"陆姑娘……还在吗?"

晏行嗓音微哑:"殿下可知被充入军营的女子能活几年?"

纪初桃微怔。

"三年。"晏行低笑一声,"阿燕比较坚强,撑到了第四年……但也只撑到了第四年。她写过很多很多信,请求接待的军士将信件捎给我,但是没有一封被成功地捎出。我花了很长的时间,辗转千里,好不容易找到她所在的军营,却被告知连骸骨都不知被丢在了何处……"

晏行说这话时依旧是笑着的,语气轻描淡写,泪不由自主地往下落。他问纪初桃:"殿下说师恩不足以支撑在下孤注一掷,那若加上挚爱之死呢?"

二

纪初桃昨日仔细地查看过陆相一案的卷宗,当年长姐纪妘抄没陆家后,颁布的口谕是让陆家女眷充为官奴,可下面的人执行时,将陆姑娘及其姊妹送去了军营。

此处的记载与纪初桃的记忆出入极大,所以她特意命拂铃入宫调查了此案的详情,却意外牵扯出另一桩内情:当年刘俭曾因醉酒出言调戏陆家大小姐陆莺,与陆家结下梁子,仕途上一再受到陆老的打压,因此怀恨在心。

或许刘俭构陷陆老之后尚觉得不能解恨,又私下用了什么手段,将陆家女眷送去边关当作营妓……

人心叵测,险恶如斯,如此便能说通晏行为何非要让刘俭名裂身死了。

想通一切,纪初桃只觉造化弄人,哑声对晏行道:"本宫想起曾经与你出游时,走在人多的街道上,你偶尔会熟稔地抖开扇子护住本宫……"

晏行不是刻意地讨好,亦非祁炎那般爱到深处而自然地亲近,那个举动仿佛一种本能。当偶然与纪初桃目光相接时,他会回神似的收回手,笑得不似平常那般自然。

纪初桃轻声喟叹:"那时本宫就猜想过,你一定用同样的姿势护过别的姑娘……"

却不想那姑娘早已死在了北疆的军营中。

纪初桃无权责怪他们当中的任何一个人。陆老为了礼教,欲废大姐临朝之权;大姐为了稳固朝局,选择听信刘俭之言,杀一儆百……他们每个人都有自己的立场和理由,而晏行与陆燕不过是权谋罗网中受牵连的牺牲品。

大概看见了她眼里未落的泪水,晏行神情复杂,良久后轻声道:"殿下怎能对凶犯共情?不管如何,罪民都配不上殿下的这滴眼泪。"

"本宫难受,并非只为先生,还为诸多明知不可为而为之的无奈。"纪初桃抬指沾去睫毛上的湿意,带着鼻音道,"帝王筑高台,有人看见的是千里江山、太平盛世,有人看见的却是高台之下的累累白骨。值或不值的话,本宫已无须再问,每个人都只是做出了自认为对的抉择。"

"殿下心如明镜,我若非身负罪孽,倒极愿与殿下把酒言欢,谈经论道。"晏行顿了顿,垂眼道,"可惜我大业未成,若殿下再给我些时日,大公主便不只是折一个工部尚书这般简单了。"

纪初桃蹙起了眉,很快又松开了,直视晏行:"晏先生故意提及大姐,是想激本宫杀你?可惜,这招数晏先生使得太生硬了。"

见纪初桃并未中计,晏行身形一僵,叹了一声。他索性不再拐弯抹角,收敛神色缓缓地跪下,以额触地,朝着纪初桃郑重地一拜:"请殿下赐死罪民。"他再直身时,面上已是一副超脱生死的淡然神色,温声恳求道,"罪民死在殿下的手里,总好过在别处受辱。"

晏行假借长公主的令牌行凶杀人,杀的还是朝廷大员,已犯了死罪,还不知皇陵的入口坍塌之事是否与他或他背后之人有关……纪初桃咬着唇,转过身不看他,强作镇定地道:"先生还不到死的时候。"

这里太沉闷了,无论是晏行和陆燕的过往还是他那将生死置之度外的气度都令纪初桃觉得难以承受。她正欲走,就听见晏行唤道:"殿下!"

纪初桃停住脚步,身后的晏行似乎苦笑了一声,低声道:"都道'人之将死,其言也善',看在殿下以礼相待的分上,罪民斗胆奉劝一句,至刚者能护人,亦能伤人,祁将军所谋之事或许比罪民所行之事更为危险。"

纪初桃没有回头,杂房的门一寸寸地关拢,隔绝了她清丽尊贵的背影,亦隔绝了三尺暖光。

许久,昏暗的杂房中传来晏行的一声轻笑:"帝王家怎么会有如此干净之人,连杀个罪犯都下不去手？阿燕，你若是在，也不愿看到三殿下陷入两难之地，对吗？毕竟皇家只剩下她这一个知冷知暖的大善人了。"

晏行自言自语，仰首望着狭窄的天窗，缓缓地抬起手，将温润白皙的手伸向空中，仿佛要抓住天窗中漏下的一线薄光，又仿佛在空气中描画一张脸。

他笑了起来，蜷起手指徐徐地道："罢了，罢了！便由我自己替殿下做个选择吧。"

晏行沐浴在那一线微弱的冷光中，闭上眼，睫毛湿润，却笑得无比畅快。

空气中尘埃浮动，他仿佛又看到了八九年前的光景，须发皆白的陆老先生熬夜为他批改文章和策论，灵动可爱的藕裙少女站在廊下笑着，手把手地教他转扇子。

"哎呀，你笨死啦！"陆燕将折扇拍入他的怀中，娇俏地道，"我教了多少次你都不会，懒得和你玩！"

他只是红着耳朵笑。不是学不会，他只是想多待一会儿，与她靠得近些，再近些。

"想你时便会转转扇子，如今我转扇子的技艺已是炉火纯青。"晏行对着空气轻声说，"阿燕，来生见面，你可不能再嫌我笨了。"

夜晚沐浴后，洗去一身疲乏的纪初桃披衣坐在榻上，翻看陆相一案的卷宗和笔录。拂铃上前，忍不住地道："七日之期转瞬将至，殿下不可能护晏府令一辈子，还需要想个处置的法子。"

纪初桃若有所思："白天让你去查陆家姑娘遗骸之事，可有眉目了？"

拂铃道："奴婢已布置下去，只是边关用来埋骨的战坑无数，要查到具体位置还需要些日子。"

纪初桃颔首表示明了。她想清楚了，若能查到陆姑娘的遗骸，便将晏行流放至北疆为陆姑娘收尸立家，也算成全了晏行对陆姑娘的一片心意。晏行犯的是死罪，其情可悯，但其法难容，将他重刑流放已是她在法律范围内能做出的最大让步。

拂铃拧了热毛巾为纪初桃擦手，沉默许久，最终没忍住，问道："白天在杂房中，晏府令说祁将军所谋之事很危险，殿下如何看待？"

纪初桃搁下手头的卷宗，想了一会儿，认真地道："本宫觉得，眼睛看到的东西比耳朵听到的更为重要。"

祁炎待她如何，她是心知肚明的，没必要为了晏行的三言两语就自乱阵脚，猜忌祁炎。即便真有什么事情发生，她亦会用自己的方式解决。

至于那名顶罪的内侍，无论如何受审问，他都绝口不提是谁指使他为晏行顶罪，坚持称痛恨刘俭致使他的兄弟被压死在皇陵中，且感恩晏府令平日照拂，所以才甘愿顶罪。纪初桃总觉得有些不对，现在看来，在这场争斗中受益最大的人是谁，谁便最有可能是幕后主使。

第二日，纪初桃被人从梦中叫醒。她揉着眼睛坐起来，还未问发生了何事，便看见拂铃一脸凝重地提着灯跪在榻前，垂首："殿下，晏府令他……他死了。"

天刚蒙蒙亮，风很冷，地上结了霜。纪初桃顾不得披上外袍便匆匆地奔去杂房，只见晏行穿着一袭白衣坐在天窗的光下，低着头，嘴角微微上扬，安静得像睡着了。

拂铃说，他是服毒自尽的。没人知道他将毒药藏在了何处。他没有挣扎，没有流血，亦无痛苦。即便是死，他亦保持着一介文人最后的体面与风骨。

墙壁上有他临死前用木炭写的几行字，侍卫们掌灯照亮，发现上面写的是：吾背信弃主，死不足惜，今入九泉，得偿所愿，殿下勿责。

漂亮的字体收尾形似飞燕，是晏行的手笔。

大概怕纪初桃为如何处置他为难，他选择自裁谢罪；又怕纪初桃因他的死而感伤，所以特意留下只言片语予以宽慰……这样温润之人，偏偏是处心积虑地潜伏在府中伺机报复的"叛徒"。

"拂铃，你说人心为何这般复杂呢？"纪初桃道。

拂铃为她裹上斗篷，低声道："此处交由奴婢处置，殿下还是回房吧。"

纪初桃命人将晏行的尸首火化了，带去北疆，和陆姑娘的遗骸葬在一处。大概因晏行之死受到冲击，加之吹风受寒，夜里纪初桃发了烧，一直睡得不太安稳。

梦里依旧是光怪陆离的场景。她又梦见了未来的那场宫变，依旧是烈焰焚宫、喊杀冲天，只是这回画面更清晰了。

宫殿的大门被人踹开了，执着带血长戟的禁军叛将踏入殿来，狞笑着对纪初桃道："卑职奉命前来保护三殿下，还请三殿下勿要乱跑，当心被误伤。"

这次，她看清了这名叛将的脸——瘦长黝黑，颧骨上有一道疤，显得格外阴鸷可怖。

接下来，她又奔跑在狭长到没有尽头的宫道上，跌倒，再被祁炎救下。他搂着她，沉声说："别怕。"

再往后，竟然多了一些她之前没有梦见过的细节。

纪初桃看见方才还耀武扬威的禁军叛将死了，被斩于马下，眼睛瞪得老大。她还看见长信宫的人亦被清理干净了，一夜之间，金銮殿前的御阶都被鲜血染透了。

祁炎穿着黑色的战甲，浑身是血，一步一步地踏过堆叠的尸首，亦越过了脸色苍白的纪初桃。他没有回头，只朝着殿中面目模糊的天子单膝跪下，一字一顿地道：

"臣不辱使命，已肃清全部乱贼！"

这个"全部"也包含大姐的人吗？

梦里身不由己，纪初桃来不及细想，便听见年轻的帝王清朗的声音自座上传来："祁爱卿，你此番立了大功，想要什么尽管说，朕定会满足！"

血珠自战袍上滴落，祁炎一字一顿地道："臣一生所求唯愿尚永宁长公主。"

天子一愣，随即"哈哈"笑道："祁爱卿，这世上唯一忌惮你与永宁长公主成婚的人已经不能再阻止你了，朕又有何理由不同意呢？"

洞房花烛时，穷奇墨玉冰冷的质感和祁炎炙热的吻形成了巨大的反差，一时让纪初桃分不清自己是觉得冷还是热。

"三殿下看起来闷闷不乐，可要禀告祁将军？"

"若祁将军来了，殿下只怕会更不开心。"

"也是，大公主被收了权势，身子还不好。三殿下从风光无限沦落至斯，虽说曾与祁将军两情相悦，可谁受得了这般反差呢？"

下一刻，画面突然反转。

"殿下，大公主出事了！"宫婢惊骇的声音打破了短暂的平静。

纪初桃迎着刀割般的疾风疯狂奔跑，终于在宫城之下看到了倒在血泊中的大姐，她那件黑色的宫裳被染上了血，凝成一片沉重的暗色。

大姐身边是几名暗卫模样的尸首，祁炎背对着纪初桃，手里握着的剑上还滴着黏稠刺目的血。

空气仿佛变得异常稀薄，几乎让人窒息。纪初桃颤抖得厉害："祁……祁炎……"

祁炎倏地回身，脸上还沾着不知是谁的鲜血，看到她，眼中的杀意化作了愣怔。他下意识地伸手捂住了纪初桃的眼睛，护住她哑声道："殿下，我来……"

"殿下！殿下快醒醒！"挽竹清脆的嗓音穿透了梦境。

没等祁炎那句关键的话说完，周遭便陷入了一片黑暗。

"大皇姐！"纪初桃梦醒，惊坐而起，如溺水般大口喘息。

"殿……殿下，您怎么了？"挽竹掌着灯，显然被纪初桃这副样子吓到了。

纪初桃怔怔的，满脑子都是祁炎拿着带血的剑和大姐倒在血泊中不省人事的画面，心脏一阵一阵地抽痛。她茫然地抬手碰了碰脸颊，摸到了满脸的泪水。

这到底是怎么回事？这个梦意味着什么？是祁炎误伤了大姐还是另有隐情？祁炎那句没有说完的话到底要向她传递什么信息？

挽竹想要给纪初桃擦汗，却被轻轻地推开了。

纪初桃这次梦到的内容实在凶险，且太过匪夷所思。诸多疑惑未解，她既担心又难以置信，湿着眸子嗔怪："你这傻瓜，为何要在这个时候叫醒本宫？！哪怕晚叫我一刻钟，也好过现在这般让我的心不上不下地吊着！"

挽竹不知道她为何生气，有些手足无措，小心翼翼地道："殿下，奴婢见您做噩梦了，一直在哭，所以才……"

三

今年中秋的天气不是很好，乌云盖顶，凉飕飕的。

中秋御宴，纪初桃先去了长信宫。

"怎么脸色不好？"纪妧张开双臂，让宫婢为她套上大袖礼衣，从铜镜里面打量纪初桃的脸色。

纪初桃先前风寒未愈，又做了那样惊悚的梦，面上确实有几分憔悴之态。她抬手拍了拍没什么血色的脸颊，撑着挤出一个温和的笑："偶感风寒，不碍事的。"

纪妧抚平鬓角，转身看纪初桃："长公主玉体有恙怎能是小事？若下人服侍不力，便趁早换些听话的。"

面前的纪妧不怒自威，鬓发梳得齐整，礼衣上没有一丝褶子，是纪初桃记忆里最熟悉的模样。她无法相信梦里的大姐竟会倒在血泊中不省人事，光是回想一次那个画面便心尖揪疼。

"大皇姐……"纪初桃走过去，如儿时撒娇那样轻轻地拥住了纪妧的身子。

纪妧愣住了。她习惯了孤独与冰冷，早已忘了被人拥抱是怎样温暖的滋味。

纪妧面上松缓，僵硬地任妹妹抱着，几番启唇，而后冷冷地道："又有事相求？"

纪初桃摇了摇头，将她抱得更紧些，细声道："皇姐，宫城的守卫至关重要，你要留心。"

纪妧笑了一声："这等事何时轮到你操心了？"察觉到妹妹患得患失，纪妧想起她之前提过的梦境，沉默片刻，方放缓声音道，"你病情未愈，便不必出席宫宴了，回去好生歇着。"

纪初桃鼻尖微红，点了点头。

御宴代表天家的威仪，她这副样子的确不方便赴宴。此番入宫，她只是噩梦醒后惶惶不安，急着来确定纪妧的安危……

纪妧素来不信鬼神和梦境，只信自己。纪初桃不知长信宫里有无细作在窥探，所以慎之又慎，没有像上次那样没头没脑地将梦境和盘托出。

不管怎么说，她梦见未来便占据了先机，只要暗中搜查证据，与大姐里应外合，逆天改命也不无可能。

只是，祁炎……大姐倒下的身体、祁炎带血的剑和梦中最后那个画面到底意味着什么？祁炎没说完的那句话又是什么？

想得头痛，纪初桃扶着宫墙，蹙起了眉头。

"殿下，您怎么了？"拂铃连忙扶住纪初桃。

"三皇姐！"纪昭的声音传来，他见纪初桃脸色不好，连忙上前关切地道，"皇姐生病了吗？"

他转头吩咐随行的内侍："快去宣太医，扶皇姐去永宁宫里歇息！"

纪初桃缓过一阵眩晕，深吸一口气，摆了摆手道："不用，本宫没事。"

纪昭端详着纪初桃的脸色，见她恢复了力气，便稍稍放心了，笑着道："三皇姐也要去紫宸殿赴宴吗？方才朕瞧见祁将军先一步到了呢！"

以前她未发觉，现在才发现纪昭在她的面前提祁炎的次数似乎有点儿多。

"看来关心我和祁将军的人还挺多的。"纪初桃笑了一声，大概因为身体不适，嗓音比平日更为轻柔，软软的，没有什么侵略性，"去年祁炎刚被送去我府中时，也有人不惜用见不得光的手段撮合我与祁炎。"

纪昭笑意一顿，讶然道："竟有这等事？！皇姐，那人是谁？"

"那是个死人了。"纪初桃叹了一声，看着面前成长得飞快、如今比她还高半头的少年天子，"其实本宫一直想不明白，你说他一个文人，费尽心思地撮合我与祁炎，对他而言又有何好处呢？"

纪昭愣愣地抬眼，仔细看时却发现纪初桃依旧眼神干净，仿佛方才的话只是随口感叹。踟蹰半晌，纪昭小心地问道："三皇姐，可是朕说错话，勾起你的伤心事了？"

纪初桃相信纪昭此刻的关心不是作假，可是他若真的有分寸，何至于在掌权后护不住大姐？

纪初桃的心有些乱，她未窥到梦境的全貌，不敢妄下断言，唯恐言多必失。

想到此，纪初桃轻呼一口气："人生病了，难免会胡思乱想。皇上去赴宴吧，大家都等着你呢！"

"三皇姐！"纪昭在她身后握了握拳，低声解释道，"朕……从未想过伤害皇姐。"

纪初桃想：也许吧。只是有的人不明白，并非亲自拿刀捅人才叫伤害，借刀杀人对手足至亲而言何尝不是一种伤害？

回到府中喝了姜汤驱寒，纪初桃总算觉得暖和起来了，只是依旧没什么力气，便倚在书房的软榻上看书。

要不自己试着入睡，看看能否续上昨天未完的梦境？纪初桃觉得这个方法可行，便盖好毯子仰躺着，闭目假寐起来。

可她越着急越睡不着，想着也许是因为书房不舒服，便又挪去卧房里躺着。翻来覆去地折腾许久，她反而越发清醒了。

"都怪挽竹，早不叫醒我，晚不叫醒我，偏生在那个时候叫！"纪初桃瞪着眼睛嘀咕。

就在这时，拂铃来报："殿下，祁将军来了，在门外候着。"

真是怕什么来什么！纪初桃心脏骤然一紧，慌乱地坐起身来，赤脚踩在毯子上来回踱步，最终一咬牙，道："说本宫身子不适，不见客。"

拂铃顿了顿，道："是。"

纪初桃松了一口气，扑回榻上，将脸埋在被褥中，胡乱地蹬了蹬腿。

她有多在乎祁炎，就有多在意昨夜的那个噩梦。可她还未捋清梦中所有的内情，只怕此时见到祁炎会控制不住情绪。

纪初桃正闷闷地想着，忽闻窗扇处传来了熟悉的轻响。她猛然抬头，循着动静望去，果然看见祁炎熟稔地推开窗扇，翻窗进来了。

堂堂长公主府，祁炎来去自如不说，还不会被霍谦发现。

纪初桃与他四目相对，心中懊恼无比：自己就不该说身子不适，以祁炎的性子，他怎么可能不来探病照顾？

果然，祁炎没有丝毫逾墙翻窗的愧疚感，皱着英气的长眉对纪初桃道："宴会上不见殿下，便来瞧瞧。"

说罢，他俯身扣住纪初桃的脑袋，不给她后缩逃跑的机会，垂首与她额头相抵，似乎在用这种方式感受她的体温。他嗓音低沉，呼吸罕见地有些不稳，问："殿下生病了？哪里难受？"

纪初桃能想象他听见自己生病的时候是如何不顾一切地从宴会上奔来，因为担心自己而跑得气喘吁吁的。

他的掌心宽大又炙热，烙在纪初桃的后颈处。

纪初桃的嗓子里像塞着一团棉花，她只好垂下眼躲避他的视线，轻声道："本宫没事了，就是觉得疲乏，想睡一会儿，你……你先回去吧。"

她怕梦里的事应验，怕祁炎成为第二个晏行，更怕祁炎察觉到她的不对劲会刨根问底……

"我想陪你。"祁炎说,语气透露出明显的担忧之意。

纪初桃坚持说道:"若是侍从来了,见到你在这儿,像什么样子呢?"

"殿下便将我藏起来。"祁炎低声笑着逗她,说的是在行宫里泡温泉时,她将他藏在柱子后的那件事。

见纪初桃心神不宁,祁炎稍稍放开她,从怀中摸出一个油纸包:"我给殿下带了好吃的。"

纪初桃打开一看,里面是晶莹透亮、馨香扑鼻的火晶柿子糕——他还记得她喜爱柿子。

纪初桃鼻子一酸,气息已经有些不稳了。她感觉自己站在一根独木上,独木的一头站着大姐,另一头站着祁炎,她稍有不慎,便会让其中一方坠入深渊。

吃着软糯清甜的火晶柿子糕,纪初桃心里一阵阵发苦。直到祁炎皱着眉伸出手轻轻地抚去她眼角处的眼泪,她才恍然发觉,原来苦的不是柿子,而是自己的眼泪。

"难吃?"祁炎摩挲着她的眼角,有些无措和心疼。

他越放下身段温柔地哄她,她便越情难自已。她打着嗝,不住地抬手揉眼睛,可怎么也擦不干净泪水。

"难受?"祁炎又问。

纪初桃抿着唇点头。

"有我在。"祁炎将她乱揉眼睛的手轻轻地按下,顺势将她揽入怀中,紧紧地拥住了,用自己的体温和力度传递安慰之意。

"知道我擅长什么吗?"他问。

话题突变,纪初桃没反应过来。

"打架,未尝败绩。"祁炎自己给出了答案,眼神深沉地道,"谁让殿下难受?臣揍他。"

听到他认真的语气,纪初桃想难过也不成了,"扑哧"一声笑了出来。

她听着祁炎强劲的心跳声,很想不顾一切地将梦里的事情和盘托出,问他最近在消失的这段时间里忙什么、晏行所说的危险的事又是什么,还有他娶自己的筹码是不是真的如梦里那般建立在伤害大姐的基础上……

可她不敢。若此事只涉及她一个人的安危,她愿意相信祁炎,赌上一把。可梦里的赌注太大了,她不能拿姐姐们的性命冒险……

纪初桃从祁炎的怀中抬起湿润的眸子,红着鼻尖认真地问道:"祁炎,除了晏行的过往,你可还有什么事瞒着我?"

祁炎蹙起了眉,心里的怪异感一闪而过,反而问道:"殿下因何这般问?"

纪初桃道:"你就当本宫任性一问,本宫想知道答案。"

想来是欲速则不达,接下来的十来天,纪初桃竟都没有再做那些梦。时值九月,离梦里可能发生宫变的冬日越来越近了。

过几日便是纪初桃十七岁的生辰,纪妱召她入宫商议生辰宴之事。

辇车进入宫门前,羽林军需要查验车上人的身份。今日守城的将领似乎是新来的,不认识纪初桃的辇车,冲她抱拳道:"请出示进宫腰牌,好让卑职核查身份。"

纪初桃觉得这道粗犷的声音有些耳熟,挑开纱帘望去,不由得呼吸一滞,如坠冰窟。那羽林军左郎将生得牛高马大,面瘦而黑,颧骨处有一道浅白色的疤痕,看上去满身煞气,与梦里那狞笑的叛贼如出一辙!

这还真是冤家路窄,纪初桃放出去的暗线还未查到结果,他倒自己送上门来了!纪初桃控制住情绪,待进了宫,低声吩咐拂铃:"去查查方才那个脸上有疤的羽林军将领,本宫要他的全部信息。"

拂铃并未多言,福了一礼,便悄声退下去安排了。拂铃动作很快,不出三日便将那叛贼的过往和人际关系查了个八九不离十。

看到手中的密笺,纪初桃眉头蹙紧,久久没有回神。

叛将叫姚信,是汝阳人,曾任幽州参将,与琅琊王有私交。出乎意料的是,他竟是祁炎举荐的羽林军左郎将,前些日子才被调回宫城值守,难怪之前纪初桃放出去的暗线没有查到消息。

祁炎举荐的⋯⋯琅琊王的人?纪初桃忽然想起前几日问祁炎有无事情瞒着她时,他凝望着她的眼睛,声音低沉地道:"没有。"

他撒谎了吗?莫非他与琅琊王有私交,共同谋议⋯⋯?

"不对!"纪初桃很快否认了自己的这个猜想。

在梦里,姚信被祁炎斩于马下,所有谄宫的叛贼连同长信宫的人皆被肃清,朝中的局势一夜之间发生了翻天覆地的变化。祁炎如果亦有反心,那为何要杀了亲自举荐的叛贼姚信?

夜里,沐浴的汤池边,纪初桃穿着单薄的衣裳赤脚站在冰冷的地砖上,没有去兑好热水的汤池中泡,而是望着面前的一盆冷水。

根据化解北燕行刺危机的那次经验,纪初桃知道梦里的预示可凭借人力改变。她想过了,让大姐处理掉姚信是小事,可大姐若问及理由,追根溯源,必定会牵连到举荐此人的祁炎⋯⋯

"祁炎若不在宫变时杀姚信,则没有机会自证清白。我若放任宫变发生,大姐的处境会变得危险。"纪初桃喃喃自语。

如今，梦里缺失了关键的一环，许多问题成了解不开的死结。

上一次她梦见宫变之事是自己着凉发烧之时，想到此，她深吸一口气，闭上眼睛，端起面前的冷水兜头泼下。

"哗啦"一声，先是一阵刺骨的寒意传来，继而血液瞬间回流，连呼吸都像被冻结了。她打了个寒战，跺着脚抱臂呛咳起来。

听到动静，挽竹和拂铃匆忙地捧着衣物进来，见纪初桃浑身湿透、冒着冷气，都被吓傻了。

"殿下，深秋寒凉，这冷水便是连身强体壮的男人都受不住，更何况您这千金之躯！"拂铃痛心不已，匆忙拿毯子裹住纪初桃，又吩咐外头的小宫婢赶紧去熬姜汤。

纪初桃缓过冰冷的刺痛感，血液便回暖了。她轻柔而坚决地推开拂铃，呼着气道："还不够。"

说完，她又要去提剩下的半桶冷水。

挽竹试图去抢那桶水，眼眶一红，哭着道："殿下莫不是中邪了？自从上次在梦里被魇着，被奴婢叫醒后，殿下就不对劲了！"

纪初桃铁了心要淋完冷水，争抢间，忽见一片阴影笼罩下来，扎着玄色护腕的长臂伸过来，轻而易举地压住了纪初桃提桶的手。

她身后那道熟悉的低沉声音传来："什么梦魇？"

四

就算裹着毯子，纪初桃仍不住地打战。祁炎掌下微微用力，将木桶从纪初桃的手中拿了过来，冷水"哗"一声被倾倒在地上了。

纪初桃已无力再问祁炎为何会深夜出现在公主府的汤池边，反正这种事也不是第一次发生了。若非听到异动，他约莫也不会这般不管不顾地跑进来。

"究竟是什么梦魇值得殿下用这等方式驱邪？"祁炎垂首看着站在自己的阴影中瑟瑟发抖的少女，眉头皱得很紧，嗓音也比平日沉些。他伸手去抚她下颔上冰冷的水珠："殿下究竟有何事瞒着我？"

上等的羊绒地毯湿了，地砖的寒意沁出，纪初桃蜷了蜷微红的脚趾，垂眸轻声道："那你呢？你又瞒了本宫什么？"

"殿下。"祁炎沉声唤她，也不知是否听见了她方才那些反常的话。

意识到自己失言，纪初桃咬住了嘴唇。

祁炎兴许不在乎挡在他面前的阻碍是谁，他的目的只有一个，便是名正言顺地娶她。如果现实真的如她梦中预示的那般，那么祁炎是不可能将计划告诉她的，因为知道她绝不会同意用纪妘的安危做饵。

梦里的他顺遂地娶到了自己，应该没有理由再对失去实权的大姐下手，那么他那把带血的剑与倒在血泊中的大姐究竟是怎么回事？

情感与理智的拉扯令纪初桃惴惴不安，她需要时间来厘清思绪，将梦里缺失的重要一环补上，可好不容易因冷水而冷静下来的心神又因祁炎的突然出现动摇了。

窗外火把明亮，霍谦的声音自门外传来："殿下，方才属下见有人趁夜潜入，故而斗胆打扰殿下斋沐的雅兴，恳请允许属下确认殿下的安危。"

现在显然不是与祁炎互诉衷肠的好时机，纪初桃浑身湿淋淋的，打着寒战，放低声音道："趁事情还未闹大，你赶快离开。"

祁炎对外面的动静置若罔闻，凝望着她道："我担心你。"

"放心，本宫没事。"纪初桃深吸一口气，露出一抹温柔的笑意，脸白得几乎透明。

她满腹心事，还这般强颜欢笑，祁炎如何放心？他站着没动，伸手去握她冰冷的手指，却握了个空。

"不管发生了何事，让我陪着你。"祁炎望着她缩回去的手，皱着眉强势地道。

唉，这人怎么这般固执？纪初桃心中酸酸胀胀的，既怕这桶冷水白浇了，又怕真的梦到什么不利于祁炎的画面。她道："这里有霍谦守着，本宫不用你陪。"

门外，火光靠近，霍谦的声音再一次传来："给我搜，务必确保殿下的安危！"

纪初桃长发湿淋淋的，滴着冰冷的水，脸色冷白，抖着唇吩咐两个不敢作声的宫婢："挽竹、拂铃，让他们都下去吧。该说什么话，不该说什么话，你们心中清楚。"

两个宫婢皆心有余悸，又知祁炎在主子的心中地位不凡，道了一声"是"便提着空桶躬身退下了。谁料拂铃刚开门，就与准备进屋查验主子安危的霍谦等人撞了个正着。

霍谦见到裹着毯子的纪初桃，又看了一眼面色阴沉的祁炎，下意识地反手摸到肩上的箭矢，弯弓搭箭："殿下，这是……？"

纪初桃连忙挡在祁炎身前："本宫有急事唤祁将军，他并非刺客。"说罢，她望着祁炎深沉如墨的眼睛，用眼神示意他不要将动静闹大："现在事情谈完，祁将军可以走了。"

祁炎一动不动，两个人之间的气氛微妙，明眼人都能看出来。

霍谦沉默片刻，用手指绞紧弓弦："祁将军乃殿下的上宾，属下自然信得过，只是外臣不得靠近殿下沐浴之所，以防万一，还请殿下允许属下值守于门外。"

也许是祁炎不说话的样子太过凌厉，霍谦怕纪初桃受制，故而坚持近身保护。纪初桃冻得直哆嗦，只想快些解围，下意识地道："那便有劳霍侍卫……"

"外臣？殿下宁可让一个不知道从哪里冒出的男人陪着也要赶我走？"未等纪初桃回答，祁炎眯了眯隼目，冷冷地道，"我知道了。"

纪初桃还未问祁炎知道什么，便见他负手朝霍谦行去了。接着，众人还未看清祁炎是如何出手的，只听见"嘎巴"一声，霍谦手中的箭矢应声而断，崩裂的弓弦抽打在霍谦端正的脸上，划出了一道血痕。

拳风呼啸，霍谦迅速交叉双臂格挡，众人只听见骨肉相撞的闷响。霍谦被击得连连后退数步方勉强站稳，剧痛之下，手臂犹颤抖不已。

霍谦在京都侍卫中也算是个中翘楚，在久经沙场的少将军面前却成了被完全碾压的存在！他难以想象祁炎方才那一拳直接打在他的脸上会有怎样的后果！

他走神的瞬间，祁炎的第二击又至，依旧快准狠！他颤抖的手臂禁不住祁炎的全力一击，整个人后仰，飞了出去，滚下了殿前的石阶。

霍谦咬着牙站起身，反手摸到箭囊中的羽箭，却听见纪初桃喝道："够了，都住手！"

霍谦不敢违逆，缓缓地松开了握住羽箭的手。

纪初桃没想到祁炎的醋劲大到这个地步！她看向脸上有血的霍谦，皱着眉道："你先退下，这是本宫与祁将军的私事。"

霍谦和侍卫们退下后，祁炎满身凛冽的气势仍未散，散发着深沉的占有欲。他极慢地擦干净方才揍人的那只手，放低声音问纪初桃："碍事的人走了，现在可以轮到臣作陪了吗？"

他真是……真是个笨蛋！

"你随我进来！"纪初桃一把将他拽进殿内，关上了门。

汤池中水汽氤氲，花瓣漂荡在粼粼的水光间。纪初桃哆嗦着，一半是被冷的，另一半是被气的，道："你还嫌别人对你的关注不够吗？"

霍谦是大姐派来的人，祁炎的计划对大姐不利，这种时候祁炎实在不该太过张扬。

祁炎久久不语，光是站在那儿，纪初桃便能察觉到他逼人的气势。

沉思间，纪初桃听见衣物落地的声音。她抬眼，讶然发现祁炎已经利落地解了外袍和护腕，踢掉了靴子，眼眸深沉凌厉，沉得像窗外的夜色。

纪初桃感到身子一轻，祁炎将她连人带毯子打横抱起，走下了浴池的玉阶。他高大的身躯破开氤氲的水雾，往池中央走，纪初桃的身子也跟着一寸一寸地没入水中，被温暖柔和的水波轻轻地包裹起来。

她淋了冷水，皮肤又湿又凉，刚浸入热水中时有一阵不适的刺痛感传来。她没忍住，轻哼一声，然后搂紧了祁炎的脖子。

祁炎将她放在池中，让她站稳。待冷气自肺中逼出，她便感觉凝滞的热血涌向四肢百骸，舒服得似乎要化在这温暖中。

身上裹着的毯子吸足了水分，变得沉甸甸的。纪初桃顿了顿，抬手拿下薄毯，任它在水波中沉浮，漂荡着离去。

纪初桃寻到池中供人歇息的圆石凳子，俯身坐下了，她的亵服和抹胸因浸了水而变得透明，漂满了花瓣的水面没过胸脯，遮住了那片惹人遐思的柔软的起伏。

祁炎一直站在原地，任水没过他强劲的腰肢。水汽朦胧，从纪初桃的视角望去，他长发漆黑，脸色隐忍而凌厉，眸中的情愫几番变化，终于归于平静。

"殿下在生我的气。"祁炎沉声道，像立在水中的一柄剑。

现在怎么看都更像他在生气吧？纪初桃在心里嘀咕，不知该怎么办才好。

她眸中映着盈盈水光，几番启唇，斟酌着轻声道："记得父皇刚驾鹤仙去时，二姐去了北燕和亲，皇弟年幼，大姐因以女子的身份受命辅政而掀起轩然大波。即便再聪慧机敏，大姐也不过是个初掌政权的十八岁少女，偶有失言，便招来一片骂声……她时常被气得浑身发抖，却不敢让眼泪落下，渐渐便不爱笑了。"

纪初桃回忆起那段大姐被口诛笔伐的日子，神色黯然。

朝臣不满，仿佛纪妧连呼吸都是错的。直至陆家一案后，朝中再无人敢轻视她。执政八年多，她一扫朝堂上的涣散之气，内诛异己，外战北燕，将大殷的国土扩了近三成。

这样的女人一旦跌下神坛，必如梦中的预示那般粉身碎骨。

纪初桃闭目，喃喃道："大姐虽为人严苛，却给了本宫十几年风雨无忧的生活，本宫很怕失去她……"

就像她害怕失去祁炎一样。

划动水波的声音响起，祁炎破开雾气朝她走来了。

"殿下的梦魇便是这些？"祁炎问道，眼神神秘莫测。

霎时间，纪初桃有一种灵魂被望穿的感觉，不由得垂下了泛着水光的眼睛。

祁炎吻了她，一开始只是浅尝辄止，而后愈演愈烈，仿佛要用这种欺负她的方式来宣泄心中的不满。很快，纪初桃无力承受，被祁炎"哗啦"一声从水中捞起来，抵在汤池边，被肆意地攫取呼吸。

白玉堆砌成的汤池边缘冰冷，冻得她一哆嗦。她从鼻腔深处挤出细碎的声音，不得不更紧地贴住祁炎，以汲取他过于高的体温。

吻毕，两个人一个笔挺地站在水雾中，另一个瑟瑟发抖着坐在白玉池边，鼻尖抵着鼻尖，都从内到外湿了个透。

祁炎的眼神那么深沉，透出肉眼可见的占有欲。他伸出手轻轻地抹掉她嫣红唇瓣上的水痕，哑声问她："朋友、亲人，甚至是一个什么都不算的晏行……殿下的心里装了那么多人，留给臣的位置有多少？"

纪初桃呼吸紊乱，咬着酥麻微痛的下唇，将额头抵在了祁炎的肩上。直到此刻她还未反应过来，明明自己要赶祁炎走，怎么又稀里糊涂地跟他吻到一块儿去了？

祁炎说得对，她就是个瞻前顾后的胆小鬼，做不到孤注一掷。可她有什么办法呢？宫变牵涉的是她至亲的命，若让现实偏离梦境的轨迹，她便失去了预知的先机，万一事情朝着失控的方向发展，无论对大姐还是对祁炎而言都是灭顶之灾。

"可是那么多人里，只有你让本宫头痛。"纪初桃吸了吸鼻子，认命般叹道，"祁炎，本宫冷，你抱抱本宫。"

两刻钟后，纪初桃不冷了，甚至热到耳根都是红的。她裹着干爽的衣物坐在软榻上，看着祁炎出浴，将散落在池边的衣物一件件地拾起来、披上，遮住了那令人血脉偾张的结实的上身。

虽然两个人没做什么，但刚刚的经历够她脸红半晌了。她暗自唾弃自己意志不坚定，被祁炎一哄，便忘了该做什么。

不知是泡了太长时间还是祁炎的原因，纪初桃那一盆冷水算是白浇了。她一夜无梦，并未续上之前的梦境，醒来后怅惘了许久。

转眼间，纪初桃的十七岁生辰将至。按照旧例，在生辰这日，纪初桃可向纪妧提一个心愿。

听到纪初桃所言，纪妧眸中闪过一丝意外之色，悠然道："你想清楚了？一年就一次生辰，你真要将机会浪费在那些罪臣的家眷身上？"

纪初桃也是想了许久才做决定，坚定地颔首道："那些女眷都是受父亲、丈夫的牵连才被充入军营和教坊司的，并未做过坏事。大皇姐若能恩赦她们，既能为永宁积福，亦能表明泽被众生！"

纪妧尚在考虑，秋女史于殿外进来，朝二人轻轻一福，道："殿下、三公主。"

纪妧问："什么事？"

纪初桃抿了一口茶，从茶盏后抬眼，见秋女史从袖中摸出一封密折，递给了纪妧。纪妧展开密折后扫视一眼，神情变得神秘莫测。

"永宁，本宫再给你一次机会，更改你的生辰愿望。"说着，纪妧将密折递给了纪初桃。

即便早有准备，纪初桃亦紧张不已，双手接过密折，深吸一口气打开了。

果然，密折里的内容是姚信的生平资料，里面牵涉颇多，甚至比纪初桃查到的更为详备。

五

纪妧生性聪慧谨慎，即便不信那些怪力乱神的天机，在纪初桃上次述说宫变的噩梦后，亦会在把控皇城的禁军上留个心眼。

纪初桃查出的东西纪妧自然也能查到，纪初桃庆幸的是，现在一切还未发生，祁炎举荐与琅琊王有私交的姚信并不足以被定罪。大姐足够聪明，断不会贸然行动、打草惊蛇。大姐此番大方地将疑似琅琊王同党的姚信的资料给她看，兴许只是想探一探她的口风，以确定祁炎是否牵涉其中。

纪初桃轻轻地搁下密折，用清澈的眼眸望向纪妧，坦诚地道："这些我已知晓。"

"你知道？"纪妧眯了眯眼，语气低沉了些，"永宁，你可要将生辰愿望改为保祁炎一命？看在你的面子上，本宫可以考虑免他死罪。"

大姐的话里带着圈套呢！她若是着急忙慌地顺着大姐的意思请求将来无论发生什么事都免祁炎死罪，那才是真的坐实了他的罪名。她坐得端正，摇头时发间的珠钗随着微微晃动，柔声道："他眼下并未犯过，何须宽恕？"

小丫头学精了！

纪妧似笑非笑地道："你还是这般护着他？"

纪初桃道："他救过我的命，三次。"

宫门之下，他徒手抓箭；除夕宴上，他为她斩杀北燕刺客；射柔礼她坠崖，他义无反顾地随着跳下，忍着胸骨折断的剧痛也要护她平安……

纪初桃并非木石之心，能感受到祁炎沉甸甸的爱意。纪妧打断她的思绪，道："本宫教过你，凡事不能看得太绝对，你就不怕万一？"

她当然怕呀！纪初桃笑得纯净明媚，仿佛早有了抉择，温声道："大皇姐，我喜欢祁炎！即便他是个恶人，我也控制不住地在乎他。"

就当纪妧以为她被祁炎迷得失去了理智时，又听到她轻柔的声音传来："可大姐是我的血脉至亲，如若真有危机降临，当初我怎样在大姐的手下护住祁炎，将来就怎样在危险之中护住大姐。不论以后祁炎如何，我都愿与他同生共死、赏罚同受。"

人是纪初桃自己选的，她既然享受了与祁炎相爱的所有甜蜜、欢愉，便没理由在危机发生时将他一脚踢开。他若有异心，她便想法子阻止；若犯下过错，她便一起承担。

夜里勾栏瓦肆最为热闹。霓云坊中一片莺歌燕舞，空气中浮动着撩人的脂粉香，恩客往来不绝、鱼龙混杂，富商士子、书生掮客都在其中。

纪初桃在对面的酒肆中寻了个靠窗的位子，端着酒盏小口地抿着，俯瞰霓云坊。

那日她在大姐的密折中看到一条至关重要的线索：叛将姚信常出入一家青楼乐坊，却并不留宿，待上个把时辰便会匆匆地离去。

京都的官府对风月场所管理颇严，众花楼每个月都会接受例行盘查，唯独这家乐坊很少有官府人员涉足，可见其后台颇大。

纪初桃留了个心眼，让下属顺着这条线查下去，果然有所发现：霓云坊最大的东家是琅琊王麾下的家臣。

如此她便可确定，宫变的幕后主使非琅琊王莫属。

她正想着，霓云坊中一前一后地走出两个人。先出来的那人一脸凶相，即便是布衣打扮也掩盖不住满身杀气，正是她此番跟踪的叛将姚信。

纪初桃朝拂铃轻轻地颔首，示意她让暗处的侍卫盯紧姚信。

另一个人的脸隐藏在檐下，纪初桃从高处看不到他的全貌，只看到暗色衣裳下有一双干净笔挺的武靴。

纪初桃皱起眉，总觉得这人笔挺的站姿异常熟悉。

姚信到底是军营出身，非常警觉，朝檐下的那人一拱手，环顾一番方混入人群中离去。而檐下之人负手站了一会儿，朝着纪初桃所在的酒肆微微侧身，似乎在抬头仰望什么。一旁立侍的拂铃暗自一惊，心道：莫不是那人察觉到殿下的存在了？

未等她仔细分辨，一群脂粉姑娘挽着恩客欢笑而过。待薄纱水袖飘去，霓云坊檐下的那人已不见了踪影。

"殿下……"拂铃正要向纪初桃请示是否跟上去，却见纪初桃的面色有些奇怪，不由得轻声问道，"殿下，您怎么了？"

杯盏中的梅子酒洒出，纪初桃眼睫一颤，将视线从霓云坊的檐下收了回来。拂铃赶紧取来绸帕擦拭洒出的酒水，问道："殿下，那人有何不对吗？"

纪初桃愣怔了片刻方道："没什么。"

话虽如此，她的脑海中却不自觉地浮现出方才所见之景。

霓云坊下的灯笼很亮，那男子转身的一瞬，纪初桃瞧见了他腰间佩剑上悬挂的剑穗——玄色穗子，坠着水碧色玉珠。

看到此人的身形时，纪初桃只是怀疑，这剑穗的出现则证实了她的猜测。没人比她更熟悉这条剑穗了，因为一丝一缕、一珠一结皆是她亲手所制，那是她送给祁炎的生辰贺礼。

祁炎在和姚信虚与委蛇些什么？他到底瞒了自己多少事？

梦里带血的剑又浮上脑海，纪初桃皱起眉，下意识地起身穿过回廊，匆匆地朝楼下走去。然而她刚走到楼梯口，一群风雅文人打扮的年轻人便提着下裳上楼了，与她撞了个正着。为首的那人俊秀端正，见到欲下楼的纪初桃，微微一怔，随即恭敬地拱手道："三殿下。"

与此同时，祁炎行至偏僻的巷口，见两名暗卫悄声现身，跪拜在地："将军，属下发现有人在暗中尾随姚信，观其细节，应该是宫中侍卫。可要属下派人将其处理干净？"

"不必。"祁炎想也不想地拒绝了。

暗卫仍有顾虑，低声道："可若放任不管，将军所谋之事恐会泄露。"

"我就是要让他们发现，好回去和她通气。"祁炎扬着嘴角，身形隐藏在黑暗中，唯有一双隼目闪着幽光，"大战在即，必会天翻地覆。吩咐下去，所有人以穷奇墨玉为准，听令行事！"

"是！"暗卫应诺，身形一闪，消失在了夜色中。

夜风猎猎，厚重的乌云低垂，眼看着大雨将至，京都城内却依旧一片纸醉金迷。祁炎回身，把目光投向远处的辉煌灯火处，沉思片刻，最终按捺不住内心的渴望，朝酒肆的方向行去了。

酒肆的楼梯上，纪初桃望着穿着一袭松绿色襕衫的年轻文官，微微讶然："孟状元？"

来人正是和同僚前来夜饮的状元郎孟苏。和纪初桃的婚事告吹后，他便被授了官职，现在算是左相褚珩身边的红人。

和孟苏同行的众人亦是新晋进士，大多在翰林院中任职，都在琼林宴上见过纪初桃的风采和气度，于是纷纷拱手行礼，邀请纪初桃一同夜饮作诗。

这些士子的出现无疑分散了纪初桃的心神，她得以有片刻缓冲的时间。她冷静下来想：祁炎无法预知未来，或许根本没有想过事情会脱离掌控。自己就算方才追上去，找到祁炎质问，又有何用呢？那样只会打乱她原有的部署罢了。

可是，纪初桃依然控制不住地担心，担心大姐，担心祁炎，担心一切会如梦境般脱缰、不可挽回……她知道自己太在乎祁炎了，但凡梦里伤害大姐的人换成别人，她都不会这般束手束脚、左右为难。

与人谈论诗赋能静心，所以，纪初桃应允了这群士子的盛情相邀。孟荪做东，包了酒肆最大的雅间，大家分席而坐。众人一开始都正襟危坐，后来见纪初桃没有摆一点儿长公主的架子，便都放松下来。

酒过三巡，诗论几遭，满室暖香混合着墨香，士子们或立或坐，或倚或笑，风雅至极。纪初桃喝了不少酒，一旁的孟荪劝解她："大饮伤身，殿下不能再喝了。"

纪初桃身量娇小，偏生酒量不错，喝了这么多也只是微醺罢了。她微微一笑，朝孟荪举杯："孟状元不去与同僚论道？"

孟荪没动，好看的眉毛轻皱，声音清亮地问道："殿下求醉，是为何事心忧？"

纪初桃双眸略微涣散，更显几分多情明丽，轻声道："本宫若说，只为做完一场梦呢？"

自上次噩梦之后，纪初桃想了许多种方法想续上梦境，可惜皆未成功，今天碰了酒杯才临时起意，想再试一次。

众人夜饮至亥时方散。除了孟荪，士子们皆喝得面红耳赤，东倒西歪地朝纪初桃拱手拜别。纪初桃还算意识清醒，只是从酒肆出来时脚步有些虚，下台阶时一脚踩空，身子歪向了一边。

拂铃连忙扶住她，一旁的孟荪见了，亦下意识地伸手搀扶。然而他还未触到纪初桃的衣袖，便听见疾风掠过，一柄冰冷的乌鞘长剑横插进来，将他的手挡了回去。纪初桃感觉腰上一紧，有人强势地稳住了她的身形。

祁炎声音很冷，不算愉悦地说："孟大人满腹礼教，还须自重些。"

连客套的寒暄都不屑于做，足以见得他此刻有多生气。

本宫都没置气，他又在气什么呢？纪初桃恍惚地想着。自己好不容易压下去的忧虑因微醺被无限地放大，她闷闷地挣脱了祁炎的怀抱，道："本宫自己可以，拂铃……"

"他们让你喝了多少酒？"祁炎皱眉，拉住了纪初桃的手腕。

"祁将军，殿下似乎并不想让你触碰。"孟荪站在祁炎的面前，竟然不露怯意。

祁炎看着他，只吐出一个字："滚。"

上一次祁炎用这种语气说话，是将霍谦揍出浴殿的时候。

孟荪是手无缚鸡之力的文人，禁不起祁炎的半招！何况自己和祁炎的事没必要让外人掺和，于是纪初桃朝孟荪露出一个礼貌的笑来："本宫无碍，孟状元请回。"说罢，她回首吩咐自己的侍卫："送孟大人回府。"

她饮了酒，雪腮如染了胭脂，眼尾亦是艳丽的桃红色，整个人金枝玉叶、矜贵无双，笑起来格外惊艳。可她微醺醉意的浅笑是对着别的男子的。

"也不劳烦小将军了，"纪初桃将手轻轻地从祁炎的掌心抽离，慢慢地道，"本宫的马车就在路边。"

起风了，空气里带着雨前的潮湿感。祁炎没说话，解下肩头的披风，抖开后披在了纪初桃的身上。

"不必。"纪初桃饮了酒，正热着，便将披风褪下了。

祁炎抓住了披风的一角，重新为她裹上，沉声道："酒后发热，最易受寒。"

纪初桃拗不过他，只好任由带着他体温的披风裹住自己。

他很爱自己，掏心掏肺地爱，纪初桃知道。正是因为知道，所以她没法怨他。

"谢谢。"纪初桃很认真地望着祁炎，轻声道，"那……本宫回去了。"

她的手腕却又被他攥住了，他用了那么大的力气，好像要通过手腕抓住她的心脏一般。

祁炎低声道："臣有话要对殿下说。"

酒肆前行人太多，显然不是个谈话的好地方。纪初桃无奈，只得带着祁炎朝一旁僻静的坊墙边行去。

"殿下最近在躲我。"祁炎道，"为什么？"

纪初桃的生辰宴是在宫里办的，为了破解宫变危机，她便留在永宁宫里住了半个月。前后算起来，她已有近一个月未曾见祁炎了。两个人上一次见时杏叶只是微黄，如今叶子都落光了。

纪初桃张了张嘴，含混地解释："最近有些忙。"

"殿下忙着和旁人饮酒，也不愿分出一时半会儿给臣？"祁炎生硬地道，乌黑的眼中蕴藏着克制的占有欲。

纪初桃瞪着水润的眼睛，难以置信似的，正色道："祁炎，本宫不喜欢你说这种话。"

祁炎抿紧唇，知道自己有些失控了，因为纪初桃明显在回避与他见面。

"殿下……"他声音干涩地开口。

纪初桃以为祁炎要兴师问罪，等了许久，却听见他放缓声音道："玄真观前的柿子熟了。"

他说了一个毫不相关的话题，语气中带着些许不易察觉的讨好意味。忆及往昔两个人在柿树下比肩的场景，纪初桃心中酸涩，道："本宫喝了酒，今日不吃柿子。"

想了想,她又补上一句,"很晚了,小将军回去歇着吧。待第一场雪过后,本宫再与你言欢。"

梦里第一场雪落下时,是宫变发生之日。只要熬过这一关,自己便能放心地与祁炎在一起了,纪初桃如此计划着。

"是因为孟荪还是大公主?"祁炎压抑着太多情绪,嗓音显得格外冷淡,"所以,殿下腻烦臣了。"

纪初桃转身看祁炎,还未开口辩解,便听见他嗤笑一声,看见他的眼眸在夜色中闪着光,桀骜又偏执。

"殿下大概不知,祁家的男儿认定了一个人,便是挫骨扬灰也要将她护在怀里、圈在身边。"他说,"不管阻碍我与殿下在一起的人是孟荪还是谁,我皆会扫除。"

他怎么能说这种话?!他怎么能如此坦荡地说出她最担心的问题?!想起梦里大姐的下场,纪初桃眼眶一红,不可抑制地呼吸不畅了。

察觉到她不对劲,祁炎明显一愣,眸中的偏执之色渐渐散去,露出了心疼的眼神。

"殿下……"

"站住!"祁炎正欲上前,却被少女颤声喝住了。他脚步顿了一下,继续朝她走去。

看见她身上的披风掉了,他想:风这么冷,她会着凉的。

"祁炎,本宫命令你站住!"纪初桃到底是帝姬,平日再温柔,认真起来亦有几分魄力,皱着眉道,"本宫现在有些生气,不想和你说话!"

这么久,她第一次动用长公主的权力来命令祁炎。祁炎仿佛被钉在原地,上身却不自觉地微微前倾,缄默而深沉地凝望着她。

六

纪初桃的头上仿佛悬着一把看不见的刀,不知它何时会落下。

梦里大姐失势,她会努力地想办法阻止;宫门下祁炎拿着带血的剑,她相信那只是误解和巧合。可祁炎站在她的面前,亲口告诉她"不管阻碍我与殿下在一起的人是孟荪还是谁,我皆会扫除"……宫变的血色画面在脑海中闪现,她呼吸一滞,心中泛起尖锐的痛。

无论梦里发生了什么事,都来得及在现实中被扭转,唯独祁炎的嘴不该说出让她最害怕的话!纪初桃心里难受,眼眶也不争气地湿了起来。她不愿展露自己这副糟糕的模样，于是抿紧嘴唇，转身就走。

祁炎没再跟上来。

酒意带来的燥热退下后，纪初桃便感觉寒意侵入了骨髓，冷得人眼睛疼。她埋头走到酒肆前，压下心中的酸涩感后，整理好情绪，朝自己的马车行去。

夜风呼啸，将街市的灯笼吹得摇晃不已，一场凄寒的冬雨"噼里啪啦"地骤然降落了。拂铃并未多问什么，只撑起纸伞遮在纪初桃的头顶，道："殿下，这雨寒气透骨，您快上车避一避吧。"

纪初桃点了点头，踩着脚踏上车时，才发现自己身上还裹着祁炎的披风。她的背后始终有一道炙热深沉的视线，直至她钻入马车，放下了垂帘。

马车内暖香无比，几案上摆放着各色精巧的糕点、果子，纪初桃抱着手炉坐着，耳畔只有大雨的"哗哗"声。

她没忍住，掀开车帘的一角望去，只见一场大雨落下，夜逛的行人狼狈地举袖奔逃，寻找避雨之处。灯火寥落，街道一下子就空荡起来，地上不知是谁遗失的帕子。

祁炎依旧保持着分别时的姿势，几乎与夜色融为一体。纪初桃睁大了眼，心也仿佛一同被浇得湿淋淋的，低声吩咐侍卫："去给祁将军送一把伞。"

侍卫领命，取了伞前去。不一会儿，侍卫回来了，复命道："殿下，祁将军不愿意让属下靠近。"

雨越来越大，越来越冷，纪初桃握着手炉的十指越收越紧。她盼着祁炎快些撑伞去避雨，然而过了片刻，那道黑色的身影依旧站在雨中，像一座孤寒沉默的石雕。

纪初桃忍不住了，急促地道："停车！"

马车停下，一旁的拂铃刚要开口，就见到纪初桃拿起搁在几案上的油纸伞，弯腰钻了出去。马车还未停稳，她下去时跟跄了一下。拂铃连忙道："殿下！"

"你们在此处候着，都别过来！"纪初桃撑伞站在雨中，喝令所有侍从。

雨水很快打湿了藕丝绣鞋和精美的杏红色裙裾，纪初桃跑得气喘吁吁，隔着一丈远的距离与祁炎相望。

他浑身湿透了，发丝滴着水，冒着森森的寒气。坊墙边的灯笼被浇灭了，他的面容隐藏在湿冷的黑夜中，神情莫辨。

这个硬脾气的笨蛋！纪初桃既生气又心疼，蹙着眉头上前，踮起脚将纸伞分给他大半，用袖子给他擦拭脸上的雨水，手有些抖。

祁炎眉毛和睫毛上都挂着冰冷的水珠，眼睛通红，布满了血丝。纪初桃鼻子一酸，也跟着红了眼睛，喘着气愠怒地道："你素来连大姐的命令都敢违抗，怎么现在却傻了？你不知道躲雨吗？"

腕上一紧，她被拽入一个湿冷的怀抱中，如同撞上了一堵墙。祁炎要把她揉碎般紧紧地拥住，近乎禁锢的力度叫人分不清是因为爱还是恨。

纪初桃踮着脚，被迫仰着头，听见祁炎嘶哑的嗓音自耳畔传来："为什么不要我了？"

纪初桃心脏一紧，泪水瞬间蓄满了眼眶，视野变得模糊起来。

纪初桃与祁炎认识一年多，她觉得他永远是强悍桀骜的，行事游刃有余，一副睥睨众生的姿态，仿佛天塌下来也不会皱一下眉头。

她记得中元节的晚上放天灯时，宋元白曾对她说，祁炎又狠又专情，她即便将来后悔也甩不掉他了。那时她以为宋元白在开玩笑，因为祁炎看起来太强大，强大到好像不会为任何一个女人停下脚步。

但他甘愿为她的一句气话而乖乖地站在雨中，没有赌气，没有斥责，只是像害怕失去什么般紧紧地禁锢着她，偏执地问她一句："为什么不要我了？"

"我没有不要你，祁炎。"纪初桃哽咽着。

世上的好男儿那么多，可谁也不是她的祁小将军。

她身子一轻，被抵在坊墙上，手中的伞在磕碰中掉落了，滚到了路边。

坊墙上有一截狭窄的檐，刚巧能护住纪初桃不被淋湿，但祁炎的整个身体暴露在雨水中。他俯身罩住纪初桃，下颔滴着水，微红的眼睛死死地盯着纪初桃，眼神如浸透了雨水般湿润神沉。

"祁炎，别淋雨了！"

纪初桃努力地举起双臂，将手遮在他的头上。他却拉下她的手臂，屈膝抵在她的腿间，狠狠地吻住了她。

他的唇有些冷，纪初桃难以呼吸，被亲到嘴痛，支吾了一声"祁炎"，刚要推开他就被捉住手腕压到了冰冷的墙上。随即她被捏住下颔，退无可退，只能仰着头颤抖着承受这个似乎在确认又似乎在惩罚的深吻。

纪初桃仿若在洪流中沉浮，死过一回般，舌尖痛麻，眼前一阵接着一阵地发黑。等到意识回归，感知复位，她才发现祁炎正低着头摆弄她用来束腰的丝绦。

"哎，等等！"纪初桃眼睛湿润，按住了祁炎骨节分明的手，脸颊上的红晕不知是醉的还是羞的。

虽说下着大雨，夜晚路边无人，但纪初桃自小所受的宫规教导不允许她跟祁炎有更进一步的动作了。祁炎只是抬眸看了她一眼，将一个物件挂在了她的腰间。

纪初桃低头看到了腰间所挂的穷奇墨玉，不由得愣神。犹记躬桑之后，她去探望他时，他笑着对她说："臣若有了心仪的女子，必铺十里红装，备丰厚聘礼，将此玉双手奉上。"

按照梦里的预示，祁炎会在大婚当夜将这玉挂在她的颈上，而非在这样一个凄寒的雨夜里，将这块对他而言极其重要的护身符挂在她的腰间。

事情发生的时间和细节皆变了，这是否意味着梦里的结局亦会跟着改变？

"殿下的颈上已有骨哨，这玉便挂在腰间。"祁炎的手留恋地在她的纤腰上抚过，他垂首时，冰冷的雨水自他的鼻尖滴落，"此物意义非凡，能护殿下平安，请殿下务必随身戴着。"

纪初桃心底涌现无数疑惑，问道："你不是说此物不能轻易示人，会招来灾祸吗？"

祁炎顿了一会儿，似乎在轻笑："臣自然是骗殿下的。一个护身符而已，能招来什么灾祸？"

"祁炎……"

"殿下送臣一块公主令牌，臣还殿下一块墨玉，值了。"祁炎说着，与她额头相碰，"我不问殿下为何避着我，但殿下若是移情别恋……"

他的目光沉了下来，冷极了。

纪初桃知道他未说完的话是什么，但是那样的答案她不想再听第二次。

"本宫要如何说你才肯信？没有谁阻碍你我，也没有谁能取代你，祁炎。"纪初桃低声道。

梦里梦外，她都认定眼前这个孤傲强悍的小将军了。

"殿下何曾信过臣？"祁炎以指腹捻过她艳丽的唇，凝视她许久方闭目深吸一口气，转身离去。

"祁炎！"纪初桃执着雨伞追了出去。

不知为何，她有些心慌，怕祁炎走了便不再回头。

有那么一瞬间，她甚至想将一切和盘托出，不管他在计划什么，不管未来会如何。

祁炎停下脚步，背对着她伫立许久，然后猛地转身将她拥入怀中："臣是反贼之后，本非善类。若不想让臣发疯，殿下便离其他男人远些。"

他折回来，就为了说这么一句话？可听他的语气，他并不像在开玩笑。

纪初桃用头抵着他的肩，吸着气道："就算你疯了，我也要你。"

祁炎走后，纪初桃在坊墙下站了许久，直至雨停。

自这夜过后，祁炎许久未曾出现。

京都越平静，纪初桃的心便越紧绷，偏偏这个时候传来了纪妧病倒的消息。她隐约觉得有些不对劲，按理说在除夕宴上解决了北燕行刺之事，大姐的身体应该不会如梦中那般多病才对，为何每逢春冬之时大姐仍会疲乏、染病？可大姐不似二姐纪姝那般频繁生病，难道这只是巧合？

纪初桃去了长信宫一趟。

"本宫没事，操劳多年，终归不再年少，难免有些小病小灾。"

纪妧已有数日不曾临朝听政了，此刻穿着暗紫色的常服，发髻轻绾，不似平常那般威严，多了几分平易近人的轻松之态。

她将太常寺的折子递给纪初桃，吩咐道："宴饮祭祀方面，你已有经验，今年的冬至祭天大典照旧由你负责。"

祭天大典？纪初桃仔细地看了看折子，谨慎地问道："大皇姐，在这种时候祭天是否不太妥当？"

她是指琅琊王蠢蠢欲动。

祭天大典上，人员又多又杂，宫中难免在管理上有所疏漏，若被居心叵测之人钻了空子，她们恐怕应付不过来。

"永宁，舍不得饵料，大鱼是不会上钩的。做戏就要做全套，我们非但要祭祀，还要按照最大的规格来，越热闹越好！"纪妧视线下移，在纪初桃的腰间停了片刻，忽然道，"你今天的玉佩与你的装扮不搭，是男人的？"

这玉是祁炎让纪初桃随身戴着的。她正思忖该如何回应大姐，便听见门外传来内侍的通传声："陛下驾到——"

纪昭走了进来，问道："长姐的身子可大好了？"

"托皇帝的福，应该快好了。"纪妧不施脂粉，虽憔悴却不颓靡，对纪昭道，"皇帝来得正好，礼部方才呈了折子来，打算开春为陛下选妃纳妾。如今本宫身子不便，操劳不了这些，此事便交给陛下自行裁夺。"

她抬了抬手，秋女史便将一本折子递到纪昭的面前，请他过目。

纪昭有些诧异，接过折子看了一眼，木讷地道："朕……朕年纪还小，选妃之事是否太早了？"

"天子驾驭朝臣讲求恩威并施，娶几个权臣的女儿或胞妹，广施皇恩，亦是稳固江山的方式。"纪妧抬起上挑的凤眼，不轻不重地道，"江山总归是你的，早一日晚一日又有何区别？"

她说的是婚事，又好像另有所指。正在饮茶的纪初桃动作一顿，下意识地抬眼看向纪昭。

出了大殿，纪昭苦着脸絮叨："三皇姐，你说长姐为何突然要给朕选妃？朕……朕根本就没有心仪的女子。"

"阿昭……"纪初桃唤了一声，然而等纪昭扭头望过来时，只轻叹道，"没什么。陛下长大了，多了解世家女子总是好的。"

帝王成长的代价首先便是要将自己的心掰成无数份，撒出去，分给无数个出身显赫的姑娘，以维持朝堂间微妙的平衡。纪昭也不知听懂了没有，愣了愣，轻轻地"嗯"了一声。

回府的路上，纪初桃去了一趟太史局，占问近日天象有无大雪。太史令很快就给出了答案，恭敬地道："据天象所示，老臣推测，近日初雪应在冬至前后。"

纪初桃心中一震，蹙着眉问道："你确定是在冬至前后？"

太史令道："天象之事，瞬息万变，老臣也不敢笃定，有六七成把握。"

纪初桃站在观星台的天机仪下，俯瞰巍峨辉煌的宫城全貌，许久后温声道："本宫知道了，多谢大人。"

"殿下言重了。"太史令拱手，想起什么似的，道，"说起来，去年此时亦有人来找老臣占问雪天。"

"谁？"纪初桃顺口问道。

"是镇国军的祁将军和宋副将。"太史令乐呵呵地道，"听闻是因为某位女子喜爱雪天，祁将军特地为她而来。"

去年此时，雪天……

纪初桃想起了那个初雪之夜、画桥上彻夜不息的璀璨烟火和身披一袭锦衣貂裘站在她身边的祁炎。那时，她与祁炎一个满心算计，另一个不甘示弱、见招拆招，明明给对方设置了陷阱，却齐刷刷地自己掉了进去。

纪初桃嘴角泛起轻柔的笑意，握了握腰间的兽纹墨玉，眼神更坚定了些。

十一月初的冬至，郊祀祭天。除了天子，文武百官和帝姬也要出席，祭祀会持续一天一夜。

天还未亮，府中的侍从已开始准备祭祀所需要的车马和随行之物了。北风紧，纪初桃睡得不甚安稳，似乎听到了窗外传来的落雪声……

下雪了？纪初桃在蒙眬间睁眼，看到榻边似乎站着一个熟悉的身形。

"祁炎……"

纪初桃倏地坐起，喘息着掀开帐帘一看，屏风外空荡荡的，哪里有祁炎的身影？可窗户分明是半开的，檐下的灯光洒进来，照亮了飘飞的雪。

第十四章
梦　醒

一

隆冬黑夜漫长，五更鸡鸣时仍伸手不见五指。

霓云坊内，一名油头粉面的纨绔子弟衣衫不整，一只手提着裤腰带，另一只手扶着墙踉踉跄跄地走着，嘴里含混不清地叫着"云娘，给爷亲一个"。这厮俨然醉得不分东南西北，全然没发现自己已经偏离了恩客留宿的花楼，走进了僻静的后院。

和前院揽客的热闹的花楼不同，后院漆黑死寂，如坟冢般阴森森的，没有一丝人气。

"哟，这是什么鬼地方？连盏灯笼也没有！"醉酒的纨绔子弟打了个冷战，穿过院子，稀里糊涂地推开一扇门，唤道，"云娘！小调皮，过来伺候……"

话还未说完，一抹冷月般的寒光闪过，那醉酒的纨绔子弟发出"嗬"的一声，瞪大双眼，喉咙处现出了一条极细的血线。下一刻，鲜血喷出，他如断线的木偶般倒下了，死得无声无息。

"何人？"厅内传来一道不紧不慢的声音。

"回禀大人，是一只走错了地方的醉猫，属下已处理干净。"说着，杀人者拖着那具刚倒下的尸体离去了，在雪地里留下了一道触目惊心的暗色血痕。

府兵泼了热水洒扫，很快，阶前的血迹没了，干净得好似什么事也没发生过。

厅中，琅琊王纪因屈膝而坐，手不住地盘着两颗麒麟纹核桃。他的左右两侧坐着祁炎与姚信，更有京中巡城御史、府兵统领等八九个人。

"王爷，今夜密谋大事，为何不让前院花楼歇业？"一名下属道，"人员往来，太过危险。"

纪因显出一派从容的气度，徐徐地道："自古富贵险中求，最危险的地方也最安全。若花楼歇业关门，无异于此地无银三百两，反叫人疑心。"说完，纪因盘了盘手中的麒麟纹核桃，引入正题，"在座的诸位皆为大公主纪妘所忌，虽满身功勋、忠心为主，却落了个贬罚不一的下场。当年先帝迫于无奈，命大公主摄政，如今这个妖妇挟天子篡权已有九载，迟迟不肯放权，党同伐异，欲取而代之。先帝每每托梦于本王，未尝不垂泪叹息江山毁于妇人之手……"

大战在即，为首之人总要说一番冠冕堂皇的话来鼓舞士气，或说自己受命于天，或颠倒黑白……祁炎不动声色，纪因的手段都是自己平日玩剩下的。只是，按照纪因这老狐狸的性子，他不会冒险将所有的棋子召来厅中，暗中定然还有什么后手。

祁炎正想着，纪因的声音传来："承天门乃宫城重要的防守之地，所以头阵需要交给战无不胜的祁将军。一来，祁将军声名显赫，能震慑负隅顽抗的大公主麾下；二来，承天门一破，我等才能一鼓作气，围困长信宫，逼大公主纪妘交权！不知将军意下如何？"

祁炎面不改色，抬起锐利的眼，起身道："臣走至今日，已无退路，愿听王爷差遣！"

"好！很好！"纪因抚掌，端起酒盏起身道，"成败在此一举！愿与诸君满饮此杯，顺应天命，誓死清君侧！"

碎雪纷纷，众人纷纷举杯应诺。

两刻钟后，雪停了，隐约有鸡鸣声传来。谋士自屏风后走出，朝手盘核桃的纪因拢袖："王爷，您将攻破承天门这样重要的任务交给祁将军，是否太过草率？属下自恃目光毒辣，却唯独看不懂祁将军心中所想。此人年纪轻轻，绝非好掌控之人，让他举荐姚信已是冒险……"

"你以为你说的这些本王不曾想到？"纪因悠然饮酒，笑道，"危险就对了。他攻破承天门以后就没了最后的利用价值，本王会将谋逆之罪扣在他的头上，来个螳螂捕蝉，黄雀在后，让他替本王死。如此，本王便可顺理成章地夺过他的军权，以救驾的名义逼宫，岂不名利双收？"

谋士恍然大悟："王爷英明。只是祁家在军中颇有声望，若是负隅顽抗，王爷想杀他并非易事。"

"所以，本王还需要一个人质，让他投鼠忌器。"纪因冷冷一笑，两颗核桃在他的掌心中摩擦，发出了刺耳的声音。

天际的一线微光将城门楼阁檐上的积雪映成清冷的蓝白色，城门外无一行人，护送天子和长公主前往郊庙祭祀的镇国军亲卫已整装待发。

宋元白穿着一身戎服，用手勒住缰绳，控制身下的马匹，奇怪地道："琅琊王那个老狐狸打的是什么主意？承天门乃宫城的重要防线，攻破它是首功，纪因怎么舍得将这么重要的任务交给你？"

祁炎的战甲折射出霜雪的冷光，他骑在乌云盖雪的战马上，瞥了一眼宋元白憨憨的脸道："对于逼宫之人来说，最倚仗的是什么？"

宋元白摸着下巴说："当然是军权……难道因为你有军权，他才这般信任你？"

祁炎道："军权只有握在自己的手里才放心。"

这样的道理，纪因不会不明白。宋元白虽然玩世不恭，却并不傻，转念一想便明白了其中的利害。

"所以这是一场局中局，琅琊王那厮想借承天门兵变坐收渔利，趁机夺你的军权？"宋元白大惊，"那你还答应？你趁机杀回去，将琅琊王的老巢端了，岂不痛快？！"

祁炎冷笑一声，扫视整整齐齐地列队的祁家军，沉声道："这个局如此精彩，若是少了看客，何来痛快？我想要的不仅是一场胜利。"

"但你动用了'穷奇'……"宋元白小声说。许久后，他叹了一声，拍了拍祁炎的肩道："罢了罢了，你一向比我老谋深算，其中的利弊你定是早有判断，我便不说什么了。"

祁炎想起方才潜入公主府时，纪初桃果然好好地戴着那块穷奇墨玉，连睡觉都不曾取下，不由得微微舒展了眉头。片刻后，他重新沉下眉眼，一夹马腹："按计划，启程！"

纪初桃在榻上失神许久，隐约看见祁炎站在榻边，听见他说"好好地待在府中，等我归来"。然而她惊醒后一瞧，榻边空荡荡的，仿佛方才朦胧的身影和声音只是梦中的幻觉。

纪初桃缓缓地抱起双膝，蜷缩起来，心想：下雪了，离噩梦中预兆的宫变更近一步了，自己怎么可能安心地在府中坐以待毙呢？

祭天大典于郊庙中举行，一来一回加上祭典分拣，众人需要从清晨忙到下午。入夜戌时，天子和长公主还需要登临含光门城楼大赦天下，接受万民朝拜。

昨夜的积雪覆在屋檐上，形成一片斑驳的白。一日平安无事，紧张了许久的纪初桃长舒了一口气，但知道危险并未因冬祭进行得顺遂而消失。

温了酒暖身，纪初桃正欲小憩一会儿，就听见内侍前来通传："殿下，宫里的秋女史求见。"

秋女史依旧不苟言笑，于殿外行了礼方恭敬地道："奴婢传大殿下的口谕，大殿下因祭祀受寒，需要在长信宫中静养，晚上登楼恩赦之事还请三殿下代劳。"

白天祭祀时大皇姐看上去还好好的，怎么夜里突然染风寒了？纪初桃拿不准大姐是做出重病未愈的假象以麻痹他人还是真的生病了，不过大姐做事的每一步都有其用意，于是她不再多想，颔首道："本宫知晓。"

每三年只有冬至祭天之时，京都百姓才能在含光门下远远地一睹天子和长公主的风华，故而天还未黑，含光门下空阔的广场上已张灯结彩，黑压压的人潮涌动着。

"三皇姐，你瞧，今年的人比往年的还多呢。"含光门的百尺高楼上，纪昭身穿庄重的帝王冕服，俯瞰太平坊广场上攒动欢呼的人群，感慨，"每次站在高楼之上，朕总觉得自己如蜉蝣般渺小。"

纪初桃亦穿着一身宫裳俯瞰，轻声道："陛下是民众的光，若自甘渺小，怎能照亮世间的黑暗呢？"

纪昭有些腼腆，许久后，低声道："可他们应该对朕很失望吧……"

待纪初桃疑惑地望过来时，他很快恢复了平常的神色，兴致勃勃地道："朕去那边看看。"

纪初桃"哎"了一声，嘱咐他："今夜人多，陛下莫要乱走。"

纪昭回首一笑："放心吧，三皇姐！今年宫中加派了不少人手，全皇城的兵力都集聚于此，不会有事的。"

不经意的话语却令纪初桃一愣，陷入了短暂的沉思。

戌时，恩赦大典开始，空中断断续续地下起碎雪来。百姓山呼"陛下万岁""长公主千岁"，将祭典的气氛推向了高潮。

纪初桃望着城楼下守卫的一排排禁军，粗略地估算了一番。二四千人的确占了皇城兵力的十之七八，此次大典应该不会出什么意外

等等！纪初桃咬唇，知道自己从方才起那股隐隐的不安感从何而来了。

按照原计划，加派禁军守卫含光门的确能最大限度地守护天子和长公主的安全，可若是……登楼的长公主并非纪妧呢？

纪初桃回忆起梦境中预示的画面，宫变应该发生在某年冬天凌晨的残雪还未消融之时，故而她先入为主地认定宫变发生在冬祭初雪之后的一两日内，但忽略了现实已经慢慢地偏离了梦境的轨道……

北燕行刺未遂；躬桑春祭上的危机被化解；祁炎提前将墨玉给了她，而非在梦里的新婚之夜……那么宫变发生的时机和细节是否也会随之改变？比如现在，禁军倾巢而出守卫含光门，而承天门所庇护的内宫成了一座空楼。

　　如果自己是叛贼，此时便是出手的绝佳时机！难怪大姐要托病……

　　心脏仿佛被提了起来，纪初桃低声吩咐拂铃："将密函即刻送去左相府，召集所有人……"

　　一旁，纪昭朝纪初桃离去的方向看了一眼，目光中闪过几分迟疑之色。

　　承天门下，守城的禁军应声而倒，穿着一袭战甲黑袍的年轻将军手持兵符，领着一队亲卫策马而入。几乎同时，承天门上灯火通明，早已守株待兔多时的琅琊王拢袖而立，高声道："镇国侯世子祁炎深夜带兵入宫，意图弑君，乃死罪！给本王即刻射杀，就地正法！"

　　城门下的黑袍武将慌乱地抬起头，来不及反应，箭雨就密密麻麻地射下了。战马发出痛苦的嘶鸣，承天门下霎时间血光四溅！

　　在纪初桃前往长信宫的路上，姚信拖着染血的长戟走来，戟尖在地上"刺啦"地划出一路火花。他对着辇车中纪初桃柔弱的身影阴鸷地道："我说殿下怎么不在永宁宫里，原来是跑这儿来了。"

　　他狞笑着说出了与纪初桃的梦中一般无二的话："宫中清君侧，有些乱。卑职奉命前来保护三殿下……"

　　姚信的话还未说完，只见一箭飞来，直奔他的面门！

　　姚信匆忙地抬戟格挡，箭尖擦过戟身，于夜色中迸发出一串刺眼的火星。未等他喘息，又是三箭齐发，他侥幸地避过，可他身边的几名叛军就没有那么好运了，被飞箭射了个对穿，当即倒地不起。

　　姚信未料到纪初桃早有防备，被杀了个措手不及，勃然色变，怒吼道："何处小人暗算？出来！"

　　霍谦手挽长弓从宫墙上跃下，抬手示意："拿下叛将！"

　　几十名侍卫拥出，将姚信等人团团围住。姚信虽然非等闲之辈，凶悍无比，但此番轻敌，只带了十余人前来掳纪初桃，渐渐地落了下风。

　　辇车中，纪初桃望着如困兽般犹在战斗的姚信，按捺住心底的厌恶感，严肃地道："姚统领束手就擒，本宫兴许还能留你一命。"

　　"呸！我大好男儿岂能对一介女流折腰？！"姚信喘息着，抹了一把嘴角上的血，"只是属下好奇，主上的计谋滴水不漏，究竟是谁向殿下走漏了风声？是殿下的姘夫吗？只可惜，殿下再也见不到你的姘夫了！"

姚信"哈哈"大笑起来。

"殿下勿要中了他的奸计。"霍谦拉弓如满月,低声提醒。

纪初桃抬手示意霍谦噤声,皱着眉问道:"你什么意思?"

姚信阴狠地道:"那等天生反骨的毛头小子,主上怎么可能信得过?主上不过利用他做挡箭牌,他此时怕是已经被射杀在承天门下了!"

姚信说的话,纪初桃一个字也不会信。祁炎何等聪明、强大,怎么可能被琅琊王利用,成为箭下冤魂?

"霍谦,要活口。"纪初桃低声吩咐。

就在此时,一名满身是血的侍卫跌跌撞撞地奔来,喘着气道:"殿下,祁将军于承天门遇伏,全军……覆没!"

纪初桃的脑袋"嗡"的一声。

姚信满身是血,倚着滴血的长戟,笑得如鬼魅般扭曲可怖:"殿下此时去,应该还能赶上为他收尸……不,是为他和大公主收尸!"

纪初桃明知祁炎不可能如此轻敌,仍不可抑制地悬起了心。如果祁炎未能如梦境预示那般及时赶到,截杀姚信及叛党,那么琅琊王很有可能集中兵力长驱直入,攻入长信宫。大姐手下的项宽只有禁军八百个人,褚珩的人还未到,项宽恐怕难以对抗……

她正想着,姚信突然发难,以极快的速度提戟朝纪初桃刺过来。

霍谦迅速掉转弓矢的方向,还未将手中的羽箭射出,便见寒光闪现,一截剑尖自姚信的后背刺入,又从他的前胸贯出,将他钉在原地。

姚信瞪大了眼,喉中发出濒死的"嗬嗬"声,而后手上无力,长戟脱手,身体如熊般轰然倒下,趴在地上没了动静。继而,数道禁军的身影自宫道后出现,抱拳朝纪初桃道:"属下救驾来迟,殿下恕罪!"

纪初桃心有余悸,仔细地打量从半路杀出来的这几名高手。他们做禁军打扮,只是颈上多了一块三角巾,身手也比普通的禁军强许多。

她疑惑万分,问道:"你们是谁?"

众人道:"'穷奇'。"

"穷奇"?纪初桃从未听过这等奇怪的名号……

等等,"穷奇"?纪初桃视线下移,落在腰间的那块墨玉上。她先前觉得祁炎的这块玉上的兽纹奇特,一查方知是凶兽穷奇。那时她还奇怪为何祁炎独独选凶兽穷奇作为护身符,而今想来,这墨玉为护身符是假,为兵符才是真。

为了印证自己的猜测,纪初桃低声屏退了霍谦等人。待无外人在场,她便下车行至救驾者的面前，解下了腰间的穷奇墨玉。那些禁军打扮的暗卫一见她手中的墨玉便如见神祇般，肃然垂首跪拜："将军有令，持此玉者可随意调动穷奇暗卫！殿下请吩咐，属下万死不辞！"

纪初桃呼吸一滞：他们还真是祁炎安插进来的暗卫！难怪他说此物可以护她平安，原来如此……

"你们的将军没事吧？"纪初桃迫不及待地向他们确认祁炎的安危，"本宫听闻承天门兵变，他被……被……"

暗卫们明白了她的意思，恭敬地道："殿下放心，遇害的只是死囚替身，将军本人尚在暗处部署。"

"太好了……"纪初桃如同卸下一块重石，想笑，眼泪却先一步流下来了。

她还未轻松片刻，忽闻远处传来一阵轰鸣声。她抬首，看到西边的天空隐隐地被火光映得通红，如梦中一般。

那是长信宫的方向。

琅琊王的动作比她想象中的要快。即便早有准备，项宽的八百名禁军也难以抵抗琅琊王的殊死一搏。

如今左相褚珩调动的人还未到，纪初桃需要想办法拖延时间。琅琊王失去了她这个人质，必定会寻找另一个更有分量的把柄去牵制大姐……

只是，还有什么能够让大姐忌惮呢？突然想到什么，纪初桃问穷奇暗卫："能送本宫去长信宫吗？"

"能。"暗卫只回了一个字，随即起身掏出怀中的烟火，点燃了，血红色的光直冲天际。

"砰——"

"砰砰——"

不多时，远处接二连三地燃起一支支刺目的烟火，烟火如同一个个脚印般向长信宫的方向延伸。

"烟火升空之处，潜伏在暗处的'穷奇'为殿下扫清了叛党，殿下可放心行走。"那名为首的穷奇暗卫躬身解释，"殿下请随属下来！"

几名穷奇暗卫顺着烟火燃放的地方护送纪初桃，一路经过宫殿楼阁、道路拐角。除了偶尔会看到一两具叛党尸首，纪初桃果真没有遇见一个敌人！

"穷奇"无处能见，却无处不在，仿佛蛰伏在黑暗中的守护神，短短两刻钟就于叛军中杀出了一条血路。祁炎训练的这帮人到底有多强？！难怪初见时她询问他是否有穷奇墨玉，他会那般警惕、抵触……这样的本事和力量，哪个帝王不会忌惮？

祁炎为了她真的是连命都不要了，而她前些日子还在雨中同他置气！想到此，纪初桃眼眶一热，解下腰间的墨玉藏进衣袖中，死死地护住，不想再让任何人瞧见。

长信宫中，纪妧手下的项宽率八百名禁军，与琅琊王带来的三千名叛党对峙。

琅琊王望着埋伏在屋脊后的纪妧的亲信，一点儿紧张也没有，反而做出慈祥的长辈之态，把玩着手里的麒麟纹核桃，道："皇侄女这招以身为饵、请君入瓮用得不错，一介女流能有这般调兵自保的速度，本王着实佩服！"而后他话锋一转，"只是皇侄女不会异想天开地认为这八百名残兵能挡住本王的三千名精兵吧？"

纪妧身着一袭垂地的黑金宫裳立于殿中，望着阶下黑压压的叛党笑道："本宫的八百名亲信杀三千人的确有些困难，但杀皇叔一个人绰绰有余。"

纪因脸色微变，随即哼笑一声："皇侄女想拖延时间等援兵？你我还是别费口舌了，话太多容易错失良机，这个道理本王还是懂的。"说罢，纪因竟直接拒绝沟通，抬手示意身后的叛军："动手。"

"慢着！"纪妧冷喝，上挑的凤眸中浮现出一抹神秘莫测的笑意，"可惜皇叔明白得晚了点儿。皇叔何不看看身后？"

纪因一开始怀疑有诈，并不转身，直到身后传来一道声音："臣褚珩，领兵部侍郎宋将军前来救驾！"

纪因转过身，只见褚珩穿着一袭儒雅的紫袍，领宋侍郎的千人巡城兵马来了。叛党不得不分出一半兵力，拔刀与褚珩的人对抗。

腹背受敌，形势反转，纪因脸上依旧是不慌不忙的神情，转着核桃道："皇侄女差点儿就要用这兵力和本王平分天下了，可惜，终究是差一点儿……"

见他实在胜券在握，纪妧皱起眉，心想：这老家伙莫非还有后招？

她思索间，纪因哼笑一声，挥手道："带上来！"

"放开朕！长姐……"纪昭带着哭腔的声音传来——他竟然不知何时落在了纪因的手中，被叛将挟持而来。

原来这才是纪因的底牌。

纪妧的声音冷了下来："你竟敢挟持天子？"

"挟持天子的人是皇侄女才对！本王只是奉命保护陛下的安危，若不出此下策，我大殷的天子岂非仍旧落于妇人的掌控之中？"纪因道，"若你肯交还政权，与天子写下'罪己诏'，本王可看在叔侄一场的分上，饶你们姐妹的性命……你那个好妹妹此时应该落在姚信的手里了吧？"

听到这话，纪妧神色微变。她和纪初桃的部署配合得恰到好处，唯独漏算纪昭会落在敌人的手中……如今面临投鼠忌器的局面，她若不顾纪昭那小子的安危，直接动手，无疑坐实了"取天子而代之"的罪名。何况，纪初桃还在他们的手中……

此时，最后一个烟火炸响，纪初桃领着几十名侍卫和暗卫赶来了，护在纪妧的身前道："皇姐，你没事吧？"

"初桃……"纪妧第一次没有叫她永宁，而是唤了她的名字。

察觉到纪妧深藏在冷漠的皮囊下的担忧，纪初桃眼睛一红："叛将姚信已经伏诛，我没事的，皇姐。"

"姚信……不，怎么可能？"纪因攥紧了核桃，沉声道，"永宁长公主一无兵，二无权，如何诛杀得了姚信？"

纪妧却笑了起来，笑得好不畅快："本宫明白了。螳螂捕蝉，黄雀在后……焉知黄雀之后，还有打鸟的猎人哪！"

仿佛印证她这句话似的，城门大开，无数援兵拥了进来，以绝对的优势像包饺子似的将叛党团团围住了。叛党哀号、骚乱起来，援军中为首的武将着一身玄甲黑袍，策马冲锋在前，杀出了一条血路，一时间竟无人敢上前！项宽等人亦闻声而动。

受到两面夹击，琅琊王的亲信不得不护住纪因，且战且退。

见大势已去，挟持皇帝纪昭的叛党已有了怯意，刀都拿不稳了。就在此时，一名系着黑色三角巾的"叛党"瞅准时机，一刀解决了挟持天子的真叛贼，将纪昭安然无恙地送到了纪初桃的身边。

"阿昭！"

"三皇姐！"

纪昭吓坏了，紧紧地攥住了纪初桃的手，指着那名起内讧的"叛党"道："他……他刚刚……"

纪初桃的视线扫过这群无处不在的护着她的祁炎的亲信，湿着眼睛笑道："别怕，他们都是自己人。"

"咔嚓"一声，纪因掌心的核桃应声碎裂，他方才运筹帷幄、气定神闲的样子全没了，镏金冠亦在碰撞中散落了。他披着头发死死地盯着杀上阶来的黑袍武将，见鬼般红着眼道："不可能，怎么可能？他不是……？"

他不是已经死在承天门下了吗？

二

祁炎率援军血洗阶前，将琅琊王麾下的巡城御史一刀斩于马下，空气中弥漫着浓烈的血腥味。这群叛军是被纪因煽动临时策反的，本就没有什么忠诚度可言，此时没了主将，便跟一盘散沙般缴械投诚了。唯有几十名琅琊王的亲信还在做困兽之斗，护着纪因往玄德门的方向撤逃。

纪妧低喝："别让他逃了！"

项宽立即领命去追，可护在纪因身边的人都是豢养的死士，以命相搏，竟拖住了项宽的兵马，使纪因得以有脱困的时机。

纪因翻身跃上早就备好的战马，朝玄德门不要命地狂奔而去。

若放任他离去，无异于功败垂成，放虎归山！纪初桃看得心惊肉跳，朝霍谦道："霍侍卫！"

霍谦领首领命，站上高处时已利落地弯弓搭箭，箭指策马奔逃的纪因。可雪夜风大，且宫中殿宇、楼阁密集，纪因逃跑时又刻意选了能遮蔽之处，霍谦皱眉许久，将弓弦拉到极致也没寻到合适的放箭时机。

就在此时，一道矫健的身影翻身跃上宫墙，踩着瓦片朝马匹奔逃的方向追去了。

"是祁将军！"人群中有人喊道，"祁将军追上去了！"

纪初桃不禁攥紧了手指，心脏都快跳出嗓子眼了。

宫墙上能立足的地方十分狭窄，祁炎却跑得极稳、极快，与琅琊王的距离竟然以肉眼可见的速度缩小了。

纪因攥紧缰绳，侧首间看到了宫墙上与自己并肩的武将，眼眸中闪过一丝惊慌之色。一柄染血的长剑飞来，战马发出了痛苦的嘶鸣，跪摔在地上，纪因亦从马背上掉落，摔到宫道上滚了几圈。

众人忍不住大声叫好。

琅琊王满头是血地被抓了回来，而那些死士亦被清理得差不多了。项宽的禁军忙着押送羽林军叛党，清理现场，大家沉浸在胜利的喜悦中，全然没留意十来名脸生的侍卫悄无声息地混到了纪妧的身边。

纪初桃始终记得梦里的悲剧，担心有人会借这场宫变诛杀大姐的亲信，逼大姐让权，故而一直留意纪妧身边的动静。很快，她发现了纪妧身边的侍卫形迹可疑，心急之下喝道："大皇姐小心！"

被纪初桃看穿了，那几名居心叵测的侍卫索性不再掩饰，拔剑朝纪妧刺去！秋女史替纪妧挡了一剑，纪妧面不改色地摸出袖中防身的匕首，将扑上来的刺客钉在地上，冷静狠辣得不像平日那个高贵端庄的帝姬。

纪初桃知道，大姐的骑射之术是姐妹中最好的，若非要辅政监国，她本该是天下最灿烂、自由的女子……

随即，其他禁军反应过来了，围拢上来："保护大殿下！"

无人的角落中，一名披着黑色斗篷的宫女在暗中窥探着这一切。见派出去的侍卫失手，她紧紧地皱起眉头，将斗篷的帽檐往下拉了拉，遮住大半张脸，转身悄然离去了。

侍卫打扮的刺客们见一击不中，互相使了个眼色，撤退后朝长信殿后面逃去。他们并未跑出多远，随即像见到什么可怕的东西般猛然停下了，然后一步一步地从墙角处退了回来。

寒光闪现，刺客们应声而倒，黑袍武将执着带血的剑从阴影中走出来，露出了英俊的脸庞。

纪初桃心中一喜，大喊："祁炎！"

祁炎脚下横躺着行刺侍卫们的尸首，剑刃滴血，他闻声转过头来，望向纪初桃的方向，见她平安无恙，满是寒意的双眸才稍稍缓和。

纪初桃望着眼前这一幕，只觉得无比熟悉。脑中"嗡"的一声，她想起来，梦里最后那个缺失关键信息的画面中，死在祁炎剑下的那几个侍卫似乎和今夜刺杀大姐的这些人一般无二……有没有可能，倒在血泊中的大姐根本不是被祁炎伤的，他是赶去救她的？

"呵！哈哈哈！"一旁摔得头破血流的纪因大笑起来，疯癫地道，"祁将军辗转三方而不露破绽，将三股暗流交织于今夜，再一网打尽，真是下得一手好棋啊！可惜我们纪家人算计来算计去，一个个自诩布局人，实则都沦为别人的棋子，被一介小子耍得团团转。可悲！可笑！"

纪因死到临头了也要拉个垫背的，可是琅琊王已然失败，再刺杀大姐对他而言没有任何好处。这群侍卫并非琅琊王的人，那还有谁想置大姐于死地？

纪初桃蹙起眉，对纪妧低声道："皇姐勿要中了他的挑唆之计。"

"放心，本宫心中有数。"纪妧哼了一声，让项宽将琅琊王押入天牢。

纪初桃掉转视线，看着祁炎如梦中那般身披滴血的战袍，踏过堆叠的尸首走来。项宽仍对他有所防备，悄悄地握紧了手中的画戟，虎目紧紧地观察着他的一举一动，唯恐他反扑纪妧。

祁炎对项宽的戒备视而不见，只是在路过纪初桃的面前时，脚步稍稍一顿，随即更坚定地上前朝殿中年少的天子单膝跪下，沉声道："臣救驾来迟，已肃清全部乱党！"

纪昭的声音不似梦中那般意气风发，他小心翼翼地看了一眼旁观的纪妧方清了清嗓子，道："祁爱卿，你此番平乱有功，理应大赏！你想要什么尽管说，朕定当满足。"

纪初桃攥紧了衣袖。她知道祁炎做这一切是为了什么，不禁心跳急促，悄悄地咽了咽口水。

祁炎眼睫半垂，侧颜冷峻，虽半跪着，却比站着的纪昭更有气势。他道："为主分忧乃臣之本分，"他将目光掠过纪初桃，沉声继续道，"臣不敢有所求。"

纪初桃愕然，心想：现实怎么和梦里不太一样？

夜尽天明，风雪停了，宫中勉强恢复了秩序。经历一夜厮杀，纪妧非但没有露出病容疲态，反而越发精神。她取了宫婢递来的热毛巾拭手，试探着问纪初桃："你竟能斩杀姚信，你身边何时有这般高手了？"

纪初桃心不在焉，还在想祁炎方才说的那句"臣不敢有所求"。

"永宁？"纪妧又唤了一声。

纪初桃这才回神，迷茫地问道："大皇姐，你说什么？"

纪妧看了她一会儿，方勾唇淡然地道："没什么。今夜你也累了，就留在永宁宫中歇息吧。"

纪初桃摇了摇头，思忖片刻后，忽然抬起清澈的眼，问道："大皇姐，我有一事相求。就当我挟恩图报，你应承我可好？"

纪初桃活了十七年，只有这么一个喜欢的人。她想：祁炎未曾说出口的话，便由她来说。总要有那么一次，是她奔向祁炎的。

宫里的血腥味未散，纪初桃并未留宿永宁宫中，而是乘辇车回了自己的公主府。

宫门下，禁军的人正在清理鏖战留下的狼藉场面。纪初桃倚在车厢内壁上，仍想着最后关头冲出来刺杀大姐的那些侍卫。就在此时，她听见车外有人唤了一声"祁将军"。

纪初桃忽然坐直身子，撩开垂纱车帘一看，果然看见祁炎领着一队人马过去。想来是勤王已毕，他要重新将人马迁出城外屯守。

纪初桃有好多话想对祁炎说，便命霍谦停车，自己下车追了上去。

"祁炎！祁炎，你等等！"

听见她连唤两声，步履匆忙的祁炎才停住脚步，转头吩咐宋元白几句，让他领着人马先走。

黎明前，雪停了，风却很冷，祁炎的战甲和武袍上浸透了鲜血，暗沉一片，透出肃杀之感，衬着宫墙上的皑皑残雪，仿若一笔浓烈的枯墨。辇车停在远处的道边，所有的侍卫和宫人皆垂首敛神，目不斜视。

纪初桃忽然很想抱一抱祁炎。她走了过去，去碰祁炎染着血迹的手腕，问道："你受伤了吗？我看看。"

祁炎轻轻地躲开了，就那么一瞬，纪初桃看到他的佩剑上空荡荡的，那条她亲手做的玄色剑穗不见了。她正愣神间，祁炎将血腥味十足的佩剑往身后藏了藏，嗓音低沉地道："没受伤，脏。"

"那本宫给你擦擦。"

纪初桃想：他战了一夜，定然很累。她想带他回府沐浴、更衣，好生歇息一番。

"不必。"祁炎执意拒绝了。

纪初桃仰首望着他，后知后觉地问道："祁炎，你生气了吗？"

祁炎顿了顿，惜字如金："没有。"

纪初桃一点儿脾气也没有，温声道："那……你和阿昭说的那句'臣不敢有所求'是何意思？"

祁炎望着她，眸色明显黯了黯，眼睛里闪过一些她看不透的情绪。

"臣不是让殿下待在公主府中吗？殿下为什么不听话？"他忽然问。

纪初桃还未反应过来，又听见他加重了语气，声音低沉地道："殿下为何要冒险跑来宫里？若是任何一环出了纰漏，殿下可想过后果？"

他还说没有生气呢，关心人也是这副凶巴巴的神情！纪初桃自知理亏，可是没有办法。这是她命中的劫，不亲眼所见、亲手解决，她如何能心安？

"本宫只是不放心……"

"不放心臣吗？"祁炎打断了她，眼里蕴藏着一片隐忍的墨色。

这种隐忍从纪初桃淋冷水的那晚开始便存于祁炎的眼中，横亘在二人之间，终于在尘埃落定的大战后被推向了决堤的危险边缘。

祁炎筹划了许久，本是想借此机会将藏在暗中的附骨之疽一网打尽，削弱各方势力，使得朝中上下无人能阻止他娶纪初桃为妻……

他不在乎纪妧的生死，但纪初桃在乎，所以他冒险调整了细节。连宋元白都说他疯了，周旋于三股势力之间，稍有不慎便粉身碎骨，而他只为求娶一个女人。

"殿下早就瞒着臣和大公主部署防备了吧？"祁炎嘴角勾起笑，靠着宫墙道，"我以为，殿下是天下唯一相信我的人。"

纪初桃听得心尖一颤，抬首道："不是的，祁炎！本宫从未想过放弃你，只是那时心很乱，关于你的那些计划，你也什么都没和我说……"

祁炎沉默半晌后道："我若真心想瞒着殿下，怎会放任殿下的人去查姚信？"

纪初桃缓缓地睁大了眼："你知道本宫在查姚信？"

"臣做事还算谨慎，不想让别人知道的消息，绝不会留下任何蛛丝马迹。能让殿下查到的，自然都是臣主动放出的消息。"祁炎垂首，问道，"现在，殿下可还觉得臣什么都不对殿下说？"

难怪当初她让拂铃查姚信的消息，不到三日便有了结果，她当时还想着太顺遂了些，原来是祁炎在暗中放水。

"可是，为什么？"纪初桃轻声问道。

祁炎为何不亲自与她说这些事呢？可转念一想，她似乎有些明白祁炎的良苦用心了：他所做之事不是过家家，他若是什么都往外说，岂能活到今日？

"大公主多疑，只有亲自查出来的东西，她才会相信。她若够聪明，自会在这场混战中保全性命。"祁炎提到纪妧，语气明显淡漠了不少。

他还是不喜欢纪妧，但为了纪初桃，甘愿用这种冒险的方式留她一线生机。

纪初桃心中又酸又涩，明明两个人都拼了命地向对方靠近，却总因为这种细枝末节渐行渐远。

"抱歉，祁炎。"纪初桃垂下头，抿了抿唇道，"本宫没能及时明白。"

天色晦暗，祁炎眼眸深沉，下意识地想伸手摸摸纪初桃的脸颊，然而看到自己手上残留的斑驳血痕，手一顿，最后还是放了下来。随即他觉得掌心一暖，温暖柔软的手包裹住了自己肮脏的手指——她轻而坚定地握住了他收回的手，不在乎他满手血腥。

呼啸的风在此刻变得沉寂，不平的是二人的心事。

"臣不知道殿下究竟背负着什么前行，宁可自己一个人扛着，也不愿靠近臣。"祁炎似乎将刀子一寸一寸地从喉咙咽下，压抑着内心深处最疯狂的偏执，沉着地道，"只此一次，殿下不愿做的事，我不强求。"

"所以，这就是你说的'臣不敢有所求'？"纪初桃捏紧了他的手指，瞪着湿润的杏眼道。

三

长信宫中，纪妧执一枚黑子与纪昭对弈。

"承天门宫变，混在禁军中刺杀本宫的那些侍卫，皇帝如何看？"纪妧优雅端庄，似拉家常般随口问道。

纪昭摩挲着手中的棋子，迟疑地道："想来，那些应该是琅琊王埋伏的暗子。"

纪妧"哦"了一声，徐徐地道："可纪因想要的是本宫手中的权力，而非本宫的性命。"

纪昭试探地道："琅琊王当时已然疯了，兴许是孤注一掷，意图挟持长姐以逼迫朕让位。"

"本宫倒是觉得,自己在皇帝的心中没有这般重要的分量。"

"长姐,朕……"

"皇帝可还记得,琅琊王见到祁炎出现时说了一句话。"纪妧打断纪昭的话,悠然复述,"他说,'祁将军辗转三方而不露破绽,将三股暗流交织于今夜,再一网打尽',本宫听后,思来想去许久,逼宫那日的势力一为本宫,二为琅琊王,那让祁炎斡旋的第三方究竟是何人?"

纪昭清了清嗓子,轻声道:"长姐觉得刺杀你的人便是第三股势力?那长姐为何不直接召见祁将军审问?"

纪妧抬眸看了他一眼:"你让本宫去审一个力挽狂澜的功臣?"

纪昭双肩一颤,登时无言了。纪妧轻哼一声,转移了话题:"这些年来,父皇与本宫为你扫清障碍,却唯独留琅琊王的性命,皇帝可知为何?"

纪昭道:"是因为皇叔……琅琊王有成武帝所赐诏书,可免死罪?"

"诏书这种东西,即便是真的也可以被当成假的,父皇与本宫怎会因为一张纸而言听计从?"纪妧笑了一声,"当年父皇曾教导本宫,若想打磨一个人,就该在他的身边放一块危险的磨刀石,虎视在侧,方能予人警醒。纪因就是这样一块磨刀石,只可惜,太让本宫失望了。"

纪妧的这句话别有深意,纪昭举棋的手一颤,不小心下错了棋。纪妧将这步错棋看在眼里,眸中闪过一抹冷意,慢条斯理地道:"一步错,步步错。棋子失去了用处,便只能被杀了!"

说罢,纪妧拈着黑棋落下,一步定乾坤。这是纪妧第一次不下指导棋,而是以对手的身份将天子的棋杀了个片甲不留。

满盘杀棋亦是纪妧最后的警告。纪昭鼻尖渗出了冷汗,失魂落魄地走出了长信宫。

阶前,大宫女迎了上来,低调地福礼道:"陛下。"

纪昭脚步一顿,看着面容冷静的大宫女,目光复杂。

辰时,永宁长公主府。

拂铃伺候纪初桃下榻梳洗,忽然皱了皱鼻子,问道:"殿下昨夜饮酒了吗?"

纪初桃睁开眼睛,道:"不曾。怎么了?"

"殿下的枕头上似乎有酒味。"拂铃提醒。

纪初桃抱起枕头嗅了嗅,发现还真有酒味。她清楚地记得自己昨晚并未饮酒,但是半夜睡得迷迷糊糊之际,似乎有什么人来过,此人坐在她的榻边注视着她,用极其喑哑低沉的嗓音道:"我后悔了,真想把你圈禁起来……"

纪初桃一天一夜未合眼,那会儿实在太累了,只当是做梦,便翻个身继续睡去了。她现在想来觉得不太对劲,难道昨夜真的有人来过?那个人是……祁炎吗?

可是明明清晨时,他们还在宫道上起争执,纪初桃满腹话语还未来得及说,祁炎便像害怕听到什么似的,松开她的手大步离去了。她还以为他不会再理会自己了。

她不知道祁炎为何那么生气,连听她解释都不愿意。她也是在宫乱当晚才彻底确定伤害大姐的人另有其人,其中挣扎的心情和苦楚并不比旁人少。

纪初桃抱着那只留有酒味的枕头,失神许久。祁炎若昨晚真的来过,那么喝了多少酒才会逾墙进来,说出那般疯狂的话语?

想到什么似的,纪初桃拉开榻边矮柜的抽屉,取出那块穷奇墨玉,攥在手心里,贴在了心口的位置。她定了定神,穿鞋下榻,吩咐在外头候着的宫婢:"备马车,本宫要出去一趟。"

京城像个留不住雪的地方,明明前几日还是一派银装素裹、天寒地冻的景象,今日再看,却一点儿雪的痕迹也没了。

冬日阳光慵懒,南郊山野苍茫,校场上黄沙弥漫。在校场守门的士卒仍是纪初桃上次来时见到的那几个,他们见到娇艳无双的绯裙少女自华贵的马车上下来,先是一愣,随即纷纷执戈抱拳道:"属下见过三公主殿下!"

他们竟然还记得她。

纪初桃取了令牌示意身份,随即笑着道:"劳烦带本宫去见你们将军。"顿了顿,她又轻声补充,"安静些,勿要惊扰他人。"

为首的那名校尉颔首表示明了,恭敬地道:"殿下请随我来。"

今日是月底的休沐日,军中并未集中练兵,士卒们散在校场中蹴鞠、骑射,或切磋身手,滚一身黄土。见校尉领着这样一个锦衣玉食的小美人走来,不少士卒停下来,勾肩搭背地看起热闹来。

校尉带着纪初桃朝巍峨宽敞的将军殿走去,还未靠近,便听见正殿中传来一阵高过一阵的高亢的叫好声,里面似乎有什么精彩赛事。

纪初桃走上了石阶,抬眼见到被人簇拥在殿中的祁炎时,不由得一怔。殿中摆了一张长桌,桌子的两旁各摆了一长排斟满酒水的瓷碗,两名赤膊汉子分别立于长桌的左右,从第一碗酒开始拼,一路灌下去,几乎一口一碗,豪迈粗犷的气势瞬间将殿中的气氛点燃了,引得一片叫好声!

祁炎穿着一袭齐整肃穆的黑色武袍,抱着双臂,交叠双腿坐于长桌尽头的将军椅上,嘴里叼着根狗尾草,微眯隼目看着自己的两名下属斗酒。

这是纪初桃从未见过的祁炎，不似平日与她相处时温柔体贴的样子，也不似战场上凌厉的模样，而是散漫得有一种说不出的落拓不羁之感。

见到纪初桃出现在殿门外，祁炎亦怔住了，睥睨的笑意僵在嘴角。满屋子的叫喊声戛然而止，众人的目光落在如羊入狼群的少女身上，少数认出纪初桃的亲卫自觉地给她让出一条路，露出心照不宣的笑来。

祁炎下意识地坐直了身子，将嘴里的狗尾草取下，在指间揉碎了，目光沉沉地落在了纪初桃的身上。

"祁将军，三公主殿下来了。"引纪初桃进来的校尉满脸堆着笑道。

人群中爆发出一阵善意的笑声，门外亦有士卒打着路过的幌子，探头探脑地朝殿中张望。

祁炎姿势未变，只冷冷地一瞥，那两名拼酒的汉子立刻打了个冷战，挥手赶鸡崽似的将看热闹的下属和士卒赶了出去，嚷嚷着："都看什么？看什么？！滚滚滚，别打扰少将军和三殿下说正事！"

众人笑着"喊"了一声，作鸟兽散，还体贴地掩上了将军殿的大门。门一关上，祁炎的眸色便变得深沉晦暗起来，整个人看起来冷峻无比。

纪初桃许久不曾感受过他这般压迫的气场了，不适应地咽了咽口水，有一种近乡情更怯的紧张感。

"祁炎，你这两日都住在这里吗？"说罢，纪初桃拢着袖子朝他走去，倾身嗅了嗅他身上的味道。

她想知道昨夜醉酒逾墙的人是真实的他还是梦中的幻影。

"殿下在做什么？"祁炎眸色变了变，伸手按住她企图靠近的肩。那肩是薄而圆润的，不禁令他想起在温泉中触到时那份凝脂般柔滑的触感。

纪初桃嗅到了他身上淡淡的酒味，但是不知是方才他看下属斗酒时沾上的还是昨晚宿醉未消。她有些失落，望着祁炎暗流涌动的眸子，道："本宫昨夜好像梦见你了。"

祁炎抿紧薄薄的唇，随即松开手，扭过头，道："殿下做的噩梦那么多，难道臣要各个相信？"

纪初桃眼睫一颤。他指的是宫婢们先前说纪初桃做噩梦、性子反常的那件事。

祁炎这般不信那些玄之又玄的东西，若是她此时说明预知梦的真相，他会不会以为自己在说谎狡辩？

祁炎说完那句话，也陷入了沉默。半响后，他起身道："不知琅琊王是否还有余党藏匿在暗处，殿下此时出来太过冒险，快些回去！"

他这就赶人走？纪初桃想起自己的来意，连忙拉住祁炎的手腕，道："等等，祁炎。"

祁炎的手腕绷得极紧，硬得像铁，纪初桃能感受到他隐忍的力量。

他讨厌自己了吗？纪初桃想着，缓缓地松开了五指。片刻后，她从袖中掏出那块穷奇墨玉，递给祁炎："这个是很重要的东西，本宫不能要。如今物归原主，你务必好好地收着。"顿了一瞬，她弯了弯眼眸，展眉笑道，"谢谢你用它护住本宫！"

这抹笑是纯净的，没有一丝阴影，哪怕她知道"穷奇"这个强悍的存在意味着什么。祁炎没有接，只是看着她许久，神色复杂地道："殿下不要？"

他说过，有了心仪的女子，会将此玉双手奉上。

纪初桃摇了摇头，坚持地道："本宫不能要，这东西只有放在你的手里才最有价值。"

她怕有人看出这玉的作用，给祁炎招来灾祸，所以决定还是不要把它戴在自己身上招摇过市了。

她拉起祁炎的手，将玉放在他的掌心里，双手合拢将他的五指包起来，温声道："藏好它。"

她正要收回手，就被祁炎一把拉住了。他的手传来熟悉的体温，握得她指尖发烫。她诧异地抬起眼眸，看到晦暗中祁炎微微俯身，喉结滚动，眼中有什么东西要冲破桎梏。下一刻，凶猛而熟悉的吻铺天盖地地落下了，攻城略地。她"嗯"了一声，攥着祁炎的袖子，闭紧了眼眸。

片刻失控后，祁炎一顿，很快撤离了唇舌。旖旎的氛围未散，纪初桃唇上一片嫣红的水色，疑惑地看着他。祁炎呼吸微沉，松开手后退一步，半响后，转身拉开门道："殿下既然已经将东西送到，不便久留，我让人送殿下回府。"

他亲完了就翻脸，怎么还在生气呀？纪初桃气愤地想。

前一后两道身影相顾无言。

"祁炎，本宫送你的剑穗呢？"沉默许久后，纪初桃问道。

祁炎背影一顿，半响后，慢悠悠地道："去了。"

纪初桃轻轻地"哦"了一声，有些失落。

祁炎张了张嘴，又抿紧，蹙起了眉头。送纪初桃上了马车，看着她离去后，祁炎强压下的嘴角绷不住了，他负手走到无人的校场上，而后从怀中掏出了一样东西，观察了许久。这正是纪初桃亲手做的玄色剑穗。先前大战时，血流漂橹，他怕弄脏了这条穗子，便临时解下，藏在了怀中……

抚着精致的玄色流苏，祁炎眸色涌动，忽然出掌击在木柱上，震落了灰尘。

"啧啧，你方才故意说违心之言气人家，这会儿又后悔了？"宋元白趴在校场的围栏上看他，笑嘻嘻地道，"你不就是怕三殿下不够爱你吗？感情之事，本就是一个愿打一个愿挨，多大点儿事！"

被触到逆鳞，祁炎皱起眉："闭嘴！"

他的占有欲太强，他想要的从来不是一份懵懂浅薄的感情。

"好，我不说。只是你为何不告诉殿下，"宋元白叹道，"你就要启程北上去边关了？"

一个稀松平常的夜里，纪初桃毫无征兆地再次做了那些怪梦。梦里琅琊王宫变之后，天子同时剪除了琅琊王和纪妧两大势力，因此颇为倚仗祁炎。后来祁炎领兵北上，连克北燕残部，一时煊赫无双，归京后便以最风光的排场迎娶自己为妻。

只是纪妧的身子每况愈下，梦中的自己因为此事郁结于心。祁炎将她揽入怀中，命她时刻佩戴好穷奇墨玉，并告诉她：趁乱诛杀纪妧亲信的人其实另有其人。

画面一转，当纪初桃闻讯赶到宫门下时，看到的却是大姐倒在血泊中的身体。祁炎执着带血的剑，护住她哑声道："殿下，我来迟了一步，没能救下她……"

梦中的自己在悲愤交加中竟当场呕血昏厥过去。"卿卿！"她昏厥前最后一眼看到的是祁炎几近崩溃时那双赤红的眼睛。

之后的梦境画面模糊且变幻极快，跟走马灯似的。她只知道自己在病榻上躺了很久很久，每次醒来都能看到祁炎端汤、喂药，守候在榻边，竟然比她还瘦一圈，更显凌厉了。

"殿下这是心病，如大厦将倾，太医署也无能为力……"老太医战战兢兢地回复。

那天，祁炎雷霆震怒，纪初桃从未见过他如此绝望又疯狂的样子。他告诉太医，若纪初桃好不起来，他会让所有人陪葬！

他确实做到了。梦境的最后，三百个穷奇精兵围困金銮殿，天子尚未焐热手中的权力，便被逼退位了。

"祁炎！你逼宫废帝，倒行逆施，就不怕遗臭万年吗？！"年轻的帝王跌坐在地上，惊惧万分地道。

雷声轰鸣，闪电将祁炎的脸映成一明一暗的两面。他将滴血的剑刺入龙案，语气冰冷且陌生："臣本就是反贼之后，身后虚名与我何干？天下信臣者唯有一个人，陛下千不该万不该骗了她。"

"骗她的人不是朕！即便影卫不动手，长姐也活不过明年！"年轻的废帝哑声道,"早有人设计好了一切,自监国那日起,长姐就注定是将朽之躯,活不过十年了……"

祁炎嗤笑一声,用令人战栗的语气轻轻地道:"现在说这些已经晚了。"

他亲手扶稳天子掌权,又亲手废除天子的帝位,只为哄病榻上的妻子:"负你之人,我已替你惩罚了,唯有我,卿卿该用一生来惩罚……殿下,快些好起来,可好?"

画面定格在纪初桃颤巍巍地朝祁炎伸出的瘦弱的手指上,紧接着,这些惊心动魄的画面一幅幅倒退、淡去直至消失,回到一片黑暗中。她知道,这是因为现实中的祁炎改变了策略,保下了大姐纪妧,所以这些预示的梦境并未实现,皆如云烟般消散了。

铺展在她眼前的是一个崭新的开始。她看到一束光自虚空打下来,落在前方大步行走的祁炎身上。

在墨一样黑暗且没有尽头的梦境中,纪初桃也不知道祁炎要去往何方。她眼眶酸涩,下意识地追了上去,大声喊道:"祁炎,你等等本宫!"

可祁炎的脚步并未停歇。纪初桃跑得气喘吁吁,眼看着离他近了,更近了,便拼命地伸长手指触碰他,而后跌入了一片温暖刺目的光中。

她蓦地醒来,心脏胀得快要裂开了。祁炎那内敛、沉重、疯狂、专情的爱意如潮水般淹没了她的理智,令她久久沉浸其中,不能自拔。

原来如此……祁炎爱她入骨,为她入魔,自始至终都没有伤害过她与大姐分毫。她之前的那些挣扎和担忧根本就是庸人自扰!

她作为梦中的旁观者都如此心酸难受,遑论为她做了那么多事的祁炎?她怔怔地躺着,而后慢慢地侧身蜷起了身子,像要抓住什么般紧紧地抱住自己,任由泪水打湿睫毛。

就在此时,急促的脚步声靠近。

"殿下!"挽竹匆忙地进来了,禀告道,"殿下,不好了!北燕残部作乱,祁将军临危受命,北上御敌,现在就要拔营出城了!"

"你说什么?!"纪初桃来不及从梦境中抽离,脸上挂着泪,猛地坐起身来。

想起梦中最后自己怎么也追不上祁炎的画面,她没来由地一阵心慌意乱。

她擦了擦眼泪,匆匆地下榻:"快备马车!快!"

来不及梳洗,她简单地穿好外袍和鞋子,接过宫婢递来的斗篷便小跑出门,上了马车。

凌晨,天还未亮,街上空荡,马车疾驰奔向城门,可纪初桃仍觉得太慢。到了城门,她刚好看见乌泱泱的军队尾巴,只留下一路飘浮的尘埃。

她就晚来了一刻钟!纪初桃心一颤,想要追出城去,却被拂铃拦下了:"殿下,咱们没有手令,马车无法离开京城……"

可是,祁炎就要走了!

纪初桃披散着长发,焦急地四处张望一番,目光落在了城楼之上。她一咬牙,提着裙边便朝城楼上跑去,恨不能两步并作一步。好不容易登上城楼,她腿软得连站立的力气都没了。

此时天际微白,一线曙光挣扎着,城楼上高处不胜寒,朔风吹得人几乎张不开嘴。纪初桃远远地望去,只见旌旗猎猎,十万人马黑压压的,蜿蜒如龙,每个人都像蚂蚁般微小。她根本分不清谁是谁,更找不到祁炎在何方。

纪初桃趴在围栏上大口地呼吸,肺腑如被刀刺般疼痛。她身体前倾,着急地唤道:"祁炎!"

嘶哑的声音颤抖得厉害,但这声呼唤如投石入海,没有惊起一丝波澜。纪初桃深吸一口气,把手拢在嘴边,用尽全身力气喊道:"祁——炎——"

饯风,又破了音,她弯腰咳嗽起来,杏眼通红,一片湿润。赶上来的拂铃心有不忍,劝道:"殿下,人的声音根本无法传那么远的,您还是先下来吧。"

人的声音无法传那么远……那哨声呢?

纪初桃仿佛抓到了救命稻草一般,眼睛一亮,匆忙地从衣襟中拉出坠子,因太过着急而有些手抖,放了好几次才将骨哨置于唇间。她深吸一口气,用尽全力吹响了骨哨……

"呜——呜——"清脆悠扬的哨音响彻在黎明前的大地上。

祁炎说过,在漠北,若姑娘吹响心上人赠送的骨哨,鹰落苍山,那男子便会上门娶她为妻。他说,无论何时,只要听到她的哨声,无论多远,他都会来到她的身边。

四

孤鹰盘旋于天际,城外的大道上,队伍如长龙般蜿蜒。城内路上空荡,只有几个赶早卖菜的农夫挑担往来,急促的哨声并未将祁炎带来纪初桃的身旁。

天际微白的曙光不曾照亮纪初桃的双眸。许久后,她轻轻地拿下唇间的骨哨,撑着墙上的围栏,呼出的白气在朔风中凝成了霜花。

他听不见骨哨声吗?还是说他不想见自己?纪初桃觉得眼眶湿冷,不知道是被沙子眯的还是因为城门下不见归人。

"殿下，城楼上风冷，咱们还是先下去再做商议。"拂铃劝道。

的确，自己不管不顾地追上来算什么呢？纪初桃握紧颈上的坠子，深吸一口冷气，平复了心情。她刚要转身离去，忽然听见城门下传来一声熟悉而响亮的口哨声。

纪初桃以为自己听错了，直到那哨声再次响起来。

"殿下想学？

"拇指和食指圈成圈，放在嘴中。

"保持这个姿势，舌尖抵着手指……"

她犹记得在春日的旷野上，风吹草低，祁炎不厌其烦地教她吹口哨，发出的亦是这般轻快嘹亮的声响。

纪初桃听到迟来的回应，心跳又快了起来，连忙趴在围栏上，努力探出身子，循着哨声传来的方向望去。城门下的拐角处，一名黑袍武将牵着战马缓缓地走出来，抬眸仰首，目光与她的视线交织在一起。

是祁炎，他还没走！他一直都在城墙外，角度的缘故，她被遮挡了视线，先前并未看见他。

他是在等自己吗？纪初桃眼眶一湿，脸上却泛起浅笑，转身朝城楼下奔去。

一轮浅金色的冬日自天际升起，天地处于一片明暗交接的混沌中。纪初桃的斗篷在风中鼓动，发丝飞舞，闪着清冷的光。

祁炎已牵着马走到城楼的石阶前，身着战袍的身影在晦暗中英俊无双。纪初桃听到了自己急促的心跳声和呼吸声，面对最后几级台阶，索性一步跃下。祁炎皱起了眉，眼中明显闪过一丝担忧的神色，还未开口，身体已先一步做出反应，张开双臂接住了扑入自己怀中的帝姬。

风停了，衣袍落下，少女扑了祁炎满怀，时间仿佛在这一刻静止了。

"为何不告诉本宫？"即便生气，纪初桃也不会咬牙切齿，让自己失了仪态，轻柔微颤的嗓音让她听起来更像委屈地诘责。她搂着祁炎的脖颈，又闷声问了一遍："为何要瞒着本宫走？"

祁炎的战甲很凉，呼吸却很烫，一冷一热的温度传向纪初桃的胸膛，恰似她此时复杂的感受。

祁炎扶她站稳后并未松手，只沉声道："殿下下次莫跑得这样快，当心跌到。"

"我若不跑，你就跑了！"纪初桃揪紧他的衣襟，竟连"本宫"的自称也不顾了。

祁炎微微睁大眼睛，动了动唇。

"你不是想知道我为何要瞒着你部署那些事,为何不愿意对你坦诚吗?"纪初桃连气都没喘匀,便决然地轻声道,"好,我都告诉你!"

纪初桃望着祁炎的眼睛,将自己从去年秋时开始断断续续做的那些怪梦一一道来。姻缘和预知、宫变与死亡,还有洞房花烛夜的红与宫门下肆意流淌的血……纪初桃好像搬去压在心头已久的一块石头,虽然觉得像失去遮掩般难堪,却感到无比痛快和轻松。

"我看《异志》上记载的那些怪事中,旁人黄粱一梦,皆有头有尾,不知为何,这样的梦轮到我身上,却像蹦豆子似的一点儿一点儿地倒出来,断断续续的,连不成线。梦见宫变时,我只知晓你会以救驾之名剪除威胁皇权的党羽,大姐会因此病重、身陷囹圄,最终倒在你的面前,可我不知道伤害大姐的人到底是谁,只能自己去猜、去防备。"

提及这些,纪初桃眼中泛起了湿意,带着鼻音道:"那是我大姐,我不能眼睁睁地看着她应梦中之兆去死。直至昨夜我再次做梦,观之全貌,方知一切另有隐情……可是,祁炎,自始至终我从未想过放弃你!"

她只是不如祁炎聪明,能像他那样游刃有余地周旋于诸多暗流之中,最后全身而退。她光是试图护住至亲和至爱便已耗尽全力了。

祁炎认真地听着,眸色几番变化后,又归于深不可测的平静。知道了真相后,他并没有想象中的那般畅快,看着纪初桃孤注一掷的决然模样,反而有一种说不清道不明的心疼感觉。

他以粗糙的指腹抹去纪初桃眼角的泪痕,语气有些复杂地问道:"所以,殿下当初执意救臣,是因为梦;今日追出城来解释,也只是因为梦?"

他怎么还不明白呀?!

"当时本宫的确是因为梦中的预示,念着一份恩情和好奇心救你;而今追你至此,只是因为本宫心之所向,和梦无关!"纪初桃脸皮薄,在城门下说这么多心里话已是极限,声音越来越轻,鼻音也越来越重,着急地道,"若是如此你还不明白,本宫……"

她顿了顿,一咬牙,道:"本宫就去求大姐收回成命,不嫁给你了!"

祁炎倏地睁大了眼,声音低沉地道:"殿下说什么?"

纪初桃眼尾微红,抿了抿唇,扭头小声道:"你没听见便罢了,反正本宫也阻拦不了你出征北上,将话说清楚便不留遗憾,将来你我是分是合,都……"

她说不下去了。

一旁的拂铃心生不忍,上前解释道:"祁将军,殿下做那些事也是为了您好。何况承天门的兵变危机解除过后,殿下什么功劳也不想要,唯独求大公主同意……"

"拂铃!"纪初桃轻喝。

拂铃垂首,第一次违抗主子的命令,坚持将话说完:"殿下唯独求大公主同意殿下与祁将军成婚。"

祁炎一僵。

"你说这些做什么?!"被揭了老底的纪初桃脸颊绯红,垂首轻叹,"终究造化弄人,反正他都要走了,也不是很想和本宫成亲。"

她原计划在一个花前月下、你侬我侬的时机将这些话向祁炎坦白,两个人甜甜蜜蜜的,而不是在这样一个尴尬的时候,让自己进退两难。她已经将梦境和盘托出了,他还是一点儿反应也没有,自己再说下去未免太难堪了。

她的手臂被拉住,继而她撞上一个坚硬的胸膛,被修长的双臂环住,紧紧地禁锢起来。

"想,"祁炎将气息喷洒在纪初桃的颈侧,嗓音喑哑微颤,"做梦都想。"

纪初桃被他那样大的力气弄得心脏一紧,半晌方回过神来,他回答的是那句"也不是很想和本宫成亲"。纪初桃生起气来,难以理解地问:"那你为何还要一声不吭地离开?"

祁炎眼眸一黯,想起了自己主动请旨北上的条件。殿中,纪妧眯着眼睛审视他,意味深长地道:"看来,有人和你盘算到一块儿去了。"

那时他尚不明白,今日知道纪初桃也向纪妧提出了同样的条件,方知念念不忘,真的必有回响。他的光正向他奔赴而来。

"殿下知道臣等在城门下时,在想些什么吗?"祁炎低笑起来,轻声道,"若是殿下闻讯来送我,我便原谅她的疏离与变心,将她牢牢地抓住,死也不放手!"

"本宫要说多少遍你才信?本宫才没有变心。"纪初桃嘀咕,又好奇地道,"若本宫不来呢?"

祁炎没说话,只是收紧了拥着她的手臂。哪怕天翻地覆,他也要将她抓回来,囚一辈子。他知道自己是个亡命赌徒,为了娶她,宁愿押上全部筹码,不择手段,不死不休。

清晨人迹寥寥,拂铃早已领着侍卫退守在一旁了,在门洞的阴影的遮掩下,谁也不曾打扰两位璧人相拥。

"臣想做一些事,想将殿下抵在墙上,扼住手腕,让殿下无处可逃……"祁炎忽然道,而后用极其沙哑的嗓音在纪初桃绯红的耳畔沉声说,"再用力地,亲一亲殿下。"

他的语气没有半点儿轻佻与戏弄之意,诚恳、认真至极,仿佛情到深处,不能自己。他明明什么都没做，却将纪初桃撩拨得面红耳赤。

　　一切坎坷都被踏平，酸苦亦被酿成了甜蜜，克制而隐忍的深情甚至比放纵的欲望更为动人。但到底是在城门之下，祁炎还穿着战袍，纪初桃便是再放纵也不会在这个时候放任祁炎索取，便挣了挣，道："不要在这里说这种难为情的话！"

　　祁炎低低地笑了一声，松开她，道："先存着，臣回来再讨。"

　　这人还是一如既往地不讲理！这种东西还能存着生利息吗？纪初桃抬起眼睛瞪他，却在看到他的双眼时，不由得一愣。

　　那双眼中蕴藏了太多，深情、隐忍、疯狂……所有感情交织成一片能溺死人的暗色。纪初桃知道，这世上再有没有第二个人能像祁炎这般毫无保留地为她收敛或亮出爪牙。

　　当然，他索取的代价同样大，她须得一辈子与他纠缠，挣不脱也甩不掉，稍有不慎便会连皮带骨被他吞噬。可她有什么办法呢？她喜欢祁炎呀。

　　"等我，殿下。"两个人相对而站，祁炎伸手摸了摸纪初桃柔软的发顶。

　　"多久回来？"

　　"若顺利，则开春。"

　　"嗯，若去得太久，本宫便记不起你了。"

　　祁炎闷声一笑，俯身凑到纪初桃的耳边，低声说了一句什么。

　　战马嘶鸣，身披一袭战袍的年轻将军一只手执剑，另一只手握着缰绳，于马背上望着心爱的帝姬许久，方掉转马头，一夹马腹，向着曙光疾驰而去。

　　纪初桃立在门洞下远眺，面带桃红，久久不能平静。

　　方才，祁炎耳语的话是："无妨，臣有很多法子让殿下记起来。下次相见，臣愿与殿下一一尝试。"

　　祁炎全力策马，没多久便追上了大军。

　　马蹄声"嗒嗒"，宋元白死乞白赖地凑了过来，一双桃花眼不住地瞥向祁炎。他伏在马背上散漫地道："哎呀，看来在城门下欲擒故纵、守株待兔，收获匪浅哪，有人嘴角都快翘到天上去咯！"

　　祁炎淡然地策马前行，将聒噪的家伙甩至身后。宋元白又像狗皮膏药似的贴了上去，酸溜溜地道："哎，祁炎，我给你讲个故事吧！从前呢，有个百夫长告别青梅竹马，奔赴战场，两个人约定，若干年后战乱平息，百夫长便回去娶她为妻。可你猜怎么着？百夫长回去后，她早将他忘却，另嫁他人为妇……"

　　祁炎沉默不语

　　宋元白道："你不喜欢这个故事？那我换一个。从前有个书生进京赶考，一去三年，等功成名就、荣归故里时，他心爱的姑娘早已熬断相思肠，病恹恹地撒手……"

祁炎冷冷地抬鞭在宋元白的马臀上狠狠地一抽，马儿吃痛，炝蹄子一骑绝尘，载着发出猪叫声的宋元白狂奔而去。

五

"殿下……"祁炎扣住她的手指，目光沉沉地望着她，眸中涌动着熟悉的情潮，"才几日，殿下便忘记了臣。看来臣有必要使些办法，让殿下想起一二……"

醒来时，纪初桃羞红了脸。这次的梦不是预知梦，只是一些祁炎向她"讨债"的奇怪画面。原来书上所说日有所思夜有所梦，竟是真的。

纪初桃心中空荡，抱着枕头叹了一声，在心中暗自盘算一番，才发觉祁炎离京已经将近一个月了。

离开春尚有一个季度。

近日天寒，院子里祁炎亲手植的那些桃树光秃秃的，纪初桃总担心它们会被冻坏，拂铃请尚器局的园林匠过来，给几十株稚嫩的桃树缠上稻绳保暖，纪初桃这才稍稍放心。

她回房提笔润墨，所记不过是饮食起居的琐事，偶尔捎带一两句含蓄风雅的慰藉之语，又被她红着脸画去了，将信封好后再交由拂铃送去官驿。

自祁炎领军北上，她每隔两日便要写一封家书，寄去边关的军营。做完这些，纪初桃将指尖置于唇边，轻呼一口气，问宫婢："挽竹，你觉不觉得近来天冷了许多？"

挽竹奉上小暖炉，又取了润肤的凝玉膏来，一边替纪初桃擦手，一边憋着笑道："奴婢倒是觉得天气和往年一样，只怕现今殿下因为身边缺了某个暖心之人，才觉得寒冷。"

纪初桃脸一热，将指尖未干的凝玉膏蹭了挽竹满脸，嗔道："你这丫头的嘴越发刁钻，本宫不如趁早将你放出府，配小子去！"

主仆俩笑着闹了一会儿，听见内侍来报："殿下，张太医来了。"

想起正事，纪初桃收敛了神色，端正地道："请他进来。"

张太医是个医痴，为人古板较真，到了花甲之龄也只混了个医正。但他医术极为高明，且不属于任何党派，嘴够严，有些事纪初桃询问他比问太医署里的那些人精更为放心。

上次窥见梦境的全貌后，有一句话令纪初桃十分在意。那时梦里的纪昭说，欺骗她的另有其人，自纪妧辅政之日起就注定是将朽之躯，活不过十年……

到底是什么病症能将人的死期精准地定到十年之后？待张太医进殿，纪初桃便不动声色地以探讨的语气，将这个疑问抛了出去。

张太医听后，略一思忖，问道："光凭寿命年限来推断，可能性太多，老臣不敢妄下断言。比如此人早有顽瘴痼疾，十年而崩乃常事……"

纪初桃摇首道："此人一向身体健康，没有痼疾。"

张太医又道："积劳成疾，亦有可能。"

纪初桃道："那人的确很忙，张爱卿说的这些本宫亦考虑过，只是生老病死向来没有定数，就连最高明的医者也无法断定一个人寿命几何。她若每年都请医者诊脉，除了被诊出体虚过劳并无任何急症，那要如何断定必然活不过十年？"

"若死期如此精确，那便不是天命，而是人为。"张太医面容严肃起来，"臣斗胆猜测，有一种可能。"

"是什么？"

"用毒。"张太医花白的胡须抖动，解释道，"世间有奇毒千万，若歹人存心谋害，可在苦主的日常饮食中投以微量毒素，因为毒量甚微，医者无法当即查出，但日积月累，必然侵蚀苦主的身体。下毒者想要此人死时，只需要添上最后一根'稻草'，此人必将如大厦将倾，大限即至，如此便能将人的死期精确到具体的年月。"

纪初桃心一沉——她最担忧的事莫过于此。

今日再去长信宫，纪初桃一眼便瞧见屏风后的那张书案空荡荡的，没有纪昭的身影。以前这个时候，纪昭都会坐在书案后，跟着纪妧学写策论、批阅奏折。

纪妧正在和纪姝议事，见到纪初桃进门，纪姝抚着白毛狸奴一笑："你瞧，正说她呢，她就来了！"

纪初桃收敛心神，哼道："二姐在这儿，定然不是说我的正经事。"

纪妧弯眼一笑，问道："你来这儿有什么事？"

见纪初桃看了一眼身侧的内侍和宫婢，纪妧立即会意，挥退了侍从："都下去吧。"

待殿中只剩下信得过的自己人，纪初桃方握了握纪妧保养得体的指尖，察觉到些许凉意，蹙着眉道："大皇姐近来身子可好？"

纪妧将视线落在与纪初桃相握的指尖上，淡然地问："怎么了？"

纪初桃倾身耳语，将自己梦见的那些事捡了重要的说出来，随后低声道："皇姐还是请信得过的太医查一查，尤其要留意日常饮食和身边之人。"

话点到为止，纪妧已明白她的意思，眸色一凉，勾着唇道："本宫明白了。"

纪姝的视线在纪初桃和纪妧之间转了一圈，她弯起妩媚的眼睛，道："小废物，你如今可算是金口玉言，可也能掐指算一算我的下场？"

梦里关于纪姝的场景极少，纪初桃只在最后的那段梦中，隐约听下人说起"大公主薨，二公主与大将军祁炎怒而废帝，后呕血病逝，府中男侍皆扶棺哭送""北燕新王李烈亲自率兵压境，逼废帝交出纪姝的棺椁后消失，不知踪迹"之类的零碎话语……

好在梦境最终消散了，一切都会有个崭新的开始。

纪初桃微微一笑，轻声道："二姐不是常说祸害遗千年吗？二姐自是长命百岁的。"

纪姝却不领情，没心没肺地道："几十年后都老了，皮肤又皱又丑，我可不要活得那么久！"

三个人正说着，秋女史捧着一封战报匆匆地进来了，请示道："大殿下，边关急报。"

听到是从边关来的消息，纪初桃眼睛一亮，瞬间坐直了身子。纪姝似乎明白了什么，抱起几案上的狸奴道："我还有事，先行一步。"

纪姝走后，秋女史将战报呈给纪妧。纪妧翻开一看，面上不露喜怒，抬眼问纪初桃："永宁，猜猜看。"

纪初桃不假思索地道："赢啦。"

祁炎亲自领兵，怎么可能输？

纪妧颔首："还有呢？"

还有？纪初桃想起梦中李烈最终回到了北燕，便试探地道："北燕残部输了，定会议和，我猜……他们是用什么条件议和的？他们要换回他们唯一的皇子李烈？"

"不错。"纪妧这才露出些笑意，因为信任妹妹，直接将战报交给纪初桃查看，言简意赅地道，"不仅是议和，他们还请求联姻，将他们的明珠郡主嫁入大殿为妃。"

纪初桃扫视一眼捷报，目光停留在"祁将军克王帐，生擒敌军主将乌骨达，身中箭伤"一句上，心脏蓦地一紧。

祁炎受伤了？严不严重？

纪妧打断她的思绪，畅快地道："当初北燕逼得我朝不得不送帝姬前去和亲，如今情势反转，轮到他们送美人求和了。若能以结亲为由，让北燕自甘臣服，降为王国，成为我朝的附属，用李烈一个人换取两国百年的安宁也未尝不可。"

纪初桃好奇地道："只是去年北燕行刺，俨然不顾及质子李烈的死活，甚至有点儿借刀杀人的意味，怎么如今战败一场便不惜求和也要换回李烈？"

365

这不会又是一场鸿门宴吧？

纪妧也想到了这层，轻哼道："这次便是借他们十个胆，他们也不敢耍花招。北燕皇室有两派，一派以他们的摄政王李葵为首，另一派则是拥戴李烈的皇子派。去年行刺的是摄政王的人，如今祁炎攻破了李葵的王帐，生擒其主将乌骨达，北燕皇室就只剩下李烈一脉了，再不保他，北燕就要绝种了。"说到此，纪妧眯了眯凤眼，"只是他们的明珠郡主到底是外族女子，不配为皇妃，只能从宗室中挑选一名适龄未婚的世子封为郡王，替大殷完成这桩政治联姻。还有，送李烈北上及接郡主来京的人选，我们都必须慎重地选择……"

纪初桃心中有了主意，合上战报，道："皇姐，我去吧。"

纪妧一顿，讶异地道："你？"

与此同时，承平长公主的马车中。

李烈好像累极了，赤裸着留有指甲刮痕的麦色上身，枕在纪姝的腿上，毫无防备地沉沉睡去。纪姝懒懒地勾着他颈上的皮圈，眯眼半晌，终于取钥匙打开了暗锁。

"咔嗒"一声极细的声响后，李烈立即就醒了，琥珀色的眸子因为接触到光线而微微一缩，如兽瞳般野性又温顺。

"小崽子，你装什么惊讶？你与祁家小子谋划这么久，不就是为了今日吗？"纪姝轻轻启唇，推开他毛茸茸的脑袋道，"我这条链子终归是拴不住你了。"

"等稳定下来，你做我的大妃。"李烈被推开，又大狗似的拱回纪姝的怀中，用生涩的汉话道，"一辈子也不要分开。"

"一辈子？"纪姝像听到了什么绝世笑话似的，笑得东倒西歪，上气不接下气。她抹了一把笑出的泪，朝李烈展示自己苍白的手指："蠢货，我用这双手，杀了你的亲哥哥！"

李烈不为所动，道："他残暴，欺负我，侮辱你。他该死！"

纪姝的笑意淡了下来，她盯了李烈许久。那些关于九死一生、充斥着鲜血和屈辱的记忆争先复苏，纪姝的眼里没有恨，有的只是彻骨的冷意。

一个死了心的千疮百孔的人，哪还有什么爱与恨呢？

"我不会再回去了，李烈。"纪姝倚在狐裘中，轻飘飘地道，"大殷只是让我觉得恶心，而你的国家让我觉得痛入骨髓。"

北上议和之事定在小年那日启程。

天还未亮，挽竹便清点好行李和衣物，见纪初桃望着天边的微光出神，问道："殿下是担心议和迎亲的路途遥远，会颠簸受苦吗？有拂铃和霍侍卫在，还有信得过的禁军高手一路护送，不会有事的。"

纪初桃轻轻地摇头："本宫担心的不是这些。"

她没想到纪妩会这么顺利地答应她随使团北上。大姐不是不顾她的安危之人，之所以答应得这般痛快，难道是因为接下来京城的局势会比边塞更危险？

莫非大姐的病查出什么由头来了？

她正想着，拂铃来报："殿下，使团都准备好了，问您是否可以启程。"

纪初桃收敛心神，朝着皇宫的方向远远地望了一眼，深吸一口冷气，道："走吧。"

持符节的使团队伍蜿蜒，肃穆非常，在宫门下等候多时了。为首的是一名十七八岁的年轻人，生得浓眉大眼，颇为低调、温和。他朝纪初桃拱手道："永宁长公主。"

纪初桃并未见过他，但从他身上穿的绯紫王袍猜出，这位大概就是大姐从旮旯里刨出来的宗室子——即将奉命迎娶北燕和亲郡主的新封郡王，纪琛。

"安溪郡王。"纪初桃颔首回应。

"三殿下。"一身绯红色官袍的文臣手持符节上前端正地行礼，眸中蕴藏着内敛的光。

"孟状元……不，孟侍郎？"纪初桃看着孟苏俊美精致的脸，讶异地道。

第十五章
成 婚

一

以防万一，大殷使团的名单中并未提及纪初桃的名号，只待安全地到了有朔州军营庇护的境内再公布。

纪初桃记不清马车队具体走了多少日，只记得马车外的房舍渐渐变得稀疏，茫茫飞雪取代了京都的繁华富庶之景。

他们再往前走，最后一点儿雪色也没了，风却越发凛冽刺骨。大片大片单调的黄沙铺展在眼前，有时他们走上一整天也碰不上一个活物，看不见一点儿绿意。

纪初桃也是到了这样的地方方知为何每年秋冬时节的边境总是骚乱不断。冬日的北境凄寒干冷，粮草不足，北燕悍贼便时常南下，劫掠囤积过冬的粮食。京都中原的安宁皆是北境的戍边将士用血肉之躯堆成的城墙换来的。

这是待在由锦绣堆成的深宫中的人所看不见的苦难。而这条坎坷的黄沙道路，八年多以前，二姐纪姝含着眼泪跌跌撞撞地走过、逃过，最后无奈地认命了。

如今北燕国破，留下的十三残部不成气候。若此番谈判顺遂，将来两国中止战乱，互通有无，自是皆大欢喜之事。

代州境内，官驿中。

纪初桃做宫婢打扮，摘下垂纱帷帽，以温水洗去满脸的干燥与疲乏。拂铃借驿馆的炉子煮了茶水，纪初桃小口饮了一杯，待身子暖和些了，便推开窗户透风。

北上途中辛苦，可纪初桃一想到再过一日就能到达朔州与祁炎相见，便觉得所有的跋涉都值了。使团名单中隐瞒了她的存在，不知明日祁炎见到她时会是怎样的神情。

纪初桃趴在窗台上，用手指下意识地摩挲着颈上的骨哨坠子，而后将其置于唇间轻轻地吹响。

"鹰骨哨。"院中蓦地响起一道粗犷的声音。

纪初桃低头一看，只见天井小院中，戴着镣铐的质子李烈正仰首看着她，用生疏的汉话道，"送你骨哨的人，一定很爱你。"

异族人说话豪爽直白，一点儿也不含蓄。

每天这个时候，侍卫都会将李烈从囚车中放出来活动筋骨。也不知他是因为年轻力壮还是因为临近故土而兴奋，越发精神了，此时正用戴着镣铐的手饶有兴致地把玩着一根素簪。

那是二姐常戴的一根簪子，不知怎么出现在了李烈的手中。

想了想，纪初桃便让拂铃备了些酒肉，亲自下楼给李烈送去。

侍卫警戒，抱拳道："殿下，此人危险，不可靠近！"

纪初桃抬手示意无妨，将吃食搁在李烈面前的石桌上，退后一步，柔声道："十三皇子可也爱赠你簪子的那个人？"

"十三"是李烈在北燕皇室中的排行。

李烈灌了一口酒，方摩挲着手中的簪子道："她是天上的月亮，那么美，又那么冷。无论我去多远的地方，她永远在我的心上。"

纪初桃不禁黯然失色。李烈这一走，怕是一辈子也无法同二姐见面了。

她喟叹间，李烈已经收起了簪子，眯着一双琥珀色的眼睛，对纪初桃道："两国的边境处'马匪'横行，抢到女子，就会强迫她成为自己的女人！中原公主娇贵，可要当心了！"

听他话里有话，纪初桃微微一怔，而后轻声道："多谢十三皇子提醒。"

第二日出发后，纪初桃改了策略，让使团兵分两路。

塞北昼夜温差极大，夜里凄寒透骨，而到了白天，太阳晒得人皮肤干燥难耐，甚至感到刺痛。纪初桃撩开车帘望去，只见黄沙白日下，一旁马背上的安溪郡王纪琛已被晒得面颊发红，呼吸急促。

也真是为难他了，十几年没人惦记的宗室后人一朝被选为和亲对象，要娶一个素未谋面的敌国女子为妻不说，还要跟着北上，受这等颠簸之苦。

纪初桃拧了湿帕子从车帘后伸出，递给马背上的纪琛："安溪郡王，你擦擦脸吧，别热着了。"

纪琛驱马过来，于马背上俯身，恭敬地接过帕子："多谢三公主。"

纪琛一路上安安静静的，再累也不曾有一句怨言。他虽只比纪昭大两岁，却难得不是个骄纵浮躁的性子。纪初桃对他颇有好感，问道："你是先英王的后人？"

纪琛答："英王乃臣的祖父。"

纪初桃道："算起来，你应该是本宫的堂兄。本宫为何之前不曾听过你？"

纪琛解释道："臣原名叫纪承嗣，乃寂寂无名之辈，因受命联姻，大公主便赐名为琛，封安溪郡王，故而您不曾听过。"

提到纪承嗣这个名字，纪初桃倒有几分耳熟了。传闻英王仙逝后，承爵的二代英王是个不成器的纨绔子弟，多次仗势欺人，被先帝褫夺了爵位，自此英王一脉没落，再未于朝堂上出现过。

纪琛短短十七年便经历了从幼年富庶到少年没落，再到封王和亲的大起大落，之后仍能有这般宠辱不惊的气度，实属不易。

大姐看人的眼光还真是老辣。

她正想着，忽闻一阵惨烈的马嘶声。骚乱中，纪琛的坐骑中箭，他被吃痛发狂的马儿甩下，重重地摔在黄沙官道上。

"怎么回事？"纪初桃问。

拂铃放下车帘，护住纪初桃道："殿下，有马匪！"

"没有结队的马蹄声，那不是马匪。射中马匹的箭极短，本宫曾听祁炎提及过，那像北燕军队惯用的手弩。"想起当初大姐说过北燕摄政王李癸与皇子李烈争权之事，纪初桃捏紧了袖子，蹙着眉道，"北燕内乱，有人不希望李烈活着回去。"

"殿下的意思是，北燕的人来刺杀质子？"拂铃面色沉了下去。

马匪不劫官家，可来的人若是北燕的刺客，这群亡命死士会比马匪更为棘手。

箭矢不断，不少钉在了马车的车壁上，发出令人毛骨悚然的"嗡嗡"声。

"霍谦！"纪初桃稳住发颤的呼吸，于马车中竭力说道，"他们想杀的人只是李烈！将囚车抛下，赶紧走！"

霍谦领命，一刀斩断囚车的车辕，将盖着黑布的囚车留在原地，护着纪初桃的马车一路朝朔州的方向奔去。

纪琛的手臂受了伤，马也死了，这种情况无异于九死一生。纪初桃唯恐他死在乱箭之中，便命侍卫放缓马车的速度，喝道："郡王，上车！"

纪琛快跑几步，跃上了马车。看着凌乱的衣衫，他滴着血，长出一口气，艰难地拱手，朝纪初桃露出一个感激的笑来："多谢三公主搭救之恩！"

纪初桃严肃地道："感谢的话留到脱困后再说。"

自昨日在驿馆里，李烈提醒她要小心"马匪"，纪初桃便隐约猜到越接近边境越危险。以防万一，她匆匆地召使团集议，决定兵分两路，孟苏和其余人带着真正的李烈弃车换马，轻装绕小路先行入朔州，自己则带着假囚车从官道后行……

只是这招金蝉脱壳乃权宜之计，那辆假囚车骗不了北燕刺客太久。果不其然，刺客们挑开被射成筛子的黑布，见囚车内空空如也，便知道上当了。他们对这里的地形极为熟悉，从小道包抄，很快就追了上来。

祸不单行，纪初桃的马中了箭，竟挣脱缰绳狂奔，没几步便气竭，吐着白沫轰然倒下了。纪初桃的马车跟着剧烈晃动起来，车内的人磕在车厢的内壁上，痛得人发昏。

霍谦道："殿下先走，属下断后！"

说罢，他弯弓搭箭，率先射倒数名刺客。

北燕刺客见了血，反被激起了斗志，与霍谦缠斗起来。纪初桃来不及缓过那翻天覆地的眩晕感，伸手攥住纪琛道："霍谦撑不了多久，我们待在车中无异于被瓮中捉鳖……下去！跑！"

拂铃护着纪初桃和纪琛下车，立即有侍卫策马而来，匆忙地道："殿下，上马！"

话音刚落，暗弩飞来，侍卫陆续中箭倒下，几名刺客越过霍谦的阻拦朝纪初桃他们奔来了。霍谦连发三箭，三名刺客瞬间倒下，剩下的两名却手持弯刀朝纪琛扑了过去。

纪初桃与拂铃皆是宫婢打扮，唯有纪琛穿着王袍，故而刺客以为他才是这支队伍里最有价值的人质。

纪琛急促地喘息起来，不假思索地拦在了纪初桃的面前。这小子，自己都泥菩萨过江，自身难保，还想护住别人！

"拂铃！"

听到纪初桃的一声轻喝，拂铃抖出袖中的匕首，一刀划破了一名刺客的喉咙。

趁此时机，纪初桃带着纪琛转身就跑。大漠苍茫，他们并不认识路，只能不要命地朝前跑。北燕刺客却像杀不完的豺狼，又从四面包抄了过来……

千钧一发之际，马蹄声纷杂响起，一群人策马而来，扬起了如雾的黄尘。纪初桃心里"咯噔"一声，想：他们不会才出狼窝，又入虎穴，撞上真正的马匪了吧？

但很快，她发现来人并非马匪，而是挂着汉人的军旗，想来是附近赶来支援的戍边将士。

为首之人身形异常高大,掷出一剑,剑刃的寒光映过纪初桃的眼,准确地贯穿了她身后一名刺客的胸膛。

剑尾玄色的剑穗在朔风中飘荡,是那条熟悉的原本该丢了的剑穗。纪初桃瞳孔微缩,只觉呼吸声和心跳声被无限放大了。她定住般立在原地,看着那道熟悉的身影策马奔来,朝她伸出一只骨节分明的大手。

塞北的风吹得他战袍猎猎,那手在刺目的阳光下镀着浅色的光。那一刻,纪初桃看见了她的英雄。她下意识地伸出手,继而手腕被紧紧地握住了,电光石火之间已被大力拉上马背,禁锢在某人宽阔硬实的怀中。

勒马回身间,祁炎倾身拔下尸首上的佩剑,顺手斩杀追上来的刺客,随即一夹马腹,带着纪初桃杀出了重围。

纪初桃看见孤零零的被落下的纪琛,连忙从重逢的喜悦中回神,扭头道:"哎,等等,别丢下他!"

不知是不是她的错觉,祁炎原本就冷峻的脸色仿佛更沉了。祁炎眉目如刀,策马过去,拎鸡崽似的拎着纪琛的后领,将他随意地丢到了一匹马的背上,如同对待战利品一样,勉强将沙袋般横趴在马背上的纪琛带了回去。

祁炎大概出来得匆忙,连战甲都没来得及穿,只穿着单薄的武袍和玄色披风。隔着薄薄的衣料,纪初桃可以清晰地感受到祁炎坚硬饱满的胸膛。他的胸膛和从前自己与他无数次温存相依时一样,温暖而可靠。

风自耳畔呼啸,纪初桃猜测过无数次祁炎见到她时是什么反应,唯独没有想过他会这般沉默。若说他不想见到她,也不对,他分明心跳得很快,都快将她的后背撞麻了。

快马加鞭,他们很快到了朔州军营。祁炎先一步下马,将纪初桃扶了下来。

"殿下!"孟苏听到动静,掀开帐帘出来了。

"孟侍郎,"纪初桃只好将手从祁炎的掌心抽离,定神询问正事,"北燕质子呢?"

"按照殿下的部署,他已被平安地护送至军营中。"见到纪初桃平安归来,孟苏紧绷的俊颜方舒展些,恢复了素日的儒雅之态,对纪初桃道,"臣见殿下的人马久久未至,便猜测是遭遇了伏击……"

话还未说完,他便见一柄未出鞘的长剑自面前横过,制止他继续靠近纪初桃。孟苏垂首看着抵在自己肩头的长剑,微不可察地皱了皱眉。

另一匹马上,纪琛艰难地滑了下来,晃荡一下后勉强稳住身子。见气氛不对,他不敢作声,只捂着被马背顶得生疼的胃部,默默地躲到无人的角落里吐得天翻地覆。

"孟大人这马后炮的本事实属厉害。"祁炎的声音比冰川还冷。

"祁炎！"众目睽睽之下，孟荪着实无辜且难堪，纪初桃便轻声解释，"这个计划是本宫布置的，怨不得他。"

祁炎的声音很冷，眼神却像有岩浆涌动，他收好剑道："殿下的账，臣一会儿就和您算。"

说罢，他不顾孟荪的目光握住纪初桃的手，一言不发地将她带入了自己的营帐中。

孟荪淡然地抚平被剑鞘抵得起皱的衣襟，望向营帐的方向，眉头皱得更紧了。

帐帘被放下，营帐中变得一片昏暗，静得只听见呼啸的风声。

"祁炎，你慢些！"纪初桃柔声道。

但是祁炎没有松手，只背对着她，肩膀微微起伏。

他生气啦？纪初桃哭笑不得，侧首努力地观察他隐藏在阴影中的脸色，小声道："小将军有什么账要和本宫算……嗯！"

话未说完，她就被祁炎拉入怀抱中紧紧地禁锢起来了。他将滚烫的呼吸喷洒在她的颈侧，咬牙切齿又无可奈何地发出低沉沙哑的声音："是不是臣平日太收敛了，殿下才这般有恃无恐？"

纪初桃发觉不妙，连忙道："你先放开本宫，本宫快喘不上气了！"

纪初桃推了推他，却像是推一堵墙一样，对方纹丝不动。

祁炎一只手按着她的后脑勺，不许她后退，手臂仿佛要将她纤细的腰肢搂断。他恶狠狠地道："殿下又不听话地乱跑，臣该如何罚殿下，殿下才长记性？"

二

祁炎生气的时候会亲得有点儿凶，掐着纪初桃的下巴，以一种绝对掌控的姿势攻城略地，不容她退缩。纪初桃如溺水般急促地喘息，抵着祁炎硬朗的胸膛道："别闹了，本宫来这儿真的是有正事……"

祁炎盯着她微微张合的红润唇瓣，喑哑地道："殿下的正事就是将自己置身于险境？"

纪初桃道："北燕刺客伪装成悍匪，只为了刺杀李烈。不论是北燕摄政王还是李烈的党派，都没有余力与大殷再起纷争，若北燕杀了大殷的使臣，大殷必以举国之力灭北燕全族，他们不会傻到自断后路。"

两国交战尚不斩来使,更遑论在议和之时。他们最多掳一个值钱的人质,比如纪琛,去换李烈。

祁炎听完她的一番分析,哼了一声,冷冰冰地道:"多日未见,殿下高瞻远瞩,令人好生佩服。"

纪初桃自然听出了他言辞中微愠的反讽语气,道:"我来到这里,要用李烈换北燕臣服,让其成为大殷的附属国,促使两国休战百年,所以保护他不能死,此乃其一。"纪初桃白皙的脸上还残留着几道灰扑扑的指痕,像花猫似的,想来是她混战中在漫天黄沙中奔跑所致,唯有一双杏眼依旧温柔清澈,轻轻地道,"其二嘛,本宫也想来看看你。"

轻飘飘的话语羽毛似的拂过祁炎的心间,抚平了他满腔的肃杀之气。

祁炎一言不发,长臂一伸,拿起盥洗架上搭着的湿毛巾,攥在手中焐暖了些,方用带着他体温的毛巾一点点地擦去她脸上的污秽,让她露出原本白皙细嫩的肌肤。

不知是不是军中的布巾太过粗糙,纪初桃的脸颊上被男人擦拭过的地方很快透出诱人的浅粉色。

隔着这么近的距离,少女的肌肤依旧细嫩光洁,他看不出丁点儿瑕疵,那是她在钟鸣鼎食的奢靡之中惯养出来的娇嫩状态。她明明是一朵弱不禁风的富贵花,却有着不输于古木的韧劲,能扛风雨、抵骄阳,虽柔弱,却不怯懦。

纪初桃怔怔地看着祁炎,几乎溺死在他幽幽的眼神中。他擦拭纪初桃的脸的动作慢了下来,眼神也渐渐变了,下一刻,阴影落下,炙热的吻落在了她的睫毛、鼻尖和唇瓣上。

这感觉热热的、痒痒的,纪初桃还对他进门时那凶悍的一吻心有余悸,可又像着魔似的,对他的气息心存渴求。

大多时候,祁炎的吻还是对她极具诱惑力的。纪初桃形容不出那种感觉,觉得脸烧得难受,呼吸不畅,每次迎合他都像死掉一般,但更多的是一种无法言说的舒坦感觉,让她的心脏被填得满满当当的,沉甸甸地撞击着她的胸腔。

似乎每次都是这样,祁炎看起来凶巴巴的,实则好哄得很。

"小将军不是说要算账吗?这算什么惩罚?"纪初桃小声笑道,一点儿也不怕他。

但很快,她就意识到自己失言了,因为祁炎的目光明显黯下来。他眯了眯深沉的眸子,单手轻而易举地圈住他的"猎物",声音低沉地道:"臣总是狠不下心欺负殿下,但并不代表臣是个任人拿捏的烂好人。"

纪初桃刚想说"我不是那个意思",就觉得身体一轻,被祁炎轻松地打横抱起来了。男人的身体硬朗，热铁似的，她横躺在他的臂弯中并不觉得十分舒坦，玄铁护腕硌得她后背生疼。

心脏因身体的悬空而"怦怦"直跳，她蹬着腿道："祁炎，这样不舒服，放本宫下来！"

"殿下别动，摔下去臣可不管。"祁炎说着，将她放在了营帐中唯一的行军床上。

军营生活艰苦，这床榻硬硬的，上面垫着一床薄薄的半旧褥子，不过十分干净整洁。纪初桃感觉自己像一条被放在案板上的鱼，只能任人宰割。

营帐并不隔音，外面间或有将士路过的脚步声，纪初桃这条"鱼"总算慌了，扑腾着要跳起来逃跑。祁炎将她按回行军床上，随即撩袍上来，半跪在她不自在地屈起的双膝间。

纪初桃看着他这个危险的姿势，听着外头军士操练的号角声和脚步声，唯恐有人撩帐而入，紧张地道："祁炎，本宫方才胡言乱语，你别当真了。"

她的脸烧得厉害，眼睛不住地往被风吹得时而鼓动的营帐处瞄。可这次，祁炎没有心软，只将手撑在她的身侧，俯身道："晚了。"

他像出笼的野兽，纪初桃能清晰地看到他眼中克制的枷锁正在一点点地断裂。他压着吻下来的时候，纪初桃闷哼一声，连忙道："祁炎，不可以！"

"嘘。"祁炎以指腹压住她的唇，惩罚似的轻咬慢舔，声音低沉沙哑地道，"军营里人多，殿下最好噤声。"

纪初桃连忙咬住下唇，用水汪汪的杏眼瞪着他，又羞又恼。

"乖。"祁炎抚着她微微散乱的头发，指腹沿着少女的脸颊下移至下颌。长途跋涉这么久，她依旧如此香软，像一朵带露将开的花，精致又娇艳。

鹰隼逆风盘旋在天际，朔风凛凛，营帐内突然"啪"地传来一声脆响。纪初桃半倚着身子，披帛散乱，气喘吁吁地瞪着自己那只被攥住的手腕。

祁炎虽然身手灵敏，但沉溺在温柔乡中时到底反应慢些，只勉强捉住纪初桃情急之下胡乱挥来的小手。她的指甲擦过他的下颌，留下一道不算明显的红痕。

腕上的力道唤回了纪初桃的神智，她望着祁炎下颌处的浅痕，有些后悔，可又着实愠恼，毕竟祁炎"惩罚"人的法子实属欺负人。

"祁炎，你……你太过分了！"

营帐外还有他的下属说话的声音，他怎么敢在这里……？他的手和他的吻一样不老实！

祁炎对她方才那一下不甚在意，不痛不痒地将她蜷起的手指送到唇边吻了一下，闷声一笑："小爪子还挺尖利。"

这人的脸皮太厚了，自己的手也挠不疼他！纪初桃没了脾气，使劲推开他沉重的身子，坐起身来，默不作声地拢好自己的衣襟。

祁炎看着纪初桃恨不能坐得远远的身影，顿时哑然。小公主就是吃准了他心软，知道他每次都舍不得真正地凶她，便越发恃宠而骄，连北上这么危险的事也敢做。虽说帐外都是自己人，不会不管不顾地闯进来，但他不可能真的在这里做出过火的行为，只想着略施小惩……

即便如此，他还是情难自已，把她吓着了。他屈起一条腿，仰首长舒了一口浊气。现在这团火不上不下地在胸中烧着，他发不出也压不灭，不知道到底是谁在惩罚谁。

纪初桃背对着祁炎系自己散开的衣结。他见她捣鼓半天，心一软，挨过去，道："我来。"

"不用。"纪初桃气呼呼地道，将祁炎伸过来的手推开了。

可她一被他碰就身体发软的毛病一点儿也没改，越心急手上的动作便越发不利索，衣结半晌也未弄好。

祁炎又默不作声地凑了过来，纪初桃烦闷地将他推开，他就锲而不舍地继续靠过来。她再推，这会儿推不动了。

"我帮你弄，不乱碰。"男人叹了一口气，沙哑的声音传来。

纪初桃没了脾气，挫败地放下了手。祁炎便半蹲着身子，接过那条皱巴巴的衣带，利落地系好结，又帮她抚平了衣袖上的褶子。他垂下眼蹲着的模样俊朗又虔诚，还带着几分不羁的慵懒之感。

祁炎整理她的衣领时，手上的动作慢了些，目光在她颈侧的红印处停留了许久。她听到他的呼吸变得稍稍沉重，但他什么也没做，只收回手，起身沉声道："好了。"

尽管他极力掩饰，纪初桃还是看见了他蹲下身时身体的异常，不由得像被烫着似的移开了视线。上次在公主府里淋冷水的那次，她便知道男人和女人有很多不同之处了。

这么冷的天，呵气成冰，祁炎却解了外袍和护腕去盥洗架前泼冷水洗脸。他躬身时，薄薄的衣料下，肌肉蓄势待发，线条甚是清晰漂亮。

纪初桃想起了正事，也顾不得生闷气了，问道："你的伤怎么样？"

祁炎擦脸的动作微不可察地一顿，他若无其事地转过身来："小伤，早好了。"

"伤哪儿了？"纪初桃道，"你脱下衣裳，让本宫看看。"

祁炎带着一身冰冷的湿气走来，鬓发滴着水，坐在行军床上挑着眉道："这衣裳脱下容易，穿上难，殿下这会儿又不怕被臣欺负了？"

他越是这般插科打诨地岔开话题，纪初桃便越是担心，认真地道："本宫没同你开玩笑。"

376

见祁炎坐着没动，纪初桃索性动手解他的衣服。祁炎躲了一下，捂住衣领道："殿下……"

"不许动！"纪初桃皱起眉，努力做出凶巴巴的样子。

祁炎一愣，而后失笑道："殿下像小兔子似的，一点儿也不凶。"

话虽如此，他还是乖乖地松开了手。

男人的衣裳单薄，纪初桃很快就扯了下来，露出了里面壮硕的胸膛和肩背处几道深深浅浅的旧伤。

他的胸口有一道箭疤，刚刚脱痂，长出了淡粉色的新肉，就在那颗朱砂小痣旁，离心脏不过寸许的距离。纪初桃难以想象这一箭射得再偏些会酿成什么后果，眼一红，轻声问道："怎么弄的？"

"佯装战败，好引诱乌骨达的主力进入埋伏圈。"祁炎不甚在意的样子，伸手碰了碰纪初桃的眼尾，"这伤看着严重，其实不疼。既然要诈败，我不受点儿伤，如何骗过乌骨达那只老狐狸呢？"

纪初桃一点儿也不喜欢他这种哄小孩似的语气，道："都是血肉之躯，你哪能不疼？"

"真的不疼，"祁炎赤着胳膊揽住她，"不及殿下与臣疏离时臣心疼的万分之一。"

纪初桃心尖一颤，酸涩地道："说了多少次，本宫受梦境所累，有苦难言，不是刻意疏远你。"

祁炎"嗯"了一声，强势地道："所以，莫要有第二次。"

哪里还会有什么第二次？纪初桃颔首，笃定地道："不会了。"

两个人额头抵着额头，呼吸交缠，以惯有的方式表达亲昵。祁炎的手上移，饱满紧实的胸膛随着呼吸起伏，然后他微微侧首，调整了一下姿势。

就在此时，宋元白的大嗓门由远及近地传来了："祁炎，那些被围困的侍卫和使臣都被解救回来了，安顿在州牧的府邸别院中。我们还抓了两个刺客活口……"

"副将军，且慢！"亲卫赶来欲拦，但还是晚了一步。

宋元白已经掀开帐帘走进来了，笑道："军营外有个衣着华贵的少年吐个不停，不知是谁家的傻蛋……"

扫视了一眼脸色阴沉且衣衫不整的祁炎，再看了看坐在角落里故作镇定的帝姬，宋元白微笑着将跨入"地狱"的那只脚收回来，放下帐帘，转身欲逃。

"来得正好。"祁炎一边穿衣服，一边伸手按住宋元白的肩头，手背上青筋凸起，"准备马车，送殿下回州府歇息。"

宋元白忍着肩膀仿佛被捏碎的剧痛，龇牙咧嘴地道："没问题，没问题！"

"本宫不能住在军营中吗？"纪初桃有些失落，毕竟州府的官宅离军营还挺远的。

祁炎重新披好袍子，放缓语气道："军营中生活艰苦，且不安全。"

纪初桃轻轻地"哦"了一声，问："那你呢？"

祁炎回身看她，恣意地道："主将不能擅离军营，今日已破例了。殿下放心，和谈那日，我来为殿下撑腰。"

纪初桃微微一笑："好。"

宋元白动作迅速，很快备好了马匹和马车，清点了一番人数，请示纪初桃："殿下，您看人到齐了吗？"

孟苏环顾一番，道："安溪郡王还未至，应该是身体不适。"

"安溪郡王？"宋元白疑惑，似乎还不知道和亲人选是谁。

"就是你刚说的那个吐个不停的傻蛋。"纪初桃代为解释。

霎时间，宋元白的表情变得极为精彩。

众人到州府别院时，已近黄昏。纪初桃和纪琛相继下车，州府的官吏列队跪迎。

宋元白这厮骂过郡王"傻蛋"，大概自觉理亏，对纪琛的态度突然变得极为热情、尊敬，弄得纪琛有些不明所以。

下属送孟苏和纪琛去隔壁的院子，宋元白则亲自送纪初桃入住内院的上房。见他奔忙辛苦，纪初桃笑道："好了，就送到府门外吧，小宋将军可以回去交差了。"

"那可不成，祁炎交代过，臣一定要看着殿下进屋，亲自将殿下交给宫女和侍卫，才能回去交差。"宋元白像打开了话匣子似的，喋喋不休，"一遇到殿下的事，祁炎就会变得格外婆婆妈妈的。记得几个月前，他心情不好，喝醉了酒，爬到玄真观前的树上把柿子全摘了……"

纪初桃一愣，问道："何时的事？"

"就是殿下和他疏远、吵架那会儿。"宋元白观察着纪初桃的反应，笑着道，"我找到他的时候，他醉醺醺地坐在一堆烂柿子中，后来还挨了牛鼻子道士好一顿斥责……你说好笑不好笑？"

纪初桃笑不出来。她想起那夜自己和孟苏夜饮出来，祁炎对她说"玄真观前的柿子熟了"，那时她满心想着噩梦的预示，干脆地拒绝了他，不知道他竟然守着一堆烂柿子醉了一夜。

三

和谈的地方定在了朔州的边境——雁门关下。

巳时，祁炎麾下的第三拨信使来了，向纪初桃汇报雁门关下谈判营帐内的详细动静:"殿下,北燕使臣已至营帐,可要属下护送殿下动身前往和谈?"

纪初桃攥了攥手指,平静地道:"再等等,一个时辰之后再报。"

信使道了一声"诺",领命退下了。拂铃仔细地替纪初桃整理雪狐斗篷的系带,不解地问道:"和谈之日,殿下为何频频延后时辰?"

纪初桃是深思熟虑后方做此决定的,温声笑道:"你平日伶俐,怎么这事却想不通啦?和谈不仅是两国筹码的比拼,更是双方心态的较量。战胜国要有战胜国的姿态,理应北燕等我们。等他们等得心浮气躁、不耐烦了,我们再出面和谈,方是'未战而屈人之心'。"

出发时,纪初桃原打算做一块安静的"招牌",代表大殷皇室见证和谈完成即可。但她来了塞北军营之后,见到黄沙壮丽、山河辽阔,一步步走过二姐曾经和亲的道路,才真切地感受到身上身为帝姬的沉甸甸的责任。

这么美丽苍茫的江山总会叫人情不自禁地想为它做点儿什么。曾经自己最厌恶的玩弄人心的那一套若能成为维护大殷的利刃,她也甘愿拿起,同祁炎一起战斗。

纪初桃让北燕使臣等待的时间说长不长,说短不短。她留意香炉中的线香,直到最后一抹灰烬掉落,方深吸一口气,定了定神,吩咐:"宣我大殷使臣,出发!"

朔风凛冽,旌节飘荡,肃穆的使团马车整装待发。雁门关下,祁炎穿一身玄色战甲,披鸦青色披风,领着三千名精兵已等候多时了。

纪初桃撩开车帘,刚好见祁炎策马过来,他的战甲在大漠的天光下反射出一道刺眼的白光。他控制着嘶鸣的坐骑,望着车中妆容大气的美丽帝姬,道:"别怕。"

纪初桃心中一暖,"扑哧"笑了一声,道:"本宫原本不怕的,你刻意跑过来说这样一句话,本宫反倒有些紧张了。"

祁炎扬眉的样子有些不羁,他沉稳地道:"待会儿殿下想说什么就说什么,不必有所顾忌。只要是臣镇守之地,都是殿下的主场。"

纪初桃道:"好呀。"

雁门关下是一个极为宽阔的疆场,城门巍峨,临时搭起的高台营帐如蘑菇般散落于此。

侍从撩开帐帘,炭火的暖意扑面而来。纪初桃敛神,收起笑容,带着属于帝国的威严庄重气质迈入了营帐中。

客席上,北燕使臣果然焦躁不已,正"叽里呱啦"地嚷嚷着什么,瓜子、果皮被丢了一几案。见到大殷使臣进帐,他们集体一愣,目光在为首的纪初桃和纪琛身上转了转,忽然发出一阵哄笑。

一个蓄着络腮胡子的大汉用生涩的汉话对祁炎道:"祁将军,你们大殷没人了吗？怎么两国和谈，还有女人和毛头小子来？！"

祁炎睥睨他们一眼，然后转身朝纪初桃抱拳行礼，肃然道："臣镇国军主将祁炎恭请永宁长公主殿下、安溪郡王殿下上座！"

众大殿使臣亦纷纷附和："恭请永宁长公主殿下、安溪郡王殿下上座！"

纪初桃在心中暗笑，知道祁炎这是在给她撑腰呢！北燕人对祁家人向来既恨又怕，北燕民间更是将祁炎刻画成三头六臂、青面獠牙的凶神，可见其威慑力。而如今这个"凶神"以一种极为臣服的姿态对一名看似娇弱的美丽少女行礼，恭敬得仿佛被拔掉爪牙的被驯服的猛兽……

大殿的使团名单隐藏了纪初桃的身份，北燕使臣被杀了个措手不及，又见祁炎这般恭敬的态度，笑声戛然而止，看向纪初桃的眼神惊疑不定。

北燕使团的首领是个三十岁上下的年轻人，高鼻深目，眼眸呈现出极浅的琥珀色，在一群粗犷的北燕男人间倒显出几分厌世般的安静模样来。他最先反应过来，别有深意地看了纪初桃一眼，起身行礼道："北燕使臣穆勒西见过大殷三公主殿下！"

其余的北燕使臣亦慌忙地起身，右手握拳按在心脏处，垂首道："见过大殷三公主殿下！"

北燕使臣俱安静如鸡崽，表现出与方才奚落的样子截然相反的敬重态度来。纪初桃只是微微颔首回礼，而后扬袖端坐在上宾的主座上，朝身侧次席上的穆勒西道："丞相大人。"

出发前，她已对北燕各位使臣的信息了如指掌，自然认出自己身侧这名一脸厌世表情、提不起精神的年轻男子就是有着"金瞳蛇"之称的北燕新丞相。

北燕在兵败之后还能撑这么久，这位丞相大人功不可没，纪初桃自然对他多留意几分。

穆勒西显出几分讶然的样子，以标准的汉话道："三公主殿下竟认得在下，实乃在下之幸！大殷的公主都这般漂亮，只是大殷的王子嘛……"

穆勒西将琥珀色的眼眸转向安溪郡王纪琛，哂笑了一声。先前蓄着络腮胡子的大汉立刻附和道："当初你们大殷的二公主来和亲，嫁的可是咱们响当当的英雄皇帝！如今我们明珠郡主和亲，你们就选了这样细皮嫩肉的小子？三公主殿下，你们国家是没有真正的男人吗？女人掌权不说，连王子也像个女人似的！"

北燕使臣像抓到了大殷的笑柄似的，纷纷道："是啊，是啊，在我们北燕，女人都是只能在家做饭、生娃的！"

他们这是要来个下马威？

纪初桃与祁炎对视一眼，心中霎时间安定下来，不慌不忙地道："诸位使臣，你们北燕没学过圣贤经典，怕是不知中原文化博大精深，容本宫为诸位解释。若两国平等地交往，一国的公主嫁到另一个国家，这叫'和亲'；战败国主动向战胜国送去美人，则叫'献俘虏'。故而当年我二姐出嫁是和亲，如今你们的郡主是俘虏，二者怎可相提并论？"

见北燕使臣顿时语塞，孟苏率先拊掌赞叹："殿下英明！"

一旁，祁炎的嘴角扬起了一个不甚明显的弧度。

方才被当作靶子贬损的纪琛皱起眉，接上纪初桃的话茬，气定神闲地道："诸位说你们的皇帝是英雄，又说女子只能在家相夫教子，可诸位别忘了，你们的英雄被我国的帝姬踩在脚底下，兵败身死，唯一的皇子亦被掳来大殷为质。如此看来，贵国的男子岂非自认连女子都不如？"

"你！"对方使臣被激怒，怒目圆睁。

平时安安静静的纪琛不鸣则已，一鸣惊人，面对凶神恶煞的北燕使臣，竟一点儿也不露怯。说到激动处，他面红耳赤地撑着几案，倾身怒喝："不错，我大殷的帝姬就是如日月般高悬，光芒万丈！诸位若想讨好，就该送皇子过来入赘，而不是送苦命的女子！"未等北燕人开口，纪琛自顾自地"哦"了一声，轻飘飘地说，"险些忘了，你们的皇室早没有男人了，唯一活着的皇子现今还在大殷的囚车里。"

北燕使臣自取其辱，本想挑两个"软柿子"捏一捏，却不料一脚踢在了铁板上，面色霎时间红红白白几番变化，极为精彩。

纪琛一气呵成地讥讽完，方恢复正襟危坐之态，气定神闲地微笑："失敬了。"

纪琛变脸之快令纪初桃目瞪口呆，连孟苏等大殷使臣看向纪琛时，目光中都带着一种闪闪发光的敬慕之意。

穆勒西不似方才那般颓靡了，眸色变得微微凝重，交叠着双腿对纪初桃道："贵国有什么样的水土，竟能养出这般牙尖嘴利之人？在下今日算是大开眼界，受教了。"

纪初桃觉得内心畅快无比，忍着笑谦逊地道："我朝人才辈出，安溪郡王不过是其中最不起眼的一个，丞相谬赞。"

穆勒西听出了其中的暗损之意，不怒反笑："哦，是吗？那不妨大家都收了神通，直接开始谈判吧。"

谈判期间众人又是一番唇枪舌剑，双方的茶盏都换了几轮。北燕不愿割地，却主动提出成为大殷的番邦，愿认大殷的天子为兄、为父，每年向大殷献上一定数量的牛、羊、马匹及香料为岁币……

这对大殷来说是个极大的诱惑，纪初桃却总觉得哪里不对劲，毕竟越肥的饵，背后则越有可能藏着陷阱。

大殿使臣已然有些心动,俱扭头望向纪初桃,等待她做主裁决。

纪初桃并未急着做决定,目光与祁炎深沉的目光相接,片刻后了然地道:"今日天色已晚,诸位使臣劳顿,不如暂且休息一晚,明日再议。"

谈判日程又往后拖延一日,北燕使臣一片哗然。穆勒西倒是毫不急躁,朝纪初桃笑道:"你们汉文中有个词叫作成王败寇,如今你为刀俎,我为鱼肉,我们甘愿自降为附属国侍奉贵朝,只为换回我北燕皇室唯一的血脉。这笔稳赚不亏的买卖,三公主殿下还有什么可疑虑的呢?"

进帐和谈前,祁炎跟纪初桃提过穆勒西"金瞳蛇"这个诨名的由来,说这可不仅仅是因为穆勒西眼睛的颜色,更是因为他狠厉的手段。他如同大漠中的毒蛇,平日安静地蛰伏,就当对方以为他在晒太阳而放松警惕时,他便会以闪电之势扑上去咬断对方的喉管。

思及此,纪初桃莞尔回击道:"我们汉话中也有'贪饵吞钩''小心驶得万年船'这样的说法。"

穆勒西眯起了琥珀色的眼睛:"若是两国还有机会结亲,在下拼了命也要求娶殿下这般有趣的美人!"

冰冷的视线刺过来,气氛瞬间凝住了,纪初桃不用看也知道这股强大的气场是从谁的身上散发出来的。

顶着来自祁炎的压迫感,穆勒西"哈哈"一笑,起身按胸行礼:"还是请三公主好好考虑考虑我方的提议。明日见,美丽的殿下!"

日落西山,余晖给绵延起伏的关山镀上了一层胭脂色。鼓声歇,城门开,北燕使臣们退回关外扎营。

"三殿下因何不愿同意北燕成为我朝的番邦附属?"北燕人走后,孟荪的一名手下迫不及待地请示,"收服北燕亦是大殿下的意思。"

纪初桃还未开口,一旁的祁炎冷冷地道:"北燕地广人稀,民风彪悍,让他们退回大阴山外,割雁北至大阴山十二城池给大殷即可。"

"北燕割地,大殷得到的乃蝇头微利,怎可与将敌国变成附庸这等大业相提并论?"使臣反驳道,"况且将军乃武将,无须僭越插手使团内务!"

祁炎眸色一寒,嗤笑道:"鼠目寸光。"

那使臣立即缩了缩脖子,转而朝纪琛拱手道:"还望郡王裁夺!"

纪琛看向纪初桃,纪初桃明白他的意思,发令:"这不是买衣服,不必急着下手,我们还须从长计议。"

众人各自散去后,纪初桃独自前往城墙上散心。

千里黄沙漫漫,关山如剑,纪初桃听到身后熟悉的脚步声,不用回头便知来人是谁。

"二姐说过,当年她就是在这里试图逃婚的。那晚死了很多人,可最后救了她、替她背负罪孽去死的人偏偏是她平日最讨厌的那个小太监。"纪初桃说着,将目光投向远处的沙丘,"祁炎,你看,八年之后我再站在这片土地上,却看不见一丁点儿当年的尸骸和血色了。"

"沙土没有记忆,能记住它们的唯有人心。"祁炎解下披风披在纪初桃的身上,替她系好带子,问道,"殿下讨厌这些吗?"

纪初桃愣了一会儿才明白他所说的是谈判桌上的尔虞我诈,摇了摇头,笑道:"本宫以前最厌恶这些,觉得人心很难揣测,可是现在不怕了,因为有想保护的子民,还有……"她顿了顿,放轻声音,"还有你在我的身边。"

祁炎嘴角微扬,又刻意地压下了。他侧过身,与纪初桃比肩而立,声音温和了不少:"我不愿意让北燕成为大殷的子国,是因为北燕之外尚有西凉虎视眈眈。北燕无力对抗两个国家,便退而求其次,与大殷结交。若大殷将北燕收为附属藩国,北燕势必顺杆而上,请求大殷出兵助它平定西凉。"

原来如此!纪初桃恍然大悟:"我朝规定,君王有责任为藩国平定战乱,也就是说,穆勒西这招是祸水东引,想将西凉的兵刃转移到大殷的头上!"

祁炎颔首:"穆勒西所说的那些牛、羊、马匹及香料之类的岁币加起来才八九万两,而我朝出兵替北燕戡乱、吞并西凉,每年军费在四十万两以上。这哪里是什么稳赚不赔的买卖?他们分明要将大殷的国库掏空,好为北燕做嫁衣。"

祁炎三言两语就从戍边武将的角度将孟苏等文臣看不清的利害说透了。纪初桃不语,只笑着望向祁炎冷峻的侧颜,越看越喜欢。

这个男人从内到外都长在了她的心坎上,明明看上去那么冷漠桀骜,却这般温柔体贴。

祁炎总算察觉到她认真注视自己的视线,敛神道:"怎么了?"

"没。"纪初桃移开视线,轻松地笑道,"就是……好喜欢你。"

夕阳收敛了最后一丝余晖,祁炎的耳朵却像留住了晚霞的颜色般微微发红。他不自在地清了清嗓子,用手搭着城墙俯身,忽然莫名其妙地说道:"殿下,什么时候才能……?"

他久久未有下文,纪初桃疑惑:"才能什么?"

祁炎眼里有光,侧首哑声说了一句让她面红耳赤的话。

天色半边艳丽，半边晦暗。城墙下，两名路过的使臣望着城墙上相对而立的两道身影，讨论道："祁将军在和三公主商量什么大事吗？他们好认真啊。"

"应该在商议明日谈判之事吧。"

"咦，三公主怎么跑了？"

翌日，营帐中，北燕使臣昨日苦等纪初桃许久，心浮气躁时又被大殷杀了威风，今天总算汲取了经验，特意来迟了一个时辰。

谁料甫一入帐，他们便见大殷使团静坐饮茶，竟然准备多时了。纪初桃使了个眼色，纪琛立即放下茶盏，催促道："都来了？那直接开始吧。"

北燕人还未反应过来便被直接拉入谈判中，再次被杀了个措手不及。

四

第二天的和谈比第一日更为激烈。北燕人不通礼节，踩着几案唾沫横飞；大殷的使臣亦索性抛却风雅和度量，挽起袖子与之针锋相对。

直到第三日，北燕才妥协，同意归还大殷在成武帝时期被北燕掠走的七座城池，并以大阴山为界，重新划定两国疆域，以此换回他们的皇子李烈；同时两国联姻，结亲期间两国不起纷争，商贸往来，互通有无，北燕以战马、香料换中原的铁器、茶叶，并上贡岁币若干……待大大小小的副文定下，两国使臣再分别按两国的礼节盖章、歃血，"雁北之盟"便算正式签订了。

偌大的营帐中，穆勒西依旧是那副耷拉着眼皮的厌世模样。他拿起酒盏旁的小刀转了一圈，咕哝着："三公主殿下寸步不让，当真是一点儿好处也不愿施与我国。"

"记得九年前北燕铁骑南犯时曾对我朝使臣说过，战败国是没有资格索要好处的。"纪初桃忆起自己在国史中看到的那段往事，轻笑道，"本宫只是将这句话还给贵国罢了。"

穆勒西也笑了起来："都说大殷三公主是一盏不问世事的美人灯，在下这次见了，方知传闻不可尽信。"

说罢，穆勒西将手中的小刀一转，划破手掌，将血滴入酒盏中，<u>丝丝缕缕的红色晕开了</u>。

纪初桃皱起了眉，歃血为盟、同饮此酒向来是北燕签订契约时的野蛮方式。

穆勒西淡定地包扎好手掌，将小刀往几案上一插，饶有兴致地道："三公主殿下，该你了。"

纪初桃还未说话，一旁的祁炎就迈开了脚步，但纪琛先他一步，拿起了那把沾血的小刀。穆勒西攥住了纪琛的手腕，眯着眼睛的样子还真有点儿"金瞳蛇"的阴鸷之感："郡王，歃血为盟这样神圣的仪式不容玷污，您来不合适吧？"他懒洋洋地看向纪初桃："还是说，三公主殿下害怕了？"

这是明显的刁难，穆勒西在谈判桌上未能讨到好处，便想借此机会找回一点儿威风，还真是睚眦必报。纪初桃被激起了逆反心理，面色不变，脱口而出："安溪郡王好歹姓纪，丞相大人却不姓李，究竟是谁玷污了谁呢？"

大殷使臣扬眉吐气，俱哂笑起来。纪琛亦挺身道："丞相是臣，我亦是臣，臣子对臣子方不僭越，再合适不过了。"

北燕使臣有气撒不出，你看看我，我看看你，咕哝了几句纪初桃等人听不懂的异族话。

穆勒西似乎接受了纪琛的说法，松开手，做了个"请"的姿势。

纪琛滴了血，与穆勒西一同饮下混着双方血液的殷红色酒水，被辣得满脸通红，强忍着没有咳出来。

"哐当"一声，穆勒西摔了酒盏，举臂大呼了一声什么，北燕使团跟着高呼起来，震耳欲聋。

"他们在高呼'北燕万岁'。"一旁，祁炎低沉的声音传来。

纪初桃险些以为他们在上演"摔杯为号，三百个刀斧手冲进来厮杀"的戏码，听到祁炎翻译，这才放下心来，朝着同样不明所以的纪琛使了个眼色。

纪琛呆了一瞬方反应过来，亦振臂道："大殷万岁！"

纪初桃这堂兄平日毫不起眼，但每到这种关键时刻便有一股莫名其妙的胜负欲，定要让声音盖过对方的才算数。

大殷不服输，北燕亦铆足了劲，纪初桃的鼓膜都快被震破了。她走出营帐时，脑袋里仍有"嗡嗡嗡"的回响，让她感觉头重脚轻。

"不舒服？"祁炎穿着一身战甲伫立在侧，背映关山万里，非常英俊。

纪初桃深吸一口气，又徐徐地吐出，轻松地道："没有，本宫只是方才有些紧张，好在总算完成使命啦！"想了想，她趁着使团不注意，眨着眼低声问，"方才穆勒西刁难时，你朝前走了一步，是想替本宫歃血吗？"

战袍飘动，祁炎将嘴角一扬，疏狂地道："不用那般复杂。此乃臣之营地，臣只需要向前拔剑一寸，就能威慑穆勒西收手。"

不过有纪琛出面解围，结果是一样的。

两个人正说着，便见孟苏撩帐进来了，神色凝重地禀告："殿下，安溪郡王的手流血不止。"

385

"怎么回事？"纪初桃顾不得与祁炎独处，回到己方营帐中，果然看见纪琛被一群人围着，捏着手掌，手上包扎的纱布已被鲜血浸透了。

见惊动了纪初桃，纪琛甚是歉疚，不好意思地道："方才歃血时，刀划得有些深。"

难怪出营帐前他一直将手藏在袖子里，想来是不想让大家看到他翻卷的伤口……

纪初桃心惊肉跳，既心疼又觉得好笑："郡王怎么这般实诚？旁人是歃血，你这是断腕……速请军医来！"

孟苏道："王爷只是不愿意让北燕轻视大殷，何况是第一次歃血，难免失了轻重。"

祁炎皱起眉，走到纪琛的面前时已利落地帮他撕开了绷带，一只手紧紧地按着他腕上的血管止血，垂眸指挥乱成一锅粥的文人："止血散、金疮药。"

随从们依言照做。撒好药粉，祁炎熟稔且迅速地缠好绷带，打了军中惯用的止血结，起身道："痊愈前不要沾水。"

见血果然不再流出了，纪琛道了一声"好"，感激地道："多谢祁将军。"

祁炎面容冷峻，只有在走向纪初桃时才缓和了一些。他用只有两个人能听到的声音低声道："他死不了，殿下莫担心。"

纪初桃知道，他从来不是个多管闲事的人，刚才是怕自己着急，所以才勉强关心一下纪琛。她抿唇一笑，眸中水波潋滟。若非帐中人多、自己还有正事要办，她真想抱一抱祁炎，透过冰冷坚硬的铠甲去感受他胸腔中那柔软炙热的心肠。

当日午后，雁门关下，朔风凛冽，旌节仿佛被冻僵似的发出沉重的呜咽声。纪初桃坐在马车中，看着祁炎亲自率军将李烈送到北燕人的手中，再护送纪琛从北燕使团中接回明珠郡主的马车。

李烈与明珠郡主的垂纱马车交错时，双方皆停下了。见身着钴蓝色束袖和一袭暗红色长裙的明珠郡主下车，李烈拥抱了她，以表兄的姿态拍了拍她的肩膀，这才后退一步，目送她重新上车，看着她即将像从前的自己一般前往陌生的大殷国土。

雄浑的号角吹响，北燕使团及将士以手按胸，单膝跪下，既迎接他们的皇子归来，亦送别他们和亲的郡主。

上元节乃中原的大节，即便远在边塞，大殷子民也不能草率地度过。何况盟约已签订，两国绵延了几代的战火停歇，百姓更要好好地庆祝一番。

夜里，营帐中大办宴席，大殷使团作为东道主，邀请北燕使臣一同赴宴庆贺。

篝火通明，酒肉飘香，这里毕竟是祁炎的地盘，席间倒是宾主尽欢。

北燕人血脉混杂，受西域人的影响，能歌善舞。宴饮中途，穆勒西放下酒盏起身，朝纪初桃伸手："如今两国邦交，永修旧好，不知在下是否有幸代表北燕邀请大殷的长公主共舞一曲？"

纪初桃不会跳舞。在大殷，帝姬是高贵优雅的象征，不会同北燕人那般不论性别、地位，兴致一来便可围着篝火起舞。

一旁的副使孟苏拱手道："丞相想共舞，大殷使团中自然有最好的舞姬……"

"在下就要三公主殿下，只有这样美丽的少女才配得上今夜的月色。"穆勒西望着纪初桃，深沉的琥珀色眼眸中蕴藏着捉摸不透的笑意，倾身逼近纪初桃，"就当留一份临别赠礼，可以吗？"

纪初桃娴静地端坐着，刚想回一句"不可以"，便见一柄长剑横至眼前。祁炎挡在她的面前，故意朝穆勒西朗声道："丞相若有雅兴，不如与我舞剑一曲？"

那剑已然出鞘，泛着一片霜色。北燕使团的人见情势不对，都放下酒杯，直起身来。

穆勒西举手示意自己人莫要轻举妄动，而后抬手将祁炎的剑推开些，后退一步惋惜地道："将军愿舞剑助兴，在下本不该拒绝。只是盟约刚立，大喜之时，实在不该见兵刃之光，下次有机会，在下再向将军讨教。"

说罢，穆勒西看了纪初桃一眼，方恋恋不舍地回到席中。

纪初桃还不解气，吩咐营帐中奏乐的琵琶女："来一曲《将军破阵曲》，为北燕使臣饯行。"

她这是在嘲讽他们是被"破阵"的那个呢！

北燕使臣不精通汉话，或许听不出纪初桃的暗讽之意，但穆勒西懂。他把玩着酒盏，面色僵了一瞬。

纪初桃心中痛快，刚哼了一声，便看见祁炎收剑，对自己使了一个眼神，而后转身离去了。

纪初桃坐了一会儿，有些心不在焉，算着时辰差不多了，遂挑了个没人注意的间隙，循着祁炎离去的方向寻去了。

众人围着篝火过节的热闹声远去，离主帐很远了，纪初桃方在雁门关的土崖上找到执剑而立的祁炎。

崖上风大，苍穹如墨，远处的朔州城中灯火点点。祁炎站在崖上，背影孤寒，莫名其妙地透出一股横刀立马、一夫当关的英雄气势。

纪初桃吸了吸被冻红的鼻子，还未开口说话，眼尾已染上笑意，问道："你唤本宫来此处做什么？"

祁炎侧首，明明嘴角上扬得明显，却还装作不在意的样子故意道："臣可没说让殿下来。"

纪初桃不服气，笑道："你虽然没说，但眼神分明就是在唤本宫。"见祁炎神神秘秘的，纪初桃既期待又紧张，小声问道，"你找我来此处到底是为什么呀？"

她用的是"我"。

她仰头看祁炎的时候，眸中仿若散布着万千星辰的光，温柔又明亮。耳畔风声聒噪，祁炎牵住了她微凉的指尖，沉声道："跟我来。"

夜色是最好的掩护，祁炎熟稔地绕过巡逻，将纪初桃带到了一个无人的帐篷里。油灯昏暗，帐篷内温馨且静谧，里面搁着一张几案、一扇屏风，屏风后还有一张小榻。纪初桃好奇地四处看了看，回身问道："这是什么地……？"

说话声戛然而止，她看见祁炎已经解了战甲和护腕，正在脱外袍。手臂抬起时，衣裳下的腰背线条流畅又清晰，充满了力量。

纪初桃将脸藏在狐狸毛的斗篷领子中，只觉得脸上一热，说话也不利索了，磕磕巴巴地问道："祁炎，你……你做什么？"

"脱衣裳。"祁炎随手将衣裳搭在臂上，单手扯下腰带，皱着眉略微急促地道，"殿下也脱。"

"嗯……啊？"纪初桃呼吸一滞，脸臊得快要红透了。

五

脱衣裳？在这儿？纪初桃愣在原地，觉得自己一定是喝醉了才听见这般放诞不拘的话。

祁炎单手解开腰带，久久没听见纪初桃的动静，一抬首，方看见她的脸红得厉害，水灵灵的眸中满是慌乱的神色。他似乎明白了什么，眸色变得深沉起来，将解下的衣裳随手往木架上一搭，凑近她问道："殿下为何不动？"

他离得近，眸色幽幽，里衣半敞，胸膛和腹部的线条若隐若现。纪初桃没忍住，"咕咚"一声吞了一口唾沫，后退一步："好好的，脱衣裳做什么？"

祁炎揽住她的腰，又拽住她贴在自己身前，故意放低语气缠绵地道："大胜之日，诸事安定，臣自然要与殿下好生庆祝一番……"

纪初桃身子僵得不行，摇首如拨浪鼓："不行……祁炎，在这里不行的！"

篝火宴会还在继续，琵琶声清晰可闻。纪初桃在这种帐篷里没什么安全感，唯恐祁炎动手动脚，连忙推他："会有人来的。"

纪初桃的掌心触及祁炎硬实的胸膛，她又一阵血气上涌。

听见她细得发颤的嗓音，祁炎心里痒得很，这才停止戏弄，握住她的手闷声一笑："今夜是上元节，亦是北疆人的祝神节，臣只是想让殿下换一身便衣，与臣一同出城夜游。"他托住她的后脑勺，注视着她诧异又羞赧的神色，揉了揉她的鬓发道，"殿下想到哪里去了，脸这般红，嗯？"

他笑得恶劣，明显就是故意的！

纪初桃气坏了，挣开祁炎的手，咬了咬唇，道："那你直说换衣服便是，为何要用'脱'这般惹人误会的字？"

她的脸皮甚薄，雪腮绯红的模样艳丽无双。祁炎眸色黯了黯，很想将她拥入怀中狠狠地亲吻一番，可顾及时辰，只得压下心中的燥热，走上去哄道："我们要赶在守卫巡逻前离开，只有一盏茶的时间，殿下先把衣裳换上，衣裳在屏风后的小榻上。"

"知道了。"纪初桃没什么威慑力地瞪他一眼，闷闷地哼道。

她绕至屏风后，果然看见榻上放着一套整齐的胡裙。她好奇地摸了摸胡裙的质地，又四处张望一圈，发现并没有可作遮挡的内间、纱帘之类的东西，不由得有些迟疑。

莫非自己就在屏风后换？纪初桃抱着衣物，隔着屏风望了一眼祁炎，只见油灯昏黄，祁炎健壮的身体轮廓隐约可见，她不由得看得出了神。

祁炎察觉到了她的视线，也不急着换上胡服的袍子，反而大方地转身，仿佛透过屏风攫取到了她的视线般，声音带着笑意问道："可要臣帮忙宽衣？"

纪初桃才不会上当！她连忙背过身去："不用，本宫自己来！"

罢了，反正以前他们俩也同处一室过，还一起泡过汤池，她迟早要面对这些事情，怕什么？！想到此，她深吸一口气，一件件地脱下了斗篷和外衣。

祁炎动作迅速，早就换好了衣裳，开始系牛皮护腕的绳结了。他抬起眼，不经意间瞥见屏风后纤细的剪影，微眯眸子，动作不由得慢了下来。

纪初桃没有脱下全部衣服，留了一件单薄的里衣，即便如此，祁炎从往昔两个人的亲密接触中也能得知，那薄薄的衣料下是怎样玲珑曼妙、销魂蚀骨的香软身躯。

屏风后，纪初桃并未察觉到某人灼热的视线，赶在一盏茶的时间里穿戴齐整，理了理裙摆，这才微红着脸，有些不自在地从屏风后走出来。

视线相接的一瞬间，二人皆愣住了。

纪初桃穿着一袭嫣红色的窄袖镶边胡裙，脚踏鹿皮小靴，腰肢被束得盈盈一握，异域的服饰在她的身上出奇地和谐，衬得她凝脂般雪白的肌肤更加娇嫩。她随意地往那儿一站便是尘世的中心,有着令人挪不开眼的惊艳之美。

而祁炎穿着束袖的翻领胡服,墨发披散,只在耳后编了几条小辫,肩上的大氅以鹰羽为饰,更显得他肩宽腿长。他本就五官立体,配上粗犷不羁的异族服饰,显得越发冷峻英气,好似生来就该与鹰隼和苍狼为伍。

见祁炎还盯着自己,纪初桃微微侧首,有些不确定地道:"本宫也不知道是否穿对了,这样……可以吗?"

她可以得不能再可以了。祁炎起身上前,抬手碰了碰她的发髻,而后将她的钗饰、簪子一一取走,任由三千青丝如瀑布般垂到腰际。

纪初桃抚了抚鬓发,向祁炎投去了疑惑的目光。他伸手将纪初桃的鬓发别至耳后,解释道:"塞北胡姬不绾髻。"

说罢,他拿起一旁几案上的珊瑚玛瑙额饰,亲自为纪初桃戴上,调整好细节,面前的少女活脱脱成了一位灵动的异域美人。

祁炎眸色深沉起来,顿了顿,又拿起一块清透的面纱递给纪初桃,淡然道:"殿下还是把脸遮上比较好。"

"怎么了?"纪初桃不明所以地接过面纱,摸了摸自己的脸,"难看吗?"

"恰恰相反。"祁炎嗓音低而强势,垂眸看着她过于明艳耀眼的容颜,道,"所以,只许给我一个人看。"

纪初桃"扑哧"一笑,抖开那条淡红色的纱巾遮住脸,只露出一双水润的弯弯的杏眼。

篝火明亮,军营肃穆。祁炎应该是提前打好招呼了,两个人穿成这样溜出营寨,竟无人阻拦。

上马时,纪初桃尚有些担心,小声道:"本宫还未告知侍从,拂铃若夜里找不到我,怕是会着急。"

"我已命宋元白寻了个借口前去告知他们,殿下大可放心。"说话间,祁炎伸手将她拉上马背,禁锢在怀中,恣意地道,"今夜,殿下只属于我一个人。"

这一番话让纪初桃感觉身上又麻又热,她抓着马鞍坐稳了:"看来,小将军是蓄谋已久了!"

祁炎并不否认,伸手将纪初桃身上的斗篷裹紧些,然后才扬鞭策马,载着心爱之人于土丘上奔驰,披着夜色穿过旷野和黄沙,向灯火热闹的朔州城外而去。

弥城位于两国交界处,雁北之盟签订后,便被重新划回了大殷境内。这里既有大殷商队,亦有北疆各族,恰逢两国休战,弥城大开城门庆贺节日,大殷上元节的花灯与北疆祝神节的篝火齐明,一时间穿着各色服饰的人群往来、攀谈,竟让这座边境小城热闹得不输京都。

伴随着胡笳声及鼓声,艳丽的胡姬当街起舞。纪初桃寸步不离地跟着祁炎,走马观花般目光在一排排琳琅满目的商品上掠过,眼里满是新奇与惊喜的神色。

这里有许多她在中原不曾见过的新奇玩意儿,纪初桃拿起一个硕大的银质耳环往祁炎的耳垂上比了比,幻想他如异族男子那般戴耳环的模样,不由得笑出声来:"好看的!"

祁炎负手而立,沉默又包容,任由她拿着饰物在自己的头上比来比去,眉目中蕴藏着浅浅的笑意。

纪初桃玩够了,便放下耳饰,又去嗅隔壁摊位上的玫瑰胭脂。波斯商人带来的胭脂和香露比中原产的要精致许多,她原本只是好奇,祁炎却默不作声地掏出了银锞子,将她方才看的那几种首饰和胭脂全买下了。

纪初桃连忙道:"哎,本宫……我只是随便看看,你不用买的呀!这些东西每年内廷皆有上贡,我还用不完呢!"

祁炎不为所动,提着一堆用红绳包扎的锦盒道:"不一样,这是我送殿下的。"

纪初桃心中一暖,叹道:"都出来了,你就不要唤我'殿下'了。"

"那唤什么?"祁炎笑着看她。

灯火下,纪初桃仿佛被他这抹恣意的笑容晃了眼,耳尖一红,没好意思说出来。梦里他们成婚后,祁炎是唤她"卿卿"的。

街上人多,祁炎将她护在身旁。两个人的手不经意间碰到一起,也不知是谁先勾了谁的尾指,总之最后他们十指紧扣,再也没有分开。

陌生的边塞城池里,今夜的纪初桃不是大殷的三公主,祁炎也不是桀骜的小将军,他们只是一对年少相爱的再寻常不过的恋人。

男人的指节很硬,纪初桃感受着手指被撑开的酥麻感,忽然弯眸笑道:"祁炎,你记不记得我们刚认识的那年,你邀请我出门看雪。"

祁炎当然记得。那时他听信宋元白的建议精心地打扮了一番,踌躇满志地要将纪初桃捕获,孰料坊门灯火下一见,红裙少女嫣然若画,布局的猎人反倒先一步沦陷,一步步地为自己套上了甜蜜的枷锁。

一阵热闹的喧哗声打断了二人的思绪,纪初桃循声望去,拉着祁炎饶有兴致地道:"祁炎,那边在做什么?好多人哪!"

"祝神节庆典,抢花球。"祁炎常年镇守边塞,对这边的习俗了如指掌,解释道,"传闻今日是掌管万物生育的大弥神的诞辰,每年此夜,弥城的百姓便在高台上悬花球,谁能夺得此球,便能姻缘顺遂、子孙满堂。"

纪初桃踮起脚，极目远眺，只见高台之上果然悬着一只缀着彩色飘带的绣球，如凤尾般在夜风中划出鲜艳的弧线，台下有百十来名少年跃跃欲试。

见纪初桃看向那只象征着祝福的漂亮花球，祁炎一勾唇，也不问她是不是想要，直接拉起她道："走，我们也去。"

"哎，祁炎……"她来不及阻止，祁炎已护着她挤到了人群的最前面。

"你在此处别动，等我一盏茶的时间。"

说罢，祁炎抬臂举手，朝领判之类的老者高呼一句异族话，而后手撑高台，跃上了赛场。

纪初桃猜他方才胡诌了个名字，自报姓名参赛。他是想为自己赢回那只花球吗？她这样想着，心中满满当当、热潮翻涌，既觉得甜蜜又满怀期待。

她正出神，鼓声擂响，赛场上的少年们霎时间如狼而动，使出全身本领朝那只悬在空中的花球扑去。一个男子才触及花球的飘带，又被身后的男子扑倒了……

台下还站着许多如纪初桃一般的少女，她们皆朝台上挥手，大声呼喊着什么。纪初桃亦紧紧地盯着台上那个矫健的身姿，攥着袖边，几番呼吸后，终于抛下帝姬的包袱，如其他少女一般高呼心上人的名字，为他加油。

"祁炎！祁炎——"少女轻灵的声音穿过了人海。

风停，绳断，纪初桃满眼都是祁炎举着花球稳稳地落地的身影，四周彩带飘动，如惊鸿踏雪。

鼎沸的人声戛然而止，随即爆发出一阵更热烈的掌声。

没有夺得花球的少年们满脸惋惜和艳羡之色，但还是拊掌，向对手致以由衷的敬佩与祝福。

祁炎拿着花球跃下高台，朝纪初桃走去。人们自动让开一条道来，让身高腿长的英俊男子顺利地走向他的红衣美人，掌声中夹杂着善意的口哨声，经久不息。

纪初桃头一次遇到这种情形，心怦噪地"怦怦"跳着，说不清是因为羞涩还是欣喜。好在她有面纱遮挡，不会让人看见她过于绯红的脸颊。

未等祁炎开口，她已主动上前接过祁炎手中的花球，抱在怀中轻声道："多谢。"

祁炎微怔，随即露出一抹神秘莫测的笑来。周围的人围拢过来，欢呼得更厉害了。纪初桃听不懂他们在欢呼些什么，茫然地抱着花球，手足无措地望着祁炎小声问："祁炎，他们在说什么？"

为何明明是她接了花球，周围的人看起来比她还要高兴？

祁炎眸色深沉，垂眸望着少女漂亮的眼眸道："他们在祝福新人。"

"祝福……"纪初桃眨了眨眼，"新人？"

见纪初桃不明所以，祁炎附在她的耳畔，勾着唇道："这是弥城的规矩，若少年在祝神节上抢得花球，送给心爱的姑娘，那姑娘接了花球的话，便算作以天地为证，两个人结为夫妻，白首不离。"

纪初桃倏地睁大了眼睛，祁炎不退反进，拉住她柔软的手，身体在灯火下投下一片阴影。他用撩人的沙哑嗓音低声道："殿下接了花球，该不会当着这么多人的面拒绝我吧？那我岂不是很没面子……？"

话音未落，祁炎便感觉掌心传来温热的感觉——纪初桃回过神来，水汪汪的杏眸盯着他，轻而坚定地回握住他的手。

一瞬间，声音仿佛远去，周围的人群也变得模糊，只有两个人执手相对。纪初桃一只手搂着花球，另一只手握着祁炎的手，眼里映着他难得错愕、紧张的俊颜，愉悦地轻声说："我愿意的呀，祁炎。"

六

祁炎望着她，眸中似有碎光闪烁。许久后，他努力地按捺着什么一般，喉结微动："殿下，祝神节的新人会受到天神的庇佑……大家会当真的。"

所以，你现在撒手还来得及。

闻言，纪初桃哭笑不得："我没说要作假呀！"

塞北寒风如刀，祁炎的胸腔却像翻涌着炙热的岩浆。花瓣一样温柔的话语落在祁炎的耳畔，在他荒芜的心田中开出一片繁花，如烟火般绚烂。

祁炎没再继续劝说，因为少女紧紧地握住他的手已说明了一切。他顺势用修长的手指撑开她的五指，与她十指相扣，脸上带着桀骜又温柔的笑意，牵着心爱的姑娘朝擂台走去。

围观的男女老少纷纷将准备多时的纸花碎屑撒向天空，姹紫嫣红的纸花碎屑在朔风中飘舞、散开，落了十指相扣、比肩而行的新人满身。

此刻在陌生而喧闹的边境小城，纪初桃和祁炎没有身份的束缚，亦无利益的考量，一切都是由心而发、顺理成章。篝火灿烂，花灯明丽，纪初桃与祁炎执手走过那条由人们撒出来的花道，将三四丈远的距离走得一辈子那般漫长。

高台上，一对德高望重的老夫妻早已等候多时。老妪将一个编织得十分漂亮的花环戴在纪初桃的头上，老翁则捧起一条素白的长丝巾挂在祁炎的颈上，再以麦穗沾水在两个人的额上弹了弹，嘴里念念有词。

"证婚。"祁炎嗓音低沉，在纪初桃的耳畔说道。

他看上去依旧从容不迫，只有纪初桃知道，他或许并没有表面看上去那样淡定，因为他攥着自己的那只手力气大得出奇，掌心甚至出了热汗。

纪初桃正想着，便见老夫妇二人各自端来一碗酒，示意新人喝下。

"按照这里的习俗，新人要饮下三碗马奶酒，第一碗和第二碗敬天地众生，第三碗夫妻相对互敬，便算礼成。"祁炎用只有两个人能听见的声音解释，语气中带着爱怜和期待之意，"酒很烈，你能撑住吗？"

塞北的合卺酒好大一碗！可事已至此，她撑不住也要喝完。

"我酒量很好的。"纪初桃这点儿自信还是有的，面纱外的眼睛弯成了月牙，映着灯火的暖光，声音很轻地说，"我万一撑不住，你可要负责照顾我。"

"嗯，"祁炎单手接过酒碗，大手有力，筋脉分明，扬着唇对她说，"照顾你一辈子。"

酒还未饮下，纪初桃就红了脸颊，仿佛已经醉了。为了方便饮酒，她抬手摘下了用来遮面的薄纱，颤巍巍地抬起眼，霎时间如明珠耀世，艳惊四座。

一片海潮般的欢呼声中，她学着祁炎的样子，与他并肩举起酒碗，对着天地举起，而后仰首一饮而尽。

马奶酒带着奶腥味，入口酸甜醇厚，明显不同于中原的酒。纪初桃捧着同脸一般大的碗小口小口地饮下热酒，熬过最开始不习惯的感觉，浓郁的奶香便于齿间溢出，口舌生津。

饮下第一碗酒的时候，纪初桃悄悄地瞄了一眼身侧的祁炎，心被填得满满当当的。她想：大姐若知晓她自作主张在塞外与祁炎成了亲，定然很生气。可是她并不后悔，如果每个人都有一次被原谅的机会，那么就原谅她这一次的叛逆吧。待回到京都，她亲自向大姐请罪……

祁炎饮下第二碗马奶酒，端着碗斜睇凝望身边一身艳丽红裙的少女，如一头被驯服的狼，眼神温柔无比。

那是他的妻，是新妇，亦是他要用一生去追逐、守护的女子。即便没有三书六礼、红装铺路，即便这场仪式只是昙花一现的过家家，今夜良宵喝下三碗酒，自此生生世世，他皆会把命给她，为她所向披靡。

饮第三碗酒前，祁炎温柔地扳过纪初桃的身体，引导她与自己相对而立。

两个人举碗对饮，礼成。

众人欢呼，自发地围着这对被天神祝福的新人，手拉着手，载歌载舞。

后劲上来了，纪初桃被辣得吐了吐舌头，唇上沾着些酒渍，在火光下泛着光。祁炎的唇色也因酒意而泛起了血色，让他看上去比平日多了几分俊美之感。他目光灼灼地抬起手，用略微粗糙的指腹轻轻地替她抹去唇上的酒渍，姿态洒脱又撩人。

也不知是因为醉酒还是羞怯，纪初桃的脸颊连着眼尾皆泛着艳丽的桃红色，如抹了胭脂般可人。她也笑着抬起手，轻轻地替祁炎拂去肩头的纸屑。

祁炎捉住了她软若无骨的手腕，轻轻地摩挲着、捻着，声音带着酒后的沙哑，确认般问道："你知道我们在做什么吗？"

纪初桃面红耳赤，眼睛却很亮，颔首道："知道的，成亲。"

祁炎对这个答案甚是满意，低笑一声，忽然搂住纪初桃纤细的腰肢将她高高地举起，当着众人的面玩闹般转了一圈，然后又把她放下了。

双脚离地的感觉刺激无比，纪初桃的心脏快要跳出来了。她还未缓过神来，又被祁炎大力地拥入怀中。

"我们成亲了，殿下。"

他们在人声鼎沸中相拥。

祁炎自顾自地闷笑一声，极尽愉悦，扣着她的后颈低语："大殷的三公主殿下是我的女人。"

低沉的声音让纪初桃的心尖泛起一股酥麻感，她被祁炎强劲如鼓声的心跳声震得耳朵发麻。

凛风拂过，雪不期而至。塞外的雪不似中原的轻柔，而是厚重、凌厉的，伴随着呼啸的风铺天盖地地席卷而来，不一会儿染上了人们的眉梢和鬓角。

花灯被吹灭了几盏，祝神节也到了尾声，祁炎拉住纪初桃的手，任凭热度顺着指尖攀爬，暖上心窝。

祁炎的眉毛和睫毛上凝着雪花，看上去冷酷，可偏偏眼神温和得仿佛能滴出水来。他帮纪初桃重新蒙好面纱，遮住那张过于招摇美丽的脸，这才扬起唇，道："走，找个地方避雪。"

二人去了一家客栈。弥城的客栈皆由土墙砌成，只两层楼高，看上去又矮又厚重，其貌不扬。然而他们推门走进大堂中，便被扑面而来的酒肉香和歌舞声笼罩了，里面热闹非凡。

卖酒的胡姬扫了一眼祁炎颈上的白丝巾和纪初桃手中的花球，随即露出意味深长的笑容，热情地上前朝他们躬身行礼，用胡语说了一句什么，随即招手示意他们二人上楼。

胡姬将他们领到了二楼最里间的大厢房前，推开门，只见屋内花枝灯盏明亮如昼，波斯地毯一直从门口延伸至轻纱飘舞的圆形胡床前，整个房间的色彩艳丽却不纷杂，散发着热烈的异域风情。

胡姬交代了祁炎几句，这才朝纪初桃露出一个暧昧的笑，一只手按着胸行礼告退了。

纪初桃好奇地打量着墙壁上所绘的彩图，发现边塞人热辣大胆，连彩图上的神女都是丰腴艳丽的，身上穿的衣裳少得可怜，只用几块轻纱勉强遮住重要的部位。她仔细一看，神女的身边还围绕着一群赤裸着上半身的年轻男子……

纪初桃莫名其妙地觉得脸热，想起了二姐曾经赠送给她的那些避火图。

"在看什么？"祁炎低沉又充满压迫感的嗓音从身后传来。

纪初桃连忙转身，欲盖弥彰地推他："没什么，不要看。"

那神女的衣裳太少了，不能让祁炎看见！

见她如临大敌，祁炎挑了挑眉，大概知道怎么回事了，负着手给她解释："墙上画的是大弥神吧？她是北疆人崇敬的婚姻生育之神，和中原的女娲有着同等地位，并非什么不能看的秽物。"

祁炎好像什么都懂，认真解释的模样格外吸引人。纪初桃摩挲着怀中的花球，情难自已地揣测：那他对夫妻间的那些事也了如指掌吗？

她回想起曾经梦到过的那些片段，脸不争气地红了——答案是显而易见的。

"你又想什么呢？"祁炎取走她怀中的花球，搁在几案上。

纪初桃满身奶酒的香气，岔开话题道："方才胡姬和你说了什么？"

祁炎道："她说她在烧热水，让咱们好生洗个澡。"

纪初桃"哦"了一声，突然想起什么，又道："我们好像还未付住店的银钱。"

祁炎笑了一声，笑声闷在胸腔中，显得格外低沉。

今晚他真的很开心，笑了很多次。

"被大弥神祝福的新人在新婚当夜无论住弥城的哪家客栈都是无须付钱的。"祁炎慢条斯理地说着，将"新婚当夜"几个字说得格外清晰。

纪初桃没忍住，抿了抿唇，"扑哧"一笑，心想：是啊，她与祁炎成婚了，像做梦一般。

"笑什么？"祁炎揽着纪初桃的腰肢，俯首问道。

纪初桃笑而不语，满目柔情，眼睫如蝶翅般呼扇。

"笃笃！"

门被人叩响了，是胡姬派来送热水的人。

祁炎解了大氅和护腕，挽起袖子露出一截结实有力的小臂，替纪初桃调好水温，这才放下空桶："殿下先沐浴。"

"你不洗吗？"

纪初桃甫一问出这句话便恨不得咬掉自己的舌尖，说得好像自己在邀请他共浴似的。虽说之前两个人一起在汤池中泡过，但大多时候是祁炎在伺候她，且那池子大得很，不似这个浴桶这般狭小。两个人若泡在这个浴桶中，非得肉贴着肉不可……

祁炎像克制着什么似的，眼波深沉，揉了揉她的发顶，道："我先出去，给你备些夜宵。"

在这桶水中一起洗，他不确定会把"到嘴的肉"折腾成什么样，总得给她一点儿时间缓缓。

见祁炎果真拿着大氅出去了，纪初桃舒舒服服地泡了个澡，直到水变得温凉，才拍拍滚烫的脸颊起身，取了毛巾擦干身子，穿上衣裳。

屋内很暖，纪初桃便没有披斗篷，赤着脚坐在柔软的床榻上等候。可等了一刻多钟也不见祁炎归来，她有些担心，赤脚踩在波斯地毯上，拉开了房门，而后愣住了。

也是巧了，祁炎带着一身湿气回来了，手里提着一个油纸包，正欲叩门。

纪初桃松了一口气，问道："你怎么去了那么久？"而后她皱起眉，伸手碰了碰他脸颊上的水，"又洗冷水澡了？"

祁炎没回答第二个问题。他若不冲冷水，根本没法出门。

"我买了新鲜出炉的胡饼。"祁炎拉着纪初桃进门，按着她坐回床榻上。

刚沐浴过的少女散发着香气，如出水芙蓉，艳而不妖。祁炎的视线从纪初桃单薄的肩头下移，落在她那双如白玉雕琢而成的脚上。那脚小巧，或许还不如他的巴掌长，足尖和脚后跟皆泛着樱粉色。

大概是怕她被冻着，祁炎解了外袍蹲下身，将她的脚焐在怀中。她没有吃滚烫的胡饼，而是认真地凝望着半跪的祁炎，忍不住伸出手，轻轻地点了点他饱满的眉骨和高挺的鼻梁……

两个人对视，暧昧的灯影下，鼓动的轻纱中，躁动不安的心叫嚣着渴望贴近。

屋内燃着炭火，温暖如春，暗香缭绕，男人的阴影落下时，纪初桃轻轻地合上了眼睛。热烈的吻由浅入深，纪初桃的灵魂仿佛被攫取了，舌尖疼得发麻，被禁锢的腰肢仿佛要断了，让她喘不过气来。

祁炎顺势捉住纪初桃的手，将她柔荑般的素手按在自己硬实的胸膛上，带着她感受自己蓬勃的心跳。他强势而耐心地牵引她，试图离她近些，更近些。

指尖触及富有弹性的躯干、流畅的肌肉线条，纪初桃再一次红了脸。她有生以来第一次生出一股无比清晰而强烈的渴望。她渴望祁炎，想得到他，想彻彻底底地将身心交给他。

二人吻毕，两唇分开但目光胶着，纪初桃在祁炎的眼中看到了陌生又熟悉的暗流。

"祁炎，新人成婚是要入洞房的……"喘息的间隙，纪初桃嘴唇嫣红，杏眼带着粼粼的水光注视着同样情动的男人，鼓足勇气细声道，"你……办不办？"

七

这番话一问出口，纪初桃明显感觉到祁炎的肌肉变硬了。他的眸子像深不见底的墨色旋涡，蕴藏着沉沉的光。

纪初桃被他长久地凝视着，脸热心慌，刚萌生出一点点退却之意，他就翻身上来了，以实际行动给予了热烈的回答。

穿着异域服饰的祁炎话越少越慑人，此时对待纪初桃就如同野兽对待爪下的猎物，倾身俯首，温柔地将其捕获。纪初桃借着朦胧绮丽的灯火望去，只见他的眉目冷峻，漆黑的长发自耳后垂下，连发根都是漆黑的颜色，几缕发丝调皮地扫过她的锁骨。

此时，他的眼中像翻涌着炙热的岩浆，一点点地将她的目光烫伤。

"准备好了？"祁炎呼吸沉重，低沉沙哑的嗓音刮着纪初桃的鼓膜，激得她一阵心颤。

纪初桃向来"一鼓作气，再而衰"，事到临头，反而不好意思开口了。故而她没有点头，亦没有摇头，只是用杏眸望着祁炎，眼波微动，里面没有丝毫怯退之意。

她给出了一个少女最温柔、坚定的回应。

祁炎仿佛听到自己内心深处有桎梏断裂的声音。

"不要怕。"他深深地凝视她，强忍着欲望低声安抚，"我曾想过许多次洞房花烛的场景，本不该如此简陋、草率。"

他幻想中的婚礼应该是十里红装，冠绝京都，他风风光光地将她迎娶进门。

纪初桃脸颊绯红，轻笑道："这样很好。你知道，我想要的并非那些东西。我只要你，全心全意的你。"

说罢，她鼓足勇气，伸手环住了男人的颈项。

这么冷的天，祁炎却出汗了，身体僵硬。

书到用时方恨少，纪初桃没有仔细地看二姐给的那些图册，此时一知半解，难免紧张，问道："你知道要……要怎么做？"

"我虽大概了解，却不曾试过。"她的耳畔传来男人粗重的呼吸声，他用尽最后的柔情道,"我若是做得不好,殿下要记得告知我。"

他拂开纪初桃额上的珊瑚玛瑙额饰,重复了一遍:"不要怕。"

"我不怕……嗯!"祁炎堵住了她的唇。

这个吻和他这个人一样强势,酥麻感顺着唇舌直冲脑仁,将纪初桃的意识搅得七零八落,她脑中最后朦胧的画面是头顶那片充满异域风情的绚丽壁画,面目模糊的大弥神正微笑着俯瞰万物……

纪初桃每次觉得自己快要死去时,就会被祁炎拽回人间。最无助之际,她被他紧紧地抱住,听到他哑声唤道:"卿卿……"

祁炎从未有过这般失去定力的样子。纪初桃心头一颤,被他这声压抑不住情动的呼唤掠夺了神志。梦境与现实交织,她跌入其中,深深地沦陷。

不知过了多久,两个人只知道窗外呼啸的风停了。纪初桃一点儿也不冷,短暂地昏迷后再次醒来时,发现自己仿佛在一个炙热的人形火炉中,热得快要化了。

一滴滚烫咸涩的汗珠自祁炎的鼻尖滴落,纪初桃低哼一声,不适地眨了眨眼,揉着眼睫细声道:"你的汗……"

"别揉。"祁炎拉开她胡乱揉着眼睛的手腕,温柔又虔诚地俯身,替她吻去睫毛上的那一滴汗珠。

纪初桃从未觉得这么累过,困顿至极,眼睛却一眨一眨的,还不忘哑声念叨:"祁炎,你再唤唤我。"

纪初桃细而娇气的声音令祁炎的爱意又涌了上来,他身体僵硬,道:"殿下……"

"不是这个。"纪初桃戳了戳他硬实的胸膛,哼道。

祁炎扬着嘴角,用惑人的眼睛注视着怀中又香又软的纪初桃,在她的额上轻轻一吻,哑声道:"卿卿。"

纪初桃心满意足,在祁炎的怀中寻了个舒服的地方倚着,睫毛一颤一颤的,带着笑意疲倦地睡去了。男人能给足她安全感,让她觉得天塌下来也不足为惧。

纪初桃醒来时,发现自己躺在一辆陌生的马车中,茫然许久,眼眸才渐渐聚焦。外面天色晦暗,带着丝丝曙光,马车内很宽敞,垫着柔软的缎面褥子,可她的身边没有祁炎。

纪初桃立即惊醒,倏地坐起身,却因牵动了酸痛的腰肢闷哼了一声。厚实柔软的兽皮毯子滑了下去,她扶着纤腰,如耄耋老者般极慢极慢地坐直身子,眉头快要皱成疙瘩了。

外头的人听到了动静,立即撩开车帘,带着满肩清寒的霜雪关切地问:"怎么了？"

"腰酸……"一开口，纪初桃方知自己的嗓子哑得不成样子。

想起昨夜的种种，她不由得脸红，越发没脸看祁炎是何表情。昏昏醒醒之间，意识断断续续的，她只能任人宰割……她这辈子的脸在祁炎的面前丢尽了！

马车一沉，祁炎躬身进来，坐在她的身侧问道："哪里难受？我看看。"

说着，他伸手摸向纪初桃的腰际，要替她揉捏以缓解不适感。她却身子一软，连忙把他推开，咬了咬唇，细声道："你别碰我了……"

她这具不争气的身子只要被祁炎一碰就软成一摊。

祁炎仿佛明白她的难堪从何而来，英俊桀骜的面容这才流露出些许少年人的青涩来，但更多的是食髓知味的餍足。他望向纪初桃的眼神中带着愉悦又带着关怀，像恨自己不能在她的身上打上永久的烙印一般。

"疼吗？"他将声音压得很低很低。

除去刚开始那会儿，纪初桃倒没有觉得很疼……她想了许久才找到合适的词，红着脸小声道："有点儿腹胀。"

祁炎揽过她，将温热的手掌置于她平坦的小腹处，轻轻地揉了揉。她渐渐放松下来，又靠着祁炎的肩头开始打瞌睡。

听着外头的风声，她伸手撩开车帘看了一眼，只见茫茫白雪覆盖着黄沙。她不知身在何处，便问："我们在哪儿？"

"回朔州的途中。"祁炎道，"天快亮了，还有一刻钟的路程。"

纪初桃现在一听他压低声音说话，便不可抑制地回想起一些不该想起来的画面，身子酸得厉害，连忙"嗯"了一声，掩饰般道："那我们快些回去吧。"

若是天亮了，他们就该被人瞧见了。纪初桃现在才知道害羞。

祁炎没说话，依旧不紧不慢地揉着她的小腹，眼神渐渐变得深沉。纪初桃如临大敌，连忙推开祁炎，蹙着眉瞪了他一眼。只是她推的那一把并没有什么力道，祁炎岿然不动，低笑一声，忽然拥住她道："舍不得你走。"

听他这么一说，纪初桃才想起一个现实的问题：和谈达成，明日她就要收拾东西随着使团南下归京了。

"那你呢？"明知不太可能，纪初桃仍然抱着期待问，"你不和我们一同归京吗？"

祁炎在她干爽的发顶轻轻地吻了一下，道："我尚有军务要交接，安顿好后也要三月份才能拔营回朝。"

那岂非还要一个月？现在正是两个人的情意浓得化不开的时候，纪初桃渐渐失

400

落起来，躁动的心空荡荡的。

"卿卿。"祁炎唤她，见她的耳朵红了，恶劣地笑了笑，"殿下喜欢我这般唤你？"

纪初桃羞恼又无奈，改了主意，只盼着离他远一点儿，能清净一个月也好。

"等我回去后，我们商议终身大事。"祁炎捉弄够了，依依不舍地放开她，道，"别担心，一切有我。"

纪初桃悬着的心总算落下了。

第十六章
真　相

一

纪初桃启程回去的那日天放了晴，阳光照在茫茫雪域上，泛着一层白金色的暖光。祁炎以护送之名，亲自送使团和明珠郡主的马车队伍出朔州。

城外的官道上，旌旗猎猎，车队蜿蜒，纪初桃撩开车帘朝后看了很久，只见祁炎的军马久久地伫立于城门之下，渐渐变成一个黑点，最后彻底地消失了。

纪初桃恋恋不舍地放下车帘，呛着风，咳了几声。拂铃有些担心，问道："殿下可是夜间感染风寒了？殿下的嗓子从昨日起便哑得厉害，该请太医来瞧瞧。"

"不用！并非风寒，只是本宫近日出使劳累，故而声音疲惫。"纪初桃支吾着，目光有些不自在，嘴角却不可抑制地扬了起来。

见她这副甜蜜又极力掩饰的模样，拂铃隐约懂了，便不再细问，只低声吩咐侍从去备些蜂蜜水，给她润嗓。

归程要快许多，中途休息时，远处北燕和亲的仪队隐约传来了动静。纪初桃掀开车帘，问道："怎么了？"

前方孟苏策马而来，禀告道："殿下，自启程起，明珠郡主便拒不进食，已饿了两三日。"

纪初桃蹙起眉，心想：那傻姑娘打算绝食明志吗？

她下了车，行至后方北燕的马车队伍旁，果然看见前去送吃食的内侍皆被拦在了马车外，两名手持弯刀的侍婢如左右护法一样伫立在车前，不许任何人靠近她们的郡主。

作为被选中的女子，明珠郡主没有拒绝命令的余地，唯一能左右的就是自己的性命。不过，能被选来和亲的姑娘应该不会太笨，纪初桃猜想她大概是一时离乡，想不开，所以才拒绝进食，毕竟连二姐那般厉害的人物也曾在和亲途中想过逃跑。

想了想，纪初桃嘱咐侍从："大殿的菜肴恐怕她吃不惯，去挑些北燕的家常菜给郡主送去。"

侍从领命，很快就换了北燕的食物。纪初桃正要命他们送去，就看见纪琛走了过来，手上还扎着绷带，朝纪初桃拱手道："三殿下，让臣一试，去劝劝郡主。"

纪初桃想着反正他们马上就要成亲了，也不算僭越，便颔首道："那好，有劳郡王。"

纪琛微微一笑，接过了食盒。

纪琛毕竟是郡主未来的夫君，北燕侍婢们不敢拦，你看看我，我看看你，还是让纪琛进了马车。

马车内很快传来了明珠郡主的怒喝，夹杂着连珠炮似的胡语。纪初桃心想：饿了两三天，这郡主倒是精气神十足！

她正想着，忽然听到车内传来一声清脆的巴掌声，还有金属"哐当"坠地的声响，接下来是长久的静默。正当她担心纪琛的安危，准备请禁卫进去看看时，车帘被掀开了，纪琛脸上带着一个淡淡的五指印出来了。

众人不知道他同明珠郡主说了什么，总之他长吁一口气，道："郡主无碍，已经进食了。"

说话间，他不经意地将手背在了身后。

纪初桃离得近，瞥见了他手背上的那道血痕，似乎为利器所伤。

二

事关两国联姻，纪初桃虽然怜惜同为女子的北燕郡主，但在这种大事上不能听之任之。方才纪琛手背上的伤痕引起了她的警惕，思考权衡一番，她示意拂铃跟上，主仆二人一同上了郡主的马车。

北燕人的马车是仿照西域的风格制成的，顶上的圆盖柔和，垂着金铃和轻纱，车里很是宽敞。

纪初桃一撩开帘子，便看见一把锃亮的匕首横在自己的面前。明珠郡主双目湿红，嘴里还含着没来得及嚼碎的胡麻饼，双手握住匕首对着纪初桃，龇牙咧嘴的样子像极了警惕又凶悍的小狐狸。

她总算知道纪琛手背上的划伤从何而来了。她之前在上元节的篝火宴上未仔细瞧，现在细看，发现郡主生了一张巴掌大的脸，琼鼻深目，雪肤鬓发，充满了异域风情，当真是人如其名，如明珠般耀眼，脸上还带着些婴儿肥，看上去或许比自己还小一点儿。

纪初桃不禁想起了十六岁便北上和亲的二姐，凝了凝神，示意护主心切的拂铃勿要轻举妄动，方重新望向咬紧牙关的北燕郡主，柔声道："郡主既不好好吃东西，又拿着匕首不放，莫非想自裁以逃避和亲？"

明珠郡主闻言，握着匕首的手明显抖了抖，从喉中发出一连串愤怒压抑的胡语。

纪初桃将她的反应看在眼中，故意问道："你不会说汉话？"

明珠郡主果然被刺激到了，用流利的汉话气愤地道："我才不是寻死，北燕的女人没有那么胆小！"

"这很好。"纪初桃不禁莞尔。

中原帝姬的温婉通透与塞北郡主的热辣似火碰撞在一起，纪初桃竟一点儿也不落下风。她沉稳地道："郡主既然知道杀不了我们，也杀不了自己，何必举着刀不放？大殷和北燕好不容易才走到休战这一步，总不能在你我的手中功亏一篑吧？"

明珠郡主睁着一双猫眼，泪珠将落未落。几番权衡后，她终于缓缓地收回了刀，只是姿态依旧僵硬，对纪初桃颇为提防。

纪初桃不是专程向她施压或立威的，而是平静地陈述一个事实，告诉这个性子刚烈的异族少女："郡主身上背负着整个北燕的兴亡，应当知晓，若安溪郡王不护着你，旁人看见他手上的伤，会造成怎样的误会和后果。"

单从这一点上看，她可比自己的二姐纪姝幸运太多了，至少有一个愿意护着她的男人。

明珠郡主咬着唇没说话，也不知听进去没有。纪初桃做了该做的事，便不再多留，转身下去，回到了自己的马车上。

一行人走走停停，回到京都时，正值二月桃李花开的热闹时节。

使团的车马队伍受到了京城百姓的列队欢迎，一时万人空巷。禁军不得不加派人手，以维街道通畅。

使团行至皇宫门下时，左相褚珩早已领着文武百官等候迎接了，击鼓吹号，庆贺凯旋。

纪初桃下车接受百官的跪礼，双脚踏上皇城坚硬的土地时，方有踏实之感。她扫视了一眼宫门下的诸人，却没看见皇帝和纪妧。

纪初桃正好奇皇弟和大姐为何没来，便见秋女史躬身上前，交叠双手行礼道："大公主殿下口谕，三殿下不辱使命，路途辛苦，还请回府稍做歇息。今夜紫宸殿内设宴为使团接风洗尘，届时再请殿下入宫宴饮叙旧。"

这样也好，自己能暂且喘一口气。

纪初桃轻轻地颔首，又听秋女史道："大殿下还说了，北燕明珠郡主与二公主殿下算故交，入了京都，理应先去拜访二殿下，再回驿馆休息、待嫁。"

闻言，纪初桃嘴上没说什么，心里却清楚大姐这番安排的用意。当初二姐去北燕和亲时受了不少委屈，故而大姐特地将北燕郡主送去二姐那儿，一是为了立威，二是为了给二姐出气。

二姐在北燕受的苦，如今都可以在明珠郡主身上讨回来，这便是大姐护短的方式。

纪初桃让秋女史下去，自行安排。想了许久，她唤来拂铃，对拂铃低声耳语："你去告诉安溪郡王一声，让他悄悄地跟着明珠郡主，别让她遭太多罪。"

接下来的收尾工作是孟苏和鸿胪寺的事，纪初桃便先行回了自己的府邸。

出门近两个月，她见到自己的府邸时有一种恍若隔世之感，甫一进公主府的门，便看见所有宫人和内侍跪地迎接。

挽竹"呜"的一声扑了过来，临到纪初桃身边又硬生生刹住脚步，激动地福礼："殿下，奴婢日盼夜盼，可算把您盼回来了！"

纪初桃见她的脸涨得通红，也跟着开心起来，笑道："你盼什么？本宫不在府中，你岂不是更逍遥自在？"

许久不见纪初桃，挽竹分外殷勤，忙不迭地上前搀扶住她的手，笑吟吟地道："殿下就别取笑奴婢了！听闻殿下要回来，奴婢早就命人做了许多好吃的，等着听殿下讲出使路上的故事呢！"

拂铃知晓主子身子娇贵，此时定满身酸痛，便插嘴道："现在什么好吃的、好说的，全都暂且放一边，备好热水，容殿下在汤池中沐浴、休息好再说。"

挽竹哼了一声："还用你说，我早备好了！"

听见两位贴身宫婢你一言我一语，被久违的热闹氛围包围，纪初桃觉得舒坦无比。

半个时辰后，汤池。

泡澡时，纪初桃光着白嫩的胳膊，枕在池子边，没过多久便抵不住倦意，睡着了。她正迷糊着，只见水汽似真似幻，祁炎矫健的身姿仿佛又笼罩下来了。他依旧眉目英俊，沉声唤道："殿下，莫在这里酣睡，当心着凉。"

纪初桃想说"你过来抱着本宫，本宫就不会着凉了"，毕竟他的身体一年四季都像火炉般炙热暖人。可她像被什么看不见的东西压住了似的，动不了也说不出话，只能闭着眼睛发出细碎的轻哼："祁炎……"

"殿下！殿下！"

梦里祁炎的轮廓随着水雾散去，挽竹的小圆脸出现在纪初桃的眼前，越来越清晰。挽竹皱着眉忧虑地道："殿下怎么在池子里睡着了？多危险哪！"

说罢，她扭头责备了在垂纱后跪侍的小宫女们一番。

纪初桃怔怔地看了挽竹许久，方揉了揉眼睛，叹道："是你啊，挽竹。"

挽竹满脸无奈的表情，道："当然是奴婢。殿下，您怎么好像很失望的样子？"

纪初桃摇了摇头，心里想的是远在北疆的另一个人。正巧汤池的窗外春风拂动，带来一阵沁人的暗香。纪初桃从水中站起身，裹上干爽的棉巾，问道："什么味道？好香。"

"味道？"挽竹吸了吸鼻子，而后恍然大悟，"您说的是花香吧？去年手植的那一院子桃树开花了呢，这味道便是从寝殿后的桃园里飘来的。"

沐浴更衣后，纪初桃去桃园看了看，那几十株半人多高的小桃树果真抽芽、开花了，虽不似老树看上去繁盛，但星星点点的粉色连成一片时，亦十分娇俏可人，更不必想几年后这里会是怎样一番堆粉如霞的胜景了。

这里的每一株桃树都是去年祁炎亲手为她栽种的。他说过，以后每年的春日，她一推开窗便能看见他亲手种下的桃树，从此花开花落，年年岁岁都能赏着桃花，想着他……

他做到了。

花香萦绕在鼻间，纪初桃心中也充斥着暖意，一身的疲乏好像瞬间被洗去了。她装扮过后，换上茜红色的织霞礼衣，便赶在庆功宴前进宫，先去拜见了大姐纪妧。

酉时，承平长公主府。

日落西山，暮色渐渐侵袭京都的街道。春寒料峭，风吹散了阳光的温度，四周又变得如冬日般阴冷起来。

身着一袭胡裙的明珠郡主还站在纪姝的府门前。秋女史说了，待她向二公主问了礼，方可回驿馆歇息。纪姝以病推托，很显然，并不打算见她。

明珠郡主又冷又饿，站得腿都麻了，眼眶也泛红了，仍倔强地挺胸并足，维持着北燕贵族最后的那点儿尊严。她听见身后传来又轻又稳的脚步声，继而感到肩上一暖，一件带着檀香的男人干净的斗篷罩了下来，温柔地覆上了她微颤的肩头。

明珠郡主诧异地扭过头，于朦胧的暮色中看到了纪琛干净的笑颜。她终于忍不住了，压抑许久的眼泪"吧嗒"落了下来。她狠狠地抹了抹眼睛，死命推开少年，用汉话道："狡猾的中原人，谁需要你猫哭耗子假慈悲？！"

纪琛被推了个趔趄，也不恼，眼中没有深沉的爱意，更多的是怜惜的神色。他好脾气地为明珠郡主重新系好斗篷："京都湿冷，当心着凉。"说罢，纪琛顶着异族姑娘要吃人的怨愤目光，并肩站在她身侧，沉声道，"我陪你一起站。"

一入宫，纪初桃便发觉宫中的气氛有些微妙。长信宫里的人按照纪妧的喜好换了不少新面孔，之前一直跟在纪妧身边服侍的某位大宫女忽然不见了踪迹，大姐身边只剩下秋女史一个人了。

纪妧照旧穿着一袭深色的大袖礼衣，施了薄妆，冷静且威严，只是她身侧屏风后的几案旁空荡荡的，已许久不见纪昭在此处学习、批阅奏折了。纪初桃觉得大姐好像有些不一样了，但说不出到底何处不同，只察觉到一股很大的威慑力排山倒海般压来，只有在看见纪初桃时才稍稍收敛一些。

纪初桃在进宫前，已听侍从简单地说了这几十日里宫里的变故。小皇帝突然病了，已许久未临朝。朝中的大臣明面上不敢说什么，但私下议论纷纷、揣测颇多。

纪初桃猜到了些许内情，只是不敢也不愿意深究。她看到纪妧少见地施了红装，迟疑地福了一礼，关切地问："大皇姐，你还好吗？"

纪初桃还是一如既往的敏感、通透，总能察觉到细微之处。纪妧稍稍收敛了气势，凤眸中似有情绪起伏，未等纪初桃细思便归于平静了。她朝妹妹招手，放缓声音道："本宫挺好……倒是你，过来让本宫瞧瞧。"

纪初桃依言走过去，如往常那般坐在纪妧的身侧。纪妧眯着眼打量片刻，随口道："似乎瘦了些。"

她难得说两句与朝政无关的话，纪初桃不好意思地笑了一声："没有瘦，我只是减了春衫，看上去单薄了些。"

在北疆时，祁炎将她伺候得很好，她没饿着。她觉得心口一烫，想到接下来要坦白的话，不由得轻轻地攥住了袖子。

纪妧看着她，等了片刻，似笑非笑地道："出去这么久，你就没有什么话要对本宫说？"

纪初桃睫毛一抖，险些以为纪妧看透了她的心事。虽说祁炎说过，他回来后自会处理两个人的终身大事，可她始终觉得婚姻是两个人的事，她没办法躲在他的身后做胆小鬼，将自己的那份责任推给他去承担。

都说长姐如母，事已至此，她也没什么好瞒的了。她很快恢复了平静，双手交握着起身，朝纪妧行了大礼，紧张地轻声道："大皇姐，我……和祁炎在一起了。"

说罢，她抬起清澈的眼睛，等候纪妧的裁决。

日落屋檐，熏香袅袅，殿中一片安静。

纪初桃想象中的苛责和盛怒并未到来，纪妧只是平静地看着柔弱而坚定的妹妹，淡然地问："你要说的就是这个？"

这下轮到纪初桃惊讶了，她怔怔地问道："大皇姐不生气吗？"

"本宫为何要生气？"纪妧平静地反问，"年轻气盛，天时地利，你们做了什么逾矩的亲密行为，不是很正常吗？"

可是，他们不仅仅是亲密那般简单……

见纪初桃不说话，纪妧正色，乜斜着眼道："你们总不会还做了比这更过分的事吧？"

纪初桃蜷起手指，揪着袖子边，深吸一口气，望着纪妧坚定地轻声道："皇姐，我与祁炎成婚了。"

纪妧骤然一眯凤眸，端着茶盏，半晌无言。

三

纪初桃听到了纪妧屈指轻叩几案的"笃笃"声，那声音落在她的心头，像不安的鼓点。

"何时的事？"纪妧看着妹妹，沉声问道。

纪初桃太了解大姐了，大姐的反应是暴风雨前的宁静。可是，她不想骗大姐。

"雁北之盟签订当日，上元夜，于边境弥城……"纪初桃清晰地将那夜祁炎为她夺花球，以及她顺应内心和当地的风俗，与祁炎结为夫妻的经过一一道来。

纪妧听后，再次缄默。

长时间的安静令纪初桃愧疚不安。当初宫乱事定后，大姐好不容易才松了口，多方衡量后，让她不可轻举妄动。如今她北上一趟，与祁炎无媒苟合，私自成了婚……但她不曾有丝毫悔意，因为并非一时冲动，亦不想再辜负祁炎。

"永宁，你是在逼本宫做决定？"纪妧摩挲着茶盏问。

纪初桃抿了抿唇，最终轻轻地跪下，望着纪妧道："大皇姐，你别生气！这是我自己选的路，将来若祁炎做了任何对不起皇姐和纪家的事，无须皇姐开口，我自当……以死谢罪。"

最后一句她说得十分认真，仿佛早在生死之间有了抉择。

纪妧望着日渐坚韧的妹妹，放下茶盏道："你不明白本宫到底为何生气。"

纪初桃睫毛颤了颤，垂首道："我知道的。因为我身为帝姬，却任性妄为，弃国家大义于不顾，自作主张地与祁炎成婚……"

"并非如此，永宁。"纪妧面色微沉，凛然地道，"本宫不是反对你与祁炎成婚，而是帝姬要有帝姬的尊严，你如此草率地将自己交出去，男人不会珍惜！没人会在乎便宜的东西，本宫不能让自己的妹妹被人看轻，被春秋史书当作笑话！"

纪初桃心中一震，一直以为大姐不愿意让她与祁炎成婚才生气，故而忐忑许久。不料，她等来的是这样一番话语，就好像悬在头上的刀并未落下，落下来的是一颗包着苦涩外衣的蜜糖。

"大皇姐，我……"纪初桃抬起头来，却差点儿哽咽得说不出话来。

纪妧嗤笑道："何况这等大事，他竟然还让一个姑娘家眼巴巴地来求本宫！"

"不是的，皇姐！祁炎原本计划归京后再商议此事，是我按捺不住，非要擅自说出来。"纪初桃顿了顿，小声解释道，"我觉得，这件事我亦有责任，不该推给他一个人承担。"

纪妧不置可否，审视着妹妹："你先起来。"见纪初桃依言站起，纪妧又问，"本朝从未有过公主嫁权臣的先例，但本宫想，祁炎定不会自甘堕落。你们打算如何？"

祁炎不愿意交权，很大一部分原因是有兔死狗烹的前车之鉴，武将一旦没了用处，与案板上的鱼肉无异。纪初桃想了想，坚定地道："这些事理应我和祁炎去解决，不会让皇姐为难。"

听到这番话，纪妧面色稍稍缓和，哼道："你们一个个的，总拿本宫当恶人。"不知想到了什么，纪妧失神了一瞬间，但很快恢复了常态，起身道，"罢了！天下大乱也好，朝堂纷争也罢，以后你爱嫁谁便嫁谁，自己开心便好，本宫管不着了。"

纪妧方才失神的样子并未瞒过纪初桃的眼睛，何况说出这样放纵的话语，的确不像纪妧的风格。

纪初桃没有凤愿成真的欣喜，反而有些担忧。她张了张嘴，刚要问"到底出什么事了"，便见纪妧抬手制止她开口，道："一码归一码，单论北上和谈之事，本宫看了孟苏呈上来的折子，西有西凉虎视眈眈，北燕的领地已成鸡肋，大殷将其收为藩国的确非明智之举，你做得不错。"

纪初桃笑得温柔内敛，如实道："这些都是祁炎教我的。"

纪妧凤眸微敛，勾着唇道："去赴宴吧。"

庆功宴上，皇帝纪昭依旧没有出席。倒是纪琛，他从不受重视的宗室子一跃成为和亲人选，依旧不骄不躁、从容淡定，颇得赞誉。

纪妘对小皇帝的缺席绝口不提，纪初桃便知晓自己北上的这几十日内，宫中必定发生了大事，而大姐并不想让她参与其中。

北上颠簸这么久，着实耗尽了纪初桃的精力，她在府中休息了好些日子才缓过来。休整期间，她听闻北燕郡主与安溪郡王的婚期定了下来，就在三月末，是太史局特意占卜出来的良辰吉日。

听到纪琛的婚事尘埃落定，纪初桃难免想起自己的婚事来。她掰着手指算日子，祁炎还得半个月才能归京，不由得又是一番翘首叹惋。

夜深人静，浮云揽月，院中的桃花瓣又随风飘落几片。纪初桃睡得正酣，忽闻窗扇被风吹出细微的声响，一道高大的影子隔着帐帘笼罩住了她。

纪初桃皱着眉，于睡梦中不安地翻了个身，呓语："拂铃，去将窗子关上……"

"拂铃"没动，反而缓步上前，撩开帐帘坐在了榻沿上。纪初桃感觉到一道熟悉又灼热的视线落在自己身上，迷迷糊糊地睁开眼，发现榻边的轮廓渐渐清晰起来。

屏风外的一盏孤灯照着玄色战甲，男人逆着光，一双隼目般的眸子闪闪发亮，一眨不眨地凝视着在榻上酣眠的娇软帝姬。

纪初桃怔怔地看了榻边威风凛凛的武将许久，方伸出手，想触碰却害怕梦醒了似的缩回手，说道："祁炎……我怎么又梦见你啦？"

修长的大手握住了她微蜷的指尖，温暖的触感令她一颤，她迷迷糊糊地想：今日的梦怎么如此真实，连祁炎指腹上稍显粗糙的薄茧都清晰可感？

"想我吗？"祁炎声音低沉沙哑地问，俯身时寒气袭来，甲戟冰冰凉凉的，贴着纪初桃着单薄春衫的身子。

纪初桃乖巧地点了点头："想。"

"我也想，"男人抵着她的额头，呼吸滚烫，"朝思暮想，思之若狂。"

他一点儿也不矫情肉麻，仿佛只是顺从爱的本能，宣泄自己最原始、直白的渴望。

今日的这个梦很长，也很甜。纪初桃意识还不甚清明，唯恐自己醒得太早，连忙环住男人的脖颈："天还未亮，晚点儿再醒……嗯！"

她的话还未说完，柔软艳丽的唇瓣就被热情地攫取了。

男人先是浅尝辄止、轻咬慢舔，而后越吻越深，直至她无法呼吸。她的身子被压制着，一寸也不能退。

这个吻如此凶狠，唇舌上传来的酥麻感如此真实，这怎么可能是梦？纪初桃喘息着，彻底清醒过来，蒙眬的杏眼渐渐睁大，难以置信地望着眸中情绪汹涌的男人：

410

"祁……祁炎？"

"是我。"祁炎手撑着床榻，拇指恋恋不舍地按了按她饱满湿润的唇瓣。

纪初桃目光闪烁起来，抬手轻轻地碰了碰男人冷峻的脸，又颤声确认了一遍："祁炎！"

"嗯，是我。"祁炎轻狂的声音在她的耳畔响起，低声问，"醒了吗？"

她的心被骤然握住了，而后兴奋地狂跳起来。她一点儿睡意也没有了，双眸于晦暗中浮现出潋滟的光，高兴又委屈地道："你怎么突然回来了？"不是说要到三月份，还有半个月才回来吗？

"我提前处理完北疆的军务，便快马加鞭地赶了回来。"祁炎道。

最后的百余里路程，他让下属和部将先扎营休息，自己则先行一步，日夜兼程地赶路。为了提前几日回来见她，前前后后加起来，他已经近三天三夜未合眼了。

祁炎一向冷静到近乎冷漠，除了战场上行军需要，从未做过如此急躁疯狂之事。他玩命地策马狂奔，只想快些，更快些，奔赴他朝思暮想的人身旁，汲取她身上温柔的暖香。

他虽未说明，纪初桃却从他身上来不及卸下的战甲猜到了他千里奔波的劳累。

"拂铃呢？"她朝外间望了一眼，压低声音问。

祁炎像看不够她似的，低声道："我翻窗进来时撞见她，让她先退下了。"

纪初桃"扑哧"笑了一声，心里满当当、暖洋洋的，心道：幸好今晚值夜的人是拂铃，若是挽竹那个毛手毛脚的丫头，见到祁炎翻窗进来，非得被吓得尖叫不可。

祁炎的胸甲冰冷坚硬，硌在纪初桃的身上，着实让她觉得不舒服。她于祁炎的怀中不安地扭了扭，抵着战甲蹙眉道："你这个太硬了，硌得慌，还是取下来吧。"

祁炎沉默了一会儿，知道怀中少女雪白的肌肤被稍稍一碰便会留下红色的指痕，更何况被他这一身战甲压着？

祁炎沉沉地吐了一口热气，放开纪初桃，起身将护腕和战甲解了下来，置于一旁的几案上。

他想上床，而后有所顾忌似的停下了脚步。

"怎么啦？"纪初桃等了一会儿，见他没有动静，拍了拍身侧的被褥，"这么晚了，你不上来休息一会儿吗？"

祁炎扫了一眼她让出来的那一半柔软的床榻，眸色一黯，喉结动了动，满脸写着"愿意"两个字。

他抬起手臂闻了闻衣裳，声音喑哑地道："赶路匆忙，我今日还未来得及沐浴更衣。"

原来是怕自己嫌弃他脏！纪初桃一时觉得既心疼又好笑，起身踩在柔软的地毯上，拉着他的手将他拽到榻边，踮脚按着他坐下，佯装命令地道："谁在乎你这个啦？快脱靴！"

祁炎肌肉僵硬，沉默片刻，方依言脱了靴子。

"上来，躺着。"纪初桃又笑着吩咐。

见祁炎半倚在床头，纪初桃便靠近他，故意在他身上嗅了嗅。他身体一僵，不太好意思地推开她："臭，不好闻。"

"哪里臭了？"纪初桃知道祁炎一向爱干净，的确没有闻到什么难闻的气味，最多有尘土和霜雪的味道，认真地道，"只有你的味道呀。"

话还未说完，她就被祁炎扣住手腕、揽住腰肢，两个人双双倒在了榻上。他们离得这般近，他的胸膛抵着她的胸脯，她方感觉到他炙热的身体。她知道那意味着什么，脸一红，愣愣地看着他："你……"

"别动。"祁炎按住她试图后退的柔软纤腰，手掌炙热有力，烫得她腰肢发软。

他细碎的吻落了下来，堵住了她最后的细哼声。

四

纪初桃根本无法抗拒祁炎靠近，冰肌玉骨一贴上他热铁般的身躯，便恨不得化成一汪春水。二十岁出头的男人浑身有用不完的力气，每一块肌肉都似雕琢而成，坚实健美。

将尽的烛火在帐帘外发着昏黄的光，绵长的强势一吻后，祁炎把头抬起来一些，望着眼波潋滟、满脸红晕的纪初桃，然后将她按入自己的怀中，用自己的心跳平缓她急促的呼吸。

他忍着没有继续碰她，她难受，红着脸往后挪了挪。

"别乱动，我不碰你。"祁炎嗓音很哑，搂住她的腰肢。

纪初桃身上才退下去的热度又"腾"地升起了，闹了个脸红！明明先动嘴动手的人是他，到最后他反赖到她的头上！纪初桃挣开他的手，嗔道："谁……谁说要你碰了？"

祁炎低笑一声，重新将她搂回自己的怀中："陪我睡一会儿，卿卿。"

他一说出"卿卿"二字，纪初桃彻底没脾气了，心疼他日夜兼程地赶路，便寻了个舒服的姿势窝在他的怀中。

她小幅度地扭了扭，磕磕巴巴地道："那你……怎么办？"

"不用管，过一会儿就好了。"祁炎深吸一口她身上的馨香，上瘾一般，有一搭没一搭地抚着她的腰窝。

他真是累极了，没多久手上的动作便停了，就着揽着她的姿势沉沉地睡去了。

纪初桃放缓呼吸，目光静静地描摹祁炎年轻英俊的脸庞。以往他们俩虽同寝过，但大多时候她先于祁炎入睡，醒来时他已不在她的身边，故而这是第一次她如此近距离地观察他的睡颜。

他的眉毛很黑，鼻梁很挺，唇薄而色淡，看上去有些不近人情。可他合眼时，纪初桃才发现他的睫毛很长，落下一片阴影，轮廓在烛光中十分柔和，让他看上去俊美又不失野性。

纪初桃有一种心里的空缺被填满的满足感，遂闭上了眼，抵着祁炎的下巴一同睡去了。

月影西斜，鸡鸣头遍，承明殿内如坟冢般死寂。

"博弈未完，陛下还有最后的机会。"一名身披斗篷的女子站在帝王的寝殿外，面容隐在兜帽的阴影中，只露出尖尖的下颌，冷静地道，"镇国军已近京城，游说其勤王，便可让陛下脱困于囹圄。"

不知殿中的人说了什么，身披斗篷的女子将唇一抿，决然地道："陛下若心软，熬过这一两年，待大公主仙逝后再掌权，倒也容易。只是陛下有无想过，若大公主先发制人，陛下功败垂成，真的甘心？"

殿中陷入了长久的沉默。

"这是留给陛下的最后一次考验，拉拢镇国军的关键便是三公主殿下。"巡逻的脚步声传来，身披斗篷的女子不敢久留，低声道，"陛下拿不定主意，奴婢便替陛下去做。"

说罢，她交叠双手行大礼，转身匆匆地退下了，隐入黑暗之中。

与此同时，巡逻的侍卫整齐地列队而来，在月光下投下暗影。而僻静的宫道上，方才那个女子一边快步行走，一边脱去身上的斗篷，露出里头的宫女衣裙。她躬身敛首，熟稔地混入早起采办的宫人队伍中，朝宫门行去了。

辰时，纪初桃准时听到了开门声。

"殿下，该起床梳洗、用膳了。"挽竹领着小宫婢立侍于门外，捧来铜盆等梳洗之物。

纪初桃迷迷糊糊地应了一声，夜里睡得不踏实，感觉被无数条滚烫的藤蔓缠了一晚上……她伸手摸到一个鼓囊硬实的胸膛，后知后觉地反应过来，祁炎还在她的床上睡着呢！

"殿下？"挽竹的脚步声靠近了。

虽说挽竹也是个靠得住的自己人，可纪初桃还是莫名其妙地觉得有些慌乱，像做了坏事即将被发现的小孩一般。她连忙用被子将祁炎盖住，从帐帘中探出一颗脑袋，朝挽竹低低地"嘘"了一声："别过来！"

挽竹站在屏风后，看着将帐帘遮得严严实实、只露出脑袋的纪初桃，一脸奇怪的表情，问道："殿下这是做什么？"

"别出声！"纪初桃将声音压得更低了，怕吵醒祁炎，又怕其他人瞧见她让男人留宿的样子，红着脸赶人，"你们下去吧，本宫要再睡一会儿，没叫你们，你们就别进来！"

她费心费力地遮掩，可惜被吵醒的人并不领情。被子里那团鼓起的大东西动了动，不满地闷哼一声，随即被焐得炙热的身躯拥了上来，将她拽了回去，声音低沉沙哑地道："吵。"

纪初桃轻呼一声，跌回男人的怀抱中，帐帘随之飘起又落下，像一团被搅乱的烟霞。

挽竹捧着衣物，眼睁睁地看着从帐帘内伸出一只男人的手，这手以锁人的姿势"挟持"了自家主子！她被吓坏了，"蹬蹬"后退两步，抱紧手中的衣物扭头大喊："来……嗯！"

她刚要喊"来人，有刺客"，嘴就被人捂住了。

"嘘，别打扰殿下雅兴。"这冷静的声音俨然是早已知晓一切的拂铃发出来的，"出去再与你说。"

"呜呜……"挽竹手脚乱动，还欲说什么，就被拂铃强行带了出去。

拂铃体贴地将准备好的干净武袍置于几案上，再一福礼，安静地掩上了寝殿的门。

床帐中，纪初桃的心一点儿也不安静。祁炎被闹醒了，正慵懒地盯着纪初桃，她感觉自己像被野兽盯上的小羊羔，只待被扒皮拆骨、生吞入腹。

"祁炎，天亮了……"她抵着祁炎的胸膛提醒，放不开手脚。

祁炎没说话，只翻了个身，手臂搂住纪初桃的身体，目光胶着又具有侵略性，却在即将吻住纪初桃的唇瓣时顿住了。

纪初桃闭着眼，感觉到他湿热的气息在自己的唇瓣处停留了一瞬，而后他倾身，最终将滚烫的吻落在了她的额头上。

如此克制的吻实在不像他的风格。

纪初桃缓缓地睁开眼，水润的杏眸中带着疑惑之色，看见祁炎撩开帐帘摸到了几案上的凉茶，快速地灌了几口，漱了几下，最后吐在一旁的铜盆中。

纪初桃怔怔地看着他肩宽腿长的背影，而后反应过来，按了按自己的唇，有些不好意思地起身："本宫也要漱……"

她端起一旁的茶盏，才含了一小口茶，就被男人轻轻地按下了。他将她的手包在掌心中，将茶盏置于几案上，俯身道："我帮殿下漱。"

纪初桃知道他这样喑哑的嗓音意味着什么，不由得心慌意乱，竟"咕咚"一声将用来漱口的茶水咽了下去。

不待她反应，男人带着茶香的吻已铺天盖地地落了下来，让她退无可退。直到茶水顺着齿缝溢出，嘴唇变得红润，舌尖感到又痛又麻，她才知道祁炎说的"我帮殿下漱"是怎么个帮法。

"祁炎，你……"纪初桃桃腮绯红，压低声音道，"你再睡一会儿吧。"

她毕竟在自己的府邸里，此时又是晨间白日，没了夜色和灯火的遮掩，这般坦诚地面对祁炎，着实有些情怯。

"醒了，睡不着。"祁炎轻轻地抚着她的鬓边，片刻后，目光沉沉地笑道，"卿卿可知'养精蓄锐'一词？"

纪初桃一怔，反应过来，微恼："你别哄我，这个词并非这样用的！"

她挣扎着要跑，却又被祁炎拉入怀中，紧紧地锁住了。

祁炎在纪初桃的府里"藏"了两日，拂铃将府里的宫人训练得很好，不曾有人多嘴多舌。

镇国军进京复命的前一天，京都的太史局占星，得了一个百年奇卦。卦象显示：将星现世，与帝女星遥相呼应，天上彩云缭绕，乃祥瑞之兆。

于是第二日童谣传遍京都，说大殷武神与帝女有一段天赐良缘，结为夫妻，可护大殷百年兴盛安泰。

这卦象是在镇国军归京时显示的，纪初桃稍一猜测，便知是谁在背后推动的。她推门进了书房，只见祁炎已自行束发更衣，穿着英武不凡的武袍战甲，威风凛凛，气度不凡。

汤药、误会……书房是他们的心产生交集的起源之地。

纪初桃拿起几案上的长剑，玄色剑穗随之轻轻地摇晃。她将剑交给祁炎，问道："你要走了？"

祁炎接过剑，"嗯"了一声："镇国军归队复命，不能没有主将。"

"太史局的占卜是你安排的？"纪初桃又问。

祁炎没有否认："世上唯一能大过皇权的就是天授。"

天命是堵住悠悠众口的最好方式,哪怕手段卑劣,他也要让心爱之人堂堂正正地带着一身荣耀的神光嫁与他为妻。

纪初桃何尝不明白他的良苦用心?她不由得莞尔。

祁炎食髓知味,看着她道:"还难受吗?"

话题转变得太过突然,纪初桃好不容易才能下地的双腿又发起软来,不由得恼羞地瞪他一眼:"谁和你说这个?"

祁炎笑了一声,看了一眼身上的铠甲,将双眸一眯,声音低沉沙哑地道:"其实我一直想穿着铠甲战袍……"

他俯身,对纪初桃咬耳朵。

纪初桃听完,难以置信,感受到祁炎身上的温度,脸皮快被烫得破掉一般刺痛起来,不由得颤巍巍地道:"你敢!"

她只是色厉内荏,声音软软的,并没有什么威慑力。祁炎满心愉悦,单手拥住她:"不急,慢慢来。"

祁炎走后,纪初桃独自在书房中出神许久。想到他走之前说的那句过分的话,她不由得面红耳赤,趴在桌上用书遮住了脸颊。

拂铃叩了叩门,打断了她的思绪:"殿下,门外有一位承明殿的大宫女求见。"

承明殿?纪昭的人?纪初桃收敛了心神,道:"宣。"

大宫女很快被领了进来,纪初桃看着这张毫不起眼的脸,隐约觉得有些印象,便问道:"是皇上让你来的?何事?"

"并非陛下让奴婢来的,奴婢是私自前来的。"说着,大宫女直挺挺地跪下了,以额触地,铿锵地道,"求三公主看在手足情分上,救救陛下!"

五

纪初桃之前虽隐约有些预感,但听到"救"这个沉重的字眼,仍惊愕了一番,半晌方回神。她看了立侍一旁的拂铃一眼,拂铃会意,让门口值守的内侍先行退下,而后掩上了门。

"怎么回事?"纪初桃坐直身子,皱眉看向这个在纪昭身边服侍了许久的掌事宫女,凝神严肃地问道,"皇上不是龙体有恙,在承明殿中休养吗?"

何况天子的安危有禁军管着,有什么事非得求到她的面前来?

似乎看出了纪初桃的疑惑,那宫女流露出悲戚的神情:"三殿下远去塞北两个月,不知京都的变故。"

"什么变故？"

"陛下抱病是假，被大公主殿下囚禁是真！"说罢，大宫女将额头磕在地砖上，发出"咚"的一声闷响，咬着牙哽咽地道，"如今群臣皆被蒙在鼓里，不知天子已成笼中囚徒。若论能力与陛下的感情，而今唯有三殿下能助陛下脱困！先帝若在世，亦不忍见帝女与皇子手足相残！"

"轰隆！"雷声如战车般碾过天际，滚滚而来。天色骤变，疾风摇落了满地桃红。

大雨连着下了几日，院里的桃花都凋败了，只剩下一片绿油油的枝叶，被风雨洗濯得熠熠生辉。纪初桃觉得有些可惜，原本想着抓住春日的尾巴同祁炎一起赏花、饮酒的，可京都天变，花没赏成，心里还多了一件两难的心事。

从纪初桃有记忆开始，纪昭就是跟在她身后的一条小尾巴，她看着他七岁时登基为帝，至今已有九年，若说跟他没有感情，定是假话，但她亦见证了大姐纪妧是如何力挽狂澜、呕心沥血地平衡朝局。没有人比她更清楚大姐为了纪昭和大殷牺牲了多少，若不是顺着她的梦境查出了什么难以接受的真相，大姐断不会与自己的亲弟弟离心至此……

还未想出两全之策，她便听见一阵细碎急促的脚步声，挽竹大大咧咧地扯着嗓子禀告："殿下，大殿下差人急报，请您立即进宫一趟！"

纪初桃从思绪中抽神，看了一眼外头的天色。这时辰，大姐应该还在上早朝，怎么会在这个时候唤她入宫？想起那大宫女冒死出宫对她说的求救之言，她有些紧张，连忙问道："可说是何事？"

"奴婢也问了，可宫里的人嘴紧得很，就是不说！"挽竹唤来一干小宫婢，有条不紊地开始准备纪初桃入宫要穿的礼衣和要戴的饰物，"奴婢听闻大殿下让您直接去含元殿，秋女史和一干内侍已经等候在府外了。"

含元殿是早朝集会的重要场所，大姐在那里召见她，必有大事。纪初桃更衣梳洗，仔细地装扮齐整，方在宫婢的簇拥下出了府。

雨色空蒙，屋檐滴着水，地面倒映着疏影浮云。阶前，宫里派来的侍从和辇车果然已经在等候了。

一路静默，辇车在承天门前停下了。秋女史亲自撩开车帘，恭敬地道："三殿下请下车，随奴婢去偏殿更衣熏香。"

纪初桃出门时已装扮整齐，自觉未有失仪之处，便问道："到底何事需要如此烦冗隆重？"

"殿下去了便知。"秋女史依旧是一副古井无波的样子，无趣得很。

纪初桃蹙起了眉，一颗心悬得更高了。

待纪初桃更衣熏香完毕，一名满脸堆笑的大太监便接引她去含元殿的正殿了。

"永宁长公主殿下到——"

随着一声唱喏，纪初桃迈进了含元殿的大门。文武百官闻声自动分成两列，躬身迎她入殿。她路过百官，如同穿行在大殿巍峨的高山中，而百官队伍的尽头是穿着一身官袍的身姿挺拔的祁炎。

纪初桃霎时间心中"咯噔"一声，胡乱地想：莫非不是纪昭，而是祁炎出了什么事？

朝堂肃穆，纪初桃不安地望了祁炎一眼，目光却撞进了深沉又神秘的眼波中。他似乎永远都是这样强大、泰然，唯有望向她时，深沉的眸中才会闪现一点儿亮光。

"行卜。"纪妧的声音自上头传来。

太史令躬身奉上龟甲、铜钱等物，刻上纪初桃和祁炎的生辰八字，当朝占卜。

纪初桃心想：今日并非祭祀的大日子，太史令为何要当朝行龟占之术？

祁炎垂首站在她的身侧，轻轻地侧首，朝忐忑的她无声做了个口型。她分辨出来了，他说的是"别怕"。她不由得心中一暖，微微一笑。

他们的小神情并未逃过纪妧的眼睛。

良久的寂静过后，纪妧坐姿不变，似乎一切尽在掌握，徐徐地问道："如何？"

"龟甲首昂生枝，名成利就，乃大吉之相！"太史令颤巍巍地将龟甲举于头顶，神情激昂地道，"星象和龟占皆指明将星与帝女星乃两世良缘，若结连理，必是大殷百年之福！"

听到此话，纪初桃便是再迟钝也猜到这出戏的用意了。她倏地望向祁炎，在对方的眼中看到了内敛又深沉的笑意。

有朝臣立即出列，拱手道："这一年来，祁将军自证忠心，功勋卓著，臣和诸位都看在眼里。臣斗胆请大殿下为二位璧人赐婚！"

"请大殿下赐婚！"纪妧麾下之人随之附和。

纪妧嘴角带着淡笑，威严大气地道："祁爱卿，你可愿顺应天命娶本宫的妹妹为妻，以麾下之兵、手中之权，一辈子护她、护大殷江山？"

祁炎将视线从纪初桃欣喜到绯红的脸上移开，敛了敛神，撩袍单膝跪拜："若能尚永宁长公主，殿下为臣妻一日，臣便一日忠心不改。"

纪妧冷冷一笑：这小子倒是舍得脸皮，当初说不娶永宁的人是他，如今愿意为永宁俯首的人也是他……罢了，这都是命中注定。

"既然如此，本宫便做了这个主，顺应天命为祁将军与永宁赐婚，以护大殷百年安宁！"纪妩缓缓地扫视殿上诸臣，视线最终落在了人臣之首的位置上，淡然地道，"左相，你觉得如何？"

褚珩面色如玉，缓步出列，拱手，声音清亮地道："臣恭贺大殿下，恭贺三殿下与祁将军！"

左相褚珩都发话了，其他臣子便不再有异议，出列齐声道："恭贺大殿下！恭贺三殿下、祁将军！"

短短一个时辰内，情况几经起伏，柳暗花明。

散朝后，纪妩单独叫住了纪初桃。

偏殿中，纪妩凭几端坐，悠然道："你一定很好奇本宫为何不收回军权，而是促成你与祁炎的婚事。"

纪初桃其实猜到了一些，大概是冰冷的金銮殿上没有值得她呕心沥血地去扶植的人了。

纪妩抬手止住了她的话语："别怨皇姐平日对你严格，整日不是打压这个人，便是忌惮那个人。"想到什么似的，纪妩嗤笑道，"可笑我常警诫你莫要对人掏心掏肺，莫要轻信他人，到头来……却是本宫自己栽了跟头。"

短暂地流露出情感，纪妩恢复了平静的样子，看了温柔的妹妹一眼，柔声道："去吧，他在等你。"

出宫时，纪初桃仍感到恍惚，好像身处云雾中。狭长的宫道上不见一人，纪初桃支开侍从独自走了会儿，直到看到前方不远处那道熟悉挺拔的身影好像已等候自己多时了。她怔了一下，随后提着裙裾小跑过去，不管不顾地扑入了祁炎的怀中。

祁炎张开双臂，准确地接住了她。宫绦和发丝在湿润的风中扬起，又丝丝缕缕地落下，衣袖蹁跹，她嗅到了来自祁炎身上的干爽气息。

"我们……定亲啦？"纪初桃环着祁炎的脖子，直将他高大的身形压得微微弓起，望着他眼中的光难以置信地道。

"是。"祁炎顺从地垂首，眸色深不见底，扬着唇恣意地道，"臣将身子都给了殿下，总要讨个名分。"

纪初桃拿他的不正经没有办法，感到有些羞涩，但更多的是夙愿终偿的甜蜜。这种踏实感是任何东西都换不来的。

想起虚惊一场的传召，纪初桃嗔怒："你和大姐都瞒着我，弄得我这一路忐忑不已，还以为出了什么大事。"

祁炎笑着道："婚姻之事难道不是大事？"

见他笑起来好看，如春风化雪，纪初桃无从反驳，松了手，笑问道："龟占的大吉之兆也是你暗中安排的？"

祁炎微妙地顿了一下，随即大言不惭地道："没有，天定的。"

"说实话，你一定插手了！"纪初桃哼了一声。

祁炎不置可否。他确实动了手脚，暗中准备了和今天占出的卦象一模一样的龟甲，想着万一龟甲显示凶相，便让太史令那老头儿悄悄地将龟甲换成自己准备的那块……不过他准备的龟甲没用上，占卜大吉，姻缘天定。

他正想着，察觉到身侧少女的脚步慢了下来，问："怎么了？"

纪初桃摇了摇头："本宫好像总是优柔寡断，念着过去，做不到像大姐那样杀伐果决。"

祁炎蹙起了眉，片刻后，将纪初桃拉到一个偏僻的拐角处。他单手撑着墙壁，凑近纪初桃，身体笼罩住纪初桃，认真地道："殿下就是殿下，不必刻意成为谁。"

"我知道的。"纪初桃望着眼前的俊颜，思忖良久，终于长舒一口气，下定决心道，"只是大皇姐为我的婚事扫清了障碍，我也该为她做一个选择。"

入夜，大雨淋漓，两道身披斗篷的身影借着夜色的掩护悄悄地潜入承明殿。殿内灯光幽暗，年少的皇帝穿着常服，披散着头发，赤脚站在窗边听雨，除了一盏孤灯，身边无人作陪。

"陛下，您看谁来了？"大宫女摘下湿淋淋的斗篷，朝窗边的天子红着眼跪拜。

纪昭迟钝地转过头来，目光落在那名身披鸦青色斗篷的女子身上。女子伸出一只白嫩的细手，小心地摘下兜帽，露出一张明丽温柔的脸庞来，轻轻地唤道："阿昭。"

"三皇姐……"纪昭身子晃了晃，随即眼圈迅速地红了，好像年久失修的木偶人突然有了反应。他想笑，嘴唇动了动，却勾出了一个比哭还难看的弧度，哑声道："三皇姐，你救救朕！"

纪初桃安静地看着他，目光几番闪动，却没有如往常那样笑着迎上去。这不近不远的距离令纪昭眼中狂喜的神色一层层地退去，他微微慌乱起来。

六

纪初桃看着衣衫单薄且瑟瑟发抖的少年，放轻嗓音道："阿昭，地上湿冷，你先穿好鞋。"

她还是这样温柔，纪昭眼中重新燃起希望，试探地道："三皇姐，你……你是来帮朕的吗？"他刚说完，声音已带了哭腔，"现在只有你能帮朕了！"

"阿昭，我可以帮你，但在那之前，有几个问题希望你能说清楚。"纪初桃望着纪昭湿红的眼睛，停顿许久才平静地问道，"你到底对大皇姐做了什么才落到如此境地？"

纪昭一慌，下意识地说道："朕没有！"

纪初桃不语。若不是曾在梦里见过纪昭意气风发地玩弄手段的模样，她几乎信了他这副软弱可欺的样子。

未等到意料之中的回答，纪昭露出颓败的样子："而今连三皇姐也不信我了吗？"

纪初桃心情复杂，她叹道："信任是建立在坦诚的基础上的，阿昭。我和你说过，若大姐真的想一手遮天、取而代之，在你七岁那年就会废了你，何必等到今日？你到底对我隐瞒了什么？"

温柔的语气却比任何疾言厉色的苛责更让人难以承受。纪昭攥紧了拳头，身体微颤，做出一副比任何人都委屈的神情："三皇姐……"

纪初桃忽然觉得有些疲惫，上前一步道："阿昭若想不起来，我可以给些提示。当初琅琊王发动宫乱，所有矛头指向祁炎，本宫便开始从头彻查，梳理前因后果，意外发现自始至终都有一个人参与。阿昭不妨猜猜那个人是谁？"纪初桃没有歇斯底里地质问，只是望着少年，平静地陈述事实，"那个人就是阿昭，我最亲近的小皇弟。"

祁炎入狱，是纪昭旁敲侧击，提醒她可以将祁炎收入府中，以方便他进行下一步动作；祁炎中欢情散那晚，他恰巧来过公主府；春祭时，他"中暑"离场，当晚便天降飞石，将祸水引向大姐纪妩；还有晏行，他宁愿自尽也不愿意去刑部受审，到底是在为谁掩盖真相……

纪初桃道："这一切的一切，阿昭还想用'巧合'二字解释吗？"

殿外突然电闪雷鸣，草木的影子随风张狂，一派风雨潇潇之景。

闪电劈下的亮光中，纪初桃明显看到纪昭的面色变了变。许久后，一道细弱的声音传来："朕的确想借三皇姐的手拉拢祁炎，所以让晏行……"顿了顿，纪昭挺身加大声音道，"但下药并非朕的本意！还有，躯桑的那块石头是琅琊王的人做的！除夕北燕使臣行刺亦是琅琊王与北燕摄政王李燮沆瀣一气之后计划的。至于晏行，朕原本想救他，但他选择了自裁谢罪！"

纪昭说到这儿，声音低了下去，咬唇不语。

听到纪昭辩解，纪初桃非但没有觉得轻松，反而感到一阵浓烈的悲哀感涌上心头。

她一语道破："你瞧，其实你早就知道这些阴谋，但是自始至终只字未提，放任明枪暗箭刺向婵精竭虑地扶植你的大皇姐，甚至……"

甚至在无数个内心挣扎的时刻，他是真心希望大姐败在阴谋中的吧？就像梦中预示的那样，他只是坐在金銮殿上冷眼瞧着大姐被杀，看着纪初桃因此郁卒病重，再轻飘飘地将自己择干净，无辜地说这些都不是他的错……

纪初桃呼吸轻颤，攥紧衣袖问道："阿昭，借刀杀人就不是杀人吗？"

纪昭浑身一震："皇姐说过，世上很多事不是非黑即白的。长姐扶植朕不假，可打压朕亦不假。她从来都没有真正喜欢、器重过朕，在她的眼里，朕或许还比不上不知从哪个角落里冒出来的安溪郡王……"他深吸一口气，移开视线哑声道，"朕知道，从不再阻拦你和祁炎的婚事，不再收拢皇权、平衡朝局开始，她便已经舍弃朕了，朕只能自己去争抢。朕只是在做一个帝王应该做的事。"

沉默片刻。纪初桃反问道："你既然已经舍弃亲情，选择用权谋和心计对待一心辅佐你的长姐，那如今技不如人，葬送在权谋之中，又有什么好委屈的呢？"

见三姐不再像以往那样安慰自己，纪昭眼中渐渐蒙上一层绝望的阴影，颤声道："三皇姐，如今连你也要舍弃我了吗？"

一旁的大宫女甚为警惕，见纪昭已然心旌动摇，连忙躬身打断他的话，对纪初桃说："三殿下，陛下只有您这一个可信之人了，如今陛下的处境您已看见，当务之急是让陛下脱离困境，其他的事可容后再解释。"

纪初桃再讲理也容不得一个宫人插嘴教她做事，不由得蹙起了眉："你倒是有主见，皇上平日所做的事也是你教的吗？"

大宫女俨然没了求人的卑微之态，抬首冷静地道："殿下恕罪，奴婢所做皆为了主上。"

纪昭仿佛明白了什么，脸色瞬间变得煞白，上前道："采珠，不要！"

然而他已经晚了，又一道闪电劈下，映出了短刃森寒的冷光。纪初桃感到脖子冰凉，垂眸一看，那大宫女摸出准备多时的短刀，抵在了她的脖子上。

多么讽刺！

纪初桃鼻尖泛红，问道："所以，这才是阿昭唤我前来的真正目的？"

纪昭眼中流露出几分挣扎和不忍心的神色，大宫女却控制着纪初桃的身子低声道："与陛下无关，这些皆是奴婢的主意！何况陛下将全部希望寄托在三殿下的身上，成败在此一举，可三殿下不愿伸手援助陛下，奴婢迫不得已，只能出此下策。"见纪昭犹豫不决，大宫女轻喝："陛下，三殿下是您反击的最后机会！"

纪初桃没有理会大宫女，而是静静地望着纪昭，好像要探进他那个腐朽不堪的灵魂深处，试图找到最后一丝温暖。她平静地问："所以，阿昭想挟持本宫威胁皇姐还是祁炎？"

纪昭的眼泪扑簌簌地落下了，一个天子竟然比纪初桃这个人质哭得更为惨烈。他哽咽着，悲戚地道："对不起，三皇姐……对不起！你……你别怕，只要你配合着做做样子，修书让祁炎发兵勤王，朕保证不会伤你一根头发！"

纪初桃听着他信誓旦旦的话语，往昔姐弟相处的温情画面历历在目。她笑出声来，笑得双眼湿红，缓缓地道："阿昭，你知道吗？在来的路上我便想好了，不管真相如何，你始终是我的皇弟，我会给你一个选择的机会。"

"什么机会？"纪昭问。

"我想，若你真心拿我当姐姐看待，坦然悔过，我便看在这份情上舍命帮你一把；若你串通手下，只为将我诓骗至此地，逼祁炎为你所用……"说到这里，她轻轻地闭目，一行清泪淌下，被她轻轻地抚去了，"看来，是你赌错了。"

她说的是"你赌错了"，而非"我赌错了"，一字之差，天壤之别。

但纪昭心神不定，未察觉到这个细微的差别，只悲伤地道："对不起，皇姐。你如果身处我的位置，就知道我别无选择……天子卧榻岂容他人鼾睡？我已经十六岁了，不是六岁，不应该躲在长姐的光环下战战兢兢地生活……"

纪初桃目光坚定，沉声轻喝："所以，你就给大皇姐下毒，让她在你成年前死去，好保证你的皇权万无一失？"

"朕没有！毒是父皇亲手下的！"纪昭再也承受不住心中的压力，崩溃地大吼。

尘封多年的秘密被他失口说出，纪初桃和大宫女皆脸色大变。

闪电劈下，将纪初桃的脸照得煞白。她感觉呼吸困难，难以置信地道："你……在说什么？"

"陛下慎言，三公主在套您的话！"意识到纪初桃用意的大宫女终于流露出了紧张的神色。

纪昭也反应过来了，喘息着道："三皇姐……在诈朕？"

记忆中的最后一丝温情也消失了，纪初桃感觉空气如此稀薄，凉意顺着指尖攀爬，令她不可抑制地发颤。她第一次红着眼厉声喝道："我既然已经在你的手上了，事到如今，你还有什么事不能说？！"

纪昭几番嗫嚅，最终后退两步，跌坐在了龙椅中。

"陛下！"大宫女面色凝重，朝纪昭摇了摇头，示意他不要说出来。

大概是觉得纪初桃已经无法构成威胁，抑或是心中的内疚感作祟，纪昭没有听从大宫女的劝诫，任由披散的长发遮住瘦削而秀气的脸颊。半响，细弱蚊蚋的声音传来，纪昭破罐破摔般颓然地道："是玉骨天莲香，传闻中至阴至寒之物，遇水则化，遇香则燃，微量并不致命，亦查不出来，只是……只是女子用了，会丧失生育能力，无法再孕育子嗣。"

"不能……生育？"纪初桃用尽全部力气才将这几个字从齿缝中挤出来。

"父皇临终前秘密地召见我，此事除了前丞相陆老，无人知晓，连长姐也不知道。"忆及年幼时刻骨铭心的那一幕，纪昭重重地吸了吸鼻子，"长姐是父皇留给我的一把利刃，利刃既能伤人，亦能伤己。父皇说，江山是千秋万代的事，只要长姐孕育不出自己的后人，便不会危及朕的地位……"

"继续说。"

"父皇还说，若朕临近成年，长姐还揽权自重，不愿放手，便以十年为期，让她体内的寒毒爆发……"

九年前，纪昭七岁。如今的纪昭其实已记不得先帝的容貌了，只记得先帝身上始终有一股苦涩的药香，其身量顾长，用温和的话语在纪昭幼小的心中种下了野心的种子。

他告诉自己唯一的继承人："成大事者，眼要高，心要狠，普天之下皆为棋局，至亲亦为棋子。为父这一生骗过人心，耍过手段，才从寂寂无名的庶皇子爬到九五至尊之位，也算功成名就，唯一的遗憾就是病体沉疴、大限将至，不能亲手栽培吾儿长大。不过朕已为皇儿打磨了一把最合适的利刃，安排好了后续的一切，她会代替朕辅佐你登基。将来吾儿长成之时，便是她完成使命、油尽灯枯之时……"

纪初桃听着，浑身不可抑制地发抖，甚至已经感觉不到悲伤，只是觉得恶心，不住地恶心。她仍记得儿时所见的父皇那张温和儒雅的脸庞，那时她不明白，父皇明明那么爱笑，为何宫里的人都怕极了他，每次见到他都瑟瑟发抖、汗出如浆……

犹记儿时，二姐调皮，自己懵懂，唯有大姐看向父皇时，眼睛是发着光的，如同看一座巍峨不可逾越的高山，充满了崇拜与尊重之色。

没人比纪初桃更清楚父皇在大姐心目中的地位，若非如此，大姐怎会甘心抛下一切将自己锁在深宫之中？她正因为知道，才难以想象大姐若是知道被至亲至敬之人亲手算计、背叛，会感到何等刻心蚀骨的疼痛与绝望！

"难怪如此，难怪如此……"一切真相大白，梦里大姐的结局也有了解释，纪初桃道，"你们究竟是怀着怎样的心情，看着自己的亲女儿、亲姐姐沦为你们用完就丢弃的……利刃？"

纪昭以手遮面，懦弱地道："朕也想过放手，可是三皇姐，一旦踏上这条路，朕就再也回不了头了。"

殿中陷入了沉寂，只有风雨雷鸣之声。

"好。"纪初桃攥紧手指,不再迟疑,抬眸轻声道,"阿昭,我给过你选择的机会。"

说完,纪初桃拉起颈上的骨哨置于唇间,用力地吹响了。

"咻!"一支羽箭应声破窗,穿透了皮肉。挟持纪初桃的大宫女身体一晃,手中的短刀坠地,发出了"当啷"的声响。

"三皇姐,你早有准备!"纪昭大惊。

"砰"的一声,殿门被狂风吹开,露出了无数道手执刀刃的影子,其中有项宽的禁军,亦有祁家的镇国军。

祁炎最先冲入殿中,揽住了纪初桃脱力的身体。侍卫的最前端,尊贵的女子拖着一袭黑色宫裳缓步入殿,嘴角勾着淡漠的笑:"本宫何其有幸,今日可算听到实话了。"

形势突然反转,闪电将纪昭的脸照得惨白如纸。他颓然地垮下肩,战战兢兢地道:"长……长姐!"

"难为你们父子苦心做局,骗了本宫九年。"纪妧优雅地越过地上生死不明的宫女,睥睨纪昭,"礼尚往来,本宫该如何回报你们呢?"

七

浓重的夜色是最好的掩护,晚春的骤雨掩盖了承明殿中兵刃的寒光。祁炎扶住纪初桃的后腰,轻轻地遮住了她的眼睛,不让她看见地上的血腥场面。

零碎的画面在脑海里涌现,纪初桃不禁忆起梦中的宫墙下,纪妧被暗卫截杀时,他亦如此以维护的姿势捂住她的眼睛,为她圈出了一方干净的天地。

殿外风声疏狂,祁炎嗓音带着雨水的冰冷之意,略微急切地问:"伤到哪儿了?"

"我没事。"纪初桃湿润的睫毛扫过祁炎的掌心,而后她伸出手,轻而坚决地将祁炎覆在自己眼睛上的手拉了下去。

满殿寒光,纪昭已经被吓傻了。片刻后,纪妧似乎没了耐性,侧首对纪初桃道:"永宁,你已经做得够多了,回去歇息吧。"说着,她勾起红唇,如同看肮脏的虫子般看着这个她一手教养出来的皇帝,淡然地道,"本宫要和皇帝好生谈谈。"

闪电劈开雨夜,煞白的光照亮了她眼中冰冷的杀意。

纪昭如见鬼魅,脸色白得与死人无异。

纪初桃知道,大姐接下来要做的事绝非良善之举,她不希望自己的妹妹卷入其中，惹上一身非议。

她总是如此冷情，却在关键时刻力扛所有口诛笔伐。曾经多少年里，她也是这般护着皇弟，纪昭怎么忍心放任父皇杀她？他哪怕想过留她一条生路，也不至于被反噬至此。

一想到大姐经历了怎样的蒙骗与背叛，纪初桃便对纪昭同情不起来。她眼圈红红的，对陪伴在身侧的男人道："祁炎，我们走。"

看着她真的转身就走，纪昭快疯了："三皇姐，别走！不要走！"他连滚带爬地跌下龙椅，伸长手去抓住最后一根救命稻草，声嘶力竭地道，"三皇姐不是最疼朕吗？不要丢下朕一个人！皇姐！"

他这副涕泗横流的样子，哪里还有帝王的尊严？纪初桃深吸一口气，回首一字一顿地质问："当初我们疼你的时候，你可曾珍惜？"

纪昭好像被戳中了死穴，哭喊声戛然而止，苍白的嘴唇嗫嚅着，绝望地抽泣："三……三皇姐……不管如何，朕从未想过害你啊！"

纪初桃知道自己再待下去定会心软，便狠下心，转身就走。

承明殿外，不少禁军将一群黑衣裳的暗卫团团围住，纪初桃猜想这群暗卫应该是父皇留给纪昭的最后兵力，亦是梦中将大姐截杀于宫门下的罪魁祸首……

她没有看他们，只定了定神，走入雨幕之中。直到湿凉的空气立刻包裹住她，雨水"噼里啪啦"地打在脸上，她才发现自己失神到忘了戴上斗篷的兜帽。

头顶一片阴影笼罩下来，替她遮挡了雨水。祁炎一只手执宫中的黄油纸伞，偏向纪初桃那边，另一只手有力地握了握她微凉的指尖，声音低沉地道："走，回府。"

他的话不多，却莫名其妙地给人力量。纪初桃贪婪地汲取他掌心的温暖，将所有的阴谋算计抛至脑后，用力地点了点头："好。"

回府的马车驶过宫门，侍从执伞提灯，照亮了宫道上的水坑。祁炎掀开车帘进来，顺手将剑搁在几案上，而后按膝坐于纪初桃身边，打断她的思绪："为何不依照约定，早些吹哨？"

纪初桃愣神间，祁炎已伸手探向她颈上挂着的骨哨了，随即手指顺着她的下颌线上移，停在她的脸颊上："若那宫女真动了手，或那一箭射得不准，伤了你，该如何？"

祁炎皱着眉，显然在跟她秋后算账。

当初他们说好了，她一旦察觉情形不对就要吹哨提醒，祁炎这才勉强答应让她去见纪昭。可是……

"本宫想知道一切真相，也想给阿昭……"纪初桃顿了顿才改口，"也想给皇上一个机会,这是我能看清他的内心、让他说出真相的唯一机会。"

当初晏行身死,她都能感伤好几日,更何况面对从小一起长大的弟弟?

祁炎看出了她眼中难过的神色,面色仍冷着,气她以身冒险、自作主张,手臂却不自觉地伸出,不甚温柔地将她搂入怀中。

他的眉眼是冷的,心却滚烫。纪初桃放松身体,顺从地拥住他强劲的腰肢,将脸埋在他的胸口蹭了蹭。

"祁炎,你当初……是不是真的想过要反?"少女细细的嗓音自怀中传来。

祁炎眯了眯眼,抬起她的下颔问:"殿下如今想着翻旧账了?"

"本宫只问这一次。"纪初桃用湿润漂亮的眸子望着他,"你可以不回答,但是不要撒谎。"

"是。"祁炎说了实话。

他天生冷血,什么事都敢做。若非心里有了想要守护的光,他或许有朝一日真的会推翻纪妧,甚至亲手毁了纪家的江山。

纪初桃听着,无比庆幸自己当初坚持下来,又忍不住想:所以祁炎放下对大姐的成见,也放弃对抗纪家,是因为喜欢上了她?

祁炎仿佛看出了她心中所想,说:"我剑走偏锋,自始至终想要的不过是一份认可和信任,而不是被人当作奴仆来利用或折辱。既然有人给了我这份信任,我何须再反?"

纪初桃鼻尖微红,眼里亮起了光,明知故问:"那个人是谁呀?"

祁炎扬了扬唇,又刻意压下,沉声道:"一个以身饲虎的……傻公主。"

祁炎说最后几个字时几乎咬到了她的耳朵,气音格外撩人,让她沉甸甸的心情忽然轻松了不少。可她想到今夜得知的真相,还是不免叹息:"你是对的,听到皇上亲口说出那些事,本宫忽然……为自己身上流着这样的血感到恶心。"

祁炎手臂一紧:"他们是他们,你是你。"

纪初桃想到什么,蹙着眉道:"你是不是早查出什么来了?为何今夜之事你一点儿也不惊讶?"

祁炎的神情俨然说明了一切。当初他将计就计委身于公主府时,便察觉到纪初桃身边有一股暗流在推波助澜,后来耐着性子与琅琊王接洽,顺藤摸瓜,最终查到了纪昭身上。

琅琊王逼宫那晚,有人意图趁乱刺杀纪妧,更印证了他的猜想,只是他一直没有证据……说得自私些,他并不在乎除纪初桃以外的其他人的死活。

"怕你难受,不曾告知你。"祁炎道。

纪初桃"嗯"了一声，轻声道："最难受的人应该是大姐才对。"

雨夜尚不知尽头，好戏还未落幕。

承明殿内，狂风吹得窗扇"哐当"作响。

"大殿下，先帝……请来了。"项宽浑身湿透，双手颤巍巍地奉上一个蒙着黄绸缎的托盘。

纪昭瑟缩在龙椅中，只见那托盘中高高地凸起一块，绸缎下似乎是个木牌。

一阵风吹开殿门灌了进来，将黄绸吹落在地上，露出托盘中的黑色檀木灵牌。又一道惊雷劈下，牌位上"大殷穆宗昭皇帝之灵位"的字样清晰可见。纪昭尖叫一声，惊恐万分地望着身穿一袭黑色宫裙、头戴金钗的端坐着的女子。

她彻底疯了，竟冒着大不韪之罪将父皇的牌位从太庙中拿了出来！

纪妧不曾看那牌位一眼，冷冷一笑："很好，既然人已来齐，便开始吧。"

说罢，她优雅地起身，长裙拖地，一步一步地朝龙椅上的纪昭走去。她每靠近一步，纪昭的身子便不可抑制地颤一下。

纪妧在纪昭的面前停下，俯下身，锐利的凤眸像要刺进纪昭懦弱的内心深处，而后伸手探向他的脖颈。保养得当的指甲和微凉的指尖刚碰到他，他便像触电般一弹，声音嘶哑地哭喊："长姐！朕知错了，真的知错了！"

"皇帝现在说这话不觉得太晚了吗？"说着，纪妧凤眸一变，手指用力地攥住纪昭的衣服，直接将他从龙椅上拽了下来。

纪昭被衣服勒得面红耳赤，哭喊着"救驾"。纪妧不管不顾，拽着他一路拖行，丢在先帝的牌位前，又轻轻地压住了他的肩。早被吓软了双腿的纪昭"扑通"一声跪下了，趴在地上半响爬不起来……

自始至终，纪妧脸上都挂着优雅得体的笑，睥睨众生，威严无双。她反手一个巴掌，直将纪昭的脸抽得偏向一边，聒噪的呼救声戛然而止。清脆的巴掌声回荡在大殿里，诸位禁军皆像失聪了般，连眼也不敢抬一下。

纪昭捂着渐渐红肿的脸颊，满脸难以置信和胆怯的表情，被吓得噤了声。这是纪妧第一次打他，可气势简直比杀了他还要可怕！

纪妧接过秋女史递来的手帕，不紧不慢地擦干净手，仿佛方才那一巴掌令她沾上了什么污秽的东西似的。然后她从项宽的手中取过先帝的牌位——不是双手捧着，而是像提什么不值钱的烂木板似的提在手中，朝龙椅走去。

她将先帝的牌位放在龙案上，稍稍调整角度，把它摆正些，手指轻轻地拂过灵牌的轮廓，抬眸遥望，似乎望到了遥远的过去。她冷冷地道："你不是整日都防着本宫篡权夺位吗？今日便让你开开眼，若本宫真想弑君夺位……是怎样的场面！"

纪妧沉声命令："都带上来！"

禁军立刻押着几十名暗卫入殿，纪昭立即认出来了，他们和那名大宫女一样，都是先帝留给他的死士。而现在，这些死士的脖子上都架着阴森森的刀刃。

"看好了！"纪妧捏住纪昭的脸颊，迫使他抬头看着他手下的死士，一字一顿地道，"这才是真正的……谋——权——篡——位！"

一声令下，满殿血光。纪妧当着纪昭和先帝的牌位的面，将他们留下的死士、宫人杀了个一干二净。

纪昭崩溃地尖叫起来，抖得不成样子。

"懦夫！"纪妧轻蔑地嗤笑一声。

在纪昭惊愕的目光中，她振袖转身，堂而皇之地坐在了龙椅之上。

她将手搭在雕有真龙的扶手上，抬首望着那块牌位，眯着眼睛道："父皇曾是我这辈子最尊敬之人，教我策略和治国经纬，让我享受与别的帝姬不同的权力与地位……可到头来，他不过是利用本宫，为他的儿子披荆斩棘，吸干了本宫的血，还想要本宫的命。既然先帝煞费苦心，将所有人都变作棋子来扶植他的儿子上位，本宫便偏不让他得逞。他想绝了本宫的子嗣，本宫就绝了他的种！"

纪妧漫不经心地说着，抬手拂过身前几案上的牌位，而后目光一变，屈指轻轻地弹了一下。牌位仰面倒下，在几案上滚了两下，发出可笑的"哐当"声。

你瞧，当初如高山般不可逾越的狠辣帝王如今也不过是一块朽木，一推就倒。

她嗤笑起来，抬着下颌高傲地道："父皇，您可要看清楚，您的这个宝贝儿子是如何被本该油尽灯枯的弃子废掉的！"

第十七章
结　局

一

纪初桃一晚上没有睡好，梦中一会儿是儿时的纪昭笑吟吟地唤她"三皇姐，来蹴鞠呀"，一会儿是十六岁的纪昭披头散发，红着眼恨恨地道："成大事者，眼要高，心要狠……朕只是遵循父皇教导的帝王之道，有什么错？！"

"三皇姐，朕再恶毒狠辣也不曾真正害过你，你怎么忍心？"

"三皇姐救朕！"

纪初桃猝然惊醒，发现天刚蒙蒙亮。几案上一盏纱灯昏黄，勾勒出枕边躺着的男人英气的轮廓。

祁炎不知是刚醒还是没睡，眼眸深沉且清明，顺势侧身，伸手将喘息不定的纪初桃揽入怀中，吻了吻她的额头："别怕，我在。"

纪初桃记得去年此时，他们在躬桑时遇刺，在山洞里，祁炎亦这般放低姿态安抚她，轻声道："殿下不怕，臣在这儿。"

纪初桃含混地"嗯"了一声，往祁炎的怀里拱了拱。

她刚醒时声音柔软又乖巧，问道："祁炎，你一直守着没走？"

祁炎抬手抚了抚她的眉心，不放心地道："你做噩梦了，一直皱着眉头。"

感受到温暖有力的手指抚上眉心，纪初桃眨了眨眼，道："我梦见皇帝了。"

祁炎沉默，半晌后，极具说服力的声音自纪初桃的头顶传来："我曾与北燕正面交锋，当时对方的兵力胜于我方的兵力两倍。我不得已派出一支两千人的小队前去诱敌，自己则率兵迂回，偷袭北燕主城。但那日途遇大雪，攻城必会延时，我唯有放弃偷袭，才能救下那两千名精兵……"

选择继续袭营还是回援己方，这实在是一个两难的选择。

纪初桃听得入了神，跟着紧张起来："然后呢？"

"我选择了继续袭城，北燕大败，可那两千名将士也尽数战殁。"祁炎嗓音沉了些，告诉纪初桃，"首尾难以两全，你选择于大局最有利的那个，问心无愧即可。"

纪初桃知道，祁炎是在借自己的实例安慰她，不必为了舍弃纪昭而自责。毕竟，纪昭一边说与她感情甚笃，一边将刀架在了她的脖子上。

"我不是怕这个。"纪初桃低声道，"我有些担心大姐。她被父皇亲手下了那样的毒，遭遇如此背叛，我怕她拉着皇帝玉石俱焚……"

"放心，若她真存了这样的心思，自会有人阻拦。"祁炎的语气淡淡的，比起纪妩的生死，他更在乎怀中之人。他将她搂得更紧些，与她身子贴着身子，低声道："再睡会儿。"

三月虽连日大雨，气温却有所回升，两个人贴得这么紧，纪初桃便有些热，小幅度地动了动。良久，她细声细语地道："本宫睡不着了。"

祁炎不语，硬实的大手顺着她玲珑有致的腰线上移，抚过颈项，轻轻地捏住了她小巧的下颌。帐帘朦胧，她抬起眼来，视线撞进了暗潮汹涌的眼波中。

纪初桃察觉到了危险的气息，心猛地跳了一下。

"殿下整日胡思乱想，何时看看眼前人？"祁炎明显语气不满，已有好一阵没碰过她了，此时正是忍得辛苦之际，哑声道，"殿下既然睡不着，不妨做些有意思的事。"

炙热的吻说来就来，一点儿情面也不给。所谓"有意思的事"，纪初桃有幸领教过两次。虽说祁炎已极力忍耐、迁就了，可她每次还是被折腾得够呛，非得躺上一日方能缓解，所以即便没有与别人做此事的经验，也知道他比普通男人更强。

祁炎很快动了情，吻得明显急切、凶狠起来，换了个姿势将一只手撑在榻上，另一只手也不老实。纪初桃承受不住了，不免有些害怕，连忙抵着他的胸膛躲开了些，气喘吁吁地道："睡了，睡了，本宫这就睡了！"

"等会儿再睡，嗯？"祁炎显然不打算这么快放过她。

"不要，"纪初桃嘴唇红润，蹙着眉嘀咕，"你说的等会儿定是老长时间。"

纪初桃含混的抱怨声还是被祁炎听见了，他低笑一声，诚实地道："顾及殿下，我已经很克制了。"

纪初桃没了脾气，也顾不得难受了，连忙离他火炉似的身子远些，转过身羞赧地道："谁要和你讨论这些？你我还未成亲呢，总做这些事是不对的。"

掀动被褥的声音传来，男人很快贴了过来，继续揽着她哄："已经赐婚了。"

"赐婚也不行，成婚才算！"

纪初桃心想：她才不要大着肚子出嫁，多不好看！

"卿卿……"祁炎的声音喑哑了些。

"不行就是不行！"纪初桃难得硬气一回，认真地道，"你再这样，本宫就不让你上榻了！"

"嗯……"男人从鼻腔里发出一声不满至极的闷哼。

纪初桃根本无法抵抗祁炎的强势，脊背都绷紧了，唯恐祁炎不管不顾地压过来。但她等了许久，祁炎并未勉强，只是宠溺又顺从地圈着她的细腰，将鼻尖埋在她的颈窝深嗅。

半响后，他勉强安静了下来。

祁炎预料得不错，即便纪妧想自坠深渊，也会有人出手阻拦。

这几日，纪妧并未上早朝，少年天子长期缺席，百官一时议论纷纷。

长信宫中，纪妧对褚珩的出现一点儿也不惊讶。身姿卓然若仙的儒臣拢袖长躬，看了一眼坐在主位上的纪妧，眼中诸多情绪交织，问道："国不可一日无君，龙椅之上的位置，殿下是要另立……"他顿了顿，垂眸道，"还是自立？"

聪明人就是这般麻烦。

纪妧眸色一变，冷然道："褚爱卿，就凭你这一句话，本宫便可杀了你。"

褚珩没有丝毫惧意，似乎永远如此平静，没有什么能动摇他的心志。可纪妧若仔细看，便会发现他的喉结几番滚动，仿佛在平静的湖面下有暗流在涌动。

许久后，他问："殿下怎么了？"

纪妧轻笑。公正无私的左相褚大人当堂问的竟然不是"陛下怎么了"，而是"殿下怎么了"……好像他们之间有多深的交情似的，何其讽刺！

纪妧冷冷地看着他，故意反问："若本宫要自立呢？"

褚珩抬眸，皱着眉道："臣定当死谏，劝殿下三思。"

纪妧不怒反笑："你高估自己的分量了，褚珩。你以为你的死能谏我何？"

褚珩道："天子年少，并无大错，殿下执意如此，无异于引火自焚。"

到那时，众人口诛笔伐，给她扣上"祸乱篡权"的帽子，无数的起义、声讨起彼伏，她便是有再大的本事也难以抵抗天下人群起而攻之。何况那金銮殿上的位置并不是什么好归宿。

"并无大错？"纪妱优雅地放下手中的奏折，冷静地逼问，"褚珩，若你亲手扶植长大的天子给你下毒，使你不得生育、不得善终，时刻都想置你于死地，你还会不痛不痒地说出'并无大错'之言吗？"

褚珩听到"下毒"二字，眸中起了波澜。他立即抬眸，泰然自若的脸上第一次有了错愕的神情，问道："什么毒？"

纪妱嗤笑，满眼冷漠之色。

"什么毒？"褚珩执拗地又问了一遍。

纪妱听出他呼吸不稳，眸中的疑惑一闪而过，很快恢复了冷静的样子："你知道本宫最讨厌你什么吗？就是你这副标榜正义、道貌岸然的样子。"她起身哂笑，"众生凉薄，刀不落在你身上，你当然不知疼痛。本宫是个女人，就活该被利用、欺骗，到头来还要被自己的父亲和弟弟算计至死？九年来，稳朝堂、平北燕、扩疆域……这些功绩，哪一件不是靠本宫夙夜盘算得来的？可到头来，天下何人记得？！"

"臣记得！"褚珩立即道。

纪妱讶然，看到了褚珩的眼中泛起的血丝。

他重复了一遍："臣一直记得。"

这大概是他三十年的人生中唯一一次失态。纪妱不愿深究他眼中的潮湿从何而来，也没兴趣知道。

她突然觉得索然无味，转过身闭目道："你放心，本宫对皇位没有兴趣。"

她的身子不知还能撑多久，要那个孤家寡人的位置有何用呢？

"他不是费尽心思为他的儿子盘算吗？本宫依旧会辅佐大殷成为天下最强盛的国家，只不过……"深吸一口气，纪妱睁开凤眸，一字一顿地冷笑道，"登上帝位的人不是他的儿子。"

连夜凄风苦雨，太庙宗祠幽暗如坟。电闪雷鸣间，地面发颤，白光照亮一排排立在太庙中的帝王牌位，阴森至极，肆意鼓动的白纱帷幔亦如鬼魂般可怖。

纪昭被幽禁在这儿已经三天三夜了，没有吃的，没有喝的，终日和死人的灵位做伴。一开始他还会奋力地拍门呼救，后来饿得没有力气，只能如一条死狗般披头散发地蜷缩在大殿的柱子后，伴随着惊雷和闪电瑟瑟发抖。

纪昭喉咙干得冒烟，咽了咽口水，目光无数次投向大殿祭台上的供品——那是纪妱故意命人摆在那儿的。她断了他的水粮，逼他做选择：要么饿死，要么吃供品。

他知道长姐的用意，吃太庙的祭品乃大不孝之罪，可人饿到了极致是会发疯的。没有声音，没有希望，到处都是鬼影，人的意志会被一点点摧残殆尽。

在极度的饥饿和寒冷中，纪昭忽然如蠕虫般爬起来，一寸一寸地挪到祭台边，哆嗦着抓起肥腻的肉食和糕点就往嘴里塞，直到嘴鼓胀到再也塞不下任何东西……

"喀喀……呵呵……哈哈哈！"他忽然又咳又吐，又哭又笑。

闪电劈下，将他的脸照得惨白，双目赤红若鬼，他俨然彻底癫狂了。没多久，天子因病变得疯癫，偷食太庙中的祭品的消息传遍朝野，群臣震惊。

一个疯子没法治理国家，遑论还犯了不孝不悌这等大罪！

同月，接受了现实的群臣在褚珩的推举下，不得已另立身为宗室子的安溪郡王为新君，打算于半个月后举行登基大典。同时，新帝纳娶明珠郡主，举行封妃大典。而纪昭被废为庐陵王，择日迁往封地。

承平长公主府邸。

纪姝倚在榻上，视线从纪初桃的胸口扫过，忽然笑得媚眼如丝，意味深长地道："好像大了许多。"

"啊？"话题转变得太突然，纪初桃一时跟不上纪姝的思路。

纪姝笑得越发肆无忌惮了。

纪初桃顺着纪姝的视线看向自己的胸口，明白了什么，不禁闹了个脸红："二姐！"

"害羞什么？"纪姝一脸司空见惯的样子，而后坐直身子，将话题拉回来，"我确实听说过玉骨天莲香，却不知解药。若能拿到这毒的配方，对症下药，想来就不难解毒了……放心，阿妧的事，不用你说，我也会留意。"

纪初桃颔首。

虽然纪妧以雷霆手段稳住了朝堂，但纪初桃还是挂念着她的身子，命人四处搜集玉骨天莲香的解药，连之前在琼林宴上结交的儒生、进士都动用了。

这种毒来自塞外，她翻遍古籍，收获却寥寥无几。好在纪姝的人脉广，纪初桃总算稍稍放了心。

她正想着，一旁的纪姝正经了不到半盏茶的工夫，又将话题带歪了。纪姝看着日渐水嫩的妹妹，操心地道："你和他欢好，可记得避子？"

"噗！"纪初桃被一口茶水呛得面红耳赤。

二

纪初桃根本没想过避子这回事。何况做那事时，全靠祁炎摸索、主导，她连保持清醒都困难，哪里还有心思想这些？她也记不清祁炎有没有做这方面的准备。

见纪初桃支支吾吾的，纪姝便猜出了大概，朝纪初桃招了招手，弯着眼露出和善的笑容，道："你过来。"

纪初桃依言往前凑了凑，就见纪姝笑容一凉，用手中的团扇轻轻地在她的额上敲了一下。她缩了缩肩，捂住额头，听见纪姝慵懒地说："生育于女人来说乃性命攸关之事，你怎可如此随性？男人无所谓，总归不是从他们身上流血、掉肉，只由着性子索取，无法体验女子十月怀胎的痛楚，故而这等大事的决定权必须掌握在你自己的手中。记住，你们即便成了婚，你也依旧是帝姬，他是臣子，肚子也是你的，生还是不生全由你说了算。"

"知道啦，二姐。"纪初桃心虚，只有点头受教的份。

"月信可准时？"纪姝又问。

纪初桃悄悄地算了算日子，红着脸小幅度地点了点头。纪姝这才放心，摇着扇子懒洋洋地道："也许是你运气好，刚巧避开了危险的日子。"

说罢，她哼笑一声，这才放如坐针毡的纪初桃离去。

纪初桃回到府中便听到挽竹来报："殿下，皇上来了，已在正厅等了小半个时辰！"

纪初桃恍惚了一瞬，才反应过来挽竹嘴里的"皇上"早已不是纪昭，而是新帝纪琛。

纪初桃走进正厅，看见穿着一身朱红色常服的纪琛与一名窈窕女子并肩而立，正欣赏墙上的一幅字画。听到脚步声，他们俩齐齐回首，朝纪初桃露出谦逊的笑来。

"皇上。"纪初桃颔首回礼，而后视线落在他身边那名梳着宫髻的艳丽少女身上。

明珠郡主与新帝大婚后便换上了汉人的服饰，纪初桃怔了片刻才认出她来，莞尔道："丽嫔。贵人前来，本宫未曾远迎，实在失礼。"

明珠郡主总算不喊打喊杀了，只是性子依旧直爽火辣，久等不耐烦了，便将嘴一撇，咕哝了一句北燕语。纪琛悄悄地拉了拉她的袖子，示意她对纪初桃尊敬些，被她不自在地挣开了。

纪琛也不恼，明朗地道："是我不请自来，失礼在先，不怨三公主。"

私下见面，他以"我"自称，而非高高在上的"朕"，纪初桃对他的好感又多了些。她柔声道："皇上已登大宝，又长我一岁，可随长姐那般直呼我的名号'永宁'。"

"那三妹妹也不必唤我'皇上'，若不嫌弃，便叫我一声'兄长'。"纪琛微微一笑，切入正题，"我此番前来，是有两件事想同三妹妹商议。其一，三妹妹的婚事将近，按礼我要赐爵位给祁将军,祁将军方配得上三妹妹千金帝姬的身份。但世袭的镇国侯尚健在,祁将军身为人子,爵位不得高于其父的爵位,故而我与大公主商议,决定改封镇国侯为宁阳公,不世袭,再封祁将军为一品武平侯,如此可好?"

祁家父子,一个做不世袭的虚爵,另一个按功勋加封为一品军侯,既可让祁炎门当户对地尚公主,又不会使祁家因专权而落人口舌。

纪琛道:"这也是祁将军的意思。"

纪初桃当然知道这已是最好的安排,便道:"皇兄费心至此,我感激还来不及呢,怎么会有异议?"

纪琛松了一口气,颔首道:"那便这样定了。第二件事,我听闻三妹妹在寻一味叫作玉骨天莲香的药的药方……"

纪初桃眸色微动,并没有解释找这味药有何用,只按捺住性子试探地问:"皇兄知道这味药?"

纪琛道:"不是我,是明珠听到此事,想到了一些线索。"

一旁的明珠郡主等不及了,用汉话干脆地道:"几年前,我曾随父皇游历北疆,曾在月牙城见过珊蛮人,这毒便是他们的秘方,知道的人很少。只是珊蛮人行踪不定,运气好的话,兴许能在月圆集市上碰见……不过他们能不能解毒,我就不知道了。"

明珠郡主倒豆子似的说完,又不好意思起来,踢着裙边别扭地道:"可不是我要帮你,是皇帝求我来的!"

纪初桃难掩欣喜之色,将感激的目光投向了纪琛。纪琛谦逊一笑,赶在纪初桃开口前解释:"受祖父的牵连,我自幼受尽冷落,可永远都会记得,当我觉得日子快要过不下去时,是大公主推开了我家凋敝的门扉,将和亲的重任交付与我,将我拉出泥淖;更记得北上遭遇刺杀那日,是三妹妹朝我伸出了援手,没有那日的救命之恩,就没有今日的纪琛。"说着,他看向身侧明艳的明珠郡主,轻声道,"若归京途中,三妹妹没有替我隐瞒手上的刀伤,也不会有如今的丽嫔。"

传闻纪琛登基前夕,大姐纪妧曾将他唤去长信宫彻夜长谈。那晚他们究竟谈了什么,纪初桃不得而知,只是如今看来,纪琛在短短一个月内便以非正统血脉的身份坐稳了皇位,以德服人,其魄力可见一斑。

大姐花九年时间辅佐出来的纪昭还比不上她一晚教导出来的纪琛……世事无常,人性参差,何其荒谬!

纪琛走后,纪初桃回到书房,匆匆地执笔润墨,将明珠郡主所说的线索一一记下。她刚收起笔,便听内侍来报:"殿下,二公主府里的侍从谒见。"

纪初桃吹干墨迹，道："让他进来。"

清秀的内侍捧着一个妆奁盒模样的精巧物件进来了，躬身跪拜，将物件双手奉上："奴奉主子之命给三殿下送上薄礼，还请殿下笑纳。"

纪初桃疑惑地道："是何东西？"

那内侍道："二殿下说，还请三殿下务必亲自打开查验。"

二姐就是喜欢弄这些神神秘秘的东西。纪初桃并未起疑，命身侧的拂铃将盒子收下，而后唤住那个内侍："对了，你替我将这个信笺带给二姐。"

说话间，她将写有玉骨天莲香的线索的信笺折好，塞入了信封中，由拂铃转呈给那个内侍。

北燕那边的事二姐比较了解，交给二姐的人去查，纪初桃是极为放心的，何况还有祁炎帮忙，总比她自己孤军奋战要多几分希望。

内侍领命退下了。

纪初桃百无聊赖，拿过那个镂花包边的木盒研究了一番，打开一看，里头是一沓厚厚的折好的纸笺。

纪初桃好奇，将那沓上好的净皮宣纸打开，入目的是一张女子腰下的穴位图，旁边写着数行小字。等看清小字写的是什么内容，她不由得脸红心跳，猛地盖上了盒子。

盖盒子的声音太过响亮，一旁整理陈设的拂铃被吓了一跳，连忙回首问道："殿下，怎么了？"

纪初桃如何说得出口？她只好寻了个借口，强装镇定："没什么，你先出去。"

拂铃不敢多问，只好福礼退下了。

纪初桃左顾右盼一番，确定所有宫人都退下了，这才悄悄地打开盒子，红着脸硬着头皮将那沓宣纸拿了出来，既羞耻又忍不住好奇地翻看。纸上记录的是避子的方法，比如按揉某处穴位或泡特殊的药浴。

宣纸下压着几个小瓶子，纪初桃打开一看，里面有一些羊脂般莹白的香丸，是熔化了涂抹用的。她再往下翻，还翻出了一个绢袋，里头装着一些约莫六寸、薄可透光的小袋子……

纪初桃还未来得及弄明白这小袋子的用法，便察觉到阴影笼罩下来，有人进殿站在了她的几案旁。

她以为是宫婢去而复返，正要赶人，抬首却见到了一张熟悉的英俊脸庞。她感到热血上涌，心猛地一跳，连忙将东西一股脑塞回木盒中，羞恼地道："祁炎，你怎么又一声不吭地进来了？"

"我敲了门，殿下并未回应。"

祁炎今日穿了一身武袍常服，马尾高束，眉色浓黑，肩宽腿长，笑起来颇有少年意气。

"殿下在看什么？这般入神。"说着，他伸出紧扎着牛皮护腕的手，去碰那个木盒。

纪初桃连忙伸手去挡，但那点儿力气在祁炎的面前无异于螳臂当车，没什么作用。

祁炎闷笑着转身坐下，拿起那沓宣纸查看，纪初桃已经羞得抬不起头来了。她这是什么运气？每次二姐送过来的奇奇怪怪的东西都会被祁炎看见！

祁炎仔细地看宣纸上记载的方法，嘴角的弧度渐渐消失了，神情变得严肃、认真起来。纪初桃还记得一年多以前，他看见自己书房中的那些图时表现出来的是怎样危险的怒意……她不由得心虚、忐忑起来。

她正想着，祁炎将宣纸放下，垂着眼半晌没抬头。她觉得自己应该解释一番，正欲开口，就听见男人低低的嗓音传来："抱歉。"

"嗯？"听到他突如其来的一句话，纪初桃反而愣住了。

"我不知道……要做这些。"祁炎抬起头来，仿佛天塌下来也面不改色的脸上竟有了一丝窘迫之意，像怕她生气般，望着她轻声道，"我以为，只要事后清洗了……就不会有事。"

原来他不是在生气，而是担心她会生气啊！

纪初桃觉得男人此时吃瘪的神情十分有趣，眨了眨眼，又眨了眨眼，没憋住，"扑哧"轻笑出声。

"莫要笑话。"祁炎伸手将她拉入怀中，惩罚般圈住她，许久后又沉闷地道，"每次殿下都很担心……殿下为何不早些告诉我这些事？"

听他一脸正色地检讨，纪初桃还真有些受不住，耳朵被他的呼吸拂过，红得几欲滴血。她支吾着道："没……没有……我也是今日才知道，若不想那么快生育，就要避……避子。"

两个人未成婚便搅和在一块儿，稀里糊涂地打了仗，方知还有兵法要讲究，一时觉得窘迫又甜蜜。两个人大眼瞪小眼地互相看了一会儿，俱轻笑出声。

"殿下放心，我学会了。"祁炎自省完，又恢复了落拓不羁的厚脸皮模样。

纪初桃瞪他。祁炎却对那个绢袋里的东西十分感兴趣，摸出一个小袋子对着光照了照、摸了摸，似乎在研究那是由什么材质所制的。

纪初桃简直没眼看他，面颊微红，道："书房乃圣贤之地，你顾忌些，快收起来!"

祁炎研究完了,却不把东西收回去,只看着纪初桃,如同猛兽锁定猎物般哑声唤道:"卿卿,试试?"

"不要!"纪初桃想也不想地拒绝了,红着脸要推他。

祁炎身手矫健,轻轻地错身躲开,纪初桃便推了个空,身子由于惯性朝前扑去,被恶劣的男人抬臂接住,搂入怀中。

"逗你玩呢。"祁炎发出一串沉闷愉悦的低笑,胸腔一颤一颤的。

"这些你……都是和谁学的呀?!"纪初桃气呼呼地说。

"别动,让我抱抱。"祁炎按住她乱动的身子,深吸一口气,道,"还有三个月。"

还有三个月便是他们的婚期。三个月的时间说长也不长,但他们俩每日翘首以盼,只觉度日如年。

长公主出降,离婚期还有半个月,公主府和礼部便已忙得不可开交,灯火彻夜不熄,各色人员、物品往来不绝。

驸马有实权,纪初桃出嫁后便会常住于祁炎的武平侯府中,公主府只是一个消遣的别院。

大婚当日,全城灯火通明,公主府至武平侯府的道路上更是一片火树银花,宛若天街仙境,盛况空前。

帝姬嫁战神,天定良缘。祁炎和新帝给足了纪初桃面子,光是抬嫁妆的队伍便似一条长龙,大殷百年来最高规格的帝姬出降场面莫过于此,足以载入青史。

夜色降临,纪初桃端坐在宽大的床榻上,以扇遮面,一双水灵灵的杏眼含着笑意,看着身穿喜袍的俊朗男人推门走进来。

红纱撩动,寝房和梦里的一样雅致宽敞,高大的男人还是那样俊美逼人,唯一不同的是她不再忐忑难安,而是满心蜜糖的滋味。

祁炎伸出修长的手,带着酒香,轻轻地取走了她遮面的团扇。那件尚服局绣娘花费半年的时间赶工制出来的华美婚袍和她满头璀璨的凤冠都掩盖不住她美色入骨的倾城之姿。她仿若退去了懵懂和青涩之意的花骨朵,终于在此夜绽放出灼灼的芳华。

两个人饮了合卺酒,便是洞房花烛夜。

"殿下可知我等这日等了多久?"祁炎饮了酒,唇色微红,被一袭婚袍衬着,乍看有一种极具冲击力的凌厉之美,眼神却如此温柔,仿佛能溺死人。

纪初桃当然知道,梦里梦外加起来大概……

"大概有两辈子那么久吧!"她笑着回答。

"很好看。"

祁炎凝望着她，替她摘掉沉重的凤冠，任由三千青丝柔软地垂下。而后他情难自已，倾身吻了吻她涂着口脂的艳丽唇瓣。

纪初桃连忙退开些，用涂了蔻丹的手指捂住自己的嘴唇，提醒道："本宫还未洗净脂粉……"

"无妨。"眼前秀色可餐，祁炎眸色深得可怕，声音低沉沙哑地道，"过一会儿一起洗。"

说罢，他再次攫取那片芳泽，越吻越深。

今天的祁炎似乎格外不同，他身上那股危险的侵略性比以往强烈许多，将纪初桃笼罩起来，他的五指插入她的指缝中，紧紧地扣住了她的手。

纪初桃被吻得喘不过气来，心脏仿佛要裂开。她想缓一缓，却连开口的力气都没有。祁炎发现了，每次没控制住自己，流露出属于军营武将的强势痞气，她的样子便会格外不同。

"喜欢？"他问。

纪初桃红着脸不语，眼睛里闪烁着微光，像满天的星辰被揉碎在水里。

两个人不再保留爱意，触及对方的灵魂深处，碰撞出了炙热的火花。

新婚第二日醒来，纪初桃理所当然地闹了小脾气，不愿理祁炎了。她浑身又酸又痛，难受得厉害，感觉自己像煮熟的面条似的，半点儿力气也没有。而且她当时都哭了，祁炎也没有收敛，反而变本加厉……

最后纪初桃意识中断，不知眼前黑了多久，醒来时发现祁炎还在吻她。

原来二姐说得没错，男人成婚前后就是两副面孔。成婚前他小心翼翼，对她哄着、宠着，成婚后就那样……

纪初桃觉得自己身为帝姬的脸都丢尽了，只能倚在榻上，用带着残红的眼睛瞪着罪魁祸首。罪魁祸首却神采奕奕，亲自将粥食递到她的榻边。

她不舒服，蹙着眉，不太想吃。

"卿卿，"祁炎吹凉勺中的食物，坐在榻边哄她，"吃点儿东西才会好得快。"

他要是不那么欺负她，她还能好得更快呢！

见娇柔的小公主鼻尖有些红，看上去颇为可怜，祁炎不由得心疼，放缓声音道："我下次不会这样了，乖。"

"骗子……"纪初桃声音哑哑的，觉得有些难听，便又闭了嘴，就着祁炎的手一勺一勺地吃起了粥。

她吃得优雅缓慢，祁炎也不急，一勺一勺地吹凉了再送到他的嘴边，一辈子的耐心全用在她一个人身上了。

看纪初桃吃了大半碗,祁炎明显松了一口气,抬手抚了抚她微红的眼尾,而后在她的额头上虔诚地吻了一下:"醒来时看到你在身旁,我很开心。"

他扬着唇,认真地道。

纪初桃原本打定主意不理他,可听到这句话,还是忍不住心脏猛地一跳,很不争气地消气了大半。

第二日,纪姝来了府里。

"好些了吗?"纪姝开口便问,"实在不成,不妨让太医把把脉,别讳疾忌医。"明白纪姝说的是什么,纪初桃恨不得将脸埋在袖子里,又将祁炎在心里骂了一遍。

"行了,你也别不好意思,我今日来是和你说正经事的。"纪姝抱着狸奴轻抚,倚身歪坐,"北疆传来消息,那玉骨天莲香的药方查到了,已交给太医院研究、配制解药了。"

"真的?"纪初桃眼睛一亮。

这几日大姐反复低烧,乃寒毒入骨的表征,纪初桃正担心着,纪姝这边就有了好消息。纪初桃松了一口气:"何人查到的?定要好好嘉奖他才行!"

不知是不是纪初桃的错觉,纪姝抚猫的动作一顿,而后慵懒地笑道:"这个你不必管,我自会好生嘉奖他。"

那个"他"字,纪姝咬得格外重。

纪初桃还想再问些细节,纪姝却打断了她:"还有一事,如今有祁家这匹凶狼护着你,我已放一百个心,决意出去走走。"

纪初桃不知纪姝的打算,以为她只同往年一样去温暖的地方避避寒,便道:"好呀,去几个月?"

见纪姝笑而不语,纪初桃从她的眼里看到了洒脱的告别之意,不由得错愕,怔怔地道:"二姐,你……"

纪姝抬手,示意纪初桃不必说破。

"我这一生浪荡沉浮,于阴谋中摸爬滚打,满身泥淖,如今只想过过清净日子,兴许腻了就回来,也兴许一辈子都不回来。"纪姝笑得恣意,起身道,"就这样,得空给你写信。"

想起什么似的,她又停下脚步,俯身在纪初桃的耳边道:"临别赠礼,我最后教你一招驭夫之术……"

说罢,她不顾纪初桃哭笑不得的神情,裹着一身素衣向光而去。

同月,天子勤勉刻苦,大公主纪妧便以病为由,迁居温泉行宫调理身子。纪妘离宫时是深秋的早晨，天刚蒙蒙亮，纪初桃与纪妘同乘一辆马车，送她出城驱寒疗毒。

太医说，纪妘所中之毒在体内潜伏的时间太长，服用配制的解药佐以温泉已无法恢复身体的巅峰状态，但若调理得当，能保她性命无忧。

纪妘透过飘动的车帘，看见宫门外，雾蒙蒙的晨曦中站着一个人。褚珩穿着一袭清雅的松青襕衫，玉簪束发，脑后长发如墨，于路边静静地站着，当真有仙风道骨之姿。与他擦身而过时，纪妘撩开车帘，凤眸中没有起一丝波澜，依旧优雅。

这明明是分别，但谁也没有说一句惜别之言。

"左相来赠别，大皇姐不嘱咐他两句吗？"

直觉告诉纪初桃，褚珩专程来此处绝对不是一个臣子送别帝姬那么简单。

纪妘半敛凤眸，淡然道："本宫不会为任何男人停下脚步，包括他。"

这句清醒到近乎残忍的话语，纪初桃笃定褚珩一定听见了，因为那一瞬，褚珩明显睫毛颤了颤。但他什么也没说，不解释、不强求，只朝纪妘的车队离去的方向拢袖长躬，直至马车消失在大道上。

下雨了，三三两两的雨珠打在地砖上，或许其中混进去一两滴苦涩的眼泪。朝局中人没有伤春悲秋的资格，再直起身时，褚珩依旧是那个无私能干的左相，立三尺朝堂，守万里河山，等她痊愈归来。

城门外，一线曙光出现了。

去年，纪初桃在这儿送祁炎北上，今年于此地送长姐离宫休养。

"大皇姐也走了，不知要几个月才能回来。"纪初桃上了自己的马车，钻进祁炎温暖的怀里，"就剩我一个人……"

话还未说完，她就听见男人不满地道："成了亲还只顾着娘家，夫君不是人？"

纪初桃笑了一声："你怎么谁的醋都吃呢？"

祁炎搂住她，想起一事，问道："听闻当初琅琊王宫乱之后，你以性命担保，让大公主同意你我的婚事？"

"你如何知道的？"纪初桃惊讶，"又是拂铃对你说的？"

祁炎不答，只认真地看着纪初桃。许久后，他从怀中摸出一物，放到纪初桃的手中，是那块带着他的体温的墨玉，上面刻着凶猛的穷奇花纹。

纪初桃愣神，问道："你怎么又拿出来了？快藏好，我不要。"

"我把命给你。"祁炎强势地包住她的手指，不让她退还信物，声音低沉地道，"若我负你，以死谢罪的人应该是我，而非你，懂吗？"

纪初桃捂住他的嘴，蹙着眉道："不要说不吉利的话。"

被捂住唇，祁炎的上半张脸尤显英俊。他眼眸弯了弯，也不知是不是在笑，就着这个姿势吻了吻她的掌心。

这是温热的、珍视的一个吻，纪初桃因暂别两位姐姐而失落的心被另一股热流填得满满当当。

"回家？"祁炎低声问。

"好。"纪初桃红着耳尖，颔首。

四个月后，景和元年，除夕。

塞北朔州，璀璨的烟火冲天而起，披着一袭雪白狐裘的妩媚女子凭窗而望，托着苍白的腮帮道："除夕了，又活过一年。"

她身后，一只蜜色的结实手臂伸过来，贪恋地揽住了她的腰肢。

纪姝头也不回，眼里映着烟火的光，冷冷地笑道："你才坐稳皇位，就敢混进朔州城里来，不怕被当作细作丢了性命？"

"你不肯去北燕，我就来找你。"生疏的汉话如兽语般从男人的喉咙里咕哝出来。

"我是你的什么人？你就来找我。"纪姝对李烈的黏人样子十分厌烦，命令道，"松手，别打扰我看烟火。"

"烟火没我好看。它在天上，我在眼前。"直率的异族男人撒起娇来简直要命，央求道，"我给你找药方，受了伤，你抱抱我。"

他还学会挟恩图报了？

纪姝哼笑一声："你知道的，李烈，我从不把自己的身子当作奖赏。"

李烈抿着唇，依旧执拗地望着她。

"除非，你能让我快乐。"纪姝眯着勾了墨线似的眼睛，懒洋洋地说。

塞北的风拂过，越过高山河川，在京都吹落了几片雪花。行宫中，冷雾缭绕，纪妩身穿一袭黑色宫裳立于廊下，用袖子小心翼翼地接住一片飞雪。

"好美。"纪妩垂眸望着那朵小巧晶莹的雪花，低声道，"困居深宫多年，本宫已经忘了上一次赏花、玩雪是什么时候了。"

"殿下的身子刚好一些，太医说不能受寒，殿下快回殿中去吧。"一旁的秋女史为她披上斗篷，禀告道，"今日皇上又派信使前来，向您请教赈灾之事。"

武平侯府内，灯笼嫣红明丽，照亮了满树雪景。

纪初桃捧着一只娇憨可爱的雪兔子，被冻得直跺脚，朝身旁冷峻挺拔的武将笑道："祁炎，你看，我团的兔子！可爱吗？"

一只冰冷的雪兔子哪有她这个活生生的人可爱？祁炎将视线落在她冻红的指尖

上，皱起了眉。下一刻，雪兔子被无情地夺走，她来不及惋惜，手就被拉入他的怀中焐起来了。

指尖触及厚实的胸膛，纪初桃下意识地摸了摸，心想：还是冬天的祁炎舒服，又大又暖！

祁炎目光黯了黯，而后弯腰扛起纪初桃，朝屋中走去。纪初桃被扛在肩上，快要磕到房梁，一颠一颠的，不由得蹬了蹬腿，细声道："祁炎，你干什么？"

"回房，暖身。"祁炎踢开寝房的门，如此说道。

子时烟火粲然，飘雪如絮，屋内却暖香盈室，一夜如春。

—正文完—

番外一
汤　池

据国史《殷书》记载:"永宁长公主出降,新帝赐花,大公主亲送。祥云罩晚,瑞鸟齐鸣,明珠华冠,火若长龙,仙歌乐舞三昼夜不息,开帝姬与权臣联姻之先例。"

这桩盛大空前的婚事无疑冲淡了废帝另立的余波。桀骜的战神配美丽的帝姬,不知羡杀多少人,以至于街头巷陌,不少以他们的经历为蓝本的故事、野史层出不穷……

可正新婚宴尔的三公主近来有些苦恼。

成婚之后,纪初桃才见识到祁炎的真正实力,他简直将在沙场上打仗的本领搬到了她的身上:他先精心地谋划,耐心地试探,等猎物放松警惕,浑浑噩噩不知自己身处何方之际,他再一举进攻,如狂风暴雨般将猎物吞食殆尽。

在他的面前,纪初桃与案板上的鱼肉无异,只能任其宰割。她便是带着哭腔告饶,他也不会就此罢手,只是嘴上哄骗她,行动上变本加厉。

纪初桃到底是骄矜惯了的帝姬,脸皮薄,每每狼狈无比,又羞又气。次日,她醒来瞪着留有残红的杏眼,很认真地同祁炎说起这些事时,却总是被男人用吻搪塞过去。她没有法子,索性趁着送大姐去行宫养病之际,收拾东西回了自己的长公主府。

入夜,灯火明亮又温暖,汤池中水汽氤氲,金鳞般的碎光荡漾。半个月没回来,纪初桃还挺想念这儿的。虽说祁炎的府邸也甚大,还有一个浴殿,但那池子似乎不是专门用来沐浴的,几番下来,纪初桃已经对那儿产生阴影了……

445

总之……她不提也罢。

秋夜开始变凉,泡澡最是舒坦。纪初桃脸颊红润,趴在池子边沿昏昏欲睡。挽竹和拂铃则拿着淋水的玉勺等物,替她濯发。

这几夜都没睡好,纪初桃体乏得很。她正蒙眬地追随周公之际,被推门、关门的声响吵醒了,皱了皱眉,听见极轻的脚步声悠然靠近。有人重新拢起了她潮湿的发丝,轻柔地濯洗起来。

纪初桃以为是挽竹去而复返,眼睛都未睁开,迷迷糊糊地哼道:"挽竹,快些擦干头发,本宫要去睡了……"

那人替她濯发的手一顿,熟悉的声音响起,他不紧不慢地道:"回哪儿睡?"

"哗啦"一声,纪初桃猛然抬头,眼睛渐渐聚焦,望着池边只穿着亵服、挽着袖口的男人,诧异地道:"祁炎,你怎么过来了?"

"新婚宴尔,卿卿不辞而别,为夫只能追来了。"

说完,祁炎起身,利落地除去身上最后一件单薄的亵服,露出矫健结实的身躯,随手抓了一条宽大的棉巾围在腰上,而后踩着石阶入水,朝纪初桃走来。

垂纱如雾,烛火照在他轮廓分明的胸腹的肌肉上,镀上了一层如蜜的暖光,这场景似曾相识。蒸腾的奶白色水汽仿佛被他的气场所震慑,随着他的靠近散开了。温柔的水波冲刷着他腰腹上的沟壑,荡开层层涟漪。

纪初桃如临大敌,想躲远些,可想到自己未穿衣,根本无法从水中起身,不由得往后缩了缩,直到光滑的脊背贴上冰冷的池子边沿,凉得一哆嗦。

"我在几案上留了信,告知了归处,并非不辞而别……"纪初桃辩解,可祁炎压根就没听。

"停!"纪初桃伸出一只手阻止祁炎靠近的身躯,脸颊潮湿且红,柔声气恼地道,"你就在那儿,不要过来了。"

每次他趁着自己沐浴靠近,准没好事!

她那小小力道的阻拦对高大的武将来说根本不起作用,祁炎顺势捉住了她的手腕。她的手腕上还残留着极淡的指痕,那是祁炎前天没控制好力度,不小心弄的。此时她的皮肤被水泡得滑嫩无比,如软玉般细腻,令人触之上瘾。

纪初桃被抓住手腕,心里"咯噔"一下,暗道不妙。她挣了挣,根本无法挣脱。

祁炎俯身撑着池子边沿,轻松地将纪初桃圈在臂弯中,逆光的身影将她笼罩住,低声问:"卿卿为何躲我?莫非又做了什么噩梦?"

他问得很认真,长眉微蹙,看上去面色凝重。

"当然不是!自事情解决后,本宫便没做过那些梦了。"纪初桃霎时间泄气,恼不起来了。

当初她梦见大姐之死，祁炎又恰巧瞒着她私自与琅琊王接洽，致使二人生疏，痛苦不已……那时祁炎也问过她同样的话。

纪初桃永远记得那夜和孟苏饮酒出来，祁炎眼睛赤红地站在大雨中，带着执拗的狠劲哑声问她："为什么不要我了？"

那是纪初桃第一次直面他的偏执与脆弱，之后她每每想起都会心疼、后怕，无法想象若真的抛弃了他，他会做出什么疯狂的举动来。思及此，纪初桃心软了一些。

"那卿卿为何要躲到这儿来？"祁炎极具质感的声音打断了她的思绪。

还不是因为他这个罪魁祸首！

纪初桃在心里吐槽，望着祁炎近在咫尺的冷峻眉眼道："你闹得很，本宫都没个安生觉，所以想回来清静一会儿……"

她越说脸颊越烫，垂下眼睫，声音也变小了。

未料到是这样的理由，祁炎一怔，如冰霜消融般扬眉闷声低笑起来。

"你还笑！"纪初桃羞得很，拿他没办法，"我说了多少次，你都听不进去，每天回来都这样……"

她根本就跟不上他那狂风骤雨般的节奏，好几次都哭到神志不清。

低沉的气场散去，祁炎恢复了恣睢之态，爱怜地揉了揉纪初桃的脑袋，方道："我忍不住，卿卿。"

"骗人。"纪初桃显然不信，轻轻地挡了挡祁炎的手，"之前和本宫相处那么久，你都丝毫不急躁，这会儿忍不住了？"

祁炎垂首，恣意地笑道："卿卿难道不知物极必反吗？"

说罢，他躬身将纪初桃打横抱在怀中，带起一片"哗啦啦"的水声。

"你……你做什么？"纪初桃恨不得蜷成一团。

祁炎力气极大，任由怀中的人乱扭，依然稳如泰山，低声道："殿下泡得太久了会不舒服，我抱你去榻上歇息。"

经他这么提醒，纪初桃才发觉自己确实有些胸闷气短，不由得狐疑地道："那……那只是如此，不许乱碰。"

祁炎不置可否，将纪初桃轻轻地放在了屏风后的软榻上。她立即抓起榻上叠放整齐的棉巾裹上，往里靠了靠，与散发着慑人热度的祁炎保持些许距离。

祁炎浑身浸湿，那条棉巾湿淋淋地滴着水，贴在他的身上，勾勒出清晰的线条。

见他伸手摸来，纪初桃连忙正色道："说好不乱碰的呀！"

只是她这副热气腾腾、荔颊红透的模样，发起令来并无什么威慑力。

祁炎哑然失笑,将炭盆挪近些,顺势取来干爽柔软的布巾,坐在榻边道:"替你擦干头发,别着凉了。"

　　纪初桃本想说这些琐事可以唤宫婢来做,可一见祁炎这副强劲的赤身模样,便打消了念头,任由他拢起她湿漉漉的头发,一寸一寸地擦。

　　男人虽然手劲大,但温柔。炭盆暖洋洋地烘烤着,纪初桃困意来袭,渐渐放松了警惕,斜倚在软榻上直点头。

　　不知睡了多久,她醒来时夜已深了,炭盆里的火光暗淡了不少,时而冒出两颗火星。

　　祁炎依旧赤裸着上身,手臂被她枕着,以侧躺的姿势将她圈在怀中,野性而深沉的眼眸一眨不眨地望着她,不知是刚醒来还是一直未睡。

　　狭小的软榻上躺两个人显得格外拥挤。两个人身子挨得紧了,对彼此身体的变化感受得格外清楚。纪初桃彻底醒了,脸一热,推了推祁炎:"挤……"

　　祁炎顺势翻身,双臂撑着床榻笼罩住她,带着笑意说道:"现在不挤了。"

　　这姿势是不挤了,不过更加危险了。纪初桃才不上当:"我要回房就寝了,你让开……"

　　祁炎握住她乱动的手,引导她用指尖触碰自己的心口。那片结实炙热的胸膛令她指尖一颤,她下意识地要缩回手。

　　"祁炎,你答应我了!"她睁着水润的眼睛,咬着唇道。

　　祁炎低笑一声,俯身挨得更近:"今夜我不碰你,可没说不让你碰我。"

　　说罢,他手下用力,将纪初桃柔嫩的素手按在自己的左胸处,让她感受自己厚实的胸膛下蓬勃的心跳:"明明你也喜欢,不是吗?"

　　祁炎真是抓准了她的弱点,一语中的,肆意撩拨。他有力的心跳顺着她的指尖蔓延,她的心脏也跟着狂跳起来,浑身发麻、发软。她知道自己动摇了,可是不甘心,心旌摇曳间,脑海中忽然浮现出纪姝那张病恹恹的美人脸。

　　"临别赠礼,我最后教你一招驭夫之术……"二姐那大胆又不正经的策略犹在耳畔,也不知怎么,纪初桃一冲动,头一昏,道:"你是不是想……"

　　祁炎勾了勾嘴角,声音微哑,道:"明知故问,不乖。"

　　话说出口也收不回来了,纪初桃只好咬咬牙,心一横,在祁炎意外的目光中调换了位置。她已经脸红得不行,色厉内荏地道:"那你别动,只能听本宫的!"

　　见她这番大胆的举动,祁炎明显眸色黯了不少:"悉听尊便。"

　　他淡定地枕着胳膊,似乎要看看纪初桃到底能玩出什么花样来。

　　虽说她之前反撩过祁炎,但都不如今夜大胆。她有些胆怯,怕祁炎发起狠来自己压制不住,于是四下巡视一番,目光落在了祁炎解下来的那根细细的腰带上。

见纪初桃拾来腰带,祁炎唇边的笑容凝固,他下意识地起身,却被一只小手按住了。

"卿卿,你要做什么?"祁炎天生就不是当俘虏的料,收敛从容之态,嗓音已然变得低沉。

祁炎的气势太强了,纪初桃亦觉得难堪得很,指尖发颤,故作镇定地道:"不要问,不许反抗!"

好在祁炎再如何抵触也不会伤她,只能绷着身子任由她胡闹。以防万一,她得先将他的手绑在床头。可她并未绑过人,摆弄了半天也未系好结,反折腾出一身薄汗。祁炎实在看不下去了,不得不出声提醒:"绕三四圈后,将右边那截腰带绕过去,塞入左边的圈中,再用力拉紧,左边同理。"

纪初桃照做,果真成功了,长舒一口气,如释重负地道:"谢谢。"

祁炎拉了拉自己被绑在榻头的手腕,沉默半响,隼目微眯,道:"不客气。"

那眼神太过危险,他就像一头随时会挣脱束缚的野兽,直勾勾地看着新婚妻子。

纪初桃被他看得心脏"突突"直跳,有些胆怯,便又寻了一块帕子,将他那双眼神过于桀骜的眼睛一并蒙上了。没了那道侵略性极强的视线,她彻底放心了。

纪初桃"呼"地吐了一口气,看着昔日威风凛凛如今却毫无招架之力的祁炎,心中忽然涌出一股异样的情绪。她说不出来那是一种什么感觉,咽了咽口水,心口发热。

祁炎皱了皱长眉,露出些许不适之色。他微微张开淡色的唇,循着她的方向转动脑袋,视线透过帕子准确地捕捉到了纪初桃的位置。

"卿卿何不继续?"半响后,他哑声问道。

他明明是受制于人的"俘虏",气场却丝毫不落下风。

纪初桃感到被奚落了,羞恼地柔声道:"别催,当心本宫把你的嘴也堵上。"

说罢,她深吸一口气,小心翼翼地靠近祁炎,想寻找下手之处。接下来……自己该如何处置他?

"可要我教你如何做?"见她久久没有动作,男人屈起一条腿,用带着笑意的嗓音问道,说话时喉结上下滚动。

被激到的纪初桃眼睛一闭,不管不顾地将柔软的嘴唇贴在他喉间的那个凸起上,烙下温柔又撩人的惩罚。那一瞬间,她感觉到男人的身体僵了僵。

"卿卿!"祁炎笑不出来了,不停地吞咽口水,喉结随之上下滚动。

纪初桃一时兴起,索性张开嘴,一口咬了上去。她没用什么力气,祁炎却压抑

449

不住，发出一声短促的闷哼，霎时间浑身绷紧，挣了一下，被缚住的双手上筋络凸起，带起一阵"哐当"声，小榻也随之晃了晃。

纪初桃被吓了一跳，好在祁炎亲自教她系的结还算牢固，他并未挣开，她便又大着胆子用手指沿着他的下颌往脖颈划，最终停在他心口的那颗朱砂小痣上。

"殿下，停下！"祁炎的嗓音几乎哑成了气音，他换了对纪初桃的称呼，带着咬牙切齿的警告意味。

平时都是他占绝对的主导地位，但今日被蒙住了眼睛，他的胸膛急促地起伏，冷峻的面容微微泛红，与平时那副强势且泰然的模样大不相同。

祁炎压低嗓音说话的时候还真有点儿瘆人，纪初桃秉承"哪里不听话就堵住哪里"的原则，以唇封住了他那说着威慑话语的嘴。

只是唇对唇地贴着，柔软湿润的触感便足以令两个人颤抖。祁炎先是一怔，随即急切地配合她的呼吸回应，就算没有双手助力，依旧热烈得难掩凶猛。

纪初桃渐渐受不住了，用力地推开他大口喘气，平复呼吸。好险！她差点儿又落到他的陷阱里去了。

祁炎嘴唇红得像饮过酒，犹不满足，被蒙住眼的脸准确地转向纪初桃的方向，勾着唇问："你不是要报复为夫吗？这就不行了？"

听着他这慵懒又挑衅的语气，纪初桃顿时生气了，仗着男人被缚住了手，贼胆大过羞涩，非但没停止撩拨，反而趴在他厚实的胸膛上，用指腹感受他清晰的肌肉线条和越发失控的"咚咚"的心跳声。

情到深处，纪初桃脑中一片混沌，根本想不起来二姐曾教授了什么，只是凭着本能撩拨他。羽毛般轻柔温暖的气息拂过、停下，她使坏般在他的胸口处轻轻一咬，那儿的肌肉立即绷紧，硬得像一堵墙。

这会儿真是过火了，祁炎薄唇轻启，目光似乎要穿透帕子，锁定了纪初桃，声音嘶哑地道："殿下，现在后悔还来得及……"

"好凶哪，祁炎。"纪初桃哼笑了一声，尾音上扬。

祁炎见她的胆子越发大了，额角的青筋凸起，汗都被逼了出来，这些反应无一不显示出他忍耐到极致的事实。

"卿卿，待会儿莫要求饶。"他一时不知道该气还是该笑，扬着唇，声音喑哑地道，"求饶也不管用。"

此时纪初桃还未意识到问题的严重性，直到"啪"的一声，上等皮革崩断的声音传来，她还未来得及思索发生了什么，就被男人反扑在榻上，乌黑柔顺的长发如墨般铺了一枕头。

祁炎脸上蒙眼的帕子随之滑下，飘落在她的肩头上，露出了他那双深沉的、透露出危险信号的眼睛。

断成几节的腰带散落在榻头，纪初桃不由得心里"咯噔"一下，惊讶地想：祁炎竟以蛮力挣断了腰带，这是凡人该有的力气？！

攻守之势突然逆转，情势对纪初桃十分不利。她有些慌了，咽了咽口水，颤巍巍地推祁炎，心虚地细声道："天色已晚，不……不玩了。"

祁炎隼目微眯，抓着纪初桃的手按在枕边，俯身于她的耳畔道："天色已晚才好玩，不是吗，卿卿？"

他俯身时，肩背和手臂的肌肉隆起，让人想起蓄势待发的兽类。他腕上两圈淡淡的红痕像无形的枷锁，将这头凶兽禁锢在名为"爱意"的牢笼中。

纪初桃被他身上的热气蒸得脸颊通红，连忙摇首道："不好玩，不好玩，本宫要睡了，真的要睡了！"

"一会儿再睡。"男人将手指强硬地插入她的指缝中，与她十指紧扣，毫不留情的吻堵住了她最后的退路。

"祁炎！说好这次你听我的，你怎么反悔呀？……嗯！"

"卿卿想来记错了，我并未应允。"

汤池的水被搅乱，垂纱飘动，祁炎那沙哑、低沉的嗓音中带着一丝睚眦必报的愉悦情绪，他道："方才卿卿如何欺负我来着，嗯？"

小心眼又恶劣的男人如戏弄爪下的猎物般，耐心地将她施加在自己身上的甜蜜的煎熬尽数奉还了。

纱灯里火光摇曳，一池波光粼粼，芳香旖旎。

纪初桃重新沐浴完毕，被裹着毯子抱回寝殿时，已经是后半夜了。

见挽竹和拂铃领着掌灯的内侍等候在殿外的庭中，纪初桃恨不得将自己埋在祁炎的怀中，不让宫婢瞧见自己这副狼狈的模样。

祁炎知晓她面子薄，便对宫婢和侍从道："你们都下去。"

驸马都发话了，一干宫侍便目不斜视，俱躬身行礼，有序地退下了。

祁炎手上不得空，便用脚踢开了门，再以肩膀顶着关上，其间还不忘掂一掂怀中娇贵的妻子，道："又软又轻，你该多吃些，方不至于体弱。"

纪初桃被掂得心尖一颤一颤的，更知晓他所说的体弱是指哪方面。

每次受"欺负"时，她都感觉犹如从高空坠下，这种失重令她心脏狂跳，几欲昏厥，又在即将落地的前一刻被他拉回意识，还被逼着叫"夫君"，说了许多告饶的话……她不由得恼羞成怒，张嘴在他的肩上咬了一口，但力度像猫挠似的。

祁炎不怒反笑，连胸腔都随之震动起来，将她连人带毯子搁在了床榻上。

"卿卿今日似乎挺喜欢咬人？"说着，他垂首吻了吻她湿红的眼尾，目光落在她颈侧的痕迹上，"巧了，我也喜欢。"

他俯身看人的时候，披散着的半干头发自肩头滑落，阴影中的五官显得尤为立体英气。他明明没有说什么过分之言，可眸子又像将什么过分的话都说了。纪初桃气得抓起被子蒙住脸，转过身，只露出柔顺的发顶和绯红的耳尖。

她听祁炎脱靴宽衣上榻的动静，不着痕迹地往外拱了拱。祁炎很快察觉到了她的这点儿小心思，笑了一声，撑着榻沿低声道："你占这么大的地方，让夫君睡在哪儿？"

纪初桃一听到"夫君"二字，便不自觉地想起方才那些让人面红耳赤的羞耻画面，哼道："你去外间睡，或回你自己的府邸里睡，有的是地方安身，别来闹我。"

祁炎摇首："那可不成。卿卿在哪儿，我便在哪儿。"

说罢，他掀开被子，钻了进去。

纪初桃被掀被子的风冷得一颤，随即感受到一个堪比火炉炙热的胸膛靠了过来，将那点儿寒意驱散了。

察觉到箍在腰上的手臂，她回首瞪了祁炎一眼，用力一扯，将被子尽数夺走，柔声道："你别碰我了，下去睡。"

"不下去。"祁炎耍起赖来，伸手又将被子夺回来一角，盖在了自己的肚子上。

"以前本宫怎么没发现你是这样的人？！"纪初桃脸还红着，想将被子夺回来，可惜身子发软没有力气，被祁炎轻轻地按住被子便抽不出来了。

"今晚卿卿可还满意？"祁炎转身将她捞回来，牢牢地搂在怀中，愉悦地道，"我在努力学习，想来是有进步的，毕竟卿卿当时都……"

纪初桃简直没脸见人，转身捂住他的嘴，抗议："你能不能不要总是想着这些？堂堂武安侯、大将军，整日没正经事似的！"

祁炎并不觉得这有何丢人，顺势拉住她的手，在掌心上落下一吻："我的正经事就是取悦吾妻，毕竟我曾是殿下的面首，这是分内之事而已。"

听他提及当初的事，纪初桃不由得想起两年前他被送到自己榻上的样子——冷傲、危险、锋利，谁都无法靠近……谁能想到两年后他成了这般没脸没皮的模样？

"我是个寡情之人，什么事都做得出来。"祁炎张扬的眉目温和下来，在昏黄的暖帐中，他望着她道，"唯有陪着你这件事，我好像怎么也不会腻。"

直白的心声令纪初桃动容，心跳加快，又觉得不好意思。她垂下眼，轻声道："谁知道十年后你会不会腻……"

祁炎挑起眉，故意逗她："说得也是。"

方才的那点儿感动瞬间荡然无存，纪初桃抬起杏眼看了他许久，赌气地道："若如此，本宫便真的去找面首。"

"找什么？"祁炎嗓音一沉，眯了眯眼。

纪初桃装作不理他。

"无碍，我有信心让殿下没精力再找别人。"话音刚落，被子下的人又不老实起来。

纪初桃低呼一声，眨了眨眼，桃腮绯红，难以置信地道："你才……还来？！"

"未曾尽兴。"祁炎含混地耳语。

"你……别碰我的脚！"

"哦？原来殿下的敏感之处在这儿。"祁炎像发现了什么有趣的秘密似的，笑得越发恣意，将被褥一盖，翻身压了上去。

于是，第二日，大殷的三公主又未能按时起床。

纪初桃很佩服祁炎的精力，他常常三更半夜才睡，卯时起来，还能神清气爽地上早朝。自汤池那夜后，他偶尔还会提一些奇怪的要求，哄纪初桃主动些。

"殿下若是不放心，大可换镣铐来。"祁炎抱着她坐在自己的膝头，低声哄道，"卿卿撩人，吾心甚喜。"

这些日子两个人越发如胶似漆，纪初桃有些心动，但一对上祁炎那双蕴藏着危险笑意的眼睛，又暗自打消了那个念头，摇头如拨浪鼓。

"别拿这等非礼之事哄骗我！"纪初桃吸取之前的经验，正色道，"即便是镣铐你也有法子挣开，那东西根本困不住你！"

"阴谋"被戳穿，祁炎闷声一笑，惋惜地道："卿卿学聪明了。"

纪初桃哼了一声，只是忘了，即便没有这些花里胡哨的东西，祁炎的本事也一点儿不弱于他人。

"身子好些了吗？我给你揉揉？"祁炎问道。

"好些了……"突然想到什么，纪初桃咬住嘴唇，往后缩了缩，看着正值年轻的夫君，满眼不信任的神色。

祁炎失笑，包容地道："莫紧张。我娶你，并非只为欢好一事。"

他向来不屑于花言巧语，只能用这种直接的方式传达心意。他有多爱她，就有多渴求她，至死方休。

"那……今晚只是睡觉？"

"嗯。"

453

祁炎蹲下身给纪初桃脱鞋，纪初桃不愿意看他像个侍从般做这些，连忙按住他的手臂，道："我来。"

祁炎一顿，却并未收回手，依旧温柔地替她除去鞋袜。

情深而浓，因爱而生，凶悍桀骜的野兽收敛爪牙，甘愿俯首做她一个人的裙下之臣。

"睡吧。"他拥着她，仔细地替她推拿、按揉。

"在公主府时，我们好像没有那个……"纪初桃迷迷糊糊之际，突然惊醒，蹦出这样一句话。

祁炎知道她说的是避子，当时两个人都被冲昏了头脑，一发不可收拾，不曾停下来捣鼓这些。

祁炎心中一软，刚想问"生个孩子可好"，便听见纪初桃咕哝："不过二姐说过，男子泡温泉便不能使女子受孕。那时你泡了那么久，想来没关系。"

下次得换个地方，祁炎很认真地想。

番外二
有　孕

武平侯府的后院开辟出了一块不大的校场,乃祁炎日常练功习武的地方。纪初桃也是与他住在一起后才知晓,他必定每日卯时晨起习武,夜里睡前再看半个时辰兵书或边防舆图,几乎未有懈怠的时候。

所谓世间绝无仅有的少年英才,也只不过是些许天分加上比常人多上几十甚至上百倍的努力磨炼而成的人罢了。

纪初桃喜欢看祁炎练武。他练武时,剑刃上落着黎明,落叶在他的下裳边翻飞。每当他收剑入鞘,擦着下颔上的汗走来时,纪初桃都会觉得他真是天生为疆场而生的神祇。

今日秋浓晴好,恰逢休沐之期,祁炎不必早朝,从兵部归来便在院中挑选兵刃。纪初桃知晓他要练武,执着纨扇自廊下路过,温声笑道:"祁炎,今日练什么呢?"

目光相接的一瞬,祁炎似乎笑了一声,大步上前,朝廊下的纪初桃伸出一只手:"过来。"

纪初桃疑惑,下意识地将手搭在了祁炎的掌心上。祁炎领她朝兵器架子走去,而后勾唇侧首道:"你挑什么,我便练什么。"

未料到他郑重地把自己领到这些寒光闪闪的兵器面前来,纪初桃既觉得好笑又觉得暖心。她以纨扇抵着鼻尖,用白皙泛粉的指尖从摆放齐整的兵器上抚过,最终停留在兵器架子末尾挂着的弓矢上,弯眸道:"这个如何?"

"眼光不错。"祁炎一本正经地夸她。

说罢，他顺手拿起那把二石良弓，掂量一下重量，而后垂眸以指勾着弓弦一拉，松开时，弓弦发出了"嗡"的一声。

纪初桃看得入神，忽然兴起："祁炎，你可否教我射艺？"

祁炎挽着弓，扬着眉道："唤我什么？"

明白他的意思，纪初桃以纨扇遮面，眼尾泛起一抹红，眨了眨眼，说道："夫君。"

祁炎这才心满意足，转头命令侍从："去杂房中将墙上的那把轻弓取来。"

纪初桃搁下扇子，看了看自己身上精美的绸缎大袖衣，道："你等等，我去换一身方便些的衣服来。"

"不必麻烦。"

祁炎说着，抬手解下她点缀在脑后的藕色发带，比画了一下长度，而后俯身将那条长而飘逸的发带绕过她的双臂，做缚袖的襻膊绕至颈后，打了个结。

衣袖被缚住，露出一截白得耀眼的小臂，纪初桃左右活动了一番，发现这衣袖果然不再碍手碍脚了，便道："这个法子很方便。"

"民间的村妇干活时，为了衣袖不被打湿、弄脏，便以襻膊如此缚住。"祁炎保持着俯身的姿势，深沉的眼睛望向纪初桃，张扬地笑道，"如此看来，卿卿颇有小妇人之态。"

他又打趣自己！自成亲后，他越发肆无忌惮了！

纪初桃气恼地瞪他一眼，而后见侍从取来了一把轻巧的雕纹宝弓。

"这是三年前在北燕王帐中虏获的战利品，因轻巧精致，我便一直留着。"祁炎利落地给弓弦上了油，拉了拉，试了试韧性方交给纪初桃，"卿卿试一试。"

宝弓落入手掌的一瞬，纪初桃感觉手里一沉，连忙加大力度捧住，讶然道："它看着轻巧，好重！"

"这已经是最轻的弓矢了。"祁炎闷笑一声，随即找了两枚牛皮护指套在纪初桃的食指和中指上，解释道，"戴上这个，可保护手指不被弓弦所伤。"

"你为何不用戴这个？"纪初桃把目光落在他干净有力的手指上。

"我早已练出茧子，不怕被弓弦绞上。"说罢，祁炎将自己宽大的手摊开。

纪初桃捧住他的手看了看，细嫩的指腹抚过那些薄茧，心疼地道："真的啊。"

难怪每次与他十指紧扣时，她总觉得他的手很硬。

秋风拂过，撩动小夫妻的衣摆和裙裾，让其随风交错。祁炎反手扣住纪初桃的指尖，捏了捏，带给她一阵微麻的触感，似笑非笑地道："别撩我了，卿卿。"

纪初桃甚是无辜，无奈地抬眸："谁撩你了？快开始吧。"

祁炎这才调整好站姿，反手从身后背着的箭筒中摸出一支箭矢，搭在弓弦上，为爱妻示范射姿，目光如隼目般锐利，英气勃发。

纪初桃照着他的姿势弯弓搭箭，听祁炎道："手稳住，箭指靶心，松。"

"咻"的一声，祁炎的箭矢精准地穿透了草靶，纪初桃射出的那支却落在了地上。

纪初桃窘迫起来，祁炎看上去做得毫不费力的事，她却不得要领。祁炎没有笑，只是站在她的身边，低声指导她："手臂抬高些，不必绷紧身子。下颌抬起，目光与箭矢齐平……"

说话间，他不时地伸手为她调整姿势，两个人身体贴着身体，挨得极近。纪初桃甚至能感受到他的呼吸喷洒在手臂上，不知为何，箭尖有些不稳。

祁炎笑了一声，抬手端着她的手腕，替她稳住箭矢："卿卿在想什么呢？心一乱，准头就没有了。"

被戳穿的纪初桃脸一红，连忙调整呼吸，定神稳住箭尖。

"别犹疑，松！"

祁炎一声低喝，纪初桃松手，箭矢离弦，钉在了草靶的边沿，顿了一下，又坠落在地上了。

纪初桃感到有些挫败，祁炎却安抚道："卿卿第一次射箭，力气不足，能射中草靶已经很不错了。"

"别安慰我啦。"纪初桃知道，若没有祁炎替她稳住手腕，她的箭连草靶的边沿也难挨上。

不过纪初桃反倒被激起了斗志，又抽出一支箭，生疏地搭在弦上，笃定地道："再来。"

过度练箭的结果便是一夜之后她的手臂酸痛得难以抬起来。祁炎坐在榻边给娇气的妻子按捏手臂，顺带着连其他地方一并捏了。可怜的帝姬身软体乏，眼尾红红，无力反抗，只能任由男人将她生吞入腹，吃了个痛快。

大婚不过两个月，转眼初冬，祁炎又将北上练兵了，一去就是数月。

文臣尚可通过科举三年选拔一批，可良将十年内也未必能培养出一个，因此如今朝中武将匮乏，诸多军务依旧压在祁炎一个人身上。

"如今盟约仍在，两国边境太平，你也要北上驻守吗？"

刚成婚两个月，祁炎又要离开自己，纪初桃十分不舍。

祁炎解下披风搭在木架上，带着一身寒气坐在纪初桃身边，单手揽住她："太平年间，武将亦要操练兵力，未雨绸缪，顺便发展边境的农桑耕造。不过我已提了官衔，此番去只需要检阅视察，两个月后便能归来。"

"那岂非年后啦？"纪初桃道，"算起来，我还未正经地和你过新年呢。"

祁炎不语。

纪初桃怕他为难，便打起精神宽慰："好在我们应该能赶上一起过上元节。你放心去吧，若是碰见二姐，定要替我问声好，我可在家里等着你们呢！"

"好。"桀骜不驯的男人放轻嗓音，捧起她的手轻轻一吻，极尽虔诚。

祁炎走后不久，纪初桃病了一场，倒没有什么大问题，只是时常体乏得很，不爱吃东西，做什么事都提不起精神来。她觉得是自己太想祁炎了，直到有一日用膳，面对满桌各色佳肴，反而捂着嘴干呕起来，宫婢们才慌了。

寝殿中，老太医隔着垂纱帐帘一脸正色地为她诊脉。一旁，拂铃和挽竹皆屏息以待。

老太医把完脉，在一片静谧中起身，慈眉舒展，拱手行礼道："恭喜殿下！是喜脉，已经一个月有余了。"

殿中的气氛瞬时活跃起来，宫婢和侍从们皆一脸喜色，齐齐地跪拜，道："恭贺殿下大喜！"

拂铃沉稳些，脸上的笑意一闪而过，随后便询问太医养胎事宜。挽竹性子跳脱，高兴地拉住纪初桃的手，红着脸道："殿下听见了吗？咱们就快添个小世子或小郡主啦！"

纪初桃第一次有孕，尽管干呕时便做好了心理准备，但还是既欣喜又茫然。欣喜的是自己的肚子里有了她和祁炎的血脉，茫然的是她并未做过母亲，即便成婚，也被祁炎和姐姐们捧在掌心里宠爱，一时不知该如何接受这个转变才好……

可到底心里充满了甜蜜和期待，她将手覆在尚且平坦的腹部上，笑着吩咐闹得乱糟糟一片的宫婢："去支些银钱，都有赏。"

"是，奴婢已经着人去安排了。"挽竹撩开帐帘笑道。

纪初桃也跟着笑了笑，嘴角一直翘着，十分期待祁炎得知这个喜讯后会是什么神情。

"拂铃，去取纸笔来。"她要第一时间将这个消息告知远在边塞的二姐和祁炎。

然而她提笔时又改了主意，唯恐祁炎分心，便只悄悄地给二姐写了信。

年关时，纪初桃已有三个月的身孕了。纪妧从宫中拨了一大批宫人、厨子过来伺候她，光嬷嬷就有七八个，分管她的衣食住行和夜间就寝等诸多事宜。

尽管如此，纪初桃仍害喜害得厉害，好不容易吃点儿东西，不多时又全吐出来，下颌都有些尖了。为此，纪妧大发雷霆，将武平侯府上服侍不周的宫人们训斥了一顿。

纪妧虽常居行宫，但余威犹在，连新帝都敬她三分，一时间宫人们都战战兢兢地伏地叩首。

"大皇姐，你身子刚好，千万别动怒。听闻女子在孕期都是如此，我熬过去便好了。"纪初桃顾及纪妧的身子，依旧是温柔的模样，反过来劝她，"也不要惊扰祁炎，主将擅离军营，恐军心不稳，让他把边防练兵之事办妥后再归来吧。"

不知是成熟了还是和祁炎相处久了，纪初桃竟也懂得舍小为大、高瞻远瞩了。纪妧心一软，放缓声音道："你好好养身子，别的事情无须操心。本宫和承平兴许这辈子都不会和男人生子了，你肚子里的孩子便是纪家未来的希望。"

听到大姐说"兴许这辈子都不会和男人生子"，纪初桃心中泛起一阵心疼的感觉。

除夕这天依旧没有祁炎归来的消息。

女子孕期的情绪不太稳定，纪初桃尽管知道祁炎军务繁忙，远隔千里，不可能这么快归来，可一个人面对热闹的除夕时，还是有些落寞。

回到寝殿中，她悄悄地掉了眼泪。她知道不该如此，可控制不住伤春悲秋，一点儿小事都能让她的情绪起伏不已。

她正倚在榻头发呆，忽然听见殿门被人推开了，梦中出现无数次的身影披着一身寒霜走了进来，朝她唤道："卿卿。"

纪初桃坐直身子，呆呆的，心想：天还未黑，自己怎么就做起梦来了？

"卿卿怎么了？两个月未见，都快成望夫石了？"男人解下落满尘霜的大氅，笑着打趣她。

纪初桃眼圈瞬间红了，说道："祁炎？"

"嗯，是我。"祁炎走过来，见她眼圈发红，眸中闪过些许心疼之色，半蹲着道，"我快马加鞭地赶回来，特意没让他们通传，好给你惊喜……我是不是吓着你了？"

话音未落，纪初桃已扑入了他的怀中。

感受到真实的触感，她搂着他的脖子哽咽道："本宫以为……今年又不能与你过年了。"

从前，祁炎总是对男女之间黏黏糊糊的行为嗤之以鼻，直到现在千里奔波归来，怀中温软一片，两个灵魂如相嵌的玉环般紧紧地相贴，他才明白什么叫作"小别胜新婚"。

他环住纪初桃的腰肢，搂着她一转，张扬的眉目间浮现出笑意，连唤了好几声"卿卿"。

拂铃端着茶水进来，见状，连忙紧张地道："驸马小心些！殿下如今的身子不比平常，禁不住这般活动！"

祁炎将纪初桃轻轻地放下，扶着她站稳，而后打量她瘦了一些的脸颊，收敛神情后问："身子怎么了？"

纪初桃眼含笑意，还未开口，脸颊便已红了："祁炎。"她拉着祁炎的手置于自己的腹部，温柔的笑意中添了几分说不清道不明的韵味，细声道，"这里……"

纪初桃眼睛一眨不眨地望着他，期待着他的反应。他还未想到那方面去，明显怔了一下。

一旁的拂铃搁下茶水，福礼道："恭贺驸马，殿下有孕了！"

祁炎的掌心很温暖，贴着纪初桃的腹部，热度仿佛透过皮肉传递给了她的肚子里那个尚无意识的小生命。他垂下眼睑，盖住眼底的情愫，僵了许久，不知道是早有预感还是太过惊喜而忘了做出反应。

纪初桃疑惑地想：祁炎难道不开心吗？成婚后没几个月她便有孕，会不会太快了，他还未做好准备？

她正胡思乱想，祁炎就俯下身，一只手护住她的腰部，另一只手抄起她的腘窝，将她打横抱起来，朝床榻行去了。

两个人之前亲密时，祁炎也爱抱着她胡来，但如今不同了，她的肚子里揣着个小东西。她不由得红着脸小声道："你又要做什么？"

祁炎虽面上看不出喜怒，但眼睛比平时更亮，低声道："方才侍婢说了，卿卿有了身孕，要小心些。"

纪初桃一愣，赧然道："倒也不必小心至此，这两步路我还是能走的。"

祁炎扬着唇，将纪初桃平搁在榻上，动作轻柔得不像话。一旁的拂铃很有眼力见，领着宫侍们不动声色地退下了，将时间留给久别重逢的主子们。

屋内没别人，安静得只有炭盆不时发出的细微声响。纪初桃有些介怀，伸出手指点了点祁炎的唇，眉头轻蹙，道："本宫有孕，你怎么看起来一点儿也不惊讶呢？"

祁炎低笑一声，没说话，只是拉着纪初桃的手覆在自己坚硬的胸膛上。那如漠北大地般厚实的胸膛下，一颗心脏正如战鼓般急促地跳动着，震麻了纪初桃的指尖，宣泄着他难以言喻的喜悦心情。

心跳不会说谎，纪初桃这才明白，祁炎方才没有反应不是不高兴，而是太高兴了。

"原来在我准备惊喜的同时，卿卿也在为我准备惊喜。"世间最美妙的事莫过于此了，祁炎顺势坐在她的身边，将五指插入她的指缝中，和她十指相扣，任凭笑意顺着嘴角爬上眉梢，"什么时候的事？"

纪初桃能感觉到祁炎真的很开心，和当初接过她递出的丹桂与剑穗时一样，狂喜却内敛深沉，以至于忘了做出回应。纪初桃那点儿郁闷的情绪烟消云散了，她抿了抿唇，笑道："已经三个多月了。"

"三个多月……"祁炎重复了一遍，揽着她偏首一吻，回想起来，"是哪次怀上的？"

纪初桃红着耳尖瞥了祁炎一眼："你还提呢！太医说了，前几个月胎儿极其脆弱，以后你可不能……"她顿了顿，像说什么秘密般，认真地轻声道，"可不能再胡来了。"

祁炎笑着应允，抚了抚她微红的眼角，问道："哭过了？"见纪初桃不好意思承认，他也不戳穿，只握紧她的手说，"听闻女子孕期辛苦，难受就说出来，我陪着你。"

纪初桃用力地点点头，将头抵在他的肩头。晚膳前，两个人就这样安静地依偎着，平复过于激动的心情。

祁炎的一只手一直在纪初桃平坦的腹部游移，带着怜惜和珍爱之意，轻声道："看不出来。"

"太医说要四个月后才会显怀呢。"纪初桃道。

祁炎又俯下身，将耳朵轻轻地贴在纪初桃的肚子上，以臣服的姿态努力捕捉与自己血脉相连的小生命的动静。

原来再强悍桀骜的男人初为人父时也难免流露孩子气的好奇心。纪初桃顺手摸了摸男人英气的侧脸，无奈地提醒："那里是本宫的胃，你且往下些。"

听错了地方的祁炎自己也觉得好笑，把头往下移了一点儿，还是没有听见小东西的动静。

"或许它还太小了，要再过些月份才会胎动。"纪初桃也是第一次做母亲，诸事都有宫婢和嬷嬷们操心，还是不太懂这些。

"小东西，你要听你娘的话，别折腾她。"祁炎低沉的嗓音传来，而后他隔着衣料，虔诚地吻了吻纪初桃的肚子。

纪初桃看到他收敛爪牙后的温柔表情，心中暖得不行，刚想说点儿什么，吐得一干二净的腹中就发出一阵"咕噜"声。房中安静了一会儿，祁炎明白过来，望着脸色绯红的帝姬，牵着她的手笑道："走，去用膳。"

今夜是除夕，天一擦黑城中便放起烟火来。顾及纪初桃有孕，恐她受惊，因而府中并未燃放烟火，只点了上百盏描花宫灯，温暖的灯光将府中照得如同白昼。

纪初桃因在孕期，胃口不好，吃得少而慢，祁炎便耐着性子哄她多吃两口，直到她不肯吃了，才捡她吃剩的饭菜匆匆地扒拉几口。纪初桃心疼他，按住他的筷子道："你奔波辛苦，还是让膳房送些热菜过来，别吃这些残羹冷炙了。"

"无妨，"祁炎扬着英气的长眉道，"在祁家，男人都是要吃妻子的残羹的。"

祁家还有这等家规？纪初桃将信将疑，倾身狐疑地问道："真的吗？"见祁炎笑得张扬，纪初桃气恼地道，"你又哄我了。"

祁炎道："我没哄你，从今日起这条便是家规了，我定的。"

不知何时下起了大雪，不到半个时辰，地上便积了一层白茫茫的雪。祁炎不过去洗了个澡，便听挽竹那婢子说纪初桃不听劝阻，跑出去玩雪了。祁炎抓起外袍往身上一披，循着宫婢的指引前去，果然看见纪初桃在阶前团雪球，一旁的几位嬷嬷俱一脸愁云，再三劝说她回房。她嘴上应着，实则充耳不闻，快要做母亲了，反倒犯起小孩子心性来。

见祁炎走来，纪初桃眼睛一亮，献宝似的将刚捏好的雪兔子捧过去，一边跺脚一边笑着道："祁炎，你看，我团的兔子！可爱吗？"

见她的指尖都被冻红了，祁炎蹙眉，伸手拿走那只雪兔子，将她的手拉入自己的怀中焐起来。刚沐浴过的男人的怀中很热乎，她没忍住，手指往他的身上贴得更紧了些，暖和得轻叹一声。

她的手柔软无比，祁炎目光沉了沉，弯腰抱起她，小心地护着她的腹部，朝寝房走去。

"祁炎，你干什么？"纪初桃蹬了蹬腿。

宫侍和嬷嬷们都看着呢！

"回房，暖身。"说话间，祁炎已踢开了寝房的大门。

他们这一暖，便过了大半夜。

京都的雪夜静谧，远处烟火的微光一闪一闪地打在窗棂上，满室温馨。纪初桃被男人拥入怀中，听着男人强有力的心跳声和低沉沙哑的耳语，从指尖到心窝俱暖洋洋的，顾不得计较帮忙的事了。

后半夜祁炎给她濯手、擦脸时，她已经困得不行了，迷迷糊糊地问了一句："祁炎，你想要儿子还是女儿呢？"

"都可以。"祁炎绞干帕子，将她细嫩的手指一根根地擦净，沙哑的嗓音中带着亲昵后特有的餍足感，"孩子若是女儿，我便每日将她打扮得漂漂亮亮的，让她无忧无虑地长大。"

"若是儿子呢？"纪初桃问。

谈到儿子，祁炎连声音也变得硬气起来："儿子也好，我可以揍他，等他长大点儿便把他带到军营去。"

纪初桃笑了一声，无奈地道："哪有你这样当爹的？"

"男孩要磨砺，锦衣玉食会宠坏他。"祁炎将嘴角一扬，坚持祁家的教子之策。

"难道你要教出第二个祁炎来吗？"纪初桃说着，忍不住幻想了十来年后一个小祁炎与他爹大眼瞪小眼的情形，不由得笑出声来。

纪初桃有了期待，冗长的孕期似乎变得有趣起来。

上元节后，天气回暖，有了祁炎的管束和照料，纪初桃害喜瘦下去的肉总算补回一些。四个月的孕期后，她已有些显怀。

某日，纪初桃躺在榻上小憩，忽然感觉腹中有动静，很轻微，一闪而过。她又惊又喜，保持着姿势不敢动，连忙朝外唤道："祁炎！"

祁炎立刻进门，官袍都来不及脱，蹲在榻边关切地问道："怎么了？"

"动了！"纪初桃指着自己的肚子，满眼都是喜悦的光，"你快摸摸看，孩子方才动了！"

"真的？"

祁炎神色一动，在纪初桃的牵引下，小心地将大手覆在她微微隆起的小腹上。片刻后，他又倾身将耳朵贴在她的腹上，夫妻俩俱屏气凝神，唯恐惊扰了那个柔弱的小生命。

良久的等待后，纪初桃以为这个小东西耍性子不肯见祁炎时，肚子里又传来了细微的胎动。

"感觉到了吗？"纪初桃按捺住欣喜的情绪，用气音问。

"嗯，在动。"祁炎长眉一动，笑出声来。

那种生命跃动、血脉相连的奇妙感觉无与伦比。他直起身，紧紧地拥住纪初桃，在她的唇上热切地吻了一下，喘息着道："是我们的孩子。"

第一次胎动后，纪初桃的肚子便像吸足了养分的种子般，铆足了劲生长。夜里她翻身不方便，又起夜频繁，每次都会将祁炎吵醒。男人熟稔地披衣、穿鞋，送她去屏风后的内间解决。

纪初桃即便贵为帝姬，有很多人伺候，但怀孕带来的诸多麻烦终归是旁人不能分担的。祁炎未有半点儿不耐烦，纪初桃却烦闷起来，泄气地道："以后我们还是分房睡吧，让宫婢和嬷嬷们照顾我起夜便是。"

刚躺下的祁炎倏地睁开了眼，望着她声音低沉地道："怎么了？"

纪初桃听出了他的关切和紧张，孕期不受控制的小情绪化作对他的心疼，解释道："我总是惊扰你，不好。"

他白天要上早朝、处理军务，偶尔还得应酬、操练，不得片刻停歇，好不容易晚上能歇会儿，又要伺候她频繁地起夜，连给她的肚皮抹玫瑰玉脂这等小事都要亲自上手才放心。

听到她说这番话，祁炎伸出手指将她蹙起的眉头抚平，语气轻柔却带着令人信服的力量，道："看不到你才会惊扰我。你永远不是麻烦，卿卿。"

纪初桃鼻子一酸，笑了笑，如释重负地拱进祁炎的怀中，接受了他安抚的亲吻。

晨起穿衣时，纪初桃望着镜中腹部隆起的自己，叹了一声，道："不好看了。"

有宫侍、嬷嬷和太医轮番伺候，她面色依旧白皙细腻，透着健康的血色。她虽不像普通妇人那样生出斑点、身材变得臃肿，但鼓起的肚子十分沉，在她纤细的胳膊和颈项的衬托下显得怪异无比。

"挺好看。"祁炎让她坐在小榻上，撩袍半跪着，给她穿上新做的藕丝绣鞋。

她大着肚子不方便弯腰，私下相处时，这等小事都是祁炎做。给她穿鞋时，他神情认真，还带着初为人父的欣喜，她便觉得自己再辛苦也值得。

七月初，临产前两日，纪初桃仍穿得整齐漂亮，连头发丝都透着温柔与优雅的气质。除了织霞衣下高高隆起的腹部，她依旧美丽矜贵，与平常无异。

她告诉祁炎："将来我生产时，你千万不要进来。"

她已从嬷嬷那儿学习了不少生产的要领，想着生孩子那么狼狈，一定不能让祁炎看见，他会心疼死的。

见祁炎不语，她把一只手覆在即将瓜熟蒂落的腹部，另一只手轻轻地握住祁炎的手指，笑着说："你答应我呀。"

祁炎反手握住她，勉强扬起一个笑来，用尽毕生温情对她道："好。"

纪初桃生产那天在深夜，祁炎和纪妧几乎将太医署所有的医官请来了，让他们于侯府中待命。她生产时，嬷嬷们不断地擦着汗从产房中走出来，向在偏厅中候着的太医们禀告情况，以便太医调整方子助产……

纪初桃生头胎，虽然辛苦些，但胜在有惊无险。天大亮时，嬷嬷将一个皱巴巴的张着嘴啼哭的孩子搁在她的枕边，跪拜着高声道："恭喜殿下，是个健康的小世子！"

所有伫立的宫侍和太医听到喜讯后，亦跪下了，高呼三声"恭贺殿下诞得麟儿"。

与此同时，祁炎大步走了进来，握住纪初桃汗津津的手道："卿卿……"

他声音很哑，眼里布满了血丝，连胡楂都长出来了。纪初桃摸到这片铁青色的皮肤，感受到了一阵刺痛感。

"本宫没事。"纪初桃挤出一个笑，疲乏地细声道，"生孩子的人是本宫，怎么你看起来比我还要憔悴呀？"

祁炎俯身吻了吻纪初桃略微发白的唇瓣，与她额头相触，哑声道："睡会儿吧，卿卿。"

纪初桃点了点头，顾不得多看孩子一眼，便闭目沉沉地睡去了。

纪初桃也是几天后才知晓祁炎那天为何会那般憔悴。

"殿下疼了一宿，驸马也熬了一宿，好几次想冲进去看看殿下，可是顾及殿下不许他进门，便生生地忍住了。"拂铃平静地复述在纪初桃生产时的所见所闻，"后来奴婢在神堂中找到了驸马，见他对着祁老夫人的画像上香，连奴婢走近奉茶也不曾察觉。奴婢听见他说……"

"他说什么？"纪初桃连汤也不喝了，好奇地问道。

那日，素来不信天地和鬼神的祁将军对着亡母的画像，第一次叩首请求："不孝子求母亲在天之灵，庇佑卿卿母子平安！"

如果不是焦急到失了方寸，不可一世的祁炎怎会低下高傲的头颅，将希望寄托在虚无缥缈的神灵身上？

他桀骜不驯，却将所有的温柔都给了她。

纪初桃听到拂铃诉说内情，心里不禁涌起一股酸胀的感觉，既心暖又心疼。

见嬷嬷将熟睡的小世子送回房里，纪初桃朝走进门来的男人招了招手，柔声道："祁炎，抱抱你的孩子。"

祁炎下意识地抬起手，嬷嬷便小心翼翼地将襁褓中的婴儿放到他的怀中。他僵硬地抱起孩子，姿势要多怪异有多怪异。

纪初桃没忍住，"扑哧"一声笑了出来。被取笑了的祁炎将长眉一扬，把儿子交还给嬷嬷，索性向前搂住纪初桃的腰肢，拥着她低声道："还是抱卿卿舒服些。"

五年后，祁炎穿着一身戎服走进门，刚过中庭，便看到一个男童迈着小腿奔过来，奶声奶气地道："阿爹！"

小孩子年纪虽小，却灵气十足，小脸俊秀，张扬的眉目像和祁炎从一个模子里刻出来的。

祁炎将视线落在儿子脏兮兮的小手上，皱起眉，嫌弃地拎起儿子的衣服后领，问道："祁景阑，你的母亲在何处？"

"在花厅里逗小妹。"祁景阑被他爹像拎鸡崽似的拎着，手脚在空中乱动一番，彻底老实了。

"侯爷、世子。"宫侍们改了称呼，挨个儿朝父子俩行礼。

祁炎面容冷峻，拎着儿子走进了花厅。温柔美丽的帝姬正拿着拨浪鼓，逗得摇篮中那个粉雕玉琢的女婴"咯咯"直笑。初秋的阳光透过窗棂洒落在纪初桃的身上，织霞衣被映得艳丽精美，她回眸轻笑间，连发丝都在熠熠生辉。

余生且长，岁月无忧。

番外三

纪姝

一

九年前，大殷皇室尚是一片靡靡之风。

玉藻宫堆金砌玉，窈窕妩媚的帝姬身着拖地的长裙赤足而立，抬着下颔，落地铜镜中映出一张妩媚厌世的美人脸来。

女官们例行拿软尺仔细地丈量她的细腰和足踝，一旁，年轻英俊的掌事太监执笔记录帝姬的起居，垂眸念道："癸酉年四月中，二殿下腰盈十九寸，较之上旬所量，增六分。"

他合上簿子，望向身侧候命的司膳女官，一副公事公办的模样，冷冷地道："今日起，玉藻宫酉时末后禁夜宵，酌减膳饮。"

镜中，纪姝眯起了妩媚的狐狸眼。

她讨厌那些顶着司仪教导之职、每日出入玉藻宫的女官和太监。他们教她歌舞、音律，带她学妆容、品鉴，甚至了解时局政令，把她培养得仿佛一件包装精美的礼物，待价而沽。

但若论她最讨厌的，还是这名奉皇帝之命日日监管、折腾她的掌事太监——薛起。

为了那多出的六分腰围，女官们将纪姝束腹的生绢紧了又紧，几乎勒得她断气。

她顿时心中怨气迭生，对薛起的厌恶又多了几分。

这年纪姝十六岁，是大殷艳若骄阳、恣意乖张的二公主，尚有矫情和造作的资本。她只需要转身坐在榻上，勾一勾足尖，无数内宦便争相匍匐而来，为她穿袜穿鞋。

薛起折腾她，她也折腾薛起，故意做一些有违礼教的事。看他黑着脸伏地规劝，她心中便无比畅快。

兽炉中烟雾袅袅，年轻的太监跪在光可鉴人的地砖上，小心地托起帝姬的一只足踝，以羊毫细笔在她的脚指甲上涂抹蔻丹。平日这些替她装扮的活都是宫婢们做，但她一时兴起，点名让薛起伺候。

她仰身撑在榻上，冷眼看着动作生疏却认真地为她涂抹脚指甲的薛起，坏心眼地勾了一下足尖，那羊毫细笔便失了准头，在她冷白的脚趾上画出了一条嫣红的痕迹。

薛起似乎对她的刁难习以为常，只平静地放下蔻丹膏和细笔，伏地请罪："奴手脚粗笨，请二殿下责罚。"

帝姬扬起下颌的样子骄傲又耀眼，她抬脚踩在薛起的肩头上，将刚涂好的蔻丹尽数蹭在他的靛蓝色衣袍上，恶劣地道："你求一求本宫，本宫或许饶你一次。"

薛起依旧伏在地上，明明是卑贱至极的姿势，嗓音却没有一丝起伏，回答："主子罚奴，乃奴的福分，奴感激还来不及，怎会求饶？"

纪姝笑了起来："薛起，你知道本宫最讨厌你什么吗？就是你这副虚伪至极的样子。"

他不过仗着有父皇撑腰，竟敢拿着鸡毛当令箭！

纪姝的骨子里疯狂又叛逆，她越愤怒，面上笑得越温柔。她倾身俯视薛起，抬脚勾起他干净的下颌，笑着说："本宫很好奇，你们太监也会知冷暖、懂情爱吗？"

她看到薛起眼睫颤了颤，但仍旧一动不动，仿佛一尊无情的冰雕。

"奴是个阉人，不懂这些。"

薛起说这话时语气平静，始终没有看她的眼睛。

皇帝布置给她的课业中，有一项是学会如何掌控男人。他告诉纪姝："你不用学如何成就男人，只需要学如何毁灭男人。"

如果可以，纪姝第一个想毁掉的男人便是薛起。可惜，他连真正的男人都算不上。

那天，薛起以侍主不周的罪名自行领罚二十鞭，眉头也没皱一下。他换下带血的衣裳，沐浴更衣后，便又躬身出现在玉藻宫中，夺走了纪姝偷吃到一半的夜宵。

纪姝摔了碗筷，心想：再也没有比薛起更招人厌的奴才了。

她越想越气，索性命人拿来他的卖身契和净身之物，恨不能当着他的面毁掉，以报监视之仇。

那是薛起第一次也是唯一一次求她。

他瞬间眼睛红了，重重地叩首时，一滴眼泪顺着他的鼻尖砸在地上。他说，他可以死谢罪，但求主子莫要毁了他的最后一点儿念想。

纪姝问他为何，薛起哽咽了许久，闭目道："下辈子投胎，我想做个真正的男人。"

连纪姝都没发现，他方才的自称是"我"，他似乎想借此找回他那被强行阉割掉的可怜的自尊。

殿中的侍从皆哄笑起来。年轻的太监脊背颤抖，固执又可悲。

纪姝没有毁掉薛起的东西。她依旧讨厌薛起，只是发现和一个听命行事的太监对着干，似乎并没有想象中的令人开心。

半年后，皇帝病重，北燕大举入侵，北疆防线全靠祁连风撑着。几次大战过后，兵疲马乏，国库已拿不出多少军饷，权衡之下，大殷不得已派帝姬下嫁北燕和亲。

接到圣旨的那一刻，纪姝忽然明白了，世上根本不会有免费的东西。皇帝费尽心思地教她礼仪和驭人之术，只是为了将她培养成和亲的棋子，送去祸乱敌国，好为大殷争取喘息之机。

这是一场死气沉沉的喜事，玉藻宫上下愁云惨淡，谁也不想"有幸"被选去陪嫁，毕竟去了漠北这个虎狼之地，此生都没有归乡的可能……

她乘着嫁车离宫的那日，长姐纪妧和小妹纪初桃来送她。宫墙上凛风阵阵，纪妧面色冷静地告诉纪姝："承平，你要撑住，等大殷接你回家。"

纪姝一身嫁衣如血，看了一眼身后庄严肃穆的皇宫，笑得凄惶："家？阿妧，我们根本就没有家。这深宫赐予我们的一切都会化作利益的筹码，加倍地向我们讨还。"

八岁的小妹还不懂和亲与普通出降的区别，追着她的嫁车哭红了鼻子，气喘吁吁地道："二皇姐，你要珍重身子，时常回来看我呀！"

"小废物……"纪姝瞬间眼睛就红了，放下了车帘，不敢再看。

出了宫门，送嫁的使团已经列队等候了。车帘外，一道熟悉的嗓音传来，恭敬地道："使团上下已准备齐全，定会护送殿下平安地进入北燕王城。"

纪姝一怔，撩开车帘，果然看见了薛起那张面无表情的俊脸。她讥嘲地笑，问："你来做什么呢，司礼监掌印大人？"

薛起替皇帝培养出了足够优秀美艳的帝姬，和亲之事定下后，便被提拔为司礼监掌印太监，位列宦官之首。

他不该出现在这儿。

薛起依旧穿着那身靛蓝色的太监服，纤长的睫毛半垂，躬身平静地道："奴来送殿下北上出嫁。"

短暂的愣神过后，纪姝便感到无尽的羞辱与愤怒，反应过来时，已将几案上的茶盏掷了出去。茶盏砸在薛起的额上，落地后被摔得粉碎。

薛起晃了晃，很快便稳住了身体，一线鲜红的血液自他额角的纱帽下淌下，是和嫁衣一样触目惊心的颜色。纪姝即便带着恨，依然笑得风华绝代，冷漠地道："怎么？父皇犹不放心，特意派你来监视本宫吗？"

薛起是父皇派来监视自己的人，如同过去三年一样，纪姝一直这样认为。

边境，北燕只派了寥寥数十人来迎亲，充斥着蛮族的粗鄙无礼。北燕人傲慢、嗜血的性格更坚定了纪姝逃婚的念头，她找好了替身，趁着双方使团醉酒出了营帐，踏着一地霜雪般的月华一路狂奔。

但她没料到北燕人酒醒得那么快。北燕人入帐夜巡时，那名作为替身的侍婢扛不住压力，浑身抖得如筛糠，被瞧出了破绽。北燕人一把扯下盖头，看到侍婢惊慌失措的脸，勃然大怒，吆喝起来，霎时间营帐内火把通明。

纪姝慌不择路，也不敢停，如被狼群追捕的小鹿般不要命地狂奔，直到熟悉的身影策马而来，挡住了她的去路。

纪姝后退一步，呼吸如刀割："你是来……抓本宫的吗？"

漠北的天那样黑，她满眼绝望和不甘之色，看不清薛起是什么神情，只记得他攥着缰绳的手因用力泛白。

他下了马，朝纪姝走来，靴子踩在沙中，发出了令人毛骨悚然的声响。

纪姝踉跄着后退，却看见薛起伸手将缰绳递了过来。

"奴来拦住他们，殿下快跑，"他说，"一直跑，不要停！"

月光落在他的眼中，照出了沉静的决然之意。

纪姝睁大了眼，简直不敢相信自己的耳朵。然而北燕人的呵斥声越来越近，她根本来不及迟疑，刚翻身上马，薛起便拔剑往马臀上刺了一下。马吃痛，载着出逃的帝姬撒蹄狂奔起来。

纪姝伏在马背上，努力地回头看，只见漆黑如墨的沙丘上，薛起的身影越来越小，越来越小，最终消失在北燕人的包围之中。

纪姝跑了一整夜，天色微明时才见到朔州城的轮廓。她心中一喜，刚要策马入城，就在看到城墙上刺目的白色旌旗时猛然停下了。

大殷国丧，各城池皆要竖白旗致哀。也就是说，大殷天子驾崩，现在掌权的人是她的长姐纪妧。纪姝是个自私的人，天下苍生与她无关，唯独舍不下这世间有温度的两个人。

纪姝在马上直起身，身前是城池曙光，身后是大漠黑夜。她往前走可隐姓埋名，了此残生，不管战火燎原，毁去大殷江山；往后退则折回北燕和亲，给纪妧换取一线生机……

她从未感受过如此刻这般厚重的冬日寒霜，沉甸甸的，压得她喘不过气。自由就在眼前，但她无法触摸了。

纪姝笑了起来，笑得满脸是泪，而后狠狠地抹了一下眼睛，掉转嘶鸣的马匹，折返回无尽的黄沙和黑夜之中。

见到纪姝归来，北燕人和大殷使团皆一脸惊愕之色。尤其是那几个大殷的使臣，一夜不见，竟然俱憔悴得不成人形。她进入营帐，才知道大殷使臣们的惧意从何而来。

营帐门口的长杆上吊着几具血淋淋的尸首，其中一个穿着她熟悉的靛蓝色太监袍，袍子已被鲜血染成了暗紫色，蓬乱的束发下，依稀可辨薛起那张年轻的脸。

使臣战战兢兢地说："罪奴薛起挟持二殿下，意图扰乱两国联姻，已被北燕人当场处死……"

纪姝没有哭，只是忽然扶着营帐干呕起来，直至嗓子苦涩，视野模糊，尖利的指尖掐烂了掌心，一片血肉模糊。

纪姝知道为何父皇会同意薛起送行了——那个狠心的男人将人心看得如此通透，让她极致享乐，使她不甘于平庸和苟且，既知薛起会为她赴死，亦知她仅有的两个弱点便是重情和记仇。

情义因纪妧而起，仇恨因死亡而生。她明白，自己若再肆意妄为，只会有更多的人被她的错误所连累。

五日后，和亲的嫁车抵达了北燕王城。宴席上，她见到了北燕的皇帝，一个肌肉虬结的凶狠男人。

王帐中人声鼎沸，北燕诸臣席地而坐，向娇弱的中原帝姬投来戏谑轻蔑的目光。纪姝没有得到任何应有的尊重，如同一件稀罕的玩物般任人观赏。

北燕皇帝放下手中的酒盏，走到纪姝的面前，捏着她的下颌上下打量一番，眼中闪过显而易见的惊喜之色，而后嗤笑着咕哝了一句北燕语，当着众人的面粗暴地吻住了她艳丽的红唇。

这个粗鲁的行为是卑劣的惩罚，他如同给牲口烙印般宣示所有权。殿中一片刺耳的哄笑声，中原帝姬的尊严仿佛被扔在地上，践踏成泥。

纪姝知道，这只是折辱的开始，而对付这样的男人，自己绝对不能流露出害怕或退缩，怯懦的样子与哭喊只会招来更多的灾祸。

她摸了摸唇瓣，望着指尖上的一抹嫣红，低声笑了出来。她的一言一行、一颦一笑皆经过夜以继日的训练，骨子里透着妩媚的风情，她知道自己什么神情、什么角度最是惑人。北燕人越是哄笑，她便越笑得颠倒众生。

渐渐地，北燕人不笑了，望向她的眼神里充满了讶然和惊艳。

纪姝踮起脚，扣住北燕皇帝的脖子，将如熊般健硕的男人压得不得不俯身低头，而后在他惊愕的目光中仰首，将他方才赠送的"见面礼"尽数奉还。

直到尝到敌人的血，她方适时地推开已然沉沦的北燕皇帝，一点点地舐去沾到唇上的殷红血迹，妩媚近妖。

既然没得选择，她便索性做一把燎原的烈火，看看是北燕先杀死她，还是她先毁了北燕。

谁也没注意，王帐的角落中，一名少年奴隶安静地伫立，近乎痴迷地看着中原帝姬。

二

纪姝第一次见到李烈是在王宫的斗兽场中。

北燕人残暴好斗，皇帝更甚，常于校场上设斗兽场，让活人与豺狼之类的猛兽相斗，以此取乐。作为北燕皇帝的新宠，这样的大场面，纪姝自然是不能缺席的。

纪姝很懂得如何吊男人的胃口。比如皇帝于巳时召见她，她非要沐浴更衣，好好地装扮一番，慢悠悠地折腾到午时，方在男人最焦急难耐的时候姗姗来迟，艳惊四座。

那日她照旧去得迟了些，坐着人力辇车赶到斗兽场外时，刚巧一场斗兽结束。两名身材魁梧的侍卫拖着一个血肉模糊的少年出来，像扔死狗般将他丢至路旁的铁笼子中，等待处置。

北燕人发育快，少年的手腕、脚腕上戴着象征奴隶身份的镣铐，身形瘦而高，可麦色的脸庞上还带着几分稚气，也就十三四岁。此时他腿上的伤口皮肉翻卷，满身血腥气，几乎没有一寸完好的皮肤，干裂的唇如涸泽之鱼般翕动。

她听侍从说，这个少年叫李烈，是老皇帝与一位女奴交媾生下的"杂种"。按照北燕人的风俗，奴隶之子亦是奴隶，哪怕李烈身上流着一半天家可汗的血脉，依旧不被承认身份。没人拿他当真正的皇子尊敬，北燕皇帝也只将他当奴隶呼来喝去，斗杀取乐。

北燕的冬天很冷，冻得人骨头疼。纪姝一时兴起，叫停了辇车，拢着狐裘朝铁笼走去。她鬓发松散，像在观察什么有趣的物件般，蹲下身打量少年。

浓重的血腥味扑鼻而来，但满身脏污也掩盖不了少年周正的骨相，他倒是和他那凶神恶煞、肌肉虬结的皇帝兄长生得极其不像。

蓬乱的头发下，李烈看着她，眼睛一眨不眨，棕褐色的眸中映着纪姝的身影，折射出微光。

听说他刚杀死两头巨大的灰狼，最终力竭，身负重伤。看样子，他那嗜血的冷漠皇兄并不打算救他。

纪姝审视他良久，命人送来羊肉和烈酒，亲自递到铁栅栏跟前。只剩一口气的少年闻到食物的香气，眼中迸发出对生的渴望，不知从哪儿来的力气，猛地夺去纪姝手中的羊肉，唯恐慢一步就会被抢走，不管不顾地塞入嘴里大嚼起来，那吃相像极了饥肠辘辘的野犬，噎得险些断气也不愿松手。

"也不怕肉里有毒。"纪姝哼笑，将酒一并递了进去。

李烈接过酒壶，目光落在纪姝的手腕上，动作一顿。她伸出手时露出了一截发着银光般的皓腕，往上是一道道红紫色的伤痕，伤痕被莹白的皮肤衬得尤其令人触目惊心，一直延伸至袖口里，让人不禁猜想她身上看不见的地方是不是有更多。

察觉到李烈的目光，纪姝不动声色地将手腕藏回狐裘中。

一旁，侍婢小心翼翼地催促："侧妃，陛下已经等候多时了。"

纪姝起身，听见身后那个少年声音喑哑，如同说兽语般问："为何……救我？"

来北燕数月，纪姝已能听懂基本的北燕语。自己为什么救他？纪姝也没想明白，或许是心血来潮，又或许是被他那直勾勾的眼神触动了。

这件小事转头就被纪姝抛到脑后了，她忙着迷惑北燕皇帝，祸乱朝纲，实在没有精力再为一个名为皇子实为奴隶的少年而驻足。

纪姝花了四年的时间，一步步地将北燕皇帝引入温柔乡的陷阱中。她极力迎合皇帝的喜好，利用其好战喜功的本性，鼓励北燕大肆出兵攻打西凉诸部。她聪明、漂亮，一颦一笑皆是为男人量身定做的穿肠毒药，当初视她为玩物的北燕皇帝疯狂到甘愿为她大兴土木，建行宫别院、摘星高楼。

为了取悦她，北燕皇帝甚至将珍奇的南海大珍珠一斛一斛地倾倒在池塘中，引得无数宫人竞相跃入池中打捞、哄抢。她笑着旁观一切，看着北燕的财政和朝政一点点地在自己的手中衰退、崩溃。

北燕皇后被废为庶人那天，曾披发跣足地大骂纪姝是祸国妖妃，是北燕的灾星。她笑得恣意，道："妖妃又如何？本宫就是被培养成这样的。"

若美貌是她唯一的杀器，那她便要做世间最锋利的一把刀。

变故发生在这年隆冬。

北燕皇帝御驾亲征，攻打西凉，趁此机会，北燕太子联合亲信冲入纪姝的寝宫，她身边仅剩的陪嫁侍从皆死在了这场动乱之中。

漆黑苦寒的夜里，没有光，没有希望。鲜血一滴一滴地落在雪地上，洇出一摊红色的痕迹，如红梅一般艳丽。就当纪姝以为自己会死在乱刀之下时，人群中突然杀出一个蒙面的黑衣男子。看身形，那男子还很年轻，手持两把弯刀，露在黑色三角巾外的眼睛凶狠至极，瞳孔是兽瞳一般的棕褐色。

在纪姝见过的北燕高手中，此人的身手绝对算得上顶尖，可再厉害的人也无法在几十个人的围攻下全身而退。他受了伤，臂上、背上、腿上……他撑着刀半跪在地上喘息，却始终不曾后退分毫。

纪姝直到陷入昏迷都没想明白拼死救她的这个人究竟是谁。不知奔波了多久，她醒来时天色已大亮，发现自己躺在一间破烂的矮房里，头顶一张硕大的蜘蛛网晃晃悠悠的，身下垫着一件黑色的外袍和些许麦秸，身上的伤口已经被仔细地包扎好了。

一旁窗边的冷光下，一个编着小辫的少年赤着麦色的上身，正垂首艰难地将里衣撕成布条，缠在自己腰腹上的伤口处止血，身旁放着两把纪姝熟悉的弯刀。

纪姝重伤受寒，没忍住，咳了两声。少年立刻停下手中的动作回首，棕褐色的眼睛望了过来，眉目粗犷俊朗，却有着与厮杀时截然不同的温顺之意。

纪姝一愣，认出了这张脸。四年前的冬天，有个小子浑身是血地躺在铁笼子里，也是这样眼睛一眨不眨地望着她。

四年的时间里，纪姝曾无数次看到这张稚气又立体的脸出现在角落里，可从未回头看过他，等到与他相逢，才发觉当初那个瘦瘦的小奴隶已经长成英俊的少年了，唯一不变的是他望着纪姝时眼里闪烁的微光。

见纪姝咳得说不出话，原本艳丽的嘴唇因受寒和失血而变得苍白，李烈起身走到她的面前，蹲下了。

这小子不知吃什么长大的，才四年，身形已比纪姝大上一圈，靠近她时颇具成年男子的压迫感。他伸出一只破皮的手，去触碰纪姝冷白的颈项，纪姝身体一僵，下意识地拔下头上的簪子，狠狠地朝他刺去。

簪子刺入李烈的肩头，但他没有躲闪，生生地承受了她屈辱又愤怒的一击。眼中的讶异一闪而过，纪姝很快冷静下来，嘴角勾出一抹冰冷的笑来，哑声讥嘲："小畜生，连你也要觊觎我的身子吗？"

纪姝不傻，知道李烈看她的眼神意味着什么，那是一个十七岁少年无法掩藏的痴迷与心动。她是祸国妖妃，但并不意味着人尽可夫，谁都可以爬上她的床榻，尤其是李烈，这个她名义上的小叔子。

李烈露出疑惑的神情，似乎不明白她的怒意从何而来。但他什么也没说，只是轻轻地覆住纪姝冰冷的手，忍着簪子刺入皮肉的痛意，倾身拥住了她。

火炉般的热意自少年的身上传递过来，烫着她每一寸因冰冷的肌肤，使她身上的血液渐渐回暖，重新流向四肢百骸。

他抓起斗篷裹住两个人的身躯，将热度锁在紧贴的身躯间，咕哝："你冷。"

没有羞辱，没有狎弄与冒犯，他只是静静地抱着她，带着少年人最干净、赤诚的心意。

纪姝已经太久没有体会过被人尊重和珍视的感觉了，以至于一时失神，握着簪子的手颓然垂下。她被李烈拥得更紧了，两个人相依取暖。

"这算什么？"她茫然嗤笑。

谁承想，她四年来最干净的一天竟然是一个十七岁的少年赐予的。

北燕皇帝还未归来，王宫尚由太子掌权，纪姝不敢贸然回宫，索性依着李烈的意思在这个偏僻的土房中住下，顺便思索如何将太子一党一网打尽，荒其国政。

她生性记仇，绝不能吃哑巴亏，旁人施与她的伤痛，她必千百倍地奉还方能解恨！李烈不知道她心里的算计，倒是显得挺开心，每天晨起去打猎，还能再去市集换口粮和布匹。

转瞬十来日过去，两个人的伤都好得差不多了，只是纪姝受了寒，身子大不如从前。

夜里，疾风将门扉吹得"哐当"作响，屋内的炭火旺盛，显得温暖又静谧。纪姝倚在唯一的床榻上，也斜着眼扫视李烈翘起的嘴角，有气无力地问道："小畜生，你总在笑什么呢？"

李烈转动着炭火上炙烤的羊肉，眉眼中落着闪烁的火光，用北燕语低声道："一辈子这样过下去，也挺好。"

纪姝懒洋洋地道："是挺好，你很适合这样的生活，别回你皇兄的身边了……"

"我是说，和你一起。"李烈打断了她的话。

他的眼神很认真，认真到纪姝没办法回避他的话，可她知道这是不可能的。她笑得不行，冷冷地反问："我为何要和你在一起？"

"因为你在王宫里，过得不快乐。"李烈道。

纪姝的脸一僵，她又听李烈道："我愿意让你快乐。"

这不过是少年人一时兴起，男人的话哪能当真呢？她像听到一个笑话似的，缓缓地眯起眼道："那你愿意去给我摘一朵花来吗？"

凛冬时节，万物凋敝，北燕连根草都没有，只有单调的黄沙与皑皑大雪，李烈能去哪里找花呢？这是个根本不可能完成的任务。纪姝只是开个玩笑，想让他知难而退，打消这种不切实际的幻想。

但她没想到，第二日清晨醒来，屋里没有了少年人忙碌的身影。李烈给她留足五天的口粮后，一声不吭地离开了。

直到第五天黄昏，冻成冰人的李烈"哐当"一声栽倒在门口，小辫和眉毛上挂满了冰霜，脸颊也被吹得皲裂，变成了紫红色。可见到匆忙赶出来的纪姝时，他费力地动了动嘴角，颤巍巍地从怀中摸出一个小心地护着的东西，捧至纪姝的面前。

李烈缓缓张开被冻得僵硬的手指，露出掌心中的一朵晶莹剔透的雪莲。他长途跋涉，花瓣已经有些蔫了，但雪莲依旧馥郁芬芳，纯洁得仿若由冰雪雕成的。

野狗般的少年满眼坚定的神色，看着惊愕不语的纪姝，用含混的北燕语断断续续地道："我……找到了花，你可不可以……和我走？"

三

纪姝垂眸看着李烈。这些年来，有人送她成车的珍宝，也有人送她殿宇高楼，她带着引火自焚的决然，理所当然地享受世间一切放纵与荒诞之事。

可此时，她没有勇气接李烈递过来的花，仿佛他手里捧着的不是雪莲，而是一颗鲜红的跳动着的心脏。

天底下怎会有他这样的傻子？

纪姝在心里嗤笑一声，没有伸手，李烈却强撑着站起身，将那朵巴掌大的雪莲簪在了她松散的发间。极致的纯洁与妩媚映衬，透出一种超越了皮相的风情。

土屋内篝火温暖，隔绝了门外的风雪。李烈用僵红的指节碰了碰她的鬓角，而后垂眸，顺势吻了她。

少年的嘴唇贴上来的一刹那，纪姝怔住了，而后像被刺痛般猛地推开了他，抬手一个耳光打在了他的脸上。那一掌不重，却在空荡荡的土房内发出了清脆的声响。

"小畜生，你终究和那些男人一样！"纪姝指尖冰冷，心中涌起一股无名怒火。

这一掌与其说是打醒李烈的冒犯之心，不如说是打醒自己，让自己时刻清楚地记得自己是谁、身上背负着怎样肮脏的过往。

李烈硬生生地挨了这一掌，没有退缩，反而更坚定地朝她靠近。

"啪！"又是一掌，打得李烈的脸侧向了一旁。

盛怒之下，纪姝用了全力，连指尖都痛到发麻。李烈原本因跋涉和受冻而干裂的嘴唇霎时间破皮流血，脸颊上亦显出几道红红的指印。

但北燕的狗崽子从来不知道什么是退缩，即便被打、被骂，也只是呜咽一声，继续摇尾靠近她。他棕褐色的眼睛仿佛看穿了纪姝所有的脆弱和不安，他舔了舔唇上的血，不管不顾地再次吻了上来。

这是一个带着血腥味的吻，青涩、炙热，带着野性和疯狂。当李烈抚着她鬓发间的雪莲唤她"阿勒依"时，她满身的抗拒像被阳光照耀的积雪，化得一干二净。

阿勒依是北燕少年对心爱的姑娘的爱称。

纪姝只要愿意，有一百种法子玩弄、掌控李烈，让他为自己神魂颠倒，可是没有这样做。她想：她这辈子也就只有这么点儿干净的东西了。

纪姝清楚地感觉到什么东西在恣意的亲吻中彻底崩断，脱离了控制。一个简单又青涩的吻过后，两个灵魂相互抗拒又吸引，克制的呼吸忍不住交缠。

在少年人永不知足的亲近中，她的眼中光芒闪烁，终于浮现出了笑意。她缓缓地抬手环住李烈的脖子，捧着他的脸反客为主，一点点地吻去他唇上渗出的血。

苦寒的夜里，她将搭在李烈肩上的指尖收拢，忽然笑了起来，有一种苍凉又疯癫的美感。

纪姝俯身时，长发垂下肩头，雪莲点缀其间。她低声告诉他："记住，并不是你征服了我，而是我在纵容你。"

这一刻，两个人没有阴谋与算计，也没有手段与虚伪，只是共赴一场彻头彻尾、随心所欲的荒唐的沉沦，哪怕灵魂被焚化成灰烬。

深夜，屋里的少年带着极度的疲乏沉沉地睡去了，破皮的嘴角微微上扬，似乎连梦都是甜的。

可惜再甜的梦也有醒来的一日。

"到底是年纪轻，你跟小畜生一样不讲理。"纪姝裹着毯子趴在榻上，用指尖隔空描摹李烈粗犷的眉眼，冰冷的眼中没有一丝温情，勾着唇道，"这样，我就不欠你什么啦！"

待天色微明，雪霁后第一抹破晓的曙光自窗外升起，纪姝悄然穿好衣物，离开了这个生活了近一个月的破土屋。

纪姝牵走了后院里唯一的瘦马，小心地放慢脚步，直到走得远了，确认不会惊醒屋中熟睡的少年，这才翻身艰难地跨上马背。

厚雪被冻硬，马匹喷着热气信步而行，纪姝的身后传来了凌乱的脚步声。她心头一颤，下意识地回头，果然看见李烈自远处而来。积雪两尺厚，他走得缓慢而艰难。

他不知何时醒了，追了出来。

纪姝攥紧缰绳，紧咬牙关，朝茫茫雪色中那道沉默的身影道："小畜生，滚回去！"

她恨铁不成钢，声音惊起了在雪地里觅食的寒鸦。

她说的是汉话，李烈听不懂，但能从她恼怒的呵斥声中猜出这句话是何意思。他没有停，没有回头，只是一步步执拗地靠近她。

"回去！"纪姝第一次这般怒不可遏。

离得近了，李烈才停下脚步，站在马前看她。许久，他哑声道："阿勒依，你接了我的花。"

纪姝缓缓地抬起手，摸到了头上的雪莲。那是昨日李烈为她簪上的雪莲，一夜的纠缠，她忘了取下来。

那天，纪姝当着李烈的面扯下了那朵花，五指攥紧，将那朵皱巴巴的雪莲掷在了李烈的脚下。

"我不是你的阿勒依，也不会跟你走。"她清醒地告诉他，"我欠你的，昨夜已经还清。旁人欠我的，我也该回去讨还。"

李烈也不知听清了没有，直勾勾地望着她，用四年前被人丢弃在铁笼子里那般的眼神。

纪姝于马背上俯瞰他，笑得美艳又冷漠："李烈，我拥有过世间最美的珍奇之物，怎么会看得上你手里的花朵？我拥有北燕最尊贵的男人，怎么会爱上一个毫无地位的奴隶？"

这一句是北燕语，李烈听懂了。

风很大，天很冷，他棕褐色的眼睛有些发红。纪姝不再留恋，不再心软，掉转马头，一夹马腹，朝着王宫的方向奔驰而去。

她上一次逃跑是以薛起和半数陪嫁侍从的性命为代价，若再跑一次，等待她的只会是更多人的死亡。所以，她不会和李烈走，哪怕他捧出的真心那么诱人。支撑她活下去的是疯狂的仇恨，她要靠自己的力量，堂堂正正地回到大殿，即便是死，也要拉着北燕陪葬！

纪姝不知道自己离去后李烈在雪地里站了多久，只知道这世上再也不会有一个十七岁的少年为她摘来纯洁的雪莲花了。

重新回到北燕王宫是一着险棋,但万幸,纪姝赌赢了。这四年来,有求于纪姝的人数不胜数,其中不乏北燕皇帝的亲信。纪姝对于他们的请求来者不拒,因为知道他们从她这儿拿走的东西,他们迟早会加倍地还回来。

她让他们弹劾太子,逼宫篡位,对她来说,这实在是一件再简单不过的事。

北燕皇帝震怒,自己还没死,儿子就趁他出门杀到宫里来了,这叫他如何能忍?再看着满身狼狈、哭得梨花带雨的侧妃,他更是怒不可遏。

之后没几日,皇帝为了哄她高兴,命人送来了一个盒子。盒子里赫然装着一颗血淋淋的人头,此乃北燕大将黑陀的,那夜协助太子斩杀妖妃的人中就有这位黑将军。

看着死不瞑目的黑将军的首级,纪姝笑得很开心,因为知道北燕完了,很快就要完了!

她再次见到李烈是在猎场上。

半年多不见,他变了许多,脱去一袭破旧的麻布衣裳,换上了干净大气的暗纹翻领戎服,小辫的发尾缀着金环,整个人显得更高大,也更贵气沉默。

北燕皇帝告诉她:"当初孤王许诺,谁能杀了狼山上食人无数的苍狼王,就能加封大将军。去的人都死了,只有这小子一瘸一拐地回来,献上了狼王的尸首。"

说着,北燕皇帝冷笑着拍了拍纪姝身下垫着的狼皮。

李烈从马背上翻身下来,将猎来的狐狸和野狼等物拖下来,随意地丢在一旁。他望着倚在皇帝怀中的纪姝,棕褐色的眸中藏着太多晦暗不明的情绪,一时分不清是忌妒还是恨。纪姝笑意一顿,眯着眼回视他,莫名其妙地觉得身下那张狼皮像化作了麦芒和针,扎得她浑身不舒坦。

等她回过神,李烈已经离开了。

"不是说他是女奴之子,不能封爵领职吗?"纪姝漫不经心地问道。

皇帝重重地哼笑一声,道:"君无戏言。虽说他是女奴的杂种,但身上到底有一半天家的血脉,又有些本事,孤王就姑且承认他的皇子身份……"说着,北燕皇帝察觉到纪姝走神,不悦地捏着她的下颌,强迫她抬首,"侧妃在想什么?怎么看起来不太开心?"

纪姝的确不开心。她与北燕注定要死一个,李烈若是奴隶,尚可苟全性命,可如今成了皇子,成了北燕的将领,那将来大殷和北燕兵戎相见,这小子必死无疑。

她将情绪掩藏起来,笑着拿起一颗葡萄含在红唇间,止住了北燕皇帝的猜疑。

夜里喝醉了酒,纪姝支开烦人的侍从,跌跌撞撞地摸索去溪边濯手醒酒。远处的断崖上，高大的异族少年盘腿而坐，身上白日驰骋猎场的锋芒退去，独自望着孤寒的月光，像极了一只被人遗弃的大狗。

纪姝定了定神，避开巡逻的侍卫，朝李烈走去。风很大，吹得衣袍猎猎作响，李烈听到轻微的脚步声，警觉地回过头，见到来人是纪姝，愣了愣，又漠然转过身去，留给她一个孤寂的背影。

风"呜呜"地吹着，纪姝倚在树上看了他许久，懒洋洋地问："你兄长那般对你，你为何还回来？"

你又为何偏偏在这个时候入族谱、被封为将军？

李烈没吭声。

纪姝等了一会儿，料想他不会回答了，暗嘲自己多管闲事——他的下场如何与她何干？

她转身欲走，听到身后急促的脚步声靠近，还未来得及反应，已被李烈重重地抵在了树干上，惊起一行月下的飞鸟。

下一刻，纪姝的嘴唇被他攫取，他带着无尽的怨恨与不甘，泄愤般啃咬着。纪姝不服输，稍稍怔神后便蹙着眉迎上了他的唇，很快就反客为主。渐渐地，野兽夺食般的吻温和下来，化为和风细雨般断断续续的缠绵情意。

纪姝适时地抽身退开，伸指按在他的唇上，笑得肆意轻狂。

"你说，你不会爱上奴隶。"李烈声音低沉沙哑地说，给出了迟来的回答。

去年他被抛弃在雪地里才恍然大悟，自己只有站得够高，才能摘下月亮，据为己有，而躺在淤泥里的奴隶连仰望月光的资格都没有。所以，他来了这儿，以全新的身份。他不是为了追逐，而是为了掠夺。

纪姝看到了他眼里压抑的索求之意，那是狩猎者的眼神。她甚至不知道自己是如何跟李烈搅和到一起去的，那晚的月光很美，树林幽静，年轻的躯壳总是那么令人着迷，说不清是谁蛊惑了谁。

纪姝知道，她这样的人是不会有好下场的，所以及时行乐，顺便祸国。那李烈呢？他不知餍足地放纵又是为了什么？

她正想着，李烈看到了她脊背上尚未痊愈的鞭痕，顿时僵住了，月光下，眸中跃动着幽幽的光。纪姝自己倒是不在意，这已经算轻的伤痕了。

她低笑了一声，问道："扫兴了？"

黑暗中，李烈轻轻地吻了她身上的每一道伤痕。

纪姝自被太子刺伤后，逃亡受寒，身子不太好，北燕皇帝便依着她大兴土木，造了温暖的行宫，允许她每年秋冬时节去行宫中养病。

那是她一年中少有的闲暇日子，北燕皇帝有许多新欢旧爱，并不会时常留意她这边的动静。

李烈二十岁那年，左耳上多了一只明晃晃的银环。北燕男子有穿耳的习俗，男子若有了心仪的姑娘或已婚，便会让心上人亲手为自己穿耳戴上银环，以示忠贞不渝。

没人知道，李烈的那只银环是纪姝亲手为他穿上的。他二十岁生辰那晚，纪姝以为他要的贺礼不过是一场苟且偷欢，直到他鼻尖挂着汗下榻，在衣裳中翻出一只早已备好的银环，纪姝方露出讶异的神情。

李烈将耳环交到了纪姝的手中："给我戴上。"

那一瞬，纪姝忽然想起了多年前的冬天，他颤巍巍地捧出了那朵雪莲花。这些都是她要不起也不想要的东西。

"我不给你戴，你去找别的姑娘。"纪姝翻脸不认人，披衣下榻，想也不想便将耳环塞了回去。

"我不要别人，只要你。"年轻的异族男人蹲下身，执拗地道，"今天是我的生辰。"

李烈直直地望过来的时候，总让她难以忽视。她觉得自己大概是中了邪，竟答应了这个荒唐的请求。

没有穿耳的银针，李烈便让纪姝将银环扳开些，对准耳垂，用力地扣上去。尖利的环扣穿过耳垂，刺出了一滴殷红色的血珠。血珠被纪姝轻轻地舐去，鲜艳的血色与樱桃般红艳的唇舌交织，越发娇艳绮丽。

男人戴着耳环的样子令她悸动不已。奇怪，她还以为她的心早就死了呢！

那天的夜色很美，她勾着李烈，银环明晃晃的，就在她的眼前，两个人相拥的每一刻都仿佛生命的尽头。

大殿的暗线传来了消息，她知道，一切就要结束了。那时李烈或许会恨她，可那又怎样？至少此刻，她是被爱着的。

四

李烈二十岁生辰那夜，纪姝抚着他左耳上的银环，沉默许久后问道："李烈，你想当北燕的新王吗？"

纪姝知晓如何引诱一个男人，却不知如何爱一个男人，这是她能回报这只银耳环的最好的东西了。

每月初一，纪姝会去狼城的城墙上看一会儿日落。墙上的旌旗有时是红色的，有时是黄色的，那是她与大殷的内线约定好的信号。

借一场东风，以军粮被劫为由，大殷与北燕的战火在一个寒冷的秋夜蔓延开来。北燕皇帝好大喜功，这些年在纪姝的鼓吹下南征北战，早已兵疲马乏；而秣马厉兵七年的大殷军队势如破竹，在祁炎的率领下接连攻克七座城池，黑压压的大军直逼北燕狼城。

北燕皇帝很想像年轻时那样身披战甲，领着凶狠的大漠铁骑杀敌，但经年累月的酒色纵欲早已掏空了他的身子，松弛的双臂再也握不住沉重的狼牙锤。

最后一役，狼城烽烟四起。皇帝受了重伤，面色阴鸷地闯入营帐之中，咬着牙狠狠地拔下肩上的一截断箭——这是方才交战时，对方的主将一箭射来的。

大殷的主将是个有着桀骜眼神的少年，着一身玄甲战袍立于马上，拉弓如满月，比当年的祁连风更具魄力和智谋。

北燕皇帝正处于战败的暴躁中，见军医匆忙地提了药箱过来包扎，一记窝心脚将他踹得连栽了两个跟头。军医呕出一口鲜血，昏死过去。

帐中侍从皆惊惶地跪拜在地，身子颤抖如筛糠。一阵淡香飘来，纪姝拢着狐裘缓缓地走来，足上红绳上的金铃铛随着步伐发出空灵的声响，一声声回荡在死寂的王帐内。

她轻轻地一瞥，婢女、侍从们如蒙大赦，手忙脚乱地将那个倒霉的军医抬了下去。

营帐内没有碍事的人了，纪姝满眼都是冷艳的散漫感，尽显张扬的性子。她拿起药瓶和绷带，懒懒地跪坐下来，慢悠悠地替皇帝包扎，指尖染上蔻丹一般的鲜血，眼里跳跃着艳丽的笑意。

北燕皇帝目光复杂，忽然一把攥住面前素袍红唇的侧妃，将她死死地禁锢在自己的怀中，捏住她的下颌，迫使她抬起头来："你的母国又胜了，侧妃可高兴？"

外面喊杀声冲天，纪姝却笑得从容，慢悠悠地道："毁灭和死亡何其快意，我自然开心。"

北燕皇帝"哈哈"大笑起来，在纪姝尖尖的下颌上掐出一抹青紫色的痕迹，赤红色的眼里尽是痴狂之色。良久，他咬着牙问："侧妃，你知道两国纷争下，你这种身份的女人会是什么下场吗？"

纪姝被迫仰首，直视北燕皇帝，眼睫像染了墨线似的，十分勾人。

她当然知道，两国纷争下，和亲的帝姬会被杀了祭旗，这也是北燕皇帝将她带来王帐的原因。

纪姝早料到了今日，故意激怒北燕皇帝："我知道，陛下很快就会下来陪我的。"

话音刚落，纪姝察觉到颈项像被铁钳桎梏住，逐渐绞紧，将空气一寸寸从她的肺腑中被挤出，太阳穴胀得几乎快要裂开了。但她仍在笑，像一朵颤抖的花，脖子被掐得越紧，便笑得越猖狂。

北燕皇帝忽然松手，将她狠狠地丢至一旁。她跌在地上，捂着青紫色的脖颈又咳又笑，衣裳松散至臂弯，有一种颓靡的美感。

"多美的一张脸！用你的血染红的战旗一定格外好看。"

北燕皇帝蹲下身盯着她，眼中露出近乎病态的痴迷之色，却不曾发现她摔倒时飞速地将地上的一个东西藏在了袖中。

北燕皇帝忽然露出个古怪的笑来，做出一副疼惜的样子道："侧妃别怕，孤王的刀很快，不会很疼的。"

风声萧萧，日落关山，营帐外战鼓擂响，北燕人手持弯刀高声呐喊，叫嚣着要用中原女人的血祭旗。皇帝留恋地看着面前这个风情万种的女人，抚着她冷白如霜的脸庞，而后在她骄傲倔强的眼神中，缓缓地拔出了腰间的短刀。

寒光闪过，血色四溅。营帐中，北燕皇帝难以置信地后退一步，缓缓地低下头，瞪眼看着腰上多出来的一截断箭——那是他进营帐时拔出丢在地上的，不知何时被纪姝藏在了袖中，而后狠狠地刺向了他的胸膛。

若非北燕皇帝尚有那么点儿本能的警觉，这一箭便不是刺在他的腰上这么简单了。他抹了一把腰间淌出的血，身体里暴虐的嗜血本性被激起，勃然大怒下掐住纪姝，正欲举刀刺下，却惊愕地发现身体一阵阵地发软，力量正在逐渐流失。

很快，他握着短刀的手剧烈发抖，身体一晃一晃的，望向纪姝的眼神里充斥着暴怒和杀意。

"陛下是否很好奇为何突然使不上劲了？"纪姝笑着，像拂去什么脏东西般，轻而易举地将皇帝的手拨开了。

手中的短刀"哐当"坠在地上，皇帝咬着牙恍然大悟："你在药里……动了手脚……"

"嗯，是呀！"纪姝拖长尾音，不急不缓地坐起身，"陛下这些年喝了太多酒，五感麻痹，连我何时偷换药粉也察觉不出来。"

北燕皇帝双目赤红，果然被激怒了，用尽最后的力气反扑。烛台倾倒，灯油泼洒在王帐的地毯上，电光石火的一瞬，纪姝一只手拾起地上的短刀，另一只手环住北燕皇帝如熊般的身躯，而后带着笑意狠狠地吻上他的唇，堵住了他的最后一声怒吼。

火势顺着地毯蔓延，热风撩动发丝，女人的手臂如蛇般缠绕，以唇封口，给予他临死前极致的欢愉，而后将夺来的短刀如蝎尾般高高地扬起，刺入了他的心脏。"嗯"的一声闷哼后，四周悄寂，鲜血溅在她的脸上，腥热黏稠，在她雪白的肌肤上勾出凄美的梅花妆。

"记得替我向薛起问好，陛下。"纪姝缓缓地直起身子，望着怒目圆睁却没了气息的北燕皇帝，微微一笑，温柔地道。

黄沙漠漠，残阳如血。北燕仅剩的残兵聚在王帐外，手举弯刀高声嘶吼，等待他们的皇帝将纪姝的脑袋砍下来，丢去大殷的阵前。

许久后，营帐被人掀开，一个浑身染血的身影走了出来。看到走出来的人是谁时，北燕人的嘶吼声戛然而止，脸上的兴奋渐渐化成死一般的沉静。

纪姝墨发散乱，如妖似魔，素裙染血，眉间溅着星星点点艳丽的朱砂色，手指勾着一顶晃荡的头盔，坦然地迎着北燕众部落将领的眼神。

狼牙为饰，虎皮为帷，装点着猛禽的羽毛……那是他们的皇帝才有资格佩戴的头盔，如今却沾满了血，落在一个原本该死去的女人的手中。

"你们的皇帝在这儿。"

风鼓动衣袍，猎猎作响，纪姝抬着下颌，将头盔丢在了北燕众部的阵前。带血的头盔如同战败者的首级，骨碌至众人的脚下。

纪姝扫视众人，欣赏他们或惊或怒的神情，忽然，她嘴角的笑意一僵，视线定格在人群中的某处。

李烈？他不是被支去西境了吗？他为何会出现在这里？！

纪姝的脑中闪过一个荒谬的念头：他该不会听闻北燕要拿她祭旗的消息，特地赶回来救她的吧？

可是，她亲手杀了他的兄长，背叛了他的国家。她知道，在他的眼里，她此时的样子一定十分丑陋。

周围人纷纷拔刀，拥了上来。他们在气愤地呐喊什么，纪姝已失聪般全然听不见了。隔着刀光剑影，她看到李烈气喘吁吁，直直地望着她沾满鲜血的脸庞，眼睛里第一次有了陌生的情绪。

愤怒的乱军冲向纪姝的那一刻，李烈终于有了动作，拔刀护在了她的身前——他还是选择救她。

纪姝来不及揣测李烈复杂的目光，只听一声轰然巨响，投石落下，狼城被破，祁炎的大军赶在北燕各部暴乱前攻了进来。

北燕各部群龙无首，见情况不妙，皆选择明哲保身，退回狼城以北的敕燕洲。

尽管如此，纪姝还是受了伤。不过比起她的伤，李烈的伤要严重得多。他有着北燕人凶悍、不服输的一面，最后是他一个人与祁炎对峙。

两个年纪相仿的少年英才，一个凶悍，另一个桀骜，斗起来不死不休。祁家那小子一看就是个为疆场而生的狠角，李烈身负重伤，最终力竭倒地了。

祁炎的人一拥而上，然而六七个人都按不住猛烈地挣扎、嘶吼的李烈。祁炎不耐烦地皱起眉，眼里的杀意一闪而过。

"小将军慢着！"纪姝一声轻喝，止住了拔剑的祁炎。

纪姝将视线落在李烈身上，而后蹲下身，竖起一根手指压在自己的唇上，朝他轻轻地"嘘"了一声。李烈遂不再嘶吼，脸被人粗鲁地压在地上，摩擦破皮了。他喘息着，眼睛犹望着纪姝，一眨不眨，其中有愤怒、不甘，或许还有别的什么捉摸不透的情绪，交织成暗红色的一片。

众目睽睽之下，纪姝伸出沾了血的手，轻轻地拂开李烈脸上散乱的小辫，许久后，嘴角勾起一抹轻佻的笑来："这个是本宫的俘虏，还请祁小将军高抬贵手，将他交给本宫处置。"

"二殿下欲如何处置？"祁炎漠然地问。

纪姝知道战争的残酷，杀一儆百，身为皇室成员的李烈是用来立威的最好目标。

这小子就不该在这个时候回来！

纪姝蹙起眉，很快又舒展了，缓慢地道："让他做奴隶质子，带回京都，牵制北燕残部。"

那一刻，她清晰地看到李烈的眼中有什么东西崩塌了。这少年曾送过她独一无二的雪莲，让她在自己的耳上穿上银环，而她回报给他的只有一个耻辱的奴隶印记。

奴隶印记是她亲手刺上的，没有假借他人之手。李烈一声不吭，仿佛刺的不是他的皮肉，而后冷冷地拒绝了她递来的创伤药。

面对他沉默又倔强的样子，纪姝冷笑："李烈，你生什么气呢？放你去西境秣马厉兵，你不去，偏生要跑回来，往死路上撞。"她笑得眼眶发涩，捏着李烈的下颌，明知故问，"这里有什么值得你留恋的？"

李烈用棕褐色的眼睛看着她，里面既有着北燕人的硬气，亦藏着少年人被背叛后的悲哀。

"你说你不会爱上一个奴隶，却又亲手将我变回奴隶。"他鼻翼翕动，用低沉的北燕语道，"所以，你永远不会爱我。"

纪姝的笑意一顿。

李烈并非憎恨她杀死了皇帝，而是憎恨她的背叛和欺骗。趁她讶然失神，他忽然发狠，拽住左耳上的银环，没有任何迟疑地用力一扯，那个硕大的银环就被生生地拽下了，耳垂瞬时鲜血淋漓。他任凭血珠一滴滴地滴在肩上、胸膛上，眉头也没皱一下。

"李烈，你……"纪姝感觉她与李烈之间有什么东西也跟着被生生地割裂了。

李烈什么话也没说，只五指并拢，将那个被攥得变形的耳环丢在了地上，而后拖着沉重的铁索，在大殷士卒的押送下缓慢地离去。

纪姝在原地伫立很久，久到感觉到身体里的热度被一点点地掏空，寒意冻结了心房，方迟缓地蹲下身，拾起了那个银环，拂去上面的灰尘，握在了手中。

"小畜生，好！好得很！"她的嘴角勾出一个笑。

银环断裂的开口处很锋利，刺破了她的掌心，她却仿佛感觉不到疼痛，只是无端地感到沉闷，快要喘不过气来。

一个月后，纪姝带着满身伤痛和荣光回到了阔别七年之久的故土，前来迎接她的人是纪妧和纪初桃。

七年的时间真的能改变许多，比如她学会用虚伪的笑来掩饰一切，而纪妧忘记了该如何去微笑。唯一不变的人是纪初桃，笄之年的姑娘有着未经风霜的烂漫和单纯，干净得仿若一泓秋水。

李烈作为质子被交给纪姝看管。这小子还在生气，又听不太懂中原话，整日独来独往，越发沉默，只有见到纪姝与清秀的男侍饮酒调笑时，那双棕褐色的眼睛里才会冒出些许隐忍的凶光。

除了质子的身份屈辱些，纪姝不曾在物质上苛待他。闲来无事，李烈会在书房里看书、习字。

有一次，纪姝路过，又退了回来，摇着团扇倚在李烈的身边看了一眼，忽然道："你握笔的姿势不对，应该这样。"

她从身后覆住李烈执笔的手，纠正他悬腕的姿势，一笔一画地引导他描摹拓本上的正楷，清楚地感受到他的身子僵了僵。与他亲昵了那么多次，她很清楚这意味着什么。

"心悦君兮君不知……你可知道这句话是什么意思？"纪姝轻轻地笑着，在僵硬的异族男人的耳畔呵气如兰，"这是我们中原的'阿勒依'。"

李烈手中的笔尖一歪，在宣纸上画出一条歪歪扭扭的痕迹来。纪姝摇着扇，笑得很恶劣。

大殷的冬季比漠北的冬季湿寒，纪姝感到格外难熬。夜里她饮了很多酒，烧了炭盆，可还是冻得打冷战，苍白的脸上没有一丝血色。她正醉得难熬之际，忽闻床帐外传来了男人的脚步声。

她意识模糊，只当是男侍前来服侍，痛苦地道："小柳儿，把手炉拿来……"

外面沉默了一会儿，脚步声离去，很快再次靠近，继而纱帐被掀开，男人将温度刚好的手炉递了进来。纪姝伸出一只冷白冰凉的手，却摸到了比手炉更温暖的手臂——那是异族男人特有的健康的麦色手臂。

她不管不顾，贪恋地拥住了热度的来源，舒服地喟叹一声。编着小辫的男人一僵，伸手要推，她却怎么也不肯松手。

"小畜生别动，我冷。"她颤抖地道，仿佛呼吸中都带着寒气。

见她认出自己，李烈不动了。寒冷的冬夜，唯有雪落下的声音。

人都是不知满足的，得到了一点儿慰藉，便想要更多。纪姝将微凉的手指上移，捧住了李烈的脸，而后循着他的气息，将自己的唇瓣轻轻地贴在了他的唇上。

李烈呼吸沉重起来，手臂上青筋凸起，既没有推开她，也没有拥抱她。她笑着想：这小子到底能忍多久呢？

"小畜生，你怎么就不明白我的苦心？只有活着，才有希望。"她道。

"什么……意思？"李烈总算开口了，说的竟是音调古怪的汉话。

"你说呢？"不知是不是饮了酒的缘故，纪姝絮絮叨叨地说着心事，昏黄的烛火让她的眼睛看起来十分撩人。

她咬了咬男人的唇，刚欲推开他，就被方才僵硬如石的男人猛地伸手揽住，更凶猛地吻了回来。

仿佛裂缝被弥补、沟壑被填平，两颗残缺的灵魂再次相拥，互相吸引，共赴沉沦。

纪姝其实知道李烈背地里和祁炎的交易。祁炎需要用危机来警醒纪妧，巩固他手中的军权；而李烈想回北燕，站在与她平齐的地位。狼狗崽子再听话，也终究是食肉的凶兽，怎么会甘心永远沦为阶下囚？

北燕摄政王兵败后，李烈作为唯一的皇室血脉，要回到他的漠北王城。临行前夜，纪姝与他皆疯了般放纵，仿佛要将这一辈子来不及做的事尽数完成。

清晨醒来，纪姝懒洋洋地睁开眼，看见李烈赤着上身，只穿着裹裤盘腿坐在几案旁，背对着她"叮叮当当"地捣鼓什么。

"你大早上不睡觉，做什么呢？"纪姝没有披衣，赤足下榻一瞧，只见他把当初丢弃的那只银环又找了出来，用小锤仔细地锤打，努力恢复原状。

然而他锤打得再细心、努力，那个被拽得变形的银环也难以恢复如初，上面依旧有坑坑洼洼的痕迹。

"你又把这个翻出来做什么？"当初的记忆并不美好，纪姝撑着下颌哼笑，一副睡不醒的懒散模样。

李烈放下锤子，将那枚勉强成型的银环递到纪姝的眼前，如两年前那般认真地道："给我戴上。"

纪姝睫毛一颤，说："我不。丢了的东西，我从不用第二次。"

李烈仍执拗地伸着手，见纪姝真的不愿再为他佩戴，眼神黯了黯，然后自顾自地掰开银环的开口，朝自己带疤的耳垂刺去……

"小畜生，我还没说完，你急什么？"纪姝拦住了他，笑得妖媚，"我只说不用弃物，没说不给你新的。"

说罢，她抬手摘下自己左耳上的一枚黑玉耳瑱，轻轻地按进了李烈带疤的耳垂上。那是她自己的耳瑱，她与他接吻时，两枚低调的黑玉耳瑱便相互映衬，像无声的承诺。

一年后，纪姝去了塞北朔州，又去了弥城边境。她站在弥城的城墙上，身后是大殷，身前是北燕。她会看见一个英武高大的异族男人领着兵马狩猎归来，远远地勒马驻足，扬着手中的马鞭，为她唱一首古朴悠长的情歌。

每逢大小节日，烟火灿烂，编着小辫的男人会如期而至，叩响门扉。她开门的那一刻，迎接她的必是一个热烈到让人无法呼吸的深吻。她本就是冷漠的享乐者，不去想明天如何，只在乎当下。

六年后，北燕的王从边境带回来一个四岁的男孩，取名为李羧。男孩与李烈生得六分相像，只是更为精致、白皙些，一双勾了墨线般的狐狸眼看起来聪明又伶俐。这孩子像李烈与中原女人的混血。

王子李羧的母亲是谁，李烈并没有昭告天下，只是每年都会定期带着儿子消失一段时间，过半个月再带着儿子归来。

又过了十二年，李羧能独当一面时，北燕王李烈传位给自己的儿子，自己则着一袭轻装策马扬鞭，自此再不知去向。

有人问李羧，北燕王去哪儿了，李羧只是望着大弥城的方向，将狐狸眼一弯，叹道："大概去找母亲了。"

番外四
纪 妧

纪妧做了一个梦，梦见自己十七岁那年坐在海棠树下看书，淡粉色的烟霞下，褚珩在一旁铺纸研墨，用白皙修长的手指拿着镇纸一寸寸地抚平宣纸，弯腰时细黑的发丝自他的肩头垂下。

纪妧总觉得，很少有男人能生出这样好看的头发来。

她闻到从褚珩的袖袍中散发出来的淡雅的清香，从书后抬起眼来，问褚珩："褚卿身上熏的什么香？这香非花非木，似与旁人的不同。"

褚珩眉目清秀，别有一种久经沉淀的淡雅气质，闻言起身，想了想方道："臣并未熏香，想来是被墨香所染留下的气味。"

纪妧道："旁人身上的书墨香总有一股油烟味，你身上的却很干净。"

那年的褚珩刚及冠，承了夸奖后便局促地垂下眼，拢袖规规矩矩地道了一声："殿下谬赞。"

风拂过花冠，一片海棠花瓣飘飘荡荡地坠落，刚好落在褚珩的发间，谦谦君子和娇艳的花构成了一幅绝妙的美景。纪妧瞥着丝毫不知情的褚珩，嘴角弯起一个浅浅的弧度，很轻地笑出声来。

"臣还是第一次见殿下展颜。"褚珩讶然抬眼，望向她认真地道，"殿下应该多笑。"

话虽不错，可从一本正经的他的嘴里说出来，并没有什么说服力。

纪妧收敛笑意，视线落回书本上，匆忙地翻了一页："无端地发笑很傻。"

她记得二妹纪姝曾说过："阿妧，你不适合和褚珩成婚。两个人都是正正经经且心思深沉的人，待在一起也跟锯嘴葫芦似的，多无聊！"

成婚对于纪妧而言并非必不可少的归宿，年少时她只是因为褚珩身上有一种岁月静好的气质，觉得和他待在一起很舒服，所以默许了这桩亲事。她以为褚珩亦是如此想的，但他聪明、冷静、眼光高远，当然不会为儿女情长所束缚，所以在父皇殡天后，才会在尚公主和入仕之间毫不迟疑地选择后者，直至位极人臣。

说实话，纪妧并不怨恨，即便有怨，也该在数年如一日的钩心斗角中被磨没了。

直到那日，簪花宴的水榭中，她为小妹和孟苏的亲事冷声讥嘲他："当初褚大人不愿意放弃的前程，怎知孟苏也不愿意呢？"

她很难去形容褚珩当时的眼神，朝堂上雄辩有余的左相大人面对她的诘责时总是沉默居多。

那日宴上，褚珩饮了不少酒。他素来是个端方君子，矜持自持，很少有这般放纵的时刻。

纪妧在宫道上遇到了提前离席的褚珩，看见他步履端正，漫无目的地走着，看似与平常无异，但知道他喝醉了，因为他的嘴唇呈现出一种不自然的嫣红色，连眼睛都微微泛红。

他也看到了纪妧，许久后，才轻声开口说："殿下怎知我不愿意？"

一直到许多年后，纪妧都记得他说这句话时流露出的压抑与悲伤的神情。她渐渐回想起某些画面，比如当年她将祁炎送入死牢时，天下士子愤而抗争，是褚珩压下了沸腾的民怨；又比如北燕刺客在除夕宴上行刺，第一时间扑过来护住她的人除了纪初桃，其实还有褚珩；还有她远去行宫养病时，在宫门外熹微的晨光中，褚珩冒雨缄默地伫立……

她想起十七岁那年夸过褚珩身上的味道好闻后，许多年里，她每次见到他都会在他的身上闻到那股令人安心的墨香。

可惜她见证过江山血雨，这点儿藏在刀刃中的温馨已经不值得她再回首寻觅了。

湿软的花瓣飘然坠落在脸上，有些痒，纪妧从走马灯似的梦境中抽身，揉着太阳穴起了身。

身体到底不如曾经健康了，不过替刚登基的纪琛看了一会儿有关水患的折子，她便累得伏案睡着了。她正闭目养神，一股熟悉的淡雅的清香萦绕在鼻间，褚珩轻声问道："殿下可还好？"

褚珩？他怎么会在这里？纪妧抬眼，只见面前的褚珩白皙清俊，年轻得不像话。一旁的几案上，镇纸将宣纸抚得平整至极，几片海棠花瓣飘落到了纸上。

489

梦境和眼前重叠，纪妧怔怔地抬起双手，只见自己的手指纤长白皙，充斥着少女才有的娇嫩之感。她再看周遭的景色，宫殿的装饰尚存留着先皇在世时的奢靡之风，金碧辉煌。而一旁侍立的秋女史还只是十七八岁的样子。

一旁的褚珩见她久久不语，解释道："外头风凉，殿下方才睡着了，容易感染风寒。"

纪妧心中涌起一股奇怪的感觉，让秋女史取来了铜镜，对着一照，镜中出现了一张熟悉又陌生的脸庞，肌肤嫩得能掐出水来，赫然就是十七岁时的自己！

她记得自己方才还披着衣服在行宫中批阅折子，醒来后竟然回到了少女时期。原来纪初桃说的那些梦境之类的怪力乱神之事是真的存在。

十七岁时，她未中毒，纪姝尚未远嫁和亲，一切都还来得及。纪妧很快接受了这个事实，半眯凤眸，起身道："本宫累了，回长信宫。"

"殿下，"褚珩唤住了她，恭敬地道，"请殿下保重玉体。"

纪妧回首，忽然发现少年时的褚珩和位极人臣后的褚珩还是有极大不同的。三十岁的褚珩眼里有着雾一样清冷的神色，而二十岁的褚珩还不完全懂得遮掩情绪，担忧都藏在眼里。

纪妧看了他片刻，凤眸沉静，像在权衡。而后她微微眯起眼，勾着唇清晰地道："我知褚卿有相才，将来必能位极人臣，我亦如此。成婚之事对于你我而言，反而是一种束缚和折辱。"

褚珩何其聪明，怎么会听不出她话语中的深意？婚姻会束缚他们前进的步伐，所以，她宁可不要。

这一次，是她主动做出了选择。

褚珩讶然抬眼，抿了抿淡色的唇，眼中万千波澜交叠涌现，又缓缓地归于平静。

面前的纪妧有一种与她的年纪不符的陌生气场，明明和他站在同样高度的栈道上，却像从很高很高的地方俯瞰，掌控全局，让人凭空生出敬畏之意。

褚珩清楚地感觉到纪妧一觉醒来，许多东西都在悄然改变。他的清高不允许他追问缘由，于是他只是咽了咽口水，而后艰难地抬手拢袖，躬身敛目："臣……明白。"

纪妧拒绝了赐婚，不是褚珩不够优秀，而是她见识过万里江山，便不会再为一个男人驻足。十七岁的纪妧或许会动心，但二十八岁的纪妧不会。

她再来一次，不是为了谈情说爱的。

接下来发生的事一如既往。那个男人病了，急着培养她为纪昭所用，教她刚毅狠辣的手段，却不教她如何怀柔笼络大臣。她也是上一次吃了苦头才明白他这样做的用意：刚者易折，那男人压根就没打算让她赢得民心、活得长久。

纪妧索性将计就计，暗中笼络朝臣，十八岁时令她束手无策的难题如今在她看来不过如儿戏般简单。她知道皇帝什么时候会死，已经做好了准备，要送他一份"厚重"的永别礼。

皇帝垂危之际，北燕大举入侵，和亲之事迫在眉睫。纪妧只是冷静地看着纪姝，告诉她："承平，这一次本宫绝不会让你北上和亲。"

上一次她曾眼睁睁地看着纪姝北上和亲，几经生死，又在掌权后听从皇帝的遗命，设计让祁连风"战死"在漠北边城，努力地除去祁家兵权，为纪昭的皇权扫清最后的威胁与障碍……结果呢？她顶着谩骂和压力，换来的却是生父的算计与皇弟的背叛。若非纪初桃提前梦见了一切，她恐怕早已魂归九幽。

所以这一次，她要走一条不同的路。

她在一年前布下的网，此刻终于到了该收的时候。她煽动麾下的朝臣极力主战，又亲自拜访了镇国侯府，请祁连风挂帅出征，放下身段恳求他："答应和亲虽可使大殷苟延残喘，却是史书难消的奇耻大辱，故而本宫便是举全国之力，也要请老侯爷北上一战！这一战守住的不仅是大殷的江山，更是大殷的尊严！"

有了祁家的支持，朝中士气大涨。等到病榻上的皇帝终于明白纪妧的手段时，一切为时已晚。

大殷迎战那日，骤雨疏狂，风吹开了养心殿的大门。龙榻之上，明黄色的帷幔飘动，纪妧身着一袭黑色的宫裳，手持蜡烛将殿中的诸多烛台一盏一盏地点燃，暖黄色的光映在她年轻的脸上，在狂风骤雨的天气中呈现出一种诡谲的安静之感来。

点燃所有灯盏后，她方吹灭手中的烛盏，于飘散的青烟中回首，望着龙榻上双目浑浊、已病得快说不出话来的皇帝道："父皇在等什么呢？您在等那两封密诏的回应，还是等您的儿子出现，好为他传授如何利用、杀死本宫的绝招？"

皇帝霎时间瞪大干枯的双目，嗓中发出"呼噜呼噜"的气音。

"密诏本宫已替您截下，其中的遗愿会替您传达，那些该清理的侍从和宫女也会替您杀干净。"纪妧转身坐在椅中，望着双目猛睁的皇帝冷漠地道，"这样您可满意？"

纪妧做了上一次最想做的事——让这个算计她、利用她的男人看到他的计划落空，看到他一手扶植的儿子与皇位无缘，看到他苦心埋下的棋子、眼线被她拔除干净、斩于殿前……

未及天亮，丧钟大作，皇帝猝然殡天。

"遗诏"被颁布：幼子纪昭年幼懵懂，难堪大任，特命大公主纪妧摄政，另择贤良而立。

说是"另择贤良",但朝中上下皆默许纪妧为女君。

纪姝也曾问道:"朝中不可一日无君,阿妧,你真的不考虑考虑?"她眼神妩媚,笑盈盈地朝远处的褚珩抬了抬下颔,"我倒是觉得比起招驸马,你更适合金銮殿上的位子。"

纪妧想也不想,淡然地道:"不愿意。"

"为何?"纪姝讶然。

纪妧淡笑不语。她为大殷付出得够多了,不愿意再被困在深宫或后宅中了。

同月,纪妧立宗室子纪琛为帝,辅佐他治理朝政、开源节流、筹备军饷。三年后,大殷大胜,斩杀北燕皇帝,祁家祖孙得胜归朝。

庆功宴那天,纪妧特地给小妹纪初桃送去艳丽精美的织霞衣,邀请她赴宴。纪初桃才十四岁,不太爱热闹,苦着脸问她:"皇姐,我可不可以不去呀?"

纪妧张臂穿衣,从镜中打量妹妹:"你必须去,我带你见一个人。"

"谁?"

"祁炎。"

"祁炎?镇国侯老爷子的孙子?"纪初桃纳闷,"我为何要见他?"

纪妧半眯凤眸:"给你们赐婚。"

"什么?!"纪初桃被吓坏了,红着脸连忙摆手,哭笑不得地道,"不成的,不成的,我都不认识他,怎么能随便赐婚呢?何况,我不喜欢军营的武将!"

纪妧转过身,脸上挂着高深的笑意,仿佛在看遥远的未来。她抚着妹妹的鬓发笃定地道:"相信我,你会喜欢他的。"

同年秋,北燕新王李烈入京都朝见议和。

纪姝尚对即将发生的事一无所知,只摇着扇不正经地道:"阿妧,你说那北燕使团中可有英俊之人?若有,我便去。"

"英俊与否很难说,"纪妧端着茶盏,片刻后缓缓地笑道,"不过那里面一定有你最喜欢的人。"

听闻褚珩已有致仕归隐之意,再过两年,她也会离开皇宫,去追逐自己想要的生活。

这一次,她只愿所有珍视之人都能顺遂安康。

出版番外
青梅竹马两小无猜

纪初桃身为大殷最金贵的小公主,身边的侍卫很多,祁炎无疑是最特别的那个。他本是镇国侯世子,乃少年英雄,是大殷百年难遇的将才。辅国长公主纪妧有心用他,却忌惮他轻狂、不服管教,这才命他入宫做侍卫,磨一磨他的性子。

"知道西域人是如何驯服烈马的吗?"长姐意味深长地告诉纪初桃,"烈马桀骜,断不能以暴制暴。西域人将它与温顺的小羊关在一处,时间久了,它自会安静下来。"

十六岁的少年面容尚有几分青涩,却已出落得神清骨秀,一袭暗色的侍卫服衬得他身形格外颀长挺拔。他生得很好看,但不爱笑,半合的眼睫毫不掩饰眼中桀骜的少年意气。每当其他侍从争先恐后地围着纪初桃献殷勤时,他总是独自站在一旁,冷冷地抱臂旁观。

纪初桃能隐隐地感觉到,这个冷峻的少年很瞧不上娇弱无能的自己,亦知他出身于簪缨世家,年少成名,有自己的傲气和傲骨。故而她从不拿他当卜人看待,也不勉强他在自己面前折腰跪拜。

祁炎是人,更是镇国侯世子,不是鞭下的牲口。

宫中无聊,纪初桃时常挽袖研习丹青水墨,英姿勃发的少年便成了她最好的素材。一开始祁炎并不适应,见她捉笔盯着自己写写画画,便不自在地别过头去,只留一个好看的侧颜。

他一躲,纪初桃便会提着裙边起身绕至他的面前;他转身,纪初桃再绕,仰着头看他。

"祁炎，别动好不好？"

少女的声音柔软得像一阵风，祁炎抱着剑，不情不愿地站直了身子。

除了练习书画，纪初桃偶尔还会做些女红，打些穗子、香囊等物送给长姐与幼弟。这天，她多做出一条红绳手链，无人可送，一转眼珠，将主意打在了抱剑而立的祁炎身上。

"祁炎，这个送给你！"她满心欢喜地将礼物递出，眼神赤诚，没有半点儿居高临下的施舍之意。

少女掌心里的那条红绳手链颜色艳丽，编织手法稚嫩，还系着一只小小的金色铃铛。祁炎看着，心想：男人戴这样的红绳未免太艳俗了。上头的铃铛又是怎么回事？他又不是什么被圈养的阿猫阿狗。

他不由得皱了皱眉，下意识地开口："卑职不需要。"

话音刚落，小公主便目光一黯，红唇微抿，握着红绳的手慢慢地垂了下去。她从未被人拒绝过，不由得垂首轻叹："你不喜欢吗？这是本宫编得最成功的一条手链呢……"

娉婷的小少女就像二月初在梢头初现的豆蔻花般美丽，低头时还不及他的肩高，连失落的模样也格外惹人心疼。祁炎微微睁圆眼睛，拒绝的话怎么都无法再次说出口。沉默半晌，他终于抬起一只手，伸到了纪初桃的面前。

纪初桃疑惑地歪头，却见少年轻轻地移开目光，听见他低声说："那……卑职谢殿下奖赏。"

明白他的意思后，纪初桃目光亮起，笑得眉眼弯弯。

鲜红的手链系在少年劲瘦的腕上，他抬一抬手，便发出"丁零"的细响。

"你戴着果真好看。"纪初桃对自己的杰作颇为满意，温柔一笑，"以后听到这个金铃声，我便知道你在我身边啦。"

打算回府便摘下这条碍事的手链的祁炎默默地放下了手腕。

自那以后，祁炎变了许多。他不再冷冰冰地板着一张脸，也不再游离于纪初桃的圈子之外。他话多了许多，也会与纪初桃开玩笑，绘声绘色地同她讲述宫外的吃食、杂耍，讲述玄真观前那棵硕果累累的百年柿子树。每当纪初桃被他勾出馋虫，眼巴巴地吞咽口水时，他便会得意扬扬地挑起长眉，露出属于少年人的落拓不羁的痞笑。

他会陪纪初桃蹴鞠、下棋，会在她下棋输得一塌糊涂时纵声大笑，笑完再耐心地为她讲解技巧，纵容她悔棋再来……

冬去春来，纪初桃无论去哪儿，身后总能传来细微的金铃声。经过一年的相处，她已经习惯回头就能看见他了。

她以为，他们能一直这样。

可是后来，祁炎变了。他好像有了心事，不再同纪初桃恣意地说笑，偶尔望向别人的眼神总是充斥着淡淡的冷意。

那年纪初桃芳龄十四岁，即将及笄成年。长姐纪妧为了培养她用人的眼光，屡屡让她参与宫中宴会，为大殷遴选青年才俊。她忙得头昏脑涨，素日见的人不是五陵少年便是文人士子，其中不乏才貌双全的未婚的佼佼者。

纪初桃与生得白皙俊秀的状元郎聊天，祁炎冷声嗤笑："负心最是读书人，殿下最好离他们远些。"

纪初桃接受世家公子的邀约去踏青，祁炎嘲讽："狂蜂浪蝶，油嘴滑舌，也就能骗一骗殿下这般单纯的女子。"

纪妧拨了一批年轻力壮的新侍卫给纪初桃差遣，祁炎又坐不住了，以一己之力单挑了所有新侍卫，最后还要冷冷地补一句："这等粗鄙之人也配服侍殿下？殿下真是眼光堪忧。还是说，送上门来的侍卫只要生得好看，殿下都不挑？"

听了祁炎的几番酸言酸语，纪初桃屡屡被驳面子，再好脾气的人也有了气性。她不明白，祁炎怎会变得如此刻薄？他整日一副冷冰冰的样子也就罢了，说话还总是夹枪带棒。

"祁炎，你是不是从来都瞧不起本宫？"回永宁宫的路上，纪初桃转身直视祁炎，握了握拳，"本宫知道自己不如两位姐姐眼界高远，年纪小，经验少，但已经很努力地在学用人之道了……"

话一说出口，她便很不争气地红了眼睛，甚至没来得及思索自己为何这般伤心。

二姐常打趣她是个小废物，她也知道自己这十四年来在两位姐姐的保护下过得挺"废"。她从不在乎别人的看法，可不知为何，祁炎的冷嘲热讽让她分外难受。

祁炎大概被她眼中的泪意吓到了，天不怕地不怕的少年就这么愣怔在原地。他闭了嘴，抬指想要拭去小公主眼角的泪，却又不敢，那样子姑且称得上手足无措。

"祁炎，你变得好讨厌。"说完这句，纪初桃气呼呼地转身就走。

"殿下，我不是……"祁炎慌忙追上去，却被她推开了。

她抿了抿唇，喝令："不许跟上来！明日我就同大皇姐说，让她赦你回府去！"

少女的力道并不重，一掌拍在祁炎的胸口上，软绵绵的，他却仿若被卸了全身力气，踉跄着后退了半步。他腕上的红绳手链猝不及防地断了，掉在地上，金铃发出了清越的声响。

过了良久，久到纪初桃的身影已经消失在宫道的尽头，祁炎方沉默地拾起红绳手链，仔细地一点点拂去沾到上面的灰尘。

风起，下雨了。

纪初桃并非骄纵之人，冷静下来后，觉得自己在气头上说的话有些过分。可谁叫祁炎看谁都不顺眼，还总拿那些话刺她呢？现在她懊恼也无用，大皇姐已经将祁炎送回镇国侯府了。何况祁炎那样的天纵奇才，又怎会一辈子屈居于永宁宫中，做一个小小的贴身侍卫呢？

纪初桃心知肚明：他长大了，也更沉稳了，迟早都会离去。宫外山高水阔，塞北金戈铁马，那里才是他真正该待的地方。

只是不知为何，她听不见那阵熟悉的金铃声，瞧不见抱剑伫立的身影，心中总有难以言喻的空落落的感觉。

日子不会因一个侍卫的离开而停止，大殷的帝姬没有伤春悲秋的资格。到了猎场春狩的日子，辅国长公主率领皇亲重臣策马扬鞭，群雄逐鹿，纪初桃亦在其中。

她不擅骑射，原本只是骑良驹漫步于溪畔，谁知几匹世家子的坐骑失控冲来，她的马躲闪不及，受惊跃立而起。被抛落马背的一瞬，她被吓得面色苍白，心脏都快停止跳动了。

忽然，有人策马而来，飞身跃下马背，几乎滑跪接住她下坠的身躯，将她护在怀中旋身滚了几圈，勉强避开了落下的马蹄。

他的怀抱是这样的结实、可靠，纪初桃又听到了金铃声。她颤巍巍地睁开眼，看到了少年腕上那条断掉后又被接上的红绳手链，再往上看，便是祁炎好看的脸庞。

这是幻觉吗？

纪初桃惊魂甫定，祁炎见她抿着唇不说话，以为她摔伤了脑子，扭头朝赶来帮忙的侍卫喝道："你们怎么看护殿下的？去叫太医！"

纪初桃从未见过祁炎发这么大的脾气。那个总是脸上挂着痞笑的英俊少年此刻面色紧绷，微缩的瞳孔里满是冷厉与后怕的神色。

背着纪初桃回营帐的路上，祁炎沉默不语，唯有微颤的呼吸一下接一下地喷洒在她的手背上，那样急促，与她的心跳一样急促。

他有心事的时候，话格外少。走在那条长长的山路上时，他在想什么呢？

营帐中，太医早已等候多时。纪初桃伤得并不重，只是脚腕稍微扭伤了。倒是为她充当人肉垫子的祁炎伤得严重得多——左臂骨裂，右臂的手背至胳膊满是被尖锐的砂石划出的血痕，腰背上瘀伤无数。

太医为他清理并包扎了伤口，他的两条小臂都被缠上了厚厚的绷带，看上去颇为可怜。纪初桃看着满身是伤的祁炎，觉得比自己受伤还要难受。她屏退了所有侍从，盯着他受伤的手臂良久，忍着哭腔问："祁炎，疼不疼？"

祁炎坐在榻上，披衣盖住受伤的身躯："不疼。"

"今天谢谢你。"她实在不知该如何报答祁炎的救命之恩，想了想，方认真地道，"我会告知大皇姐，重重地奖赏你。"

祁炎不语。

他为什么不说话？他是嫌自己太啰唆吗？

纪初桃咽了一下口水，坐了一会儿，起身道："那……你好好休息，本宫先走了……"

袖边被人拉住，她惊愕地回头，视线撞进了少年深沉的眼中。祁炎坐在榻上，保持着拉她的袖子的姿势，抬头看她："别走，殿下。"

有那么一瞬，纪初桃觉得他像极了被遗弃的小狗。

"我不要大公主的奖赏，我……"

见他迟迟未有下文，纪初桃竟跟着紧张起来。她将头一歪，柔声问："那你要什么呢？"

少年目光灼灼，喉结微动，道："我想要一个机会。"

"什么机会？"

"追求殿下的机会。"

"追求本宫……"

意识到他说了什么，纪初桃先是一愣，继而热血上涌，整张脸都快烧红了。她的心不可抑止地狂跳，"扑通扑通"，仿佛要撞破胸腔，飞上天去，整个人晕晕乎乎的，不知天南地北。

"祁炎，你可知道自己在说什么？！"

"知道。"祁炎声音发紧，一字一顿声音沙哑地道，"我之前说那些气话，不是在讥嘲殿下，而是……而是为了掩盖自己的心乱与忌妒。"

纪初桃睁圆了眼睛："什么意思？"

"意思就是，我在吃醋。"祁炎移开视线，片刻后，又坚定地移回目光，"我心悦殿下。"

纪初桃在少年炙热的目光下无所遁形，一颗心狂跳不已，分不清是因为喜还是因为惊。

"你……你从什么时候开始的？"

"我不知道从何时开始的，只知道此话再不说出口，恐怕就没有机会了。"祁炎……，半响后方说，"北燕内乱，大殷迎战，准备接回和亲的二公主。下个月，我便要随祖父出征北伐了。"

这么快！

"你何时归来？"纪初桃急忙问道。

"胜则归。我若得胜归来，只求殿下给我一个机会；若不能回……"顿了顿，他洒脱一笑，"若不能回，殿下就当从未听过今日之言。"

看着祁炎落拓不羁的笑颜，一股从未有过的恐慌感涌上纪初桃的心头。她不想让祁炎受伤，不想让他死！

"你必须回来！听见没有，祁炎？你和大殷的将士都必须平平安安地归来！"情急之下，纪初桃揪住祁炎的衣襟，带着哭腔道，"只要你们平安归来，我就答应你！"

这下反倒是祁炎愣住了。片刻后，他久违地恣意大笑，笑得耳根绯红。

"有殿下此言，足矣。"他扬着眉，语气中满是少年人的笃定，"我会证明，我才是与殿下最相配的人。"

祁炎出征塞北，除了汇报必要的军情，还会时不时地给纪初桃捎一封信。他从不与纪初桃诉苦，信中写的大都是天上的月、塞外的雪，以及通宵达旦的篝火与用头盔煮的喷香的肉汤。

纪初桃也会给他回信，写京城的灯会、春季的纸鸢，还有每次传来边疆的捷报时朝中上下欢欣鼓舞的场景。

转眼三年过去，十七岁的纪初桃已长成一个合格的帝姬，聪明仁爱，颇得民心。

一个阳光缱绻的秋日，大殷将士凯旋。纪初桃的垂纱舆车缓缓地驶过宫道，与披一身玄甲的少年将军相逢。

一车一骑，宛若定格。

轻纱被撩开，纪初桃迫不及待地提裙下车，如三年前在猎场那次一样，扑入了一个结实的怀抱。

她与祁炎久别重逢，心中的千言万语只化作一句话："欢迎回来，祁小将军。"

—全文完—